# 베트남문학의 이해

서 남 동 양 학 술 총 서

# 베트남문학의 이해

**최 귀 묵** 지음

창비

# 21세기에 다시 쓴 간행사

서남동양학술총서 30호 돌파를 계기로 우리는 2005년, 기왕의 편집위원회를 서남포럼으로 개편했다. 학술사업 10년의 성과를 바탕으로 이제 새로운 토론, 새로운 실천이 요구되는 시점이라고 판단했기 때문이다.

알다시피 우리의 동아시아론은 동아시아의 발칸, 한반도에 평화체제를 구축하고자 하는 비원(悲願)에 기초한다. 4강의 이해가 한반도의 분단선을 따라 날카롭게 교착하는 이 아슬한 상황을 근본적으로 해결하는 방책은 그 분쟁의 근원, 분단을 평화적으로 해소하는 데 있다. 민족 내부의 문제이면서 동시에 국제적 문제이기도 한 한반도 분단체제의 극복이라는 이 난제를 제대로 해결하기 위해서는 우선 서구주의와 민족주의, 이 두 경사 속에서 침묵하는 동아시아를 호출하는 일, 즉 동아시아를 하나의 사유단위로 설정하는 사고의 변혁이 종요롭다. 동양학술총서는 바로 이 염원에 기초하여 기획되었다.

10년의 축적 속에 동아시아론은 이제 담론의 차원을 넘어 하나의 학(學)으로 이동할 거점을 확보했다. 우리의 충정적 발신에 호응한 나라 안팎의

4

지식인들에게 깊은 감사를 표하는 한편, 이 돈독한 토의의 발전이 또한 동아시아 각 나라 또는 민족들 사이의 상호연관성의 심화가 생활세계의 차원으로까지 진전된 덕에 크게 힘입고 있음에 괄목한다. 그리고 이러한 변화가 6·15남북합의(2000)로 상징되듯이 남북관계의 결정적 이정표 건설을 추동했음을 겸허히 수용한다. 바야흐로 우리는 분쟁과 갈등으로 얼룩진 20세기의 동아시아로부터 탈각하여 21세기, 평화와 공치(共治)의 동아시아를 꿈꿀 그 입구에 도착한 것이다. 아직도 길은 멀다. 하강하는 제국들의 초조와 부활하는 제국들의 미망이 교착하는 동아시아, 그곳에는 발칸적 요소들이 곳곳에 숨어 있다. 남과 북이 통일시대의 진전과정에서 함께 새로워질 수 있다면, 그리고 그 바탕에서 주변 4강을 성심으로 달랠 수 있다면 무서운 희망이 비관을 무찌를 것이다.

동양학술총서사업은 새로운 토론공동체 서남포럼의 든든한 학적 기반이다. 총서사업의 새 돛을 올리면서 대륙과 바다 사이에 지중해의 사상과 꿈이 문명의 새벽처럼 동트기를 희망한다. 우리의 오랜 꿈이 실현될 길을 찾는 이 공동의 작업에 뜻있는 분들의 동참과 편달을 바라 마지않는 바이다.

서남포럼운영위원회
www.seonamforum.net

# 베트남문학 연구의 중간 결산

이 책은 베트남문학의 전반적인 양상을 기술하고 있는 입문서이다. 입문서를 '깊게' 쓸 수도 있고, '넓게' 쓸 수도 있을 텐데, 필자는 되도록 '넓게' 쓰는 쪽을 택하고자 했다. 참고할 수 있는 국내 연구가 아직은 적고 필자의 연구 또한 일천하기에, '깊이'와 '넓이'를 다 갖춘 그런 책은 다음을 기약하는 수밖에 없는 형편이다.

필자는 국문학 연구자인데, 베트남문학 입문서를 쓰게 되었다. 이런 종류의 책이 필요하다는 학계의 요구를 잘 알기에 한정 없이 미루기만 할 수 없어서 능력을 돌아보지 않고 3년의 시간을 고스란히 투자했다. 하지만 짧은 베트남어 실력으로 분에 넘치는 일을 하다 보니 불비하면서 편벽되지나 않았을까 염려된다. 일단 내보이고 차차 고치면 된다고 스스로 달래면서 독자 여러분의 질정을 간절히 바란다.

베트남문학의 전체 영역을 망라하고, 많은 수의 작품을 번역해서 보이며, 서술을 간결하게 하는 것을 집필상의 방침으로 삼았다. 논의 대상이 되는 각 부분의 특성을 고려해서 통시적 서술을 하기도 하고 작가별 서술을 하기도 했다. 곳에 따라서 필자의 의견을 뚜렷하게 내세우기도 했다. 이런 전체 방침과 각 부분의 서술이 크게 무리 없이 조화되어 베트남문학의 전체상을 파악하는 데 조금이나마 도움이 되기를 바란다.

지난 7년이라는 시간 동안 平山, 碧洞 두 분은 변함없이 후의를 베풀어주셨다. 책을 쓰는 내내 小鄧이 함께 해주어 큰 위안이 되었다. 필요한 자료를 구입하는 데 서남재단의 지원이 크게 도움이 되었다. 이루 다 적을 수 없는 인연의 힘에 머리 숙여 감사드린다. 다만 비유컨대 소가 창살 사이로 나올 때 머리와 뿔, 그리고 네 발은 모두 나왔는데 꼬리가 나오지 못한 것과 같으니 꼬리를 어떻게 빼야 할지 고민이다.

2010년 2월

최귀묵

차
례

서남동양학술총서 간행사 | 21세기에 다시 쓴 간행사 __ 4
책머리에 | 베트남문학 연구의 중간 결산 __ 6


제1장　　베트남문학의 전반적 특징 __ 15
　　　　1. 베트남문학의 범위와 영역 __ 17
　　　　2. 베트남문학의 역사적 전개 __ 22
　　　　3. 한문학 __ 40
　　　　　　1) 민족문학적 성격 __ 40
　　　　　　2) 창작과 비평의 관계 __ 41
　　　　　　3) 중국문학과의 연동성 __ 43
　　　　4. 쯔놈문학 __ 47
　　　　　　1) 문자의 어려움 __ 47
　　　　　　2) 운문의 우세 __ 51
　　　　　　3) 번역의 양상 __ 55
　　　　5. 문학 갈래 __ 58
　　　　6. 표현과 미의식 __ 60


제2장　　구비문학 __ 65
　　　　1. 구비문학의 분류 __ 67
　　　　2. 이야기 __ 71
　　　　　　1) 신화 __ 71
　　　　　　　　(1) 창세신화 __ 71
　　　　　　　　(2) 건국신화 __ 76
　　　　　　2) 전설 __ 80
　　　　　　3) 고적전(古蹟傳) __ 84

3. 노래 __ 92

4. 연행 __ 97

   1) 째오 __ 97

      (1) 기원과 발전 __ 98

      (2) 공연방식 __ 101

      (3) 관객 __ 105

      (4) 작품 내용 __ 107

      (5) 연극미학적 특징 __ 115

   2) 인형극 __ 121

      (1) 역사 __ 121

      (2) 수상인형극 __ 123

      (3) 육상인형극 __ 130

      (4) 베트남 인형극의 특징 __ 133

**제3장**    한문학 __ 135

1. 한시 __ 137

   1) 불가(佛家) 한시 __ 137

   2) 정통한시의 정착과 발전 __ 150

      (1) 자주적 기상의 한시 __ 150

      (2) 사대부 한시의 방향설정 __ 155

      (3) 완채(阮廌)의 시대 __ 166

      (4) 관각문학과 그 주변 __ 174

   3) 사대부의 분화와 한시의 다변화 __ 183

      (1) 시대적 배경 __ 183

      (2) 영사시(詠史詩)와 사행시(使行詩)의 흥기 __ 186

      (3) 완병겸(阮秉謙)과 그의 문하(門下) __ 191

(4) 은거자의 목소리 __ 198

(5) 남쪽 변방의 이취(異趣) __ 200

4) 한시의 혁신과 방향전환 __ 203

(1) 민중의 고난과 고통 __ 203

(2) 사대부 남성이 그린 여성의 삶 __ 214

(3) 완유(阮攸)의 고음(苦吟) __ 217

(4) 역사의 소용돌이 속에서 __ 225

(5) 고향의 시인 완권(阮勸) __ 239

5) 투쟁과 계몽의 외침 __ 244

2. 한문산문 __ 258

1) 형성기의 한문산문 __ 258

2) 자주적 기상의 한문산문 __ 265

3) 철학 글쓰기 __ 278

(1) 불가(佛家)의 철학 글쓰기 __ 279

(2) 유가(儒家)의 철학 글쓰기 __ 288

(3) 유불일치론자의 철학 글쓰기 __ 293

4) 역사서술 __ 298

5) 한문산문의 비판정신 __ 309

6) 문학론의 면모 __ 316

7) 설화, 소설, 잡기(雜記)의 세계 __ 329

(1) 설화 __ 329

(2) 소설 __ 336

(3) 잡기 __ 351

제4장    쯔놈문학 __ 357

1. 베트남어의 특징과 표기 __ 359

1) 베트남어의 특징 __ 359

2) 베트남어의 표기 __ 361

**2. 쯔놈시가의 형식과 운율 __ 365**

1) 당률쯔놈시 __ 366

2) 6·8체시 __ 368

3) 7·7·6·8체시 __ 373

4) 핫 노이(hát nói) __ 375

**3. 쯔놈시문의 양상 __ 379**

1) 쯔놈시문의 초기 모습 __ 379

2) 당률쯔놈시의 작가와 작품 __ 387

(1) 완채(阮廌) __ 387

(2) 홍덕소단(洪德騷壇) __ 397

(3) 완병겸(阮秉謙) __ 405

(4) 호춘향(胡春香) __ 411

(5) 완씨형(阮氏馨) __ 425

(6) 완공저(阮公著) __ 428

(7) 완권(阮勸) __ 431

(8) 진제창(陳濟昌) __ 434

3) 부(賦)·변문(騈文) __ 440

(1) 부 __ 440

(2) 변문 __ 441

4) 음곡(吟曲) __ 443

(1) 『정부음곡(征婦吟曲)』 __ 444

(2) 『궁원음곡(宮怨吟曲)』 __ 446

5) 연가(演歌) __ 449

6) 시전(詩傳): 소설 __ 452

(1) 『소경신장(梳鏡新妝)』 __ 458

(2) 『육운선(陸雲仙)』 __ 461

(3) 『범재옥화(范載玉花)』『송진국화(宋珍菊花)』『석생(石生)』『방화(芳花)』 __ 467

(4) 『취교전(翠翹傳)』 __ 470

ⅰ) 형성과정 __ 471

ⅱ) 내용 __ 473

ⅲ) 형식, 표현상의 특징 __ 484

ⅳ) 주제 __ 489

ⅴ) 작품의 다면적 성격과 수용양상 __ 493

ⅵ) 비판적 논의 __ 496

ⅶ) 비교연구의 과제 __ 498

7) 핫 노이 __ 500

8) 뚜옹 __ 504

(1) 기원과 발전 __ 504

(2) 공연방식 __ 505

(3) 관객, 작가 __ 506

(4) 작품 내용 __ 507

(5) 연극미학적 특징 __ 513

(6) 시대적 성격 __ 516

(7) 째오와 뚜옹 __ 518

제5장  국어문학 __ 521

1. 근대문학의 형성 배경 __ 523

1) 국어와 국어문학의 태동 __ 523

2) 저널리즘과 근대적 글쓰기 __ 526

2. 근대시 __ 533

1) 구시(舊詩)의 지속과 변모 __ 536

  (1) 동경의숙(東京義塾)의 시 __ 536

  (2) 구시 계열의 시인들 __ 539

  (3) 딴 다의 공헌 __ 541

2) 신시의 등장 __ 548

  (1) 「옛사랑(Tình già)」이 불러일으킨 반향 __ 548

  (2) 프랑스 시의 영향 __ 554

  (3) 신시의 위상 __ 560

3) 신시의 면모 __ 561

  (1) 낭만주의 계열의 시 __ 562

  (2) 현실비판 계열의 시 __ 577

  (3) 공산혁명 계열의 시 __ 581

3. 근대소설 __ 588

  1) 『또 떰(Tố Tâm)』의 출현 __ 588

  2) 낭만주의 계열의 소설 __ 598

  3) 현실비판 계열의 소설 __ 609

4. 근대연극 __ 621

  1) 개량극 __ 622

  2) 대화극 __ 625


베트남사 연표 __ 630

참고문헌 __ 634

찾아보기·인명 __ 652

찾아보기·작품 __ 662

찾아보기·용어 __ 679

베트남 지도 __ 686

## 일러두기

1. 중세시기 인명은 한자를 밝히고 우리말로 읽되 지명(地名)은 되도록 현대 베트남어를 적고 우리말로 읽는 것을 원칙으로 한다. 근대시기 인명은 베트남어를 밝히고 우리말로 읽고, 중세시기에 나온 인명이 근대시기에 다시 나올 때는 한자를 밝히고 우리말로 읽는 것을 원칙으로 한다.

2. 근대시기의 어휘는 베트남어를 적고 우리말로 읽는 것을 원칙으로 한다. 하지만 한자를 밝히고 우리말로 읽는 것이 가독성을 높인다고 생각될 때는 그렇게 했다.
   (예) 동 즈엉 땁 찌(Đông Dương Tạp Chí) → 동양잡지(東洋雜誌)

3. 고유명사는 베트남어에서 띄어 쓴 대로 한글 표기를 하는 것을 원칙으로 한다. 다만 우리에게 친숙한 일부 지명과 빈번하게 출현하는 몇몇 어휘는 붙여 쓰기로 했다. 또한 한글 표기가 이미 굳어진 경우는 관용을 존중했다.
   (예) 비엣 남 → 베트남 / 사이 공 → 사이공 / 하 노이 → 하노이 / 호 찌 민 → 호찌민 / 다 낭 → 다낭 / 쯔 놈 → 쯔놈

4. 쯔놈문학 작품을 번역할 때는 쯔놈 원문을 밝혀야 하지만 현실적으로 그렇게 하기가 힘들다. 그래서 대부분의 경우 쯔놈 원문 대신 현대 베트남어로 전사한 바를 덧붙였다. 쯔놈 원문에서 한자어를 사용한 경우에는 번역문에서도 되도록 살려 쓰고자 했다.

5. 중복해서 인용되는 저술은 되도록 저자와 서명을 되풀이해서 밝히기로 하며, 특히 빈번하게 인용되는 저술은 다음처럼 간략화해서 밝히기로 한다.

   유인선 『(새로 쓴) 베트남의 역사』, 이산 2002 → 유인선 『베트남의 역사』
   황귀연·안희완·하순·배양수 『베트남의 이해』, 부산외국어대학교출판부 1999 → 배양수 외 『베트남의 이해』
   于在照 『越南文學史』, 北京: 軍事誼文出版社 2001 → 于在照 『越南文學史』
   陳荊和 編校 『校合本 大越史記全書』(上·中·下), 東京: 東京大學東洋文化硏究所 附屬東洋學 文獻センター 1984 → 『校合本 大越史記全書』
   Hữu Ngọc·Nguyễn Đức Hiền 편 『(La Sơn Yên Hồ) Hoàng Xuân Hãn(호앙 쑤언 한 저작집)』 II·III(문학편), Hà Nội: Nxb Giáo Dục 1998 → 『호앙 쑤언 한 저작집』 II·III
   Lại Nguyên Ân 주편 『Từ Điển Văn Học Việt Nam(từ nguồn gốc đến hết thế kỷ XIX)(베트남 문학사전, 기원부터 19세기 말까지)』, Hà Nội: Nxb Giáo Dục 1997 → 『베트남문학사전』

6. 참고문헌은 본문에서 인용된 것을 위주로 정리했다.

14

## 제1장

# 베트남문학의 전반적 특징

## 1. 베트남문학의 범위와 영역

베트남문학은 베트남사람에 의해서 베트남어로 창작, 수용, 전승되어온 문학의 총체이다. 베트남사람 작가와 수용자, 그리고 베트남어는 베트남문학을 구성하는 필수 요소라고 할 수 있다. 그런데 지금의 베트남은 54개 민족으로 구성된 다민족 국가이기 때문에 베트남사람과 베트남어의 성격이 단순하지 않다. 베트남의 민족 구성을 보면 최다수는 비엣족(dân tộc Việt), 곧 낀족(dân tộc Kinh)이며 비엣족을 제외한 나머지 민족을 소수민족(少數民族, dân tộc thiểu số)이라고 통칭하고 있다. 최다수인 비엣족은 전체 인구의 87퍼센트 정도를 차지한다. 소수민족 가운데는 많게는 인구가 100만 명이 넘는 민족이 있는가 하면 적게는 수백 명을 헤아리는 민족도 있어 민족의 크기가 각각 다르며, 소수민족이 사용하는 언어 또한 다양하여 여러 어군(語群)으로 분류된다.[1]

사정이 이와 같으니 베트남문학을 넓은 의미의 베트남문학과 좁은 의미의 베트남문학으로 나누는 편의상의 구분을 생각해볼 필요가 있다. 이 구분에 따르면 넓은 의미의 베트남문학은 다민족 국가인 베트남을 구성하고 있는 54개 민족의 문학을 모두 포괄한 복합체를 가리킨다. 반면 좁은 의미의 베트남문학은 54개 민족 가운데 특히 비엣족이 이룩한 문학만을 가리킨다. 넓은 의미의 베트남문학을 대상으로 하는 연구는 비엣족과 여타 민족의 문학을 대등하게 파악하고 기술하고자 한다는 점에서 이상적이다. 하지만 필자에게 그런 연구는 역량이 허락하지 않는 분외의 일이다. 게다가 베트남 내에서도 소수민족 문학 자료 수집이 미흡할뿐더러 소수민족 문학의 양상을 체계적으로 기술할 수 있을 만큼의 연구 성과도 아직은 축적하지 못하고 있는 것으로 보인다. 그래서 이 책에서는 좁은 의미의 베트남문학을 연구와 서술의 대상으로 삼고자 한다. 비엣족의 문학이 베트남 내 다른 민족의 문학과 교류가 있었던 것은 물론이지만 그런 교류 양상보다는 독자적인 전개 양상에 우선 관심을 기울이고자 한다. 이제부터 베트남문학이라고 하면 일차적으로 좁은 의미의 베트남문학을 가리킨다.

베트남문학의 범위를 좁혀 잡는 것은 불가피한 차선의 선택이지만 비엣족이 이룩해온 문학의 양상을 이해하는 것은 무척 중요로운 일이다. 왜냐하면 비엣족 문학은 중세시기 동아시아 한문문명권 문학의 당당한 구성원이었던 만큼 동아시아문학에 대한 이해를 심화해야 한다는 시대적인 요구에 부응하

---

1) 2003년 현재 비엣족은 69,356,969명이고, 소수민족 가운데 인구수가 가장 많은 따이(Tày)족이 1,597,712명, 인구수가 가장 적은 브러우(Brâu)족이 350명이라고 한다(http://cema.gov.vn). 한편 베트남에는 비엣-므엉(Việt-Mường) 어군을 포함해서 모두 8개 어군에 속하는 언어가 있다고 한다(Thông Tấn Xã Việt Nam 『Việt Nam Hình Ảnh Cộng Đồng 54 Dân Tộc(Vietnam image of the community of 54 ethnic groups)』, Hà Nội: Nxb Văn Hóa Dân Tộc 1998, 102면. 이 책의 전문을 http://cema.gov.vn에서도 볼 수 있다). 유인선 『(새로 쓴) 베트남의 역사』(이산 2002) 18~20면; 송정남 『베트남의 역사』(부산대학교출판부 2000) 22~26면; 부 썬 투이, 배양수 옮김 『베트남, 베트남사람들』(대원사 2002) 18~20면에서 베트남의 민족 구성, 언어에 대해서 설명하고 있다.

기 위해서는 우선적으로 관심의 대상으로 삼아야 하기 때문이다. 이 책에서는 이러한 시대적 요구를 의식하면서 비엣족 문학의 전개 양상을 중심에 두고 서술하면서 중국문학과의 관련 양상, 동아시아문학으로서의 보편적인 양상에도 주목하기로 한다.

이 책에서는 시간적 범위를 한정해서 1945년까지의 베트남문학을 다룬다. 그때까지의 베트남문학은 중세시기에 형성된 동아시아문학의 보편성이 작동하는 양상을 좇아 다루는 것이 가능하다. 근대로 넘어 오면서 동아시아문학의 보편성이 약화되고, 경우에 따라서는 해체되기에까지 이르는 양상을 서술할 수 있다는 뜻이다. 하지만 그후의 베트남문학은 질적으로 다른 차원으로 전화되었기 때문에 전혀 새로운 관점과 방법에 입각해 서술해야 한다. 또 현실적으로도 필자로서는 그후 시기의 문학을 다룰 수 있는 준비가 되어 있지 않다. 통칭 현대문학이라고 부르는 시기의 문학은 자료를 폭넓게 수집하고, 관점을 정립한 후속 연구를 기약할 수밖에 없는 실정이다.

베트남문학은 한국문학과 마찬가지로 구비문학, 한문학, 베트남어 기록문학의 세 영역으로 되어 있다. 구비문학은 인류보편의 언어예술이다. 한문학이 베트남문학의 한 영역이라는 점에 대해서는 오늘날 베트남 안팎에서 아무런 이견이 없다.[2] 한문을 수용해서 한문학 작품을 창작함으로써 베트남은 중세시기에 동아시아 한문문명권의 일원이 될 수 있었다. 베트남어 기록문학은 한자를 이용해서 만든 차자표기인 쯔놈(chữ Nôm)[3]으로 기록한 것과

---

[2] 베트남사람이 창작한 한문학 작품이 베트남문학의 일부인가 아닌가 하는 문제에 대해서 1950년대에 베트남 학계에서 논란이 있었다. 논란 끝에 베트남사람 창작의 한문학 작품도 베트남문학에 포함된다는 합의가 이루어졌고, 번역을 통해서 온 국민이 공유하도록 하겠다는 방침이 확정되었다(岩月純一「近代ベトナムにおける'國語'と'漢字'の關係」, 吾妻重二 주편 『(國際シンポジウム) 東アジア世界と儒教』, 東京: 東方書店 2005, 399면).

[3] 일본 연구자들은 쯔놈을 '字喃'이라고 쓰는데, 이는 적절치 않아 보인다. 베트남어 'chữ'는 '글자'라는 뜻이기는 하지만 한자 '字'를 베트남어로 읽은 것이 아니다. 한자 '字'는 '뜨(tự)'라고 읽는다. 'chữ'는 한자계 어휘가 아니며 쯔놈으로는 '𡨸'로 표기한다. 'Nôm'을 표

로마자를 받아들여서 만든 표기인 국어(國語, quốc ngữ)[4]로 기록한 것이 있다. 쯔놈으로 베트남어를 표기한 것을 일컬어 국음(國音, quốc âm)이라고도 한다.[5] 표기 방식이 쯔놈(국음)과 국어로 나뉘는 데 맞추어서 베트남어 기록문학을 쯔놈문학과 국어문학으로 구분하는 방식이 통용되고 있다.

베트남문학의 범위와 영역에 대한 지금까지 논의를 정리하면 다음과 같다.

```
베트남문학  넓은 의미의 베트남문학
            좁은 의미의 베트남문학  구비문학
                                    기록문학  한문학
                                              베트남어 기록문학  쯔놈문학
                                                                국어문학
```

---

기하는 '喃' 역시 한자 본래의 뜻('재잘거리다')을 유지하고 있는 것은 아니라 '베트남사람들이 사용하는 말'이라는 뜻이다. 따라서 'chữ Nôm'을 '字喃'이나 '喃字'라고 표기하는 것은 온당치 못하다. 베트남어 발음대로 읽어서 쯔놈이라고 하는 편이 옳다고 본다. 굳이 한자로 바꾼다면 한자 어휘의 어순에 맞는 쪽인 '喃字'를 택하는 편이 좋겠다. 중국에서 나온 연구서를 보면 대개 '喃字'로 표기하고 있다.

4) 여기서 '국어'는 '라틴어 문자(로마자)를 사용한 베트남어 표기(chữ viết dùng chữ cái La tinh ghi tiếng Việt)'를 뜻한다. 근대 '국어'를 창출하는 과정에서 한자나 쯔놈은 배제되었다. 한자와 쯔놈 표기를 함께 지칭해서 '한놈(Hán Nôm)'이라는 말을 쓰는데, '국어'를 전제로 하고서 새로 만든 말이다('국어'의 사전적인 의미는 Nguyễn Như Ý 주편 『Đại từ điển Tiếng Việt(베트남어 대사전)』(TP Hồ Chí Minh: Nxb Văn Hóa-Thông Tin 1999) 1379면의 풀이 참조. 한자(한문), 쯔놈, 국어의 관계에 대해서는 岩月純一 「近代ベトナムにおける'國語'と'漢字'の關係」 참조).

5) 예를 들어 중세시기에 나온 『국음시집(國音詩集)』이나 『홍덕국음시집(洪德國音詩集)』은 쯔놈으로 표기된 작품을 수록한 작품집인데, 제목에 '국음'이라는 말이 사용되고 있다. '국음'은 한문(한자)의 상대가 되는 말로서 베트남사람의 자주의식이 배어 있는 말이라고 할 수 있다(최병욱 『베트남 근현대사』, 창비 2008, 96면. 참고 삼아 베트남어 사전에 있는 풀이를 옮겨보면, "quốc âm dt. Tiếng nói của nước mình; dùng để chỉ tiếng Việt ghi bằng chữ Nôm, phân biệt với tiếng Hán ghi bằng chữ Nho"라고 되어 있다(Nguyễn Như Ý 주편 『Đại từ điển Tiếng Việt(베트남어 대사전)』 1378면).

한국문학에서와 마찬가지로 베트남문학에서도 구비문학, 한문학, 쯔놈문학은 상호교섭하면서 서로를 풍성하게 해왔다. 다만 베트남문학의 경우에는 상호교섭에서 구비문학의 역할이 상대적으로 크다는 특징이 있다. 한문학은 아무래도 상층에 국한될 수밖에 없는 한계가 있었고 쯔놈문학 역시 문자의 어려움 때문에 창작하고 향유하는 데 적지 않은 제약이 있었다. 그런 만큼 영역 간 상호교섭에서 구비문학의 역할이 커지게 되었다.6) 몇가지 실례를 들어 보자. 민요형식이 쯔놈시의 형식으로 상승했으며 쯔놈시 형식이 한문학 작품의 번역에 널리 이용되었다. 민중 사이에서 구전되는 이야기(설화)가 쯔놈소설로 재창조되었으며 구비문학의 비판적이고 풍자적인 성격은 쯔놈문학에 긴장감을 더해 주었다. 소설도 낭독하는 것을 들어서 향유하는 일이 흔했다.7) 완채(阮廌, 1380~1442),8) 완유(阮攸), 호춘향(胡春香)과 같은 작가는 한문학 작품과 쯔놈문학 작품을 창작하면서 구비문학의 자산을 적극적으로 활용함으로써 걸출한 작가의 반열에 오를 수 있었다.9)

---

6) 조동일 외 『한국문학 강의』(길벗 1994) 12면에서 지적한 바 있다. 중국에서는 한문학이, 일본에서는 국문문학이 압도적인 비중을 가지고 있으며 한국에서는 구비문학, 한문학, 국문문학이 대등한 비중을 가지고 있다고 했다(12면). 베트남의 경우 문자의 어려움 때문에 구비문학의 영역이 커졌고 구비 전승이 문학을 향유하는 주요한 방식이었다는 점은 于在照 『越南文學史』(北京: 軍事誼文出版社 2001) 163면에서도 재확인했다.

7) 프랑스 식민통치하의 베트남 남부의 한 마을에서 마을 사람들이 소설 『육운선(陸雲仙)』을 어떻게 향유했는지 보여주는 기록이 있어서 흥미롭다. 소설 읽기를 시작하기 무섭게 마을 사람들이 몰려와서 들었고, 소설의 몇 구절을 노래했다고 한다(최병욱 『베트남 근현대사』 96면).

8) '阮廌'를 오늘날 베트남어로는 'Nguyễn Trãi'로 쓰고, '응우옌 짜이'로 읽는다. 조동일 선생을 위시한 여러 선행연구자들은 '廌'를 '채'로 읽어왔다. '廌'를 한자 사전에서 찾아보면, 독음이 '태, 채, 치' 등으로 나온다. 그런데 이들 독음 가운데 베트남어 '짜이(Trãi)'에 가장 가까운 음은 '채'이다. 그래서 '채'로 읽은 것으로 알고 있다.

9) 于在照 『越南文學史』 154~163면에서 구비문학과 기록문학의 관련 양상에 대해 상세하게 논의했다. 구비문학의 풍자적이고 비판적인 성격을 기록문학에서 수용한 사례로 『경장원사적(瓊狀元事迹)』이나 『저장원사적(猪狀元事迹)』 같은 소설 작품을 꼽았다. 두 작품은 소화(笑話)의 대표적인 주인공 경장원(瓊狀元)과 저장원(猪狀元) 이야기를 쯔놈으로 소설

## 2. 베트남문학의 역사적 전개

베트남문학사 서술이 이 책의 목표는 아니기 때문에 베트남문학사의 시대 구분 논의가 반드시 필요한 것은 아니다. 하지만 문학사가 어떻게 전개되었는가를 말해주는 개략적인 밑그림을 가지고 있다면 베트남문학의 전반적인 면모를 이해하는 데 적지 않은 도움을 받을 수 있다. 그래서 이곳에서는 문학사 전개를 탐구한 선행연구 업적 가운데 대표적인 것 두 가지를 살펴보고 필자의 의견을 덧붙임으로써 대체적인 이해를 돕고자 한다. 대표적인 업적으로 검토할 선행연구 둘은 각각 베트남과 한국에서 제출되었다.

베트남의 문학사 연구자 응우옌 후에 찌(Nguyễn Huệ Chi)는 1954년부터 최근까지 나온 베트남문학사를 검토한 다음 시대구분에 대한 자신의 견해를 다음같이 밝히고 있다.[10]

고문학(古文學, văn học Cổ)
제1기: 10~15세기 초
제2기: 15세기
제3기: 16~17세기
제4기: 18세기
제5기: 19세기 전반

---

화한 작품이다. 경장원이나 저장원은 이른바 '피카로(picaro)형 인물'인데, 지배층을 풍자하고 비판하는 민중의 대표자 역할을 했다(Lại Nguyên Ân 주편 『Từ Điển Văn Học Việt Nam(từ nguồn gốc đến hết thế kỷ XIX)(베트남문학사전, 기원부터 19세기 말까지)』, Hà Nội: Nxb Giáo Dục 1997, 600면).

10) Nguyễn Huệ Chi 「Một vài vấn đề phân kỳ lịch sử văn học nhìn từ điểm đầu thế kỷ XXI(21세기 초의 시점에서 보는 문학사 시대구분의 몇가지 문제)」, 『Tạp chí Thông tin Khoa học xã hội(사회과학 소식 잡지)』 2002년 2호(Hà Nội: Viện Thông tin Khoa học xã hội 2002). 한편 조동일 『동아시아문학사 비교론』(서울대학교출판부 1993) 149~160면에서 베트남문학사 다섯 종을 택해서 문학사 서술의 경과를 검토했다.

제6기: 19세기 후반

근대문학(văn học Cận đại)
    1907~1932년 시기
    1932~1945년 시기

현대문학(văn học Hiện đại)
    1945~1954년 시기
    1954~1975년 시기
    1975년 이후 시기

먼저 고문학 시대를 구분한 내용을 살펴보자. 제1기는 938년 오권(吳權)
이 남한(南漢)의 군대를 격파하고 민족 자주(自主)의 시대를 연 때로부터
1413년 후진(後陳)이 멸망한 때까지이다. 이 시기에는 한문학 갈래가 정착
되었으며 유불도(儒佛道) 융합의 정신이 작자의 감흥, 작품의 내용과 미감을
지배했다.

제2기는 구체적으로 1413년에서 1497년까지의 시기이다. 후진이 멸망한
1413년 즈음에는 완채가 구국 투쟁에 여념이 없었고, 1497년에는 여조(黎
朝) 성종(聖宗)의 치세가 막을 내린다. 이 시기에는 유교 이념[仁義]이 고양
되고 유교적인 인간형이 부각되었으며 유교적인 미감이 존숭되었다. 또한
이 시기는 쯔놈문학이 성장해간 시기로 완채의 작품에서 볼 수 있듯이 6언
체(thể thơ Nôm lục ngôn)[11]의 작품 창작이 두드러졌다.

제3기는 역사에 대한 관심 증대가 가장 중요한 특징이다. 『천남어록(天南
語錄)』(17세기 말)과 같이 역사를 시로 노래하는 역사연가(歷史演歌, diễn ca
lịch sử)의 출현이나 『전기만록(傳奇漫錄)』(16세기), 『천남운록(天南雲錄)』(16

---

11) 이 형식은 '7언에 6언이 섞여 있는 형식(thất ngôn pha lục ngôn)' 또는 '6·7체(thể 6
·7) 형식'이라고도 부른다.

세기)과 같은 '환상적인 서사산문(truyện văn xuôi kỳ ảo)'의 등장이 주목된
다. 6언체 형식은 완병겸(阮秉謙)에 의해 여전히 계승되고 있음이 확인된다.

　제4기인 18세기는 '우충(愚忠, ngu trung)'과 '급진(急進, cấp tiến)'의 두
사상이 충돌한 시기이다. 낡은 이념을 대체하고 인문주의(人文主義, chủ
nghĩa nhân văn)가 발흥하는 모습을 『쌍성전(雙星傳)』이나 『정부음곡(征婦
吟曲)』에서 볼 수 있다. 내면의 슬픔을 표현하기에 적합한 음(吟, ngâm)이
나 만(挽, văn)과 같은 형식을 택해서 반전(反戰)의 메시지를 전하고 억압받
는 여성의 처지를 부각시켰다.

　제5기인 19세기 전반은 인문주의(인본주의)의 새로운 요구를 수용한 문
학이 등장한 시기이다. 인간의 운명을 편폭이 큰 장편소설에서 펼쳐 보이고
(『취교전(翠翹傳)』[12]), 하층의 고난을 장편 가행체(歌行體) 한시에 반영해서
형상화해냈다(완유, 고백괄高伯适, 완면심阮櫺審의 한시). 또한 자아(cái tôi)의 욕
망의 다양한 층위를 펼쳐 보이고자 하는 문학적 지향이 뚜렷하게 나타났다.
남아(男兒)의 의지, 행락(行樂)의 추구, 조소(嘲笑), 성욕(性慾)과 같은 욕망
의 스펙트럼이 당률(唐律)쯔놈시(thơ Nôm Đường luật)나 핫 노이(hát nói)
형식을 빌려 펼쳐졌다.

　제6기는 1858년 프랑스와 스페인 연합군이 다낭(Đà Nẵng)을 침략한 사
건을 기점으로 삼는다. 이 시기는 문학적으로 신구(新舊) 교체기였다. 곧 애
국주의 문학 전통, 완권(阮勸)과 진제창(陳濟昌)의 현실풍자문학(văn học
trào phúng hiện thực), 도진(陶進)의 활약과 더불어 생동하는 궁정문학이
된 연극 뚜옹(tuồng)이 두드러짐과 동시에 남부지방 신문 지상에 국어문학
이 출현한 시기였다. 일각에서는 언문일치(言文一致, như lời nói thường)가
표방되기도 했지만 국어문학의 비중이 아직은 크지 않다는 점에서 근대문학
시기로 접어들었다고 말하기는 힘들다.

---

12) '쭈엔 끼에우(Truyện Kiều)' '끼에우(Kiều)'라고도 하는 작품이다. 필자는 주인공 이름을
　취해서 '취교전'이라고 부른다.

근대문학 시대가 20세기 초인 1907년부터 시작되었다고 보는 것은 그 해에 동경의숙(東京義塾, Đông Kinh Nghĩa Thục)이 문을 연 것을 중시한 때문이다. 이때로부터 문학은 자유, 민주, 인권, 인도주의 정신, 개인주의적인 심미의식을 흡수해서 새로워졌다. 하지만 1907년에서 1932년 사이의 기간 동안에는 소설이나 대화극이 아직은 모색의 단계에 있었고, 시 또한 전통시의 굴레에서 크게 벗어나지 못하고 있었다. 뿐만 아니라 비밀스럽게 전파되던 한문학이 여전히 사상계를 이끄는 유력한 지위를 유지하고 있었다.

1932년은 자력문단(自力文壇)이 공개적으로 활동을 시작하고 신시(新詩, thơ mới)가 처음 등장한 해이다. 이때로부터 문학은 양적으로나 질적으로나 비약적으로 성장했다. 낭만주의, 현실주의, 상징주의, 초현실주의 문학이 탄생하고 소설, 시, 대화극을 비롯한 문학의 여러 갈래에서 탁월한 성취를 보였다. 베트남어로 발행되는 신문 지상에서 문학과 사상을 둘러싼 논쟁 또한 활발하게 진행되었다.

이상과 같이 각 시기를 구분한 세부적인 내용을 검토해볼 때, 응우옌 후에 찌는 정치사와 정신사, 그리고 문학 내부의 변화를 함께 고려하여 시기를 구분하려 했음을 알 수 있다. 유물사관(唯物史觀)에 의한 시대구분을 더 이상 고집하지 않았다는 사실은 주목할 만하다. 그러나 좀 더 따져보면 몇가지 만족스럽지 못한 점이 있다. 우선 문학사 시대구분의 원리를 제시하고 거기에 따라서 시대구분을 행한 것이 아니라는 점이 가장 아쉽다. 시대구분의 실제에 있어서는 베트남문학사가 10세기부터 시작된다고 함으로써 구비문학만 존재했을 그전 시기의 문학에 대해서 관심을 갖지 않은 점, 고문학(고전문학)과 근대문학을 나누었을 뿐 중세문학을 설정하지 않은 점이 선뜻 납득이 가지 않는다.[13] 아울러 한문학, 쯔놈문학이 여전히 창작되고 향유되던 시기

---

13) 이와 같은 시대구분은 중국문학사 시대구분과 관계가 있는 것이 아닌가 생각된다. 예컨대 張炳·鄧紹基·樊駿 주편『中華文學通史』1~10(北京: 華藝出版社 1997)에서는 '고대문학(古代文學)·근현대문학(近現代文學)·당대문학(當代文學)'으로 시대구분하고 있다.

인 1907~1932년 시기를 근대문학이라고 하는 것도 의문의 여지가 있다.

한국에서 나온 선행연구로는 조동일 선생의 연구가 있다. 1993년에 출간된 『동아시아문학사 비교론』에서 베트남문학사를 비롯한 각국 문학사 서술의 경과를 검토하고 '동아시아문학사의 시대구분' 표를 제시했는데, 베트남문학 부분만 따로 떼어 내어 보이면 다음과 같다.[14] 숫자는 세기나 연도를 표시하고, 〔 〕는 시대가 달라 직접 해당되지 않는 사례를 표시한다.

　　　고대문학: 자기중심주의
　　　　　건국신화 · 서사시　　건국신화

　　　중세전기문학: 보편주의의 대등한 구현
　　　　　국가위업 금석문　　　12 「大越國當家第四帝崇善延齡塔碑」
　　　　　국사편찬　　　　　　〔13 『大越史記』〕
　　　　　한시　　　　　　　　10 吳眞流, 阮萬行, 11 李常傑
　　　　　민족구어시가　　　　〔15 國音詩〕
　　　　　한문산문　　　　　　11 李佛瑪(太宗)
　　　　　불교문학　　　　　　11 譚究旨

　　　중세후기문학: 보편주의의 독자적 구현
　　　　　시기　　　　　　　　1225 陳왕조
　　　　　신유학　　　　　　　14 張漢超
　　　　　불교문학의 변모　　　13 陳太宗, 陳仁宗, 慧忠, 14 玄光
　　　　　한문학의 다변화　　　14 張漢超, 15 阮飛卿, 阮廌
　　　　　자주적 역사문학　　　13 『大越史記』, 15 『大越史記全書』, 「平吳大誥」
　　　　　민족구어시가의 상승 國音詩(15 阮廌, 16 阮秉謙)

---

14) 조동일 『동아시아문학사 비교론』 318~320면. 〔 〕 표시는 시대가 달라 직접 해당되지 않는 사례임을 표시한다. 몇몇 곳의 표기는 필자가 정정했다.

| 비정통문학 | 16『傳奇漫錄』 |
|---|---|
| 연극 | tuồng 시작 |

중세에서 근대로의 이행기문학 제1기: 보편주의에서 민족주의로(1)

| 시기 | 1599 남북 대립, 1771~1792 서산운동 |
|---|---|
| 사상혁신 | 18 黎貴惇 |
| 한문학의 혁신 | 19 阮攸, 阮公著, 高伯适 |
| 자국어시 변모 | 賦(phú) |
| 문학담당층 확대 | 市民文學, 인쇄술, 상품화, 여류문학, 字喃15) 문학의 확대 |
| 소설 | 19『金雲翹』 |
| 연극 | tuồng, chèo |

중세에서 근대로의 이행기문학 제2기: 보편주의에서 민족주의로(2)

| 시기 | 1862 식민지 시작 |
|---|---|
| 사상 혁신 | 20 潘佩珠(Phan Bội Châu) |
| 문학 혁신 | 20 Tản Đà |
| 새로운 문학 갈래 | thơ mới(新詩) |

근대문학: 민족주의와 평등주의

| 시기 | 1923 心心社 결성, 1925 베트남 靑年革命同志會 |
|---|---|
| 언문일치 | 國語(quốc ngữ) 공용 |
| 근대소설 | 1925 Hoàng Ngọc Phách의『Tố Tâm』 |
| 근대시 | Thế Lữ, Bàng Bá Lân |

이상과 같은 결과는 언어, 문학 갈래, 문학담당층, 사회경제구조의 변화를 기준으로 삼되, 앞의 것들을 증거로 삼아 시대구분을 하고 뒤의 것들로 나아

---

15) 쯔놈을 가리킨다.

가면서 현상의 이면에서 변화의 근거를 찾으려 해서 얻었다.16) 필자는 언어, 문학 갈래, 문학담당층의 변화를 일차적인 시대구분의 근거로 삼아야 한다는 원칙론이 타당하다고 본다. 하지만 위에 나타난 결과 이상으로 문학 자체의 변화에 근거한 시대구분 논의는 이루어지지 않았다. 그래서 필자는 문학 자체의 변화에 따른 시대구분을 좀더 세밀하게 진행해보고자 한다.

우선 언어 선택을 일차 기준으로 삼아서 구비문학, 한문학, 베트남어 기록문학의 관계 변천에 따라서 문학사의 시대를 크게 나누어볼 수 있다.17) 그런데 베트남어 기록문학은 동아시아의 다른 나라와 달리 표기방식(표기문자)이 두 단계로 확연히 구분된다. 베트남어 기록문학의 표기에 사용된 문자는 쯔놈과 국어인데, 크게 보아 쯔놈은 중세의 표기수단이고 국어는 근대의 표기수단이다. 그런 만큼 쯔놈과 국어의 등장과 교체를 시대구분의 일차적인 징표로 삼을 수 있다.

[1] 구비문학만 있던 시대
[2] 한문학과 쯔놈문학이 공존한 시대: 중국에 복속된 시기~(10세기)~20세기 초반
[3] 국어문학이 성장하여 독점적인 지위를 차지한 시대: 19세기 후반 이후

---

16) 조동일 선생은 자신이 『한국문학통사』 서술을 통해 확립한 시대구분을 동아시아문학사 전반에 적용했는데, 『한국문학통사』의 시대구분 근거는 『한국문학통사』 1(제4판, 지식산업사 2005) 34~43면이나 『동아시아문학사 비교론』 301~305면에 서술되어 있다. 『한국문학통사』를 검토한 논문으로 강상순의 「『한국문학통사』 다시 읽기—고전문학사 서술의 지표와 이론」, 박무영의 「『한국문학통사』와 '한국여성문학사'—여성문학사를 위해」, 한기형의 「'이념의 구심화'에서 '실용적 확장의 증식구조'로」 등이 있는데 이들 논문이 『고전문학연구』 제28집(한국고전문학회 2005)에 실려 있다.
17) 조동일 선생이 한국문학사를 서술하면서 발견한 원리의 하나가 문학사의 전개를 구비문학·공동문어문학·민족어 기록문학의 관계에 따라서 파악할 수 있다는 것이며, 조동일 선생은 그것을 동아시아문학사 시대구분에 적용했다.

[1]의 시대에서 주목할 만한 사항으로는 비엣족의 경우 구비서사시 전승이 단절된 점이다. 이 점은 비엣족과 기원이 같은 민족인 므엉(Mường)족이 오늘날까지도 창세서사시 전승을 유지하고 있는 것과 대조가 된다. 비엣족은 창세서사시의 신화적 사유를 계승하는 데 관심을 두기보다는 중세문명을 수용하고 비엣족 중심의 건국신화를 만드는 데 힘을 기울였다.

한문을 수용하여 한문학 작품을 창작함으로써 [2]의 시대에 접어들게 되었다. 중국에 복속되었던 오랫동안(기원전 2세기~기원후 10세기) 문학사에 그와 같은 변화가 일어났을 텐데 자료가 미비하여 언제 [2]의 시기로 접어들었는지를 분명히 말하기는 어렵다. 다만 한문학의 성립을 알려주는 자료가 선승(禪僧) 법순(法順)의 「국조(國祚)」라는 작품인데 981년경에 창작되었다고 알려져 있다. 그 점을 반영해서 ( ) 안에 '10세기'라고 적어넣었다. 물론 한문학 성립은 그보다 훨씬 이전의 일이라고 보아야 한다.

쯔놈이 쓰이기 시작한 것은 8세기 혹은 그보다 이전이라고 하는데, 점차 정착되어 문학 창작에 이용되었다. 역사서의 기록이나 지금까지 전해오는 작품을 보면 쯔놈문학 작품 창작이 확고히 자리를 잡은 것은 13세기의 일이다. 『대월사기전서(大越史記全書)』의 1282년 조에 따르면 완전(阮詮)이 베트남어로 시를 짓는 데 능했으며, 이로부터 베트남어로 시부(詩賦)를 짓는 일이 비롯했다고 한다.18) 그런가 하면 1306년 조에서는 완사고(阮士固)가 쯔놈으로 시부를 창작하는 데 능했다고 전하고 있다. 진조(陳朝)의 인종(仁宗, 1258~1308), 현광(玄光, 1254~1334), 막정지(莫挺之, 1280~1350)가 창작한 것으로 알려진 쯔놈시문이 지금까지 전해지고 있다. 따라서 13세기 후반에 쯔놈문학이 본궤도에 올랐다고 간주해도 무리가 없다고 본다.

---

18) "時有鰐魚至瀘江 帝命刑部尙書阮詮爲文投之江中 鰐魚自去 帝以其事類韓愈 賜姓韓 詮 又能國語賦詩 我國賦詩多用國語 實自此始"(陳荊和 編校 『校合本 大越史記全書』(上), 東京: 東京大學東洋文化硏究所 附屬東洋學文獻センター 1984, 355면). 완전이 한(韓)씨 성을 하사받았기에 '한전(韓詮)'이라고 칭하기도 한다.

[2]는 대략 10세기에서 20세기 초반에 이르는 긴 시대인데, 다시 몇몇 시기로 나누어볼 수 있다. [2]를 다시 나누는 데도 언어 선택이 준거가 되지만, 그에 못지않게 쯔놈문학과 한문학의 성장과 변화, 문학담당층 교체도 유의미한 근거가 된다고 본다.

[2-1] 선승(禪僧) 주도의 한문학 창작이 시작되어 정착한 시기: ~13세기 전반
[2-2] 쯔놈문학이 정착되고 사대부(士大夫)가 문학 창작을 주도한 시기: 13세기 후반~16세기
[2-3] 사대부 문학이 다변화되고 소설이 활발하게 창작되어 상업적으로 유통된 시기: 17~19세기 전반
[2-4] 국어문학이 등장해서 한문학, 쯔놈문학과 공존한 시기: 19세기 후반~20세기 초반

[2-1] 시기의 문학담당층은 승속(僧俗)에 걸쳐 있지만 창작을 주도한 것은 불가(佛家) 쪽의 승려들이었다. 『선원집영(禪苑集英)』과 『황월시선(皇越詩選)』19)에 수록되어 전하는 선구(禪句)나 게송(偈頌), 그리고 한문산문이 불가문학의 높은 수준을 보여준다. 세속의 문인은 변려문(駢儷文)으로 쓴 비문(碑文)에서 글쓰기 능력을 발휘한 점이 주목된다.

대몽항쟁(1257~1288)이 [2-2] 시기로 전환되는 직접적인 계기가 되었다. 진나라(陳朝, 1225~1400)의 과거제 정비에 힘입어 등장할 기회를 얻고 몽골과의 교섭 중에 활약한 문사들은 서서히 승려를 대신하여 지식층을 형성하고 문학 창작을 선도하게 되었다.20) 한문학에서는 자주적 기상을 떨치는 시문, 베트남 산천을 노래한 산수시가 빛을 발하고, 여조 전성기인 성종(聖宗, 재위 1460~1497) 연간에는 관각문학(館閣文學)이 한 시대를 화려하게 장식했

---

19) 총6권. 배휘벽(裴輝璧, 1744~1818)이 1788년에 찬술한 한시 선집.
20) 유인선 『베트남의 역사』 151면.

다. 또한 민족의식의 발흥으로 민족어문학인 쯔놈문학이 튼실하게 자리를 잡고 발전을 지속했다.

대몽항쟁에서 거둔 빛나는 승리가 시대전환으로 곧바로 이어진 것은 아니었다. 쩐나라는 불교, 왕족과 귀족, 대토지 소유제를 체제의 근간으로 삼은 국가였는데, 원(元)나라의 침입을 성공적으로 물리침으로써 그러한 체제가 한동안 유지될 수 있었던 것이다. 하지만 쩐나라의 체제는 14세기 후반에 이르러 총체적인 위기에 직면했고, 호씨(胡氏) 정권(1400~1407)과 명(明)나라 지배기(1407~1427)를 거치면서 새로운 체제로 대체되기에 이르렀다.21) 호계리(胡季犛)는 쩐나라를 지배해온 귀족 대신 신유학을 익힌 사대부 관료를 등용하여 중앙집권적 관료국가를 만들고자 했으며 여조(黎朝)의 성립(1428)으로 그러한 개혁이 결실을 맺게 되었다.22) 이런 사실에 근거해서 [2-2] 시기를 여조 성립 이전과 이후의 두 시기로 나누는 것도 가능하다고 본다.

[2-2] 시기의 초기에는 불가문학이 여전히 융성했다. 태종(太宗), 혜충(慧忠), 인종, 현광이 연이어 출현하여 베트남 불교사상과 불교 한시의 높은 수준을 보여주었다. 세속에는 귀족 문학이 존재하고 있었지만 귀족의 한문학 작품세계에도 불교가 짙은 그림자를 드리우고 있었다. 그런데 남아 있는 자료로 판단하건대 현광을 마지막으로 해서 이렇다 할 시승(詩僧)의 작품을 찾

---

21) 송정남 『베트남의 토지제도』(부산대학교출판부 2001)에 따르면, 쩐나라는 왕과 그 아래 막대한 경제, 군사적인 힘을 갖고 있던 황족을 중심으로 하는 중앙집권체제였으며, 쩐나라의 약화는 곧 '음서제(蔭敍制)적 베트남 봉건군주제'의 쇠퇴라고 말할 수 있다. 따라서 쩐나라의 쇠퇴는 호씨 정권 하에서 관료제도가 발달할 수 있는 길을 열어놓았을 뿐만 아니라 유학의 발달로 인한 정치사상의 진보를 촉진하는 계기가 되었다(71면). 또한 쩐나라의 쇠퇴는 막대한 경제력과 군사력을 동시에 가지고 있던 귀족의 비대화에 주요한 원인이 있었다(72면). 최병욱 『동남아시아사』(대한교과서주식회사 2006)에 따르면, 쩐나라의 국가 체제는 '종실(宗室) 독점 지배 체제'로서 이조시대의 분권 형태에서 중앙집권화로 가는 과도기적 형태였다(83면).

22) John K. Whitmore, *Vietnam, Hồ Quý Ly, and the Ming(1371~1421)*, New Haven: Yale Southeast Asia Studies 1985, 131면.

아보기 어렵다. 반면 어려운 여건에서도 성장을 계속하고 있던 사대부는 동아시아 사대부 문학에 공통되는 의식과 미감을 구현하는 작품을 왕성하게 창작했다.

유학을 익힌 지식관료층인 사대부가 문학을 자신의 내면을 표현하는 수단으로 삼으면서 문학 창작의 주도권을 장악해가는 전환을 보여주는 비교적 이른 사례가 주안(朱安, 1292~1370)이다. 그가 남긴 한시 작품에는 벼슬길에서 물러나 자연에 은거하면서 내면을 닦는 한편 세상사를 염려하는 마음을 떨치지 못하고 있는 사대부의 전형적인 면모가 드러난다. 그런 주안의 문하(門下)에서 여괄(黎括)이 배출되었다. 여괄은 과거에 급제하여 관직에 나아갔으며 유학을 숭상하고 이단을 물리치는 데 힘을 기울여 명유(名儒)라는 평가를 받았다. 주안과 여괄은 진나라 체제의 위기를 인식하고, 신유학 이념으로 무장한 사대부 관료가 주도하는 새로운 체제를 모색해가는 시대변화의 선봉에 서 있었다고 자리매김할 수 있다.

위에서 말한 바와 같이 [2-2] 시기에 창작되었다고 알려진 쯔놈문학 작품이 전해져온다. 그것은 바로 선종 승려들이 남긴 가(歌)나 부(賦) 작품인데, 가(歌)는 4언(言)으로 길게 이어지는 형식이다. 인종의 「득취임천성도가(得趣林泉成道歌)」와 「거진낙도부(居塵樂道賦)」, 현광의 「영운연사부(詠雲煙寺賦)」, 막정지의 「교자부(敎子賦)」(4언 형식)가 전해지고 있다. 완전, 완사고 등 세속의 문인이 창작했다는 '국어시부(國語詩賦)'는 아마도 한시와 부(賦) 형식을 차용해서 베트남어로 창작한 작품일 것이다.23) 주안 역시 한시 이외에도 쯔놈시를 써서 『국어시집(國語詩集)』을 남긴 것으로 알려져 있으나24)

---

23) Lã Nhâm Thìn 『Thơ Nôm Đường Luật(당률쯔놈시)』(Hà Nội: Nxb Giáo Dục 1997) 38~39면에서는 완전 등이 창작한 작품이 당시(唐詩) 형식, 곧 근체시 형식을 차용해서 베트남어로 창작한 작품인 당률쯔놈시일 것이라고 보았다. 완사고가 '국어시부'에 능했다는 기록이 『대월사기전서』에 보인다. "天章學士阮士固 (…) 能作國語詩賦 我國作詩賦多用國語 自此始" (『校合本 大越史記全書』 (上), 388면).

24) 『歷朝憲章類誌』 '文籍誌' 37b~38a면. 『역조헌장유지』는 총49권인데 반휘주(潘輝注,

32

오래전에 실전(失傳)되었다. 하지만 완채의 『국음시집(國音詩集)』, 여조 성종이 맹주가 된 궁정 소단(騷壇)의 창작품을 모은 『홍덕국음시집(洪德國音詩集)』, 완병겸의 『백운국어시(白雲國語詩)』와 같은 굵직굵직한 작품집이 뒤를 이었다. 어느 경우나 공통적으로 사대부 문학의 의식과 미감을 구현하고 있다고 할 수 있다.

쯔놈문학의 형식으로 본다면 이 [2-2] 시기에는 당률쯔놈시, 6·8체시, 7·7·6·8체시가 부상해서 주도적인 문학 형식으로 자리 잡았다. 그중에서도 당률쯔놈시의 출현은 문학담당층의 교체와도 밀접하게 연관되어 있어서 시대구분의 근거로 삼기에 더욱 적절하다. 당률쯔놈시는 선승을 밀어내고 문학 창작을 주도한 사대부의 내면 표현 수단이었다.

[2-3]은 정치·사회적으로는 남북대립의 시기였다. 이 시기에는 사대부 계층이 관료유사(官僚儒士), 은일유사(隱逸儒士), 평민유사(平民儒士)로 분화되었고 거기에 상응해서 문학도 다변화되었다. 문학은 작가의 내면 정감을 표현하는 데서 진일보했고, 사회현실을 반영하는 데서도 진일보했다. 문학의 제재에서 '사랑'이 진지하게 다루어진 것도 주목할 만한 변화였다.

한문학에 있어서는 베트남의 산천과 풍습을 자랑스러워하고 민족사에 대한 자부심을 표현하는 앞 시대의 주제의식을 계승하여 산수시와 영사시(詠史詩) 영역이 확대되었고, 중국 체험을 제재로 한 사행시(使行詩) 또한 점증했다. 다른 한편으로는 한문학이 시대의 아픔과 삶의 고뇌를 담아내는 쪽으로 방향을 돌려 면모를 일신했다. 이 시기에는 쯔놈문학 또한 비약적인 발전을 보였다. 남녀 애정을 제재로 하는 소설과 시가가 활발하게 창작되고 상업적으로 유통되었다. 앞 시기에 탄생해서 자리를 잡은 6·8체나 7·7·6·8

1782~1840)가 1809년에 시작해서 1819년에 완성을 본 백과사전적 저술이다. 그중 '문적지'(42~49권)에서는 역대 한문서적과 쯔놈서적의 목록을 제시하고 간략하게 내용을 소개하고 있다. '문적지'는 이보다 앞서 여귀돈(黎貴惇, 1726~1784)이 편찬한 『여조통사(黎朝通史)』(=大越通史) 속의 '예문지(藝文志)'를 발전시킨 내용이라고 할 수 있다.

체가 애용되어 소설과 시가는 거의가 이 두 형식으로 되어 있다.

쯔놈문학에서 [2-3]으로 접어드는 변화가 나타났다는 것을 잘 보여주는 자료는 바로 1663년 한문으로 써서 반포한 「교화조례령(教化條例令)」이다. 당시에 베트남은 남북으로 분열되어 있었는데, 교화령은 북쪽의 실권자[鄭主] 정작(鄭柞)이 반포한 것으로 되어 있다. 이 교화령은 모두 47개조로 되어 있는데, 그중 제35조가 쯔놈 작품의 유통을 금지하는 내용이다.

제35조를 좀 더 구체적으로 보자. 먼저 세교(世教)에 도움이 되는 경사자집(經史子集)과 문장(文章)을 목판에 새겨서 유통하는 것은 좋다고 했다. 하지만 도교나 불교의 이단사설(異端邪說)을 내용으로 하는 책들, 그리고 음탕(淫蕩)한 내용의 국어(國語)로 된 여러 전(傳)이나 시가(詩歌) 작품을 목판에 새겨서 매매함으로써 풍속교화[風化]를 해쳐서는 안 된다고 했다.25) '문장'은 아마도 사대부 창작의 한문학 작품을 지칭할 것이다. '국어로 된 여러 전[國語諸傳]'은 쯔놈 시전(詩傳), 곧 쯔놈소설을 말한다. '시가'는 당연히 쯔놈시가일 것이다.

교화령에는 정통한 한문학작품이 아니라 쯔놈소설이나 쯔놈시가를 목판에 새겨서 상업적으로 유통시키는 것은 풍속의 교화를 해치는 우려할 만한 상황이라는 인식이 표명되어 있다. 쯔놈소설이나 쯔놈시가가 풍속을 해치는 것은 작품의 성격이 '음탕'하기 때문이라고 했다. 이때 '음탕'하다는 말은 작품이 남녀간의 자유분방한 애정을 다루고 있다는 말로 보아야 한다. 지배층이 택한 유교 이념에 비추어볼 때 예교(禮教)에 의해 절제되지 않은 사랑을 흥미의 원천으로 삼고 때로는 체제 전복을 기도하기까지 하는 애정문학은 막아야 했고, '음탕한' 문학에 빠진 백성들을 순정(純正)한 문장으로 이끌

---

25) "凡經史子集 及文章有裨於世教者 方可刊板通行 若道釋異端邪說諸書 幷國語諸傳 及詩歌涉於淫蕩者 不可刊板買賣 以傷風化" (『黎朝詔令善政』卷4, 「禮屬」下). 원문은 Nguyễn Sĩ Giác 옮김 『Lê Triều Chiếu Lịnh Thiện Chính(黎朝詔令善政)』(Sài Gòn: Nhà in Bình Minh 1961) 294면에 있다.

어 교화해야 했다.26)

교화령은 또한 쯔놈문학 작품을 목판에 새겨서 매매하는 일[刊板買賣]이 널리 성행하고 있었다는 사실도 알려준다. 유교의 정치이념을 신봉하고 있는 통치자가 나서서 막아야 할 정도로 문학작품의 상업적 유통이 성장하고 있었다. 상업적 유통의 성장은 독자층이 확대되었기에 가능했을 것이라는 점에서 쯔놈문학 독자층의 저변이 확대된 사정도 짐작할 수 있다. 애정문학을 요구하고 유통을 담당한 사람은 주로 도시의 시민이었을 것이다. 점차 상승하고 있던 시민 독자가 요구한 문학이 애정문학이었고, 그것은 정통한문학의 작품세계와는 상당히 이질적인 것이었다.

북쪽의 정주(鄭主) 정권은 교화령을 반포하고 쯔놈소설의 유통을 금지시키는 정책으로 시대변화에 맞섰지만 남쪽의 완주(阮主) 정권은 좀 더 적극적이어서 교화의 목적에 부합하는 방향으로 연극 뚜옹을 재조직했다. 상층의 지배자들은 극히 보수적인 연극을 상연하여 이념의 동요를 막고 민중의식의 성장을 견제하고자 했다. 상층연극 뚜옹이 정비되어 궁정 주도의 공연예술로 자리를 잡은 것은 [2-3]의 시기였다.27)

[2-4]는 1862년 제1차 사이공 조약이 체결된 이후로 진행된 식민화와 병행해서 국어문학이 등장한 시기이다. 국어문학은 동경의숙의 국어보급 활동, 저널리즘 글쓰기와 번역을 거치면서 자리를 잡아갔다. 한문학은 대불항쟁문학(對佛抗爭文學)을 영도하는 자리에 있었다.

중국에서 전래된 신서(新書)를 통해서, 프랑스어에서 번역된 서적을 통해서 근대사상과 문학이 전파되었다. 신서는 1900년 전후 중국에서 전래된,

---

26) "유교교육을 받은 지식층은 쯔놈소설에서 주장하는 자유연애, 여권신장, 사회비판적인 내용과 일부 작품에서 나타나는 노골적인 性에 대한 묘사는 그들에게 있어서 거부해야 할 퇴폐적이고 반항적인 것이었다" (배양수 「6·8구체와 쯔놈소설에 관한 小考」, 『外大論叢』 제15집, 부산외국어대학교 1996, 240면).
27) 전혜경 「베트남의 쯔놈문학―18~19세기를 중심으로」, 『崇實語文』 제14집(숭실어문학회 1998)에서 18~19세기 문학의 일반적인 특징을 정리했다.

양무사상(洋務思想)과 변법자강사상(變法自彊思想)과 관련된 책을 가리킨다.[28] 프랑스 서적의 번역은 서양학문을 익히고 신문·잡지를 발표의 장으로 삼는 지식인들에 의해서 주로 이루어졌다.

문학의 영역에서는 번음(飜音, phiên âm)[29]과 번역의 융성기였다. 쯔놈문학 작품이 국어로 옮겨지고, 중국과 프랑스를 위시한 외국문학 작품이 대량으로 국어로 번역되었다. 『취교전』(1875) 『육운선(陸雲仙)』 『반진(潘陳)』 등 베트남 소설이 1800년대 말에 국어로 옮겨졌고, 이어서 『수호전(水滸傳)』 『서유기(西遊記)』 『봉신방(封神榜)』 『재생연(再生緣)』 『동주열국지(東周列國志)』 등 중국문학 작품이 국어로 번역되었다. 프랑스 소설과 희곡 작품도 활발하게 번역되었다. 이들 번역은 전례가 없던 국어 산문 글쓰기가 이 시기에 와서 형성되고 정착하는 데 크게 기여했다.

이 시기에는 쯔엉 빈 끼(Trương Vĩnh Ký, 張永記), 응우옌 반 빈(Nguyễn Văn Vĩnh, 阮文永), 팜 꿴(Phạm Quỳnh, 范瓊)의 저널리즘 글쓰기, 번역, 저술 활동이 주목되는데, 이들은 「가정보(嘉定報, Gia Định Báo)」[30](1865년 창간), 「동양잡지(東洋雜誌, Đông Dương Tạp Chí)」(1913~1917)와 「남풍(南風, Nam Phong)」(1917~1934)과 같은 국어신문과 잡지를 글쓰기 활동 공간으로 삼았다.

전통학문을 익힌 문인들이 한문학 작품 창작을 계승하고 있었다. 문인의 위상이나 역할에 상응하게 한문학은 대불항쟁(對佛抗爭)을 이끄는 한편 정치·철학의 담론을 주도하는 자리에 있었다. 하지만 한문학을 뒷받침하고 있던 과거제가 1919년의 회시(會試)를 마지막으로 폐지되면서 그 위세가 급속히 위축되어갔다. 식민당국에 의해서 1917년부터 1929년까지 시행된

---

28) 유인선 『베트남의 역사』 317면. 신서를 다룬 연구서로는 Đinh Xuân Lâm 주편 『Tân Thư và Xã Hội Việt Nam(신서와 베트남 사회, 19세기 말에서 20세기 초까지)』(Hà Nội: Nxb Chính Trị Quốc Gia 1997)가 있다.

29) 음역(音譯)을 뜻한다.

30) '가정(嘉定, Gia Định)'은 오늘날 호찌민 시의 남쪽 지역이다.

교육개혁령(학정총규學政總規, Règlement général de l'Instruction publique)에 따라서 전통교육이 폐지되고 학교에서는 프랑스어와 베트남 국어를 가르쳤다.[31]

쯔놈문학으로는 일종의 시사(時事) 문학이라고 할 수 있는 베(vè), 그리고 완권과 진제창의 비판적이고 풍자적인 당률쯔놈시가 이 시기를 대표한다. 이 시기에도 쯔놈문학 작품으로 시전(詩傳), 그중에서도 주로 6·8체 운문소설이 간행되어 상당한 인기를 얻었다.[32] 하지만 1920년대 후반에 들어서는 새로운 작품이 별반 더해지지는 못해서 급격한 쇠퇴의 길로 접어들게 되었다.[33]

[2-4] 시기는 국어문학, 한문학, 쯔놈문학이 공존하는 시기였는데, 그런 혼효 양상을 보여주는 전형적인 예가 이른바 『동경의숙시문(東京義塾詩文)』이다. 동경의숙시문은 1907년 문을 연 동경의숙에서 교과서로 삼아서 공부한 글들을 통칭하는 말인데, 거기에는 『신정윤리교과(新訂倫理敎科)』나 「월남망국노부(越南亡國奴賦)」 같은 한문작품, 「남해포신가(南海逋臣歌)」와 같은 쯔놈 시문, 『국문습독(國文習讀)』과 같은 국어 시문이 망라되어 있다. 국어로 창작한 시문이 있어서 국어사용의 확대에 기여한 바가 크다고 할 수 있지만 한문학이나 쯔놈문학을 완전히 대체하기에 이른 것은 아니었다.[34]

---

31) Phan Ngọc Liên 외 『Giáo dục và thi cử Việt Nam, Trước Cách Mạng Tháng Tám 1945(베트남의 교육과 시험, 1945년 8월혁명 이전)』, Hà Nội: Nxb Từ Điển Bách Khoa 2006, 114~117면.

32) 하노이 광성당(廣盛堂)에서 『송진신전(宋珍新傳)』(1914), 『유평양례신전(劉平楊禮新傳)』(1919), 『이도매연가(二度梅演歌)』(1920) 등이 출간되었고 복문당(福文堂)에서 『백원신전(白猿新傳)』(1917), 『재생연전(再生緣傳)』(1928) 등이 출간되었으며 유문당(柳文堂)에서 『육운선전(陸雲仙傳)』 등이 출간되었다. 시전의 출간 상황은 劉春銀·王小盾·陳義 主編 『越南漢喃文獻目錄提要』(臺北: 中央硏究院中國文哲硏究所 2002) 882~897면 참조.

33) 이 점은 한국에서 구활자본 소설이 1910년대에 전성기를 누리고 1920년대 후반에는 새로운 작품이나 중판되는 작품 수가 현저하게 줄어들다가 쇠퇴하고 마는 것과 상통한다.

34) 이런 점을 보더라도 동경의숙시문을 근대문학으로 분류하는 견해는 재고의 여지가 있다

[3]은 국어로 표기하는 문학의 등장과 확산에 대응하는 시대이다. 국어문학은 한문학, 쯔놈문학과 공존·경쟁하면서 점진적으로 부상했다. [3]은 국어문학의 성장 과정을 근거로 해서 다시 두 시기로 나누어볼 수 있다.

[3-1] 국어문학이 등장해서 한문학, 쯔놈문학과 공존한 시기: 19세기 후반
～1920년대 초반
[3-2] 국어문학이 독점적인 지위를 차지한 시기: 1920년대 중반 이후

[3-1]은 [2-4]와 겹치는 시기이다. 한문학의 퇴장, 쯔놈에서 국어로의 표기 전환이 그처럼 길지 않은 시간 동안에 이루어졌다. [3-2]는 1920년대 중반 이후의 시기로, 과거제 폐지(1919), 프랑스 식민당국에 의한 교육개혁령 시행, 「남풍」을 비롯한 근대적 글쓰기 매체의 성장 등으로 새로운 시기로 전환할 바탕이 마련되고 『또 떰(Tố Tâm, 素心)』의 출간(1925), 딴 다(Tản Đà)의 시, 「옛사랑(Tình già)」의 발표(1932)와 신구시(新舊詩) 논쟁 촉발, 자력문단의 공식화(1932)를 통해서 국어문학이 완전히 자리를 잡게 된 시기이다.

이 시기는 프랑스에 의해서 설립된 학교에서 신식교육을 받고 배출된 세대가 등장함으로써 문단의 신구세대 교체가 이루어진 시기이기도 하다. 신구세대 교체를 보여주는 상징적인 의미가 있는 그룹인 자력문단은 서구화의 길을 택해서 앞 시대의 문학과는 다른 신문학을 창조하고자 하는 자각적인 창작활동을 한 문인 그룹이었다. 1934년 「풍화(風化, Phong Hóa)」 101호에 게재한 10개 조항의 강령(綱領)은 베트남 근대문학의 선언문이기도 했다.[35]

---

고 생각한다.

35) 강하나 「1930~1945년간 베트남문학의 현대화 과정」, 『베트남 연구』 제3권(한국베트남학회 2002)에서 1930~1945년 시기 문학의 일반적인 특징을 정리했다.

이상에서 논의한 바를 한곳에 모아서 정리하면 다음과 같다.

[1] 구비문학만 있던 시대
[2] 한문학과 쯔놈문학이 공존한 시대: 중국에 복속된 시기~(10세기)~20세기 초반
   [2-1] 선승(禪僧) 주도의 한문학 창작이 시작되어 정착한 시기: ~13세기 전반
   [2-2] 쯔놈문학이 정착되고 사대부(士大夫)가 문학 창작을 주도한 시기: 13세기 후반~16세기
   [2-3] 사대부문학이 다변화되고 소설이 활발하게 창작되어 상업적으로 유통된 시기: 17~19세기 전반
   [2-4] 국어문학이 등장해서 한문학, 쯔놈문학과 공존한 시기: 19세기 후반~20세기 초반
[3] 국어문학이 성장하여 독점적인 지위를 차지한 시대: 19세기 후반 이후
   [3-1] 국어문학이 등장해서 한문학, 쯔놈문학과 공존한 시기: 19세기 후반~1920년대 초반
   [3-2] 국어문학이 독점적인 지위를 차지한 시기: 1920년대 중반 이후

일반적인 시대구분의 명칭을 붙여 본다면 [1]을 고대문학 시대, [2] 전체와 [3-1]을 중세문학 시대, [3-2]를 근대문학 시대라고 말할 수 있다. 이 책에서는 이런 정도의 시대구분을 지침으로 삼아 베트남문학의 개략적인 면모를 서술해 보고자 한다. 이하 본문의 내용은 시대별로 서술하지는 않고 주제에 따라서 여러 시대에 걸친 내용도 포괄해서 서술한다. 동아시아문학사의 관점에서 베트남문학사를 서술하는 일은 불원간 시도해야 할 일이다.

## 3. 한문학

### 1) 민족문학적 성격

베트남 한문학은 민족의 자주적 기상을 고취하고 민족 구성원의 삶을 반영하는 데 적극적이었다는 점에서 강렬한 민족문학적 성격을 가지고 있다. 베트남 한문학의 이러한 특성은 동아시아 여느 나라의 한문학과 견줘보더라도 확연하다. 이 점을 베트남 한문학의 개략적인 흐름을 따라가면서 논의해 보기로 한다.

10세기까지 중국에 복속되었던 오랜 기간 동안에 한문학이 시작되었다. 독립왕조를 이룩한 이후 오랫동안 승려들에 의한 불교 한문학이 융성했다. 하지만 원나라와 명나라의 침입이 잇달아서 민족적 시련을 겪었고 한문학도 거기에 대응해야 했다. 민족의 존립을 위협하는 외침 앞에서 일체의 분별(分別)을 부정하고 절대 조화를 지향하는 불교 한문학의 노선이 지속적인 지지를 얻기는 어려웠다.

13세기 말에는 원나라의 침입을 물리치고, 15세기 초에는 20년에 걸친 명나라의 지배에 저항하는 전쟁을 승리로 이끌어 민족의식이 성장하고 자주적 기상이 최고조로 고양되었다. 중국을 북국(北國)이라고 하고 베트남을 남국(南國)이라고 하면서 남북은 대등하다는 인식이 확고하게 자리 잡았다. 이러한 시대적 분위기에 발맞추어 유가(儒家) 문인의 한문학은 민족문학의 특성을 확연하게 보여주면서 주도권을 장악하게 되었다. 외세에 맞서는 민족적인 단결과 저항을 촉구하고 민족의 영웅을 찬미하고 조국의 산천과 풍습을 자랑스럽게 노래하는 작품이 양산되었다. 진흥도(陳興道)의 「유제비장격문(諭諸裨將檄文)」, 장한초(張漢超)의 「백등강부(白藤江賦)」, 완채의 「평오대고(平吳大誥)」를 위시해서 대외항쟁 시기에 창작된 작품들은 자주적 기상이 넘치는, 베트남 한문학의 명편으로 기록되고 있다. 나아가 이들 작품은 동아시아 대몽항쟁문학, 대명항쟁문학의 대표작이라고 하기에도 전혀 손색이 없다.

　관각문학(館閣文學)의 융성기인 여조 성종의 치세(1460~1497)를 지나고는 막씨(莫氏) 정권이 들어섰다가(1527~1592) 나라가 남북으로 나뉘어 다투는 분열과 대립의 시대가 오랫동안 지속되었다. 15세기에는 상층 관료유사가 한문학 창작을 주도했다면 16~17세기에 접어들면서 한문학 담당층이 관료유사, 은일유사, 평민유사로 분화되었고 거기에 상응해서 한문학도 다변화되었다. 한편으로는 베트남의 산천과 풍습을 자랑스러워하고 민족사에 대한 자부심을 표현하는 앞 시대의 주제의식을 계승하고, 다른 한편으로는 내전을 반대하고 조국의 분열에 상심하며 백성의 고난에 찬 현실을 염려하는 마음을 표현하는 한문학이 일어났다. 대내적인 통일과 민족문화의 건설이라는 역사적인 요구에 부응하여 민족문학으로서의 한문학 전통을 계승·발전시킨 시기라고 할 수 있다.

　18세기 들어서 빈번해지던 농민의 저항은 베트남 역사상 최대 규모의 농민 저항인 서산운동(西山運動, 1771~1802)으로 이어졌다. 서산운동은 일시적인 성공을 거두어 남북대립에 종지부를 찍고 또 청(淸)나라의 침입도 물리쳤다. 하지만 곧이어 대불(對佛)항쟁에 떨쳐 나서야 했으니, 이 시기에도 한문학이 민족과 사회의 현실과 밀착된 것은 당연한 일이었다.

　이상과 같이 베트남 한문학의 전개를 거시적인 관점에서 파악할 때, 한문학은 민족사의 전개와 긴밀하게 결합되어 성장하고 발전했다. 외침을 물리치고 빛나는 승리를 획득한 자부심, 베트남의 산천·역사·문화에 대한 애정을 표현한 작품들이 여전히 명편으로 전승되고 기억되고 있다. 민족 구성원의 삶에 대해서도 깊은 관심을 보여, 한문학은 상층과 하층, 남성과 여성이 소통하는 데도 기여하고자 했다.

## 2) 창작과 비평의 관계

　작품 창작과 비평 사이의 불균형 발전은 베트남 한문학의 또 하나의 특징이라고 할 만하다.[36] 한문학 분야에서 문학비평이 활발하지 않았다. 그렇게 볼 수 있는 직접적인 근거로 시화류(詩話類)의 저술이 잘 보이지 않는다는 사실을 제시할 수 있다. 문학론을 정리해놓은 비교적 최근의 자료집을 보면, 시문집의 서발(序跋)을 제외하고 시화의 성격을 가진 저술로는 대개 다음과 같은 저작들이 거론된다.[37]

『남옹몽록(南翁夢錄)』[38]: 「疊字詩格」「詩意淸新」「詩諷忠諫」
　　　　　　　　　　　　「詩用前人警句」「詩言自負」 등
『천남여하집(天南餘暇集)』[39]: 「評詩」「評文」
『운대유어(芸臺類語)』[40]: 「文藝」
『우중수필(雨中隨筆)』[41]
『창산시화(倉山詩話)』[42]
『남산총화(南山叢話)』[43]: 「文章」

이렇듯 시화를 표제로 내건 책이나 시화에 해당하는 내용을 구비한 저작이 소수에 지나지 않는다. 위에 든 것과 같은 체계적인 저술이 아닌, 시문집의 서발(序跋)에서 문학작품의 창작에 대한 깊이 있는 논의를 한 것도 드물게만 보일 뿐이다. 이로써 시화, 곧 시문평론(문학비평)이 크게 떨치지 않았다

---

36) 오늘날 베트남 연구자들도 이 점을 지적한다. 예컨대 Nguyễn Lộc 『Văn Học Việt Nam (nửa cuối thế kỷ XVIII-hết thế kỷ XIX)(18세기 후반~19세기까지의 베트남문학)』(제2판, Hà Nội: Nxb Giáo Dục 1997) 29면에서 지적한 바 있다.

37) Đinh Gia Khánh 총주편 『Tổng Tập Văn Học Việt Nam(베트남문학전집)』18(Hà Nội: Nxb Khoa Học Xã Hội 1994); Nguyễn Minh Tấn 주편 『Từ Trong Di Sản(문학론선집)』 (Hà Nội: Nxb Tác Phẩm Mới 1988)이 문학론 선집에 해당하는 대표적인 저작이다.

38) 1438년. 호원징(胡元澄) 찬.

39) 1483년. 신인충(申仁忠) 등 찬.

40) 1773년. 여귀돈(黎貴惇) 찬.

41) 1839년 이전. 범정호(范廷琥) 찬.

42) 19세기. 완면심(阮櫋審) 찬. 이름의 '櫋'자가 '綿'으로 된 곳도 있다.

43) 1879년. 완덕달(阮德達) 찬.

는 점을 미루어 짐작할 수 있다. 작품창작의 원리, 방향에 대한 논란이 없었을 수는 없지만 그런 논란이 글을 통해서 제기되고 논쟁으로까지 발전할 정도의 치열성은 보이지 않았다고 보아도 좋을 것 같다.

문학비평의 논쟁적 전개를 확인하기 어려운 것은 철학사의 빈곤과 관계가 있다고 생각한다. 베트남 학자가 쓴 철학사를 보고서 판단하건대, 베트남 중세시기에는 철학이 전반적으로 부진했던 것으로 보인다.[44] 철학의 원론에 대한 반성과 의심, 여러 세대에 걸쳐서 끈질기게 지속되는 문제의식, 관점과 견해가 달라서 생겨나는 학파의 분화와 길항—이러한 일을 베트남 중세시기에는 찾아보기 어렵다. 베트남 중세시기 철학 글쓰기가 논쟁적이지 않고 서론적인 수준에서 산발적으로 전개되는 양상을 보인 것은 아마도 그 때문이었을 것이다. 문학비평의 이론적인 근거가 궁극적으로는 철학에서 마련된다고 할 때, 철학이 부진한 마당에 문학비평이 융성하기는 어려웠을 것이다.

### 3) 중국문학과의 연동성

중국문학 사조의 변화에 민감하게 반응하지 않았다는 점도 베트남 한문학의 특징으로 지적할 수 있다.[45] 이는 우선 중국에서 찬술된 시선집(詩選集)이나 시학서(詩學書)를 수용하는 데 열의를 가지지 않았다는 점을 보고 미루어 짐작할 수 있다. 베트남 고전 전적을 보존하고 있는 곳인 한놈연구원(Viện Nghiên cứu Hán Nôm, 漢喃研究院)에서 낸 목록에 올라 있는 중국 찬술 서적 가운데[46] 시풍(詩風), 문풍(文風)과 관계있는 서적은 중·만당시

---

44) 베트남 중세시기 철학 글쓰기에 대해서는 '한문산문' 부분에서 살핀다.

45) 물론 이는 창작에 비해서 문학비평에는 그다지 열의를 보이지 않았다는 점과 밀접하게 관련 있다.

46) 『고시합선(古詩合選)』(4565, 표제와는 달리 실제로는 원매(袁枚) 시선집임), 『고문석의(古文析義)』(4566), 『명묵촬초(名墨撮抄)』(4573), 『당시고취(唐詩鼓吹)』(4632), 『당시합선상해(唐詩合選詳解)』(4633), 『이태백문집(李太白文集)』(4708), 『역과명표(歷科名表)』(4710), 『역조사선(歷朝詞選)』(4711), 『유한표(劉漢表)』(4720), 『명청장원책(明淸狀元策)』(4732), 『악

(中晩唐詩) 선집인『당시고취(唐詩鼓吹)』, 청나라 시인 원매(袁枚)의 시를
모은 『고시합선(古詩合選)』, 주(周)나라에서 명나라 때까지의 고문(古文)
400편을 선발한『고문석의(古文析義)』정도가 있을 따름이다. 송시학(宋詩
學)에 대해서 이렇다 할 만한 관심을 보인 것 같지는 않고, 과거(科擧)를 보
는 데 도움 되는 시문을 선발하는 데 더 많은 관심을 기울인 것 같다.

19세기 말에서 20세기 초 사이 지식인의 독서양상을 보여준다고 판단되
는 저술인『서서적록(書序摘錄)』[47]에는「제일재자서서(第一才子書序)」「송
사륙선서(宋四六選序)」「고문석의서(古文析義序)」와「고문석의발(古文析義
跋)」, 그리고 원매의 여러 저술에 붙인 서문들과 원매가 쓴 서문이 뽑혀 들
어가 있다. 원매가 두드러진 인기를 누렸다는 사실이나 베트남이 성령설(性
靈說)의 영향권에 놓였을 것이라는 점을 알 수 있다. 하지만 단편적인 언급
을 넘어서 작품창작의 이념과 방법에 대해서 논란이 전개된 자취를 찾기가
쉽지 않다.

중국문학사조와의 연동성을 따져볼 수 있는 또 다른 척도가 되는 것이 당
송풍(唐宋風) 논의라고 할 수 있다. 그 점을 살펴보자. 베트남 한문학사, 그
중 한시 역사를 개관하는 진술로서 근대 이전에 나온 대표적인 사례라고 할
만한 것이 범정호(范廷琥, 1766~1832)가 쓴『우중수필(雨中隨筆)』권하(卷
下)의「시체(詩體)」조이다. 거기서 베트남 한시 역사를 개관한 대목을 요약
하면 다음과 같다.

중국의 지배에서 벗어나 수립한 최초의 장기 지속 왕조인 이조(李朝,

---

부탐주(樂府探珠)』(4766), 『초사(楚辭)』(4841), 『서당잡조(西堂雜俎)』(4869), 『시학원기활
법대성(詩學圓機活法大成)』(4905), 『시경(詩經)』(4906), 『시집(詩集)(=詩體)』(4907), 『시운
집요(詩韻集要)』(4908), 『시율청운집(詩律靑雲集)』(4909), 『소암부초(少嵒賦草)』(4924),
『송조표하(宋詔表賀)』(4950), 『장대백영(妝臺百詠)』(4953), 『중정영물시선전주(重訂咏物詩
選箋註)』(4961), 『사륙신보(四六新譜)』(4972), 『사륙문집(四六文集)』(4973), 『응제시(應制
詩)』(4997) 등이 목록에 올라 있다. (  ) 안의 숫자는 목록에서 붙인 일련번호이다.
47) 한놈연구원에 소장되어 있는데 도서 분류 번호는 VHv.350이다.

1009~1225)시대의 시는 고풍스러우면서도 뜻이 깊은[古奧] 한고시(漢古詩)의 풍격이 있고, 뒤를 이은 진나라의 시는 공교롭고 고우며 맑고 깊이가 있는[精艷淸遠] 당시(唐詩)의 풍격이 있다. 당시의 풍격을 가졌던 한시는 15세기 후반을 거쳐 16세기 후반에 이르는 동안 점차 송풍(宋風)으로 변모하게 되었다. 그후로 18세기 초반까지 이어지는 오랜 기간 동안 시학(詩學)이 침체되고 시율(詩律)에 대해 관심을 기울이는 사람이 없다가 18세기 중반부터 비로소 시학이 중흥되기 시작했다. 그렇지만 이진(李陳)시대에 보였던 한당(漢唐)의 풍격을 회복한 것은 아니다.[48]

범정호가 파악한 바를 수용한다면 베트남 한시 역사는 대략 다음과 같이 요약된다. 즉 11~13세기 초의 한고시의 풍격, 13~15세기 중반의 당풍, 15세기 후반~16세기 초반의 송풍, 16세기 중반~18세기 초반의 침체기, 18세기 중반 이후의 시율과 시학에 대한 관심 회복이라는 것이다. 이런 통시적 개관이 당풍을 높이 평가하고, 시율에 대한 탐구를 중시하는 범정호의 입장이 반영된 바라는 단서를 달더라도, 시풍을 두고 논란을 벌인 자취는 뚜렷하지 않다는 사실은 지적할 수 있다. 나아가 시율에 대한 관심, 시학에 대한 관심이 적었다는 것은 시의 언어적 자질, 시의 미학적 지향 등에 대한 소단(騷壇)의 논란이 치열하지 않았다는 것을 증언하는 것이라고 본다.

아울러 중국 측의 시율, 시학의 변천에 반응한 자취도 쉽게 발견되지 않

---

48) "我國李詩古奧 陳詩精艷淸遠 各極其長 殆猶中國之有漢唐者也 若夫二胡以降 大寶以前 則猶得陳之緖餘 而體裁氣魄 日趨於下 及光順至於延成 則趨步宋人 李陳之詩 至此爲之一變 中興拘於衡尺 流於卑鄙 又無足言 永佑景興之間 前輩名公 始多留意詩律 而阮公宗奎 翹然爲一時領袖 其次阮公輝僂(又其次胡公仕棟 相繼而起 皆能各自名家 嘗觀諸公之詩 福溪公纖麗華艷 而或傷於細 萊石公位致淸高 間亦涉於換倣 完厚公專以氣魄爲主 而不屑於絺繪彫刻之工 蓋詩學至此中興 然回視李陳諸家 恐未可以當伯仲也" (『雨中隨筆』 卷下, '詩體'. 陳慶浩・鄭阿財・陳義 주편 『越南漢文小說叢刊』 제2집 제5책, 臺北: 臺灣學生書局 1992, 101면). 당시(唐詩)와 송시(宋詩)의 특성에 대한 개략적인 이해는 정민 『한시 미학 산책』(솔 1996) 67~83면 참조.

는다는 점도 고려해야 한다. 예컨대 강서시파(江西詩派)의 시학, 의고파(擬古派)의 시학, 경릉파(竟陵派)의 시학 등에 대한 언급을 찾기 힘들다. 그런 시학이 관심거리였음을 알려주는 서적도 없는 듯하다.[49]

지금까지의 논의를 요약하면, 베트남 한문학은 한시의 언어 예술적 지향에 대해서 치열한 논란을 벌이면서 전개된 것이 아니고 중국의 문학사조와 밀접하게 연결되어 발전한 것도 아니라고 할 수 있다. 왜 그렇게 되었으며 또 그런 특징을 어떻게 이해해야 할 것인가 하는 문제는 매우 크고도 어려운 문제이다. 깊이 있는 연구를 해야 하겠지만 여기서는 한두 가지 가설적인 논의를 제시해보고자 한다.

중국에서 전래한 시부(詩賦) 형식의 작품을 창작한 것과 동시에 베트남 문인은 당률(唐律)쯔놈시도 지었다. 당률쯔놈시는 '베트남어 표기인 쯔놈을 사용해서 당시(唐詩)의 형식으로 창작한 시'를 말한다. 다시 말하면, 중국에서 창안되어 전해진 근체시의 형식, 운율을 준용하면서 베트남어로 쓴 작품이다. 베트남어는 중국어와 같이 고립어이며 단음절어가 많은 언어이자 성조어라는 특성을 가진 덕분에 당률쯔놈시를 지을 수 있었다.[50] 당률쯔놈시의 형식은 한시의 율시(律詩)나 절구(絶句)와 같아서 5언(言) 8행, 7언 8행 형식과[51] 5언 4행, 7언 4행 형식이[52] 있다.

한시 작가라면 으레 당률쯔놈시도 지었다. 한시로 이름이 높은 완채(阮廌), 완병겸(阮秉謙), 호춘향(胡春香), 완유(阮攸), 고백괄(高伯适), 완권(阮勸) 등은 동시에 뛰어난 당률쯔놈시 작가이기도 했다. 이처럼 한시의 운율 조건을 충족시키면서 베트남어의 언어자질을 살린 당률쯔놈시로 한시에 상

---

49) 다만 한놈연구원 소장 도서 가운데 명나라 사람 이반룡(李攀龍, 1514~1557)이 편찬한 운서(韻書)인 『시운집요(詩韻集要)』가 들어 있다. 그러나 이반룡의 의고주의 문학론이 어떻게 수용되고 비판되었는지 아직 밝혀진 바 없다.

50) 배양수 외 『베트남의 이해』, 부산외국어대학교출판부 1999, 205면.

51) 둘을 '팔구(八句)'라고 부른다. 한시의 율시 형식이다.

52) 둘을 '사절(四絶)'이라고 부른다. 한시의 절구 형식이다.

응하는 미감을 창출한 작품을 쓸 수 있었다는 사실은, 그러한 일이 가능하지 않았던 한국이나 일본의 경우와는 달리 한시의 언어 예술적 지향에 대한 집중력을 분산시켰을 가능성이 크다는 가설을 제시할 수 있다. 가장 높은 수준의 미적 구조물인 한시, 그 한시의 독점적인 지위가 당률쯔놈시로 말미암아 흔들려버렸다는 것이다.

또한 거시적인 면에서 한문학의 방향 설정이 달랐던 것이 아닌가 생각된다. 한문학을 중국과 비교해도 손색없이 발전시키려는 미학적 요구보다는 민족의 삶과 긴밀히 결합시키는 방향으로 발전시키려는 요구가 더 강했다고 보는 것이다. 범정호는 16세기 중반~18세기 초반을 한시의 침체기라고 진단했지만 관점을 달리할 때, 한문학은 대립과 분열의 시대적 조건을 외면하지 않았다는 것을 말해주는 것이 아닌가 한다. 담당층이 분화하고 영사시와 사행시가 크게 성장했으며 사회비판 시문이 성행한 것을 그 증거로 꼽을 수 있을 것이다.

## 4. 쯔놈문학

### 1) 문자의 어려움

베트남어 기록문학, 곧 쯔놈문학은 양적으로 풍부한 편이 아니다. 차라리 빈약하다고 하는 편이 옳을 것이다. 한놈연구원에서 간행한 소장 도서 목록을 검토해보면, 쯔놈으로 된 서적은 권(卷) 수로는 1,373권이라고 하고,[53] 종(種) 수로는 794종이라고 한다.[54] 한국은 한글본 고전소설만 해도 858종

---

53) 이 통계는 전체 5,038종 16,164권을 대상으로 한 것이다. Trần Nghĩa · François Gros 『Di Sản Hán Nôm Việt Nam: thư mục đề yếu(越南의 漢喃 遺産: 書目提要)』 1(Hà Nội: Nxb Khoa Học Xã Hội 1993) 23면에 나와 있다. 쯔놈서적 1,373권 가운데도 번역서의 비중이 커서 순전한 창작물은 더욱 적다.

에 이른다고 하니[55] 양적인 차이가 분명하다고 할 수 있다. 수차례의 전란으로 소실되었거나 한놈연구원에 미처 수집되지 못한 책이 많이 있다고 보아야 하겠지만 양적인 열세라는 판단을 바꿔야 할 정도는 아닐 것이라고 생각한다.

이처럼 베트남어 기록문학이 양적으로 적어서 '쓰고-읽는' 전통은 상대적으로 약했을 것이라고 판단하게 된다. 이는 곧 근대 이전 베트남에서 문학을 향유해온 방식으로는, '쓰고-읽는' 쪽보다 '말하고-듣고-보는' 쪽의 비중이 더 컸다고 볼 수 있다는 뜻이다. 베트남어 기록문학의 유산이 상대적으로 적을뿐더러 기본적으로 '쓰고-읽는' 방식에 의거해서 향유해야 하는 한문학도 '들어서' 외울 수 있는 형태로 번역한 경우가 많고, 중국소설의 고전을 '보는' 공연물로 만들어서 향유한 것이 두드러진다. 요컨대 문자문학보다 구비문학의 비중이 컸으며,[56] 연극이 소설 못지않게 융성했다. 한문학 작품의 번역과 연극은 뒤에 다시 논의하기로 하고 이곳에서는 베트남어 기록문학의 경우를 살펴보기로 한다.

베트남어 기록문학이 상대적으로 빈약하게 된 원인의 하나로 베트남어를 표기하는 쯔놈이 익혀서 사용하기 어렵고 표기상 통일성도 결여되었던 점을 꼽을 수 있겠다.[57] 쯔놈의 성립 과정을 보면, 대략 13세기에 이르러 한자를

---

54) 이 통계는 5,023종을 대상으로 한 것이다(劉春銀·王小盾·陳義 主編『越南漢喃文獻目錄提要』1면). 쯔놈소설은 75종이라고 한다. 한편 한놈연구원 원장이 2008년 4월 18일 한국에 와서 발표한 글에서는 한놈연구원 소장 도서가 6,000종, 2만 권이라고 하고, 이 6,000종 가운데, 쯔놈과 한자가 섞인 책은 1,492권이라고 했다(성균관대학교 동아시아학술원 대학원 한문고전번역협동과정 설립기념 국제학술회의『東아시아 古典籍의 整理現況과 課題』, 발표자료집, 2008. 4. 18, 22면). 필자가 토론자로 참석해서 물으니, 순수 쯔놈서적은 약 800권이 된다고 했다. 또 쯔놈문학이 열세인 이유를 묻자, 상층의 경시와 탄압 때문이라고 본다고 대답했다.

55) 조희웅『고전소설이본목록』, 집문당 1999.

56) 앞서 언급했듯이 이러한 점은 조동일 외『한국문학 강의』12면에서 지적한 바 있다.

57) 김기태「한국인의 베트남문학연구 고찰」,『전환기의 베트남』, 조명문화사 2002, 466면.

48

이용해서 베트남어를 표기하는 쯔놈이 어느 정도 정착되었다고 한다. 베트남의 쯔놈, 한국의 향찰, 일본의 만요가나(萬葉假名)는 한자를 이용한 차자표기로서 자국어 기록문학의 표기수단인 점에서 그 역할이 같았다.

그런데 쯔놈은 향찰이나 가나와 달리 글자와 사용법을 익혀서 구사하기가 무척 어렵다는 제약이 있다. 쯔놈은 한자로부터 더욱 복잡하고 난해해지는 방향으로 나갔다. 한자를 그대로 쓰기도 하고, 두 개의 한자를 합쳐서 하나의 쯔놈을 만들기도 하며, 두 개의 한자를 합쳐서 만들어진 쯔놈에다 다시 한자를 합쳐 새로운 글자를 만들기도 했다.[58] 하나의 베트남어 어휘에 여러 쯔놈 표기가 대응하기도 하고, 반대로 한 표기에 베트남어 여러 어휘가 대응하는 일도 흔하다.[59] 게다가 표기법도 규범적으로 통일되어 있지 않았다. 한자를 아는 지식인은 임의로 이체자(異體字)를 만들어 쓰기도 했다. 쯔놈은 쓰는 이의 발음에 따라서 표기되기 때문에 애초부터 제각각이 될 가능성이 있었고 지역에 따라서 달라질 소지를 안고 있었다. 특히 베트남 남부지역의 발음을 반영하게 되면서 표기상의 차이가 확대되었다.[60] 그 결과 쯔놈은 한자를 이용해서 베트남어를 표기하는 보조적인 지위에서 완전한 독립을 이루기가 어렵게 되었다.[61] 향찰 대신 한글을 사용하게 된 한국의 경우와도 달

---

58) 예를 들면 다음과 같다. '䓰'(cỏ, 풀), '腥'(tanh, 고약한 냄새), '灶'(táo, 조왕신), '𡗶'(trời, 하늘), '吀'(lời, 말).

59) 'trồng'(나무를 심다)는 '種' '槞' '𣘃'으로 표기했고, '鎖'는 'tỏa'(연기 등이 퍼지다), 'tõa'(퍼지다), 'xõa'(머리카락 등이 흘러내리다), 'tủa'(한꺼번에 밀려들다), 'khóa'(자물쇠), 'tỏe'(크게 벌어지다)에 공히 대응한다. Vū Văn Kính『Đại Tự Điển Chữ Nôm(쯔놈 大字典)』, TP Hồ Chí Minh: Nxb Văn Nghệ TP Hồ Chí Minh 1999을 보면 이러한 사실을 쉽게 확인할 수 있다. 이 사전에 실린 쯔놈 글자는 37,000자가 넘고, 대응하는 베트남어 음은 7,000음이 넘는다.

60) Vū Văn Kính『Đại Tự Điển Chữ Nôm(쯔놈 大字典)』32면에서 쯔놈의 장점과 약점을 논했다. 자형(字型)을 보고 뜻을 바로 짐작할 수 있는 것이 쯔놈의 장점이라고 한다. 약점이라고 한 것은 본문에 기술한 대로이다.

61) 쯔놈에 대한 개략적인 설명은 부이 주이 떤(Bùi Duy Tân), 박연관 옮김「베트남의 쯔놈과 베트남에서의 쯔놈 연구」, 口訣學會編『아시아 諸民族의 文字』, 태학사 1997에 있다.

랐고, 역시 한자를 재료로 해서 만들어진 만요가나가 이후 가나문자로 간이화하는 방향으로 변모해간 일본과도 달랐다.

쯔놈은 한자 해득 능력이 없으면 사용할 수 없는데다가 어찌 보면 한자보다 더욱 난해한 문자였기 때문에 널리 일반에게 보급되기 어려웠다. 쯔놈을 읽고 쓰는 식자(識字) 엘리트의 수는 시대가 내려올수록 증가되었겠지만 전체 인구 비례로 본다면 여전히 소수에 지나지 않았다. 한문을 공부할 필요가 있는 사람, 즉 과거(科擧) 응시자의 범위와 쯔놈 사용자의 범위가 대략 일치한다는 견해가[62] 과히 틀리지 않을 것이다.

로마자 표기를 채택해서 만든 국어로 발음과 성조를 시각적으로 온전하게 표기할 수 있게 되기 전까지 쯔놈을 대신할 문자가 개발되지 않았기 때문에, 복잡하고 난해한 쯔놈의 특성은 중세 동안 기록문학이 융성하는 데 상당한 걸림돌로 작용했다고 본다. 한문학과 베트남어 기록문학이 공존한 것은 사실이지만 쯔놈으로 창작한 저작의 현저한 열세에는 표기문자의 어려움이 하나의 원인이 되었을 것이다.

한편 베트남어를 표기하는 문자가 익혀서 사용하기 힘들었다는 점은 기록문학의 양적인 열세뿐만 아니라 기록문학의 존재 양상에도 영향을 미쳤으니, 하층의 기록문학 참여를 어렵게 하고, 또 여성의 기록문학 참여를 제약하는 결과를 낳았다고 생각한다. 하층 기록문학이 미미했을 것이라는 점은 충분히 예상할 수 있는 일이고, 여성의 기록문학 참여가 두드러지지 않는다는 것은 전해지고 있는 작품의 면모를 보면 알 수 있다.

쯔놈으로 작품을 창작했다고 알려진 고전 여성작가로 거론되는 인물은 많

---

배양수 외 『베트남의 이해』 204면에 인용된 베트남 연구자의 연구에 따르면, 한자를 결합해서 새로 창조해 낸 쯔놈의 비율이 14~16세기에는 10.3퍼센트, 17세기에는 10~12퍼센트, 18~19세기에는 20퍼센트에 이르렀다고 한다. 쯔놈을 이용한 표현 요구가 증대할수록 더욱 복잡한 글자를 만들어내야 했던 사정을 짐작할 수 있다.

62) 加藤榮 『ベトナム文學を味わう(베트남문학을 맛본다)』, 東京: 國際交流基金アジアセンター 1998, 20면.

지 않다. 단씨점(段氏點), 여옥흔(黎玉欣, 1770~1799), 호춘향(胡春香, 1773~ 1841), 완씨형(阮氏馨) 등 18~19세기의 여성작가가 거론되는 정도이다. 단 씨점은 등진곤(鄧陳琨)이 한문으로 창작한 『정부음(征婦吟)』을 쯔놈으로 번 역했다고 알려져 있다. 그 밖에 쯔놈시 몇편을 남겼다. 여옥흔은 1792년에 남편인 광중(光中)황제(=阮文惠)가 요절한 뒤 쯔놈으로 「애사만(哀思挽)」을 지었다고 한다. 완씨형의 작품으로 10여수의 쯔놈시가 전하는데, 조탁을 가 한 완려(婉麗)한 시어, 그리고 회고적(懷古的) 어조가 특징이라고 한다.

수적으로 열세인 고전 여성작가 가운데 호춘향이 단연 돋보인다. 베트남 문학사에서는 호춘향에 이르러서 비로소 여성작가로서 여성의 목소리로 여 성의 심정을 시에 담아내기에 이르렀다고 평가된다. 결국 호춘향을 제외하 고 여성작가가 기록문학의 영역에서 활약한 것은 드문 일이었다고 보아도 틀리지 않을 것이고, 그렇게 된 데는 기록문자의 어려움이 주요 원인의 하나 로 작용했다고 보아야 할 것이다.[63]

## 2) 운문의 우세

앞서 문자의 어려움이 민족어 기록문학의 발전을 저해한 요인의 하나였을 것이라고 말했다. 하지만 문자의 어려움이라는 조건만을 과장해서는 곤란하 다. 기록문학의 발전을 저해한 요인으로 사회적인 조건, 서적 유통의 어려움 도 함께 생각해보아야 한다. 중세시기에 쯔놈은 한자와는 비할 수 없이 경시 당했으며 지배계층은 하층의 성장과 맞물려 있는 쯔놈문학의 성장을 억누르 려 시도하기도 했다.[64] 앞서 살펴본 「교화조례령」을 통해서 그런 움직임이

---

63) 물론 문자의 어려움을 지나치게 과장할 일은 아니다. 문자가 어렵더라도 남성이 여성을 '지적(知的) 동반자'로 인정하고, 적절한 교육이 수반되도록 했다면 여성도 남성 못지않게 기록문학 작품 영역에서 활약할 수 있었을 것이기 때문이다. 요컨대 여성 기록문학의 열세 에는 문자의 어려움, 여성교육의 부진, 여성에 대한 사대부 남성의 소극적인 태도가 복합적 으로 작용했다고 생각한다.

64) 부산외국어대학교 베트남어과 배양수 교수에 따르면 베트남의 지배계층은 심지어 "쯔놈

있었다는 것을 구체적으로 확인할 수 있다. 하층민과 가까운 위치에 있던 지식인이 하층의 욕망과 불만을 쯔놈으로 문자화하여 알리자 지배층이 통제에 나선 것이라고 할 수 있다. 또한 목판 인쇄가 발전하지 못한 점도 고려해야 한다. 베트남의 기후조건은 종이책을 만드는 데 적합하지 않았으며, 베트남 종이인 안피지(雁皮紙)는 고온다습한 기후에서는 파손되기 쉬웠다고 한다.[65]

쯔놈문학의 열세는 쯔놈산문의 절대적 열세가 초래한 결과이기도 하다는 또 다른 측면도 고려해야 한다. 중세 베트남어 기록문학(쯔놈문학)을 산문과 운문으로 대별할 때, 산문의 열세와 운문의 압도적 우세라는 특징을 발견할 수 있다.[66] 베트남어 산문은 근대에 와서야 비로소 제자리를 잡게 되었다고 보는 것이 옳다고 본다. 베트남 연구자들이 쯔놈산문의 존재를 인식하고 연구를 시작한 것은 1990년대에 와서라고 하는데,[67] 이렇게 연구가 늦어진 데는 남겨진 산문 유산 자체가 적다는 사실이 작용했을 것이다. 중세시기 베트남문학에는 운율을 고려하지 않고 길게 이어지는 산문의 독자적인 자리가 마련되지 못했던 것이다.

오늘날 남아 있는 쯔놈산문은 다음과 같은 몇종에 불과하다. 최고(最古)의 쯔놈산문 작품은 『불설대보부모은중경(佛說大報父母恩重經)』의 번역인데, 총 5,735자로 되어 있다. 여조 초엽인 15세기에 나온 것으로 보이며, 지금 전하는 것은 18세기 판본이다. 또 막씨(莫氏)정권 하에서 벼슬한 것으로 알려진 완세의(阮世義, 16세기경)가 완서(阮嶼)의 『전기만록(傳奇漫錄)』(16세기)을 쯔놈으로 '해음집주(解音集註)'한 『신편전기만록증보해음집주(新編傳奇漫錄增補解音集註)』[68]라는 저술을 남겼는데, 이 역시 오래된 쯔놈산문 작

---

은 천박의 아비다"라고 하는 말을 유행시킬 정도로 쯔놈을 경시했다고 한다.
65) 加藤榮 『ベトナム文學を味わう(베트남문학을 맛본다)』 32면.
66) 부 썬 투이 『베트남, 베트남사람들』 206면에 의하면 시인 또 흐우(Tố Hữu, 1920~2002)는 "옛날 우리 조상은 시 짓는 것, 적과 싸우는 것밖에는 몰랐다네"라고 읊었다 한다.
67) 『베트남문학사전』 723면.

품 가운데 하나라고 한다.[69] 한문구가 먼저 나오고 쯔놈산문 번역이 뒤따르는 대역(對譯) 형식이며 난해한 글자의 풀이와 주석도 들어 있다. 이 밖에도 16세기에 몇편, 17세기에 『천주성교계몽(天主聖教啓蒙)』을 위시해서 천주교 수사(修士)가 쓴 포교용 저술 몇편이 있다. 18세기 작품은 아직 발견되지 않고 있다고 하며 몇몇 19세기 작품이 보고되어 있다.

중세에는 산문이 열세에 놓이고 운문이 우세한 것이 보편적인 현상이라고는 하겠지만, 베트남에서는 산문의 열세가 특히 두드러졌다. 산문은 번역을 하고 사실이나 견문을 기록하는 데 일차적인 쓰임이 있다고 할 수 있는데, 베트남의 경우 그 일도 운문이나 한문산문의 몫이었다. 베트남사람은 문학 작품은 모름지기 운문이어야 수준 높다는 생각을 가진 것으로 보이는데,[70] 여기에 쯔놈이 어렵다는 조건까지 겹쳐 한 행의 길이는 짧고 친숙해서 외우기 쉬운 민요형식을 이용하는 것으로 귀결되었다. 그래서 7·7·6·8체나 6·8체 운문이 중세 민족어 기록문학의 대표적인 형식이 되었다.

운문의 우세를 보여주는 구체적인 사례를 몇가지 들어본다. 운문으로 되어 있을 것이라고 기대하기 힘든 데서 운문을 만나는 경우가 적절한 사례일텐데, 그런 사례는 특히 번역에서 빈번하게 발견된다. 한문산문에 베트남어 운문이 대응하는 경우를 먼저 보기로 한다. 『역경국음가(易經國音歌)』『논어석의가(論語釋義歌)』와 같은 것이 있는데, 6·8체의 운문으로 『역(易)』의 괘사(卦辭)나 효사(爻辭)를 번역하고 『논어』 20장을 번역하고 있다. 또 『시

---

68) Trần Văn Giáp 『Tìm Hiểu Kho Sách Hán Nôm(한놈 書庫에 대한 고찰)』 II, 192~193면의 해제에 의거했다. 해제에 따르면 지금 한놈연구원에 소장된 것은 1763년에 간행된 것이다. '해음집주(解音集註)'는 '국음(國音)'으로 풀이하고 여러 사람의 주석을 한데 모았다는 뜻이겠다.

69) Đinh Gia Khánh 주편 『Văn Học Việt Nam (thế kỷ X-nửa đầu thế kỷ XVIII)(10~18세기 전반까지의 베트남문학)』(제3판), Hà Nội: Nxb Giáo Dục 1998, 374면.

70) 배양수 교수에 따르면, 베트남사람들은 '문학작품, 문장은 운문이라야 더 고급스럽다'는 생각을 갖고 있다는 것도 운문작품이 더 많이 생산되게 만든 이유일 것이라고 한다.

경서경국음가(詩經書經國音歌)』는 6·8체 형식으로, 『시경연음(詩經演音)』
은 6·8체와 7·7·6·8체 두 가지 형식으로 되어 있다. 경전 번역에 해당
하는 책의 제목이 '~가(歌)'로 된 경우가 많은데, '가(歌)'가 운문을 가리킨
다는 것이야 두말할 필요도 없는 일이니, 일반적으로 산문 번역을 기대하는
경전 번역에서도 운문 번역이 자리 잡고 있다는 것을 확인할 수 있다.

한자 사전을 만들면서 뜻풀이는 운문으로 한 사례가 있다. 완조(阮朝)의
사덕(嗣德)황제(재위 1848~1883)가 지은 『사덕성제자학해의가(嗣德聖製字學
解義歌)』가 그런 것인데 서두는 다음과 같이 시작한다. 운자(韻字)에는 밑줄
을 그었다.

> 天○地○位○　THIÊN trời, ĐỊA đất, VỊ ngôi(平)
> 覆○載○流○滿○　PHÚC che, TÁI chở, LƯU trôi(平), MÃN đầy(平)
> 高○博○厚○　CAO cao, BÁC rộng, HẬU dày(平)
> 晨○暮○轉○移○　THẦN mai, MỘ tối, CHUYỂN xây(平), Di dời(平)
> 月○○日○○　NGUYỆT mặt trăng, NHẬT mặt trời(平)
> 照○臨○世○年○　CHIẾU soi, LÂM tới, THẾ đời(平), NHIÊN năm[71]

'○' 표시는 쯔놈을 컴퓨터로 옮길 수 없어서, 쯔놈이 나오는 위치만 표시
해놓은 것이다. '○' 표시 하나는 쯔놈 한 글자에 대응된다. 한자('THIÊN')
와 쯔놈으로 된 뜻풀이('trời')가 압운을 하고 평측을 안배하는 6·8체 형식
속에 교직되어 있다. 한자 한 글자에 쯔놈 한 글자가 대응할 수도 있지만(天,
trời) 그렇지 않을 수도 있다(月, mặt trăng). 그래서 한 줄을 이루는 한자
수는 불규칙하게 되었는데, 이는 한자 표현보다도 베트남 운문의 운율이 우
선적으로 고려된 결과이다. 한자의 뜻을 베트남어로 풀이하는 사전을 율독

---

71) Phan Đăng 번음(飜音) 『Thơ Văn Tự Đức(사덕황제 시문)』 III, Huế: Nxb Thuận Hóa
　　1996, 233~234면.

(律讀)이 가능한 운문형식으로 만들고 있다.

소설의 경우도 운문의 우위는 마찬가지다. 베트남어 고전소설은 모두 시전 (詩傳), 즉 운문소설이다. 쯔놈소설은 17세기에 와서 정착된 것으로 보이는 데, 처음에는 7언 8행(칠언율시의 형식)을 여럿 이어서 소설을 이루다가, 18세기에 이르러 6·8체 형식으로 창작하는 변화가 나타나 6·8체 형식의 소설이 일반화되었다. 운문의 리듬감은 소설을 읽는 이나 듣는 이에게 특별한 즐거움을 선사했다. 대표적인 고전소설 『취교전(翠翹傳)』 역시 6·8체 3,254행의 운문이다. 평민적 성격이 강하다고 해서 평민시전(平民詩傳)으로 분류하는 『범재옥화(范載玉花)』도 6·8체 934행으로 되어 있는 운문소설이다.

### 3) 번역의 양상

쯔놈작품 중에는 번역작품의 비중도 상당하다. 한놈연구원 장서 목록에는 많은 번역작품명이 올라 있다. 우선 어떤 번역작품들이 있는지 번역작품의 존재 양상을 살펴보기로 한다.

앞 절에서 『역(易)』 『논어(論語)』 『시경(詩經)』 『서경(書經)』을 쯔놈으로 번역했음을 보았다. 그뿐만 아니다. 『중용연가(中庸演歌)』도 있고 『예기(禮記)』의 한 대목을 번역한 『월령국음가(月令國音歌)』도 있다. 유학의 경전만 있는 것이 아니라 『불설목련구모경연음(佛說目連救母經演音)』 『불설십육관경연음(佛說十六觀經演音)』 『감응편연국음(感應篇演國音)』 『음즐문해음(陰騭文解音)』 같은 불교 경전 및 선서류(善書類)의 번역이 있다. 『의가신방팔진집험양방연음(醫家新方八陣集驗良方演音)』 같은 의서(醫書)의 번역도 있으며 『무경연의가(武經演義歌)』와 『육도삼략(六韜三略)』 등 병법서를 번역한 것도 있다.

베트남사람이 한문으로 창작한 작품을 쯔놈으로 번역한 것도 자주 볼 수 있다. 그런 예로는 앞서 말한 『신편전기만록증보해음집주』가 있고, 무방제(武芳提)가 쓴 『공여첩기(公餘捷記)』(1755)를 번역한 『전공여첩기(傳公餘捷

記)』,『정부음』을 번역한『정부음곡(征婦吟曲)』, 명명(明命, 재위 1820~1840)
황제의 훈유(訓諭)를 6·8체로 번역한『상유훈조해음부연가(上諭訓條解音
附演歌)』같은 예가 있다.

중국문학 작품의 번역은 더 빈번하게 보인다.『당시국음(唐詩國音)』이나
『당시칠절연가부잡문(唐詩七絶演歌附雜文)』에서 보듯이 당시도 6·8체의
형식으로 번역한다.『귀거래사연가(歸去來辭演歌)』『비파행연음가(琵琶行
演音歌)』『장한가연음신전(長恨歌演音新傳)』과 같이 우리에게도 익숙한 중
국 한시작품을 운문형식의 쯔놈으로 번역하고 있다. 앞서 언급한『취교전』
뿐만 아니라『평산냉연연음(平山冷燕演音)』『호구신전연음(好逑新傳演音)』
『옥교리신전(玉嬌梨新傳)』『이도매연가(二度梅演歌)』등 중국의 재자가인
소설을 운문(주로 6·8체)으로 번역해서 읽고 들었다.

한놈연구원 소장 도서목록을 계량적으로 분석해보아야 정확히 말할 수 있
는 것이기는 하지만, 쯔놈문학에서 번역작품이 차지하는 비중이 크고 번역
작품이 다양한 영역에 망라되어 있어서 가히 전방위적이라고 할 수 있다는
것은 목록을 일별하는 것만으로도 금세 감지할 수 있다. 국가기관에서 번역
을 주도해서 이루어진 관찬(官撰) 번역작품보다 개인이 번역한 사찬(私撰)
번역작품이 많은 것도 중요한 특징이라고 하겠다. 능력을 갖춘 사람이면 누
구나 번역에 참여할 수 있었던 것으로 보인다.

번역작품 제목에 '연음(演音, diễn âm)'과 '연가(演歌, diễn ca)'라는 말이
빈번하게 쓰였음을 본다. '연음'은 베트남어 운문 번역을 뜻한다. 원작의 설
정이나 내용을 그대로 둔다는 점에서 흔히 말하는 번안과 다르고 베트남어
어순으로 바꾸기만 한 것이 아니라 새로운 운문형식으로 조직화해 낸다는
점에서 흔히 생각하는 직역·번역과도 다르다. '연가'는 베트남어(쯔놈) 장시
(長詩)를 뜻하는 말이다.[72]

---

72) '연가'는 또한 무대장치가 간단하고 동작이 적은 연극을 가리키는 말이기도 하다. 사전에
"kịch hát không có hành động nhiều và trang trí lớn, phức tạp"이라는 풀이가 보인다

6・8체 형식의 번역이 많은 것을 보면, 구어에 가까운 말로 뜻을 풀이하면 그만이라고 생각하지 않고, 베트남어로 음영(吟詠)하거나 노래할 수 있는 형식으로 된 새로운 작품으로 재구성되어야 제대로 된 번역이라고 생각한 듯하다.[73] 6+8을 한 짝(một cặp)으로 삼고 6언행과 8언행이 교체되는 6・8체 형식은 확장적인 서술을 하는 데 제약이 있고 구어의 어감을 그대로 전달하기 어렵다는 특성을 가지고 있다. 그런 조건들이 함께 작용한 결과 쯔놈 운문 번역은 한문 원문의 단순한 등가물이 아니게 되었다. 번역자의 선택에 의해서 압축이 이루어졌고 번역자의 창조적 능력이 발휘되어 운문으로 재조직되었다. 그 결과 번역이면서도 창작의 성격을 갖는 복합성을 띠었다고 할 수 있다.

6・8체나 7・7・6・8체는 비엣족 고유의 민요형식이다. 읽거나 들어서 기억하기 쉽고 입에 올려 전파하기 쉬운 형식이라고 볼 수 있다. 그러므로 번역형식으로 6・8체나 7・7・6・8체를 택한 것은 민족 구성원이 기억하기 쉽고 전파하기 쉬운 형식을 택함으로써 민족의 문화수준을 향상시키려는 의도에 따른 선택이었다고 본다. 새로운 운문작품을 만들어내야 했기 때문에 번역자에게 한문 독해력 이상의 부담을 주었지만 표기문자의 어려움을 극복하고 널리 전파되는 효과를 얻기 위해서는 감수해야 했다. 요컨대 연음은 동아시아 중세문명의 문화적 성취를 소화해서 민족문화의 수준 향상으로 연결해야 하는 과제를 베트남의 여건에 맞추어 수행하면서 나타난 방식이라고 이해하고자 한다.

---

(Nguyễn Như Ý 주편 『Đại từ điển Tiếng Việt(베트남어 대사전)』 538면).
73) 이런 번역 태도는 번역 문학작품의 길이를 제약하는 방향으로 작용했다고 생각된다. 가장 긴 고전소설인 『취교전』은 중국소설 원작을 압축한 번역인데 3,254행에 지나지 않는다.

## 5. 문학 갈래

오늘날 베트남에는 54개의 민족이 있는데, 그 가운데 최다수는 비엣족이
다. 그런데 이 비엣족에게는 창세서사시나 영웅서사시 구연이 보이지 않는
다. 그렇다고 해서 본래부터 창세서사시나 영웅서사시를 갖지 못했던 것은
아니다. 비엣족은 고(古)비엣족에 기원을 두고 있는데, 고비엣족의 일원이었
던 므엉족은 여전히 구비서사시 구연 전통을 보존하고 있다. 따라서 비엣족
의 경우는 이른 시기에 구비서사시 전승이 단절되었다고 보아야 한다. 아마
도 중국의 지배를 받으면서 중세로 전환하는 변화를 경험한 것이 결정적인
계기가 되었을 것이다.74) 비엣족에게 구비서사시가 없다는 점은 베트남 내
여러 소수민족들이 구비서사시를 오늘날까지 풍부하게 전승하고 있는 면과
좋은 대조를 이룬다.

연극 갈래가 현저한 발전을 보인 것을 갈래 체계상의 또 다른 특징으로
지적할 수 있다. 베트남 전통극 갈래로는 째오(chèo)와 뚜옹(tuồng), 그리고
인형극(múa rối)이 있다. 세 갈래가 고르게 발전했지만 특히 상층연극 뚜옹
이 독자적으로 성장한 것이 돋보인다. 상층연극 뚜옹은 지배 권력을 정당화
하고 중세이념을 수호하는 역할을 했다.

중세이념과 질서를 수호하는 영웅이야기는 상층연극의 주요 레퍼토리였
다. 체제를 수호하는 영웅이야기를 소설로 향유하기보다는 연극작품으로 각
색해서 감상하는 쪽을 선호했다. 쯔놈소설은 애정소설이 주류를 이루고 있
으며, 중세 윤리규범을 부정한다고 볼 수 있는 경우도 있어서 정권의 경계
대상이 되었다. 위기에 처한 중세 질서를 수호하기 위해서 분투하는 영웅의
이야기는 연극의 몫으로 돌려 뚜옹을 통해서 했다.

고전 뚜옹은 중세 질서가 위기에 처한 상황을 그리고 있다. 작품 전편에

---

74) Đinh Gia Khánh 주편 『Văn Học Dân Gian Việt Nam(베트남 민간문학)』, Hà Nội:
　　Nxb Giáo Dục 1998, 613면.

걸쳐서 국가와 가정이 붕괴되는 심각한 위기상황이 펼쳐진다. 군신간의 질서가 무너져 왕권이 찬탈되고, 부자간 윤리가 무너져 아버지와 아들이 대적하며, 부부간의 화합이 깨어져 서로 대적하는 상황이 벌어진다. 뚜옹은 그런 위기를 헤쳐나가는 영웅적 인물의 활약을 그려낸다. 작품의 결말에 이르러서 정통왕조를 수호하려는 쪽은 많은 희생과 손실을 겪으면서 최종적이고 완전한 승리를 얻는다. 작품의 행복한 결말은 선이 악을 이긴다는 생각과 중세 질서를 뒤집을 수 없다는 보수적인 관념을 동시에 나타낸다.

한편 뚜옹은 중국소설작품을 수용하는 통로 구실도 했다. 『삼국지연의(三國志演義)』『서유기(西遊記)』[75] 『당정서(唐征西)』를 연극으로 각색한 작품이 다수 전하고 있다. 중국소설을 '듣고-보는' 공연물로 바꿔서 향유한 것이다. 『화용소로(華容小路)』『강좌구혼(江左求婚)』『삼고초려(三顧草廬)』같은 작품은 『삼국지연의』의 한 대목을 연극으로 만든 것이다. 제목을 보아 알 수 있는 그대로 각각 화용도(華容道)에서 관우(關羽)가 조조(曹操)를 놓아주는 대목, 유비(劉備)가 손권(孫權)의 누이와 혼인하는 대목, 유비가 제갈량(諸葛亮)을 얻으려고 삼고초려하는 대목이다.[76] 또한 『서유기연전(西遊記演傳)』은 『서유기』를 각색한 작품이다. 이 작품은 총 100회로 되어 있고 2,414면에 이르는 장편이다.[77] 『당정서연전(唐征西演傳)』은 당(唐)나라 때 인물 설정산(薛丁山) 이야기를 각색한 작품이고, 『금석기연(金石奇緣)』은 청나라 때 나온 소설인 『금석연(金石緣)』을 모체로 한 작품이다.[78]

이처럼 갈래체계에서 희곡의 비중이 크고, 중국소설을 향유하는 통로 구

---

75) 『서유기』의 운문 번역으로 『서유전(西遊傳)』(6·8체 시전)이 있다. 『삼국지연의』의 경우는 아직까지 운문 번역을 확인하지 못했다.

76) 『중상신록(重湘新錄)』에는 『당양장판(當陽長阪)』『오관참장(五關斬將)』을 비롯해서 『삼국지연의』에서 취재한 뚜옹 극본 다섯 편이 실려 있다(劉春銀·王小盾·陳義 主編 『越南漢喃文獻目錄提要』 910면).

77) 劉春銀·王小盾·陳義 主編 『越南漢喃文獻目錄提要』 878면.

78) 『금석기연』은 배유의(裵有義, 1807~1872)가 찬술했으며 총 3회로 되어 있다.

실을 하기도 한 점이 베트남에서 확인되는 특징이다. 이러한 특징은 '읽는'
향유방식보다 '듣고-보는' 향유방식을 더욱 발전시켜온 전통과 맞물려 있
다고 하겠다.


## 6. 표현과 미의식

운문은 산문에 비해서 강렬한 정서, 압축된 표현, 치밀하게 조직된 언어
형식이 주는 긴장감을 특징으로 한다. 따라서 베트남문학에서 확인되는 운
문의 우위는 내면정감의 정제된 표현을 높이 평가하는 미의식과 밀접한 관
련이 있다고 판단된다. 몇가지 사례를 통해서 그 점을 살펴보자.

베트남사람들에 의해 높은 평가를 받아온 작품으로 『정부음곡』이 있다.
남편을 전쟁터로 떠나보낸 아내의 탄식을 412행의 운문으로 노래한 작품이
다. 이 작품은 7·7·6·8체 형식으로 되어 있다. '음(吟)' 또는 '음곡(吟
曲)'이라고 불리는 이 형식은 7언, 6언, 8언의 교체를 통해서 리듬의 변화가
수반된다. 그 때문에 굴곡이 있고 진폭이 큰 내면정감을 표백하는 작품에 즐
겨 사용되었다.

7·7·6·8체보다 길게 연속적으로 이어지는 6·8체 작품의 경우도 경
물과 정감을 결합시키는 표현 기법을 사용하고 함축적인 언어 구사가 이루
어진 속에서 내면의 번민(煩悶), 우수(憂愁), 비한(悲恨)을 잘 표현한 작품이
높은 평가를 받는다. 베트남 고전소설의 대표작 『취교전』의 주석서인 『취교
전상주(翠翹傳詳註)』에서는 완유(阮攸)의 『취교전』이 "정어(情語)에 특히
뛰어나다(鴻山長於情語)"고 했다.[79] 그리고 작품 가운데 경(景)을 묘사한 부
분은 동시에 정(情)을 함축하고 있어서 사람의 마음을 움직이게 한다고 했

---

79) 贍雲氏 註訂 『翠翹傳詳註』 卷下, Hà Nội: Bộ Văn Hóa Giáo Dục Và Thanh Niên
1973, 163면. 홍산(鴻山)은 완유의 호(號)다.

다.80) 작품의 한 대목을 보자.

> 힘겹게 화장(花牆)을 타 넘어,
> 서쪽으로 기울어가는 달빛을 따라 길을 더듬어가네.
> 어둑어둑한 밤중에 모랫길과 나무 언덕을 지나니,
> 달빛 아래 모점(茅店)의 닭 울음소리, 서리 내린 판교(板橋) 위의 발자국.
> 깊은 밤 여자의 몸으로 장도(長途)에 나서니,
> 한편으로는 길이 두렵고 한편으로는 비바람을 겪어야 하는 자신이 가엾네.
> 동쪽 하늘은 부상(扶桑)에서 밝아오건만,
> 외로운 신세 어디가 인가(人家)인지 어찌 알겠는가?81)

> 扳緣上樹 引繩而下 月色朦朧 背了包往 向西而走 一路地僻人淨 行至天明
> 漸有人行 心中着慌82)

2027~2034행까지의 여덟 줄이다. 번역문 아래의 한문은 원작인 청심재
인(靑心才人)의 『김운교전(金雲翹傳)』의 해당 부분이다. 『취교전』에서는 원
작의 마지막 구절 '심중착황(心中着慌)'을 네 줄에 걸쳐서 부연하면서, 주인
공 취교(翠翹)의 현재의 고난과 앞날을 내다볼 수 없는 불안함을 느낄 수 있
도록 서정적인 색채를 강하게 채색해놓고 있다. 『취교전상주』의 저자는 이
처럼 경물을 묘사한 '외의(外意)'가 함축적 의미인 '내의(內意)'와 잘 조응하
게 한 결과 얻게 되는 효과를 한마디로 '일어백정(一語百情)'이라고 했다.83)
'장어정어(長於情語)'나 '일어백정(一語百情)'과 같은 말은 모두 경물을

---

80) "傳中寫景之筆 率多暎帶事情 筆姿墨彩 最覺綽約動人 卽三百篇之比體也" (瞻雲氏 註
    訂 『翠翹傳詳註』 卷上, 18~19면).
81) 번역은 최귀묵 옮김 『취교전』(소명출판 2004) 182~183면을 이용한다. 이 작품의 번역
    은 안경환 옮김 『쭈엔 끼에우』(문화저널 2004)로도 나왔다.
82) 古本小說集成編委會編 『金雲翹傳』, 上海: 上海古籍出版社, 190면.
83) 瞻雲氏 註訂 『翠翹傳詳註』 卷上, 57면·132면.

묘사하는 것이 인물의 내면심리를 드러내기도 하고 때로는 사건의 전개를 함축하기도 한다는 점을 지적한 것이다. 이처럼 함축적인 표현, 특히 사경 (寫景)을 이용해서 상황에 어울리는 분위기를 적절히 표현하고 서사 진행을 용이하게 한 것이 『취교전』의 표현상 중요한 특징일뿐더러 나아가 쯔놈소설을 평가하는 중요한 기준이 된다.

이러한 점은 근대문학으로까지 계승되었다고 생각된다. 근대 장편소설의 효시격인 『또 떰』은 이야기의 진행은 늦고, 큰 사건이나 조마조마한 모험도 드라마도 보이지 않으면서 주인공의 번민과 갈등을 부각시킴으로써 인간 내면을 섬세하게 묘사하고 있다는 평가를 받는다. 이러한 특징이 나타나게 된 것은 서양 문학의 영향뿐만 아니라 함축적 표현으로 인물의 내면심리 묘사를 중시하는 중세 운문소설의 전통이 적잖이 작용한 결과라고 본다.84)

연극 뚜옹에서는 비장(悲壯)과 숭고(崇高)가 문체상의 효과와 결합해서 증폭되어 실현되는 것이 특징이다. 고전 뚜옹은 대개가 인물의 강인한 의지와 숭고한 희생, 그리고 영웅적인 투쟁을 통해서 국가를 재건한다는 내용의 연극이다. 고전 뚜옹을 요약해서 '비극영웅가(悲劇英雄歌, bi kịch anh hùng ca)'라고 한다. '비극'이라고 했지만 뚜옹은 비극으로 끝나는 연극이 아니다. '비극'은 비장(悲壯)이라는 미의식을 표현하는 말로 보아야 한다. 뚜옹은 비장을 숭고와 결합시킴으로써 비참한 패배가 아닌 위대한 승리로 귀착되도록 한다.

뚜옹 극작법의 요체는 등장인물의 고난에 초점을 맞추고, 여러 차례에 걸친 감정의 토로와 결의에 찬 행동 표출을 통해서 인물의 내면과 성격이 잘 드러나도록 하는 데 있다. 작가는 영웅의 고통, 격분, 적개심이 정점에 이르도록 한다. 따라서 뚜옹을 감상하는 요체는 비장미, 비장감을 체험하는 데

---

84) 인물의 심리를 중시하는 것은 베트남 예술 전체의 특징인 것 같다. 부 선 투이 『베트남, 베트남사람들』 38~39면에 따르면, "베트남 민화는 (…) 형식보다는 내용, 작품의 아름다움보다는 인물의 심리를 중시한다"고 한다.

있다고 할 수 있다.

뚜옹은 인물로 하여금 극단적인 상황 속에서 '갈림길'에 위치하도록 해서 '선택의 상황에 처한 인물의 행동'을 보여줌으로써 인물의 성격을 창조하고 부각시키는 수법을 즐겨 구사한다. 극단적인 상황이 강요하는 선택의 기로에 놓인 인물이 보여주는 정신적 갈등, 선택, 그리고 거기에서 강렬하게 드러나는 인물의 감정을 통해서 인물의 행동, 성격, 의식의 통일성이 분명하게 드러난다. 황자(皇子)를 살리기 위해서 아들을 자기 손으로 죽이게 되는 극한상황에까지 이른 인물의 경우가 내면심리 표현이 절정에 이른 특히 적절한 예이다. '비웅(悲雄, bi hùng)', 곧 '비장(悲壯, bi tráng)'이라는 뚜옹의 연극미학적 특징이 이런 대목에서 특히 선명하게 나타난다. 이런 특성은 절절한 내면심리 표현을 수준 높은 작품의 요건으로 삼는 베트남의 미의식이 상층 문학에도 그대로 실현된 결과라고 하겠다. 중국의 영향을 받아서 개발된 연극이 뚜옹이지만, 소설에서와 마찬가지로 베트남 고유의 표현과 미의식이 결합한 결과 양상이 사뭇 달라졌다고 이해하고자 한다.

지금까지 베트남문학의 전반적인 특징을 몇개의 장과 절로 나누어 서술해 보았다. 윤곽만 간략하게 정리하면 다음과 같다. 우선 베트남의 한문학은 외세의 침입에 맞서 민족의 자주적 기상을 고취하고, 민족 구성원의 삶에 깊은 관심을 보였다. 중국의 한문학 사조 변화에 민감하게 반응하지 않은 듯하고, 한문학 작품 비평에도 그다지 많은 관심을 두지는 않았다.

차자표기인 쯔놈은 익혀서 구사하기가 어려웠고 표기법의 통일도 이루어지지 못했다. 문학의 향유방식 가운데 '말하고 - 듣고 - 보는' 향유방식이 발전한 것은 이런 조건과 불가분의 관계가 있을 것이다. 또한 이런 조건은 민족어 기록문학의 전반적인 열세, 하층민(여성)의 기록문학 참여 저조라는 결과를 낳았다고 보았다.

운문을 높이 평가하는 의식과 쯔놈의 어려움이라는 외적 조건이 결합해서 운문이 절대적인 우위를 점하게 되었다. 산문이 기대되는 영역일지라도 모두 운문에 흡수되었으니, 예컨대 중국 서적의 번역도 운문으로 하고 소설도 운문으로 썼다. 민요에 기원을 두고 있는 7·7·6·8체나 6·8체 운문을 사용함으로써 동아시아 중세문명을 소화해서 민족문화의 수준 향상을 도모하고자 했다고 평가할 수 있겠다. 물론 전례가 없는 상태에서 근대 산문 글쓰기를 창출해야 하는 어려움을 겪었다는 점도 함께 지적되어야 한다.

비엣족은 구비서사시 전승이 끊어진 점에서 베트남 내 많은 소수민족과 달랐다. 비엣족은 중세로 전환하면서 창세서사시, 영웅서사시 구연을 하지 않게 되었다. 한편 비엣족은 연극을 애호하고 발전시켰다. 하층 민속극은 물론 상층연극도 융성했다. 베트남사람은 내면의 깊은 슬픔, 절절한 내면의 정감 표현을 높이 평가했다. 그런 미의식은 상층연극 뚜옹에도 영향을 미쳐서 중세이념을 수호하는 영웅의 숭고한 투쟁을 비장하게 그렸다.

이제 실제 작품을 하나하나 살피면서 이러한 내용을 좀 더 구체화해보고자 한다. 하지만 여건의 미비와 능력의 부족으로 해명하지 못하는 부분이 더 많다. 본문에서 논의하지는 않았지만 인도 산스크리트 문명에 속한 주변 국가들과의 교류, 그리고 베트남의 판도 안에 속한 소수민족 문학과의 교류도 베트남문학의 독특한 국면을 조성했다고 생각한다. 하지만 지금 단계에서는 추측만 할 수 있을 따름이다. 쯔놈문학을 통한 주변 소수민족과의 교류도 다루고 싶으나 목록 이상의 자료를 가지고 있지 못해서 역시 그렇게 하지 못한다.

## 제2장

# 구비문학

# 1. 구비문학의 분류

베트남어 '반 혹 쭈옌 미엥(văn học truyền miệng)'에 대응하는 우리 쪽 용어가 '구비문학(口碑文學)'이다.[1] 또 '반 혹 쭈옌 미엥'의 상대가 되는 용어는 '반 혹 타인 반(văn học thành văn)'[2]인데, 우리 쪽 용어 '기록문학(記錄文學)'에 상응한다. 구비문학을 분류하는 방식은 여러 가지가 있을 수 있다.[3] 소수민족의 구비문학까지 포괄한다면 좀 더 복잡해진다. 하지만 어떻

---

1) 베트남어 'văn học truyền miệng'을 우리말로 옮기면 '구전문학(口傳文學)'이 된다. 그런데 한국문학 연구에서는 '구비문학' 쪽이 보편화되어 있다. 베트남문학 연구에서는 구비문학을 지칭해서 민간문학(văn học dân gian), 평민문학(văn học bình dân), 평민문장(văn chương bình dân), 구전문장(văn chương truyền khẩu)이라는 용어도 사용한다. 그런데 비중의 차이는 있더라도 상하층을 막론하고 '구비'와 '기록'이라는 방식으로 문학을 향유한 것은 마찬가지이므로, '민간'이나 '평민'이라고 한정할 필요가 없이 구비문학이라고 부르는 쪽이 타당하다고 본다.
2) 베트남어를 직역하면 '성문문학(成文文學)'이 된다.
3) 편찬위원회 『Từ Điển Văn Học(문학사전)』 II(Hà Nội: Nxb Khoa Học Xã Hội 1984)

게 분류를 하더라도 이야기·노래·연행(演行)이 구비문학의 중심 영역이라는 사실은 변함이 없다. 이 점을 염두에 두고 베트남 연구자들이 대별하는 방식을 참조하면서[4] 다음과 같이 개략적인 분류를 하기로 한다.

구비문학(văn học truyền miệng)
　이야기(loại hình kể): 신화, 전설, 고적전(古蹟傳), 소화(笑話), 베(vè)
　노래(loại hình hát): 민가(民歌), 가요(歌謠)
　연행(loại hình diễn): 째오(chèo), 뚜옹 도(tuồng đồ, 골계 뚜옹), 인형극
　짧은 말(loại hình nói): 속담, 수수께끼

위의 분류에서 전설(truyền thuyết)은 역사상 도드라진 행적을 남긴 인물에 관한 이야기를 지칭한다. 실제라고 믿는 사건이나 행적을 골간으로 하면서 허구적 상상력을 가미해서 만든 이야기이다.[5] 예컨대 「안양왕(安陽王)」 「징씨(徵氏) 자매」와 같이 베트남 건국과 독립투쟁의 영웅들에 관한 이야기가 주로 이 전설의 범주에 든다고 한다.

고적전(truyện cổ tích)은 대략 우리의 민담에 해당한다. 고적전은 통상적으로 신기고적전(神奇古蹟傳, truyện cổ tích thần kỳ)·생활고적전(生活古

---

515면; Đinh Gia Khánh 주편 『Văn Học Dân Gian Việt Nam(베트남 민간문학)』 243~530면; 배양수 외 『베트남의 이해』 175면에서 모두 갈래별 분류방식을 택하고 있다. 한국에서라면 이야기는 설화, 노래는 민요, 연행은 민속극이라고 할 것이다. 그런데 두 나라에서 택하는 각각의 하위 갈래 명칭이나 분류방식에 차이가 있어서 혼동을 초래할 여지가 있다고 보아 그런 용어를 택하지 않는다.

4) Lê Bá Hán·Trần Đình Sử·Nguyễn Khắc Phi 주편 『Từ Điển Thuật Ngữ Văn Học (문학용어사전)』(Hà Nội: Nxb Đại Học Quốc Gia Hà Nội 1997) 335면; Đinh Gia Khánh 주편 『Văn Học Dân Gian Việt Nam(베트남 민간문학)』 243~530면; 박연관 「베트남의 설화연구 一考察」, 『동남아연구』 제13권(한국외국어대학교 동남아연구소 2004)에서 소개한 베트남 학자들의 견해를 우선 참조했다.

5) 물론 애초에 신화에서 활약하던 신화상의 인물이 전설의 주인공으로 탈바꿈한 사례도 보인다.

蹟傳, truyện cổ tích sinh hoạt)[6]・동물고적전(動物古蹟傳, truyện cổ tích loài vật)으로 다시 나눈다.[7] 신기고적전이 등장인물, 사건의 전개나 해결에 초월적인 요소가 개입하는 공상적 이야기라면 생활고적전은 현실성이 강한 이야기이다. 동물고적전은 동물담으로, 동물의 특성이 생겨난 유래를 말하거나[8] 동물을 의인화한 이야기[9]이다.[10]

---

6) 세사고적전(世事古蹟傳, truyện cổ tích thế sự), 사회생활고적전(truyện cổ tích sinh hoạt xã hội)이라고도 한다.

7) 유형의 명칭은 Lê Bá Hán・Trần Đình Sử・Nguyễn Khắc Phi 주편 『Từ Điển Thuật Ngữ Văn Học(문학용어사전)』 301~302면을 따랐다. Chu Xuân Diên・Lê Chí Quế 『Tuyển tập truyện cổ tích Việt Nam(베트남 고적전 선집)』(Hà Nội: Nxb Đại học và Trung học chuyên nghiệp 1987)에서 물류고적전(truyện cổ tích loài vật), 신기고적전(truyện cổ tích thần kỳ), 사회생활고적전(truyện cổ tích sinh hoạt xã hội)으로 분류한 방식이 널리 받아들여지고 있다(Park yeon kwan(박연관) 「nghiên cứu so sánh một số típ truyện cổ tích Việt Nam và Hàn Quốc(한국과 베트남 민담의 일부유형 비교연구)」, Hà Nội: Đại học quốc gia Hà Nội luận án tiến sĩ ngữ văn 2002, 22~23면).

8) 「까마귀 털이 검은 까닭(Vì sao quạ lông đen)」 「수탉에게 볏이 있는 까닭(Vì sao gà trống có mào)」 같은 이야기가 여기에 해당한다.

9) 「꾀 많은 토끼(Con thỏ tinh khôn)」와 같은 이야기가 여기에 해당한다. 필자는 (동물)우언을 별도로 독립시키지 않고 동물고적전에 포함시키고자 한다. 동물우언은 기록문학에도 영향을 끼쳐서 18~19세기에 유통된 『메기와 두꺼비(Trê Cóc)』 『정서(貞鼠, Trinh thử)』와 같은 우언소설의 모태가 되었다. '정서'는 '정절을 지킨 쥐'라는 뜻이다. 19세기 초반에 창작된 것으로 보이는 『육축쟁공(六畜爭功)』 역시 동물우언이 발전한 작품이다. 여섯 가축(소, 개, 말, 양, 닭, 돼지)이 서로 공을 다툰다는 내용이다. 453행이며 뚜옹 극본의 형식을 따랐다.

10) 물론 베트남의 신화, 전설, 고적전이 우리가 알고 있는 '신화' '전설' '민담'에 정합적으로 대응하는 것은 아니다. 한국문학 연구에서는 설화 삼분법, 곧 설화를 '신화' '전설' '민담'으로 나누는 방식이 널리 받아들여지고 있다(베트남 쪽의 용어와 구별하기 위해 설화 삼분법상의 용어는 ' ' 표를 하기로 한다). '전설'은 작품의 주요 제재나 증거물의 성격에 따라 다시 '인물전설' '사물전설'로 나뉜다고 보고(조동일 외 『한국문학 강의』, 길벗 1994, 42면), '민담'은 '동물담(動物譚)' '본격담(本格譚)' '소화(笑話)'로 나뉘고, 그중 '동물담'은 다시 '동물유래담(動物由來譚)' '본격동물담(本格動物譚)' '동물우화(動物寓話)'로 나뉜다는 견해가 널리 받아들여지고 있다(장덕순・조동일・서대석・조희웅 『구비문학개설』, 일조각 1971, 55~57면). 이러한 우리 쪽의 분류방법과 비교해보면, 베트남의 신화는 '신화'와 그

베(vè)는 운문으로 된 시사적(時事的) 성격의 이야기이다. '매스컴 문학 (văn học báo chí)'[11] 또는 운문으로 된 '구두 신문(口頭新聞, khẩu báo 또는 báo miệng)'[12]이라고 할 수 있다. 지역적이거나 국가적인 사건, 그와 관련된 인물의 행적을 내용으로 하면서 찬반의 반응을 덧붙이는 경우가 많다. 길지 않으면서 운을 갖춘 시에 시사(時事)를 담아냄으로써 기억하기 쉽고 전송(傳誦)되기 쉽게 한다. 특히 프랑스 식민지로 전락하던 시기에 민간에서 많이 전송되었는데, 신속한 뉴스인 동시에 풍자적이고 저항적인 문학작품의 역할을 했다.

노래 아래에 있는 민가는 악곡과 가사를 함께 지칭하는 용어이다. 우리의 민요에 대응한다. 가요는 민가와 동의어로 쓰이는 경우도 있지만 흔히는 민가의 노랫말을 따로 떼어내 가리키는 용어로 쓰인다.

다음으로 연행 아래에 있는 뚜옹 도는 뚜옹 가운데 민중적 성격을 띠고 있는 연극이다. 장중한 정통 뚜옹, 곧 뚜옹 찐(tuồng chính)이 극본이 선행하는 기록문학인 데 비해서 골계적인 특성이 강한 뚜옹 도는 구비문학적 성격이 강하다. 분류상 구비문학에 넣어 서술해야 하지만 편의상 쯔놈문학의 뚜옹 항목에서 논의하기로 한다.

---

다지 차이가 없고, 전설은 '전설'의 일부인 '인물전설'을 주로 가리키고 있어서, '전설'에 비해서 포괄하는 작품 영역이 좁다고 할 수 있다. 우언을 따로 설정하는 경우에는 주로 동물우언을 지칭하는데(『베트남문학사전』 661면), 우리 쪽의 '민담' '동물담' '동물우화'와 대략 겹친다고 할 수 있다. 고적전은 '전설'과 '민담'에 걸쳐 있는 영역이다. 대략적으로 '인물전설'에 들지 않는 '전설'의 영역과 '동물우화' '소화'를 제외한 '민담'의 영역이 고적전이라고 할 수 있다. 영어 - 베트남어 사전의 'legend(전설)' 항목을 찾아보면, 'truyện cổ tích(고적전), truyền thuyết(전설)'이라고 풀이가 나온다. 이는 설화 삼분법상의 '전설' 작품이 베트남 분류법에서는 고적전과 전설로 나뉘어 소속된다는 점을 반영한 것이다.

11) Nguyễn Lộc 『Văn Học Việt Nam (nửa cuối thế kỷ XVIII-hết thế kỷ XIX)(18세기 후반~19세기까지의 베트남문학)』 598면.

12) Lê Bá Hán · Trần Đình Sử · Nguyễn Khắc Phi 주편 『Từ Điển Thuật Ngữ Văn Học (문학용어사전)』 354면.

속담(tục ngữ)은 운(韻)을 맞추는 경우가 흔한데, 보통은 'Tai vách mách rừng(낮말은 새가 듣고 밤말은 쥐가 듣는다)'에서처럼 요운(腰韻, vần lưng)[13]을 사용한다. 또한 의미상 2/2, 3/3, 4/4로 분절이 이루어지는 경우가 많다. 수수께끼(câu đố)는 속담과 같은 방식으로 의미 분절이 이루어지는 형식이 있는가 하면 6·8구로 되어 있거나[14] 그보다 더 긴 형식도 있다. 이제 이야기·노래·연행 가운데 몇몇 대표적인 작품을 선택해서 간략하게 검토해보기로 한다.

## 2. 이야기

### 1) 신화

#### (1) 창세신화

비엣족의 창세신화는 구비서사시로의 전승이 이미 오래전에 끊겼다. 대신에 민중 사이에서 구비 전승되는 각편들이 20세기 중반에 채록되었다. 그중 하나로 「천주신(天柱神, Thần trụ trời)」의 내용은 이렇다.

태초는 다만 칠흑같이 어둡고 차가운 혼돈일 따름이었다. 우주도 천지도 만물도 인간도 없었다. 그런데 어느 때인가 저절로 거대한 신이 나타났다. 이 신은 몽롱한 혼돈 속에 얼마나 오랫동안 있었는지 모른다. 그러던 어느 날 그는 머리로 하늘을 받치고 땅을 딛고 일어서서는, 흙을 파고 돌을 모아 거대한 기둥[天柱]을 하나 세워 하늘을 떠받쳤다. 기둥이 높아짐에 따라서 하늘도 점점 더 위로 밀어 올려졌다. 신은 혼자서 열심히 쌓아 올렸다. 기둥이 아득히 높이 올라감에 따라서 하늘 역시 끝없이 위로 밀려 올려졌다. 이때부터 하늘과 땅은

---

13) 'vách' 'mách'에서 운을 맞추고 있다.
14) 예를 들면 "Thân em xưa ở bụi tre, / Mùa đông xếp lại, mùa hè mở ra"라는 수수께끼가 있는데, 여름에는 펴서 부치고 겨울에는 접어두는 대나무 부채를 이렇게 표현했다.

나뉘어 둘이 되었다. 땅은 평탄해서 네모난 큰 쟁반 같았고, 위쪽의 하늘은 뒤집어놓은 밥그릇 같았다. 그리고 하늘과 땅이 만나는 곳은 지평선이 되었다.

하늘이 충분히 높아지고 굳어지자 이번엔 신은 돌기둥을 부숴버렸다. 신은 흙과 돌을 사방으로 던져버렸다. 그때 던져진 돌덩어리는 지금의 산과 섬이 되었고, 사방에 뿌려진 흙은 지금의 구릉과 고원이 되었다. 그래서 지금의 육지는 평평하지 않고 어떤 곳은 높고 어떤 곳은 낮게 되었다. 한편 신이 기둥을 쌓기 위해서 흙과 돌을 파낸 자리는 오늘날 바다가 되었다. 사람들은 오늘날 베트남 선 떠이(Sơn Tây)에 있는 석문산(石門山, núi Thạch môn)이 기둥의 유적이라고 하여, '경천주(擎天柱, Kinh thiên trụ, Cột chống trời)'라거나 '공로산(空路山, núi Không lộ, đường lên trời)'이라고 부른다.

천지 분리와 지형 형성 이후에 거인신이 죽었는지 살았는지, 아니면 옥황(玉皇)이 되었는지 알 수가 없다. 다만 거인신이 천지를 나눈 뒤 오래지 않아 옥황 혹은 하느님(ông Trời)이라고 불리는 신이 출현해서 천상과 지상의 모든 일을 주관하게 된 것은 분명하다.15)

이 비엣족의 창세신화에 나타난 천주신은 기둥을 세워서 천지를 분리하고 지형을 형성하는 역할을 하고 있다. 천주신(우주거인)은 이렇게 '거대하다' '천지를 분리시킨다'는 점에서 중국의 반고(盤古)와 일치한다.16) 하지만 천지를 분리하는 활동 장면에서는 다른 점이 보인다. 천주신은 기둥을 세워서 천지를 분리하지만 반고는 하늘을 떠받친 상태에서 스스로 자라나서 천지를 분리한다. 천주신은 자신이 세운 기둥을 부숴서 각종 지형을 형성하지만 반

15) Nguyễn Đổng Chi 『Lược Khảo Về Thần Thoại Việt Nam(베트남 神話略考)』(Hà Nội: Nxb Văn Sử Địa 1956) 75~77면에 창세신화가 소개되어 있다. 「천주신」 신화를 비롯한 베트남 신화 자료는 『越南神話民間故事選』(河內: 世界出版社 1997)과 *Vietnamese Legends and Folk Tales* (HANOI: Thế Giới Publishers 1997)로 중국어와 영어 번역본이 나와 있다.
16) 반고신화는 중국 삼국시대 오(吳)나라 사람 서정(徐整)이 처음 기록했다고 알려져 있다. 중국 동남부지역, 그중에서도 소수민족들이 사는 곳에서 전승되던 것을 기록한 것으로 보인다(김선자 『중국신화 이야기』, 아카넷 2004, 20면).

고의 경우는 죽은 몸이 자연물의 기원이 된다. 천주신은 천지개벽, 자연물 형성 이후에는 생사불명이라고 하지만 반고는 죽은 뒤로는 신화의 무대에서 퇴장한다. 천주신이 생사불명이라고 함으로써 위 인용문의 마지막 단락에서 말하고 있듯이 비엣족의 경우는 천지를 분리시킨 신과 천지를 통치하는 신의 구분이 모호하게 되었다.

한국 창세신화에서 천지분리를 담당하는 신격으로 「창세가」(김쌍돌이 구연)의 미륵님이 있다. 미륵님은 땅의 네 귀퉁이에 구리기둥을 세워 천지를 분리한다. 천주신이나 반고와는 달리 미륵님은 천지분리 이후에도 계속 머물러 살면서 다양한 활동을 한다. 미륵님은 물과 불의 근본을 찾고, 인간을 창조하며, 일월(日月)을 조정하고, 누가 인간세상을 차지할 것인가를 두고 석가와 경쟁을 벌인다.[17] 그런데 비엣족의 경우에는 「천주신」은 물론 여타 신화에서도 '물과 불의 근본 찾기'나 '인간세상 차지 경쟁'과 같은 신화소(神話素)는 보이지 않는다.[18]

'인간창조' '일월조정' 신화소는 베트남과 한국 창세신화에서 공통적으로 나타난다. 한국의 「창세가」에서 미륵님은 금쟁반, 은쟁반을 들고 하늘에 빌어 금벌레, 은벌레를 받는다. 그리고 그것이 각각 인간 남녀가 되었다.[19] 베트남의 「열두 여신(mười hai bà mụ)」에 의하면 인류는 옥황이 천지간의 맑고 순수한 재료로 빚어서 만들었다고 한다.[20] 「창세가」와는 달리 창조주를 명시하고 있다.

---

17) 김헌선 『한국의 창세신화』(길벗 1994) 230~235면에 「창세가」(김쌍돌이 구연)가 수록되어 있다. 김헌선의 연구에 따르면 한국의 창세신화 가운데 하나인 '창세가」(김쌍돌이 구연)에서는 '천지개벽' '창세신의 거신적 성격' '물과 불의 근본' '인간창조' '인세차지경쟁' '일월조정' '사냥, 화식(火食), 수목, 암석, 칠성신앙 등의 기원' 등의 신화소가 추출된다고 한다.

18) 보 람 수언 「한국과 베트남의 창세서사시 비교연구」(부산대학교 석사학위논문 2004)에서 한국과 베트남 창세신화 전반을 비교 고찰했다.

19) 김헌선 『한국의 창세신화』 232~233면.

20) Nguyễn Đổng Chi 『Lược Khảo Về Thần Thoại Việt Nam(베트남 神話略考)』 81면.

「창세가」에는 해와 달이 각각 둘이었는데, 거인신이 하나씩 떼어내 별을 만들었다고 되어 있다.[21] 그런데 베트남의 「해의 여신과 달의 여신(Nữ thần mặt trời và mặt trăng)」에 따르면 해와 달의 조정 과정이 다음과 같았다고 한다.

옥황에게는 두 딸이 있었는데, 해와 달의 여신이었다. 언니가 해의 여신이고 동생이 달의 여신이다. 두 여신은 인간세상을 번갈아 살피는 임무를 맡고 있었다. 달의 여신은 성격이 급하고 열기가 강했는데, 자주 지상 가까이 내려와서 사람들을 고통스럽게 만들었다. 그때 인간세상에 꽈이(Quải)라는 젊은 장사가 있었는데, 사람들을 괴롭히는 달의 여신을 벌하겠다고 마음먹고 있었다. 어느 날 달의 여신은 여느 때와 같이 지상 가까이 내려와서 사람들을 괴롭히고 있었다. 꽈이는 미리 준비해둔 모래를 여신의 얼굴을 향해 집어던졌다. 얼굴에 모래를 맞은 여신은 놀라서 하늘로 날아올랐다. 이후로는 달의 여신이 감히 지상 가까이 내려오지 못했고, 얼굴에 모래가 묻어 있다보니 빛이 이전처럼 밝지도 뜨겁지도 않게 되었다. 게다가 성격도 온순해졌다.[22]

비엣족의 신화에는 애초부터 해도 하나 달도 하나였다고 되어 있다. 해와 달은 그냥 천체가 아니고 옥황의 딸인 여신이라고 했다. 달의 여신이 내뿜는 열기가 너무 강하고 인간세상에 가까이 와서 사람들을 괴롭혀서 문제가 되었다. 옥황이나 그 부인도 어쩌지 못하는 달의 여신을 부모를 여읜 고아 꽈이가 징벌했다. 「창세가」의 거인신은 숫자를 조정했는데 꽈이는 거리를 조정한 점이 서로 다르다.

옥황은 외래 신격으로 보아야 할 것이다. 그리고 일월의 조정을 담당한 인물이 신이 아니라 인간세상의 젊은이라고 한 설정은 창세신화보다는 영웅신화에 더욱 접근한 면모로 보인다.[23] 이러한 점은 창세신화의 원초적인 모

---

21) 김헌선 『한국의 창세신화』 230면.
22) Nguyễn Đổng Chi 『Lược Khảo Về Thần Thoại Việt Nam(베트남 神話略考)』 85~87면.

습이 망각된 뒤에 다시 만들어진 신화여서 나타난 변이로 생각된다.

이상 살펴본 바와 같이 비엣족의 창세신화는 짤막한 여러 신화소가 단편(斷片)으로 전승되고 있다. 단편(斷片)인 동시에 단편(短篇)인 면모는 비엣족 창세신화의 두드러진 특징이라고 할 수 있다. 이런 면모는 한국의 「창세가」가 비록 느슨한 결합이기는 해도 다양한 신화소들이 복합되어 상대적으로 길어진 것과 차이가 있다. 또한 고(古)비엣족의 일원이었던 므엉(Mường)족이 장편 구비서사시 「땅과 물의 기원(Đẻ đất đẻ nước)」을 전승하고 있는 것과도 좋은 대조가 된다.24) 이렇게 비엣족의 창세서사시 구연이 끊어지고, 창세신화가 조각난 단편(短篇)으로 전승되게 된 원인을 어디에서 찾아야 할까? 아마도 그것은 「땅과 물의 기원」과 같은 구비서사시가 전승될 수 있었던 기반이 상실되었다는 점에서 찾아야 할 것이다.

므엉족의 「땅과 물의 기원」은 사람이 죽었을 때 행하는 굿에서 부르는 장편 무가(巫歌)다. 므엉족은 사람은 죽어서 최초의 인류를 낳았던 새의 모습으로 돌아간다는 내세관념을 가지고 있었다.25) 무당이 망자의 넋을 사후세계에 인도하는 중에 하늘과 땅, 그리고 인류의 기원에 대한 이야기를 듣도록 하는데, 그것이 창세서사시인 「땅과 물의 기원」이다. 그런데 만일 무당이 장례의식을 주관하지 못하게 되고, 내세관념이 다른 종교의 도전으로 흔들리게 되는 변화가 일어난다면 창세서사시의 전승은 결국 단절되고 말 것이라고 예상할 수 있다. 비엣족에게 실제로 그런 일이 일어났다. 므엉족과 달리

---

23) 중국신화의 인물 예(羿)는 아홉 개의 태양을 활로 쏘아 태양의 열기가 주는 고통을 없앴다. 한 일은 꽈이와 상통하는 면이 있지만 예는 천신이다(예에 대해서는 위앤커, 전인초·김선자 옮김 『중국신화전설』 1(민음사 1999) 289~309면 참조).

24) 「땅과 물의 기원」에 대해서는 최귀묵 「월남 므엉족의 창세서사시 '땅과 물의 기원'」, 『구비문학연구』 제11집(한국구비문학회 2000)에서 자세히 살핀 바 있다.

25) 베트남의 청동기시대 유물인 동고(銅鼓)에 태양과 새, 그리고 머리가 새 모양인 사람(鳥形人間, bird man)이 정교하게 새겨져 있다는 사실은(유인선 『베트남의 역사』 24면) 불교 수입 이전에는 비엣족과 므엉족의 내세관이 크게 다르지 않았다는 것을 보여준다고 생각한다.

비엣족은 한문문명권의 일원이 되면서 불교를 수용했는데, 불교는 사후세계에 대한 관념을 근본적으로 바꿔놓았다.[26] 또한 불교 승려들이 장례에 적극 관여해서 무당의 역할을 잠식해간 것도 주목해야 한다. 창세서사시 구연이 아닌 불경을 읽는 것으로 대체된 변화가 창세서사시를 전승한 근거와 기반을 근본적으로 위협했을 것이다.

### (2) 건국신화

비엣족의 건국신화는 『영남척괴열전(嶺南摭怪列傳)』(보통 『영남척괴』로 약칭함)과 『대월사기전서(大越史記全書)』에 기록되어 전해지고 있다. 가장 이른 시기의 기록인 『영남척괴』 「홍방씨전(鴻厖氏傳)」[27]에 보이는 내용을 요약하여 보인다.

염제(炎帝) 신농씨(神農氏)의 3세손인 제명(帝明)이 아들 제의(帝宜)를 낳고 얼마 후에 남방으로 순행(巡幸)하여 오령(五嶺)에 이르렀다. 그곳에서 무선(婺仙)의 딸을 만나 데리고 왔는데 그녀와의 사이에서 아들 녹속(祿續)이 태어났다. 제명은 녹속에게 제위를 잇게 하려 했지만 녹속이 고사하자 제의에게 제위를 물려주고 북방을 다스리게 했다.

한편 녹속을 경양왕(涇陽王)에 봉하여 남방을 다스리게 했는데, 나라 이름을 적귀국(赤鬼國)이라고 했다. 경양왕은 수부(水府)에 오갈 수 있었는데 동정

---

26) Đinh Gia Khánh 주편 『Văn Học Dân Gian Việt Nam(베트남 민간문학)』 613면에서 "왜 비엣족에게는 체계적인 서사시가 없는가" 하는 질문을 던지고, 가장 큰 이유는 고대의 어우 락(Âu Lạc, 甌貉) 왕국이 중국의 침략을 받고 1,000년 가까이 지배를 받았으며, 이후 한족의 동화정책에 의해서 신화를 잃어버렸기 때문이라고 추정했다.

27) '홍방'의 '홍(鴻)'과 '방(厖)'은 문자 그대로 '크다'는 뜻이다. 따라서 '홍방씨'는 '가장 큰 족속'이라는 말이 되며 고대 베트남 민족을 포괄적으로 지칭하는 말로 받아들일 수 있다. '홍방'이라는 말을 정식 역사서에 올린 것은 『대월사기전서』가 처음이다(Trần Nghĩa 주편 『Tổng Tập Tiểu Thuyết Chữ Hán Việt Nam(베트남 한문소설 총서)』 I, Hà Nội: Nxb Thế Giới 1997, 160면).

군(洞庭君)의 딸 용녀(龍女)를 아내로 맞이하여 숭람(崇纜), 곧 낙룡군(貉龍君)을 낳았다. 낙룡군은 부친을 대신해서 나라를 다스렸다. 그는 백성들에게 농경과 인륜을 가르쳤다. 때때로 수부로 돌아갔지만 백성들이 도움을 청하면 와서 도와주었다.

한편 북방의 제의는 아들 제래(帝來)에게 제위를 물려주었다. 제래는 치우(蚩尤)에게 국사를 맡기고 자신이 총애하는 여인[28] 구희(嫗姬)를 데리고 남쪽의 적귀국을 순행했다. 그곳이 마음에 들었던 제래는 즐겁게 지내며 돌아갈 것을 잊었다. 하지만 이렇게 되자 남방 백성들이 북방의 괴롭힘을 받게 되었다. 백성들은 용군을 불러 도움을 청했고 곧 용군이 달려왔다. 용군은 제래가 없는 사이에 미소년으로 변신하여 구희를 꾀어 용대암(龍岱巖)으로 갔다. 돌아온 제래는 구희를 찾으려 했지만 용군이 신술(神術)을 부려 변신하는 바람에 찾지 못하고 할 수 없이 북방으로 돌아간다.

용군과 함께 산 지 1년 만에 구희는 태(胎)를 하나 낳았는데, 상서롭지 못하다고 하여 들판에 내다버렸다. 7일이 지나자 태 속에서 알 100개가 나왔고 알 하나마다 사내아이 하나가 태어났다. 이들이 바로 백월(百越)의 시조다.

이때 용군이 수부에 머물렀기 때문에 헤어져 있던 구희 모자는 북쪽으로 돌아가려고 했다. 하지만 신농씨를 멸망시키고 북방을 차지하고 있던 황제(黃帝)가 이들이 들어오지 못하도록 막았다. 어쩔 수 없이 남쪽으로 돌아온 모자는 용군을 부른다. 지상으로 온 용군은 구희에게, "나는 용의 자손으로 수족(水族)의 우두머리고, 당신은 선인(仙人)의 자손으로 지상의 사람이니 유(類)가 달라 서로 상극이라 함께 살기 어렵소. 50명의 아이는 내가 수부로 데려갈 테니 나머지 50명의 아이는 당신과 함께 지상에 남아 나라를 나누어 다스리게 하오"라고 했다. 구희와 함께 지상에 남은 50명의 자식 가운데 뛰어난 자를 추대하여 임금을 삼아 웅왕(雄王)이라 칭하고, 국호를 문랑국(文郞國)이라고 했다. 대대로 왕위를 전하면서 웅왕이라고 부르고 그 칭호를 바꾸지 않았다.[29]

---

28) 원문에는 '帝來'의 '愛女(총애하는 여자)'로 되어 있다. 그렇다면 용군이 남의 아내를 유혹해서 빼앗은 것이 된다. 그런데 『대월사기전서』에서는 이것을 '帝來'의 '女(딸)'로 바꾸었다. 중세 유교윤리의 입장에서 바꾼 것으로 보인다. 유인선 『베트남의 역사』 23면·427면에서 그 점을 지적했다.

이와 같은 비엣족의 건국신화에 대해서 연구자들은 다음 몇가지 점에 특히 주목해왔다.[30] 첫째, 북방(중국)에서 도래(渡來)한 인물과 남방(베트남) 사람 사이에서 태어난 자식이 베트남의 시조가 되었다고 한다. 중국과 베트남 양쪽의 혈통을 지닌 혼혈인을 베트남에서는 자기 민족이라고 여기고, 북쪽의 문명을 자기 것으로 해서 베트남의 문화가 성장한 것이 당연하다는 사고방식을 나타낸 것이다. 이에 반해서 중국에서는 베트남사람이라는 이유로 배척하고 도리어 지배하고 착취하려고 해서 다툼이 생겨났다고 했다. 이렇게 한편으로는 중국과의 연결을 강조하면서도 다른 한편으로는 중국의 침략에는 항거해야 한다는 의식을 함께 드러내고 있다.

둘째, 용신(龍神)사상이 나타나 있다. 건국신화의 주역은 용신인 낙룡군이라고 할 수 있다. 이 낙룡군 이야기에는 여러 층위의 역사적 경험이 집적되어 있는 것으로 보인다. 낙룡군이 용의 후손이라고 자처한 점을 생각해보자. 이는 곧 부계혈통이 아닌 모계혈통을 따른다는 말이다. 그런데 웅왕의 지위는 아들이 계승하고 있다. 결국 낙룡군 신화는 모계사회에서 부계사회로의 전환이라는 역사적 경험과 관련이 있는 것이 아닌가 한다.[31]

용왕의 후손인 낙룡군은 사악한 힘으로부터 백성들을 보호한다. 『영남척괴』의 「어정전(魚精傳)」에서는 물고기 정령을 퇴치하고, 「호정전(狐精傳)」에서는 구미호(九尾狐)를 퇴치하여 백성들을 괴로움에서 구해주고 있다. 낙

---

29) 박희병 옮김 『베트남의 신화와 전설』(돌베개 2000) 17~23면을 참고해서 요약했다. 앞으로 『영남척괴』를 인용할 때는 이 책의 번역을 이용한다.
30) Đinh Gia Khánh 주편 『Văn Học Dân Gian Việt Nam(베트남 민간문학)』 281~291면; 박희병 옮김 『베트남의 신화와 전설』 201~203면; 조동일 『하나이면서 여럿인 동아시아문학』(지식산업사 1999); 최귀묵 「월남 므엉족의 창세서사시 '땅과 물의 기원'」, 『구비문학연구』 제11집(한국구비문학회, 2000)에 의거해 연구 성과를 정리한다.
31) 유인선 「前近代 베트남사회의 兩系的 性格과 女性의 地位」, 『역사학보』 제150집(역사학회 1996)에서는 낙룡군과 구희가 아들을 50명씩 나누어 데리고 있기로 했다는 내용을 근거로 삼아서, 이 신화는 부계와 모계의 공존을 말해준다고 해석했다. 하지만 필자는 웅왕의 지위가 부계로 계승된다는 신화의 결론을 더욱 중시해야 한다고 본다.

룡군의 활약상은 자연을 개척해서 삶의 터전을 넓혀간 현실경험을 반영하고 있다고 생각된다. 또한 낙룡군은 북방의 침입으로부터 베트남을 보호해주는 수호신의 역할도 한다. 예컨대 『영남척괴』의 「동천왕전(董天王傳)」에서는 중국 은(殷)나라의 침입을 물리치는 일을 돕고 있다.

셋째, 산과 물의 결합과 대립이 중요하게 다루어진다. 이 신화소는 산족(山族)과 수족(水族) 간의 결합과 대립을 반영하고 있다고 생각된다. 『영남척괴』의 「산원산전(傘圓山傳)」에서는 산정(山精)과 수정(水精)이 싸우기 때문에 홍수가 일어난다고 하면서 홍수의 신화적 기원을 말하고 있는데, 이 역시 같은 맥락에서 이해할 수 있다.

넷째, 문랑국과 그 국왕인 웅왕이 거론되고 있다. 하나의 태에서 다시 알 100개가 나왔고, 이 알에서 나온 아들들이 백월의 시조라고 했다. 백월은 기원전 중국의 동남지역 일대와 베트남 북부지방에서 살던 여러 종족을 가리킨다.[32] 하나의 태에서 다시 알 100개가 나왔다는 것은 여럿의 동일한 기원을 상징한다고 생각된다. 백월 사이에서 동포의식이라고 할 만한 것이 형성되었음을 '하나의 태'로 상징화했다고 볼 수 있다.

다섯째, 건국신화에 고비엣족 창세서사시의 영향이 보인다. 므엉족의 창세서사시 「땅과 물의 기원」을 보면, 인류는 하늘과 땅의 결합으로 탄생했다고 한다. 하나의 알에서 비엣족, 므엉족, 타이(Thái)족 등이 나왔고, 그 알에서 다시 열두 개의 알이 나오고 거기에서 므엉족의 우두머리를 비롯한 사회 구성원들이 태어났다고 한다.

비엣족 건국신화에서 제명이 무선의 딸과 결혼했다는 것은 하늘과 땅의 결합이라는 고비엣족의 신화적 사유를 계승한 것으로 보인다. 그리고 므엉족과 비엣족은 알에서 우두머리(시조)가 탄생한다는 신화적 발상도 공유하고 있다. 또한 하나의 태(알)에서 여러 개의 알이 나온다고 함으로써 여럿의 동

---

32) 유인선 『베트남의 역사』 27면.

일한 기원을 말하는 발상도 공유하고 있다.

하지만 비엣족의 건국신화는 비엣족의 우월감을 표현하는 각별한 기능도 했다고 생각된다. 비엣족의 기원을 중국 염제신농씨와 결부시킨 것은 중세 문명을 받아들인 자부심을 표현한 것으로 해석할 수 있다.[33] 또한 100명의 아들 가운데 가장 뛰어난 자를 뽑아 웅왕으로 삼고 나라를 세웠다는 말의 이면에는 비엣족 주도의 국가건설이 타당하다는 주장이 담겨 있다고 해석할 수 있다. 비엣족은 국가를 건설하고 한문문명을 받아들이게 되면서 산지의 소수민족을 '야만인(Mọi)'이라고 낮추어 보았다. 우월감의 근거인 건국신화를 중시하면 할수록 '야만인'과의 공유영역인 창세서사시를 존중하고 계승해야 할 필요성은 그만큼 줄어들게 된다. 비엣족이 창세서사시의 전승을 돌아보지 않은 이유의 일단을 건국신화의 내용에서도 찾을 수 있다.

## 2) 전설

전설은 베트남의 대외투쟁, 사회변동, 그리고 종교문화를 이끈 인물의 행적을 문학적으로 형상화한 작품들이다. 중국에 맞서 싸운 베트남 독립 투쟁사의 주역인 동천왕(董天王), 안양왕(安陽王), 징씨(徵氏) 자매, 정부령(丁部領), 여리(黎利)를 주인공으로 하는 전설이 있는가 하면 프랑스에 맞서 무력투쟁을 벌인 황화탐(黃花探)에 대한 전설도 있다. 또한 완문혜(阮文惠)와 같은 농민반란의 주역, 만랑(蠻娘)과 같은 불교 쪽의 인물이 전설의 주인공이 되기도 했다. 이와 같은 인물전설에는 역사적 변동을 겪어온 민중의 인식과 소망이 담겨 있다. 이곳에서는 대표적인 예로 동천왕 전설과 안양왕 전설을 보기로 한다.

동천왕 전설은 은나라의 침입을 물리친 동천왕, 곧 부동천왕(扶董天王)의

---

33) 조동일『하나이면서 여럿인 동아시아문학』275면에서 "건국시조가 신농씨의 혈통을 받았다는 것이 원시생활을 하면서 한문문명 밖에 머무르고 있는 소수민족들을 얕보고 억누를 수 있는 자격이 있음을 입증한다"고 했다.

이야기이다. 『영남척괴』에 「동천왕전」으로 기록되어 있는데, 다음과 같은 내용이다.

웅왕 시대의 일이다. 은나라 왕이 조공을 바치지 않는다면서 베트남을 침략하고자 했다. 이에 왕은 용군에게 빌어 도움을 청하기로 했다. 목욕재계하고 향을 피우고 기원한 지 사흘 만에 하늘에서 큰 뇌성과 함께 비가 내렸다. 그리고 홀연 용군이 노인의 형상으로 나타나 방책을 말해주었다. 3년 후에 적이 침입할 것이니 군사를 잘 훈련시키는 한편 천하에 두루 기이한 인재를 구하라는 것이었다. 말을 마치자 노인(용군)은 하늘로 사라졌다.

3년 후 은나라 군대가 쳐들어 왔다. 왕은 용군이 말해준 대로 기이한 인재를 찾았다. 이때 무령군(武寧郡) 부동향(扶董鄕)에 세 살이 되도록 말을 하지 못하고 누워 있기만 한 사내아이가 있었다. 이 아이는 자기가 은나라 군대의 침입을 물리칠 테니 철마(鐵馬), 철검(鐵劍), 철립(鐵笠)을 만들어달라고 한다. 왕은 이 아이가 용군이 말해준 기이한 인재라고 생각하고 아이의 말대로 준비하도록 명했다. 갑자기 체구가 커진 아이는 옷으로 몸을 다 가릴 수 없었고, 아무리 먹어도 늘 배고파했다. 얼마 후 은나라 군대가 들이닥치자 아이는 철립을 쓰고 철마를 달리며 철검을 휘둘러 은나라 군대를 궤멸한다.

아이는 안월(安越) 삭산(朔山)에 이르러 입은 옷을 벗어버리고 말을 탄 채 하늘로 올라갔는데, 산의 바윗돌에 그 자취가 남아 있다. 보답할 길이 없게 되어버린 왕은 그 아이를 높여 부동천왕이라고 하고 고향 집에 절을 세워 아침 저녁으로 제사를 지내게 했다.

웅왕 시절에 중국 은나라가 침입했다는 것은 허구적 설정으로 보아야 한다.[34] 베트남은 아주 이른 시기부터 중국의 침입을 물리쳐온 자랑스러운 역사를 가졌다는 뜻을 말하고자 함이라고 생각된다. 동천왕은 민중영웅이다.

---

34) Trần Trọng Kim 『Việt Nam Sử Lược(越南史略)』, Hà Nội: Nxb Văn Hóa Thông Tin 1999, 26면.

외침을 극복하기 위해서는 민중의 단합된 힘이 필요했는데, 동천왕은 민중의 힘을 결집하는 구심점 구실을 했다고 생각된다. 『영남척괴』를 교정(校正)한 무경(武瓊, 1453~1516)은 「서(序)」에서 동천왕 이야기를 통해서 "남국(베트남)에 인물이 있었음을 알 수 있다(南國有人可知也)"고 했다.

이 이야기에는 신화의 그림자가 짙게 드리워져 있다. 베트남의 수호신인 용군 이야기만 따로 떼어놓고 보면 신화라고 하기에 부족함이 없다. 이렇게 신화와 전설이 복합된 데는 건국신화의 기억이 작용했을 것이다. 건국신화에서는 용군이 수부로 돌아갔어도 백성들이 도움을 청하면 즉시 달려와 도와준다고 했다.

그렇지만 건국신화가 원래의 모습대로 기억되는 것은 아니었다. 건국신화에서 용군은 용의 자손으로 수족의 우두머리였다. 다른 이야기에서도 수신(水神)으로서 활약한다. 물고기 정령을 제압할 때 보면 용군은 수부의 야차(夜叉)를 부린다.[35] 또 구미호가 백성들을 괴롭힐 때 용군은 수부의 병졸들을 땅으로 올려 보내 퇴치하게 했다.[36] 이렇듯 용군은 수신이기에 활동공간이 수부이고, 필요한 경우 수부에 속한 존재를 지상으로 파견한다. 그런데 이곳 「동천왕전」의 용군은 하늘에서 내려와서 하늘로 돌아갔고 동천왕은 말을 타고 하늘로 승천한다.[37] 이런 점을 보건대 이곳의 용군은 수신이면서 천신(天神)이기도 하다. 이러한 성격 변화의 이면에는 전승집단의 사유방식의 변화를 가져온 모종의 역사적 경험이 자리하고 있을 것이라고 추정할 수 있다.

다음으로 살필 안양왕 전설은 문랑국을 정복하고 구락국(甌貉國)을 건국한 촉반(蜀泮)에 대한 이야기다. 『영남척괴』에 있는 「금구전(金龜傳)」의 내

---

35) 『영남척괴』「목정전(木精傳)」에 보인다.
36) 『영남척괴』「호정전」에 보인다.
37) 『영남척괴』「월정전(越井傳)」에는 용군이 동천왕으로 화(化)해서 철마를 타고서 은나라 군대를 격파했다고 되어 있다.

용이 곧 안양왕 전설인데 그 내용은 이렇다.

안양왕은 문랑국을 멸망시키고 구락국을 세웠다. 왕은 새로운 도읍을 정하고 성을 쌓기로 했는데 성을 쌓기만 하면 곧 무너졌다. 이에 목욕재계하고 기도를 드렸더니 한 노인이 나타나 금빛 거북의 도움을 받아야 한다는 사실을 말해준다. 이튿날 왕은 노인의 말을 따라 금빛 거북을 궁궐로 모시고 들어온다. 거북은 성이 무너지는 것은 복수를 하려는 문랑국 왕자의 혼, 천년 묵은 흰 닭, 앞 시대 악공(樂工)의 혼령이 함께 방해하기 때문이라고 말한다. 이에 왕은 거북과 합력해서 흰 닭을 죽이고 요귀마저 퇴치한다. 이렇게 방해자를 제압하고 새로 성을 쌓아 드디어 보름 만에 완공한다. 이것이 바로 나성(螺城)이다.

금빛 거북은 3년을 머문 다음 물로 돌아간다. 거북은 돌아가는 길에 자기 발톱을 빼어 왕에게 주면서, 그것으로 쇠뇌를 만들어 대적하면 외침을 당하더라도 문제가 없을 것이라고 했다. 왕은 신하로 하여금 쇠뇌를 만들고 거기에 거북의 발톱으로 발사장치를 장착하게 했다. 쇠뇌의 이름을 영광금조신노(靈光金爪神弩)라고 했다.

그후 조타(趙佗)가 남침하여 왕과 전쟁을 벌였다. 하지만 왕에게는 쇠뇌가 있었기에 조타의 군대를 쉽게 물리칠 수 있었다. 이에 조타는 꾀를 내어 강화를 청하고 아들 중시(仲始)를 구락국에 보내 공주 미주(媚珠)와 결혼하게 한다. 중시는 미주를 꾀어 쇠뇌를 훔쳐오게 하고, 가짜 발사장치를 만들어 금빛 거북의 발톱과 바꿔치기한다. 그러고는 부모를 뵙고 오겠다며 조타에게로 돌아가 버린다. 금빛 거북의 발톱을 손에 넣은 조타는 군대를 일으켜 안양왕을 공격했다. 쇠뇌를 믿고 별다른 대비를 하지 않았던 왕은 패주하지 않을 수 없었다. 왕은 미주를 태워 남쪽으로 달아나다가 바닷가로 몰리자 큰 소리로 부르짖으며 구원을 청한다. 그러자 금빛 거북이 물에서 나와서 배신자 미주를 죽일 것을 요구한다. 왕은 칼로 미주의 목을 베었다. 그러자 금빛 거북은 왕을 인도하여 바다 속으로 들어갔다.

미주는 죽게 되었을 때, 남에게 속아서 이 지경에 이르렀으니 죽거든 진주가 되어 원수를 갚게 해달라고 빈다. 미주가 죽고 조금 뒤 조타의 군대가 몰려왔다. 중시는 시신을 안고 나성에 돌아와서 장례를 치렀는데, 시신이 홀연 진주로 변했다. 그후 중시는 미주가 목욕하던 곳에서 미주의 환영을 보고 스스로 우물에 빠져 죽었다.

나성을 쌓는 과정에서 겪는 어려움은 안양왕의 통치에 맞서는 토착세력의 저항을 표현한다고 생각된다. 산 사람이 아닌 죽은 사람의 혼령이 저항하고, 거기에 천년 묵은 흰 닭과 같은 요괴까지 가세했다는 것은 문학적 상상력의 소산인데, 이를 통해서 실제 저항이 만만찮았다는 사정을 읽어내도 좋을 듯하다.[38] 하지만 충돌만 있었던 것은 아니고 토착화의 움직임도 있었다. 금빛 거북은 원래 중국사람의 전쟁신을 수용한 것이었는데, 작품에서 보듯이 홍하(紅河, sông Hồng) 델타 지방에 기원을 둔 용군의 화신으로 변해 안양왕의 왕권을 보호하고 있다. 이 점은 북방에서 밀고 내려온 세력이 토착신화를 받아들이는 변화를 보인 것이라고 해석할 수 있다.[39]

금빛 거북이 도움을 주었지만 내부에서 배신자가 생기게 된 변고를 막을 수가 없었다. 금빛 거북의 신이함을 부정하지 않으면서 조타에게 패한 역사적 사실 또한 바꿀 수 없었기에 미주라는 비극적 희생양이 필요했다.[40] 안양왕은 구락국의 창업주였기에 건국신화의 주역이 될 수 있었다. 하지만 조타의 계략에 말려들어 나라를 잃고 말았으니 비극적 전설 속의 인물에 머무르게 되었다.

### 3) 고적전(古蹟傳)

베트남 고적전을 대표하는 이야기로는 쩌우 까우(trầu cau)와 바인 쯩(bánh chưng)의 기원에 대한 이야기가 있다. 쩌우 까우, 곧 빈랑(檳榔) 씹기

---

38) '흰 닭'은 토착세력을, '금빛 거북'은 침략세력을 상징한다고 해석한다(유인선 『베트남의 역사』 33면).
39) 유인선 『베트남의 역사』 33면.
40) 중시와 미주는 우리의 호동(好童)과 낙랑공주(樂浪公主)를 떠올리게 한다.

는 베트남의 전통적인 풍습이다. 구장(蒟醬, 쩌우)41) 잎에 빈랑열매(까우)와 석회가루, 그리고 약간의 쓴맛이 나는 나무뿌리 껍질과 담배 등을 싸서 씹는 것이다. 구장 잎, 빈랑열매, 석회가 꼭 필요하고 나머지는 없어도 된다.

구장을 씹으면 향기롭기도 하고 매콤한 맛이 나기 때문에 입냄새를 제거하고 입술과 얼굴을 붉게 하는 효과가 있다. 예로부터 베트남 성인 남녀는 양치질을 하는 대신 구장을 씹었다. 특히 여성의 경우에는 입술과 얼굴을 붉게 하는 기능이 있어서 아름답게 보이려는 목적에서도 씹는다. 요즘도 농촌에서는 대부분의 사람들이 구장을 씹지만 도시에서는 노인들 외에는 씹지 않는다.42)

빈랑 씹기의 기원에 대해서는 『영남척괴』 「빈랑전(檳榔傳)」에 다음과 같은 이야기가 전한다.43)

웅왕 시대에 빈(檳)과 랑(榔)이라는 형제가 있었다. 부모가 돌아가신 후 형제는 같은 스승을 모시고 공부를 했다. 스승에게는 딸이 하나 있었는데 형과 결혼했다. 결혼한 이후 부부의 정은 날로 깊어간 반면 형이 아우를 대하는 태도는 예전과 같지 않았다. 그래서 아우는 자기를 잊은 것이라고 생각하고 서러워하며 집을 떠났다. 한참을 가다 깊은 강을 만났는데, 배가 없어 건널 수 없었다. 아우는 홀로 울다가 죽어서 강어귀의 나무로 변했다.

형은 아우가 없어진 것을 알고 찾아 나섰다. 강가에 와서 아우가 이미 죽은 것을 알고는 나무 곁에 투신하여 바위가 되어 나무뿌리가 자기를 감도록 했다. 한편 남편이 돌아오지 않자 이번에는 아내가 남편을 찾아 나섰다. 아내 역시

---

41) 후춧과의 풀. 필발(蓽茇)이라고도 한다.
42) 조재현·송정남 『베트남 들여다보기』(한국외국어대학교출판부 2004); 부 썬 투이 『베트남, 베트남사람들』에서 구장 씹기 풍습을 소개하고 있다. 조재현·송정남 『베트남 들여다보기』 333면에 따르면 쩌우를 씹기 때문에 치아가 검게 되는 것은 아니고 별도의 치아 염색 방법이 있다고 한다.
43) 김기태 편역 『(베트남 민화집) 쩌우 까우 이야기』(창비 1984) 191~195면에도 빈랑 씹기의 기원에 대한 이야기가 소개되어 있다.

같은 곳에 당도하여 남편이 죽은 것을 알고 자신도 돌을 안고 죽었다. 아내는 죽은 후 덩굴로 변해서 구장이 되어 바위를 감쌌다. 당시 사람들은 형제의 우애와 부부의 절의를 칭찬했다.

웅왕이 순행하다 그곳에 와서 사연을 듣게 되었다. 왕은 덩굴 잎을 따오게 하여 입에 넣어 씹다가 바위 위에 뱉었다. 그 색은 붉은빛이었으며 씹을 때는 매콤하니 맛이 좋았다. 이에 왕은 돌을 불에 구워 재로 만든 다음, 그 재를 나무 열매 및 덩굴 잎과 함께 먹으라고 분부했다. 이 풍습이 널리 퍼졌고, 베트남사람들은 구장과 빈랑을 혼례의 중요한 예물로 사용하게 되었다.

이 이야기는 일처다부(一妻多夫) 제도에서 일부일처(一夫一妻) 제도로 전환하는 과정에서 빚어진 갈등을 반영하고 있다고 보는 견해가 설득력이 있다.[44] 형은 일부일처 쪽에, 아우는 일처다부 쪽에 서 있는 인물이라고 보면 형제 갈등을 이해할 수 있다. 비극적인 결말은 전환 과정에서 겪어야 했던 사회적 갈등이 격렬했음을 암시한다고 보아도 좋을 듯하다.

다른 각도에서 이야기를 이해할 수도 있다. 겉보기에 비극의 원인은 형이 아내를 맞이한 데 있는 것 같다. 하지만 형의 결혼 그 자체가 비극을 잉태했다기보다는 세 사람이 새로운 관계에 적응하지 못한 탓이라고 보아야 한다. 부모가 일찍 죽어서 중재자가 없는 상황에 놓였으면서 서로 소통을 위한 노력을 다하지 않았다. 작품의 비극적 결말은 부부간 사랑과 형제간 우애가 상충될 수 있다는 점을 부각시키면서, 사랑과 우애 둘 다 온전히 하기 위해서는 어찌해야 하는가를 가족 구성원들에게 묻고 있다.

세 사람이 죽어서 된 나무 열매, 돌, 덩굴 잎을 섞어서 씹으니 붉은색이 돌고 매콤하니 맛이 좋았다고 했다. 이질적인 재료가 융합되어 전혀 새로운 색깔과 맛이 나오는 변화를 보인 것이다. 이렇듯 세 가지 재료가 섞여서 내

---

44) Hữu Ngọc, *Sketches For a Portrait of Vietnamese Culture*, Hà Nội: THE GIOI PUBLISHERS 1984, 668면. 모계사회에서 부계사회로 전환하는 과정에서 나타난 갈등을 형상화한다고 보는 것도 상통하는 견해이다(배양수 외 『베트남의 이해』 184면).

는 붉은빛이며 좋은 맛은 차이를 넘어선 융합의 경지를 함축한다고 하겠다.

구장과 빈랑은 요즘도 혼례 예물로 없어서는 안되는 필수품이다. 아울러 사교나 매매 시에 나누어 씹기도 했다. 그래서 "구장 씹기는 이야기의 시작이다(Miếng trầu là đầu câu chuyện)"라는 말도 있다.[45] 이렇듯 빈랑 씹기가 문화 코드가 된 것은 빈랑 씹기가 차이를 넘어서서 이루는 조화와 화합을 은유하기 때문일 것이다. 비극적 전설을 통해 살아서 융합을 이루는 지혜를 발휘하자는 교훈을 얻을 수 있다.

바인 쯩, 곧 설떡(떡만두)을 먹게 된 내력을 『영남척괴』 「증병전(蒸餠傳)」에서는 이렇게 전하고 있다. 제목의 '증병'은 바인 쯩을 한자로 옮긴 것이다.

은나라의 침입을 물리친 웅왕은 자식에게 왕위를 물려주고자 했다. 그래서 세밑에 맛있는 음식을 올리는 왕자에게 왕위를 물려주겠노라 선언한다. 스물두 명의 왕자 중 열여덟째 아들인 낭료(郎僚)는 그 어머니 쪽이 한미한 집안인데다 어머니마저 이미 돌아가셨기에 산해진미를 마련할 길이 없었다. 그래서 낭료는 그저 걱정만 할 뿐이었다.

그러던 어느 날 꿈에 신인(神人)이 나타나 어떤 음식을 준비해야 하는지 알려주었다. 천지의 물건 가운데 제일 소중한 건 쌀이니 쌀로 음식을 만들어야 한다고 했다. 찹쌀로 떡을 빚되 둥글고 모나게 만들어 천지의 형상을 본뜨고, 그 안에 맛있는 소를 넣어서 천지가 만물을 감싸주듯이 부모가 자식을 키운다는 뜻을 표현하라는 것이었다. 낭료가 그 말대로 하늘과 땅의 모양을 본떠서 바인 쯩과 바인 저이(bánh giầy, 찹쌀떡)를 만들어 올렸다. 왕이 먹어보고 여럿 중에 제일이라고 평가하고 마침내 낭료에게 왕위를 물려주었다.

베트남사람들은 설날이면 함께 돼지를 잡고 바인 쯩을 싸며 열두 시간 동안 바인 쯩을 찐다. 바인 쯩은 쌀, 콩, 고기, 파로 만들고 새로운 생명력을

---

45) 호춘향의 작품에 「구장을 권함(Mời trầu)」이 있는데, 빈랑 씹기 풍습을 제재로 해서 쓴 당률쯔놈시 작품이다. 호춘향의 작품은 뒤에서 살핀다.

상징하는 푸른색 잎으로 싼다. 바인 쯩은 네모 모양으로 땅·음(陰)을 상징하고, 바인 저이는 둥근 모양으로 하늘·양(陽)을 상징한다. 설날뿐만 아니라 결혼식에도 쓰이는데, 결혼식 때 남자 집안에서 여자 집안에 바인 쯩과 바인 저이를 가져간다.[46)]

「중병전」의 내용을 보면, 바인 쯩을 만들어 먹는 풍습은 농업을 위주로 하는 베트남 고유의 풍습이라는 점을 말하고 있다. 아울러 천원지방(天圓地方)이라는 생각, 부모의 덕은 천지의 덕과 같으니 은혜에 보답하는 것이 당연하다는 생각도 표명되어 있다. 후대에 중국에서 전래된 유교문화를 빌려 음양론으로 설명되고, 효의 윤리로 정립되지만 각각의 사고의 단초는 베트남에 원래 있었다는 말로 받아들여도 좋을 듯하다.

신기고적전으로 분류되는 「떰과 깜(Tấm Cám)」[47)]도 널리 전승되고 있다. 내용을 요약하면 다음과 같다.

떰과 깜은 이복(異腹) 자매지간이다. 떰의 어머니가 세상을 떠난 뒤 맞이한 계모가 낳은 딸이 깜이다.[48)] 아름답고 선량한 떰은 계모와 깜의 학대로 모진 고난에 시달린다. 부처가 나타나 물고기를 기르며 외로움을 달래게 해주지만, 계모와 깜은 그 물고기를 잡아먹어버린다. 부처는 물고기 뼈를 항아리에 담아 묻게 한다.

성안에서 축제가 열리는 날, 계모와 깜의 방해에도 불구하고 떰은 부처의 지시에 따라 물고기 뼈를 묻었던 항아리에서 화려한 의상이며 멋진 구두를 꺼내서 곱게 치장하고 축제에 참가한다. 임금의 행차에 길을 비키다가 떰은 그만

---

46) 부 썬 투이 『베트남, 베트남사람들』 90면·138면.
47) 떰과 깜은 두 주인공의 이름이지만 글자 그대로의 뜻은 '싸라기(떰)'와 '겨(깜)'이다.
48) 떰과 깜은 어머니는 물론 아버지도 다르다고 되어 있는 각편, 쌍둥이라고 되어 있는 각편도 있다(Karin Schmidt, "Cinderella in Vietnam," *At the Edge': Margins, Frontiers, Initiatives in Literature and Culture* (Hong Kong: XVIIth Congress of the International Comparative Literature Association 2004. 8. 15) 참조. 이 글은 http://www.ln.edu.hk/eng/staff/eoyang/icla/Karin%20Schmidt.doc에서 볼 수 있다).

신발 한짝을 다리 밑으로 떨어뜨리고 만다. 그 신발이 임금에게 전해졌는데, 아주 작으면서도 예쁜 신발에 매료된 왕은 신발의 주인을 왕비로 삼겠노라고 선언한다. 떰이 신발의 주인이라는 것이 밝혀지고, 떰은 왕비가 된다.

질투심에 사로잡힌 계모와 깜은 공모해서 왕비가 된 떰을 여러 번 모해한다. 떰은 그들 모녀에 의해서 살해되고, 깜이 대신 왕비가 된다. 죽은 떰은 꾀꼬리로 환생한다. 떰이 꾀꼬리로 환생한 것을 왕이 알게 되자 깜은 꾀꼬리를 죽이고 털을 화원 한쪽에 버린다. 그러자 이번에는 털이 놓인 자리에서 복숭아나무가 자라난다. 왕이 복숭아나무를 아끼자 깜은 그것을 베어 베틀을 만들었다가 베틀마저 다시 태워 재를 궁궐 멀리 날려버린다. 오래지 않아 재가 떨어진 곳에서 감나무가 자라나 커다란 감이 하나 열린다.

감은 감나무 근처에서 차를 파는 노파의 수중에 들어가 노파의 집에 놓이게 된다. 노파가 밖에 나간 사이에 떰은 껍질을 열고 나와 젊은 아가씨의 몸으로 변하여 청소도 하고 요리도 한다. 감에 깃들어 있던 떰이 그렇게 한다는 사실을 알게 된 노파는 떰을 양녀로 삼아 함께 산다.

어느 날 왕은 궁궐 밖으로 나섰다가 노파의 찻집 앞을 지나가게 되었다. 왕은 구장 잎에 빈랑을 싸서 놓은 것이 봉황새 날개 모양인 것을 보았다. 전날 떰이 쌌던 모양과 같다는 점을 이상하게 여긴 왕은 빈랑을 싼 사람을 만나고자 했고, 결국 떰과 재회하게 된다. 떰은 다시 왕비의 자리에 오르게 되었다.

세월이 흘러도 변함없이 아름다운 떰을 시기한 깜은 아름다움을 유지하는 비결이 무엇인지 떰에게 묻는다. 떰은 끓는 물에 뛰어드는 것이라고 말해주는데, 그 말을 그대로 따른 깜은 물에 삶겨 죽고 만다. 떰은 깜의 시체로 젓을 담가 계모에게 보내어 먹게 한다. 얼마 뒤 자신이 먹은 것이 딸의 시체라는 것을 알게 된 계모는 충격으로 죽는다.[49]

---

49) 편찬위원회 『Từ Điển Văn Học(문학사전)』 II, 337면; Hữu Ngọc, *Sketches For a Portrait of Vietnamese Culture*, 692~702면을 우선적으로 참고해서 정리했다. 그 밖에도 *Vietnamese Legends and Folk Tales*, 161면; 김기태 편역 「심술궂은 계모」, 『(베트남 민화집) 쩌우까우 이야기』(창작과비평사 1984) 157~165면; Minh Quoc, *Tam and Cam(Tấm Cám): The Ancient Vietnamese Cinderella Story* (Gardena CA: East West Discovery Press 2006)를 참조했다.

이상과 같은 내용의 「떰과 깜」은 신데렐라 이야기의 베트남 판이라고 할 수 있다. 계모와 계모가 데리고 온 딸로부터 학대받는 주인공이 초월적인 존재의 도움으로 왕을 만나고, 잃어버렸던 물건의 주인이 자신이 맞는다는 것을 증명하고 왕과 결혼한다는 이야기여서 신데렐라 유형 이야기의 골격을 갖추고 있다.50) 특히 전반부에서 신데렐라 이야기와 유사점이 많다.

이야기에서 직접 충돌하고 있는 것은 떰과 깜이므로 작품의 핵심갈등을 한 남자(王)를 사이에 둔 두 여인의 갈등이라고 파악할 수 있다. 또한 계모와 깜이 공모해서 악행을 저지르고 있기 때문에, 계모와 전실(前室) 자식 사이에서 벌어지는 가정 내의 갈등이 핵심갈등이라고 파악할 수도 있다. 나아가 떰이 사회의 하층여성과 같은 처지로 전락해서 고난을 겪는다는 점을 중시한다면 사회적 갈등을 핵심갈등이라고 파악하는 것도 가능하다.

「떰과 깜」에서는 떰의 결혼 이후 일어나는 사건의 비중도 자못 크다. 결혼 이후 벌어지는 일련의 사건은 흔히 알고 있는 신데렐라 이야기에는 없을 뿐더러 내용 또한 잔혹하다. 이와 같은 결혼 후일담 부분은 한국의 구전설화 「콩쥐팥쥐」와 흡사하다. 구체적으로 「콩쥐팥쥐」를 보면, 계모와 팥쥐의 콩쥐 살해, 여러 차례에 걸친 콩쥐의 환생, 빼앗긴 남편을 찾아 재회하기, 팥쥐에 대한 잔혹한 복수, 팥쥐의 시신으로 젓을 담아 어미에게 먹게 하는 모티프가 이어지는데, 위의 「떰과 깜」에서도 보이는 바다.51) 이는 악행은 반드

---

50) 아르네 - 톰슨이 설정한 민담의 유형 510A가 신데렐라 이야기이다. 유형 510A는 (1) suffers persecution, (2) receives magic help, (3) meets a prince, (4) provides proof of her identity, (5) marries the prince를 뼈대로 가지고 있다고 한다.

51) 김환희 「비교문학적인 시각에서 본 '콩쥐팥쥐'의 기원과 특성」, 『비평과 전망』 8(새움 2004 상반기)에서 「콩쥐팥쥐」와 「떰과 깜」을 비롯한 설화작품을 비교했다. 「콩쥐팥쥐」와 「떰과 깜」은 '환생' '식인' '우렁각시' 화소가 공통된다는 점을 지적했다. 한국의 「콩쥐팥쥐」의 경우 콩쥐가 '연꽃과 구슬'로 환생한다는 설정이 독특한데, 연꽃과 구슬은 재생 또는 영생불멸, 완벽성을 의미하기 때문에 「콩쥐팥쥐」는 영생불멸의 꿈과 좀 더 자율적이고 완벽한 존재가 되고자 하는 자기실현의 열망을 담고 있는 이야기라고 보았다(306~307면).

시 징치되어야 한다는 민중의 소망과 사회의 압제자에 대한 민중의 강렬한 저항정신이 반영된 결과라고 생각된다.52)

작품에서는 줄곧 부처가 조력자로 등장하는데, 떰이 전생(轉生)을 거듭한다는 설정과 함께 불교의 영향을 보여주는 화소라고 할 수 있다. 하지만 불교의 영향이 전편을 일관했다고 보기는 힘들다. 우선 지극히 선한 떰이 인간보다 차원이 높은 존재로 환생하지 못하고 동물이나 나무로 환생한다는 설정이 어색하다. 또한 끔찍한 복수를 정당화하는 결말은 자비라는 불교의 가르침과도 전혀 어울리지 않는다. 이런 점을 보면 초월적 존재 자리에 반드시 부처가 올 필요는 없다고 하겠다.53)

지역에 따라서는 「떰과 깜」이 완전히 허구적인 이야기가 아니라 실제 역사적 사실을 반영하고 있다고 받아들여지기도 한다. 베트남 일부 지역에서는 떰과 깜을 제사하는 전통이 형성되었고,54) 떰에 해당하는 여인은 바로 이조(李朝) 성종(聖宗)의 비(妃)인 의란원비(倚蘭元妃)로서 인종(仁宗)을 낳았다고 하기도 한다.55) 계모와 살아가던 아리따운 시골 처녀가 황후가 되는

---

52) Park yeon kwan(박연관) 「Một số công thức nghệ thuật truyền thống của truyện cổ tích thần kỳ người Việt(베트남 신기고적전의 전통적 예술형식)」(Hà Nội: Đại học quốc gia Hà Nội luận văn thạc sĩ khoa học ngữ văn 1996); 박연관 「'콩쥐팥쥐'와 'Tam Cam' 비교연구」, 『베트남 연구』제3권(한국베트남학회 2002)에서 「떰과 깜」을 이러한 관점에서 다루었다.

53) 「떰과 깜」은 태국의 설화 「쁠라 부텅」과 많이 닮아 있기도 하다. 물고기를 기르는 모티프, 나무와 새로 환생하는 모티프, 젓을 담아 복수하는 모티프, 초월적인 존재(부처, 보살)가 도움을 주는 모티프 등이 공통된다. 「쁠라 부텅」의 내용은 김영애 「한국설화 '콩쥐팥쥐'와 태국설화 '쁠라 부텅' 비교연구」, 『동남아연구』제17권 2호(한국외국어대학교 동남아연구소 2007)를 통해서 알 수 있다. 「떰과 깜」을 깊이 이해하기 위해서는 동남아시아 지역의 설화를 포괄한 광범위한 비교연구가 필요하다고 하겠다.

54) 특히 박 닌(Bắc Ninh, 北寧) 성과 하노이 교외지역에서 제사를 지낸다고 한다(Đinh Gia Khánh 주편 『Văn Học Dân Gian Việt Nam(베트남 민간문학)』306면).

55) 성종과 의란원비(=倚蘭太妃) 사이에서 인종이 태어났다는 역사 기사는 Trần Trọng Kim 『Việt Nam Sử Lược(越南史略)』108면에도 보인다.

행운을 얻은 일이 있자, 전부터 전승되고 있던 「떰과 깜」 이야기와 유사한 점이 주목받았고, 이후 두 이야기가 점차 상호침투해서 닮아가는 변화를 보인 것이 아닌가 생각된다.[56]


## 3. 노래

민가(民歌, dân ca)는 민중에 의해서 구비 전승되는 노래이다. 노랫말, 악곡, 노래에 수반되는 몸동작을 다 포괄해서 일컫는 말이며 우리의 민요에 해당한다. 민가가 양적으로 풍부하고 문학에서 차지하는 비중도 큰 것이 베트남의 특징이라고 할 수 있다. 민가와 함께 가요(歌謠, ca dao)라는 말도 쓰이는데, 가요라는 말이 넓은 의미로 사용될 때는 민가와 동의어이다. 그런데 보통 가요는 좁은 의미로 사용되어 민가의 노랫말, 곧 율문(律文) 가사(歌詞)만 따로 떼어내 지칭할 때 쓴다.

민가는 일반적으로 노동요·의식요(儀式謠)·생활요로 분류한다.[57] 노래에 담아내는 내용은 다양하지만 남녀간의 사랑을 노래한 작품이 양적으로 많고 서정성도 풍부하다. 노랫말에는 4언, 5언도 쓰이고 더 드물게는 7·7·6·8체 형식도 쓰이지만 6·8체 형식이 가장 애용된다. 6·8체 한 연으로 된 짧은 노래도 있고, 연이 중첩되어 길게 이어지는 노래도 있다.

민가의 지배적 형식인 6·8체 형식은 소수민족인 므엉족 민가에도 쓰이는 것이 확인된다.[58] 이런 사실은 비엣족과 므엉족이 공통의 기원을 가지고 있으며 양측의 노래는 몬 크메르(Mon-Khmer) 노래 전통에서 갈라져 나왔을 것이라는 사실을 강력히 암시한다.[59] 고(古)비엣족 시대로부터 오늘날에 이

---

56) Đinh Gia Khánh 주편 『Văn Học Dân Gian Việt Nam(베트남 민간문학)』 306~312면.
57) 편찬위원회 『Từ Điển Văn Học(문학사전)』 I, 173면; 『베트남문학사전』 97면.
58) 『베트남문학사전』 267면.

르기까지 수천 년 동안 민가의 형식으로 사용된 6·8체는 중세시기에는 상층 문인들에 의해서 민족어문학의 형식으로 수용되었으며[60] 근대시를 거쳐 현대시의 형식으로도 여전히 활용되고 있다. 요컨대 고비엣족의 민요형식으로 소급될 수 있는 6·8체 형식은 민가와 상층 민족어 노래를 관통하는 형식이며, 그런 만큼 베트남 시가사의 한 국면을 6·8체 형식의 상승과정으로 이해하는 관점이 필요하다.

민가는 오랜 세월 동안 구비 전승되어왔는데, 18세기 말부터 관심을 가진 유학자들이 나타나서 당시 전승되던 노랫말을 채록하기 시작했다. 『시경』 국풍(國風)의 전례를 잇는다는 의식이 있어서 서명에 '남풍(南風)'이나 '국풍(國風)'이라는 말을 사용한 점이 눈에 띈다. 『남풍시집(南風詩集)』(20세기 초)은 지방의 한시와 가요를 수록하고 있으며 『남풍해조(南風解嘲)』(20세기 초)와 『국풍시집합채(國風詩集合採)』(1910)는 가요를 한역(漢譯)해서 수록하고 있다.

우선 『남풍시집』에 실린 작품의 한 부분을 보기로 한다.

정월은 먹고 노는 달이요,[61]
이월에는 콩 심고, 감자 심고, 가지 심지.
삼월이면 콩이 여무니,
콩을 따다가 집에서 말린다네.
사월에는 물소와 소를 사러 가야지,
오월에 다시 논갈이를 해야 하니까.

Tháng giêng là tháng ăn chơi,

---

59) John Balaban tr., *Ca Dao Việt Nam*, Washington: Copper Canyon Press 2003, 15면.
60) Hữu Ngọc, *Sketches For a Portrait of Vietnamese Culture*, 626~627면.
61) 베트남 농촌에서는 설축제가 한 달간 지속되는 경우도 있었다. 그래서 '정월은 먹고 노는 달'이라는 말이 생겨났다(부 썬 투이 『베트남, 베트남사람들』 142면).

Tháng hai trồng đậu trồng khoai trồng cà.

Tháng ba thì đậu đã già,

Ta đi ta hái về nhà phơi khô.

Tháng tư đi tậu trâu bò,

Để cho ta lại làm mùa tháng năm.[62]


선 떠이(Sơn Tây) 지역 농촌마을에서 전승되는 달거리 형식 노래의 일부
이다. 압운을 동반한 6언행과 8언행의 규칙적 반복, 곧 6·8체 형식으로 되
어 있다. 압운도 하고 있어서 'chơi-khoai' 'già-nhà' 'bò-mùa'로 요운(腰韻)
을 맞추고 있고, 'cà-già' 'khô-bò'로 각운(脚韻)을 맞추고 있다.[63]

다음 노래는 자장가다.


언젠가 삼월이 오면,

개구리는 뱀의 목을 물어다가 들판에 버려두겠지.

호랑이는 돼지가 털을 핥도록 누울 테고,

감 열 개는 팔십 노인을 삼키겠지.

쌀 한 줌은 열 살 아이를 삼키고,

닭과 술병은 주정뱅이를 삼키겠지.

뱀장어는 어살이 기어 들어오도록 누울 테고,

메뚜기 떼는 농어를 쫓아다니겠지.

들풀은 소를 먹으려고 뛰어오르고,

물풀이며 골풀은 물소를 잡으려고 숨어 있겠지.

병아리는 솔개를 쫓아다닐 테고,

참새는 사다새를 쫓아다니며 머리를 쪼아대겠지.

62) Hữu Ngọc · Nguyễn Đức Hiền 편 『(La Sơn Yên Hồ) Hoàng Xuân Hãn(호앙 쑤언 한
    저작집)』 III(문학편), Hà Nội: Nxb Giáo Dục 1998, 23면.
63) 'ơi'와 'oai' 'o'와 'ua'는 통용되는 운(韻)이다.

Bao giờ cho đến tháng ba,

Ếch cắn cổ rắn tha ra ngoài đồng.

Hùm nằm cho lợn liếm lông,

Một chục quả hồng nuốt lão tám mươi.

Nắm xôi nuốt trẻ lên mười,

Con gà be rượu nuốt người lao đao.

Lươn nằm cho trúm bò vào,

Một đàn cào cào đuổi bắt cá rô.

Lúa mạ nhảy lên ăn bò,

Cỏ năn cỏ lác rình mò bắt trâu.

Gà con đuổi bắt diều hâu,

Chim ri đuổi đánh vỡ đầu bồ nông.[64]

이 작품 역시 6ㆍ8체 형식이다. 아이들은 잠자리에서 이런 노래를 들으면
서 베트남 시가의 운율을 자연스럽게 익히게 된다. 노래는 주객이 전도된 내
용의 가사로 흥미를 돋우면서 봄철 베트남 농촌에서 흔히 볼 수 있는 광경
을 떠올리도록 유도한다.

짤막한 사랑노래 가운데 다음과 같은 작품들이 눈에 띈다.

우리 두 사람은 막 타오르는 불길 같고,

방금 떠오른 달 같고, 갓 켜놓은 등불 같다오.


Đôi ta như lửa mới nhen,

Như trăng mới mọc như đèn mới khêu.[65]

64) Dương Quảng Hàm 『Việt Nam thi văn hợp tuyển(베트남 시문합선)』, Hà Nội: Nxb
Hội Nhà Văn 1998(초판은 1943), 6면. 마지막 행의 'gi'를 'ri'로 수정했다.

65) Vũ Ngọc Phan 『Tục Ngữ Ca Dao Dân Ca Việt Nam(베트남 속담 가요 민가)』, Hà
Nội: Nxb Văn Học 2003, 230면.

언젠가 동내(同奈, Đồng Nai)의 냇물이 다 말라버리고,
천모사(天姥寺, chùa Thiên Mụ)가 폐허되면, 그때서야 맹세가 깨지리라.

Bao giờ cạn lạch Đồng Nai,
Nát chùa Thiên Mụ mới sai lời nguyền.[66]

위의 노래는 언제나 처음처럼 신선한 사랑을 하자는 뜻이고, 아래 노래는
사랑이 변함없을 것이라는 다짐이다. 아래 노래에 나오는 '동내(同奈)'는 지
명으로 베트남 동남쪽 지역에 있다. '천모사'는 달리 영모사(靈姥寺)라고도
하는 사찰 이름이다.
다음과 같이 남녀가 주고받는 형식의 노래도 있다.

자몽나무에 올라 꽃을 따다가,
가지 밭에 내려가 찔레 싹을 딴다.
찔레 싹은 새파랗게 돋아났건만,
그대에겐 남편이 있다니, 나는 정말이지 아쉽구려!
―
서푼짜리 맵싸한 구장(쩌우) 한 단이면 될 것을,
어째서 당신은 그 많은 나날을 청혼 않고 허송했나요?
지금 제겐 남편이 있으니,
새장에 든 새요, 낚시에 걸린 고기랍니다.
낚시에 걸린 고기가 어떻게 풀려나겠으며,
새장에 든 새가 언제 나올 수 있겠어요!

Trèo lên cây bưởi hái hoa,
Bước xuống vườn cà hái nụ tầm xuân.

66) Vũ Ngọc Phan 『Tục Ngữ Ca Dao Dân Ca Việt Nam(베트남 속담 가요 민가)』 255면.

Nụ tầm xuân nở ra xanh biếc,
Em đã có chồng anh tiếc lắm thay!
—
Ba đồng một mớ trầu cay,
Sao anh chẳng hỏi những ngày còn không?
Bây giờ em đã có chồng,
Như chim vào lồng như cá cắn câu.
Cá cắn câu biết đâu mà gỡ?
Chim vào lồng biết thuở nào ra![67]

자몽나무 꽃, 찔레 싹은 둘 다 젊은 처녀를 은유하는 것이어서 꽃과 싹을 따는 동작은 짝을 찾는 남자의 행동을 표현한다고 생각된다. 아래쪽 여자의 답가 첫머리는 구장을 결혼 예물로 쓰는 풍습을 떠올리면 이해할 수 있는 표현이다. 남녀 교환창의 형식으로, 여자 쪽의 짝(남편)이 정해진 다음에야 둘이 알게 되었으니 너무 늦었다는 푸념을 주고받는 내용이다. 늦은 뒤에 후회하지 말고 어서 짝을 찾아야 한다는 뜻도 있을 테니 짝을 찾는 남녀가 주고받을 수 있는 노래였을 것이다.

## 4. 연행

### 1) 째오

베트남의 전통극에는 크게 째오(chèo), 뚜옹(tuồng), 무어 조이(múa rối)의 세 가지가 있다. 째오는 농민이 창작과 향유의 주체가 된 하층 민속극이고, 뚜옹은 정제된 상층연극으로서의 특성을 보인다. 인형극인 무어 조이는 대

---

67) Dương Quảng Hàm 『Việt Nam thi văn hợp tuyển(베트남 시문합선)』 11면.

사가 발달하지 않아 다른 둘에 비해서 문학적 성격이 적잖이 약하다. 근대 이전 베트남에서는 전통극이 대단히 성행해서 쯔놈으로 쓰인 소설작품 수보다 째오나 뚜옹의 작품 수가 더 많았다고 한다.[68]

베트남의 째오와 한국의 탈춤은 공연예술로서의 공통점이 많다. 무엇보다 두 연극이 모두 다 관객이 연극 공연에 적극적으로 참여하고, 풍자를 통해 웃음을 불러일으키는 특성을 가진다는 점이 주목된다. 한국 연극이 동아시아 연극에서 차지하는 위치를 넓은 시각에서 조망하기 위해서도 베트남 전통극에 관심을 가져야 한다. 이곳에서는 이 점을 염두에 두고서 째오의 전형적인 면모를 대표작을 거론하면서 개략적으로 살피고자 한다.

(1) 기원과 발전

베트남 쪽 연구를 살펴볼 때, 13~14세기경에 이야기를 연출하는 본격적인 연극이 시작되었고, 거기에서 째오와 뚜옹이 점차 형성되었을 것이라고 보는 데는 큰 이견이 없는 것으로 보인다. 째오의 성행이 앞서고, 뚜옹은 17세기 이후에 형성되어 19세기에 정점에 이르렀다고 보는 데도 대체적으로 동의하고 있는 것으로 보인다.[69]

째오는 베트남 북부지방에서 널리 공연된 가무악극(歌舞樂劇)이다.[70] 째오는 다양한 예술양식, 즉 일상적인 말하기와 시적인 말하기, 노래, 춤, 음악 연주가 한데 어우러진 종합적인 공연예술이다. 이러한 째오의 발생에는 세

---

68) Hoàng Ngọc Phách · Huỳnh Lý 『Chèo và Tuồng(째오와 뚜옹)』, Hà Nội: Nxb Giáo Dục 1958, 7면. 같은 곳에서 고전 째오작품은 대략 100여 편에 이른다고 했다. 뚜옹은 수백 편이 된다고 한다. 그러나 아직도 정리 작업이 끝나지 않아 째오와 뚜옹작품이 얼마나 되는지는 정확히 알 수 없는 형편이다.

69) *Vietnamese Studies* Vol. 130 (Hà Nội: Thế Giới Publishes 1998)과 Đình Quang 외, *Vietnamese Theater* (Hà Nội: Thế Giới Publishes 1999)를 통해 그 점을 확인할 수 있다.

70) 노래극이라는 뜻으로 '끽 핫(kịch hát)'이라고 한다. '끽 핫'은 'kịch(극)'과 'hát(노래하다)'을 합쳐 만든 말이다. 춤과 노래가 탈락한 근대 대화극은 'kịch(극)'과 'nói(말하다)'를 합쳐서 '끽 노이(kịch nói)'라고 부른다.

가지 원천이 작용한 것으로 보인다. 그것은 연극의 저층 노릇을 한 마을 제의(祭儀), 궁정에서 공연된 소학지희(笑謔之戲, 滑稽戲), 그리고 중국연극의 영향이다.

마을 제의를 예회(禮會, lễ hội)라고 부르는데, 엄숙한 종교적 제의인 '예(禮)'와 홍겨운 잔치에 해당하는 '회(會)'의 두 부분으로 구성된다. 엄숙한 제사가 끝나고 신을 즐겁게 하려는 의도에서 놀이를 한 데 연극의 근원이 있다고 본다.[71] 연극의 근원이라고는 해도 간단한 연극적 놀이에 지나지 않았을 것이고 소박하게나마 말, 춤, 노래가 복합된 형태인 것은 오늘날과 마찬가지였을 것이다.

마을 제의가 연극의 저층 노릇을 한 것은 분명한데 민간에서 공연된 초기 베트남연극의 면모를 알 수 있게 하는 자료는 찾아보기가 힘들다. 그 대신 궁정에서 광대에 의해서 한국의 소학지희나 중국의 골계희(滑稽戲)와 아주 흡사한 면모를 가진 짤막한 연극이 연행되었다는 기록이 있다.[72] 그러나 그런 기록은 시사(時事)를 다룬 화극(話劇)의 존재를 알려주는 것이기는 해도, 그 연극이 이야기를 연출하는 가무악극이었다고 보기는 힘들다. 민간극이 궁정극에서 보는 바와 같이 시사를 위주로 연출했다고 볼 수는 없는 노릇이

---

71) Đinh Quang 외, *Vietnamese Theater*, 43면에서 정리한 바를 따른다.

72) 『월사략(越史略)』에 따르면, 1182년 태사보정(太師輔政) 자리에 오른 두안순(杜安順)이라는 자는 세도가 대단해서 당시 모든 사람이 두려워했는데, 우인(優人)이 형부상서(刑部尙書)로 분장하고 그를 풍자한 연극을 했다고 한다. 부하에게 죄인을 잡아다가 감옥에 가두라고 명했는데 잡아오지 못하자, "왜 태사(太師)가 보내서 온 사람이라고 말하지 않았느냐? 그렇게 말했다면 바로 잡을 수 있었을 것이다"라고 말했다는 것이다. 이 기록을 통해서 12세기 말에 배역을 나누어 연극을 했다는 것과 그 내용이 위세를 부리던 세도가를 풍자한 내용이었다는 것을 확인할 수 있다. 그런 연극은 한국의 소학지희, 중국의 골계희와 아주 흡사한 면모를 가졌을 것이다(Hoàng Châu Ký 『Sơ Khảo Lịch Sử Nghệ Thuật Tuồng(뚜옹 藝術의 歷史初考)』(Hà Nội: Nxb Văn Hóa 1973) 27면에서 『월사략』의 기록을 인용하고 검토했다. 『대월사기전서』에는 두안이(杜安頤)로 나오는데, 1179년에 태사보정이 되었고 1188년에 죽은 것으로 되어 있어서 『월사략』의 기록과는 차이가 있다).

다. 민간극은 특정 시기에 국한되지 않는 보편성이 있는 소재를 반복해서 공연해야 했기 때문이다.

이야기를 연출하는 가무악극으로의 전환은 14세기로 접어들면서 중국연극의 영향을 받아들이면서 나타난 변화였다. 『대월사기전서』권7 진(陳)나라 유종(裕宗) 5년(1362) 조에는 13세기 후반기에 진나라가 원나라 침입에 맞서 싸우는 과정에서 원나라 군영에서 연극을 하던 배우 이원길(李元吉)을 포로로 잡았는데, 그가 세도가에 소속된 연희자들에게 '북창(北唱, 중국노래)'과 '고전희(古傳戱, 연극)'를 가르친 내용이 기록되어 있다.[73] 또한 그 기록에 따르면, 이원길이 가르친 '고전희' 가운데는 「서왕모헌반도(西王母獻蟠桃)」라는 작품이 있었는데, 배역을 나누어 연기하는 인원이 열두 명이고, 복장과 음악연주도 갖추었다고 한다. 배우들이 무대 안팎을 오가면서 관객을 슬프게도 하고 기쁘게도 했다는 것을 보면 관객을 끌어들이는 힘이 있었다.

이러한 '고전희'는 이야기를 연출한 본격적인 연극이어서 앞 시대에 있었던 시사를 위주로 하는 단편적인 연극과는 확연히 구별되었을 것이다. 『대월사기전서』에서 '전희(傳戱)'가 이때 시작되었다고 한 말은, 베트남에서 연극이 이때 최초로 탄생했다는 말이 아니고, 서서히 발전하고 있던 간단한 연극과 가무악(歌舞樂)에 원나라 잡극(雜劇)의 요소를 결합시키면서 본격적인 연극이 시작되었다는 뜻으로 해석해야 할 것이다.[74]

---

73) "春 正月 令王侯公主諸家獻諸雜戱 帝閱定其優者賞之 先是 破唆都時 獲優人李元吉 善歌 諸勢家少年婢子從習北唱 元吉作古傳戱 有西方王母獻蟠桃等傳 其戱有官人朱子旦娘拘奴等號 凡十二人 着錦袍綉衣 擊鼓吹籲 彈琴撫掌 間以檀槽 更出送入爲戱 感人令悲則悲 令歡則歡 我國有傳戱始此"(『校合本 大越史記全書』(上), 432면). 같은 내용이 여귀돈(黎貴惇)의 『견문소록(見聞小錄)』에서도 되풀이되고 있다. 이원길이 가르친 연극은 아마도 잡극(雜劇)이었을 것이다. 다만 남송(南宋)의 남희(南戱)였을 가능성도 완전히 배제되기는 어렵다.

74) 원 잡극의 형식은 뚜옹과는 크게 다르며, 극본의 구성이나 곡조의 안배 역시 크게 다르

100

한편 15세기 말엽으로 접어들면서 여조 성종은 궁정에서 연극을 추방하고 배우를 억압하는 정책을 폈다. 연극은 유교이념을 실현하고자 하는 자신의 의도에 반하는 것으로 판단했던 것이다. 성종은 더 이상 궁정에서 연극을 상연하지 못하도록 하고 여러 번 연극 상연을 제한하는 교화령을 반포했다. 연극배우는 사회적인 차별을 받았다. 성종의 이러한 조치들은 궁정과 상층에서 자라나던 연극을 민간으로 돌리는 구실을 했을 것이다.

이상에서 살펴본 바가 곧바로 쩨오의 발전과정을 보여주는 것이라고 단정지어 말하기는 어렵다. 이원길이 전한 '전희'가 바로 쩨오라거나 뚜옹이라고 단정할 수 있는 근거는 없다. 다만 대략 위와 같은 과정을 거치면서 오늘날 보는 바와 같은 연극형태를 갖추었다고 추정해볼 수 있을 따름이다. 정리하자면, 마을 제의 가운데 단순한 형태의 연극이 있었고, 상층에서는 시사를 위주로 하는 연극을 가지고 있었는데 어느 쪽이나 본격적인 연극이라고 하기에는 미흡한 것이었다. 13~14세기에 중국연극의 영향이 거기에 더해지면서 이야기를 연출하는 극적 전개를 갖춘 연극이 자리 잡았다. 그것이 성종 이후 민간으로 돌려짐으로써 베트남의 민속음악과 춤을 결합시킨 오늘날과 같은 가무악극인 쩨오로 발전하게 되었다.[75]

### (2) 공연방식

쩨오는 마을 공회당(đình, 딩, 亭)이나 절의 앞마당에 5m×3m 정도 크기

---

고, 도리어 명(明)·청(淸) 연극과의 공통점이 발견된다고 한다(Hoàng Châu Ký, 『Sơ Khảo Lịch Sử Nghệ Thuật Tuồng(뚜옹 藝術의 歷史初考)』 36면).

75) 이런 정도의 거친 추정에도 이견이 있을 수 있다. 오늘날 베트남의 연구자들 가운데는 이원길이 전한 것이 쩨오라고 하는 연구자도 있고, 뚜옹이라고 하는 연구자도 있어 혼선이 빚어진다. 이렇게 견해가 엇갈리는 것은 13~14세기와 17~18세기 사이 약 2세기 동안 기록의 공백이 있기 때문이다. 15~16세기에 연극이 성행했는데 문인들이 기록으로 남기지 않았다고 보는 것보다는 그들의 주의를 끌 만큼 연극이 성행하지 않았다고 보는 편이 더 타당하다고 본다.

의 자리를 깔고 공연했다. 통상적으로 무대는 사면이 열려 있어 관객들은 무대를 둘러싸고 공연을 보지만, 경우에 따라서는 무대 뒷면에 막을 쳐서 배우들이 화장하고 옷을 갈아입는 곳으로 사용하기도 했다. 악사들과 출연 순서를 기다리고 있는 배우들은 자리의 좌우에 앉는다.

공연의 시작에 앞서 촌장(村長)은 보통 여섯 시간 정도 타도록 만든 향을 지핀다. 북이 울리면 배우들은 일제히 "예!"라고 말하고, 악사들은 모든 악기를 동시에 떠들썩하게 연주한다. 관객들에게 곧 공연이 시작된다는 것을 알리는 것이다. 이어서 두 명의 배우가 횃불을 들고 무대로 나와 무대 주위를 돌며 춤을 추면서 무대 위에 올라와 있는 관객들을 무대 밖으로 내보낸다. 이것이 처음 추는 춤이다. 배우들 모두 노래를 불러 목을 푼다. 남자 배우 한 사람과 여자 배우 한 사람이 처음 두 소절을 부른다. 이는 배우들 간에 서로 음조(key)를 맞출 수 있도록 하기 위함이다.

이어서 여자 배우 한 사람이 나와 국왕의 선정(善政)을 찬미하고, 관료들을 기리며, 국태민안(國泰民安)을 칭송하는 노래를 한다. 그리고 앞으로 공연하고자 하는 극의 줄거리를 요약하고 스토리와 인물에 대해 몇가지 논평을 노래로 한다.[76] 예를 들면 『관음씨경(觀音氏敬)』은 다음과 같이 시작한다.

(vỉa[77])
오늘날 국운(國運)이 형통(亨通)하여
남북이 화순(和順)하고, 동서가 태평함을 경축합니다.
♪
두 글자 미타(彌陀)시여

---

76) 이를 '자오 더우(giáo đầu)'라고 하는데, 서막이라는 뜻이다. 뚜옹에도 있다.
77) 곡조 이름이다. 곡조 이름을 밝히는 것이 꼭 필요한 것은 아니어서 앞으로는 생략한다. 다만 곡조나 특별한 어조를 지시하는 부분에는 '♪' 표를 하기로 한다. 곡조에 대한 자세한 설명은 Hoàng Kiều 『Sử Dụng Làn Điệu Chèo(쩨오의 곡조 사용법)』(Hà Nội: Nxb Văn Hóa 1974)에 있다.

남녀 모두 건강하고

노소 모두 평안하게 하소서.

성심(誠心)으로 일주향(一柱香)을 사르고

시방(十方) 제불(諸佛)께서 보우(保佑)하시길 기원합니다.

옛말에 이르기를 선자선수(善者善隨)요

악자악보(惡者惡報)는 어긋남이 없다고 했습니다.

귀신(鬼神)이 양어깨에서 증명하고 있습니다.

덕(德)의 나무를 인(仁)의 땅에 심고 보살피면

누구라도 행복하게 될 것입니다.78)


　　서두에서 국운이 형통하여 동서남북이 태평하다고 한 말이나 부처를 찬미
하는 말은 쩨오와 제의와의 관련성을 보여주는 것이라고 생각된다. 행실이
덕과 인에 근거하면 그에 상응하는 업보(業報)가 따르게 마련이라고 했다.
작품이 선업(善業)을 쌓아 관음보살이 된 여인의 이야기이기 때문에 이런 말
을 한 것이다. 이어서 작품의 줄거리를 요약하는 말이 나온다.


♪

나무불(南無佛)

출가자는 온갖 고난[苦海]을 넘어

행복[五福]을 얻게 될 것입니다.

불경(佛經)에 관음(觀音)의 고사가 보입니다.

고려국(高麗國, Cao li quốc)79)에 사는 망(莽, Mãng)씨 부인은

일찍부터 인연(因緣)이 맺어져

숭(崇, Sùng)씨와 결혼한 지 막 반년이 되었습니다.

돌연 수염을 깎은 것이 운명을 바꿔서 인연이 끊어져

---

78) Hà Văn Cầu 『Tuyển Tập Chèo Cổ(古典 쩨오 選集)』, Hà Nội: Nxb Văn Hóa 1976,
　　45면.
79) 이 작품은 한국을 배경으로 한 셈이다.

부모 곁을 떠나 절로 출가했습니다.

옷차림을 바꾸고 남자로 변장했습니다.

씨모(氏牟, Thị Mầu)가 이야기를 꾸며 죄를 뒤집어씌웠습니다.

어린아이를 가슴에 안고 삼관문(三觀門)을 나와서

부처의 가호(加護)를 입어 억울함을 말끔히 풀었습니다.[80]


축원, 줄거리 요약에 이어서 본 공연이 시작된다. 공연 시간은 제한이 없다. 최소한 두세 시간 계속되며 밤새울 수도 있다. 향이 다 타야 공연이 끝날 수 있어서 배우는 그 시간을 채울 수 있을 만큼 충분한 레퍼토리(노래, 재담 등)를 보유하고 있어야 한다. 이 때문에 작품에 곁가지가 많이 붙게 되었고, 동일한 작품이라고 해도 각 편마다 적지 않은 차이가 생겨나게 되었다.

무대배경이 없으며, 특별히 고안된 무대장치 또한 없다. 이동할 때 옷 따위의 물건을 넣는 옻칠한 붉은 상자를 무대장치로 활용하기도 한다. 이 상자를 활용해서 옥좌, 산, 책상, 침상 따위를 표현한다. 경우에 따라서는 특별한 장치가 필요할 때가 있다. 예컨대 불상은 복장을 갖춘 사람을 앉혀놓는 것으로 대신한다. 그 사람은 그 장면이 끝나면 일어나서 퇴장한다.

배우들은 평상시에는 농부이지만 행사가 있을 때에는 쩨오 공연 팀의 우두머리를 중심으로 모인다. 한 마을에서 잔치가 열리면 이웃 마을에서 적어도 두세 팀이 함께 참여한다. 각 공연 팀은 밤낮으로 공연하면서 서로 경쟁한다. 이런 경쟁적인 공연 분위기 속에서 각 팀은 자신들의 능력을 최대한 발휘하기 위해서 애쓴다. 경쟁에서 이기기 위해서는 독자적인 연출을 발전시키면서 필요에 따라 즉흥적인 연기도 덧붙여야 했다. 이런 경쟁과정을 거치면서 서로의 장기를 배우게 되어 연극 발전이 이루어졌다.

전에는 글로 기록한 극본이 없었고,[81] 배우들과 관객들의 입을 통해서 작

---

80) Hà Văn Cầu 『Tuyển Tập Chèo Cổ(古典 쩨오 選集)』 45~46면.

81) 현재 전하는 쯔놈으로 된 최초의 판본은 1896년에 하노이에서 나온 것으로 알려져 있다.

품 내용이 전수되었다. 정해진 극본에 따라서 정확히 연기해야 한다는 생각이 있을 수 없었다. 극 전개의 골자는 공통되지만, 관객의 요구나 배우의 능력과 취향에 따라 부분적으로 달라지기도 하고 새로운 부분이 덧붙여지기도 해서 한 작품에도 이본이 여럿 있게 되었다. 자유로운 변개가 가능했기 때문에 극본과 실제 공연 사이에는 큰 차이가 있을 수 있고 그 덕택에 연극의 내용이 시대에 뒤떨어지지 않고 갱신될 수 있었다.

흥미 있고 인기 있는 장면은 다른 작품을 창작할 때에도 단위장면으로 이용되었다. 예컨대 『관음씨경』에 선사(善士, Thiện Sĩ)라는 청년이 청혼하러 가는 길에, "듣자 하니 망 노인(Mãng Ông)에게는 현숙한 딸이 있다지. 그렇다면 찾아가서 아내로 삼아야지"라고 말한다. 이어서 망 노인을 만나 결혼을 허락받고 아내 씨경(氏敬)을 데리고 집으로 온다. 이 장면을 연극배우들은 '우귀(于歸, vu quy)'라고 부른다.[82] 그런데 이 '우귀'라는 단위장면은 『장원(張園)』에도 수용되고 있다.[83] 등장인물의 이름은 바뀌었지만 유사한 상황이기에 받아들여졌다.

### (3) 관객

작품을 상연할 때 배우뿐만 아니라 관객과 악사도 공연에 참여한다. 우선 째오 공연에서 '끼어드는 소리(tiếng đế)'에 주목할 필요가 있다. 어느 때는 관객이 배우의 노래나 대사 중간에 '끼어든다'. 어느 때는 배우가 물음을 던지면 관객이 '끼어들어' 대답한다.[84] 관객이 '끼어들어' 질문을 던지면 배우

---

82) '우귀'는 결혼한 신부가 처음으로 시집에 들어간다는 뜻이다.
83) Hà Văn Cầu 『Tuyển Tập Chèo Cổ(古典 째오 選集)』 51면·87면에서 '우귀' 장면이 수용되어 있는 양상을 확인할 수 있다.
84) 예를 들어 배우가 "그러니까 이런 시가 있거든"이라고 하면 즉시 무대 주위에 있는 관객들은 "시가 뭔데" 하고 끼어든다. 또 "마을 사람들 (…) 내가 여기 나왔는데 이름을 소개해야 하나"라고 운을 떼면, 관객들은 "이름을 소개하지 않으면 당신이 누군지 어떻게 알아"라고 대답한다(도 풍 뚜이 「째어와 탈춤에 나타난 익살의 비교: 베트남과 한국의 민속전통의

가 연기를 계속하면서 대답한다. 관객이 일제히 배우가 부르는 노래의 마지막 부분을 되풀이하는 것으로 '끼어드는' 경우도 있다. 흥겨워진 관객들이 무대 위로 올라오기도 한다. 배우가 관객들 가운데 한 사람을 무대 위로 끌어들여 농담을 주고받으며 관객을 즐겁게 하는 일이 드물지 않다. 이처럼 관객이 무대(자리)를 둘러싸고 관람하면서 '끼어들어' 극에 적극적으로 참여하고 배우 역시 관객의 참여를 유도함으로써 배우와 관객 사이의 명확한 경계선을 허문다. 관객이 이미 각 배역의 대사나 노래를 익히 알고 있기 때문에 배우와 관객 사이에 묵계가 성립되는 것이다.

극작법상 '끼어드는 소리'가 꼭 필요한 경우가 있어 '끼어드는' 역할을 본격적으로 담당하는 무리가 필요했다. 그래서 '끼어드는 무리(dàn đế)'가 성립했다. 무대에 등장한 인물이 '끼어드는 무리'와 말을 주고받는 과정에서 제 스스로 가식적인 면을 폭로하고, 자신의 어리석음을 스스로 드러내어 풍자의 대상이 되는 경우가 흔한데, 그런 역할을 관객에게 맡겨둘 수는 없는 일이어서 극작법상 '끼어드는 무리'가 반드시 필요하게 된다. 또한 장면이 바뀌고 나서 배우가 무대에 등장하도록 불러내는 일도 '끼어드는 무리'가 맡는다.

'끼어드는 무리'는 무대 주변에 앉아 있는데, 악사들과 무대에 출연할 배우들로 구성되어 있다. 이 경우 '끼어드는 무리'의 자리에 앉아 있는 배우는 일차적으로는 관객이라고 할 수 있다. 그러면서도 동시에 자신이 연극에서 맡고 있는 배역 이외의 역할을 담당하고 있다는 점에서는 새로운 배역을 갖는 배우라고도 할 수 있다. 관객들이 구경하는 대상이 되는 것이다. '끼어드는 무리'는 등장인물에 대해 논평하기도 하고, 등장인물과 대화를 주고받기도 한다. 극이 진행되는 도중에 인물을 칭찬하기도 하고 비판하기도 한다. 베트남연극 가운데 이런 '끼어드는 무리'를 활용하는 것은 째오가 유일하다.

이해를 위해」, 『학생학술연구 논문집』 제13집, 계명대학교출판부 2007, 65~66면).

관객의 반응과 취향은 작품을 크게 바꿔놓기도 했다. 배우의 즉흥연기에 흥미를 가지고 해학적인 내용을 선호하는 관객 앞에서 공연할 때에는 노래는 대폭 생략하고 익살꾼(hê)[85]의 재담을 길게 연장한다. 심지어는 현재 상연중인 작품이 아닌 다른 작품 속의 우스개 대목을 끌어오기도 한다. 같은 이치로 노래를 선호하는 관객 앞에서 공연할 때는 여러 작품에서 노래를 가져와서 공연에 이용한다. 그래서 본래 어느 작품에 속한 노래와 재담인지 알 수 없게 된 경우가 흔하다. 관객의 기호가 지역에 따라서 달라지게 마련이어서 지역마다 다른 방향으로 발전하게 되었다.

이처럼 째오는 관객이 능동적으로 공연에 참여할 것을 기대하고, 관객의 반응과 요구를 수용하도록 열려 있다. 관객의 반응이 직접 공연에 반영되고 다음 번 공연에도 반영되어 작품이 달라졌다. 재미있는 부분은 극본에 덧붙여지고 그 반대로 흥미를 끌기 어려운 부분은 점차 도태되었다.

(4) 작품 내용

째오에는 술 취한 늙은이, 유생(儒生), 요부(妖婦), 익살꾼과 같은 유형화된 인물이 등장한다. 이들 유형화된 인물들은 필요에 따라 약간의 변개를 거쳐 여러 작품에 되풀이해서 나타날 수 있다. 비교적 초기에는 '익살꾼' '노인' '노파'(혹은 중년 부인), '젊은 남자'(혹은 하인), '아가씨' 같은 부류의 인물이 존재했다. 그러다가 유형화된 인물의 수가 증가하고 역할이 분화되었다. '노인'은 '술 취한 늙은이' '유생' '부자' '재상'으로 분화되었다. 또한 점쟁이나 촌장 등이 나타난 것과 '젊은 남자'가 '젊은 유생'과 '남성 주인공'으로 분화된 것도 그러한 추세에 상응하는 변화였다. '아가씨'도 '탕녀(蕩女)'와 '여성 주인공'으로 분화되었다. 인물 유형이 분화되긴 했지만 크게 긍정적 인물군과 부정적 인물군으로 나뉘는 것은 일관된다.

---

85) 쯔놈극본에서는 '성'로 표기한다.

째오는 주로 농촌에서 경험하는 현실생활의 여러 국면을 다룬다. 째오가 다루는 내용은 민중이 현실생활에서 겪는 인간관계에서 생기는 갈등이라고 요약할 수 있다. 갈등이 일어나는 범위는 가족과 향촌사회 내부로 한정되며 국가대사(國家大事)와 같은 거대한 문제를 다루지는 않는다. 작품에서 다루어지는 제재는 다양하다. 효성스러운 며느리, 억울한 누명을 쓴 여인, 의로운 친구, 정조(貞操)를 지키지 못한 아내, 재물을 탐내 의(義)를 저버림, 혼란과 전쟁, 꼬투리를 잡아 뇌물을 요구하는 관가의 병사, 여인의 질투와 같이 폭넓은 제재를 가지고 있다.

째오는 통상 행복한 결말을 갖는다. 긍정적 인물군은 고귀한 인품의 소유자들이면서 고난을 겪는다. 그러나 비록 고난을 겪지만 선한 마음을 잃지 않는다. 이들은 결국 행복을 누리게 된다. 왕위에 오르고, 눈을 뜨며, 사랑하는 사람과 재회한다. 부처에 의해서 극락으로 인도되기도 한다. 악한 인물들은 보통 지배층이거나 부유한 인물들인데 한때는 세력을 얻을지라도 결국은 악행에 상응하는 징벌을 받는다.

여기서는 수많은 째오작품 가운데 가장 대표작으로 꼽히는 『관음씨경』을 살펴보기로 한다.[86] 주인공 씨경과 그녀의 남편 선사는 부모 대에서 정혼한 사이이다. 둘은 결혼해서 씨경은 살림을 하고 선사는 공부를 했다.

선사: (씨경을 이끌고 집으로 돌아온다.)
　　　자 이제 고향으로 돌아왔구나. 당신은 밖에서 바느질을 하구려.
　　　나는 열심히 책을 읽으리다.
씨경: 저는 당신이 이르시는 대로 하지요.
　　　저는 옆에서 밤낮으로 부지런히 집안일을 꾸려 나가겠습니다.
　　　집안일을 돌보는 것은 아녀자의 몫이니까요.
　　　당신은 열심히 책을 읽으세요.

---

86) Hà Văn Cầu 『Tuyển Tập Chèo Cổ(古典 째오 選集)』 53~55면을 이용해서 번역한다.

선사: (공부한다)

　　　관관저구(關關雎鳩)

　　　재하지주(在河之洲)

　　　요조숙녀(窈窕淑女)

　　　군자호구(君子好逑)[87]

　　　도지요요(桃之夭夭)

　　　기엽진진(其葉蓁蓁)

　　　지자우귀(之子于歸)

　　　의기가인(宜其家人)

　　　지자우귀(之子于歸)

　　　의기가실(宜其家室)[88]

씨경: (노래한다)

　　　소첩(小妾)은 앉아서 실을 잣고, 또 잣고

　　　바늘에 실을 꿰고, 또 꿰고, 툇마루에 앉아 바느질을 합니다.


　　그러던 어느 날 오랜 시간 공부하다가 남편이 깊은 잠에 빠져들었다. 남편에게 부채를 부쳐주다가 씨경은 살로 파고드는 수염을 발견하고는, 남편의 장래에 좋지 않은 징조라고 생각한다. 남편을 깨우고 싶지는 않았기 때문에 그녀는 조용히 칼을 남편의 목에 들이대고 그 수염을 잘라내려 했다.


　　선사: 여보,

---

87) '관관저구 ~ 군자호구'는 『시경』「관저(關雎)」에 나온다. "구욱구욱 우는 물새는 황하의 모래섬에 있구나. 요조숙녀는 군자의 좋은 배필이로다"로 번역할 수 있다.

88) '도지요요 ~ 의기가실'은 『시경』 '도요(桃夭)'에 나온다. 전체 작품과 번역은 다음과 같다. "桃之夭夭 灼灼其華 之子于歸 宜其室家 / 桃之夭夭 有蕡其實 之子于歸 宜其家室 / 桃之夭夭 其葉蓁蓁 之子于歸 宜其家人 (어리고 예쁜 복숭아나무여, 화사한 꽃 피었구나. 시집가는 아가씨여, 온 집안을 화락하게 하리. / 어리고 예쁜 복숭아나무여, 많은 열매 열렸구나. 시집가는 아가씨여, 온 집안을 화락하게 하리. / 어리고 예쁜 복숭아나무여, 잎이 무성하구나. 시집가는 아가씨여, 온 집안 식구 화목하게 하리)."

밤새도록 공부했더니

내가 좀 피곤하구려.

당신 베개를 주구려, 잠시 누워야겠소.

씨경: (앉아서 남편에게 부채질을 해준다)

부부의 도리는 결발(結髮)하고[89] 백년을 함께 사는 것.

먼저 남편이 영예롭게 되면 나도 따라 영예롭게 된다네.

갑자기 어째서 수염 하나가 자라났나.

이상하게도 턱 아래에서 거꾸로 자라고 있네.

깨어났을 때에는 어떻게 자를 수 있으리요.

한참 꿈꾸며 자고 있을 때를 기다렸다가

멀리서 솜씨 좋게 해야지. 그렇지 않으면 그이를 건드리겠지.

날카로운 칼을 준비해서 한 번에 가지런하게 잘라버려야지.


그때 선사가 갑자기 깨어나 씨경이 자기 목에 칼을 들이대고 있는 것을 보고는 겁에 질려 큰 소리로 부모를 부른다. 부모가 와서는 씨경이 남편을 죽이려 했다고 추궁한다.


선사: (깜짝 놀라 일어나며)

아이고 아버지, 아이고 어머니! 아이고 동네사람들, 아이고 마을사람들!

밤중에, 그것도 한밤중에

무슨 이유로 상서롭지 못한 일이 일어났나?

이런 천지개벽할 일이! 아버지! 어머니!

(숭 노인과 숭 노파가 뛰어나온다)

숭 노파(Bà Sùng): 상서롭지 못한 일이라니 무슨 상서롭지 못한 일이지?

♪

선사: 엎드려 아룁니다, 어머니

---

89) 원문은 "kết tóc"이다. '결발(結髮)'은 성혼(成婚)하는 날 밤에 남자는 상투를 틀고 여자는 쪽찌는 일을 말한다. 곧 부부가 됨을 이른다.

간밤에 조용히 깊이 잠들어 있었는데
문득 일어나보니 목에 칼이…….

숭 노인(Ông Sùng): 네 목에 칼이, 아니면 누구 목에?

숭 노파: 아이고 맙소사!

♪

세상에 이런 끔찍한 일이! 세상에 이런 끔찍한 일이!
대담하기도 해라, 대담하기도 해라!


씨경은 변명해보았지만 아무도 믿으려 들지 않았고 결국 집에서 쫓겨나고
만다. 쫓겨난 씨경은 남자로 변장을 하고 절[雲字寺]에 가서 승려가 된다.
법명(法名)을 경심(敬心, Kính Tâm)이라고 했다.

씨모라는 여인은 부유한 집 딸이었는데 절 근처에서 살고 있었다. 그녀는
새로 온 승려에게 반해서 그를 보기 위해서 자주 절을 찾는다. 그녀는 대담
하게도 '그'를 유혹하지만 '그'는 넘어가지 않는다. 다음은 '씨모가 절에 가
다(Thị Mầu lên chùa)'라고 부르는 그 대목으로, 쩨오 가운데 가장 유명한
대목의 하나이다.[90] 극적 아이러니로 웃음을 불러일으킨다.


씨모: 오늘은 열나흘 내일은 보름,
　　　제사떡 먹고 싶은 사람은 종종 절에 가지.
　　　어이, 여보게들! 노인들은 절에 며칠날 간다지?

끼어드는 소리: 보름, 열나흘!

씨모: 그렇지만 음란하다는 악평을 듣고 있는 나 씨모는,
　　　뱃노래를 부르며 열사흗날 절에 가지!
　　　열사흘, 나는 절에 가서 열사흘에는 사미(沙彌)를 보고,
　　　열나흘에는 스님을, 보름에는 늙은 비구니를 본다네.

---

90) Vũ Tiến Quỳnh 편 『Phê Bình Bình Luận Văn Học(문학평론비평)』(TP Hồ Chí Minh:
Nxb Văn Nghệ TP Hồ Chí Minh 1998) 231~236면을 이용해서 번역한다.

한 달에 보름날이 두 번 있으면 좋겠어.

먼저 예불에 참여하고 나서 절 경치를 구경하지.

절에 들어가 차를 따라 올리며 예불을 드리고,

삼세(三世)를 주관하시는 옥황(玉皇)께 예배한다네.

남자를 만나 인연을 맺을 수 있도록 기도한다네.

(향화香火를 올린다)

나 씨모는 부옹(富翁)의 딸,

부모님은 일심(一心)으로 존경하기에,

돈과 쌀을 절에 바친다네.

절의 덕망 있는 스님, 사미를 내보내서 예물을 받게 하면

나는 돌아간다네.

경심: 아미타불! 삼보여래, 사람마다 (업에 따라) 복을 받는 문이라네.

(예를 마치고 앉아서 경전을 왼다)

불설구고진경(佛說救苦眞經).

나무구고구난영감관세음보살(南無救苦救難靈感觀世音菩薩).

씨모: 저 여보게들, 어디로부터 이 절에 온 사람이지,

긴 목에 주름이 세 줄, 일자 눈썹.

(씨모가 춤을 추고 있는 동안……)

끼어드는 소리: 어디로부터 이 절에 온 사람이지,

긴 목에 주름이 세 줄, 일자 눈썹.

저기 몇몇 사미님들, 입으로는 나무아미타불, 아미타불.

씨모: 앉아서 불경[觀行經]을 읽고 계신 사미님,

저를 대나무 발 옆에 서 있게 하고도 마음이 편하신가요?

(씨모가 다시 함께 춤을 춘다)

끼어드는 소리: 앉아서 불경[觀行經]을 읽고 계신 사미님,

저를 대나무 발 옆에 서 있게 하고도 마음이 편하신가요?

사미님들, 우리는 입으로 나무아미타불, 아미타불을 외고 있답니다.

씨모: 사미님, 풋 빈랑 열매, 열매 속을 바칩니다.

봉황의 날개처럼 말아놓은 빈랑을, 저는 그대에게 드립니다.

(말을 마치고 함께 춤을 추며……)

끼어드는 소리: 사미님, 풋 빈랑 열매, 열매 속을 바칩니다.

봉황의 날개처럼 말아놓은 빈랑을, 저는 그대에게 드립니다.

사미님들, 우리는 입으로 나무아미타불, 아미타불을 외고 있답니다.

씨모: 사미님은 정자 안뜰에 떨어진 사과 같고,

저는 신 과일을 노리는 임신한 여자 같아요.

끼어드는 소리: 사미님은 정자 안뜰에 떨어진 사과 같고,

저는 신 과일을 노리는 임신한 여자 같아요.

사미님들, 내 입은 나무아미타불, 아미타불을 외고 있답니다.

(씨모는 춤을 추면서 씨경에게 접근한다. 씨경은 관심을 두지 않고
들어가버린다.)

씨모: 사미님, 나를 절 문 앞에다 내버려두시다니,

나는 사미님을 부르는데…… 대답하지 않으니 나는 슬프답니다.

절의 풍경은 한없이 아름답네,

아름다운 풍경은 절을 두르고 있네.

사원 옆에 피어 있는 모란꽃은,

누구라도 꺾어가기를 기다리고 있답니다.

봄은 다시 오지 않는다고들 하지 않던가요.

(씨경이 나와서 다시 단정하게 앉아서 목탁을 두드리며 경전을 왼다)

한 줄기 대나무, 다섯 일곱 줄기 대나무,

인연이라면 바로잡아야 해요, 친척들 말은 들을 것 없이.

(씨모가 다시 춤을 추고 씨경이 있는 쪽으로 다가간다)

끼어드는 소리: 한 줄기 대나무, 다섯 일곱 줄기 대나무,

인연이라면 바로잡아야 해요, 친척들 말은 들을 것 없이.

(되풀이하는 말이 끝나자, 씨모는 경심 사미 옆에 앉는다)

씨모: 목탁을 두고 가면 제가 누굴 위해 두드리라고요, 사람이 어째서

여자를 보고는 그렇게 달아나버리죠?

백년도 안되는 세월 하루 같지만,

저 거울은 여전히 빛나고…… 이 옷은 여전히 향기로운걸요.

앉아서 사미님의 향기를 조금만 맡게 해주세요, 네!
(씨모가 경심에게 다가가서 앉는다. 경심은 일어나서 들어가버린다.
씨모는 따라잡으려 하나 그러지 못하자 주저하다가 거울을 들고 본다.)
아름다운 대나무는 정자 안뜰에 자라고,
아름다운 이 몸은 홀로 서 있으니 아름답지 않구나.
저 꽃은 틀림없이 저절로 핀다지만,
꽃(사랑)을 기다리네, 꽃(사랑)을 어떻게 피워야 한단 말인가.

끼어드는 소리: (씨)모, 당신은 안 돌아가는가? (씨)모!

씨모: 나는 안 돌아간다. 나는 꼭 기다릴 거야.
사미 아저씨가 나오면 나는 손을 잡고, 얼굴을 만져보고, 말소리를
들을 거야.
(씨모는 한곳에 가서 숨는다. 씨경은 나와서 씨모를 보지 못하고
빗자루를 들고 쓸기 시작한다. 씨모가 뛰어나와서는 빗자루를 잡는다.
(…) 씨경은 조용히 빗자루를 놓고 안으로 달려 들어간다. 씨모는
그런 줄 알지 못하다가 몸을 돌렸을 때 씨경이 보이지 않자 화를
내면서 빗자루를 던진다.)

씨모: 푸른 양배추를 원했건만,
썩은 자주달개비가 대나무 울타리를 둘렀네.
여보게들, 그대들 듣게 내 말하지,
어째서 가까이 있는 사람을 취하지 않고 멀리 있는 사람을 원하는 거지?
우리 물소는 우리 들판의 풀을 먹는데.
왜 우리 쌀을 다른 사람의 닭에게 허비하지!
자, 내게 생각이 있어. 내 집에는 노(Nô, 奴)라는 하인이 있지.
내가 집에 가면 노는 나를 피할 수 없을 거야.

끼어드는 소리: 이 씨(모) 아가씨는 부끄러움도 모르고 음란하군. 밤에 밖에
나돌아다니다가 마귀를 만날 날이 있겠네, (씨)모 아가씨는!

씨모: 그렇게 (음란한 짓을) 해도 잃을 것이 없지,
그렇게 음란해도 잃을 것이 없지,
정절(貞節)을 지킨다고 해서 정문(旌門)을 세워 숭앙하는 것도 아니잖아.

114

(씨모 퇴장한다)

(막이 내린다)

이 탕녀 씨모는 '그'가 거절하자 화가 나서 집으로 돌아와서는 자기 집 하인을 유혹하고, 급기야 임신하기에 이른다. 마을 이장이 결혼하지 않고 임신한 연유를 추궁하자 씨모는 씨경이 아이의 아버지라고 거짓말을 해버린다. 이렇게 되자 주지는 씨경을 절 문 밖으로 쫓아낸다. 씨모가 아이를 낳아 문 앞에 버린다. 경심은 그 아이를 불쌍하게 생각하고는 거두어들여 젖을 동냥해서 키운다. 3년이 지난 어느 가을 저녁에 '그'는 죽었고 여자였다는 것이 밝혀진다. 모든 사람은 그녀가 억울했다는 것을 알게 되었다. 씨경은 부처에 의해 인도되어 관음보살이 되었다.

## (5) 연극미학적 특징

위에서 살핀 바와 같이 『관음씨경』은 여성수난을 다룬 작품이다. 원래는 소설작품이었는데 연극으로 각색되었다. 여성 주인공 씨경은 가정에서는 남편을 죽이려 했다는 누명을, 사회에서는 승려이면서 결혼하지도 않은 처녀와 사통했다는 억울한 누명을 뒤집어썼다. 씨경의 고난은 가정과 사회에서 이중으로 부당한 대우를 감수해야 했던 여성의 고난이었다. 가정에서는 남편과 시부모에 의해서, 사회에서는 마을사람들에 의해서 억울함을 겪어야 했다. 씨경은 그런 부당한 대우에 적극적으로 맞서 싸우지 않고 조용히 모든 것을 감내해냈다. 씨경은 인고(忍苦)하는 여성형상을 대표한다고 할 만하다.

그런데 이런 비극적인 내용을 비극으로 그리지 않았다. 관객을 눈물짓게 하는 것이 공연의 목적은 아니었던 것이다. 씨모라는 여인을 등장시켜 웃음을 자아냈으며,[91] 촌장의 횡포에 슬기롭게 맞서는 여인(Mẹ Đốp)을 등장시

---

91) 쯔놈소설 『관음씨경』에는 이 부분이 소략하지만 째오에서는 길게 부연되어 있다.

켜 상하의 갈등을 담아내면서 웃음을 자아내기도 했다. 『관음씨경』의 경우에는 해학적인 장면이 3분의 2를 차지할 정도라고 하니 공연에서 웃음이 차지하는 비중을 가히 짐작할 수 있다. 비통한 장면에서 관객은 가슴 아파하지만 과도하게 괴로워하는 지경에 이르지 않는 것은 웃음이 있기 때문이다.

쩨오는 웃음을 불러일으키는 연극이다. '씨모가 절에 가다'와 같이 극적인 상황이 웃음을 유발하기도 하지만 많은 경우 웃음은 익살꾼 배역 '헤'(hề)가 불러일으킨다. 익살꾼의 재담은 흔히 극의 전개와 밀접하게 연결되지 않고, 극의 전개에서 크게 벗어나기도 하며, 극의 전개와 모순되는 경우까지 있다고 한다. 익살꾼의 재담은 극의 뼈대에서 벗어나는 자유로움의 산물이다. 따라서 극의 전개를 요약해놓은 것만으로는 '헤'의 재담이 주는 즐거움에 참여하기 어렵다.

익살꾼 배역은 크게 둘로 나뉜다. 하나는 사회적으로 낮은 계층에 속하는 인물이다. 하인, 문지기, 순라군, 나무꾼 등이다. 이들은 상층에 속한 인물을 풍자하는 역할을 맡는다. 의도적으로 풍자에 참여하기 때문에 적극적인 익살꾼이라고 할 수 있다.

다른 하나는 정도의 차이는 있지만 지배층을 대표하는 인물이다. 관리, 마을 지도자, 우유부단한 훈장, 점쟁이, 무당 등이다. 이들 가운데 '선생(thầy)'으로 묶을 수 있는 인물들(훈장, 점쟁이, 무당)은 헛된 권위의식에 사로잡혀 있는 인물들로서 무대 위에서 웃음을 불러일으키는 것이 주된 임무이다. 관리나 마을 지도자가 언제나 익살꾼이 되는 것은 아니고 필요한 경우에 웃음을 불러일으키는 구실을 한다. 이 유형의 인물들은 보통 스스로 웃음거리가 된다. 자기가 의도하지 않았는데 웃음거리가 되고 만다는 점에서 소극적인 익살꾼이라고 할 수 있다.

쩨오 무대 위에서 익살꾼으로서 활약이 두드러지는 것은 적극적인 익살꾼인 '하인 익살꾼(hề gây)'과 '병졸 익살꾼(hề mồi)'이다. 하인 익살꾼은 보통 주인을 따라 먼 길을 나선 하인이다. 병졸 익살꾼은 관저(官邸)나 주둔지를 지키는 병사이다. 하인 익살꾼은 주인을 그림자처럼 따라다니며 주인(서생書生, 공자公子, 관리, 마을 지도자)과 대화를 나눈다. 이 과정에서 하인의 영리하고 활발함, 현실적인 사고방식, 소박한 마음과 주인의 유식한 척함, 비현실적인 사고방식, 헛된 명분에 사로잡힌 기이한 태도가 교묘하게 대비된다.

다음은 『유평(劉平, Lưu Bình)』의 한 대목으로 하인 익살꾼이 자기 상전인 유평을 따라가는 대목이다. 유평이 과방(科榜)을 보러 갔으나 이름을 발견할 수 없었다. 과거에 떨어진 것이다.

> 익살꾼: 모여든 많은 사람 가운데 얼마가 머리를 들고,
> 얼마가 고개를 떨어뜨리는가?
> '작(作)'자를 '조(祚)'자로 쓰고,
> '우(遇)'자를 '과(過)'자로 쓰고,
> 정자(亭子)를 지날 때 '하마(下馬)'라고 된 비석을 보고는
> 나리는 '일복위(一卜爲)'라고 쓰셨지.
> 내가 나리를 말리면서, 나리에게 하마(下馬)라고 되어 있다고 말했는데도 나리는 '불언(不焉)' '불언(不焉)'이라고 고집을 피우셨지.
> ♪
> 나리는 아직 문장을 능숙하게 익히지 못하고
> 시험장에 나왔으니 이미 집에서부터 낙제한 셈이지
> 문장 글자의 뜻 무엇이던가
> 술이라면 한 동이, 크게 취한 얼굴
> 문장은 입을 열면 말이 되지 않고
> 하인이 말하면, 하나둘 부끄러워 꾸짖고
> 부(賦)는 알지 못하고, 시구(詩句)는 알기나 하는가[92]

---

[92] Hà Văn Cầu 『Hề Chèo(째오의 익살꾼 대목 선집)』(Hà Nội: Nxb Văn Hóa 1973) 90면을 이용해서 번역한다.

서생인 자기 주인의 어리석음을 드러내놓고 웃음거리로 삼고 있다. 하인 이면 글을 알 리 없을 터인데도 주인보다 더 유식하다. 표면적인 '유식 / 무식'의 대립이 뒤집히면서 상하관계의 역전이 펼쳐지는 것이다.

병졸 익살꾼이 관리와 대화를 나눌 때도 마찬가지이다.

관리(Quan): 자 애들아, 내가 산책 삼아 화원 경치 구경하러 나왔다. 애들아,
　　재미있는 이야기가 있거든 해보렴. 내가 상을 주마.
익살꾼: 예. 어르신께 아룁니다.
　　(…)
　　나리께서 들어주신다면 '끝없는 궤변'에 대해 아룁죠.
관리: 그래 말해봐라.
익살꾼: 나리께서 관리 노릇 할 때 나리는 누구를 무서워하십니까?
관리: 나는 관리 노릇 할 때 임금만 두려워하지.
익살꾼: 임금님은 누구를 두려워하시나요?
관리: 임금님이 누구를 두려워하시겠느냐?
익살꾼: 임금님 역시 하늘을 두려워하시겠죠.
관리: 그렇다면 하늘은 또 누굴 두려워하지?
　　(…)
　　(하늘은 구름을, 구름은 바람을, 바람은 담장을, 담장은 쥐를, 쥐는 고양이를, 고양이는 자기 마누라를 두려워한다는 대화가 이어진다)
관리: 자네 집 첫딸을 낳은 부인은 누굴 두려워하나?
익살꾼: 예, 나리, 제 집의 첫딸을 낳은 마누라는 저를 두려워하죠…… 저는 다시 나리를 두려워하고, 나리는 임금님을, 임금님은 하늘을, 하늘은 구름을, 구름은 바람을, 바람은 담장을, 담장은 쥐를, 쥐는 고양이를, 고양이는 끝으로 제 집의 첫딸을 낳은 마누라를 두려워하고……
관리: 그만두어라. 책에 있는 말로 해라. 그러면 내가 들으마.
익살꾼: 예, 나리, 제가 나리 들으시도록 책을 인용해봅죠. 관리가 임금을 두려워하는 것은 '신능사군(臣能事君)'이기 때문입죠.

관리: 그래, 그렇지.

익살꾼: 임금이 하늘을 두려워하는 것은 '천능입군(天能立君)'이기 때문입죠.

관리: 그래, 그 또한 그렇지.

익살꾼: 하늘이 구름을 두려워하는 것은 '운능암월(雲能暗月)'이기 때문입죠.

관리: 그래 그렇다고 치자.

익살꾼: 구름이 바람을 두려워하는 것은 '풍능산운(風能散雲)'이기 때문입죠.

관리: 옳다.

익살꾼: 구름이 담을 두려워하는 것은 '장능진풍(牆能鎭風)'이기 때문입죠.

관리: 그렇지.

익살꾼: 담장이 쥐를 두려워하는 것은 '서능천장(鼠能穿牆)'이기 때문입죠.

관리: 그렇지.

익살꾼: 쥐가 고양이를 두려워하는 것은 '묘능착서(猫能捉鼠)'이기 때문입죠.

관리: 그 또한 그렇지.

익살꾼: 고양이가 제 집 첫딸 낳은 마누라를 두려워하는 것은 '처능타묘(妻能打猫)'이기 때문입죠.

관리: 그래, 또한 일리가 있군.

익살꾼: 제 집 첫딸 낳은 마누라가 저를 두려워하는 것은 '부능욱처(夫能ức[93]妻)'이기 때문입죠.

관리: 어, 그건 말이 안되지. 어떤 책에도 그렇게 말하지 않았지.

익살꾼: 나리, 책에 말하지는 않았지만 경전에는 그렇게 쓰여 있는걸요.

관리: 어떤 경전?

익살꾼: 예, 나리, 제 집 첫딸 나은 마누라의 경전에 그렇게 쓰여 있어요. 아내가 저를 가르치고 저는 배웠는뎁쇼![94]

익살꾼이 관리를 두려워한다는 통념을 뒤집어 관리는 백성을 두려워하는

---

93) '때리다'의 뜻인 베트남 고유어이고 한자로 바꿀 수 없는 말이다.

94) Hà Văn Cầu 『Hề Chèo(쩨오의 익살꾼 대목 선집)』 111면・114면・120~121면을 이용해서 번역한다.

것이 당연하다는 말을 한 것이다. 상하관계를 역전시키는 데 한문문구가 유용하게 쓰이고 있다. 동시에 상층에서 내세우는 경전보다 생활체험이 우위에 있다고 암시함으로써 관리가 존숭하는 한문경전의 위상도 격하시켰다. 앞서 살핀『유평』의 하인 익살꾼 대목이 유식한 척하는 서생을 풍자하는 대목에서 반복해서 등장할 수 있듯이 관리와 맞서는 위 대목 역시 다른 여러 작품에 반복해서 등장할 수 있다.

째오에서 풍자적 성격은 이들 두 부류의 익살꾼에 의해서만 드러나는 것은 아니다. 무대 위에서는 익살꾼에 속하지 않는 배역일지라도 또한 웃음을 불러일으키는 경우가 있다. 이런 인물들은 익살꾼에 동조하고 질문도 한다.

주목해야 할 점은 거의 모든 째오작품에서는 기회만 주어지면, 심지어는 비참한 장면에서조차 익살꾼들은 웃음을 불러일으킬 방도를 강구한다는 것이다. 이런 웃음은 종종 극중 상황이나 분위기와 상반되며 주제를 흐리기까지 한다. 또한 해학적인 요소를 기계적으로 남용한다고 볼 수 있는 면도 있다. 그래서 익살꾼의 재담은 작품의 주제와는 관련 없고, 상황에 맞지 않는 우스갯소리는 도리어 작품에 해가 된다는 평가도 있다. 그러나 익살꾼이 등장하는 대목이 많은 경우 작품 전개의 맥락에서 벗어나고 주제에서 동떨어지기도 하지만, 바로 그런 까닭에 작품의 비판정신이 시대에 뒤떨어지지 않고 현실에 민감하며 풍자가 예리해질 수 있다.

째오의 핵심적인 미의식은 바로 희극미에 있고, 관객은 웃고 즐기기 위해 째오 공연을 보러 간다. 그 웃음은 주로 풍자에서 나온다. 그래서 '째오'라는 말은 '짜오(trào, 풍자하다)'에서 나온 것이라고 보는 견해도 있다. 째오의 미의식이 풍자적인 골계라는 데는 큰 이견이 있을 수 없을 것이다.[95]

---

95) 째오의 골계는 한국 탈춤의 '신명'과 대단히 가까운 자리에 있다. 일상생활에서 빚어지는 갈등을 문제 삼으면서 풍자를 무기로 삼은 점, 관객을 수동적인 자리에 머물러 있지 않게 하는 점이 상통한다. 이에 대해서는 조동일『카타르시스 라사 신명풀이』(지식산업사 1997) 참조

## 2) 인형극

베트남에서 인형놀이라고 할 만한 것은 몇가지가 되지만 공연을 위해 설치한 무대 위에서 공연이 이루어지며 극적 전개를 갖춘 무대인형극(múa rối sân khấu)은 두 종류가 있다. 무대가 어디에 설치되느냐에 따라서 구분하는데, 무대가 물에 마련되는 수상인형극(múa rối nước)과[96] 뭍에 마련되는 육상인형극(陸上人形劇, múa rối cạn)으로 나뉜다. 이곳에서는 두 가지 무대인형극의 역사, 공연방식, 레퍼토리(연예종목), 연극적인 특징 등을 개략적으로 살펴보고자 한다.[97]

### (1) 역사

베트남에는 11세기 이전에 이미 인형극이 있었을 것이라고 추정하는데, 이런 추정은 『대월사기전서』의 기록에 근거를 두고 있다. 이에 따르면 이조(李朝) 태조(太祖) 12년(1021) 봄, 황제의 탄생일을 맞아 대나무로 '만수남산(萬壽南山)'을 엮었다. 그중 한 봉우리에 날짐승과 길짐승의 여러 가지 기이한 형상을 만들어놓고 사람에게 짐승 소리를 내게 했다고 한다.[98] 베트남 연구자들은 이 기록이 베트남에서 인형극이 행해졌음을 알리는 최초의 기록이라고 한다. 하지만 기록의 문면만 보아서는 극적 전개를 가지는 인형극이었다고 보기는 어려울 듯하다.

1121년에 완공필(阮公弼)이 쓴 비문(碑文) 「대월국당가제사제숭선연령탑

---

96) 부 썬 투이 『베트남, 베트남사람들』; 조재현·송정남 『베트남 들여다보기』(한국외국어대학교출판부 2004)에 수상인형극에 대한 간략한 설명이 있다.

97) 개략적인 이해는 특히 Nguyễn Huy Hồng 『Nghệ Thuật Múa Rối Việt Nam(베트남 인형극 예술)』(Hà Nội: Nxb Văn Hóa 1974); Đình Quang 외, *Vietnamese Theater*에 의지했다. 앞의 책은 대본이라고 할 것을 수록하고 있어서 유용하다. 그 밖에 인터넷에서 참조한 자료는 해당 주소를 밝혀두었다.

98) "辛酉十二年 宋天禧五年 春 二月 以誕日爲天成節 以竹結爲萬壽南山 一峯於廣福門外 峯上多作飛禽走獸 奇怪萬狀 又使人效禽獸之聲爲樂 以宴群臣" (『校合本 大越史記全書』(上), 214면).

비(大越國當家第四帝崇善延齡塔碑)」에는 수상인형극의 한 장면을 기록했다고 할 만한 대목이 보인다. 이조(李朝) 인종(仁宗, 재위 1072~1127)이 궁궐을 나서서 장로(長瀘)(=瀘江)의 영광전(靈光殿)에 행차했는데, 비문에는 그때 그곳에서 본 광경이 묘사되어 있다. 한 마리 황금 자라[金鼇]가 등에 세 봉우리를 지고서 잔잔한 물결을 가르며 나타났다. 자라는 유유히 헤엄치면서 물을 내뿜기도 하고 임금을 우러르는 동작을 보이기도 했다. 음악이 울려 퍼지자 동굴 문이 열리면서 신선(神仙)이 앞 다투어 나타났다. 궁녀들은 춤을 추고 노래를 불렀으며 진귀한 새들이 춤을 추고 상서로운 사슴들이 기뻐서 뛰었다.[99] 많은 베트남 연구자들은 이 기록이 전설을 연극으로 꾸민 수상인형극의 공연 장면을 전하고 있다고 해석한다. 인종이 재위 기간 중에 관람할 정도로 정비되어 있었다면 11세기에는 민간에서 수상인형극이 성립을 보았다고 할 수 있다.

한편 『대월사기전서』의 1277년 조를 보면 진나라 태종(太宗)이 궁중에서 인형극을 보았다고 하고,[100] 1293년에 베트남으로 온 원나라 사신 일행은 집현전(集賢殿) 앞에서 창우(倡優)들이 '장두괴뢰(杖頭傀儡)'를 공연하는 것을 보았다고 기록하고 있다.[101] 이들 기록을 통해서 진나라 때에는 광대 집단의 인형극 공연이 궁중에서 자주 행해지고 있었음을 짐작할 수 있다.

---

99) "浮金鼇以負三峯 水面夷猶 露甲文而敷四足 轉眸瞥岸 呀口噴津 向晃旒而仰觀 對當空而俯察 望嵯峨之峭壁 奏洋溢之雲韶 洞戶爭開 神仙競出 盖天上之霓態 豈塵世之嬌姿 翹纖手以獻回風 嚲翠眉而歌休運 珍禽作隊 盡率舞以趨蹌 瑞鹿成群 自着行而踊躍" (『베트남문학전집』 1, 388면).
100) "又時當偲(偲俳諧" (『校合本 大越史記全書』 (上), 350면).
101) "殿下有踢上竿 杖頭傀儡" (陳孚 '交州藁」, 『陳剛中詩集』 권2(『四庫全書』 集部 別集類)에 수록되어 있다. 강중(剛中)은 진부(陳孚)의 자). 한편 『원사(元史)』에는 지원(至元) 29년(1292)에 베트남 사신으로 떠난 것으로 되어 있다. 인형극 또한 다른 연극과 마찬가지로 중국의 영향을 받았을 수 있다. 수상인형극이 9세기 중국 송나라 때 있었다는 '수괴뢰(水傀儡)'와 관련 있다는 견해도 있다. 하지만 오늘날 보는 수상인형극은 온전히 베트남의 것이라고 할 수 있다.

여조 때에는 궁중에서 인형극을 공연하지 않았다. 하지만 민간에서는 공연이 성행했던 것으로 보인다. 여조 때 만들어진 것으로 보이는 수상인형극 노천무대 유적 두 곳이 지금까지 남아 있다. 하나는 종 사원(đền Gióng)[102] 앞에 있는 연못, 다른 하나는 터이 사원(chùa Thầy)[103]의 마당에 있는 연못에 서 있다. 종 사원의 것은 1776년에 세워졌다. 사원 안에 무대가 건립되었다는 사실은 수상인형극이 종교의례와 관계 깊다는 점을 말해준다.

완조 때에도 농촌에서 인형극이 공연되었다. 황제의 즉위식이나 탄생일에 각 지역에서 가장 유명한 인형극 연희단을 수도 후에(Huế)로 불러서 공연하게 했다. 그렇지만 궁중연극의 중심은 어디까지나 뚜옹이었다.

이어 프랑스 식민지가 된 시기에는 외침에 대항하여 싸운 민족 영웅의 투쟁을 제재로 한 인형극이 새로 창작되었다. 독립을 쟁취하고 사회주의국가를 건설하면서 종교적 성격은 크게 줄이고 농촌에서 벌어지는 생산활동을 보여주는 장면을 위주로 레퍼토리를 짜게 되었다.

(2) 수상인형극

중세시기에 수상인형극은 주로 베트남 북부의 홍하(紅河) 델타 지역에서 공연되었다. 공연무대가 물(연못) 위에 설치되고 공연 내용 또한 농촌생활의 여러 단면인 것은 논농사를 짓는 이 지역 농촌공동체가 창작과 전승의 기초가 되었기 때문이다. 수상인형극은 홍하 델타 지역을 차지한 낀족(=비엣족)이 창조하여 발전시켰으며 베트남의 영토가 남쪽으로 확대되면서 중부 이하 지역으로 전파되어간 것으로 보인다. 하지만 중부 이하 지역으로 전파되는 데는 여러 가지 제약이 가로놓여 있었다. 무논[水畓]에 농사를 짓고 마을 안에 연못이 있어야 수상인형극 공연이 의미가 있고 가능해지기 때문에 중부의 산악지역이나 고원지역에는 전파되기 어려웠다. 또한 오늘날 베트남 남

---

102) 하노이 인근의 동 아인(Đông Anh, 東英) 현에 있다.
103) 하 떠이(Hà Tây, 河西) 성 꾸옥 오아이(Quốc Oai, 國威) 현에 있다.

부지역은 17세기 이후에나 베트남 영토로 편입되었기 때문에[104] 수상인형극과는 일정한 거리가 있다. 하노이가 수상인형극의 중심지인 것은 낀족의 후예들의 인형극이라는 기본 성격이 오늘날까지도 변함없기 때문이다.[105]

수상인형극 무대는 농촌마을이나 사원의 연못에 설치된다. 극장은 인형 조종실, 공연무대, 관객석으로 되어 있다. 인형 조종실은 장막을 둘러 조종자가 보이지 않도록 한다. 무대는 4m×4m 정도 되는 공간이다. 관객석은 무대의 앞, 뒤, 옆에 배치되며 연못이나 연못 둘레의 나무 그늘이 제격이다.

마을에는 연희단(phường hội rối nước)이라고 부를 수 있는 집단이 형성되어 있어 공연의 주체가 된다. 이들이 인형을 제작하고 조종한다. 각 연희단은 자신들의 제작 및 공연기술을 비밀스럽게 유지하고 전승해왔다. 수상인형극의 경우 연희단은 친족집단 성격이 매우 강하며 엄격한 심사를 거쳐서 회원으로 받아들일지 여부를 결정하게 된다. 가입할 수 있는 사람은 기존 회원 집안사람이어야 하며 그것도 아들이어야 한다. 여성 배역이 필요하더라도 여성 회원을 받아들이지는 않았다. 여성 배역의 동작, 대사, 노래는 모두 남성 연희자가 맡아서 했다. 연희를 비전(秘傳)하기 위해서 필요한 조치였을 것이다.[106]

전통시대에는 연희단이 자체적으로 공연을 맡았다. 먼 곳으로 공연을 떠날 때는 인형, 소도구, 무대 장비를 짊어지고 갔으며 무대를 직접 설치했다. 연희단은 공연무대인 연못을 소유하고 물고기를 양식해서 얻은 수입으로 공연비용을 충당하기도 하며 사원에서 지급하는 논을 경작해서 얻은 수입으로 공연비용을 충당하기도 했다. 인형극 공연을 대중적 흥행물로 만들어 돈을 벌어서 극단을 유지하는 방향으로 나아가는 것은 비교적 최근의 일이다.

---

104) 유인선 『베트남의 역사』 217면의 지도에 베트남의 남진(南進)과정이 표시되어 있다.
105) 2004년에 베트남 중부의 도시 후에(Huế)에서 열린 수상인형극 축제에 참여한 14개 팀을 보면 하이 퐁(Hải Phòng, 海防), 하노이, 하 떠이(Hà Tây), 타이 빈(Thái Bình, 太平), 남 딘(Nam Định, 南定) 지역에서 나온 팀이었다. 북부지역이 중심임을 알 수 있다.
106) 근래에는 여성도 가입할 수 있게 되었다.

수상인형극의 핵심적인 구성요소는 세 가지인데 인형과 물, 그리고 인형 조종자이다. 인형은 단순하고 때로는 투박한 형태이다. 인형은 가벼우면서도 잘 썩지 않는 나무(무화과나무, 빵나무)로 만들고 표면에는 옻칠을 한다. 통상적인 크기는 30~100센티미터, 무게는 1~5킬로그램 정도이다. 사원의 조형물을 만드는 사람이 인형 제작자와 겹치기도 하고, 인형 제작자는 사원의 조형물을 참조하여 인형을 제작하기 때문에 둘은 형태적으로 유사한 면이 있다.[107]

인형은 줄과 막대를 이용해서 멀찍이 떨어진 곳에서 조종을 한다. 수상인형극을 대표하는 인형은 떼우(Tễu)라는 인형인데 네 살배기 어릿광대 배역을 맡는다. 떼우는 지역에 따라 다양한 방식으로 형상화되지만 베트남 수상인형극의 예술성을 담보하는 핵심존재라는 사실에는 변함이 없다.

물은 논농사에서 핵심적인 요소이다. 물은 무대장치일 뿐만 아니라 움직이는 물결 위로 하늘, 구름, 나무가 비치고 있어서 신비로운 분위기를 창출한다. 또한 물은 인형의 움직임을 되비추는 거울 역할을 하는데 그 덕분에 움직임은 더욱 생동감 넘치게 된다.

인형 조종자는 자기 몸의 3분의 2 정도를 물에 담그고 막 뒤에 서서 인형을 조종한다. 막대와 줄로 인형을 조종해서 물위의 무대에서 움직이게 한다. 조종자는 막의 틈을 통해서 인형의 움직임을 점검하게 된다. 나무와 줄을 혼자서 조종하기도 하고 장면에 따라서는 여럿이 함께 조종하기도 한다. 인형 조종자와 객석이 막으로 분리되어 있기 때문에 관객의 반응을 살펴서 즉석 변개를 하는 것은 어렵다.

설비를 나르고 무대를 설치하고 인형을 배열하는 것은 무척 힘드는 일이다. 인형 조종자는 인내심을 가지고 기예를 연습해야 하며 공연을 위한 여러 가지 힘든 일을 도맡아 해야 한다. 따라서 인형 조종자는 건강하고 솜씨가

---

107) http://vrcoll.fa.pitt.edu/uag/Past-Exhibitions/2004-Puppets-of-India/Water-Puppets.html.

좋아야 한다. 하지만 목소리가 좋아야 한다거나 노래를 잘할 필요까지는 없다. 왜냐하면 수상인형극은 대개의 경우 말없이 진행되기 때문이다.

　수상인형극의 공연 서두에는 설명하는 말, 곧 서사(序詞, lời giáo trò)를 둔다.108) 전반적으로 서두의 말은 소개, 설명의 기능을 하며 다양한 운문형식으로 되어 있다. 개별적인 장면들 전체를 총괄하는 서사도 있고 각각의 장면 앞에 오는 서사도 있다. 축원, 공연할 레퍼토리, 악기, 무대장치, 복장 등에 대해서 개괄적인 수준에서 말한다. 여러 전적의 어구를 인용해서 과장된 표현을 하기도 하며 한자어, 베트남어를 적절히 섞어서 표현한다.109) 이러한 서두의 말을 가장 많이 맡아서 하는 배역이 떼우이다.

　타이 빈(Thái Bình, 太平) 지역에서 활동하는 한 연희단의 공연에서 채록한 서사를 인용해본다. 떼우가 하는 서사(Giáo đầu Tễu)이다.

　　(막이 오른다)
　　여러분! 떼우(Tễu)가 여기 나왔으니 제 소개를 드려야겠지요?
　　(끼어드는 말: 소개하지 않으면 이름이 무엇인지 누가 알겠어!)
　　성주만년(聖主萬年)(하옵소서).
　　제 이름은 떼우입니다.
　　한창때인 저는 아직 연소(年少)하답니다.
　　사람들은 모두 붕(vông, 나무 이름)이라고도 부르지요.
　　내년이 되면 더욱 지혜롭게 되겠지요.
　　단원들이 얼굴을 깎아 만들고서 이름을 떼우라고 붙였지요.
　　여러분!
　　오늘 도처에 사람들이 넘쳐나는군요.

---

108) 쩨오와 뚜옹에는 '자오 더우(giáo đầu)'라는 서막이 있다.
109) 중세시기에 궁정, 사원에서 인형극이 공연되었다는 사실이나 오늘날까지 전승되는 서사(序詞)에 한자 어휘가 많고 한문전적에서 끌어온 표현이 많다는 점은 상층 문인이 인형극에 적잖이 개입한 증거라고 보아야 할 것이다.

달 같은 피부 복사꽃 같은 뺨을 가진 아가씨가 있네요,
아가씨는 저를 보더니 춘정(春情)이 되살아나는군요.
아가씨가 저를 보는군요, 저 떼우와 좋은 인연을 맺고 싶은 거지요.
아가씨, 제가 목인(木人)이라고 꺼려하는가요,
아아, 아가씨! 꺼려하지 마세요!
저 떼우는 비록 목인(木人)이지만
그러나 역유기심(亦有機心 또는 亦有其心)이랍니다.
한밤중이 되어 심신(心神)이 움직이면,
저 떼우가 나무토막처럼 누워 있지만은 않을 거예요.

여러분!
저 떼우가 남북을 빙 둘러보고,
연못가를 둘러보노라니,
어여쁜 한 아가씨 나와 있군요.
몸은 아름답지만 성격은 좋지 않군요.
저 떼우를 보고는 킥킥 웃다니요.
저 떼우는 지음지교(知音之交)를 맺고 싶은 마음이랍니다.
이제 여러분이 물으시면 제가 답을 하지요.
(노래를 부른다.)110)

이러한 서사에 이어 본격적인 인형극 공연이 펼쳐진다. 각 연희단은 서로 비슷한 레퍼토리도 있고 독자적으로 개발한 레퍼토리도 보유하고 있다. 레퍼토리는 보통 여럿인데 인상적인 장면(동작)의 단편적인(삽화적인) 나열이라는 성격이 강하고111) 대사를 통해서 인물의 개성이 드러난다거나 등장인물 간 갈등이 심화된다거나 하지는 않는다. 예를 들어 '사민(四民)'이 등장하는

---

110) Nguyễn Huy Hồng 『Nghệ Thuật Múa Rối Việt Nam(베트남 인형극 예술)』 164~165면. 고어체와 북쪽 방언이 섞여 있어 번역이 용이하지 않다.
111) 한 레퍼토리는 1~7분 정도 공연한다.

장면이라고 해도 그저 어(漁, 어부)·초(樵, 나무꾼)·경(耕, 농민)·독(讀, 서생)이 모습을 드러낼 따름이다. 극성(劇性)은 약하고 생산노동의 여러 장면들을 사실적으로 보여주는 데 치중한다.

레퍼토리는 대략 다음과 같이 분류할 수 있다.

> 민중의 삶을 묘사하는 장면: 벼농사, 오리 기르기, 낚시, 뜨개질 등
> 놀이: 씨름, 말달리기, 사다리오르기, 물을 뿜는 용, 칼춤 등
> 역사적 사건이나 영웅적인 인물을 재현하는 장면
> 뚜옹이나 쩨오(chèo)에서 따온 장면112)

드물게는 널리 알려진 고사를 차용하는 경우도 있다. 고사를 받아들인 공연종목이라고 해도 이미 있는 공연종목을 그대로 활용하는 것이 일반적이다.

| (a) | (b) |
|---|---|
| 말을 타고 싸우다 | 여리(黎利)가 말을 타고 말을 탄 적과 맞서싸우다 |
| 노를 젓는 장면 | 여리가 호수 위에서 배를 타다 |
| 거북이 | 거북이가 여리의 칼을 물고 물에 잠긴다 |

(a)는 통상적인 공연종목이다. 말 타는 장면, 노 젓는 장면, 거북이가 나오는 장면은 통상적인 레퍼토리에 들어 있다. 거북이는 전설상의 네 가지 신령한 동물, 곧 기린·봉황·거북·용이 나오는 '사령(四靈) 장면'에 나온다.

---

112) 좀 더 세부적으로 들어가서 타이 빈 성 응우옌(Nguyễn) 마을의 수상인형극 공연단에는 다음과 같은 레퍼토리가 있다. 떼우의 춤, 그물질, 줄타기, 그네타기, 칼싸움, 말달리기, 사농공상병(土農工商兵), 사령(四靈), 물을 뿜는 용, 유력자(有力者)들의 회합, 물에서 노는 아이들, 오방(五方) 깃발, 선녀의 가무, 선녀들의 뱃놀이, 사자춤, 여우쫓기, 베짜기, 뱀, 사민(四民), 씨모가 절에 가다(쩨오에서 따온 장면), 팔선(八仙)의 춤, 적벽(赤壁)(Nguyễn Huy Hồng 『Nghệ Thuật Múa Rối Việt Nam(베트남 인형극 예술)』 158~161면).

(b)는 고사를 연출하는 공연종목이다. 하노이에 있는 환검호(還劍湖, Hồ Hoàn Kiếm, Hồ gươm)에 얽힌 전설을 보여주고 있다. 주인공 여러는 여조(黎朝)의 태조(太祖, 재위 1428~1433)이다. 명나라의 지배를 종식시키고 새로운 독립왕조를 개창한 민족영웅이다. 그런 그가 호수에서 배를 타고 있었는데 파도가 치면서 황금빛 거북이 나타나서 "이제는 전쟁이 끝났으니 빌려갔던 검을 돌려달라"고 말했다고 한다. 여러가 검을 돌려주자 거북은 그 칼을 입에 물고 물속으로 들어갔다. 이런 고사를 이미 있는 레퍼토리 (a)에 약간의 변형을 가하는 방식으로 연출한다.

고사를 수용한 수상인형극은 대개 이와 같은 방식으로 이루어진다. 무대연극 뚜옹이나 째오에서 장면을 차용하는 경우에도 이와 크게 다르지 않다. 기존의 레퍼토리에 있는 장면을 핵심장면으로 활용하여 뚜옹이나 째오의 장면을 차용하게 된다. 널리 알려진 뚜옹작품인 『산후(山后, Sơn Hậu)』에서 빌려온 장면을 다음에 보인다.

(한쪽에 사온정謝溫廷, 사뇌약謝雷若, 사뇌풍謝雷風이 있다.)
(한쪽에 강영좌姜靈佐가 있다.)
강영좌: 예, 삼열위(三列位)께 인사를 올립니다.
사온정: 아 그래, 내가 묻노라. 사씨는 병마를 거느리고 어디를 그렇게 시끄럽게 가고 있는 것이냐?
강영좌: 예, 감히 삼열위께 아룁니다. 사씨는 병마를 거느리고 동금린(董金麟)을 생포하려 가웁니다. 차후(次后)는 어디로 갔는지요?
사온정: 이 꾀를 나는 안다.
영좌는 이곳에 동금린을 구하러 온 것이다.
참으로 반신(叛臣)의 무리이면서,
성지(聖旨)를 꾸며대다니!
강영좌: 참으로 영리하다고 칭찬할 만하구나!
내가 반신이라는 것을 알아차리다니.

내가 사실대로 말하마. 동금린을 구하러 여기에 온 것이다.

　　　세 놈을 죽여서 머리를 말 아래 떨어뜨리리라.

사온정: 재능 있는 영좌는,

　　　젓가락을 들고서 하늘에 맞서는구나.

　　　결단코 네 목을 베리라.

　　　그렇지 않으면 사씨의 위신이 서지 않으리라.

　　　(강영좌의 목을 베어 땅에 떨어뜨린다. 강영좌는 머리를 들고 도망친

　　　다.)

사온정: 영좌를 베어 머리가 말 아래에 떨어졌는데,

　　　머리를 집어들고는 쏜살같이 뛰어가는구나.

　　　그 모습 보니 갑자기 파랗게 질리고,

　　　온몸에 소름이 돋는구나.

　　　강씨는 내버려두고, 동씨를 쫓도록 명하라.


이 장면은 뚜옹작품 『산후』에서도 가장 널리 알려진 장면이다. 째오작품 『관음씨경』에서 '씨모가 절에 가다'와 같은 대목이 즐겨 인형극으로 연출되는데, 이 역시 별도의 설명 없이도 관객 누구나 보고 들어서 알고 있는 내용이다.

수상인형극 공연에는 원래 노래도 없고 음악반주도 없었다고 한다. 이런 요소들은 근래에 추가되었다. 요즘은 전통음악을 연주하거나 민요를 곁들이는데 주로 박자를 맞추고 극 내용에 걸맞은 분위기를 조성하는 기능을 한다.


(3) 육상인형극

무대가 뭍에 설치되는 연극이 육상인형극이다. 무대는 지나치게 넓지 않으며 대략 2m×2m 정도가 된다. 대개 인형 조종자가 보이지 않도록 무대를 만든다. 한쪽 면만 관객들에게 보이는 것이다. 무대는 덮개로 덮는다. 지역마다 독자적인 무대양식이 있다. 응에 안(Nghệ An, 乂安) 지방에서는 무대

를 높이 짓는다. 타인 호아(Thanh Hóa) 지방에는 노천에서 공연을 하는 곳도 있다.

인형을 조종하는 방식도 다양하다. 인형 조종자가 앉아서 인형을 얼굴 앞으로 들어 올리는 방식도 있고, 장막 뒤에서 일어서서 손을 내밀어 줄로 인형을 조종하는 방식도 있다. 장막 뒤에서 조종하는 것은 수상인형극의 경우와 흡사하다. 음악은 수상인형극에서와 같이 주로 리듬악기(북)를 사용하며 현악기와 관악기가 쓰이는 경우는 드물다.

육상인형극은 때로는 뚜옹이나 째오 공연과 결합되기도 한다. 연희단의 공연종목이 다양해서 인형극, 서커스, 뚜옹, 째오를 모두 공연하는 경우도 있다. 통상적으로 서커스와 인형극은 낮에 하고 다른 공연은 밤에 한다. 뚜옹과 째오와 결합하다보니 인형극이지만 뚜옹이나 째오의 연희규칙을 수용하게 되었다. 예컨대 '동쪽에서 나와서 서쪽으로 들어가야 한다'는 규칙을 공유한다. 육상인형극 극단 구성원은 대략 3~7명이다. 하지만 뚜옹이나 째오 공연을 겸하는 경우는 그보다 인원이 훨씬 많다.

육상인형극은 고사를 연출하거나 사회생활을 반영한 비교적 긴 장면을 보여준다. 대사는 있기도 하고 없기도 하다. 주요 장면은 뚜옹이나 째오에서 가져왔고 역사 이야기나 생활상 이야기도 모방해 보여준다. 극중 장면이 물속으로 제한되는 수상인형극에 비해서 선택할 수 있는 제재가 폭넓다.

육상인형극도 수상인형극의 경우와 마찬가지로 서사로 시작한다. 일례로 북부 베트남에 거주하는 소수민족인 따이(Tày)족 연희단의 서사를 보자.

조용히 하고 잘 듣기 바랍니다.
우리는 이제 남월(南越)의 풍습을 말하고자 합니다.
우리는 이제 인형극 기예에 대해서 말하고자 합니다.
(…)
물은 항상 아래로 흘러가고,

바람은 항상 마주 불어오는 것처럼 보입니다.
이곳에 모인 분들은 평안함을 얻게 하고자,
여름날에 의례를 진행하려 합니다.
인형극을 공연하니,
행복의 깃발로 재앙을 막으소서.
청컨대 젊은 남녀들,
모두 다 건강하소서.
이 잔치에 모인 노인이나 어린이나,
백년까지 사소서.
사방 둘러싸고서,
우리들 인형 공연을 들으소서.113)

하 떠이(Hà Tây, 河西) 지역에 있는 연희단은 이런 레퍼토리를 가지고
있다.114)

용춤
방아 찧기
도원결의(桃園結義)
유비가 나와서 노래를 부른다.
관공이 나와서 노래를 이어 부른다.
장비가 나와서 노래를 이어 부른다.
세 사람이 자기소개를 한다.
술을 마시고 도원에서 결의를 한다.
적이 나타났다는 소식을 듣는다.
유비는 군사를 나눈다.
관공과 장비는 명을 듣고 군사를 출동시킨다.

---

113) Nguyễn Huy Hồng 『Nghệ Thuật Múa Rối Việt Nam(베트남 인형극 예술)』 50면.
114) Nguyễn Huy Hồng 『Nghệ Thuật Múa Rối Việt Nam(베트남 인형극 예술)』 141면.

관공은 검은 말을 타고 출전한다.

교전(交戰)을 한다.

(…)

프랑스군을 격퇴한 전공(戰功)

민중의 신앙, 민중의 생활상, 『삼국지연의』에서 가져온 고사, 외세에 맞선 영웅투쟁에 대한 찬미가 제재가 되고 있다. 특히 '도원결의'는 뚜옹의 한 장면을 인형극으로 바꾸어놓은 것이다. 좀 더 세밀한 연구가 필요하겠지만 낀족의 경우는 수상인형극과 유사한 레퍼토리, 뚜옹이나 째오에서 차용한 레퍼토리가 많은 것으로 보이고 소수민족의 경우는 자신들의 종교 목적에 맞는 제재를 취한 레퍼토리가 다수인 것으로 보인다.

(4) 베트남 인형극의 특징

지금까지 개괄한 베트남 인형극의 특징을 다음 몇가지로 정리해볼 수 있다. 인형극은 공연하는 계기(종교의례, 마을 집회), 전승의 범위(친족집단 내부의 비밀스러운 전승), 공연 범위(마을 공동체)가 한정되어 있는 것이 특징이다. 대대로 종교의례나 마을 집회에서 인형극을 공연하는 연희집단이 있어서 공연이 전문화되어 있었다.

인형극은 의례나 축제의 장에서 관객들에게 즐거움을 주는 진기한 구경거리이다. 인형극은 주로 베트남 북부의 평야지역과 중부지역에서 전승되고 있다. 수상인형극은 주로 낀족이 전승하고 있으며 육상인형극에는 소수민족도 참여하고 있다. 수상인형극은 농경문화의 산물이라는 점이 두드러진다. 기원상 풍농제의와 밀접한 관련이 있을 것이다. 공연에 올리는 제재에도 이런 면모가 드러나고 있다. 소수민족은 주로 종교의례의 일부로 인형극을 공연한다.

수상과 육상 두 곳에 무대를 설치할 수 있는 점이 독특하다. 둘 사이에는 공통점도 적지 않다. 둘 다 민간무대예술이고 민중이 애호했다. 배역, 공연 방식, 공연종목 등에서 유사한 점이 많다. 수상인형극이 더욱 성행했는데, 이 때문에 레퍼토리가 수상에서 일어날 수 있는 일로 제한되는 것은 당연한 일이었다.

극적 갈등이 대화를 통해 고조되거나 해소되는 면모가 약하다. 어릿광대 (떼우)가 극의 서두나 몇몇 장면 앞에서 이끄는 말을 하는 것이 대사의 주된 부분이라고 할 수 있다. 극적 전개를 보이는 장면은 많은 경우 뚜옹이나 째오와 같은 다른 연극 장면에서 따온 것이다. 인형극은 진기한 볼거리를 내놓는다는 의식이 강해서 사회적 갈등을 심도 있게 다루는 쪽으로는 나아가지 않은 듯하다. 백성세계에서 겪는 사회적 갈등은 째오에서 주로 다루었기 때문에 인형극에서 그런 제재를 다룰 것을 기대하지는 않았던 것으로 보인다.

## 제3장

한문학

# 1. 한시

한시는 베트남문학 유산의 가장 큰 부분이라고 말할 수 있다. 한시의 전반적인 양상을 보이기 위해서는 역사적인 변천의 기본 줄기를 따라가면서 서술하는 편이 효과적이라고 생각한다. 두드러진 성취를 보인 작가의 작품 세계를 개략적으로 정리하고, 한시사(漢詩史)까지는 아니더라도 의미있는 역사적 흐름을 개괄하는 방식을 취하기로 한다.

## 1) 불가(佛家) 한시

베트남은 기원전 2세기(B.C. 111)에서 기원후 10세기(A.D. 938)에 이르기까지 1,000년이 넘는 기간 동안 중국의 지배를 받았다. 중국으로 말하자면 대략 한(漢)나라에서 당(唐)나라에 걸친 시기였다. 그 기간 동안 베트남은 중국으로부터 한자, 한문학을 수용해서 동아시아 한문문명권의 일원이 되었다.

독립의 첫걸음을 내딛은 시기에 한문학 작품을 창작할 수 있는 역량을 갖춘 사람은 주로 불교 승려층에서 배출되었다. 한시 역사의 첫머리를 장식한 것은 선승(禪僧) 법순(法順, 916~991)[1]의 「국조(國祚)」라는 작품으로 알려져 있다. 불교가 베트남에 전래된 것이 2~3세기경이라고 하는 점을 생각해 보면 지금까지 전해지지는 않지만 좀 더 이른 시기에 창작된 작품이 분명히 있었을 것이다.

「국조」는 전려(前黎) 대행황제(大行皇帝, 재위 980~1005)가 새로 개창한 나라의 운세를 물은 데 대한 답으로 지었다고 한다. 그렇다면 창작된 해는 아마도 981년일 것이다.[2]

| | |
|---|---|
| 國祚如藤絡 | 국운(國運)이 등나무가 휘감은 듯하여, |
| 南天理太平 | 남쪽 하늘이 태평하게 다스려지오리다. |
| 無爲居殿閣 | 함이 없이 궁궐에 머문다면, |
| 處處息刀兵 | 곳곳마다 전란(戰亂)이 그치오리다.[3] |

법순은 승려이면서 국정을 보좌하는 자리에 있었기 때문에 이런 작품을 창작할 수 있었다. 새로 선 나라가 흔들림 없이 태평할 것이라고 예견하고, 그러기 위해서는 억지로 함이 없는 정치를 펴서 병란을 수습해야 한다고 했다. 불교 승려이면서 도가(道家) 정치이론을 원용한 점이 독특하다.

법호(法號)가 광월(匡越)인 선승 오진류(吳眞流, 933~1011)는 전려(前黎)와 정조(丁朝)의 황제를 보좌했다. 후대 사가들은 정조의 정부령(丁部領, 재위 966~979)(=丁先皇)과 광월대사의 관계를 두고서 말하기를, "황제는 승려

---

1) 속성(俗姓)이 두(杜)여서 두법순(杜法順)으로도 불린다. 『선원집영(禪苑集英)』에 따르면 법순은 비니다류지파(比尼多流支派)의 제10세 승려이다.
2) 창작 동기에 대한 설명은 『베트남문학전집』 1, 252면에 있다.
3) 원문은 『베트남문학전집』 1, 253면을 따랐다. 『선원집영』에서는 작품 창작동기를 "帝常問師 以國祚短長"이라고 기록하고 있다.

(광월)와 더불어 천하를 다스렸다(帝與僧共天下)"고 할 정도였다.4) 그런 광월의 작품으로는 중국 송(宋)나라 사신 이각(李覺)을 전송하면서 지은 사(詞) 「왕랑귀(王郎歸)」가 널리 알려져 있다.5) 『대월사기전서』에 따르면 창작시기는 987년이다. 정(丁), 전려(前黎), 이조시대에 창작된 사(詞)로는 이 작품만 전해오고 있다.6)

법순의 「국조」나 광월의 「왕랑귀」는 불가 한시가 정치현실과 유리되지 않았다는 점을 보여주는 의의가 있다. 그렇지만 이러한 경향의 작품들이 불가 한시의 중심 영역이었던 것은 물론 아니다. 이어서 불교적 색채가 짙은 작품들을 살펴보자.

베트남에 처음으로 불교를 전해준 것은 인도나 중앙아시아 출신 승려들이었다. 이들은 주로 바닷길을 통해서 베트남에 들어온 것으로 추정되며 소승불교를 전했다. 선종, 정토종, 밀교와 같은 대승불교는 중국을 통해서 전래되었다. 대승불교의 여러 종파 가운데 베트남에서 특히 융성한 것은 선종이었다. 선종 승려들은 한문을 읽고 쓸 수 있는 능력을 가지고 중국 선종을 수용했기에 상층 지식인의 환영을 받았다.7)

이조시대는 불가 한시의 전성기였다. 선종 승려들이 한시 창작을 주도했는데, 13세기 후반에서 14세기 전반 사이에 저술되었을 것으로 추정되는 베트남 선종의 전등록(傳燈錄)인 『선원집영』에 작품이 모아져 있다. 만행(萬行, ?~1018)(=阮萬行), 만각(滿覺, 1052~1096), 공로(空路, ?~1119)(=楊空路)의 게송이나 원조(圓照, 999~1091)8)의 「참도현결(參徒顯決)」 속에 있는 선구(禪

---

4) 유인선 『베트남의 역사』 110면.
5) 작품 제목이 문헌에 따라 일정치 않아 '옥랑귀(玉郎歸)'라고 한 경우도 있다. 정천구 옮김 『베트남 선사들의 이야기』(민족사 2001) 43~45면에 작품의 원문과 번역이 있다.
6) 『베트남문학전집』 1, 255면.
7) 베트남 불교사에 대한 간결한 소개로 이와모또 유따까 외, 홍사성 옮김 『동남아 불교사』 (반야샘 1987) 247~300면이 있다.
8) 속명은 매직(梅直)이다.

句)가 특히 널리 알려져 있다. 여기서는 원조가 남긴 선구와 만각의 「임종게(臨終偈)」를 차례로 살펴보기로 한다.

『선원집영』에 따르면 원조는 베트남 선종 무언통파(無言通派)의 제7세 승려다. 「약사십이원문(藥師十二願文)」을 지어 임금께 올렸는데, 그 글이 사신을 통해 중국에 보내져 높은 평가를 받았다고 한다. 또 다른 작품인 「참도현결」은 한 승려와 문답한 내용을 적은 글인데, 원조의 대답은 선구(시구)로 되어 있다. 실제로 한 부분을 보기로 한다. "부처와 성인이란 무엇인가"[9] "견성성불(見性成佛)이 무슨 뜻인가"[10] 하는 물음에 원조는 각각 다음과 같은 시구로 대답하고 있다. 물음은 종교상의 의문이자 철학의 문제라면 시구는 문학적 표현이다.

| | |
|---|---|
| 籬下重陽菊 | 울타리 아래엔 중양절(重陽節) 국화요, |
| 枝頭淑氣鶯 | 가지 끝엔 따스한 봄날 꾀꼬리로다. |

| | |
|---|---|
| 枯木逢春花競發 | 봄이 되자 고목에 꽃이 다투어 피어나고, |
| 風吹千里馥神香 | 바람 불자 천리에 신묘한 향기 퍼지는구나.[11] |

자연경물을 노래한 시구라면 뜻이 분명하지만 부처가 무엇이고 견성성불이 어떤 경지인가 묻는 물음에 대한 대답으로는 무척 모호하다. 이러한 모호함은 철학적 개념, 종교적 경지를 산문이 아닌 시로, 직설이 아닌 메타포로 표현한 데서 기인한다. 언어의 방편적 가능성만 인정하는 선종에서는 직설보다는 메타포의 개방성을 선호하는데, 원조는 그러한 선종 고유의 글쓰기

---

9) 원문은 "佛之與聖 其義云何"이다.

10) 원문은 "見性成佛 其義云何"이다.

11) 원문은 『베트남문학전집』2에 영인되어 수록된 『선원집영』을 이용한다. 본문에 인용된 부분은 197면·201~202면에 있다. Duy Phi 외 편 『Thơ Văn Đời Lý(李代詩文)』(Hà Nội: Nxb Văn Hóa Thông Tin 1998) 120~126면에도 「참도현결」 원문이 실려 있다.

방식을 체득하여 구사하고 있다. 이러한 글쓰기 방식은 훗날 진나라 태종(太宗, 1218~1277)의 『과허록(課虛錄)』(2권)의 일부를 이루는 「어록문답문하(語錄問答門下)」나 혜충(慧忠, 1230~1291)의 『상사어록(上士語錄)』의 「대기(對機)」로 계승되고 있음을 본다.12)

만각의 임종게인 「고질시중(告疾示衆)」은 이조시대 불가 한시를 대표하는 작품으로 손꼽힌다.

| | |
|---|---|
| 春去百花落 | 봄이 가면 온갖 꽃이 지고, |
| 春到百花開 | 봄이 오면 온갖 꽃이 핀다. |
| 事逐眼前過 | 세상일은 눈앞을 지나가고, |
| 老從頭上來 | 늙음은 머리 위로부터 온다. |
| 莫謂春殘花落盡 | 봄이 가고 꽃은 다 졌다고 말하지 말지니, |
| 庭前昨夜一枝梅 | 어젯밤 뜰 앞에 매화 한 가지 새로 피었도다.13) |

임종게이니 만각이 입적한 해인 1096년에 쓰인 작품이다. 몇몇 시어를 반복하면서 5언과 7언을 섞어 쓰고 있다. 각 행의 마지막 시어가 '지다[落]-피다[開]-지나가다[過]-오다[來]'로 되어 있는 5언 4행은 자연과 삶이 무상(無常)하다는 이치를 말하고 있다. 계절이 바뀌듯이 한 세상 살다가 늙어 죽는 것은 어길 수 없는 이치라고 한다. 그런 것을 윤회의 이치라고 한다면 중생인 한 그런 이치에서 벗어날 수가 없다.

하지만 7언으로 된 뒤의 2행에서는 그러한 이치를 뒤집는 진술을 하고 있다. 봄이 다 가고 꽃도 다 진 것처럼 보였지만 어젯밤 새로 매화 한 가지가 피었다고 했다. 어젯밤 새로 핀 매화는 아마도 무상한 변화를 넘어서 상주

---

12) Viện Văn học 『Thơ Văn Lý Trần(李陳詩文)』 II(Hà Nội: Nxb Khoa Học Xã Hội 1988) 103~104면에 '어록문답문하」, 302~309면에 '대기」가 수록되어 있다.
13) 이 작품은 『선원집영』에 실려 있다. 『베트남문학전집』 2, 218~219면에 원문이 있다.

(常住)하는 진여(眞如)를 상징하는 시어일 것이다. 또는 작자 자신의 깨달음을 상징하는 시어라고 보아도 좋을 것이다. 윤회에서 벗어나지 못하는 것이 중생이지만 윤회의 굴레에서 해방되어 여여(如如)한 진실과 하나가 되는 차원 높은 경지에 이를 수 있다는 뜻을 제자들에게 전해주고 싶었을 것이다.14)

베트남 여성문학사를 쓴다면 첫머리를 장식할 작가, 작품은 아마도 이옥교(李玉嬌, 1041~1113)15)의 게송(偈頌) 「생로병사(生老病死)」16)와 여씨의란(黎氏倚蘭, ?~1117)의 게송 「색공(色空)」17)일 것이다. 이옥교는 이조 태종(太宗)의 아들 일중(日中)의 장녀이다. 성종(聖宗) 재위기에 궁중에서 자랐다. 남편 사후 출가하여 법명을 묘인(妙因, Diệu Nhân)이라고 했다. 『선원집영』에는 비니다류지파(比尼多流支派)의 제17세 법사(法嗣)로 올라 있다. 여씨의란은 성종의 비인 의란원비(倚蘭元妃)이다. 이들은 모두 황실(皇室)의 일원이라는 공통점이 있다. 아무래도 중세문학 초기에 한문을 익혀서 작품을 창작하고, 창작한 작품을 기록에 올려 전할 수 있었던 것은 최상층 여성이어야 가능한 일이었을 것이다.

진나라로 오면 불가 한시는 더욱 융성한다. 태종(太宗), 혜충, 인종, 현광(玄光, 1254~1334)이 앞뒤를 이어서 출현하여 중세시기 베트남 불교사상과 불가 한시의 높은 수준을 보여주었다. 그런데 이들은 파격적인 선시에서뿐만 아니라 정통한시의 영역에서도 역시 최고의 경지를 보여주었다.18)

---

14) 이 작품에 대한 상세한 작품론으로 Nguyễn Huệ Chi「Mãn Gíac Và Bài Thơ Thiền Nổi Tiếng Của Ông(만각과 그의 유명한 선시)」, 『베트남 중세문학 연구논문선』14~19면이 있다.

15) 정천구 옮김 『베트남 선사들의 이야기』 253~256면.

16) 「시적게(示寂偈)」라고 한다. 작품의 전문은 이렇다. "生老病死 自古常然 欲求出離 解縛添纏 迷之求佛 惑之求禪 禪佛不求 杜口無言" (『베트남문학전집』 1, 327면).

17) 작품의 전문은 이렇다. "色是空空卽色 空是色色卽空 色空俱不管 方得契眞宗" (『베트남문학전집』 1, 336면).

18) 조동일 『동아시아문학사 비교론』 353~363면에서 중세후기 동아시아 불교문학의 양상을 개관했다.

태종이 지은『과허록』은 현존하는 베트남 최고의 문헌이면서 베트남 불교사에서 중요한 자리를 점하고 있는 저술이다.[19] 책의 제목인 '과허록'은 허적(虛寂)한 도, 곧 불교의 이치를 깨치기 위해 필요한 가르침을 적은 글이라는 의미이다.『과허록』을 구성하고 있는 글의 성격은 무척 다채로워서 논설, 서발(序跋), 어록, 가송(歌頌) 등이 망라되어 있다.

  상권 후반부에 「염송게(拈頌偈)」가 나오는데 그중 한 대목을 보기로 한다. 방거사(龐居士)가 쓴 시구의 앞부분을 따서 참구(參究)할 문제로 제시하고 게송을 덧붙이고 있다.


  擧
  龐居士云　　　방거사 이르기를,
  此是選佛場　　"여기는 부처 뽑는 시험장이니,
  心空及第歸　　마음 비워 급제하여 돌아가노라"라고 했다.[20]
  拈
  鴈塔題名　　　급제하여 탑에 이름 새기려면,[21]
  不容曳白　　　백지 답안지 내서는 아니되리라.
  頌
  鶉衣百結草鞋穿　백번 기운 누더기에 구멍이 난 짚신 차림,
  選佛場中奪桂箋　부처 뽑는 시험장에서 종이를 빼앗으리라.
  若謂心空來應擧　만약 마음 비웠기에 시험 치러 왔노라 하면,
  不遭鞭撻也遭拳　채찍을 맞지 않으면 주먹으로 얻어맞으리라.[22]

---

19)『베트남문학전집』2의 말미에『태종황제어제과허(太宗皇帝御製課虛)』상·하권이 영인되어
  있다.『과허록』이 진(陳) 인종(仁宗)의 작품이라는 이설도 있다.『베트남문학사전』603면.
20) 방거사는 중국 당나라 때의 거사(居士) 방온(龐蘊, ?~808)이다. 그의 송(頌)은『벽암록(碧
  巖錄)』제42칙 '평창(評唱)'에 나온다. 전문을 들면, "十方同聚會 箇箇學無爲 此是選佛場
  心空及第歸"이다.
21) 중국 당나라 때 과거에 급제하여 새로 진사가 된 사람은 장안(長安) 자은사(慈恩寺) 경내
  에 있는 대안탑(大雁塔)의 돌 벽에 자신의 이름을 새겨넣은 풍습이 있었다고 한다.
22)『베트남문학전집』2, 권말 92~93면에 원문이 있다.

'거(擧)'는 참구할 문제, 곧 공안(公案)을 제기한다는 뜻이다. 「염송게」에는 이런 문제의 수(=ʻ擧ʼ의 수)가 총 43개이다.[23] '염(拈)'은 짤막하게 비평을 가하는 것이며 '송(頌)'은 문제(공안)에 대한 반응을 운문으로 표현한 것이다. '거' '염' '송'으로 이어지는 「염송게」의 글쓰기는 중국의 『벽암록』이나 『무문관(無門關)』, 한국의 『선문염송(禪門拈頌)』에 보이는 글쓰기 방식과 상통하는 것이다. 종교와 철학, 그리고 문학의 글쓰기가 구분되지 않고 하나로 융합되게 하는 선종(공안선) 고유의 방식을 베트남에서도 공유하고 있음을 확인하게 된다. 그리고 이러한 글쓰기 방식이 혜충의 「송고(頌古)」에서도 발견되는 것으로 보아 불교계에서 널리 수용되었음을 짐작할 수 있다.[24]

태종은 시집도 남겼다고 하는데 일실되었고 작품 두 수만이 전해지고 있다. 다음은 그중 하나인 「기청풍암승덕산(寄淸風庵僧德山)」이다.

> 風打松關月照庭  바람은 소나무 문을 두드리고 달은 뜰을 비추네,
> 心期風景共凄淸  마음과 풍경은 기약한 듯 한가지로 차고 맑구나.
> 箇中滋味無人識  그 속에 있는 참맛 아는 이 없어,
> 付與山僧樂到明  산승은 날이 새도록 저 혼자 즐긴다네.[25]

이 작품은 역대로 높은 평가를 받아왔다. 작품의 분위기는 한가롭고 넉넉하며 시어는 청아(淸雅)하다는 느낌을 준다.[26] 승려 덕산처럼 맑고 깨끗한

---

23) 『베트남문학전집』 2, 권말 68면을 보면, 「염송게」라는 소제목 아래에 "以下四十三章"이라고 부기되어 있다.

24) Viện Văn học 『Thơ Văn Lý Trần(李陳詩文)』 II(Hà Nội: Nxb Khoa Học Xã Hội 327~333면에 혜충의 「송고(頌古)」가 수록되어 있다. 「송고」는 '거(擧)' '사운(師云)' '송왈 (頌曰)'로 이어지는 방식이다.

25) 『이진시문』 II, 21면. 태종의 선학(禪學)에 대한 연구서로는 Nguyễn Đăng Thục 『Thiền Học Trần Thái Tông(陳 太宗의 禪學)』(Hà Nội: Nxb Văn Hóa Thông Tin 1996)이 있다.

26) 『역조헌장유지』 권43 '문적지'에서는 태종의 작품이 "시어가 청아하여 읊을 만하다(詩語 淸雅可誦)"고 평가하고 대표작으로 이 작품을 인용하고 있다.

마음으로 밤이 새도록 물아일체의 흥취를 맛보는 것을 이상적인 경지라고 표현하고 있다. 이런 작품에서 동아시아 산수시의 보편적인 지향점을 확인하게 된다.

혜충은 출가하지 않고 거사로 있었지만 베트남 선종사에 심대한 영향을 끼친 인물이다.[27] 혜충의 작품세계는 매우 다채롭다. 선리(禪理)를 말한 작품이 있는가 하면 산수에 노니는 감흥을 노래한 작품도 있다. 『상사어록』을 구성하고 있는 「대기」와 「송고」는 선종 글쓰기의 한 전형이다. 그런가 하면 「불심가(佛心歌)」 「방광음(放狂吟)」 「추순음(抽脣吟)」을 지어 형식에 얽매이지 않고 자유롭게 노래하려는 지향을 보이기도 했다. 다음에 「방광음」의 전반부를 보인다.

| | |
|---|---|
| 天地眺望兮何茫茫 | 천지를 바라보노라, 어찌 그리도 아득한가! |
| 杖策優遊兮方外方 | 지팡이 짚고 한가로이 거니노라, 세상 밖에서! |
| 或高高兮雲之山 | 때로는 높고 높아 구름 속에 든 산에 오르고, |
| 或深深兮水之洋 | 때로는 물 깊고 깊은 바다에 이르노라. |
| 饑則喰兮和羅飯 | 배고프면 바리때의 밥을 먹고, |
| 困則眠兮何有鄕 | 피곤하면 아무것도 없는 고을에서 잠잔다. |
| 興時吹兮無孔笛 | 흥이 일 때면 구멍 없는 피리를 불고, |
| 靜處焚兮解脫香 | 고요한 곳에서는 해탈향을 피운다. |
| 倦小憩兮歡喜地 | 힘이 들면 환희지에서 잠시 쉬고, |
| 渴飽啜兮逍遙湯 | 목마르면 소요탕을 마신다.[28] |

---

27) 혜충은 속명이 진숭(陳嵩)이다. 무언통파 소요선사(逍遙禪師)의 법을 이었고, 진나라 인종에게 법을 전했다.

28) 『이진시문』 II, 278면에 원문이 있다. 조동일 『동아시아문학사 비교론』 359면에서는 혜충의 「강호자적(江湖自適)」을, 361면에서는 「방광음」을 살폈다. 「강호자적」은 산수를 찾는 감흥을 표현한 작품의 예로 「방광음」은 선시의 예로 들었다.

제목에 있는 말인 '방광(放狂)'은 이치에 벗어난 짓을 함부로 한다는 뜻이다. 작품은 제목 그대로 어디에도 매이지 않는 정신의 자유로움을 구가하고 있다. 불교경전이나 도가경전에 나오는 말을 활용하면서 비상(飛翔)과 초월(超越)의 경지를 형상화했다.29)

진나라 제3대 황제 인종은 정통한시의 영역과 선시의 영역 양쪽에서 모두 뛰어난 작품을 남겼다. 인종은 대몽항쟁(對蒙抗爭) 시기에 제위에 있으면서 원나라의 침입을 성공적으로 물리쳤다. 전쟁 후 원나라와의 화의가 성립되자 1293년 아들 영종(英宗)에게 양위하고 출가하여 불도(佛道)에 전념하면서 임제종(臨濟宗) 계통의 죽림파(竹林派)라는 새로운 선종 종파를 개창했다.

다음과 같은 게송은 인종의 선풍이 어떠했는지를 알려준다.

居塵樂道且隨緣　　속세에 살며 도를 즐김 또한 인연에 따르는 것,
飢卽飧兮困卽眠　　배고프면 밥 먹고 피곤하면 잠자면 그뿐이지.
家中有寶休尋覓　　집 안에 보배가 있으니 밖으로 찾지 말 일,
對鏡無心莫問禪　　거울 앞에서 무심하니 선일랑은 묻지도 마라.30)

「거진낙도부(居塵樂道賦)」의 말미에 붙어 있는 게송이다. 첫줄에서 '거진낙도(居塵樂道)'라고 한 말로 시의 전체상을 요약하기에 충분하다. '거진낙도'가 인연을 따르는 것이니 바깥세계에 대한 시비선악(是非善惡)의 분별을 버리고 괴로움이나 즐거움마저도 생각하지 않는다. 무아(無我)이기에 조건에 따라 주어지는 괴로움과 즐거움에 얽매일 필요가 없다. 배고프면 밥 먹고 피

---

29) '하유향(何有鄕)'은 아마도 『장자』「소요유(逍遙遊)」에서 말한바, '무하유지향(無何有之鄕)'일 것이다. 이상향(理想鄕)을 뜻한다. '환희지(歡喜地)'는 보살이 수행과정에서 거치는 열 가지 단계[十地]의 하나이다. '소요탕(逍遙湯)'은 오욕(五慾)에 대한 애착, 곧 갈애(渴愛)를 풀어주는 탕제를 비유한 말인 듯하다.
30) 『이진시문』 II, 504면.

곤하면 잠자는 생활이 바로 인연에 따르는 생활 그 자체다. 집 안에 보배가 있다는 말은 진여(眞如)가 본래 내 안에 구유(具有)되어 있다는 말이다. 따라서 밖에서 구하려는 노력은 전도(顚倒)된 것이다. 인연을 좇아 평상(平常)에 충실한 무심(無心)의 경지에 이르고 보면 선이란 이렇다저렇다 말할 것도 없다고 했다.

「거진낙도부」이외에도 「등보대산(登寶臺山)」「월(月)」「천장만망(天長晚望)」[31], 「천장부(天長府)」같은 작품이 대표작으로 손꼽히며 전체적으로 '광일청아(曠逸淸雅)'하다는 평가를 받는다.[32] '광일'은 호탕하고 초연(超然)하다는 말이며, '청아'는 맑고 우아하다는 말이다. 「월」이나 「천장만망」을 보면 그런 평가가 그릇되지 않음을 알게 된다. 두 작품을 차례로 보인다.

半牕燈影滿床書　반쯤 열린 창으로 새어나오는 불빛, 상에는 책이 한가득  
露滴秋庭夜氣虛　이슬은 가을날 뜰에 방울지고 밤기운이 허(虛)하구나.  
睡起砧聲無覓處　어디선가 들려오는 다듬이 소리에 잠깨어 일어나니,  
木樨花上月來初　물푸레나무 꽃 위로 달이 막 돋는구나.[33]

村後村前淡似煙　마을 앞뒤로 안개가 내린 듯 어슴푸레하니,  
半無半有夕陽邊　저편 석양은 있는 듯도 없는 듯도 하구나.  
牧童笛裡歸牛盡　목동 피리 소리에 소는 모두 돌아오고,  
白鷺雙雙飛下田　백로는 쌍쌍이 밭에 내려앉는구나.[34]

위쪽의 「월」은 선종 승려로서 도달한 맑고 밝은 정신적 경지를 '돋는 달'에 빗대어서 표현했다고 볼 수도 있겠고, 나라가 태평하고 백성이 살기가 평

---

31) '천장(天長)'은 행궁(行宮)이 있던 곳이다.
32) 『歷朝憲章類誌』 '文籍誌' 31b~32a면.
33) 『황월시선』 권지일.
34) 『황월시선』 권지일.

안하다는 뜻을 말한다고 볼 수도 있겠다. 아래의 「천장만망」은 저물녘의 한가로운 농촌풍경을 노래한 전원시 작품이라고 할 수 있는가 하면 원나라의 침입을 물리치고 얻은 베트남의 평화를 구가한 작품이라고 볼 수도 있다. 인종이 선시의 영역은 물론 정통한시의 영역에서도 우뚝한 자리에 있다는 것을 이들 작품을 통해 확인할 수 있다.

시승(詩僧) 가운데 기억해두어야 할 인물이 현광이다. 현광의 본명은 이도재(李道載)이며 인종, 법라(法螺, 1284~1330)의 뒤를 이어 베트남 선종 죽림파의 제3조가 된 인물이다. 어려서부터 문학적 소양이 풍부하다는 칭송을 받았고 스물한 살 때 회시(會試)에 장원해 벼슬길에 올랐다. 하지만 얼마 있지 않아 출가해 승려가 되었다. 출가하고도 문학적 재능이 뛰어난 승려로서 유학자들의 존중을 받았다. 시집으로는 『옥편집(玉鞭集)』이 있었다고 하지만 오래전에 일실되었고 지금은 20여수의 작품이 전할 뿐이다. 그중 「국화(菊花)」와 「범주(泛舟)」가 높은 평가를 받아왔다. 「국화」는 연작시인데, 그중 한 수를 보기로 한다.

> 忘身忘世已都忘　몸도 잊고 세상도 잊고 모두 다 잊고서,
> 坐久蕭然一榻涼　오래도록 오롯이 앉아 있노라니 선탑이 서늘하구나.
> 歲晚山中無曆日　한 해가 저물어가는 산중에 달력은 없지만,
> 菊花開處卽重陽　국화가 핀 걸 보니 중양절(重陽節)이겠지.35)

'탑(榻)'은 '선탑(禪榻)'으로 참선할 때 앉는 의자다. '중양(重陽)'은 음력 9월 9일이다. 세상의 온갖 화려한 꽃들이 다 지고 난 다음에 피는 국화의 고아(古雅)함이 돋보이듯이 모든 것을 잊을 때 드러나는 경지가 있다는 말을 하고자 함인 듯하다.

---

35) 『이진시문』 II, 700면. 연작시 여섯 수 가운데 세번째 작품이다. 이 작품은 『역조헌장유지』 '문적지'나 『견문소록』에도 수록되어 있다.

다음은 「범주」이다.

小艇乘風泛渺茫　　바람 타고 아득한 바다에 작은 배 띄우니,
山靑水綠又秋光　　산과 물 푸르른 중에 가을빛이 들었구나.
數聲漁笛蘆花外　　어부들 피리 소리 갈대꽃 너머로 들려오고,
月落波心江滿霜　　물결 한가운데로 달빛 내리고 강에는 서리가 가득.36)

　가을경치를 완상하는 한가로움 속에서 화자의 여유 있고 소탈한 삶의 모
습이 보이는 듯하다.37) 과거에 급제한 문인의 시라는 점만 생각한다면 선종
의 이치를 굳이 떠올리지 않고도 충분히 미감을 느낄 수 있다. 이 작품에서
처럼 자연에서 느끼는 한가로운 정취를 공교롭게 표현하는 데 유가문인들이
점차 분발하게 된다. 불가 한시는 문학적 재능이 가장 탁월한 시승을 만나서
정점에 이르렀지만 곧 주도권을 유가문인들에게 넘겨주게 된다.
　여조(黎朝)에 들어서 유학이 주도권을 확실히 장악하게 되면서 불교문학
은 크게 쇠퇴하게 되었다. 근래에 나온 연구서를 보아도 여조 이후의 승려
가운데 한시를 남긴 작가로 주목할 만한 경우로는 향해(香海, 1628~1715)를
꼽는 정도다.38) 여귀돈은 향해선사를 높이 평가해서 『견문소록』에 40수가
넘는 작품을 수록하고 있다. 그 가운데 한 작품을 보자.

悟心容易息心難　　마음 깨치기는 쉬워도 마음 쉬게 하기는 어려우니,
息得心源到處閑　　마음의 근원 쉬게 하면 어디서나 한가롭다.
斗轉星移天欲曉　　북두성 돌고 별자리 옮겨 날이 밝으려는데,
白雲依舊覆靑山　　흰구름은 여전히 청산을 덮고 있구나.39)

---

36) 『이진시문』 II, 694면.
37) 『역조헌장유지』 '문적지' 40b면에서는 현광의 시세계가 '표쇄(飄灑)'하다고 평했다.
38) Nguyễn Phạm Hùng 『Thơ Thiền Việt Nam(베트남 선시)』, Hà Nội: Nxb Đại Học
　Quốc Gia 1998.

문득 닥쳐오는 깨달음 자체보다 깨달음을 삶에서 녹여내어 진정한 한가로 움을 누리는 것이 더 윗길이라고 했다. 청산을 덮고 있는 흰구름은 마음을 쉬지 못하게 하는 장애를 비유한 말이라고 생각된다. 선가(禪家)에서 청산과 흰구름으로 이(理)와 사(事), 체(體)와 용(用)을 비유하는 경우를 흔히 본다.

## 2) 정통한시의 정착과 발전

### (1) 자주적 기상의 한시

이조(李朝) 전 시기에 걸쳐서 불가 한시가 우월한 지위를 차지한 가운데[40] 정통한시 영역이 점차로 성장해갔다. 정통한시는 외침에 맞서는 투쟁 과정에서 자주적 기상을 드높이는 역할을 감당했다. 전쟁의 승리를 구가하고 전승지에서 승리를 기억하는 작품이 많이 창작되었다. 베트남은 '지령(地靈)'하고 '인걸(人傑)'이 잇달아 배출된 것이 또한 자랑이라고 노래했다.

베트남의 국토가 신성하고 탁월한 인재가 수없이 배출되었다는 작가의식은[41] 베트남의 산수미를 재발견하고 역사와 문화에 대한 자부심을 표명하는 작품 창작으로 이어졌다. 고양된 민족의식과 자주적 기상은 정통한시를 근본적으로 혁신하기에 이르렀다. 한시의 제재와 기풍의 변화를 이끈 것은 불교 밖의 문인들이었다는 점에서 시풍의 변화는 문학담당층의 교체를 보여주는 것이기도 하다. 이와 같은 일련의 변화에 대응할 수 없었던 불가 한시는

---

39) Đàm Duy Tạo 옮김 『Kiến Văn Tiểu Lục(견문소록)』 2, Bộ Quốc Gia Giáo Dục Xuất Bản 1964, 285면.

40) 『황월시선』 권지이에서 '이조제가(李朝諸家)', 곧 이조시대 시인으로 거명된 사람은 다섯이다. 그중 만행(萬行), 공로(空路), 만각(滿覺), 오인(悟印) 네 사람은 승려다. 나머지 한 사람은 단문흠(段文欽)인데 거사(居士)였으며 『황월시선』에 수록된 작품은 「만광지선사(挽廣智禪師)」이다. 결국 다섯 사람 모두 불가의 인물인 셈이다. 한편 『황월시선』 권지일에는 이조 태종(太宗)과 인종(仁宗)의 작품이 각각 한 수씩 실려 있는데 모두 승려를 기리는 내용이다.

41) Đinh Gia Khánh 주편 『Văn Học Việt Nam (thế kỷ X-nửa đầu thế kỷ XVIII)(10세기~18세기 전반까지의 베트남문학)』 95면.

활력을 잃고 점차 밀려나게 되었다.

자주적 기상을 표출한 한시의 남상(濫觴)은 다름 아니라 「남국산하(南國山河)」로 알려진 작품이다. 작가가 누구인가에 대해서는 다소 엇갈린 견해가 있기는 하지만 대체적으로 이상걸(李常傑, 1019~1105)이 지은 것으로 인정하고 있다.

南國山河南帝居　　남국의 산하에는 남제가 거한다고,
截然定分在天書　　절연히 정해진 분수가 천서에 있도다.
如何逆虜來侵犯　　어찌하여 역로는 우리 땅을 침범하는가,
汝等行看取敗虛　　너희들은 참담한 패배를 맛보고야 말 것이다.[42]

이상걸은 1077년 송군(宋軍)을 공격하기 전날 밤 이 작품을 지어서 병사들에게 부르게 했다고 한다. 하늘에 태양이 둘이 있을 수 없듯이 땅에는 황제가 둘이 있을 수 없다는 흔한 주장을 완전히 부정했다.[43] 남국(南國)과 북국(北國), 남제(南帝)와 북제(北帝)가 대등하다고 천명하면서, 남과 북은 우열이 없는 지리적 개념이므로 베트남은 중국과 대등하고 독자적인 권역을 가지고 있다는 뜻을 말했다.

13세기 후반에서 15세기 초반에 걸치는 기간, 곧 진나라 초반에서 여조의 건국에 이르는 시기에 베트남은 원나라의 침입을 격퇴하고, 20년에 걸친 명나라의 지배를 종식시키기 위한 전쟁을 승리로 이끌었다. 13세기 후반의 대몽항쟁 시기에 「남국산하」의 자주적 기상을 계승하는 작품들이 잇달았다. 진광계(陳光啓, 1241~1294)는 태종(太宗)의 둘째아들인데, 그의 「종가환경사(從駕還京師)」는 베트남의 '민족영웅가'라고 한다.[44]

---

42) 『베트남문학전집』 1, 247면.
43) Lê Bảo 외 『Giảng Văn Văn Học Việt Nam(베트남문학 강독)』, Hà Nội: Nxb Giáo Dục 1998, 143면.
44) Nguyễn Q. Thắng · Nguyễn Bá Thế 『Từ Điển Nhân Vật Lịch Sử Việt Nam(베트남

奪矟章陽渡　장양도에서 창을 빼앗고,
拎胡馘子關　함자관에서 오랑캐를 눌렀도다.
太平當致力　태평을 이루도록 온힘을 다해,
萬古此江山　이 강산 만년토록 보존하리라.[45)]

　원나라의 제2차 침입에 맞선 진나라 군대는 1285년 함자관에서 원나라 사도(唆都)의 선단(船團)을 격파한다. 이어서 진광계가 이끄는 선단은 장양도에 잠입하여 원군의 각 선단을 공격한다. 크게 승리한 진나라 군대는 결국 수도 승룡(昇龍, 지금의 하노이)을 탈환한다. 진광계가 승리의 깃발을 올리고 음식을 베풀어 군사들을 위로하는 자리에서 위의 작품을 지었다고 한다.[46)] 작품은 짧지만 힘이 있다. 이러한 기상이 시문의 기풍을 바꾸어놓았다.
　원나라의 제3차 침입 때 백등강(白藤江)에서 벌인 전투에서 진국준(陳國峻, 1226~1300, 일명 陳興道)이 이끈 베트남군은 대몽항쟁기 최고의 승리를 거둔다. 일찍이 오권(吳權)이 남한(南漢)의 군대를 물리칠 때 사용했던 방법을 다시 써서, 강에 말뚝을 박아놓고 만조 때 적의 전함을 유인했다가 간조 때 공격하여 대승을 거두었다.[47)] 1288년의 일이며 이후로 백등강은 민족적 자부심의 원천이 되었다.
　백등강을 비롯한 전승지를 작품의 소재로 삼아서 민족의 항쟁과 승리를 기억하고 민족사가 단절될 수 없다는 의지를 드러내는 작품이 다수 창작되었다. 장한초(張漢超, ?~1354)의 「백등강부(白藤江賦)」, 진나라 명종(明宗,

<hr>

역사인물사전)』, Hà Nội: Nxb Văn Hóa 1997, 882면.
45) 『황월시선』 권지이; 『이진시문』 II, 424면. 이 작품은 『월남망국사(越南亡國史)』에도 인용되어 있다.
46) 『대월사기전서』 본기(本紀) 권2, 인종(仁宗) 7년(1285) 4월, 5월 조에서 함자관, 장양도 싸움의 경과를 서술하고 있다. 또한 같은 해 6월 6일 기사에 진광계의 작품이 다음과 같이 인용되어 있다. "奪矟章揚渡 擒胡馘子關 太平須致力 萬古舊江山"(『校合本 大越史記全書』(上), 361면).
47) 유인선 『베트남의 역사』 150면.

1300~1357)의 「백등강(白藤江)」, 완채(阮廌, 1380~1442)의 「백등해구(白藤海口)」는 물론 진류(陳蒌)의 「과함자관(過鹹子關)」이 명편의 대열에 낄 만한 작품이다. 명종은 석양이 비치는 백등강 강물을 보면서 전쟁으로 흘린 피가 마르지 않은 듯하다고 했다.[48] 또한 완채는 "산의 굽이굽이에서 악어를 베고 고래를 쪼겠으며, 언덕의 층층에서 창을 떨어뜨리게 하고 쌍지창을 꺾었도다"[49]라고 전쟁의 승리를 기억했다.

15세기 대명항쟁을 이끈 무장(武將) 등용(鄧容, ?~1413/1414?)의 칠언율시 「감회(感懷)」는 대명항쟁문학의 절창으로 꼽히는 작품이다.

| | |
|---|---|
| 世事悠悠奈老何 | 세상사 아득하건만 이 몸 늙었으니 어이하리요? |
| 無窮天地入酣歌 | 무궁한 천지에서 취해 노래 부르노라. |
| 時來屠釣成功易 | 시운이 도래하면 백정과 낚시꾼도 성공하기 쉬우나, |
| 事去英雄飲恨多 | 일이 그릇되면 영웅도 한을 머금는 경우가 많도다. |
| 致主有懷扶地軸 | 임금을 도와 지축을 떠받치려 했건만, |
| 洗兵無路挽天河 | 은하수 끌어다가 병기를 씻을 길 없구나. |
| 國讐未報頭先白 | 나라의 원수를 갚기도 전에 머리가 먼저 희어졌으나, |
| 幾度龍泉帶月磨 | 달빛 받으며 몇 번이고 용천검(龍泉劍)을 가노라.[50] |

'백정[屠]'과 '낚시꾼[釣]'은 한나라 고조를 도운 번쾌(樊噲)와 한신(韓信)을 각각 가리킨다. 두 사람은 개백정 노릇이나 하고 낚시나 하면서 지내다 때를 만나 건국의 공신이 되었다. 은하수를 끌어다가 병기를 씻는다는 말은 두보(杜甫)의 시에 나오는 표현이다.[51] 용천검은 옛적 명검의 이름이다.

---

48) "江水亭涵殘日影 錯疑戰血未曾乾" (『황월시선』 권지일).
49) "鰐斷鯨剷山曲曲 伐沉戟折岸層層" (조동일 해설, 지준모 옮김 『베트남 최고시인 阮廌』, 지식산업사 1992, 111면 참조).
50) 『황월시선』 권지이.
51) "安得壯士挽天河 淨洗甲兵長不用" (「洗兵馬」).

등용은 명나라 군대와 100여 차례나 맞서 싸우다가 끝내 포로가 되어 중국에 압송되었는데, 도중에 강물에 투신해서 자결했다고 전해진다.[52] 작가의 영웅적 투쟁과 비극적 최후가 작품을 대하는 독자로 하여금 비감에 젖게한다. 이자진(李子晋, 1378~1454)은 이 작품이 호걸지사(豪傑之士)가 아니라면 능히 창작할 수 없다고 높이 평가했다.[53]

자주적 기상을 드날린다고 해서 고립주의 노선을 고집한 것은 아니었다. 자주적 기상을 떨치는 일과 문명의 동질성을 공유하는 일이 모순되지 않는다고 생각했다. 한시는 중국과의 외교관계에서도 아주 중요한 역할을 담당했다. 중국 사신과 창화(唱和)하는 것은 외교 석상에서 불가결한 일이었다. 13~14세기에 걸친 시기에 인종, 영종(英宗, 1276~1320), 명종이 원나라 사신을 맞이한 기회에 지은 작품이 전하는가 하면 범사맹(范師孟, 14세기)이 명나라 사신에게 준 작품도 10편이 넘게 전하고 있다. 전쟁을 승리로 이끈 인종은 상국(上國)의 은혜가 크고 소방(小邦)은 풍속이 경박하다고 하면서도[54] 중국의 황제라고 한다면 남북을 가리지 말고 고루 사랑해야 하며 덕을 베풀어야 한다는 뜻을 표현했다.[55] 문명의 중심에서 줄곧 해오던 말을 문명의 중심에 되돌리고 있다고 할 만하다. 범사맹은 명나라가 들어서서 유학의 가르침에 따라 통치를 한다니 먼 나라에서도 기뻐한다고 했다.[56] 국내적으로는 자주적 기상을 떨치는 작품을 쓰면서 대외적으로는 문명의 동질성을 회복하고자 했다고 말할 수 있다.

---

52) 유인선 『베트남의 역사』 170~171면에 등용의 대명항쟁 활동이 서술되어 있다.
53) "李子晋批評 非豪傑之士不能"(『황월시선』 권지이).
54) "上國恩深情易感 小邦俗薄禮多慚"(「送北使郝合喬元朗」, 1301년 작이다. 『이진시문』 II, 478면).
55) "乾坤兼愛無南北"(「贈北使李思衍」, 1288년 작이다. 『이진시문』 II, 474면); "一視同仁 天子德"('和喬元朗韻」, 1301년 작으로 보인다. 『이진시문』 II, 477면).
56) "中國方今用儒治 遐方共喜聖恩覃"(「和大明使余貴」 其一, 『이진시문』 III, 117면).

(2) 사대부 한시의 방향설정

진나라 시기에 불가 한시는 인종, 법라, 현광으로 이어지는 죽림과 삼조(三祖)에서 정점에 달했다가 곧바로 하강세로 접어들었다. 반면 정치권력을 장악하고 있던 왕공·귀족이나 유학을 익혀 과거에 합격하여 점차 진출하고 있던 유가문인들이 한시 창작에 힘을 기울였다. 진나라 후반기에 접어들면서 과거제가 정비되어 진출의 길이 열려 있었고, 원나라와의 교섭중에 활약함으로써 상승의 기회를 잡은 유가문인들이 서서히 불교 승려를 대신하여 지식층을 형성하고 한시 창작에서도 두드러지는 역할을 하게 되었다.[57]

왕공·귀족이나 유가문인의 한시에서는 역시 산수시가 제일 큰 비중을 차지한다.[58] 한편에서는 벼슬길에서 물러나 산수간에 은거하여 한가로이 시를 읊조리는 풍조가 나타났다. 다른 한편에서는 유학을 익힌 유가문인들이 전원생활의 한정(閑情)과 세상사에 대한 근심을 결합시킨 독특한 작품세계를 창출했다. 민족의식이 고양되어 신령스러운['地靈'] 베트남의 산수를 재발견하게 되고, 유가문인의 성장과 더불어 산수미에 철학적 깊이와 우세의식(憂世意識)이 더해지는 변화가 나타났다고 파악할 수 있다.

진광조(陳光朝, 1282~1325)는 진국준의 친손자이자 영종의 큰처남이다. 벼슬에서 물러나 벽동암(碧洞庵)을 짓고 문사들을 불러다 시를 음영(吟詠)했다고 한다. 참여한 문인으로는 완창(阮昶), 완충언(阮忠彦), 완억(阮億) 같은 사람이 있다.[59] 이 모임을 벽동시사(碧洞詩社)라고 부르며 시사로는 가장 이른 시기에 성립된 것으로 보고 있다.[60] 퇴처(退處)하여 동료 문인들과 더

---

57) 유인선『베트남의 역사』143~151면.
58) 진나라 성종(聖宗)의 「하경(夏景)」, 인종의 「천장만망」 「춘효(春曉)」 같은 작품이 제왕이 창작한 산수시를 대표한다.
59) 『이진시문』 II, 608면에 열거되어 있다. 완창의 「촌거(村居)」, 완충언의 「귀흥(歸興)」 같은 작품은 산수시의 가품(佳品)으로 꼽는다.
60) 于在照『越南文學史』29면; 『이진시문』 II, 608면; "嘗卜居瓊林碧洞庵 招文士吟咏" (『황월시선』); 『역조헌장유지』 '문적지' 39a~39b면에 비슷한 기록이 있다. 『베트남문

불어 시문을 창화하는 풍습이 14세기에 이렇게 자리 잡아 가고 있었다.

　이곳에서는 진광조의 작품과, 진광조와 특히 가까워 시사의 중심인물이었던 것으로 보이는 완억[61]의 작품을 한 편씩 보기로 한다. 진광조의 작품으로는 「가림사(嘉林寺)」와 「주중독작(舟中獨酌)」이 『황월시선』에 선발되어 있다. 그 가운데 「가림사」를 보기로 한다.

| | |
|---|---|
| 心灰蝸角夢 | 부질없이 명리(名利)를 좇는 꿈에서 깨어, |
| 步履到禪堂 | 발걸음을 옮겨 선당에 이르렀네. |
| 春晚花容薄 | 저물어가는 봄날 꽃 빛은 옅어지고, |
| 林幽蟬韻長 | 깊은 숲 매미 울음소리가 길구나. |
| 雨收天一碧 | 비 개이자 푸른 하늘 드러나고, |
| 池淨月分凉 | 맑은 못으로 서늘한 달빛 드리운다. |
| 客去僧無語 | 손님이 간대도 스님은 말이 없고, |
| 松花滿地香 | 송화 향기만 온 땅에 가득하구나.[62] |

　'선당(禪堂)'은 좌선(坐禪)하는 곳이다. 절에 다녀오는 길이 정신을 맑게 하는 여정이라고 암시하고 있다. 공을 들인 경물 묘사가 정신적인 경지를 함축함으로써 맑으면서도 탈속적인 품격의 작품이 되었다. 벽동시사의 시인들이 추구하는 작품세계도 이에서 그리 멀지 않았을 것이다.

　다음은 완억의 작품 「춘일촌거(春日村居)」이다.

---

학전집』 3A에서는 벽동시사 시인들의 작품을 따로 구분해놓고 있다.
61) 완억이 남긴 작품 가운데 「중양전일일도국당구거유감(重陽前一日到菊堂舊居有感)」「송국당주인정자나(送菊堂主人征刺那)」「서회봉정국당주인(書懷奉呈菊堂主人)」「만사도공(輓司徒公)」「편집국당유고감작(編集菊堂遺稿感作)」 같은 작품은 진광조와 직접 관련되는 작품이다. '국당'은 진광조의 호이고 '사도공' 또한 진광조를 가리킨다. 만시를 짓고 유고집을 편집할 정도로 두 사람이 가까웠음을 알 수 있다.
62) 『황월시선』 권지이.

| | |
|---|---|
| 竹徑陰陰草色萋 | 대나무 길은 어둑어둑 풀은 더북더북, |
| 柴門深鎖晝烟迷 | 사립문 닫힌 깊은 곳에서 낮 연기 피어오른다. |
| 枝頭花重蜂鬚粉 | 가지 끝에 꽃 다시 피니 벌은 꽃가루받이에 열중이고, |
| 簾額芹香燕子泥 | 주렴 너머 제비 집에서는 미나리 향기가 나는구나. |
| 課僕運筒澆藥圃 | 하인에게 일러 대롱을 들고 약초밭에 물을 대게 하고, |
| 呼兒牽犢試春犂 | 아이를 불러 소를 끌고 봄갈이를 하게 하네. |
| 傍人說着爲宦好 | 옆에서는 나가서 관리 노릇 잘해보라고들 하지만, |
| 懶惰無心報醜妻 | 천성이 게을러 아내에게 보답할 생각이 없다네.63) |

이 작품을 보면 당나라 두보의 작품 「당성(堂成)」의 영향이 분명히 감지된다.64) 하지만 베트남의 농촌 경물을 묘사하고 자신의 농촌생활이 어떠한지 말하고 있는 점은 이 작품의 독자적인 면모라고 할 수 있다. 미련(尾聯)을 보면 완억 역시 진출(進出)보다는 퇴처(退處) 쪽을 택하겠다고 말하고 있다. 다만 물적 기반이 넉넉한 귀족의 한가로움은 향유하고 있지만 땀 흘려 일하는 농민의 삶에 다가가려는 뜻은 없다는 느낌을 지우기 어렵다.

막정지(莫挺之, 1280~1350)는 영종 때인 1304년 과거에 장원으로 급제한다. 두 차례 원나라에 사신으로 다녀왔는데, 뛰어난 문재(文才)로 명망이 높았다.65) 『황월시선』에는 오언율시 두 편이 선발되었다.

완충언은 열두 살에 태학생(太學生)이 되었고, 막정지가 장원한 1304년 과거에서 황갑(黃甲)으로 급제한 인물이다. 『황월시선』에는 범사맹과 더불어 진나라 때 시인 가운데 가장 많은 12수가 선발되었다. 반휘주(潘輝注, 1782~1840)는 『역조헌장유지』에서 그의 시는 '호매청일(豪邁淸逸)'하여 '두릉(杜陵)의 기격(氣格)'이 있다고 평했다.66) '두릉'은 다름아니라 당나라 두

---

63) 『이진시문』 III, 46면.
64) 특히 「당성」의 미련(尾聯) "旁人錯比揚雄宅 懶惰無心作解嘲"를 보면 영향관계가 분명하다.
65) "使元 以文藻見重" (『황월시선』 권지이).

보를 가리킨다.

역대 한시비평가들은 진나라의 시 가운데 당시(唐詩)와 방불한 걸작이 적지 않다고 한다. 그런 평가를 받는 작품으로는 우선 성종의 「하경(夏景)」 「행안방부(幸安邦府)」, 명종의 「백등강」이 있다.[67] 하지만 그중 가장 고평을 받아온 것은 완충언의 작품이다. 중국 사행길에 지은 작품 가운데 수작(秀作)이 많으며 절구가 특히 오묘해서 성당(盛唐)에 뒤지지 않는다고 한다.[68] 그만큼 완충언에 이르는 동안 베트남에서 한시를 쓰는 수준이 높아졌다는 뜻이 되겠다. 다음에 칠언절구 「북사초도노강(北使初渡瀘江)」과 「즉사(卽事)」를 차례로 들어본다.

叨持使節出京華　외람되이 사절을 지니고 서울을 떠나서,
駐馬孤亭日未斜　외딴 정자에 말을 멈추니 날은 아직 저물지 않았구나.
別酒一盃分客興　이별주 한 잔으로 나그네의 회포를 나누고 나니,
瀘江東畔卽天涯　노강 동쪽이 바로 하늘 끝이로구나.[69]

舍南舍北竹編籬　집 남북으로 대나무 울타리를 둘러두었네,
紅蓼花開野燕飛　여뀌 꽃 붉게 피고 들에는 제비가 나는구나.
蠻酒一樽春睡足　남녘의 술 한 동이에 한동안 봄잠 들었다가,
覺來山月照柴扉　깨어보니 산 위의 달이 사립문을 비추는구나.[70]

'사절(使節)'은 사신의 부절(符節)이다. '노강(瀘江)'은 베트남 북부를 흐르는 강이며 홍하(紅河)와 합쳐진다. 이 두 작품을 보면 '청아완려(淸雅婉

---

66) "大抵豪邁淸逸 有杜陵氣格" (『歷朝憲章類誌』 '文籍誌' 36a면).
67) 『歷朝憲章類誌』 '文籍誌' 31a면·33b면.
68) "絶句尤妙 不遜盛唐" (『歷朝憲章類誌』 '文籍誌' 36b면).
69) 『황월시선』 권지이. 이 작품은 『역조헌장유지』 '문적지' 36b면의 「초도노수(初渡瀘水)」 같은 작품이다. 다만 몇군데 시어가 다르다.
70) 『歷朝憲章類誌』 '文籍誌' 37a면.

麗)'하다는 평71)이 그릇되지 않음을 느낄 수 있다. 한편 사행길에 지은 작품 「귀흥(歸興)」을 보면 당나라 융욱(戎昱)과 이백(李白)의 시를 점화(點化)하고 있다.72) 당시의 영향권에 깊숙이 들어서서 당시의 시학을 내면화하고 있음을 알 수 있다.

주안(朱安, 1292~1370)73)은 베트남 초기 유학사를 대표하는 인물로서 '베트남의 유종(儒宗)'이라고 추앙받아왔다.74) 일찍이 도학(道學)으로 이름이 높아 명종(明宗, 재위 1314~1323)이 등용해 국자감사업(國子監司業)에 임명하고 태자 교육을 담당하게 한다. 유종(裕宗, 재위 1341~1369)이 왕위에 오르자 국정을 농단하는 일곱 권신을 참(斬)할 것을 주장하는 상소, 이른바 「칠참소(七斬疏)」를 올린다.75) 자신의 뜻이 받아들여지지 않자 벼슬을 버리고 지령산(至靈山)에 은거하고 호를 초은(樵隱)이라고 했다. 관직을 내려도 끝내 받지 않았고 세상을 떠나자 나라에서 문정공(文貞公)이라는 시호(諡號)를 내리고 문묘(文廟)에 배향하게 한다.76)

주안에 대한 후세 사람의 평가는 그가 세상에 나아가 명리를 쫓지 않고 유학의 도리를 실천하려 한 견결(堅決)한 유학자였다는 데로 모아진다. 그는 자신의 뜻이 받아들여지지 않자 벼슬을 버리고 은거함으로써 진퇴(進退)를 분명히 하는 유학자의 모범을 보였다. 열두 편가량의 시가 전해지고 있는데 지령산에 은거한 이후에 나온 작품이 가장 큰 비중을 차지한다고 추측된다.

다음은 「청량강(淸凉江)」이라는 작품이다. 청량강은 하이 즈엉(Hải Dương)

---

71) 『歷朝憲章類誌』 '文籍誌' 37a~37b면.
72) '귀흥」의 전문을 들면, "老桑葉落蠶方盡 早稻花香蟹正肥 見說在家貧亦好 江南誰樂不如歸"이다. 이 작품은 융욱의 "遠客歸去來 在家貧亦好"와 이백의 "錦城雖云樂 不如早歸家"를 각각 점화하고 있다 (『황월시선』 권지이).
73) 주문안(朱文安)으로 된 곳도 있다.
74) 『校合本 大越史記全書』(上), 440~441면에서 주안을 "我越儒宗"이라고 했다.
75) "裕宗逸豫 怠于政 權臣多不法 安諫不聽 乃上疏乞斬佞臣七人 皆權幸者 時人號七斬疏" (『校合本 大越史記全書』(上), 440면).
76) 『황월시선』 권지이.

성의 히엡 선(Hiệp Sơn) 현과 찌 린(Chí Linh) 현 접경을 흐른다.

> 山腰一抹夕陽橫　산허리에는 한 줄기 석양이 내리고,
> 兩兩魚舟伴岸行　짝을 이룬 고깃배는 언덕을 따라 줄지어 있네.
> 獨立淸涼江上望　홀로 청량강 강가에 서서 바라보노라니,
> 寒風颯颯嫩潮生　쌀쌀한 찬바람에 잔물결 이네.[77]

　아래 두 줄에서 화자의 고독감이 뚝뚝 묻어 나오고 있다. 고독과 우울이
야말로 앞선 시기 시인들에게서는 찾기 힘들고 주안의 시에 와서야 만나게
되는 독특한 정서이다.[78] 이 작품에 나오는 '독립(獨立)'을 위시해서 여타
작품에 보이는 '고촌(孤村)' '적막(寂寞)' '공산(空山)'과 같은 시어가 그러한
정감을 직접적으로 드러내준다.

　또 다른 작품 「별지(鱉池)」에서는 "물고기는 옛 연못에서 놀건만 용은 어
디로 갔는가" 하고 묻고, "구름만 가득한 빈산에 학은 돌아오지 않는다"고
탄식했다. '용'과 '학'으로 임금을, '물고기'와 '구름'으로 정치를 어지럽히는
무리를 상징했다고 해석해볼 수 있다.[79] 또 "마음속에 품은 뜻은 아직 재처
럼 식지 않았다" 하고 "선황(先皇)의 소식을 들을 때마다 남몰래 눈물을 닦
는다"고 연군(戀君)의 심정을 토로했다.[80] 이처럼 주안이 느끼는 쓸쓸함과
적막감, 고독과 우울은 마음과 세상사가 서로 어긋나기 때문에 생기는 감정
이다. 은거하고 있으면서도 세상사를 염려하는 마음을 떨치지 못하고 있는

---

77) 『황월시선』 권지이.
78) Băng Thanh・Ngọc Lan 「Chu Văn An-Con Người Và Thơ(주문안－인간과 시)」, 『베
　트남 중세문학 연구논문선』 38면에서도 같은 견해를 발견할 수 있다.
79) Lê Thước 외 『Hoàng Việt Thi Văn Tuyển(皇越詩文選)』 I(Hà Nội: Nxb Văn Hóa
　1957) 82면에서 이미 지적한 바이다.
80) 작품 전문은 다음과 같다. "水月橋邊弄夕暉 荷花荷葉靜相依 魚游古沼龍何在 雲滿空山
　鶴不歸 老桂隨風香石路 嫩苔著水沒松扉 寸心殊未如灰土 聞說先皇淚暗揮"(『황월시선』
　권지이). '별지'는 지령현 봉황산(鳳凰山)에 있는 연못이다.

160

유학자의 전형적인 면모를 주안에게서 발견하게 된다.

주안의 문인(門人)인 여괄(黎括)과 범사맹(范師孟)은 당대에 '여범(黎范)'으로 병칭될 정도로 이름이 높았다.[81] 두 사람 모두 과거에 급제해 벼슬길에 올랐다. 여괄은 유학을 숭상하고 이단(불교)을 물리치는 데 앞장서서 명유(名儒)라는 평가를 받았다.[82] 범사맹은 시를 잘 써서 진나라 후기의 대가로 평가된다. 완충언과 마찬가지로 『황월시선』에 12수가 수록되었다. 범사맹은 사행길에 지은 시와 명나라 사신에게 화답한 시가 주목을 받아왔다. 『역조헌장유지』에서는 다음에 볼 「화대명사제이하역(和大明使題珥河驛)」을 위시해 「북사과소상(北使過瀟湘)」 「등황학루주필시원인(登黃鶴樓走筆示元人)」 같은 작품을 인용하고 평했다.[83]

다음은 「화대명사제이하역」이다.

| | |
|---|---|
| 新朝使者樂從容[84] | 새 조정에서 오신 사자분 차분하고 여유롭게, |
| 江上春風試倚筇 | 지팡이 짚고서 강물 위로 불어오는 봄바람 받고 있네. |
| 玉珥寒光浸廣野 | 옥 같은 이하(珥河)의 차가운 기운은 광야에 스며들고, |
| 傘圓霽色照昇龍 | 비 개인 뒤 산원산(傘圓山)의 산색은 승룡성(昇龍城)을 비추네. |
| 文郎城古山重疊 | 그 옛날 문랑성에는 산이 첩첩하고, |
| 翁仲祠深雲淡濃 | 깊숙한 곳 옹중사에는 구름이 옅기도 짙기도. |
| 醉墨淋漓題驛壁 | 취중에 힘차게 써 내린 글씨는 역 벽에 남아 있고, |
| 清時[85]人物盛三雍 | 맑은 시절 인물들은 삼옹(三雍)[86]에 가득하네. |

---

81) "時稱黎范"(『황월시선』 권지이).
82) "崇正學 闢異端 爲時名儒"(『황월시선』 권지이).
83) 『歷朝憲章類誌』 '文籍誌' 38a~39a면.
84) 여귀돈이 편찬한 『전월시록(全越詩錄)』에 의거하면 이 작품은 '화대명사제이하역」 3수 가운데 셋째 수이다. 『전월시록』에는 '曰'이 '樂'으로 되어 있다(『베트남문학전집』 3A, 230면).
85) 『황월시선』 권지이에 따르면 '清時'가 '清朝'로 된 곳도 있다고 한다.
86) 『황월시선』 권지이.

'이하[珥]'는 지금의 홍강(紅江, sông Hồng)이다. '삼옹(三雍)'은 제왕이 의례(儀禮)를 거행하는 장소이다. 그런데 '옹(雍)'이 '화(和)'의 뜻을 가지고 있어서 천지(天地)·군신(君臣)·인민(人民)이 화합하고 있다는 것을 암시한다고 한다.[87] '청시(淸時)'와 '삼옹' 모두 베트남의 정치가 안정되어 성세를 누리고 있다는 자부심을 표현한 말로 볼 수 있다.

위의 작품에서 엿볼 수 있듯이 범사맹의 시풍은 초매(超邁)하고 호방(豪放)한 특징이 있다.[88] 그러한 시풍은 북쪽 변방에 군사를 이끌고 총병(總兵)으로 파견되어갔을 때[89] 지은 작품에서 특히 선명하다. 『황월시선』에 선발된 「지릉동(支稜洞)」 같은 작품은 양강진(諒江鎭) 경략(經略)이 되었을 시절의 작품인데[90], 역시 호방한 풍격을 과시하고 있다. 같은 시기에 창작된 것으로 보이는 「관북(關北)」 「산무(山務)」 「광랑도중(桄榔道中)」 같은 작품들을 묶어서 변새시(邊塞詩)라 부르는데, 범사맹은 베트남문학사사에서 변새시의 전범을 세운 작가라고 평가하기도 한다.[91]

진원단(陳元旦, 1325~1390)은 왕족 출신으로 진광계의 증손이다. 일찍부터 벼슬길에 올랐고 양일례(楊日禮)의 난을 진압하는 데 공을 세운다. 호계리(胡季犛, 1336~1407) 집안과 통혼(通婚)한 사이였는데, 호계리가 정권을 농단함에도 불구하고 막아낼 힘이 없었던 그는 창부(昌符) 연간(1377~1388)에 사직하고 곤산(崑山)으로 은거한다. 외손(外孫) 완채는 「곤산가(崑山歌)」를 지어 진원단의 퇴거(退居)를 찬미했다.[92]

---

87) '삼옹'은 한나라 때의 벽옹(辟雍), 명당(明堂), 영대(靈臺)의 총칭이다. "(…) 雍, 和也, 言 天地君臣人民皆和也" (한어대사전편집위원회 편 『漢語大詞典』 1, 上海: 漢語大詞典出版 社 1990, 241면 '三雍' 조).

88) "詩情超邁豪暢 爲晩陳名家" (『歷朝憲章類誌』 '文籍誌' 38a면. 필자 소장본은 복사상태 가 좋지 않아서 판독하기 어려운 글자가 있는데 자형과 문맥을 고려해서 옮겨 적었다).

89) "忝總兵權登將壇 朔方有事敢辭難" ('諒山道中」, 『베트남문학전집』 3A, 222면).

90) "盖爲諒江鎭經畧時作" (『황월시선』 권지이).

91) 于在照 『越南文學史』 27~28면. 변새시라고 언급된 작품들은 『베트남문학전집』 3A에 수록되어 있다.

진원단은 백성을 위한다는 마음을 품고 그릇된 세태를 비판하는 뜻을 시에 담았다. 다음은 「임인년유월작(壬寅年六月作)」이다. 임인년은 1362년이다.

年來夏旱又秋霖　몇 년째 여름 가뭄이 들고 또 가을장마가 들어,
禾熇苗傷害轉深　벼가 타고 싹이 상해 피해가 갈수록 심해지고 있구나.
三萬卷書無用處　삼만 권의 책이 쓸데없으니,
白頭空負愛民心　늙은 이 몸 부질없이 백성 아끼는 마음 져버렸구나.93)

전란과 정치적 격변을 겪은 유가문인들이 애민의식을 가지게 되었고, 그런 의식이 시로 표현된 것이 이 작품이라고 하겠다. 다른 작품에서는 성군(聖君)이 되도록 임금을 보필하지도 못하고,94) 끓는 솥 속에 든 물고기처럼 힘들게 살아가는95) 백성들을 어쩌지 못하는 자신의 무력함을 개탄하고 있다. 점진적으로 형성되어가던 애민시의 전통이 진원단에 이르러 확고해지고 15세기의 완비경,96) 완채로 계승되었다고 볼 수 있다. 진원단의 작품을 완억의 작품 「춘일촌거」와 비교해보면, 작품의 정조와 지향점이 확연히 다르다는 것을 금세 느낄 수 있다.

진나라 말엽에 세태를 비판하는 풍자시를 남겨서 주목받은 사람이 주당영(朱唐英)이다. 두 편의 제화시를 남기고 있는데 「제당명황욕마도(題唐明皇

---

92) "皆贊美元旦退居之辭也"(『歷朝憲章類誌』 '文籍誌' 35a~35b면).
93) 『황월시선』 권지이. 『역조헌장유지』 '문적지' 34b면을 따라 둘째 줄의 '稿'를 '熇'로 고쳤다.
94) 「제현천관(題玄天觀)」에서 "白日升天易 致君堯舜難 塵埃六十載 回首怪黃冠"이라고 탄식했다(『황월시선』 권지이).
95) 「야귀주중작(夜歸舟中作)」에 "萬國民生沸鼎魚"라는 구절이 있다(『황월시선』 권지이).
96) 완비경이 진원단의 애민정신을 높이 평가하고 있다는 사실은 「원일상병호상공(元日上冰壺相公)」에서 잘 드러난다. 완비경은 "祝頌豈私門下士 拳拳只爲愛斯民"이라고 진원단을 기리고 있다(『베트남문학전집』 3A, 506면). 진원단의 호가 '빙호'다.

浴馬圖)」가 풍자시 작품으로 꼽힌다.

> 玉花夜照絶權奇　옥화총(玉花驄)과 조야백(照夜白)은 참으로 잘 달리는 말
> 浴罷牽來近赤墀　목욕 마치고 붉은 섬돌 근처로 끌고 오네.
> 若使愛人如愛馬　만일 백성을 말 아끼듯 아꼈다면,
> 蒼生安得有瘡痍97)　어째서 백성들이 아파했겠는가.98)

제목에 있는 '명황(明皇)'은 당나라 현종(玄宗)이다. 작품 본문의 '옥화총(玉花驄)' '조야백(照夜白)'은 현종이 아끼던 명마의 이름이다. '권기(權奇)'는 뛰어난 말이 잘 달리는 모습을 형용하는 말이다. 말을 아끼는 만큼 백성을 아꼈다면 안사(安史)의 난과 같은 혼란은 없었을 것이고 백성들 또한 편안했을 것이라고 한다. 중국 당나라 때 일을 말하면서 베트남 진나라 말기의 혼란한 상황을 풍자하려는 뜻이 분명하다.99)

완비경(阮飛卿, 1356?~1429?)은 진원단의 사위이자 완채의 아버지 되는 사람이다. 1374년 과거에 방안(榜眼)으로 급제했지만 한족(寒族)이 황족과 결혼했다 하여 관직에 등용되지 않았다. 호(胡) 왕조가 들어선 1401년에야 비로소 등용된다. 후에 명나라 군대가 침입했을 때 포로가 되어100) 중국에 끌려가서 죽는다. 19세기에 와서 그때까지 여기저기에 흩어져 전하던 시 77편과 문 2편이 수습되어 그의 아들 완채의 시문집 『억재유집(抑齋遺集)』에 부록으로 실리게 된다.101) 벼슬에 오르지 못하고 낙향해 있던 시절의 쓸쓸한

---

97) '安得有' 대신 '何有至'로 된 곳도 있다(『황월시선』 권지이).
98) 『황월시선』 권지이.
99) 베트남 풍자문학은 완사고(阮士固, ?~1312)의 한시작품에 기원을 두고 있다고 한다(『베트남문학사전』 405면; Vũ Ngọc Khánh 편 『Thơ Văn Trào Phúng Việt Nam, Từ Thế Kỷ 13 Đến 1945(베트남 풍자시문, 13세기에서 1945년까지)』, Hà Nội: Nxb Văn Học 1974, 44~46면.
100) 호계리, 호한창(胡漢蒼) 부자가 명나라 군대에게 포로로 잡혀 압송된 해인 1407년의 일로 보인다.

심경을 담은 작품, 촌가(村家)의 한가로운 정취를 담은 작품, 중국에 잡혀 가 있으면서 느낀 근심을 토로한 작품102) 등 일생에 걸쳐 지은 작품들이 전해 지고 있다.

「촌가취(村家趣)」라는 작품에서는 전원생활의 한적함을 이렇게 표현하고 있다.

| 抱籬竹樹萬條槍 | 울타리를 둘러싼 대나무 빽빽한데, |
|---|---|
| 草屋弓餘古寺傍 | 좁다란 초가가 오래된 절 옆에 있다네. |
| 過雨池塘蛙語聒 | 비 개인 후라 연못에는 개구리 시끄럽게 울고, |
| 落花庭院燕泥香 | 꽃 진 뜰에는 제비 집 향내가 나는구나. |
| 閑情湛湛春醪足 | 맑고 한가로운 정취 속에서 봄술 흡족히 마시니, |
| 世路茫茫午睡長 | 세상살이는 아득해도 낮잠은 길기만 하구나. |
| 醒後出門携僕去 | 잠 깨어 일어나 종을 데리고 문을 나서서, |
| 逢人只向說農桑 | 사람을 만나면 그저 농사 이야기나 나눈다네.103) |

'한정(閑情)'과 '세로(世路)'를 대구로 안배한 것을 확대 해석해서, 과거에 급제하고도 벼슬하지 못하고 낙향했을 때의 작품이라고 보아도 좋을 듯하 다. 한가로운 정취를 즐긴다고 말하고 있지만 세상살이에 대한 관심을 애써 감추고 있다는 느낌을 준다. 「가원락(家園樂)」에서는 유거(幽居)를 이루어 한가로이 지내면서 천 가지 세상 근심을 잊는다고 했다.104) 또 「춘한(春寒)」 이라는 작품에서는 풀무가 바람을 일으키듯이 온 나라 백성들 마음에 따스

---

101) 『베트남문학사전』 401면.
102) 조동일 해설, 지준모 옮김 『베트남 최고시인 阮廌』 33~35면에서 살핀 「추일효기유감
    (秋日曉起有感)」 같은 작품이다.
103) Hoàng Khôi 옮김 『Ức Trai Tập(抑齋集)』 상(1, 2, 3권)(Sài Gòn: Phủ Quốc Vụ Khanh
    Đặc Trách Văn Hóa Xuất Bản 1971) 245면에 현대 활자로 된 원문이, 권말의 C-14b~
    C-15a면에 영인된 원문이 있다.
104) 조동일 해설, 지준모 옮김 『베트남 최고시인 阮廌』 32~33면.

한 바람을 불어주고 싶다고 하고,[105] 「추일견흥(秋日遣興)」에서는 세태를 염려하기에 한가로운 가운데 근심이 커서 술을 마시게 된다고 한 것을 보면[106] 촌가에서 느끼는 한가로운 정취와 세상사에 대한 근심을 응축시키는 데서 독자적인 작품세계를 이룩했다고 말할 수 있겠다. 이런 점에서 완비경은 바로 주안의 계승자라고 볼 수 있다.

### (3) 완채(阮廌)의 시대

여조의 건국에 이르기까지 15세기 초반의 베트남은 무척 혼란스러웠다. 호계리가 정권을 잡은 데 이어서 명나라의 침입을 받았다. 1407년부터 1427년까지 명나라 지배가 이어지면서 대명 독립투쟁이 전개되었다. 이렇게 격변기였던 15세기 초반의 주도적 문학담당층은 사대부였다. 하지만 그 성격이 단일하지 않아서 은거한 그룹도 있고 무력투쟁과 새 왕조 건설에 적극적으로 참여한 그룹도 있었다. 이자구(李子構), 무몽원(武夢原), 완욱(阮旭), 완시중(阮時中) 같은 사람이 은거한 쪽이다. 완채, 완몽순(阮夢荀), 두공선(陶公僎), 이자진(李子晋, 1378~1454), 완천석(阮天錫) 같은 이들은 무력투쟁에 적극적으로 참여했고, 반부선(潘孚先), 진순유(陳舜俞), 여소영(黎少穎), 정청(程淸), 완부선(阮浮先), 배금호(裴扲虎) 같은 이들은 명나라 세력을 축출한 다음 새 왕조에 적극 참여했다.

이자구는 원래 벼슬에 뜻을 두고 태학생(太學生)이 되었지만 호(胡)씨 정권에서 벼슬을 그만둔다. 명나라에서 관직을 내렸지만 받지 않았을뿐더러 여조 초기에 완몽순이 극력 천거했음에도 불구하고 끝내 사양하고 출사(出仕)하지 않았다. 은거를 택하여 지조를 지켰다 하여 추앙받았다.[107] 은거의

---

105) "安得此身同槖籥 和風噓遍九州心" (Hoàng Khôi 옮김 『Ức Trai Tập(억재집)』 상, C-6a면).
106) "世態任他執扇專 閑愁勸我酒杯空" (Hoàng Khôi 옮김 『Ức Trai Tập(억재집)』 상, C-4a면). 『이진시문』 III, 395면에는 '환선박(紈扇薄)'으로 되어 있다.
107) "淸風高節 一時推重" (『황월시선』 권지삼).

뜻을 표현한 작품이 다음에 볼·「술지(述志)」이다.

> 不林不市不公侯　숲에서도 살지 않고 저자에서도 살지 않으며 공후도
> 　　　　　　　　꿈꾸지 않고,
> 不學蘇秦只弊裘　소진의 말솜씨 배우지 않고 그저 해진 갖옷이나 있으면
> 　　　　　　　　그만.
> 風月長供詩社興　풍월은 오랫동안 시회(詩會)의 흥을 돋워주고,
> 江山正作醉鄕遊　강산은 바로 취흥에 겨워 거니는 곳이라네.
> 平生未改桑君硯　평생토록 상군의 벼루를 고치지 않고
> 到處聊爲王粲樓　가는 곳마다 왕찬의 「등루부(登樓賦)」를 읊는다네.
> 縱使世人多噂沓　비록 세상사람들이 수군거린다고 해도,
> 也應無怒到虛舟　또한 빈 배가 부딪힌 듯 성내지 않으리라.108)

　전고(典故)가 다양하게 구사되고 있다. '소진(蘇秦)'은 중국 전국시대(戰國
時代)의 유세가로, 이른바 합종책(合縱策)을 주장했다. '상군(桑君)'은 중국
오대(五代) 때 진(晉)나라의 상유한(桑維翰)이다. 쇠벼루를 만들어 그 벼루가
닳아 없어지지 않는 한 학업을 포기하지 않겠다고 다짐했다고 한다.109) 삼
국시대 위(魏)나라 사람 왕찬의 「등루부」에는, "경치가 참으로 좋다마는 내
고향이 아닐세, 어찌 잠시나마 머물겠는가(雖信美而非吾土兮　曾何足以少
留)"라는 구절이 있다. '허주(虛舟)'는 『장자』 외편(外篇) 「산목(山木)」에 나
오는 말이다. 배로 강을 건너는데 빈 배 하나가 떠내려오다가 부딪치면, 아
무도 타고 있지 않기 때문에 화를 내지 않지만 만일 누가 타고 있다면 소리
치고 화를 냈을 것이라고 한다.

　헛된 이름이 나는 것을 극히 꺼리고, 고향의 산수간에서 나를 비우고 살

---

108) 『황월시선』 권지삼.
109) 여기서 철연미천(鐵硯未穿)이라는 말이 유래했는데, 뜻을 굳게 하여 하던 일을 바꾸지
　　않는다는 의미다.

겠노라는 뜻을 말하고 있다. 강산풍월(江山風月) 속에서 시를 읊으며 취흥이 도도해져 거닐면서 인생이라는 강을 건넌다는 삶의 자세를 바꾸지 않겠다는 다짐이기도 하다. 진나라 후기부터 점차 형성되어온 처사문학(處士文學)을 계승하는 자리에 있다고 할 수 있다.

완채는 당대 최고의 정치가요 전략가이며 유학자인 동시에 시인이었다. 호는 억재(抑齋)라고 한다. 완비경의 아들이니 진원단의 외손자가 된다. 1400년 호씨 정권하에서 과거에 급제하여 관직에 오른다. 훗날 태조(太祖) 여리(黎利)를 도와 대명항쟁과 여조 건국에 혁혁한 공을 세운다. 하지만 말년에 황제[太宗] 시해사건에 연루되어 있다는 모함을 받아 삼족(三族)이 죽음을 당하는 비극적 최후를 맞고 만다.

완채의 작품은 여조 초기를 대표하는 작품으로 평가를 받는다. 「기우(奇友)」「우성(偶成)」「제안자산화연사(題安子山花煙寺)」「해구야박유감(海口夜泊有感)·1~2」, 「과신부해구(過神符海口)」 같은 작품이 지금껏 명편으로 회자되고 있다.

| | |
|---|---|
| 一別江湖數十年 | 한번 고향산천 이별한 지 수십 년이 흘러가고, |
| 海門今夕繫吟船 | 오늘 저녁 해문에서 시인의 배를 매었다. |
| 波心浩渺滄州月 | 바다는 넓고 아득한데 섬에는 달빛 가득하고, |
| 樹影參差浦漵煙 | 나무그림자는 높으락낮으락, 갯가에는 노을빛 서려 있다. |
| 往事難尋時易過 | 지난 일을 찾을 길 없으니 시간이 쉬 지나갔고, |
| 國恩未報老堪憐 | 나라사랑을 다하지 못한 터에 늙어 서글프기만 하다. |
| 平生獨抱先憂念 | 일평생을 홀로 먼저 걱정한다는 생각을 지녔기에, |
| 坐擁寒衾夜不眠 | 앉은 채 이불을 끼고 밤에 잠 못 이룬다.[110] |

110) Hoàng Khôi 옮김 『Ức Trai Tập(억재집)』 상, B-17b면. 조동일 해설, 지준모 옮김 『베트남 최고시인 阮鷹』 172~173면의 번역을 따랐다.

이 작품은 「해구야박유감·2」이다. 과거에 급제하여 출사하고, 명나라와 독립전쟁을 치르고 새로 들어선 왕조의 공신이 되기까지 30~40년의 세월이 흘러갔다.[111] 이제는 어느덧 노경에 접어들었지만 나라와 백성을 먼저 근심하는 마음, 이른바 선우후락(先憂後樂)하자는 마음은 평생을 지녀왔고 지금도 변함이 없다. 그 때문에 한가롭게 배를 띄우고 있으면서도 여전히 나랏일 걱정에 잠을 이루지 못한다. 이와 유사한 심리상태를 「해구야박유감·1」에서는 "임금과 어버이 생각에 한치 마음이 붉다"[112]고 했다. 이들 작품에는 사대부 문인으로서 사회적 책임을 다하고자 하는 마음가짐이 잘 표현되어 있다. 베트남사람들은 이러한 완채의 우국정신과 책임감을 높이 평가해서 고금의 시선집에 이들 작품을 선발해놓고 있다.

세간사에 능통해서 관직에 있는 것은 아니라는 점을 누차 고백하면서도,[113] "사방을 향한 큰 뜻 평생에 지녔으니, 이 행로에서 어찌 우리 백성 잃는 것을 모른 체하리"[114]라고 출사하는 이유를 말했다. 관직에 있으면서는 "백성은 물과 같아 배를 엎어 버리는 일도 하고, 요새를 의지한다 해도 운명은 하늘에 있는 법"[115]임을 명심해야 한다고 되뇌었다.

> 幽齋睡起獨沉吟　　그윽한 집에 자고 일어나서 홀로 노래 흥얼거리니,
> 案上香消淨客心　　서안(書案) 위의 향은 다 타고 나그네의 마음은 말갛다.

---

111) 완채가 과거에 급제하여 출사한 것은 1400년의 일이다. 명나라와의 전쟁이 끝난 다음 여조가 선 것이 1428년이며 완채가 사직하고 곤산으로 물러난 것은 1439년이다. Nguyễn Hữu Sơn 편 『Nguyễn Trãi, Về Tác Gia Và Tác Phẩm(완채, 작가와 작품)』, Hà Nội: Nxb Giáo Dục 1999, 38면.

112) "君親在念寸心丹" (Hoàng Khôi 옮김 『Ức Trai Tập(억재집)』 상, B-17a~B-17b면).

113) "平生迂闊眞吾病" (Hoàng Khôi 옮김 「偶成」, 『Ức Trai Tập(억재집)』 상, B-20b면).

114) "四方壯志平生有 此法寧辭我僕痛" (Hoàng Khôi 옮김 「舟中偶成」(3), 『Ức Trai Tập(억재집)』 상, B-11b면).

115) "覆舟始信民猶水 恃險難憑命在天" (Hoàng Khôi 옮김 「海關」, 『Ức Trai Tập(억재집)』 상, B-6b면).

靜裏乾坤驚萬變　고요 속에서 세계는 놀랍게도 만번이나 변했고,
閒中日月值千金　한가한 중에서도 시간은 천금이나 값진 것이다.
儒風冷淡時情薄　선비의 풍속이 냉담해지면 시속의 인정도 야박해지지만,
聖域優遊道味深　성인의 경지에 넘놀게 되면 도에 대한 음미는 깊어질
　　　　　　　　것이다.
讀罷羣書無箇事　여러 서적을 다 읽고 나니 별로 할 일이 없어,
老梅窓畔理瑤琴　늙은 매화나무 언저리에서 거문고 줄을 골라본다.116)

「추일우성(秋日偶成)」이라고 한 이 작품에서 보듯이 완채의 사유 골간은 유학이었다. 안으로는 "자신을 수양함에 다만 착한 일을 하는 것을 즐거움으로 알고"117) 살고자 한다는 말도 유학을 내면화하고서 하는 말이다. 하지만 유학의 도를 존재론이나 심성론의 측면에서 추구해 들어가지는 않았다. 철학적인 탐구를 치열하게 하는 전통이 부재할 뿐만 아니라 완채가 살면서 겪어야 하는 풍상이 그러한 여가를 더더욱 허락하지 않았다. 공맹(孔孟)의 가르침을 삶의 현장에서 실천하고자 고심한 데서 완채가 추구한 '유학의 사업'의 의미를 찾아야 한다.

　한편 세상에 나와 있으면서 늘 고향으로 돌아가기를 꿈꾸었다. 겪어야 하는 세상풍파가 거셀수록 평화롭고 한적한 고향 생각이 간절한 것은 당연한 일이다. "어느 때 구름이 서리는 산봉우리 아래에 집을 짓고서, 시냇물로 차 끓여 마시고 돌을 베개로 단잠 자려나"118)라고 노래하고, "멀리 고향 집에 피어 있을 세 가닥 소로의 국화를 생각하고는, 밤마다 꿈결에서 돌아가는 배에 오른다"119)고 노래했다.

---

116) Hoàng Khôi 옮김 『Ức Trai Tập(억재집)』 상, B-23a면. 조동일 해설, 지준모 옮김 『베트남 최고시인 阮廌』 204~205면.
117) "修己但知爲善惡" (Hoàng Khôi 옮김 '偶成」, 『Ức Trai Tập(억재집)』 상, B-20b면).
118) "何時結屋雲峯下 汲澗烹茶枕石眠" (Hoàng Khôi 옮김 「亂後到崑山感作」, 『Ức Trai Tập(억재집)』 상, B-10b면).
119) "緬想故園三徑菊 夢魂夜夜上歸舠" (Hoàng Khôi 옮김 「秋日偶成」, 『Ức Trai Tập(억

다음 작품 「즉흥(卽興)」은 귀향의 소망을 이루고 지은 듯한데, 한가로운 가운데 맛보는 참맛을 담담하게 그리고 있다.

攬翠亭東竹滿林　남취정 동쪽에는 가득한 대숲인데,
柴門晝掃淨陰陰　사립문 낮에 쓸고 나니 조용하고도 그늘 짙다.
雨餘山色淸詩眼　비 온 뒤 산 색채는 시를 생각하는 눈동자를 맑게 하고,
潦退江光淨俗心　장마 물러난 강물 빛깔은 저속한 마음을 깨끗이 한다.
戶外鳥啼知客至　문밖에 갑자기 새들이 재잘대니 손님 온 줄 알겠고,
庭邊木落識秋深　뜰 가에 우수수 나뭇잎 지니 가을 깊은 줄도 알겠다.
午窓睡醒渾無寐　낮 창에 잠을 깨니 정신은 씻은 듯하여,
隱几焚香理玉琴　책상 뒤에서 향을 사르며 아름다운 거문고 줄을
　　　　　　　　　고른다.[120]

완채의 작품이 지금까지 말한 제재나 풍격에 한정되지는 않는다. 신선세계에 대한 동경도 엿보이고[121] 불교적인 제재를 끌어다 쓰기도 했다. 호방함도 있고[122] 강건함도 있다.[123] 작품의 풍격에 주목해서 다음 작품 「제안자산화연사」를 한번 보기로 하자. 안자산은 꽝 닌(Quảng Ninh, 廣寧) 성 동찌에우(Đông Triều, 東潮) 현에 있는 산이다.

安山山上最高峯　안자산 산 위의 가장 높은 봉우리에,
纔五更初日正紅　새벽이 되자마자 햇빛은 바로 발갛게 뜨도다.
宇宙眼窮滄海外　우주를 보는 눈으로 창해 밖을 보니,

---

재집)』 상, B-18b면).
120) Hoàng Khôi 옮김 『Ức Trai Tập(억재집)』 상, B-22b면. 조동일 해설, 지준모 옮김 『베트남 최고시인 阮廌』 201~202면.
121) Hoàng Khôi 옮김 '夢山中」, 『Ức Trai Tập(억재집)』 상, B-2a~B-2b면.
122) Hoàng Khôi 옮김 '雲屯」, 『Ức Trai Tập(억재집)』 상, B-5b~B-6a면.
123) Hoàng Khôi 옮김 「賀捷」(1)~(4), 『Ức Trai Tập(억재집)』 상, B-12b~B-13b면.

| 笑談人在碧雲中 | 웃으며 이야기하는 사람은 푸른 구름 속에 있도다. |
|---|---|
| 擁門玉槊森千畝 | 대문을 둘러싼 옥 같은 대는 천 이랑 늘어섰고, |
| 掛石珠旒落半空 | 바위에 걸어둔 구슬 같은 샘은 반공에서 떨어지도다. |
| 仁廟當年遺跡在 | 인종(仁宗)이 당년에 끼친 자취 있어, |
| 白毫光裡覲重瞳 | 백호광명 빛나는 속에 순임금을 뵈오리다.124) |

화연사가 안자산의 높은 곳에 있어서 함련(頷聯)이나 경련(頸聯)과 같은 호방한 표현이 가능해졌다.125) 순임금은 눈동자가 이중으로 되어 있다고 해서 '중동(重瞳)'이라는 말이 생겼는데, 이곳에서는 인종을 가리키는 말로 쓰이고 있다. 진나라 인종이 이곳 화연사에 머물면서 죽림파 제1조가 된 사실을 떠올리고 한 말이다. 화자의 호방한 시상, 불교적 상상력, 역사적 의식이 교직되어 명편이 되었다.

완채는 사대부 문인이 보여줌직한 작품세계를 전형적으로 구현하고 있다고 말할 수 있다. 선우후락하고 수기(修己)에 힘쓰고 은거를 꿈꾸는 유학자의 자세를 온아한 어조로 담아놓아 기품이 있는 시세계를 보여주고 있다. 난해한 표현은 그렇게 즐겨 쓰지는 않았다. 완채의 작품은 온아충후(溫雅忠厚)하며 조어(措語)는 기격(氣格)을 숭상하여 조탁에 힘쓰지 않았다는 전통적인 평가는 이러한 점들을 종합한 말일 것이다.126)

완채와 비슷한 시기에 활약한 시인들이 적지 않았다. 이자진(李子晉,

---

124) Hoàng Khôi 옮김 『Ức Trai Tập(억재집)』 상, B-23b~B-24a면. 조동일 해설, 지준모 옮김 『베트남 최고시인 阮廌』 207~209면. 『황월시선』 권지삼에 "玉槊 竹也" "珠旒, 泉也"라는 주석이 덧붙어 있다.
125) 『억재유집』에서는 『봉역지(封域志)』를 인용하면서 화연사가 안자산 꼭대기에 있다고 했는데, 실은 그렇지 않고 안자산 중턱에 있다고 한다(Mai Quốc Liên 주편 『Nguyễn Trãi Toàn Tập Tân Biên(신편 완채전집)』 1, Hà Nội: Nxb Văn Học & Trung Tâm Nghiên Cứu Quốc Học 2001, 267면).
126) 『歷朝憲章類誌』 '文籍誌' 45b면. 한편 여귀돈(黎貴惇)은 "爲文章有氣格 詩多情致"(「編定全越詩集序」)라고 했다(Hoàng Khôi 옮김 『Ức Trai Tập(억재집)』 하, 855면에서 재인용).

1378~1454)은 1400년에 완채, 완몽순과 함께 나란히 과거에 합격했다. 그러나 호씨 정권하에서 벼슬하지는 않았다. 완몽순과 마찬가지로 여리(黎利)의 진영에 들어가 문서 작성을 담당했다. 남긴 작품 가운데는 만랑(蠻娘)의 이야기를 제재로 한 서사시 「기법운고불사적(記法雲古佛事跡)」[127] 같은 작품이 있는가 하면, 조정에 있으면서 권신 여찰(黎察)에 의해 많은 사람들이 희생당하는 것을 보고서 체념적인 어조로 운명에 순응하자는 뜻을 드러낸 「잡흥(雜興)」이나 「만흥(漫興)」 같은 작품도 있다.[128] 시어는 대체로 평담(平淡)하며 고의(古意)가 풍부하다는 평가를 받는다.[129]

완몽순(阮夢荀)은 143편의 한시와 41편의 부(賦)를 전하고 있다. 시와 부는 대명투쟁의 기상과 사대부의 절조(節操)를 표현했다고 평가된다.[130] 여소영(黎少穎)은 간결한 표현 속에 언외(言外)의 의취(意趣)가 느껴지는 작품이 사랑을 받아왔다.[131] 임금의 총애를 잃을까 염려하는 궁녀의 심정을 형상화한 「궁사(宮詞)」가 있어서 한번 볼 만하다. 궁사란 궁중의 세세한 일을 읊은 작품을 가리키는 명칭이다.

| | |
|---|---|
| 新花還向落花開 | 옛 꽃이 지기에 새 꽃이 피고, |
| 得寵原從失寵來 | 이 사람 총애를 잃기에 저 사람 총애를 얻네. |
| 未許君恩中道絶 | 임금의 사랑이 중간에 끊어지지 말라고, |
| 且將脂粉强挨排 | 연지분 들고 억지로 화장을 한다네.[132] |

---

127) 『베트남문학전집』 4, 481~482면. '만랑' 이야기는 『영남척괴』에 「만랑전(蠻娘傳)」으로도 기록되어 있다. 『베트남의 신화와 전설』 75~77면에 번역되어 있다.
128) "用舍信有命"(「雜興」), "何如樂道安天命 損益隨宜任取將"(「漫興」). 두 작품 모두 『황월시선』 권지삼에 수록되어 있다.
129) "詩語尙平淡 多古意"(『歷朝憲章類誌』 '文籍誌' 46b면).
130) Đinh Gia Khánh 주편 『Văn Học Việt Nam (thế kỷ X-nửa đầu thế kỷ XVIII)(10세기~18세기 전반까지의 베트남문학)』 186면.
131) 『황월시선』 권지삼에 실린 「예제산사(禮悌山寺)」 「산사(山寺)」 같은 작품이다.
132) 『황월시선』 권지삼.

완천석(阮天錫)은 1431년에 과거에 급제했다. 태종(太宗) 때 두 번 중국에
사신으로 다녀오기도 했다. 벼슬길이 순탄치만은 않아서 인종 때는 무고(誣
告)를 당해 낙직(落職)했다가 재기용된 일이 있고, 성종(聖宗) 때는 견책을 당
했다가 복직하기를 수차례 했다. 세상에 대한 염려나 근심이 시의 주된 정조
이다. 대표작으로 꼽히는 「모춘연주작(暮春演州作)」을 보기로 한다.

鷓鴣啼處綠陰多　　자고새 우는 곳에 녹음이 우거졌는데,
望斷行雲不見家　　가는 구름 저 너머에도 집은 보이지 않는구나.
叢棘三年霜鬚改　　가시덤불 삼 년에 살쩍이 허옇게 세었는데,
海門萬里客程賖　　해문 밖 만리길 나그네 여정은 멀기만 하구나.
宦情已似沾泥絮　　벼슬할 뜻은 이미 진흙에 붙은 버들개지 같고,
身事渾如落糞花　　이내 신세는 똥에 떨어진 꽃과 같구나.
早歲誤爲名所累　　어릴 적 그릇되이 명성을 쫓는 데 얽혀 들어,
東門羞殺邵平瓜　　동문에서 소평의 오이 보자니 몹시도 부끄럽구나.133)

　　함련의 '총극(叢棘)'은 가시나무를 둘러쳐 죄수를 가두는 곳이다. 아마도
견책당하고 있을 때의 심경을 시화한 듯하다. '점니서(沾泥絮)'는 진흙에 달
라붙은 버들가지로, 마음이 흔들리지 않음을 비유한다. 중국 진(秦)나라 사
람 소평은 나라가 망하자 은거해서 오이를 심어 내다 팔면서 생계를 꾸렸다
고 한다. 벼슬에 연연하는 자신의 욕망을 자조(自嘲)하면서 벼슬살이에 대한
환멸감을 드러내고 있어서, 여조 초기의 권력투쟁의 분위기가 감지된다.

　　(4) 관각문학과 그 주변
　　독립전쟁에서 승리하여 독립을 쟁취하고 안팎의 혼란을 수습하며 차츰 안
정을 찾아가자 얼마 지나지 않아서 태평한 시절이 도래했으니 이때가 성종

_____

133) 『황월시선』 권지삼. 마지막 줄에서 '紹平'이라 한 것은 본문과 같이 바로잡았다.

(聖宗, 1442~1497, 재위 1460~1497)의 치세였다. 성종은 제도를 정비하고 유학의 이념을 바탕으로 군주의 중앙집권체제를 강화했다. 남쪽과 서쪽을 정벌하여 영토를 넓혔는가 하면, 민족문화의 발전에도 깊은 관심을 보여 역사서를 편찬하게 하고 완채의 시문집을 비롯하여 민족문화의 유산을 정리하는 데도 힘을 기울였다. 군주가 문학창작을 선두에서 이끄는 점이 베트남문학사에서 보이는 두드러지는 특징인데,[134] 성종도 역시 문학에 재능이 있어서 조정의 신하들과 더불어 한시문과 쯔놈시를 창화했다. 여러 모로 보아 성종시대는 베트남 중세의 정점이라고 이를 만하다.[135]

문학 방면에서 성종시대가 특기할 만한 점은 홍덕소단(洪德騷壇)의 성립을 보았다는 사실이다.[136] 홍덕소단은 15세기 후반 성종의 주도로 궁중에서 성립되었다. 성종 25년(1494) 가을에 성종이 「경원구가(瓊苑九歌)」(칠언율시 9편)를 짓고, 이듬해까지 28명의 신하가 봉화(奉和)한 것을 합한 200여편을 묶어 『경원구가(瓊苑九歌)』라고 했다. 28명의 신하가 화운(和韻)했기에 이들을 '소단이십팔수(騷壇二十八宿)'라고 부르며 성종은 '소단도원수(騷壇都元帥)'를 자칭했다고 한다. 소단이십팔수 가운데서 신인충(申仁忠, 1418~1499), 두윤(杜潤, 1446~?), 도거(陶擧), 오륜(吳綸)을 대표적인 문인으로 꼽을 수 있다.[137] 성종은 신인충과 두윤을 '소단부원수(騷壇副元帥)'[138]라고 불렀다. 성종과 소단이십팔수가 홍덕소단의 구성원이다.

『경원구가』의 서문에서 성종은 선왕이 남긴 큰 법도를 생각하고, 삼가고

---

134) 于在照 『越南文學史』 59면.
135) 유인선 『베트남의 역사』 187~197면.
136) '홍덕소단'이라는 명칭은 필자가 붙였다. '소단이십팔수'나 '소단도원수'에서 보듯이 '소단(騷壇, Hội Tao Đàn)'이라는 말이 쓰이고 있다. 소단은 문단(文壇)이나 사단(詞壇)과 같은 뜻의 보통명사이므로 성종시대의 연호를 앞에 붙여서 '홍덕소단'으로 구별해서 일컫는 것이 좋겠다.
137) 『베트남문학전집』 5를 보면 봉화시를 남긴 사람으로는 오륜(吳綸), 완익손(阮益遜), 오침(吳忱), 완광필(阮光弼), 완손무(阮孫茂), 주훈(朱塤) 등이 있다.
138) "賜號騷壇副元帥" (『황월시선』 권지사).

조심하며 선왕을 잘 보필한 충성스러운 신하들을 생각하고 아홉 편의 시를 지었다고 했다.139) 아홉 편의 시 제목을 보면, 「백곡풍등협우가영(百穀豊登 協于歌詠)」 「군도(君道)」 「신절(臣節)」 「군명신량(君明臣良)」 「영현(英賢)」 「기기(奇氣)」 「서초희성(書草戲成)」 「문인(文人)」 「매화(梅花)」이다. 아홉 편의 취지를 보면, 첫머리에서는 기후가 순조로워 풍년이 든 것은 사람들의 노력으로 땅에서 이루어진 질서와 조화에 황천(皇天)이 감응한 결과라는 점을 암시했다. 이어서 임금과 신하는 마땅히 해야 할 도리를 다해야 한다고 권면(勸勉)했다. 마지막으로는 자연물의 순수하고 고결함을 노래함으로써 사람 또한 그러한 내면을 가져야 한다는 뜻을 함축했다.140) 홍덕소단의 구성원인 도거는 이들 작품을 평가하기를, 뜻이 높고 어기(語氣)는 웅혼(雄渾)하며 제왕으로서 권면하고자 하는 뜻이 차서 넘친다고 했다.141)

성종이 지은 「경원구가」 중 한 편을 보기로 한다. 첫번째 작품 「백곡풍등 협우가영」은 이렇다.

| | |
|---|---|
| 布德施仁信未能 | 덕과 인을 베푸는 데 진실로 능하지 못한데, |
| 皇天錫福屢豊登 | 황천께서 복을 내리사 여러 번 풍년이 들었다. |
| 堂堂端士簪纓貴 | 당당하고 곧은 선비는 관원으로 귀히 쓰고, |
| 瑣瑣頑夫法令繩 | 자잘하고 완고한 자는 법에 의해 다스린다. |
| 夏訓商型時監戒 | 하나라 상나라의 예법을 거울로 삼고, |
| 文模武烈日恢弘 | 문왕과 무왕의 지혜를 마음에 새기고자 한다. |

---

139) “乃奮思聖帝明王之大法 忠臣良弼之小心” (「御製瓊苑九歌詩集序」, 『베트남문학전집』 5, 665면); 『역조헌장유지』 ‘문적지’ 41b면에도 실려 있다.

140) 도거가 쓴 「경원구가시집종서(瓊苑九歌詩集終序)」에서도 구장(九章)의 취지를 이와 비슷하게 요약했다. 도거는 “始則詠時和歲豊 以喜天心之應協 中則言君道臣節 以勉人事之 當然 末則托物寓懷 以厲神人之淸潔”이라고 했다(『베트남문학전집』 5, 678면). 같은 글이 『역조헌장유지』 ‘문적지’ 42b~43a면에도 있는데 몇몇 글자는 차이가 있다.

141) “義理高遠 詞氣雄渾 勤勉之情溢於言表 眞帝王立敎垂世之文也” (『베트남문학전집』 5, 678면). 같은 글이 『역조헌장유지』 ‘문적지’ 43a면에도 있는데 몇몇 글자는 차이가 있다.

黔元飽煖休徵應　좋은 징조로 감응하여 백성들이 배부르고 따뜻하지만,
夙夜勤勞念戰兢　이른 아침부터 늦은 밤까지 애쓰고 삼가는 마음 변함
　　　　　　　　　없다.142)


이런 작품과 앞서 본 주변의 기록들을 종합해볼 때, 성종은 교화(敎化)에
도움이 되고 치세(治世)를 기리는 문학이 참된 문학이라고 생각했을 듯하다.
「안방풍토(安邦風土)」「제반아산(題盤阿山)」 같은 작품을 보면 자신의 치세
에 태평성대가 실현되었다는 자부심이 넘쳐흐르고 있다.

성종의 작품에 대한 신인충의 「봉화(奉和)」는 다음과 같다.


格天聖德妙全能　하늘까지 이른 성덕은 오묘하여 전능하니,
協應休徵百穀登　좋은 징조로 감응하여 온갖 곡식이 풍년이네.
洞照姸媸金作鑑　고운 것 추한 것 환히 알아 금거울에 비춘 듯하고,
樂聞藥石木從繩　약과 침이 되는 말 듣기 좋아하여 나무에 먹줄을 친 듯
　　　　　　　　　곧네.
九疇克敍彝倫篤　구주를 펼쳐 인륜을 돈독히 하고,
庶績咸熙事業弘　많은 공적 함께 빛나 사업이 넓어지네.
治效愈隆心愈愼　다스리는 효과가 클수록 마음은 더욱 삼가서,
憂民勤政日兢兢　백성을 위해 부지런히 정사를 돌보기에 날마다
　　　　　　　　　조심하네.143)


'격천(格天)'은 『서경(書經)』의 '격우황천(格于皇天)'(商書 「說命」 下)에서
온 말로 보인다. '격우황천'은 '황천에까지 알려지다' '황천에 이르다'는 뜻
이다. '약석(藥石)'은 '약석지언(藥石之言)'이라는 말과 같은데, 남의 잘못을
훈계해 그것을 바로잡는 데에 도움이 되는 말이라는 뜻이다. '구주(九疇)'는

---

142) 『베트남문학전집』 5, 666면.
143) 『베트남문학전집』 6, 667면; 『황월시선』 권지사.

『서경』에 기록된 홍범구주(洪範九疇)로, 우임금이 정한 정치·도덕의 아홉 가지 원칙이다. 여기서는 나라의 정치·도덕의 원칙이 잘 정립되어 있다는 뜻을 표현하고 있다. '서적함희(庶績咸熙)'는 『서경』 우서(虞書)「요전(堯典)」에 있는 말이다. '여러 가지 공덕이 모두 빛나게 된다'는 뜻이다.

『서경』에 보이는바, 제왕의 공적을 찬미하는 문자를 끌어다가 성종의 치세를 찬미하고 있다. 화려한 수식으로 성세(盛世)를 찬미하는 관각문학의 전형을 볼 수 있다.144) 지나치게 관념적이어서 공허한 느낌을 주는 것은 관각문학에서 흔히 보는 약점이라고 하겠다.

성종의 작품 몇편을 더 보기로 한다. 「안방풍토」라고 한 작품은 다음과 같다.

| | |
|---|---|
| 海上萬峯群玉立 | 바다 위 일만 봉우리는 옥을 세워놓은 듯하고, |
| 星羅碁布翠崢嶸 | 별인 듯 바둑돌인 듯 푸른 봉우리들 가파르게 벌여 있구나. |
| 魚塩如土民趨便 | 생선이며 소금이 많이 나서 백성들 풍족한데, |
| 禾稻無田賦薄征 | 곡식은 나지 않아 세금을 가볍게 해준다. |
| 波向山屏低處湧 | 파도가 병풍 같은 산에 들이치니 낮은 곳에서 물이 솟구치고, |
| 舟穿石壁隙中行 | 배는 석벽을 뚫는 듯 틈 사이로 지나가는구나. |
| 邊氓久樂承平化 | 변방의 백성들 오래도록 태평스런 시절을 누리면서, |
| 四十餘年不識兵 | 사십여년을 병화(兵火)란 모르는구나.145) |

'안방(安邦)'은 지명으로 오늘날 베트남 북부해안의 꽝 닌(Quảng Ninh, 廣寧) 성 지역이다. 바닷가의 빼어난 경관과 그곳 백성들의 삶을 차례로 묘사하고 있다. 빼어난 경관에서 평화롭게 지내는 것이 모두 선정(善政)의 결

---

144) 성종은 이 작품을 "霽景鮮明之象 喬雲縹緲之形"이라고 평했다(『황월시선』 권지사).
145) 『황월시선』 권지일.

과라고 말하고 있다. 자연과 인위가 무엇 하나 어그러지지 않는다고 하면서 성세(盛世)를 언어예술작품으로 수식하고 있다.146)

다음은 「동순과안로(東巡過安老)」라는 작품이다.

| 渺渺關河路幾千 | 아득한 산과 강, 갈 길이 수천 리인데, |
| 北風有力送歸船 | 북풍은 돌아가는 배를 힘차게 밀어주는구나. |
| 江涵落日搖孤影 | 지는 해를 머금은 강에는 외로운 그림자만 흔들리는데, |
| 心逐飛雲息萬緣 | 마음은 떠가는 구름을 좇으면서 온갖 생각을 쉬노라. |
| 霜露零時無綠樹 | 서리와 이슬이 내리는 때라 푸른 나무는 보이지 않고, |
| 桑麻深處起靑煙 | 뽕나무 삼나무 깊은 곳에서 푸른 연기 피어나는구나. |
| 海山邐迤窮游目 | 아득히 이어지는 산과 바다를 두루 바라보노라니, |
| 只見雄雄亙碧天 | 보이는 건 푸른 하늘에 닿은 광막한 경관뿐이로구나.147) |

동쪽으로 순무(巡撫)하는 길에 '안로(安老)'라는 곳을 지나면서 감회가 있어 지은 작품이다. '안로'는 오늘날 끼엔 안(Kiến An, 建安)에 해당하는 지역이다. 완직(阮直, 1417~1473)이 시를 평해 올리기를, 맑고 밝으며 왕성한 모습을 그려내 조용히 오묘한 경지에 든 작품이 되었다고 했다.148)

태평성대를 장식하는 문학이라면 중세문학의 고전적 전범을 배워서 미학적으로도 다듬어진 작품을 쓰고자 하게 마련이다. 실제로 성종은 시어를 재삼 단련하여 표현미를 살리고자 한 것으로 알려져 있다. 당시(唐詩)의 시구를 점화(點化)하는 데 각별히 공을 들였으며149) 성종 스스로도 '기려정미(奇麗精美)'하고 '청영징철(淸瑩澄澈)'한 작품세계를 이상으로 삼는다고 말했

---

146) 완직(阮直)은 이 작품을 평하기를 "雄出萬古"라고 했다(『황월시선』 권지일).
147) 『황월시선』 권지일.
148) "臣阮直奉評 寫出淸明全盛之象 從容入妙 古所未有" (『황월시선』 권1).
149) Phạm Tú Châu 「Thơ thiên nhiên trong thơ chữ Hán Lê Thánh Tông(여조 성종의 산수시)」, 『베트남 중세문학 연구논문선』 94~102면에서 이 점에 대해 자세히 논의했다.

다.150) 맑고 밝으면서 정묘(精妙)하고 고운 작품을 지향한다는 뜻이겠다.

성종은 '소단도원수'라고 자처했듯이 당시 궁정시단의 영수였다. 누구보다도 문학을 애호했으며151) 자신의 문학관에 입각해 당대 시단을 이끌었다. 성종의 영향력이 워낙 커서 관각문인이라고 부를 수 있는 여타 문신들은 그저 봉화한 작품만 평가받을 뿐이다.『황월시선』권지사에 선발되어 있는 신인충, 두윤, 양세영(梁世榮), 도거, 여언준(黎彦俊), 오륜 등의 작품을 보면거의가 봉화시 작품이다. 신인충은『황월시선』에 11수가 실렸는데 모두 봉화시이며, 신인충과 더불어 '신두(申杜)'라고 병칭된 두윤도『황월시선』에 선발된 작품 8수가 역시 모두 봉화시인 것을 보면 성종 쪽으로 무게중심이 쏠렸던 저간의 사정을 짐작할 수 있다. 달이 밝으면 별빛은 희미해지는 법이다.

비록 그렇기는 해도 그 가운데 몇몇 시인은 궁정문학의 범위를 어느 정도는 벗어나서 개성 있는 작품을 남겼다. 담문례(覃文禮, 1452~1505)는 명나라에 사신으로 가서(1488) 지은 산수시 작품을 다수 전하는데 우수(憂愁)에 찬 정감이 주조를 이룬다. 산수시 이외에 중국의 역사와 인물을 제재로 한 작품도 있다. 조비연(趙飛燕), 한신(韓信), 범려(范蠡) 등이 작시의 제재가 되었다. 완보(阮保)는 전별시(餞別詩)에서 빼어난 작품이 많고, 농촌으로 돌아가고픈 꿈을 표현한「춘일즉사(春日卽事)」나 농촌풍경을 생동감 있게 그려 낸「징매촌춘만(澄邁村春晚)」같은 작품도 있다.

주목해야 할 작가로 채순(蔡順, 1440~?)도 있다. 홍덕 6년(1475)에 과거에 급제한 이후로 20여년을 관각에 있었다.『역조헌장유지』나『황월시선』에서

---

150)『대월사기전서』권13, 홍덕 27년(1496) 11월 17일 조에 "昔錦瑟詩云 (…) 眞奇麗精美 可與吾伴 而淸瑩澄澈 未及吾詩句也"라고 했다(『校合本 大越史記全書』(中), 744면).「금슬(錦瑟)」은 당나라 이상은(李商隱)의 작품이다.

151)『대월사기전서』권13, 1492년 조에 "上好文詞"라고 했으며『대월사기전서』곳곳에서 성종의 시문을 인용하고 있다.

모두 그의 작품을 높이 평가했다. 『황월시선』에는 채순의 작품이 25수나 실려 있고 『역조헌장유지』에서는 채순의 작품이 청아(淸雅)하고 섬려(纖麗)한 만당(晚唐)의 풍격이며 명가(名家)의 반열에 든다고 고평(高評)했다.152)

| | |
|---|---|
| 平浦乘潮上 | 평평한 갯가에 조수가 밀려오고, |
| 農人趁曉耕 | 농부는 새벽같이 나와 밭을 가네. |
| 喝牛飛白鳥 | '이랴!' 소리에 흰새 날아올라, |
| 風外兩三聲 | 바람결에 재잘대는 소리 들려오네.153) |

「민강(悶江)」이라는 작품이다. 민강은 지금은 메워졌지만 한때 남 딘(Nam Định) 성 지역을 흐르던 강이다. 작품은 간결하고 맑은 시구로 참신한 의경(意境)을 창출했다고 이를 만하다.

다음은 「보뢰사(普賴寺)」라는 작품이다.

| | |
|---|---|
| 東來山欲斷 | 동쪽에서 오던 산줄기 이곳에서 끝나는 듯하다가, |
| 復起駕寒瀧 | 다시 한 줄기 오른 곁에 차가운 물줄기가 흐른다. |
| 浮夜鐘歸海 | 밤을 떠가는 종 소리는 바다에 가 닿고, |
| 涵秋月墮江 | 가을 머금은 달은 강에 내려오는구나. |
| 龍吟門外水 | 절 문밖을 흘러가는 물에서 용이 울고, |
| 鷺過霧邊牕 | 안개 낀 창 옆으로 해오라기가 지나는구나. |
| 往往鼓僧夢 | 이따금 중의 잠을 깨우는 것은, |
| 漁舟笛幾腔 | 고깃배에서 들리는 몇 곡조 피리 소리라네.154) |

'보뢰사'는 박 닌(Bắc Ninh, 北寧) 성에 있다. 절 옆 강에 커다란 종이 가

---

152) 『歷朝憲章類誌』 '文籍誌' 49a~49b면.
153) 『황월시선』 권지사.
154) 『황월시선』 권지사.

라앉았다고 전해온다.[155] 함련(頷聯)은 그런 전설에서 착상을 얻었다. 그 밖
에도 채순에게는 칠언율시 「정부음(征婦吟)」이나 「소군출새(昭君出塞)」 같
은 작품도 있어서 시의 제재가 다양함을 짐작하게 한다.

등명겸(鄧鳴謙, 1456~1522?)은 등용(鄧容)의 증손이다. 홍덕 18년(1487) 과
거에 급제하여 관계에 진출했다. 영사시(詠史詩)에서 득의하여 『월감영사시
집(越鑑詠史詩集)』(1520)[156] 3권 125수를 남겼다. '포폄거취(褒貶去取)'에
깊은 뜻이 있어서 칭송받는다고 한다.[157] 제왕·종실(宗室)·명신(名臣)·
명유(名儒)·절의(節義)·간신(奸臣)·여주(女主)·후비(后妃)·공주(公主)
·절부(節婦) 등으로 나누어 인물을 선정한 다음 칠언절구로 행적을 압축하
고 포폄도 했다. 맨 마지막 작품인 「미혜(媚醯)」를 보자.

| | |
|---|---|
| 國破家亡恨未灰 | 나라가 망한 원한 아직 사그라지지 않았는데, |
| 忍聞中使詔頻催 | 사자(使者)가 재촉하는 소리 어찌 참을 수 있으리요 |
| 褻氈一入黃江水 | 이불에 몸을 싸서 황강에 뛰어드니, |
| 多謝君王送死來 | 죽음으로 임금의 은혜에 보답했구나.[158] |

'미혜'는 베트남 남쪽에 있던 점파(占婆)의 국왕 사두(乍斗, Jaya Sinhavarman
II)의 왕비였다. 이조의 태종이 1044년 점파 친정(親征) 길에 미혜와 궁녀들
을 포로로 잡았다. 돌아오는 길에 미혜를 불러 어주(御舟)에서 시중들게 하
자 울분을 이기지 못한 미혜는 담요로 몸을 싸고 황강[159]에 몸을 던져 죽는

---

155) Lê Thước 외 『Hoàng Việt Thi Văn Tuyển(皇越詩文選)』 III, Hà Nội: Nxb Văn Hóa
    1957, 43면.
156) 『탈헌영사시집(脫軒詠史詩集)』『탈헌선생영사시집(脫軒先生詠史詩集)』이라고도 부른다.
    '탈헌(脫軒)'은 등명겸의 호이다.
157) "褒貶去取 殊有深意 久稱名筆" (『歷朝憲章類誌』 '文籍誌' 52b면).
158) 『황월시선』 권지사.
159) 황강은 오늘날 남 딘 성 리 년(Lý Nhân) 현을 흐른다. Đặng Xuân Bảng, Hoàng
    Văn Lâu 옮김 『Việt Sử Cương Mục Tiết Yếu(越史綱目節要)』, Hà Nội: Nxb Khoa Học

다. 이에 태종은 그 절개를 높이 사서 '협정우선부인(叶正佑善夫人)'에 봉하고 사당을 세워준다.160) 위의 작품은 그러한 미혜의 행적을 칭송하고 있으며 '절부' 항목에 들어 있다. 비록 적국의 왕비이지만 유학의 입장에서 볼 때 그 절개는 귀감이 된다고 생각해서 영사시의 소재로 삼은 것이겠다.

한시 창작의 역사가 유구해지면서 역대 한시를 수집하려는 시도가 잇달았다. 15세기에는 세 번에 걸쳐서 한시선집이 간행되었다. 베트남 한시선집의 효시는 『월음시집(越音詩集)』이다. 1443년에 반부선(潘孚先)이 일차로 완성했고, 이후 1459년에 주차(朱車)가 보완을 마쳤다. 그리고 이자진이 교정(校正)하고 비점(批點)을 붙였다. 원래는 119명의 작품 624편을 수록했으며 오늘날에는 1729년 중각본(重刻本)의 일부만이 전한다.

『월음시집』에 이어서 양덕안(楊德顔, 1463년 과거급제)의 『정선제가시집(精選諸家詩集)』이 나왔는데 『월음시집』을 보충하는 성격의 시선집이다. 『역조헌장유지』에 의하면 원래 13명의 작가가 쓴 472수의 작품을 모아 5권으로 했다고 한다.161) 세번째가 『적염시집(摘艶詩集)』(서문을 쓴 해는 1497년)이다. 황덕량(黃德良, 1478년 과거급제)이 자기 당대까지의 한시를 15권으로 모아서 낸 것이다. 오늘날은 절구를 모은 부분만 전해지고 있다.

## 3) 사대부의 분화와 한시의 다변화

### (1) 시대적 배경

유교이념으로 무장한 사대부가 주도한 여조는 전후의 두 시기로 다시 나누어보는 것이 통례이다. 전기(1427~1527)는 1407년부터 시작된 명나라 지

---

Xã Hội 2000, (번역문) 99면. Đặng Xuân Bảng은 등춘방(鄧春榜, 1828~1910)이다. 『월사강목절요』는 웅왕(雄王)부터 서산(西山)시대(1802)까지의 역사를 기록한 통사이다. 『월전유령』에도 미혜의 행적이 나온다(『베트남문학전집』 3B, 543~544면).

160) Đặng Xuân Bảng 『Việt Sử Cương Mục Tiết Yếu(越史綱目節要)』 64면(원문).

161) 『歷朝憲章類誌』 '文籍誌' 48b면. 오늘날 필사본과 판본이 각각 한 종씩 전하는데, 작품의 일부가 빠져 있다.

배를 종식시키고 새로운 독립왕조를 세워 통일국가를 유지한 시기이다. 후기(1533~1788)는 온 나라가 격렬한 내전을 치르고 남북으로 분열되어 북쪽은 정씨(鄭氏)가, 남쪽은 완씨(阮氏)가 실질적인 통치권을 장악한 정완분쟁기(鄭阮紛爭期)이다.

여조는 성종 치세 이후로 점차 쇠퇴기로 접어든다. 급기야 1527년에는 막등용(莫登庸)이 제위를 빼앗아 막(莫)왕조를 세우면서 나라가 양분되어 남북조시대(南北朝時代, 1527~1592)로 접어든다. 북쪽에서 막등용이 권력을 잡았을 때 라오스로 피신했던 완감(阮淦)이 세력을 결집하여 여유령(黎維寧)을 황제로 옹립(장종莊宗)하여 여조를 중흥시켜(1533) 막씨와 맞선 것이다.

여조 중흥운동이 성공을 거두어 1592년 막씨가 축출되면서 베트남은 통일되었지만 얼마 지나지 않아 나라가 재차 남북으로 분열된다. 이번에는 영강(靈江, 일명 Gianh江)의 북쪽에서는 정씨가, 남쪽에서는 완씨가 각기 실권을 장악하고 대립한 것이다. 정씨를 정주(鄭主), 완씨를 완주(阮主)라고 칭했다. 이 정완분쟁기는 서산운동(西山運動, 1771~1802)이 일어날 때까지 지속된다. 정씨가 실질적으로 지배한 북부를 당 응와이(đàng ngoài), 완씨의 남쪽을 당쫑(đàng trong)이라 불렀다. 부흥된 여조는 명목상 1788년까지 존속하지만 여조의 황제는 권력에서 소외된 유명무실한 존재에 지나지 않았다.

정씨와 완씨가 분립하면서 장기간 전쟁이 계속되었다. 양측은 1627년부터 1672년까지 일곱 차례의 전투를 벌였다. 두 집안이 휴전상태에 들어간 것은 1672년 전쟁 이후의 일이다.[162] 이렇듯 혼란스러운 17세기를 살았던 것으로 보이는 이름 모를 시인의 다음 작품에는 고통스러운 삶의 처절함이 배어 있다. 작품의 제목은 「술회(述懷)」라고 했다.

貧賤重逢此難離　　빈천한 몸이 이 난리를 거듭 만나니,

---

162) 유인선 『베트남의 역사』 208~209면.

百年家計片時非　　백년 살림이 일순간에 그릇되고 만다.
魚生甑乏供廚食[163]　시루에는 물고기가 생길 지경으로 부엌에는 먹을 것이
　　　　　　　　　없고,
鶉結身無蔽體衣　　몸을 가릴 옷이라고는 백번 기운 누더기마저 없구나.
愚婦自嫌生怨恨　　어리석은 아내는 자신을 탓하며 원통해하지만,
貴人誰肯顧寒微　　귀한 분 뉘라서 한미한 처지를 돌아보리요.
欲尋海上盟鷗侶　　바닷가를 찾아가 갈매기와 벗이 되고자 하나,
爭奈塵心未息機　　어찌하랴, 세상을 향한 마음 아직 버리지 못했음을.[164]

　삶의 물질적 조건들이 훼손되어 생계를 감당할 수 없는 처지가 되었다. '난리(亂離)'는 아마도 정씨와 완씨 사이의 전쟁 때문에 빚어진 혼란일 것이다. 혼란은 혼란대로 겪어야 하지만 그런 중에도 빈부, 존귀의 격차가 점점 더 커졌다고 말하고 있다. 세상사에 대한 미련을 떨치고 은거의 길을 택하고자 하지만 그럴 수도 없다.

　전란으로 빈부, 존귀의 격차가 더 크게 벌어지는 것은 문학담당층의 분화와도 관련 깊다. 특히 17세기 이후로 사대부 계층의 분화가 심화된 사실이 주목된다. 성격이 단일하지 않게 분화된 유사를 관료유사(官僚儒士, nho sĩ quan liêu), 은일유사(隱逸儒士, nho sĩ ẩn dật), 그리고 평민유사(平民儒士, nho sĩ bình dân)로 나누어 생각해볼 수 있다.[165] 은일유사나 평민유사도 물론 지식인이었다. 그러나 사회적인 처지나 삶의 환경이 관료유사와는 차이가 컸기 때문에 사회의 다른 계층에 대한 태도나 하층 민중과의 관계 또한 달랐다. 은일유사와 평민유사의 수가 증가하면서 궁정 밖의 인물들이 문학

---

163) '어생증(魚生甑)'은 아마도 '증진부어(甑塵釜魚)'를 바꿔 쓴 표현일 것이다. '증진부어'는 시루에 먼지가 쌓이고 솥에 물고기가 생긴다는 뜻으로, 극히 가난함을 비유하여 이르는 말이다.

164) 『황월시선』 권지오

165) 이곳의 설명은 Đinh Gia Khánh 주편 『Văn Học Việt Nam (thế kỷ X-nửa đầu thế kỷ XVIII)(10~18세기 전반까지의 베트남문학)』 366면 이하를 참고했다.

의 판도를 바꿔놓는 변화가 자연스럽게 나타나게 되었다.

은일유사는 사회의 병폐를 비판하면서 민중의 소망과 고통을 이해하고 작품에 반영하려 했다. 평민유사는 촌야에 살면서 더욱 한미한 처지에 몰려 민중과 대단히 근접한 사람들이다. 이들은 민간의 구비문학과 기록문학을 연결하는 매개자 역할을 했다. 이들은 많은 평민 쯔놈소설의 작자였다. 위에서 본 무명씨(無名氏)의 「술회」는 세상에서 밀려나서 은일유사가 되는 정황이라든지 장차 이들이 어떤 경향의 작품을 쓰게 될지를 보여주기에 충분하다.

### (2) 영사시(詠史詩)와 사행시(使行詩)의 흥기

여조 후기에는 전체적으로 보아 관료유사의 한시에서는 영사시와 사행시가 두드러졌다. 영사시와 사행시가 다량으로 창작된 것은 이 시기의 특징적인 현상이다. 민족의식의 성장과 유가적 교양의 내면화가 역사에 대한 관심으로 이어지고, 사행의 증가와 한문학의 발전이 맞물리면서 사행시 창작이 활성화되기에 이른 것으로 생각된다. 남북이 둘로 갈라져 경쟁하는 형국이다 보니 중국과의 정치적·경제적 관계가 어느 때보다 중요해졌고, 그에 비례해서 사행의 중요성이 커졌다.

영사시 창작은 일찍이 16세기 초부터 활성화된 것으로 보인다. 앞서 등명겸의 『월감영사시집』을 본 바 있다. 이어서 나온 하임대(何任大, 1525~?) 등의 『여조소영시집(黎朝嘯詠詩集)』[166]에서는 여조의 황제·공신·명유(名儒)·절의(節義)·사신(使臣)·간신(奸臣) 도합 88명의 행적을 제재로 채택했다. 범완유(范阮攸, 1739~1786)의 『독사치상(讀史癡想)』(1768)에는 중국의 역사인물을 노래한 영사시 164수가 수록되어 있다.[167]

---

166) '소영시집(嘯詠詩集)' '천남시집(天南詩集)'으로도 불린다.
167) 완조에 접어들어서 여백사(汝伯仕, 1787~1867)의 『월사삼백영(越史三百詠)』(307수)에서는 경양왕(涇陽王)에서 진나라 말까지의 역사인물의 행적을 노래했다. 사덕황제는 『월사총영(越史總詠)』(1874) 212수를 남겼다.

사행시집으로는 무근(武瑾, 1527~?)의 『성초기행(星軺紀行)』, 도엄(陶儼, 16세기)의 『의천관광집(義川觀光集)』, 황사개(黃土愷, 16세기)[168]의 『사정곡(使程曲)』, 풍극관(馮克寬, 1528~1613)의 『매령사화시집(梅嶺使華詩集)』과 『사화필수택시(使華筆手澤詩)』, 도공정(陶公正, 1638~?)의 『북사시집(北使詩集)』, 완귀덕(阮貴德, 1646~1720)의 『화정시집(華程詩集)』, 등정상(鄧廷相)의 『축옹봉사집(祝翁奉使集)』, 완등도(阮登道, 1651~1719)의 『완장원봉사집(阮狀元奉使集)』, 완공항(阮公沆, 1680~1732)의 『성사시집(星槎詩集)』, 여영준(黎英俊, 1671~1736)과 완공기(阮公基, 1675~1733)의 『사화집(使華集)』, 범겸익(范謙益, 1679~1740)의 『경재사집(敬齋使集)』, 여유교(黎有喬, 1691~1760)의 『북사효빈시(北使效顰詩)』, 완종규(阮宗奎)와 완교(阮翹, 1694~1771)의 『사화총영(使華叢詠)』, 단완숙(段阮俶, 1718~1775)의 『단황갑봉사집(段黃甲奉使集)』, 호사동(胡士棟, 1739~1785)의 『화정견흥(華程遣興)』 등이 있다.

풍극관의 『매령사화시집』에 실린 사행시 가운데 「답조선국사이수광(答朝鮮國使李睟光)」은 한국과 베트남에서 공히 알려져 있다. 시집의 서문을 이수광(1563~1628)이 쓴 것도 이채롭다. 「답조선국사이수광」은 다음과 같다.

義安何地不安居　옳은 일 즐겨 하면 어딘들 편안하지 않으리,
禮接誠交樂有餘　예의와 진심으로 사귀면 즐거움이 넉넉하리라.
彼此雖殊山海域　피차의 산과 바다는 비록 강역(疆域)이 다르지만,
淵源同一聖賢書　성현의 경전에 연원을 두는 것은 동일하도다.
交鄰便是信爲本　이웃을 사귐은 믿음을 근본으로 삼고,
進德深惟敬作興　덕에 나아감은 공경을 말미암아야 한다네.
記取使軺還國日　사신의 수레 나라로 돌아가는 날 기억해두리니,
東南五色望雲車　동쪽 남쪽에서 서로 오색 수레 바라보리라.[169]

---

168) '黃土啓'로 된 곳도 있다.

두 사람이 중국에서 만난 것은 1597년의 일이다. 베트남의 사신과 조선의 사신이 북경(北京)에서 만나서 한시를 주고받으면서 동아시아 한문문명권의 일원으로서 동질성을 확인하는 것은 무척 신선한 체험이었을 것이다. 작품 속에서는 '성현서(聖賢書)'가 동질성을 확인시켜주는 증거라고 하지만 두 사람이 사용한 '문자(文字)'는 물론 '의(義)·예(禮)'와 같은 유학의 이념 또한 동질성의 증거가 된다. 이보다 훗날 완공항이 강희(康熙) 57년(1718)에 조선의 사신 유집일(兪集一), 이세근(李世瑾)을 만나서 준 시로 「간조선국사유집일이세근(簡朝鮮國使兪集一李世瑾)」이 있는데, 그곳에서는 두 나라가 '주가례(周家禮)'를 따르고 공씨서(孔氏書)를 배우는' 공통점이 있다고 했다.[170]

완종규의 사행시도 널리 회자되었다. 1742년 사행길에 쓴 작품들인데, 여기서는 「소상만조(瀟湘晚眺)」를 보기로 한다.

| | |
|---|---|
| 江國春餘夕影中 | 늦봄 석양이 내려앉은 강가에, |
| 村村煙縷裊層空 | 마을마다 굴뚝에서는 하늘로 연기 피어오른다. |
| 雲遮翠幎山將雨 | 구름이 숲에 자욱하니 산에는 비가 올 듯하고, |
| 波皺青鱗岸欲風 | 물결이 이니 강기슭에는 바람이 불 듯하구나. |
| 天近霧籠懷素塔 | 하늘은 가까워 회소탑은 안개에 가리우고, |
| 祠深樹鎖禹皇宮 | 사당은 깊어 우황궁은 나무에 둘러 있구나. |
| 數聲漁笛扁舟晚 | 저물녘 조각배에서 이따금 피리 소리 들리는데, |

---

169) 최상수 『韓國과 越南과의 關係』(韓越協會 1966), 71~72면에 있는 번역 참조. 그곳에는 작품 제목이 『지봉집(芝峯集)』 권일을 따라서 「숙차지봉사공운(肅次芝峯使公韻)」으로 되어 있다. Bùi Duy Tân 「"Tứ hải giai huynh đệ": Những cuộc tao ngộ sứ giả-nhà thơ-Việt Triều trên đất nước Trung hoa thời trung đại(四海皆兄弟: 중세시기 중국에서의 越·朝 사신, 시인의 만남)」, 『Tạp chí Văn học(문학잡지)』 số10(284)(Hà Nội: Viện văn học 1995)에서 베트남 사신과 조선 사신이 시문을 창화한 내력을 정리했다. 강동엽 「조선시대 동남아시아 문학과의 교류」, 『조선시대 동아시아 문화와 문학』(북스힐 2006)에서 다시 정리해 논했다.

170) "威儀共秉周家禮 學問同尊孔氏書" (『황월시선』 권지오).

遠水長天思莫窮　멀리 하늘에 맞닿은 강물 보노라니 생각이 가없구나.171)

소상팔경(瀟湘八景) 가운데 하나인 '소상야우(瀟湘夜雨)'를 의식하면서 지은 작품이다. 그런데 작품 원문을 한 구절 한 구절 뜯어보면 상당한 조탁이 가해졌다는 것을 느낄 수 있다. 익숙한 표현을 되도록 피하고 새로운 표현을 많이 쓰고자 했다. 이런 점을 볼 때 첨신(尖新)하다는 평가가 적절하다고 생각된다.172)

풍극관이나 완종규 이외에도 등정상, 완공항, 단완숙, 호사동173)의 사행시 작품이 공히 높은 평가를 받았다. 단완숙의 사행시집 가운데서 「제황하(濟黃河)」를 보기로 한다.

曉發淸淮泛蔓蘋　새벽같이 맑은 회수에 배 띄워 수초를 헤치고 가자니,
黃河波浪渺無津　물결치는 황하는 아득히 넓어 나루가 보이지 않는구나.
馬牛涯畔生煙霧　연무 자욱한 물가 두둑에 어른거리는 것은 말인가 소인가,174)

鯨鰐潭中出怪神　깊은 물속은 신비로워서 고래나 악어가 나올 듯하구나.
舟楫鞦韆千轉態　노를 그네 뛰듯 이리저리 놀려 저어가며,
夫工傀儡一般身　사공은 마치 꼭두각시처럼 움직이는구나.
棹歌半関頭添白　뱃노래 끝나기 전에 머리 허옇게 되는데,
誰是窮源萬里人　만 리 근원을 찾아온 사람 그 누구인가.175)

171) 『황월시선』 권지오. 『사화총영』에 수록되어 있는 작품이라고 되어 있다.
172) "語皆雕練 尖新歷歷可愛" (『歷朝憲章類誌』 '文籍誌' 57a면).
173) 호사동의 시 「증조선국사이광정우순윤방회국(贈朝鮮國使李珖鄭宇淳尹坊回國)」이 『황월시선』 권지육에 실려 있다. 상사(上使) 이광(李珖), 부사(副使) 윤방(尹坊)과 서장관(書狀官) 정우순(鄭宇淳)이 사행길에 오른 것은 1778년의 일이다.
174) 『장자』 '추수(秋水)' 첫머리에, "가을 물 때가 되어 황하로 수많은 지류의 물들이 쏟아져 들어오는데 그때 양쪽 둔덕에 있는 소와 말을 분간할 수 없다(秋水時至 百川灌河 涇流之大 兩涘渚涯之間 不辨牛馬)"는 말이 있다.
175) 『황월시선』 권지육.

『역조헌장유지』에서는 단완숙의 사행시, 특히 이 작품 「제황하」를 비롯해서 「남관만도(南關晚渡)」 「과동정호(過洞庭湖)」 「적벽회고(赤壁懷古)」를 높이 평가했는데, 시어는 청광(淸曠)하고 경물(景物) 묘사는 표일(飄逸)한 것이 명가(名家)라고 칭할 만하다고 했다.[176)]

여귀돈(黎貴惇, 1726~1784)[177)]은 베트남을 대표하는 학자이다. 그는 백과 사전적 지식을 갖춘 인물이었으니, 18세기에 이르기까지 베트남에서 도달한 지식을 고루 습득하고자 했으며 또한 그것을 다채로운 저술로 정리해내고 있다. 『황월시선』에서 "총명하고 학문을 좋아하며 저술이 대단히 많다"[178)]고 소개한 말 그대로이다. 역대 한시를 수집하는 데도 열의를 가져 이조에서 여조 홍덕연간까지의 작품을 모은 『전월시록(全越詩錄)』(1768)도 편찬했다.

여귀돈의 한시는 『계당시집(桂堂詩集)』에 500여편이 실려 있는데 청나라에 사신으로 갔을 때(1760~1763) 창작한 증답(贈答)이나 제영(題詠)이 큰 비중을 차지한다.[179)] 일례로 「주회안방회음후조대(駐淮安訪淮陰侯釣臺)」 같은 작품이 있는데, 한나라 고조를 도와 한나라를 창건한 '회음후' 한신(韓信, ?~기원전 196)의 비극적인 운명을 떠올리고 있다. 대체적으로 여귀돈의 작품은 '청랑(淸郞)'한 풍격을 가지고 있다고 한다.[180)]

여귀돈이 북경에서 조선 사신 홍계희(洪啓禧, 1703~1771) 일행을 만나서 시문을 수창(酬唱)한 일이 알려져 있다. 여귀돈이 찬한 『군서고변(群書考辨)』(1757)에는 홍계희가 『군서고변』에 쓴 서문, 홍계희와 이휘중(李徽中)이 각

---

176) "詩辭雅練淸曠 '南關晚渡' '過洞庭湖' '赤壁懷古' '濟黃河' 寫景皆渾融飄逸 足稱名家" (『歷朝憲章類誌』 '文籍誌' 66b면). '청광'은 깨끗하고 탁 트여 넓음, '표일'은 깨끗하고 산뜻하며 뜻이 높음. 한편 『황월시선』 권지오에서는 위의 작품 다음에 '전조선국사윤동승이치중(餞朝鮮國使尹東昇李致中)」을 실어놓은 것이 이채롭다.

177) '黎貴敦'으로 된 곳도 있다.

178) "聰明 好學 着述甚多" (『황월시선』 권지육).

179) 『베트남문학사전』 517면.

180) "詩格皆淸朗可喜" (『歷朝憲章類誌』 '文籍誌' 58b면). '청랑'은 맑고 밝다는 뜻이다.

각 여귀돈에게 쓴 편지가 실려 있다.[181] 홍계희의 서문은 여귀돈이 그 책을 완성한 몇 해 뒤인 1761년(乾隆 二十六年 辛巳)에 쓴 것으로 되어 있다.

(3) 완병겸(阮秉謙)과 그의 문하(門下)

대립과 분열 시기의 서막이 오른 16세기에 걸출한 시인이 등장했으니 그가 바로 완병겸(1491~1585)이다. 완병겸은 오늘날 하이 퐁(Hải Phòng, 海防) 시 빈 바오(Vĩnh Bảo, 永保) 현 출신이며 호를 백운거사(白雲居士)라고 했다. 1535년 마흔다섯의 늦은 나이에 과거에 장원급제하여 8년간 막씨의 조정에서 벼슬한다. 열여덟 명의 권신을 탄핵하는 상소를 올렸으나 받아들여지지 않자 1542년에 칭병(稱病)하고 사직한다. 하지만 오래지 않아 조정에 다시 나와야 했고 1561년에 두번째, 그리고 1563년(혹은 1564)에 세번째로 벼슬에서 물러난다. 결국 70이 넘어서야 비로소 완전히 치사(致仕)할 수 있게 된다.[182]

완병겸은 베트남 사상사에서 이학(理學)에 밝았던 인물로 평가된다.[183] 그는 특히 『주역(周易)』에 잠심하여 터득한 바가 컸다고 하며 학식이 널리 알려져 막씨는 물론 정쥬(鄭主)나 완쥬(阮主)도 그에게 자문을 구했다고 한다. 고향인 중암(中庵), 곧 중진(中津)에 백운암(白雲庵)을 세우고 제자에게 학문을 전했다. 풍극관, 완서(阮嶼, 16세기)는 완병겸의 문하에서 배출된 대표적인 인재이다.

---

181) Trần Văn Quyền 옮김 『Quần Thư Khảo Biện(군서고변)』, Hà Nội: Nxb Khoa Học Xã Hội 1995, 29~35면.

182) Trần Thị Băng Thanh·Vũ Thanh 편 『Nguyễn Bỉnh Khiêm về tác gia và tác phẩm (완병겸, 작자와 작품)』(Hà Nội: Nxb Giáo Dục 2001) 58~59면에 정리된 연표를 따른다. 과거에 장원 급제했고, 정국공(程國公)에 봉해졌기에 흔히 '장정(狀程, Trạng Trình)'으로 불린다.

183) 완병겸은 앞일을 미리 점치는 능력이 있었다고 한다. "精數學 事多前知"(『황월시선』 권지오).

세 번이나 벼슬에서 물러나 귀향을 청했다는 데서 분명히 드러나듯이 완병겸은 출사(出仕)와 퇴휴(退休) 사이를 오갔던 인물이다. 벼슬하는 것은 물에 빠진 백성들을 위난(危難)에서 구하기 위함이지만 그럼에도 고향으로 돌아가고픈 소망도 여전히 간직하고 있다고 했다.[184] 시끄러운 거마(車馬) 소리를 멀리하고 전원으로 돌아와서 책이며 바람이며 강물을 벗하지만[185] 그 언제나 태평한 시대를 이룰 수 있을지 근심이라고도[186] 했다.

| 昨夜金風一陣吹 | 어젯밤 한바탕 가을바람 불었는데, |
| 閑亭兀坐動秋思 | 한가로운 정자에 앉아 가을날 이런저런 생각에 잠겼네. |
| 雲邊鴈過渾無數 | 구름 옆을 나는 기러기는 수를 헤아릴 수 없고, |
| 天上月明應有期 | 하늘에 밝은 달은 약속이라도 한 듯하네. |
| 光景逐人年似矢 | 경관은 사람을 재촉하고 세월은 화살같이 빠른데, |
| 危時憂國鬢成絲 | 위태로운 시절 나라 걱정에 살쩍은 하얗게 세었네. |
| 田園自笑歸來晚 | 늦게야 전원에 온 것 스스로 웃고 있는데, |
| 松菊猶存是故知 | 여전한 소나무 국화는 오랜 친구로구나.[187] |

「추사(秋思)」라는 작품이다. 현실정치에서 퇴처(退處)하여 산수간에 노닐면서도 우세(憂世)하는 마음을 간직하고 있다고 노래하고 있다. 이런 작품을 보면 완병겸은 멀리 주안, 완채의 계승자라는 점을 알 수 있다. 하지만 주안의 울분은 보이지 않는다는 점이나 은거하자 곧 죽음을 맞이한 완채의 불행도 겪지 않았다는 점에서는 다르다. 혼란스러운 시대가 부여한 한계를 느끼면서도 진출과 퇴처에서 상대적으로 불만이 덜한 삶을 살았다고 할 수 있다.

---

184) "濟溺扶危愧不才 故園有約重歸來" ('寓意」(2), 『황월시선』 권지오).
185) "喧無車馬牟春睡 樂有圖書老客吟 萬古東風曾識面 一江流水是知音" (' 自述」(2), 『황월시선』 권지오).
186) "何年再覩唐虞治 償了君民致澤心" (' 自述」(2), 『황월시선』 권지오).
187) 『황월시선』 권지오.

완병겸의 시를 평가하기를 '청쇄혼아(淸灑渾雅)'하고 '뜻이 높다'고 한 것은 아마도 이런 면과 무관하지는 않을 것이다.[188]

| | |
|---|---|
| 數間江舘俯江津 | 강변의 몇 칸 객사(客舍)는 강나루를 굽어보고, |
| 水國微茫兩岸分 | 어렴풋한 강줄기는 물가 마을을 가로지른다. |
| 風穩帆歸寒浦月 | 바람 잦아들고 돛단배 돌아오니 차가운 나루에는 달빛 내리고, |
| 天晴龍見遠山雲 | 날이 개자 용이 나타나고 먼 산에는 구름이 걸렸다. |
| 漁村廚影斜陽掛 | 어촌의 밥 짓는 연기 석양에 피어오르고, |
| 野寺鍾聲半夜聞 | 멀리 절 종 소리는 한밤중에 들려오는구나. |
| 點檢行年逾七十 | 나이가 몇인가 손꼽아보니 칠십을 넘었지만, |
| 只緣衰散豈忘君 | 다만 노쇠했다 하여 어찌 임금을 잊으리요[189] |

완병겸의 한시작품은 원래는 1,000여수가 넘었다고 하지만 지금은 500여수가 전하고 있다. 그렇게 많은 작품들 가운데 대표작이라면 단연 연작시 「중진관우홍(中津舘寓興)」을 꼽을 수 있다. 위 작품은 그 가운데 한 수이다. 「중진관비명(中津舘碑銘)」에서 밝힌 바에 따르면 맨 처음 칭병하고 은거하던 1542년 가을에 고향에 중진관(中津舘)을 세운다. 하지만 위의 작품을 그때 지은 것은 아니다. 작품 구절 가운데 나이가 칠십을 넘었다는 말이 있는 것으로 보아 현실정치에서 완전히 은퇴한 이후의 작품이다. 전반부에서는 한가로운 강촌의 풍경을 그리고 후반부에서는 한밤중까지 잠을 못 이루고 나랏일을 걱정하는 심정을 말했다. 앞의 「추사」나 이곳 「중진관우홍」에서 선명하게 드러나고 있듯이 완병겸 한시를 관통하는 시상은 '한가로움'

---

188) "大抵淸灑渾雅 有自然意趣 (…) 「自述」 (…) 「中津館寓興」 (…) 「寓意」 (…) 辭意飄逸 可見仕非本志"(『歷朝憲章類誌』 '文籍誌' 53b면). '청쇄(淸灑)'는 속되지 않고 소탈함. '혼아(渾雅)'는 질박(質樸)하고 고아(高雅)함. '표일(飄逸)'은 품격이 청신하고 뜻이 고원함.
189) 『황월시선』 권지오.

과 '근심스러움'이다.

완병겸의 우세의식(憂世意識)은 위정자에 대한 비판으로 표출되기도 했다. 「증서(憎鼠)」가 그런 성향을 띤 작품을 대표한다. 『시경』 국풍 「석서(碩鼠)」의 전례를 이어서 '큰 쥐(碩鼠)'로 탐관오리를 우의하고 있다. 쥐란 놈의 해독이 커서 농민들이 탄식한다고 한 것은 『시경』과 마찬가지이다. 그런데 「증서」는 더 나아가서 "쥐란 놈이 이미 천하의 민심을 잃었으니 하늘이 주륙(誅戮)할 것이며 저자에 시체를 내놓고 까마귀와 솔개가 먹게 하겠다"고 했다.190) 애민의식을 가진 화자가 '쥐'에 대한 증오심을 강렬하게 표출한 점에서 『시경』과는 다르다.

완병겸의 한시는 유학의 철리(哲理)를 담고 있는 점이 다른 시인들과 구별되는 특징이기도 하다. 완병겸은 유학의 세계관을 직설적으로 표명하는 구절을 시에 많이 활용했다.191) 연작시 「감흥시(感興詩)」 가운데 한 수를 택해 그 점을 살펴보기로 한다.

落落干戈滿目前　살벌한 병장기들 목전에 가득하니,
人民奔竄欲求全　백성들은 달아나 숨어 목숨을 보전하고자 한다.
顚連携抱嗟無地　끌며 안으며 고통을 덜자 한들 땅이 없어 탄식하니,
愛護矜憐本有天　궁휼히 여겨 사랑으로 보살피는 것은 본래 하늘의 일이다.
耆定未聞歸馬日192)　천하 안정시켜 말을 돌려보낼 날 아직 오지 않고,
開明恰想屬豬年　태평한 날을 그려보지만 해년(亥年)에 난 인물을 기다려야 할 듯
一遇氣運終而始　기운은 한 번 순환하여 끝에 이르면 다시 시작하나니,

---

190) "旣失天下心 必受天下戮 朝市肆爾尸 烏鳶喫爾肉"(『베트남문학전집』 6, 580면).
191) 예컨대 비가 온 것을 두고 "陰陽和合運玄機"라고 하는 식이다(제목은 「우(雨)」이다. 『베트남문학전집』 6, 538면).
192) 『베트남문학전집』에는 '止定'으로 되어 있는데, 『시경』을 좇아 '耆定'으로 고쳤다.

194

剝復都從太極先   박괘(剝卦)며 복괘(復卦)며 모두 본래 태극에서 나오는
                 것이다.193)

이 작품에는 많은 전고가 사용되었다. '기정(耆定)'은 『시경』에서 주나라
무왕(武王)이 은나라 주왕(紂王)을 쳐서 천하를 안정시킨 공이 있다고 한 구
절에서 끌어왔다.194) '귀마(歸馬)'는 전쟁이 끝나고 평화가 왔음을 표현한
『서경』의 구절에 기원을 둔다.195) '저년(猪年)'은 해년(亥年)이라는 말인데,
중국 송나라 태조 조광윤(趙匡胤)이 태어난 해인 927년이 정해년(丁亥年)인
데서 착안한 표현이라고 한다.196) 마지막 행의 '박괘'와 '복괘'는 모두 『주
역』의 괘 이름이다. 박괘는 음(陰)이 왕성하고 양(陽)이 소진하는 상이고, 복
괘는 음 아래에서 양이 움직이는 상이다. 박괘와 복괘는 음양이 순환하게 마
련이라는 뜻을 표현하기 위해서 썼을 터인데 그런 순환 자체가 태극의 이치
라고 했다. 그런 생각은 일치일란(一治一亂)의 순환론과 다를 바가 없어서
특별히 잠심해서 얻은 독창적인 소견이라고 보기는 어려울 듯하다.

『우중수필(雨中隨筆)』에 따르면 여조 성종 시대를 지나 막씨 시대로 접어
들면서 당풍(唐風)으로 기울었던 시풍이 일변하여 점차 송풍(宋風)으로 기울
게 되었다고 한다.197) 16세기 중후반에 활동한 완병겸이 유학의 철리를 탐
구하고 시화하는 기풍을 진작시킨 것은 이러한 경향을 분명하게 하는 구실
을 했다고 평가할 수 있다. 「중진관우홍」 연작이나 「감흥시」를 보면 시풍의
변화가 바로 감지된다.

---

193) 『베트남문학전집』 6, 479면.
194) '무(武)'에 "耆定爾功"이라고 했다.
195) "乃偃武修文 歸馬於華山之陽 放牛於桃林之野 示天下弗服" (『書經』 「武成」).
196) Đinh Gia Khánh 주편 『Thơ Văn Nguyễn Bỉnh Khiêm(완병겸의 시문)』, Hà Nội:
    Nxb Văn Học 1997, 306면.
197) "及光順至於延成 則趨步宋人 李陳之詩 至此爲之一變" (『雨中隨筆』 卷下, '詩體'). '광
    순(光順)'은 여조 성종의 연호(1460~1469), '연성(延成)'은 막무흡(莫茂洽)의 연호(1578~1585).

완병겸의 제자인 완서와 풍극관의 한시도 주목할 만한 특징을 가지고 있다. 완서는 과거에 급제해 지현(知縣) 벼슬을 잠시 하다가 은거해서, 다시는 성안에 발을 들여놓거나 궁정에 들어가지 않았다.[198] 촌야에서 은거해 살면서 소설 『전기만록(傳奇漫錄)』을 써서 권력자의 횡포, 무능력, 사치와 타락을 고발하고 동시대 은일유사들의 생각과 소망을 담았다. 완서의 한시작품으로는 『전기만록』에 지어 넣은 작품이 널리 알려졌다. 『황월시선』 권지오에는 「서식선혼록(徐式仙婚錄)」에서 2수, 「금화시화기(金華詩話記)」에서 1수, 「도씨업원기(陶氏業冤記)」에서 2수를 선발하고 있다.

다음은 「서식선혼록」에서 서식이 선녀 강향(絳香)의 병풍에 쓴 칠언절구 10수 중 다섯번째 시로 선경(仙境)을 묘사한 작품이다.

蒼茫雲外短長洲　　아득한 구름 밖에 십주(十洲)[199]가 보이고,
閩桂乾坤日夜浮　　민(閩), 계(桂)와 같은 아름다운 경관 밤낮으로 떠 있네.
一鳥暮天飛不盡　　저무는 하늘로 새 한 마리 가없이 날아가니,
連空淡掃碧悠悠　　아득한 창공이 온통 푸른색이네.[200]

한편 「금화시화기」는 여조 성종의 총애를 받은 여성시인 오지란(吳芝蘭, 15세기)과 채순(蔡順)이 시사(詩詞) 창작에 얽힌 일을 이야기하는 내용이다. 특이하게도 작품 말미에 여조의 시인들에 대한 작중인물 채순의 평이 나오고 있다. 작품 제목대로 '시화(詩話)'라고 할 만한 내용이다. 지금까지 언급한 시인에 한해서 시평의 내용을 요약해서 정리하면 다음과 같다.

졸암(拙庵)[201] 이자진(李子晋): 기이하나 수심에 잠겨 있다.

198) "爲淸泉縣知縣 一年辭歸養母 足不城市"(『황월시선』 권지오).
199) '십주'는 신선이 산다는 열 곳의 섬으로, 경관이 빼어난 선경(仙境)의 범칭이다(박희병 옮김 『베트남의 기이한 이야기』, 돌베개 2000, 115면).
200) 『황월시선』 권지오. 『베트남의 기이한 이야기』 115면의 번역을 참고해 다시 번역했다.

저료(樗寮) 완직(阮直): 준엄하나 격정적이다.

국파(菊坡) 완몽순(阮夢荀): 여인이 봄날에 거니는 듯해 섬약한 게 흠이다.

두윤(杜潤): 거침없고 빼어나지 않은 것은 아니지만 완채에는 못 미친다.

억재(抑齋) 완채(阮廌): 시어가 화락하고 이치가 담겨 있어 『시경』의 풍격을 갖추어 충애(忠愛)를 노래했다. 충군(忠君)의 뜻을 담고 있어 두보의 시와 비교할 만하다.

여당(呂塘) 채순: 시어가 구름과 안개처럼 변화무쌍하고 세상의 교화에 도움이 되는 시를 쓰기로는 남에게 뒤지지 않는다.[202]

마지막의 채순에 대한 평가는 작중인물이 자기 작품을 평가하면서 하는 말인데, 작품을 읽어 나가다 보면 작중인물이 채순인 것으로 밝혀지게 된다. 시평을 음미해보면 완채와 채순을 가장 높이 평가하고 있음을 알 수 있다. 두 사람의 공통점은 세상의 교화에 도움이 되고자 하는 주제의식에서 찾을 수 있다. 완채와 채순을 높이 평가한 것은 완서 자신의 한시 창작에 대한 견해와도 관련 있을 것이다.

풍극관은 스승 완병겸의 학문을 이어 받았지만 막씨의 조정에는 출사하지 않았고 여조의 부흥을 도와 공신이 되었다. 일찍이 열여섯의 나이에 지은 작품에서, "일을 처리할 때는 중도에 합해야 하고 벼슬이 높아져도 정도를 따라야 한다"[203]고 세상에 나아가는 자기 마음자세를 밝혔다. 또한 "인욕(人欲)을 가라앉혀서 천리(天理)를 드러내는 것이 학문의 목표가 되어야지 구구하게 벼슬을 구하기 위한 것은 아니"[204]라 하고, "세상을 구제하고 백성을

---

201) 이곳에서는 『베트남문학전집』 6, 322면을 따랐다. 『베트남의 기이한 이야기』 219면(원문은 301면)에서는 '拙齋'라고 하고, 누구의 호인지 미상이라고 했다.

202) "拙庵之詩奇而騷 樗寮之詩峻而激 松川之詩如健兒赴敵 頗涉麤豪 菊坡之詩如時女步春 終傷婉弱 他如金華之杜 玉塞之陳 翁墨之譚 唐安之武 非不橫鶩遠駕 然求其言融理到 上該風雅 惟阮抑齋諸篇之忠愛 念不忘君 眞可邇少陵門戶 若夫語變雲烟 辭關風教 則亦老夫所不多遜"(『베트남의 기이한 이야기』 219~220면, 원문은 301면에 있다).

203) "遇事處隨中道合 致身必出正途由"(「自述」(1), 『베트남문학전집』 6, 819면).

편하게"205) 하는 사대부의 책임을 다하고자 한다고 했다. 이처럼 풍극관은 높은 도덕의식, 백성에 대한 책임감, 진리에 대한 헌신이라는 동아시아 사대부의 이상을 몸소 실현하고자 했다. 이러한 마음가짐과 굳은 의지를 가지고 세상에 나아가 뜻을 펴고자 했고 그 때문에 부침(浮沈)도 겪어야만 했다.

풍극관의 작품은 시어가 맑고 여유가 있으며 품격은 웅건하면서도 전아하다는 평을 받는다.206) 또한 완병겸의 『백운암시집(白雲庵詩集)』과 더불어 풍극관의 『언지시집(言志詩集)』은 철학적 깊이를 갖춘 작품을 수록한 시집이라고 평가된다. 그런데 풍극관은 완병겸의 시풍(송시풍)을 계승하여 송시의 시풍이 계속되게 했지만 완병겸의 이학(理學)을 계승하지 않았다. 모처럼 나타난 철학 탐구가 계승자를 만나지 못하고 맥이 끊기고 말았다.

### (4) 은거자의 목소리

관료유사들이 사행시나 영사시에서 새로운 기풍을 진작한 것과는 달리 은일유사들은 그들 나름대로 독특한 시세계를 구축해갔다. 오랜 분열과 내전을 겪으면서 유학자로서의 이상을 실현할 수 있는 길이 막히자 은거의 길을 택한 사람들이 점증했다. 세상이 혼란한 가운데 한가로움을 추구하는 것은 명리를 추구해서 세상을 혼란스럽게 만든 무리들에 대한 소극적 비판과 저항이라고 읽을 수도 있을 것이다.

넓게 본다면 완병겸이나 완서가 은일유사의 풍모를 지녔다고 보아도 좋겠다. 완병겸은 줄곧 물러날 것을 꿈꾸었고 여러 차례 은거를 실행에 옮겼으며, 완서는 1년 남짓 벼슬하고 나서 은거의 길로 들어섰다. 이들과 함께 은일유사의 진면목을 보여준 이가 완항(阮沆, 16세기), 오시억(吳時億, 1690~1736)207)

---

204) "人欲靜時天理見 何須屑屑祿之干"(「勉學者」, 『베트남문학전집』 6, 861면).
205) "濟世安民志氣雄"('題弘道書堂」, 『베트남문학전집』 6, 838면).
206) "大抵辭語淸裕 氣格雄雅"(『歷朝憲章類誌』 '文籍誌' 55b면).
207) 『베트남문학사전』 339면에는 1709년에 태어난 것으로 되어 있다.

198

같은 인물이다.

완항은 완병겸과 비슷한 시대를 산 인물인데 막씨가 국권을 농단하자 과거를 단념하고 대동(大同) 땅에 은거한다. 조정에서 벼슬길로 불렀지만 응하지 않았고 「대동풍경부(大東風景賦)」 『천남운록(天南雲錄)』 등을 지었다.208) 오시억 역시 중간에 벼슬길을 단념하고 귀향하여 시작(詩作)과 교육에 몰두한다. 그의 「소요음(逍遙吟)」을 보면 자신을 예강(銳江) 강변에서 소요하는 사람이라 하고, 공명(功名)을 꿈꾸지 않으니 일도 없고 걱정할 것도 없이 산다고 소개하고 있다.209) 또 이렇게 은거하여 사는 것은 모든 구속이 싫고 자유를 누리고 싶기 때문이라고 했다.210) 작품의 마지막 부분은 다음과 같다.

| 七八月間蟹正肥 | 칠팔월 무렵이면 게가 마침 살이 올라, |
| 兒童捕得忙持歸 | 아이는 게를 잡아 바삐 돌아온다. |
| 呼童炙蟹沽新釀 | 아이를 불러 게를 굽고 술을 사오게 하여, |
| 一杯獨酌還熙熙 | 한 잔 홀로 마시니 이 또한 흥취 있구나. |
| 醉來閒倚南窓臥 | 술 취해 남쪽 창에 한가로이 기대어 있는데, |
| 時時窓外涼風過 | 때때로 창밖으로 서늘한 바람 지나가는구나.211) |

이 부분에 앞서 작품의 중간에서, 문장을 공교롭게 조탁하는 데 힘쓰지는 않고 뜻을 전달하면 그만이라고 생각한다고212) 말한 그대로 순탄하게 읽히

---

208) 『천남운록』은 신화와 전설을 모은 책인데, 『영남척괴』를 기본으로 하고 다른 자료에서 뽑아 가공했다. 陳慶浩・鄭阿財・陳義 주편 『越南漢文小說叢刊』 제2집 제1책(臺北: 臺灣學生書局 1992)에 수록되어 있다. Đàm Duy Tạo 옮김 『Kiến Văn Tiểu Lục(견문소록)』 2 (Bộ Quốc Gia Giáo Dục Xuất Bản 1964) 16~17면에서 완항의 저술임을 밝히고 있다.
209) "銳江邊有逍遙子 (…) 安居食力無外求 無事無憂亦無慮"(『歷朝憲章類誌』 '文籍誌' 59a면).
210) "宕曠不容繩墨束"(『歷朝憲章類誌』 '文籍誌' 59a면).
211) 『歷朝憲章類誌』 '文籍誌' 59b면.

는 편이다. 반휘주는 『역조헌장유지』에서 이 작품 전편을 인용한 다음 '초매(超邁)'한 흥취가 느껴지며 고상(高尙)한 풍모가 느껴진다고 평가했다.213) 은일유사의 시가 지향하는 바를 잘 형상화하고 있다는 평가라고 생각된다.

(5) 남쪽 변방의 이취(異趣)

정씨와 완씨의 쟁패로 말미암아 남북분단이 야기된 이후 남쪽의 완씨는 남부지역 경략(經略)을 본격화한다. 점파(占婆)를 압박하는 한편 메콩 델타 지역으로의 진출을 꾀한다. 그러던 중 17세기 말 베트남 남서쪽 변경지역 하선(河仙)에 중국사람 막구(鄚玖)가 들어와서 정착지를 건설하고 완씨에게 보호를 요청하는 일이 발생한다. 이에 완주(阮主)는 그를 총병(總兵)으로 봉하고 하선진(河仙鎭)을 다스리도록 허락한다. 막구가 세상을 떠나자 완주는 그의 아들 막천사(鄚天賜, 1706~1780)214)를 총독(總督)으로 삼아 뒤를 잇게 한다.

막천사는 문학적 역량이 뛰어난 사람이었다. 특기할 만한 점은 그가 주도해서 초영각시사(招英閣詩社)가 성립한 사실이다. 시사는 1736년경에 성립되었으며 1770년 무렵까지 활동한 것으로 보인다. 시사의 구성원으로서 시문 창화(唱和)에 참여해서 『하선십영(河仙十詠)』(1737)에 작품을 올린 사람은 막천사를 위시해서 중국사람 25명, 베트남사람 6명, 도합 32명이다. 『하선십영』이외에도 막천사가 편찬한 『하선영물시선(河仙詠物詩選)』『명발유어(明渤遺漁)』, 역시 막천사가 쯔놈으로 창작한 「하선국음십영(河仙國音十詠)」「하선국음십경음곡(河仙國音十景吟曲)」, 그리고 작자를 알 수 없는 「노계만(鱸溪輓)」 등의 작품도 초영각시사의 활동과 밀접한 관련이 있을 것이라고 추정

---

212) "文不求工 辭尙達" (『歷朝憲章類誌』 '文籍誌' 59a면).
213) "興趣超邁 盖有高尙之風" (『歷朝憲章類誌』 '文籍誌' 59b면).
214) 막천사는 후에 이름을 막천석(鄚天錫)이라고 바꾸었다. 성을 '鄚'으로 한 것은 막등용(莫登庸)의 성과 구별하기 위함이었다.

된다.

『하선십영』은 하선지방의 빼어난 경치 열 가지를 가려 뽑아서 노래한 작품집이다. 몇군데 경치를 선정하고 그것을 제목으로 삼아 창작한 시를 집경제영시(集景題詠詩)라고 명명하기도 하는데, 집경제영시가 일반적으로 그렇듯이 『하선십영』의 경우도 제목이 네 자씩이다. 막천사의 작품 중 다섯번째 작품인 「석동탄운(石洞呑雲)」을 보면 이렇다.

| | |
|---|---|
| 有峰聳翠砥星河 | 우뚝한 푸른 봉우리 은하수에 닿을 듯한데, |
| 洞室玲瓏蘊碧岢 | 영롱한 동굴이 푸른 산 속에 감춰져 있네. |
| 不意煙雲由去住 | 기약 없는 연기와 구름 굴속을 오가고, |
| 無情草木共婆娑 | 무정한 풀과 나무 함께 너울너울 춤을 추네. |
| 風霜久歷文章異 | 풍상을 오래도록 겪어 외양은 기이하고, |
| 烏兎頻移氣色多 | 일월이 자주 바뀌니 경관 다양하기도 하네. |
| 最是精華高絶處 | 참으로 더할 수 없이 뛰어나게 아름다운 곳, |
| 隨風呼吸自嵯峨 | 바람 따라 숨을 쉬며 홀로 우뚝 서 있네.215) |

제목 '석동탄운'은 석굴(石窟)이 구름을 삼킨다는 뜻이다. 하선진 운산(雲山)에 동굴이 있는데, 산중턱에서 산꼭대기까지 이어져 있다. 안개며 구름을 머금었다 내뿜었다 하는데 새벽이나 저물녘에 멀리서 그 광경을 보면 신비로운 아름다움을 느낄 수 있다고 한다.216)

작품에서는 경치 자체의 아름다움에 초점을 맞추고 있고 화자의 개인적인 정감 표출은 절제하고 있다. 그러면서도 화자의 여유로운 시선, 경물을 감상

---

215) 『베트남문학전집』 7, 767면.
216) "雲山北距地藏山一里半 中建白雲寺 境界岑寂 竹徑通幽處 禪房花木深 岩岫啓乎其巓 吐納雲煙 縹緲於晨夕之際 十景中石洞呑雲 此居其一" (Đỗ Mộng Khương・Nguyễn Ngọc Tỉnh 옮김 『Gia Định Thành Thông Chí(嘉定城通志)』, Hà Nội: Nxb Giáo Dục 1998, 168~169면).

하는 한가로움이 넉넉히 배어 나온다. 이 작품에서 보는 바와 같이 아름다운 경치와 화자의 여유로운 시선, 그리고 거기서 배어 나오는 한가로움을 결합시켜 전아(典雅)하게 표현하는 것은 『하선십영』을 관류하고 있는 창작 방법이자 작품이 주는 미감의 원천이라고 생각된다.[217]

막천사의 다른 문집 『명발유어』에 실린 「노계한조(鱸溪閒釣)」를 보면 『하선십영』과는 분위기가 사뭇 다르다.

| | |
|---|---|
| 鱸溪泛泛夕陽東 | 노계에 두둥실 배를 띄웠네, 석양 동쪽에, |
| 氷線閒抛白練中 | 낚싯줄을 하얀 물속에 한가로이 던져두네. |
| 鱗鬣頻來黏玉餌 | 물고기들은 자주 와서 맛난 미끼를 물고, |
| 煙波長自控秋風 | 안개 낀 수면은 오래도록 가을바람에 흔들리네. |
| 霜橫碧藘虹初霽 | 비가 막 개자 파랑명아주에 서리가 내리고, |
| 水浸金鉤月在空 | 물에는 금낚시 드리우고 하늘에는 달이 떴네. |
| 海上斜頭時獨笑 | 바다 위에서 머리 숙이고 이따금 홀로 웃네, |
| 遺民天外有漁翁 | 나라 잃은 백성 하늘 밖에서 늙은 어부가 되었기에.[218] |

나라를 잃고 하늘 밖 하선 땅에 와서 늙은 나이에 고기나 낚고 있는 자신을 보니 쓴웃음이 절로 난다고 했다. 노계(鱸溪)는 노어(鱸魚), 곧 농어를 떠올리게 하고, 중국 진(晉)나라의 장한(張翰)이라는 사람이 자기 고향의 명물인 순챗국과 농어회를 먹으려고 관직을 사퇴하고 고향으로 돌아갔다는 고사를 연상하게 한다. 막천사는 이런 고사를 알고 있었을 테니 노계에서 낚시하면서 장한의 고사를 떠올리며 고향(고국)을 그리게 되었을 것이다.

아버지가 완주의 신하가 되었고 어머니는 베트남사람이며, 자신은 베트남 땅에서 태어났고 베트남 아내를 맞이했지만, 스스로를 망국(亡國)의 유민(遺

---

217) "詩皆婉麗可誦" (『歷朝憲章類誌』 '文籍誌' 76b면).
218) 『베트남문학전집』 7, 787면.

民)으로 인식하고 있다. 베트남사람인 조건을 아무리 열거해도 여전히 명나라 유민의 후손이기도 하다는 의식이 자리 잡고 있는 것이다. 베트남사람이면서 중국 유민의 후손인 이중성이 막천사 작품에 색다른 정조를 부여한다고 하겠다.

막천사가 살았던 18세기는 베트남 남부 메콩강 유역으로의 진출이 본격화된 시기이다. 이 시기에 문학은 어떤 역할을 했을까? 한 가지 분명히 말할수 있는 것은 이 시기의 문학은 개척지 문학으로서의 역할을 다했다는 사실이다. 초영각시사의 활동 덕분에 하선 땅이 베트남, 나아가 동아시아문학의판도 안에 들어오게 되었다. 경물과 정착민을 동아시아 중세의 미감으로 포착해서 연결하는 것, 이것이 문학이 한 일이다. 또한 새로 개척한 곳, 그곳의경물과 그곳에서 살아가는 백성들의 삶을 한시와 쯔놈시로 담아내는 것이개척지의 문화를 통일하는 데 가장 중요한 활동이었을 것이다. 그런 일을 앞장서서 수행한 사람으로 막천사를 첫손으로 꼽아야 할 것이다.

### 4) 한시의 혁신과 방향전환

#### (1) 민중의 고난과 고통

18세기 들어서자 사회적 모순이 심화되어 농민의 저항이 가일층 빈번해지고 격렬해졌으며 마침내 베트남 역사상 최대 규모의 농민 저항인 서산운동으로 이어졌다. 이 분열과 대립의 시기에 한문학은 사회의 현실을 반영하고 민족 구성원의 삶의 현실에 다가감으로써 현실주의적 성격과 민족문학적성격을 뚜렷이 했다. 이곳에서는 한시가 민중의 고난과 고통을 끌어안는 양상을 살펴보기로 한다.

18세기 초에 사회의 혼란으로 고통을 겪는 민중의 삶을 여성화자의 입을빌려 형상화해낸 걸작이 『정부음』이다. 지은이는 등진곤(鄧陳琨)이다. 등진곤은 생몰연대가 분명하게 알려지지 않았는데 대략 1710~1720년경에 태어나서 1745~1750년경에 세상을 떠난 것으로 추정된다.[219] 향시(鄕試)에는 합격했으나 회시(會試)에는 낙방하자 과거를 단념한다. 경흥(景興) 연간 (1740~1786)에 창위(靑威)의 지현(知縣)을 역임했다고 한다.[220]

『정부음』이 창작된 시점을 전하는 자료로 빈번하게 거론되는 것이 『역조 헌장유지』의 짤막한 기록이다. 거기에 따르면 경흥 초에 전쟁이 일어나자 남편이 출정하게 되어 아내와 헤어지게 되는 일이 많았는데, 이를 보고 느끼는 바가 있어 창작했다고 한다.[221] 18세기에 들어서 정씨가 실권을 쥐고 있던 북쪽에서는 대규모 농민반란이 빈발했는데, 그 가운데 1738년에 시작된 여유밀(黎維密)의 반란이나 1739년 발발한 황공질(黃公質)의 반란은 30년이나 계속되었다.[222] 『정부음』이 경흥 초에 창작되었다면 바로 이러한 농민반란을 진압하기 위해 출정하게 된 상황이 배경이 되었을 것이다.

『정부음』은 악부체(樂府體) 형식을 취하고 있으며 한 행을 이루는 글자수는 3~11자로 일정치 않다.[223] 작품의 길이에 대해서는 구두를 떼는 방식에 따라 견해가 달라지는데 대략적으로 말해서 480여행에 이르는 장편이다. '정부음'이라는 제목 그대로 전쟁터로 남편을 보낸 아내의 노래이다. 1인칭 독백체의 형식으로 남편을 떠나보내는 마음, 그리움과 외로움, 남편의 안위를 걱정하는 마음, 다시 만나기를 기원하는 마음을 절절히 노래하여 읽는 이로 하여금 절로 눈물짓게 한다.

『정부음』은 전쟁이라고 하는 절망적인 상황이 젊은이의 행복한 삶을 파괴하고 있는 현실을 문제 삼고 있다.

> 自從別後風沙隴　이별하여 모래바람 날리는 곳으로 떠난 후,
> 明月知君何處宿　달 밝은 이 밤에 당신은 어디에서 주무시나요?

---

219) 『호앙 쑤언 한 저작집』 III, 243~244면.
220) 『황월시선』 권지육.
221) "因景興初兵起 征戎別離 感時而作" (『歷朝憲章類誌』 '文籍誌' 82b면).
222) 유인선 『베트남의 역사』 230~231면.
223) 잡언체(雜言體), 장단구(長短句)라는 형식이다.

| 古來征戰場 | 예로부터 전쟁터는, |
|---|---|
| 萬里無人屋 | 만리에 인가란 없는 곳. |
| 風緊緊打得人顔憔 | 바람은 몰아쳐 얼굴은 핼쑥해지고, |
| 水深深怯得馬蹄縮 | 물은 깊어 말발굽은 움츠러드네. |
| 戍夫枕鼓臥龍沙 | 수자리는 북을 베고 모래 위에서 자고, |
| 戰士抱鞍眠虎陸 | 병사는 안장을 안고 무덤에서 잔다네. |
| 今朝漢下白登城 | 오늘 아침은 한나라 군사가 백등성으로 내려오고, |
| 明日胡窺靑海曲 | 내일은 오랑캐가 청해곡을 엿본다네. |
| (…) | (…) |
| 可憐多少鐵衣人 | 가련하구나, 쇠갑옷을 입은 이들, |
| 思歸當此愁顔蹙 | 돌아갈 날 생각하고 수심으로 얼굴 찡그리는구나. |
| 錦帳君王知也無 | 비단 장막 속의 임금은 알 수 있을까? |
| 艱難誰爲畵征夫 | 정부의 고생스런 모습 뉘라서 그려줄꼬?[224] |

출정한 남편의 고생하는 모습을 상상하는 부분이다. 병사들은 전장에서
풍찬노숙(風餐露宿)하고 있지만 서울의 궁궐에 있는 임금은 그것을 알 리
없다고 했다. 은근한 풍자의 뜻이 있다고 하겠다. 중간에 있는 2행은 당나라
이백(李白)의 「관산월(關山月)」에 나오는 구절인 "한나라 군사는 백등도로
내려오고, 오랑캐는 청해만을 엿본다(漢下白登道 胡窺靑海灣)"를 변형한 것
이다.

떠난 남편을 기다리는 아내의 사연도 처연(悽然)하기는 마찬가지다.

| 錦字題詩封更展 | 비단에 시를 적어[225] 봉했다가는 다시 열어보고, |
|---|---|
| 金錢問卜信還疑 | 동전으로 점을 쳤지만 반신반의한다네. |

---

224) 『베트남문학전집』 13B, 38~39면.
225) 원문의 '錦字'는 비단에 짜넣은 글자라는 뜻이다. 아내가 남편에게 보내는 편지를 이른
다. 전진(前秦) 때 두도(竇滔)의 아내 소씨(蘇氏)가 비단에 「회문선도시(廻文旋圖詩)」340자
를 짜넣어 귀양 간 남편에게 보냈다는 고사가 있다.

| | |
|---|---|
| 幾度黄昏時 | 몇번이나 황혼녘에, |
| 重軒人獨立 | 높은 난간에서 홀로 서서 기다렸던가. |
| 幾回明月夜 | 몇번이나 달 밝은 밤에, |
| 單枕鬢斜欹 | 헝클어진 머리로 홀로 누웠던가. |
| 不關沉與醒 | 취하고 깨는 것과는 관계없이, |
| 惛惛人似醉 | 정신이 흐릿하여 마치 취한 듯하네. |
| 不關愚與惰 | 우둔하고 게으른 것과는 관계없이, |
| 懵懵意如癡 | 마음이 아득하여 마치 어리석은 이 같네. |
| 簪斜委髻蓬無奈 | 비녀 비뚤어지고 머리 흐트러진들 어찌하리, |
| 裙腿襦腰瘦不支 | 몸은 여위어 치마와 저고리를 이기지 못하네.226) |

이런 처지에 빠지다보니 쌍쌍이 다니는 원앙이며 제비며 평생을 서로 의지하고 살아간다는 공공이(蛩蛩-)가 한없이 부럽기만 하다. 사랑하지만 서로 떨어져서 살 수밖에 없는 내 인생은 어째서 이런가 하고 탄식한다.227) 그러니 다음과 같은 소망을 말하는 것은 자연스러운 일이다.

| | |
|---|---|
| 安得在天爲比翼鳥 | 어찌하면 하늘의 비익조가 되고, |
| 在地爲連理枝 | 땅의 연리지가 되리요 |
| 寧甘死相見 | 차라리 죽어서 서로 만나볼지언정, |
| 不忍生相離 | 차마 살아서 이별하지는 않으리. |
| 雖然死相見 | 비록 죽어서 본다고는 하나, |
| 曷若生相隨 | 어찌 살아서 함께하는 것만 하리요. |
| 安得君無老日 | 어찌하면 당신은 늙지 않고, |
| 妾常少年時 | 저도 늘 젊을 수 있을까요.228) |

---

226) 『베트남문학전집』 13B, 48면.
227) "何人生之相遠 嗟物類之如斯" (『베트남문학전집』 13B, 61면).
228) 『베트남문학전집』 13B, 62면.

당나라 백거이(白居易)의 「장한가(長恨歌)」의 결미 부분에서 "하늘에선 비익조가 되고자, 땅에서는 연리지가 되고자(在天願作比翼鳥 在地願爲連理枝)"라고 한 것을 변용하고 있다. 비익조는 암수의 눈과 날개가 하나씩이라서 반드시 짝을 지어야 날 수 있다는 전설상의 새이고, 연리지는 뿌리는 다르지만 가지가 서로 엉켜 자라는 나무이다. 둘 다 금슬 좋은 부부를 비유하는 말이다.

수사기교 또한 다채롭게 구사되고 있다. 약간의 차이를 둔 반복이 가장 빈번하게 사용된 수사기교이다. 위에서 이미 본 "바람은 몰아쳐 얼굴은 핼쑥해지고, 물은 깊어 말발굽은 움츠러드네(風緊緊打得人顏憔 水深深怯得馬蹄縮)"가 그렇고 다음과 같은 구절이 또한 그렇다.

| | |
|---|---|
| 君登途兮妾恨不如駒 | 당신이 길을 떠나건만 제가 말처럼 태울 수 없으니 한스럽고, |
| 君臨流兮妾恨不如舟 | 당신이 강을 만나도 제가 배처럼 실어 나를 수 없어 한스럽군요. |
| 淸淸流水不洗妾心愁 | 맑디맑은 강물이라도 제 슬픈 마음 씻어내진 못하고, |
| 靑靑芳草不忘妾心憂 | 푸르디푸른 풀이라도 제 근심스런 마음을 잊게 하진 못해요.229) |

이러한 대구와 반복은 눈길이 닿는 곳이면 작품 어디에나 있다고 할 정도로 자주 사용되었다. 행 단위로 반복되는 가운데 시어 단위의 반복도 나타나며 첩어의 사용 또한 빈번하다. 이런 표현방식은 화자의 굴곡 있는 내면심리에 조응하면서 작품을 음영할 때 리듬감을 더해준다고 할 수 있다. 그 밖의

---

229)『베트남문학전집』13B, 36면. 몇군데 더 들어본다. "楊花零落委蒼苔 蒼苔蒼苔又蒼苔" (44면), "願爲君兮解征衣 願爲君兮捧霞巵 爲君梳櫛雲鬢髾 爲君粧點玉膚脂" (63~64면).

수사기교로 은유는 물론이고 과장도 있고, 다음과 같이 수미(首尾)가 이어지
게 하는 기교도 발견된다.

須臾中兮對面　　잠시 얼굴을 마주하고는,
頃刻裡兮分程　　경각간에 헤어졌네.
分程兮河梁　　　헤어진 곳은 시내 조그만 다리,
徘徊兮路旁　　　배회하네 길가를,
路旁一望旆央央　길가에서 휘날리는 깃발만 줄곧 바라보네.[230]

『정부음』은 곡절(曲折)이 있는 악부형식의 현실비판 문학작품이자 반전문
학(反戰文學) 작품으로서, 전편에 걸쳐서 한문학의 유산 활용, 애처로운 사
연, 은근한 비판의 뜻이 돋보인다고 할 수 있다. 이러한 『정부음』은 나오자
마자 대단한 호응을 얻었다. 홍열백(洪烈伯)은 『정부음』에서 착안해 남편 쪽
의 사연을 토로한 『정부음(征夫吟)』을 만들기도 했다. 다수의 쯔놈시 번역도
이루어졌는데, 그 가운데 여성시인 단씨점(段氏點, 1705~1748)이 7・7・6・
8체 형식으로 번역한 『정부음곡(征婦吟曲)』은 한시보다도 더 큰 인기를 누
렸다. 7・7・6・8체 형식은 내면의 깊은 슬픔을 표현하기에 아주 적합한
형식이어서 한시 『정부음』보다 더 큰 울림을 가질 수 있었을 것이다. 『정부
음곡』으로 말미암아 전쟁을 반대하는 원작의 주제의식이 상하층에서 고른
공감을 얻게 되었다.

『정부음』은 잠시 차치하더라도 18세기에는 민중의 궁핍한 삶을 묘사하는
한시작품이 많았다. 특히 완협(阮浹, 1723~1804), 오세린(吳世璘, 1726~?),
범완유, 배휘벽(裴輝璧, 1744~1818), 범귀적(范貴適, 1760~1825) 등이 고통
받는 민중의 현실에 눈을 돌렸다. 이들의 한시는 현실을 반영해 고통스러운

---

230) 『베트남문학전집』 13B, 37면. 『정부음』의 수사기교에 대해서는 于在照 『越南文學史』
　　 91면 참조.

삶의 실상을 전하는가 하면 비판적이고 풍자적인 목소리를 높이기도 했다.

오세린은 높은 포부와 학식을 지니고 은거한 시인이었다. 완주가 실권을 장악한 남부지역에서 살았지만 벼슬을 하지는 않았다. 그는 당대 사회의 병폐를 우의적으로 표현하여 독특한 작품세계를 창출했다. 여러 작품 가운데 「섭세음(涉世吟)」과 「저조제(猪鳥啼)」가 대표작이다. 먼저 「섭세음」을 보자.

| | |
|---|---|
| 深山有虎狼 | 깊은 산속에는 범과 이리가 있고, |
| 大潭有鯨鱷 | 큰 못 속에는 고래와 악어가 있다. |
| 世上有戈矛 | 세상에는 창검이 번득이니, |
| 此身何處托 | 이 몸은 어디에 의탁한단 말인가. |
| 鬧裏苦多蠅 | 시끄러운 곳에는 파리 많아 괴롭고, |
| 靜裏苦多蚊 | 조용한 곳에는 모기 많아 괴롭다. |
| 如何兩小蟲 | 어째서 작은 두 벌레는, |
| 偏看喫人身 | 유독 사람 고기만 먹으려 든단 말인가[231] |

제목에 있는 '섭세'라는 말은 세상일을 겪어 지내온다는 뜻이다. 그 말 그대로 세상살이를 경험한 소회(所懷)를 토로하는 데 초점이 맞추어져 있다. '파리'와 '모기'는 삶을 해치는 모든 것을 은유적으로 표현한다고 보아야겠다. 전편에 걸쳐 두드러지는 은유적인 표현과 풍자적인 어조로 세상 어디에서도 편하게 살 수 없다고 탄식하고 불평하고 있다.

다음의 「저조제」는 은유적 표현이 더욱 인상적이며 그로테스크한 느낌까지 자아낸다.

| | |
|---|---|
| 嗚呼奇哉猪鳥啼 | 아아, 기괴할세라 저조의 울음소리여! |
| 五更鳴吠風凄凄 | 오경에 울어대니 바람이 차갑구나. |

---

231) 『베트남문학전집』 10A, 379면.

| 泰山傾頹白日暗 | 태산이 무너지고 백일이 어두워지고, |
| 平地波起黑雲迷 | 평지에 파도가 일고 먹구름 자욱하구나. |
| 鴻鴈悲鳴散林藪 | 크고 작은 기러기 슬피 울며 숲속으로 흩어지고, |
| 豺狼橫行當路蹊 | 승냥이와 이리는 길을 횡행하는구나. |
| 朝野呑聲不敢說 | 조야에서는 모두 다 소리를 죽이고 아무 말 못하니, |
| 嗚呼奇哉豬鳥啼 | 아아, 기괴할세라 저조의 울음소리여!232) |

'저조'는 베트남어로는 찜 런(chim lợn)이라고 하며 헛간올빼미 또는 가면 올빼미로 불리는 올빼미의 일종이다. 한밤중에 우는 올빼미의 기분 나쁜 울음소리는 음울한 사회 분위기를 환기하고 있다. "기러기가 숲속으로 흩어진다"는 말은 살기 어려워진 백성들이 이산하는 모습을 그린 표현인데, 『시경』의 시구233)를 변용한 것이다. 또 "승냥이와 이리가 횡행한다"는 말은 간인(奸人)이 전횡을 일삼는 모습을 그린 표현인데, 『후한서(後漢書)』에 나오는 '시랑당로(豺狼當路)'를 끌어다 쓴 것이다.234) 전고를 적절히 이용하여 풍자의 효과를 높였다고 할 수 있다. 이 작품을 읽노라면 오세린이 왜 서산운동에 동조하게 되었는지 이해할 수 있게 된다.235)

범완유가 투언 호아(Thuận Hóa, 順化) 지역 관리일 때 쓴 『남행기득집(南行記得集)』(1777)에는 당시의 현실을 전하고 있는 작품이 많다. 「조아사(弔餓死)」「감민거산락(感民居散落)」「문궁민모자상식유감(聞窮民母子相食有感)」「도걸행(悼行乞)」은 민중의 기근과 삶의 고통에 대한 기록이다. 집을 버리고 유랑걸식하다가 아사하는 사람이 속출하고 급기야 모자간 서로 잡아

---

232) 『베트남문학전집』 10A, 376면.
233) "기러기 날아가다 못 가운데 앉았네(鴻雁于飛, 集于中澤)" (小雅, 「鴻雁」).
234) "張傳豺狼當路 安問狐狸"(『後漢書』 卷56).
235) 반휘주는 『역조헌장유지』에서 「영회(詠懷)」「춘일우성(春日偶成)」「무래오(蕪萊塢)」「산거즉사(山居卽事)」를 거론하면서 오세린의 시가 곱고 흥취가 느껴진다고 했는데, 앞서 본 두 편의 작품과는 상당한 거리가 있다("詩皆婉雅 有情致", 『歷朝憲章類誌』'文籍誌' 77b면).

210

먹는 지경에 이르렀으니 궁핍이 참으로 극에 달했다.

다음은 「문궁민모자상식유감」이다.

| 萬物之生一曰人 | 만물이 생겨날 때 가장 먼저는 사람이요, |
|---|---|
| 莫如母子最相親 | 어미 자식보다 더 가까운 사이는 없다. |
| 臨窮被自移常性 | 궁핍이 극에 달해 모자가 본성을 잃었다니, |
| 問怪誰無怛大倫 | 괴이한 사정 전해 듣고 누군들 인륜이 근심되지 않으리요 |
| 餘毒何須談駿孺 | 여독이 어찌 우매한 어미 자식에게만 미친다 하겠는가, |
| 伏機誠可畏穹旻 | 천기(天機)는 참으로 미묘하니 저 하늘을 두려워해야 하리라. |
| 撫綏正急揚仁聞 | 서둘러 위무(慰撫)하여 백성을 사랑하는 정치를 펴야, |
| 會使回頑漸入醇 | 완악한 마음을 돌려 차츰 순후하게 할 수 있으리라.236) |

'괴이한 사정'은 제목에 있는바, 모자간 서로 잡아먹는 변괴를 말한다. 궁핍으로 인해 인륜의 최후 보루마저 무너져내린 현실을 탄식하고 백성을 위무하는 정치를 펴는 것이 해결책이라고 말했다. 궁핍은 천재가 아니라 인재라는 입장이다.

배휘벽은 학식이 뛰어난 사람이었다. 여귀돈의 제자이기도 한 그는 1769년 과거에 급제하여 벼슬길에 오른다. 서산 군대가 서울에 입성해 정씨를 축출하고 난 다음에는, 여조 황제와 서산 양쪽에서 모두 그를 초빙하고자 했다. 하지만 배휘벽은 양쪽의 제안을 모두 거절하고 물러나 제자를 기르며 지낸다. 이러한 행적이나 남은 저작이 주로 서산시대 이전에 쓰인 것이라는 점 때문에 통상적으로 서산시대 이전의 문인으로 취급된다. 그는 자기 자신의 시문집 외에도 『황월시선(皇越詩選)』(1788), 『황월문선(皇越文選)』을 편찬했다. 경학에 관심이 커서 『오경절요(五經節要)』 『주례절요(周禮節要)』 『논어

---

236) 『베트남문학전집』 10A, 350면.

절요(論語節要)』 등도 저술했다.

배휘벽은 시속(時俗)을 따르기보다는 '고풍(古風)'을 간직하여 마음을 맑힘으로써 차츰차츰 군자가 되는 길로 나아가고자 했다.237) 또 군자의 학문을 말미암아 중용(中庸)의 길을 가고자 한다고 했다.238) 하지만 아무리 시정(時政)을 평가해서 이러니저러니 말하기 싫다고 해도 갈수록 혼란스러워지는 현실에 완전히 눈감을 수는 없었다.

| | |
|---|---|
| 半啓書局雨後天 | 서재 문을 반쯤 여니 비 온 뒤 하늘 개었네, |
| 一畦種菊一盆蓮 | 한 뙈기 땅에 국화를 심고 동이 하나엔 연꽃을 심었다. |
| 秀淵搖定湖中月 | 수연호(秀淵湖) 잔잔한 수면 위에 달빛이 빛나고, |
| 羅堞稱疎樹秒煙 | 대라성(大羅城) 나뭇가지 끝으로 연기가 피어오른다. |
| 革弊不能毗國主 | 폐단을 일소하여 국왕을 돕지도 못하고, |
| 起衰何以繼吾先 | 쇠미함을 떨치고 선조의 유업(遺業)을 계승하기도 어렵구나. |
| 世途傾昃門風薄 | 세도는 기울어가고 문풍은 열어지는데, |
| 獨坐嚴更聽杜鵑 | 한밤중에 홀로 앉아 두견새 소리 듣노라.239) |

「야좌청두견(夜坐聽杜鵑)」인데 스스로 선발하여 『황월시선』에 올려놓은 작품이다. 작품을 배열한 순서로 보건대 임인년(壬寅年, 1782)과 정미년(丁未年, 1787) 사이에 지은 작품이다. 중간에 나오는 '수연(秀淵)'은 수연호로 호수의 이름이고, '나첩(羅堞)'은 대라성으로 오늘날 하노이이다.240) 임금의 신하로서, 조상의 후손으로서 소임을 다하지 못하는 무력감을 토로하고 있다. 작품 전반부에서 고요한 경관을 묘사해놓았지만 이 고요함 뒤에는 고통

---

237) "深厚存古風 毋學時世粧 (…) 澄心內自省 漸進君子香" (「寄家弟」, 『황월시선』 권지육).
238) "淵乎遠哉 君子之學 致廣大而盡精微 極高明而道中庸" ('蚌蛤沙」, 『황월시선』 권지육).
239) 『황월시선』 권지육; 『베트남문학전집』 10A, 397면.
240) 『베트남문학전집』 10A, 398면.

으로 신음하는 백성과 무능한 위정자가 자리하고 있다고 암시하고 있다.

이어서 볼 배휘벽의 연작시 「무제(無題)」에서는 현실의 심각성을 이렇게 전한다.

天降饑蝗病此民　하늘이 흉년을 내리고 해충이 들끓게 하여 이 백성들 병들어,
孤窮轉徒極酸辛　외롭고 가난하며 떠도는 신세 말할 수 없이 쓰리고 고되구나.
夜來風雨寒如此　밤 되자 비바람이 이렇듯 찬데,
道路應多失所人　길바닥에 나앉은 사람들 어이하리.241)

흉년이 백성세계를 해체시키고 있다. 연작시 중 다른 작품에서는 여름에 한발(旱魃)이 들고 가을에는 서리가 심했다고 하며 겨울에는 해충이 극성을 부렸다고 했다.242) 빈발하는 흉년, 거기에 관리나 귀족의 토지 겸병, 조세의 증가, 관료층의 무능과 부패가 겹쳐서 백성들의 삶이 황폐하게 되었다.243) 배휘벽은 조정에서 녹을 먹는 사람들은 반성해야 한다며 자신을 비롯한 위정자들의 반성을 촉구했지만244) 자신 역시 어찌해볼 도리가 없었다.

범귀적은 정주(鄭主) 아래에서 벼슬하다가 서산 군대가 하노이로 진군하자 북쪽의 박 닌(Bắc Ninh) 땅으로 달아났다가 후에 완조가 들어서자 다시 출사한 인물이다. 박 닌으로 달아나서 그곳 백성의 참상을 기록한 장편 「부경북(赴京北)」을 썼다. 현지 노인의 입을 빌려 전쟁과 관리의 수탈로 피폐하게 된 삶을 전하고 있다. 한편 이문복(李文馥, 1785~1849)은 「전(錢)」에서 동전이 야기하는 사회적 폐해를 문제 삼았다. 그리고 윤온(尹蘊, 1795~1849)은

---

241) 『베트남문학전집』 10A, 406면
242) "夏旱秋霜冬有蝗" (『베트남문학전집』 10A, 405면).
243) 유인선 『베트남의 역사』 229~234면.
244) "肉食誰人在廟堂" (『베트남문학전집』 10A, 405면).

「농부(農夫)」에서 농민의 눈물과 땀으로 먹고사는 향촌 유력자들을 강도높게 비판했다.245)

(2) 사대부 남성이 그린 여성의 삶

18~19세기에는 한시로 시대의 아픔을 노래하는 거대한 흐름 옆에 여성을 제재로 한, 크지는 않지만 의미있는 한 흐름이 있었다. 여성에 대한 이야기가 점증했고 여성의 형상화 또한 뛰어났다. 한시는 여성의 삶을 발견함으로써 작품세계를 확장한 성과를 보였다고 할 수 있다.

먼저 오시사(吳時仕, 1726~1780)의 작품을 보자. 오시사는 「독백집오십사운(讀白集五十四韻)」에서 당나라 백거이(白居易, 772~846)는 참으로 자신의 스승이라 하고 백거이와 같이 평이한 작품을 쓰겠노라 했다.246) 그런 작시 태도를 가지고 경물을 노래한 작품이 많다. 하지만 그보다 주목해야 할 것은 아내를 그리는 애절한 마음을 노래한 작품들이다.

| 愛君久欲圖君貌 | 당신을 사랑해 오래전부터 당신의 모습 그려두고 싶어서, |
| 幾度長安喚畵工 | 몇번이고 도성(都城)의 화공을 불렀잖소 |
| 君謂傳神須鶴髮 | 참모습 그려내려면 나이들 때까지 기다려야 해요 하더니, |
| 孰敎韶景去匆匆 | 어찌하여 고운 모습 바삐도 떠나가버렸단 말이오 |
| | |
| 半帳孤枕擁孤兒 | 휘장을 반만 걷고 외로운 잠자리 어미 잃은 아이를 안고 누워, |
| 忍淚思君十二時 | 온종일 당신 생각에 눈물을 참는다오 |
| 恨不當初恩愛少 | 한스러운 것은 애초에 더 사랑해주지 못한 것, |

---

245) Nguyễn Lộc,『Văn Học Việt Nam (nửa cuối thế kỷ XVIII-hết thế kỷ XIX)(18세기 후반~19세기까지의 베트남문학)』59면.

246) "押韻旣不險 用字亦無奇 (…) 少陵自古玉 居易眞吾師" (『베트남문학전집』10A, 221~222면).

| 豈應腸斷至如斯 | 그랬다면 이처럼 단장의 아픔은 없지 않겠소! |
| --- | --- |

| 足我衣飧完我孝 | 옷이며 음식이며 마련하여 효를 다하게 돕고, |
| --- | --- |
| 廿年辛苦負齊眉 | 이십 년을 고생고생하다가 떠나갔구려. |
| 端人今日於何去 | 당신 지금 어디로 떠나갔소? |
| 隻箸單衾我與誰 | 나는 뉘와 함께 먹고 자야 한단 말이오.247) |

작품에 붙인 오시사 자신의 설명에 따르면 아내 완씨(阮氏)는 열네 살에 시집와서(1743) 서른세 살에 세상을 떠났다(1762). 그 20년 동안을 가난한 집 살림을 맡아 하면서 아이를 낳고 조상 제사를 모시고 부모 봉양을 했지만 가난한 자기로서는 보답할 길이 없었다고 했다. 부부이면서도 어진 친구와 같았던 아내를 생각하면서 슬픔을 누르고 눈물을 닦으면서 세 편의 시를 쓴다고 했다.248)

아내 완씨를 떠나보내고 나서 2년 후에 두번째 부인[次室]을 얻었는데, 첫번째 부인과 마찬가지로 완씨(1742~1770)였다. 하지만 함께한 지 7년이 채 못 되어 그만 병을 얻어 세상을 떠나고 만다. 오시사는 외직에 나가 있으면서 아내가 아프다는 소식을 듣고 느낀 당혹스러움, 병이 중하다는 소식을 듣고 느낀 걱정, 그리고 끝내 세상을 떠나보내고 느끼는 감회를 담은 작품 여러 편을 썼다. 그렇게 지은 여러 편의 추모시와 함께 곡(曲), 제문(祭文), 전기(傳記) 등을 수록하여 『규애록(閨哀錄)』을 엮었다.

정실, 차실의 죽음을 슬퍼하는 시가 있는가 하면 하녀의 죽음을 애도하는 작품도 있다. 그것은 「곡시녀이하(哭侍女李霞)」인데, 1770년부터 1773년까지 하녀 노릇을 하다가 스물한 살의 나이로 세상을 떠난 하녀 진씨(陳氏)를 추모하는 내용이다.249) 오시사는 여성의 죽음을 각별히 슬퍼하여 작품의 제

---

247) 『베트남문학전집』 10A, 191~192면
248) 이런 내용은 『베트남문학전집』 10A, 193면에 있는데 한문 원문은 없이 베트남어 번역만 있다.

재로 삼았음을 알게 된다.

『규애록』을 비롯한 오시사의 일련의 작품이 아내를 추모하는 작품을 창작하는 새로운 기풍을 진작했다. 『규애록』이 나오자 범완유(范阮攸, 1739~1786)가 『단장록(斷腸錄)』을 엮는 등 여러 사람이 전례로 삼음으로써 비슷한 성격의 저술이 여럿 출현한 것이다.250) 『단장록』에 실린 「만시삼절(輓詩三絕)」 가운데 첫 수를 보자.

娘子平生寡言笑　당신은 평생 말도 적고 웃음도 적었지만,
言笑曾能解我煩　웃으며 말하면 내 답답한 마음을 다 풀어주었소
一別茫茫何處是　이렇게 헤어졌으니 아득한 천지간 어디서 찾으란 말이오
如今不笑亦無言　어째서 이제는 웃지도 않고 말도 하지 않는 거요.251)

범완유의 아내 완씨가 세상을 떠난 것은 1772년의 일이다. 아내 완씨는 완유정(阮有整, 1741~1787)의 누나였다.252) 그녀는 말이 많지는 않았지만 남편의 속내를 잘 알아서 웃으면서 말하면 큰 위로가 된다고 했다. "이렇게 헤어졌으니 아득한 천지간 어디서 찾으란 말이오(一別茫茫何處是)"를 반복하면서 둘째 수에서는 바느질 솜씨, 셋째 수에서는 음식 솜씨를 회상했다. 절절한 슬픔을 진솔하게 표현했다고 하겠다. 아내가 죽은 지 몇년 후에 범완유는 서산 군대를 피해 산으로 숨었다가 그곳에서 죽고 만다.

18~19세기에는 죽은 아내가 아닌 여성 일반으로 시선을 옮긴 새로운 경향의 작품도 보인다. 여성 형상화에 관심을 둔 작가로는 영손(寧遜, 1743~?), 완유, 범정호(范廷琥, 1768~1839), 그리고 이문복이 손꼽힌다. 영손은 「마상미인(馬上美人)」에서 말을 탄 여인의 고운 자태를 섬세하게 묘사했다. 범정

---

249) 『베트남문학전집』 10A, 210면.
250) 『베트남문학사전』 218면.
251) 『베트남문학전집』 10A, 324면.
252) 완유정이 쯔놈으로 쓴 변문형식의 「제자문(祭姉文)」을 쯔놈 시문항목에서 다룬다.

호는 「유소감(有所感)」에서 규방에서 어려움 없이 곱게 자란 소녀를 제재로 삼았다. 그런가 하면 고백괄의 「양부행(洋婦行)」은 작가가 인도네시아에서 지었다는 점이 호기심을 자극한다.

여성을 제재로 한 한시 가운데는 특히 불우한 삶을 산 하층 여성을 다룬 작품이 많이 있다. 완유는 「조나성가자(弔羅城歌者)」에서 나성(羅城)[253]의 유명한 가기(歌妓)의 불우한 사연을 말하고 애도했다. 범정호의 「구가희(舊歌姬)」는 여조 시대 가기의 신세 한탄을 기록해놓았다. 이러한 작품들은 여성의 불우한 삶을 형상화한 쯔놈소설이나 호춘향의 쯔놈시와 더불어 여성이 겪어야 하는 시대의 아픔을 절실하게 보여주고 있다.


(3) 완유(阮攸)의 고음(苦吟)

여조의 멸망(1788), 베트남 역사상 최대 규모의 농민 반란인 서산운동, 완조의 성립(1802)으로 이어지는 베트남 역사의 격변기를 살면서 상하층의 역사적 경험을 시문으로 기록하고, 그 속에서 살아간 사람들의 내면을 섬세한 감각으로 표현한 걸출한 시인이 바로 완유(1766~1820)이다. 완유야말로 18~19세기에 걸친 베트남 역사의 격동기의 체험을 집대성한 작가라고 할 수 있다.[254]

완유는 선전(僊田) 완씨(阮氏) 가문 출신으로 태어난 곳은 오늘날의 하노이 땅이다. 선전 완씨는 여조에서 대대로 정치와 문학을 주도한 명문거족(名門巨族)이다. 아버지 완엄(阮儼, 1708~1775)은 여조 말엽에 재상 지위에 있었으며 완유는 그의 일곱째 아들로 태어났다. 어머니는 진씨빈(陳氏嬪, 1740~1778)인데 아버지 완엄의 세번째 부인이었다.

완유는 열 살 때 아버지를, 열두 살 때 어머니를 여읜다. 일찍 양친을 여

---

253) 응에 안(Nghệ An) 성의 별칭이다.
254) Nguyễn Lộc 『Văn Học Việt Nam (nửa cuối thế kỷ XVIII-hết thế kỷ XIX)(18세기 후반~19세기까지의 베트남문학)』 119면.

의었지만 1783년에 과거에 합격하고 단씨(段氏) 가문의 딸과 결혼했다. 이후 무인(武人) 가문의 양자(養子)가 되었다가 양부(養父)가 세상을 떠나자 양부의 무관직(武官職)을 계승했다. 1789년에 여조 소통제(昭統帝)가 서산 군대에 쫓겨 청나라로 도망하자 완유는 부인의 고향으로 가서 큰처남[255]의 도움으로 살아간다. 이 시절 완유는 군대를 모아서 여조부흥운동에 가담했으나 실패한다. 후에 선전으로 돌아가서 홍산렵호(鴻山獵戶), 남해조도(南海釣徒)라고 자호(自號)하고 사냥, 낚시, 시 창작 따위로 소일하며 민중과 가까운 자리에서 지낸다.

서산운동이 실패로 돌아가고 완조가 성립하자 누차에 걸친 가륭(嘉隆)황제(재위 1802~1819)의 권유를 받아들여 1802년에 출사(出仕)한다. 여러 벼슬을 역임하다가 1813~1814년에는 정사(正使)로 청나라에 다녀온다. 명명(明命)황제 원년(1820)에 중국에서 책봉을 받아오기 위한 사신이 되어 떠나려 했으나 전염병에 걸려 세상을 떠나고 말았다.[256]

완유는 성격이 차분하고 과묵하며 소극적인 사람이었다고 한다. 가륭황제가 그의 소극적인 태도를 못마땅하게 여기고, 조정에 있으면서 어째서 자기 뜻을 말하지 못하고 위축되어서 "예, 예!"만 할 뿐이냐고 책망하기까지 했다고 한다.[257] 소극적인 태도로 일관한 데는 기질적인 특성이 물론 크게 작용했겠지만, 비단 그 때문만은 아니었을 것이다. 멸망한 왕조의 재상가(宰相家)의 후손이면서 서산봉기(西山蜂起)에 동조할 수도 없었던 처지였고, 새로 들어선 왕조에 의한 일종의 구세력 끌어안기의 차원에서 발탁되어 벼슬길에

---

255) 단완준(段阮俊, 1750~?)이다.
256) Trịnh Bá Đĩnh・Nguyễn Hữu Sơn・Vũ Thanh 공편 『Nguyễn Du, về tác gia và tác phẩm(완유, 작가와 작품에 대하여)』(Hà Nội: Nxb Giáo Dục 1998) 27~30면에 연표가 정리되어 있다.
257) "事高廟時 進見每無所言 嘗奉諭曰 國家用人 惟賢是與 初無南北之異 卿與吳任 既蒙知遇 官至亞卿 當知無不言 以效其職 豈可逡巡畏縮 徒事唯諾爲哉"(「阮攸先生傳」, 『翠翹傳詳註』卷上, 8~9면). '고묘(高廟)'는 '가륭(嘉隆)황제'를 가리킨다.

218

오르기는 했지만 자기 뜻을 펼 수 없는 처지였다는 사정도 함께 작용했을 것이다.258)

완유는 한시와 쯔놈문학에 능했다. 남긴 한문 저작으로는 『청헌시집(淸軒詩集)』259) 『남중잡음(南中雜吟)』260) 『북행잡록(北行雜錄)』261)이 있는데 전모를 볼 수 있는 것은 아니다. 현재 그 가운데 일부인 249수가량이 수집되었다.262)

완유는 시름도 많고 병도 많았다고 작품 곳곳에 쓰고 있다. 실의해서 선전에서 사는 동안 특히 그런 고백이 빈번히 나온다. 제목부터 「와병(臥病)」이라고 한 다음 작품을 보자. 『청헌시집』에 수록되었으며 2수 가운데 첫째 작품이다.

| | |
|---|---|
| 多病多愁氣不舒 | 병도 많고 시름도 많아 기운이 편치 않아, |
| 十旬困臥桂江居 | 고단한 몸 계강가 처소에서 석 달을 누워 있다. |
| 癘神入室吞人魄 | 병마(病魔)가 방에 들어와 사람 넋을 삼키고, |
| 饑鼠緣床喫我書 | 굶주린 쥐는 침상을 타고와 내 책을 갉아먹는다. |
| 未有文章生孽障 | 문장이 죄업을 낳는다는 말은 아직 없다 해도, |
| 不容塵垢雜淸虛 | 속된 먼지가 청허함 속에 섞이지 않게 하련다. |
| 三蘭窗下吟聲絶 | 난초 놓인 창문 아래에서 읊조리는 소리 그치고, |
| 點點精神遊太初 | 정신은 한 걸음 한 걸음 태초에 노니는구나.263) |

---

258) 이와 관련해서 "嘉隆初被徵 不得辭 乃出 居官常被詘於有司 鬱鬱不得志"(「阮攸先生傳」, 『翠翹傳詳註』 卷上, 9면)라고 한 구절이 특히 주목된다.
259) 1786~1804년에 쓴 한시를 수록했다.
260) 1805~1813년 관료생활 할 때 쓴 한시를 수록했다.
261) 1813~1814년 사행(使行)할 때 지은 한시를 수록했다.
262) 1997년 현재 『청헌시집』에서 78수, 『남중잡음』에서 40수, 『북행잡록』에서 131수를 수집했다(『베트남문학사전』 29면).
263) 『베트남문학전집』 10B, 162면.

'삼란창(三蘭窓)'은 세 줄기 난초를 심은 창이라는 뜻인 듯하다. '계강(桂
江)'은 완유가 머물던 선전지방을 흐르는 강 이름으로 보인다.264) 강가 처소
에서 100일[十旬] 넘게 병마에 시달리고 있다.265) 병이 시름을 낳고 시름이
병을 부채질해서, 몸과 마음이 함께 망가지는 악순환이 계속되고 있다. 이렇
게 아픈 가운데서도 문학(문장)을 생각한다. '속된 먼지[塵垢]'라고 한 것은
곧 세상사에 대한 불만일 것이다. 그릇되어 가는 세상사에 대한 울민(鬱悶)
을 문장 속에 들여오면 누구인가 또는 무엇인가를 비판하게 된다. 왕, 관료,
제도, 인정세태가 모두 비판 대상이 될 수 있다. 하지만 문장 속에서 비판의
날을 세우면 결국 죄업을 낳게 되는 것이라 하고, 그저 맑고 밝은 시구나 읊
조려야겠다고 말하고 있다. 물론 이 말을 뒤집어서 이해해야 하겠다. 세상사
에 대한 불만이 시름의 원인이고 그 때문에 병이 심해졌다는 것, 그리고 문
학은 그릇되어 가기만 하는 세상사에 맞선 깨어 있는 지식인의 표현수단이
라는 것이 완유가 말하고자 하는 진의일 것이다.

「와병」에서 말한 병과 시름은 벼슬길에서 몰려 나왔기 때문에 생긴 것이
어서 벼슬하면 사라지는 일시적인 상태라고 말할 수도 있다. 하지만 벼슬길
에 나간다고 해서 병과 시름이 사라지는 것은 아니었다. 완유는 1805년에 승
직하여 황성이 있던 푸 쑤언(Phú Xuân, 富春, 지금의 후에)으로 옮겨오게 된
다.『남중잡음』에 수록된 다음 작품 「우제(偶題)」는 그 무렵에 지은 것 같다.

白地庭墀夜色空　　텅 빈 툇마루 앞뜰에는 밤경치 고요한데,
深堂悄悄下簾櫳　　적막한 집 안에서 창문 주렴을 내린다.

264) Lê Thước 외『Thơ Chữ Hán Nguyễn Du(완유의 한시)』, Hà Nội: Nxb Văn Học
1978, 101면.
265) 이어지는 「와병」 둘째 작품에서는 "십 년 전부터 가지고 있는 병(十年夙疾)"이라고 하
고 있어서 전후가 맞지 않는 것 같다. 둘째 작품에서 말하는 병은 실의해서 선전에 들어와
살게 되면서 생긴 마음의 병으로 보면 이해가 된다(Lê Thước 외『Thơ Chữ Hán Nguyễn
Du(완유의 한시)』 137면).

丁東砧杵千家月　달빛 내리는 마을에는 똑딱똑딱 다듬이 소리,
蕭索芭蕉一院風　바람 부는 뜰에는 바스락바스락 파초 소리가.
十口啼饑橫嶺北　열 식구는 횡산(橫山) 북쪽에서 주려 울건만,
一身臥病帝城東　이 몸은 황성(皇城) 동쪽에서 병들어 누워 있구나.
知交怪我愁多夢　친한 벗은 날보고 무슨 근심과 꿈이 그리 많으냐지만,
天下何人不夢中　천하에 꿈속에서 살지 않는 사람이 누가 있단 말인가266)

　가족과 떨어져서 서울에서 병들어 누워 있는 처지에서 느끼는 외로움이
잘 그려져 있다. 특히 눈길이 가는 것은 미련(尾聯) 2행이다. 병들어 누웠으
니 근심도 많고 꿈도 많았을 것이다. 하지만 세상사람들 모두가 꿈속에서 살
지 않느냐는 완유의 반문을 심각하게 생각해보면, 삶은 한바탕 괴로운 꿈이
라는 염세적인 생각을 품고 있음을 확인하게 된다.

　'창문 주렴을 내리고' 닫힌 공간에 누워서 꿈을 꾸고 있다고 한 것을 보면
세상으로 나아가는 통로를 스스로 닫아놓고 있는 셈이다.267) 실로 세상사와
직접 부딪치는 대신 내면으로 침전하면서 경험하게 되는 '병(病), 수(愁), 몽
(夢)'은 완유의 전체 작품에 걸쳐 고루 등장하는 시어이다. 이 세 가지 시어
에 '연민(憐憫)'을 더한다면 아마도 완유의 시세계를 집약하기에 충분할 것이
다. 그는 꿈과 같은 세상을 더욱 힘들게 살게 만드는 모든 폭력에 분노하
고 희생자들에게는 깊은 연민을 느꼈다. 연민이 자기연민에 머물지 않고 세
상에 대한 연민으로 확대되었다.268)

---

266) 『베트남문학전집』 10B, 196면.
267) 완유의 한시 250여수 가운데 문을 '연다'고 말한 것은 세 번뿐이며 그중에서도 문을 열
　고 즐거운 기분을 느낀다고 말한 것은 단지 한 번에 불과하다고 한다. 그렇다 보니 완유 한
　시의 시적 공간은 작고도 좁다(Lê Thu Yến 「Không Gian Nghệ Thuật Trong Thơ Chữ
　Hán Nguyễn Du(완유 한시의 예술 공간)」, 『베트남 중세문학 연구논문선』 207~213면).
268) Lê Bảo 외 『Giảng Văn Văn Học Việt Nam(베트남문학 강독)』(Hà Nội: Nxb Giáo
　Dục 1998) 255면에서 자기연민(thương mình) 없이 세상사람들에 대한 연민(thương
　người) 또한 없었을 것이라고 한 말이 타당하다.

세상사에 대한 비판적 시선을 가지고 폭력에 희생된 민중의 고단한 삶을 그린 작품으로 「소견행(所見行)」을 우선 첫손에 꼽을 만하다.

| 有婦携三兒 | 한 아낙네가 세 아이 손을 잡고, |
|---|---|
| 相將坐道旁 | 이끌어 길옆에 앉았다. |
| 小者在懷中 | 어린 녀석은 품속에 있고, |
| 大者持竹筐 | 큰 녀석은 광주리를 들었다. |
| 筐中何所盛 | 광주리에 뭐가 들었나, |
| 藜藿雜粃糠 | 푸성귀 이것저것이며 쭉정이와 겨. |
| 日晏不得食 | 날이 저물었는데도 먹지를 못하고, |
| 衣裙何□□269) | 옷은 또 왜 그렇게 누더기가 되었나. |
| 見人不仰視 | 사람을 똑바로 쳐다보지 못하고, |
| 淚流襟浪浪 | 눈물은 줄줄 옷깃을 적시네. |
| 羣兒且喜笑 | 어린놈들이 장난치며 놀리면서, |
| 不知母心傷 | 어미 마음 상하는 줄 모른다. |
| 母心傷如何 | 어미 마음 어째서 상하는가? |
| 歲饑流異鄕 | 흉년이 들어 낯선 고장으로 흘러들었다. |
| 異鄕稍豊熟 | 이곳이 소출(所出)이 조금 나아, |
| 米價不甚昂 | 쌀값이 크게 뛰지는 않았다. |
| 不惜棄鄕土 | 고향땅 버리는 것 아쉬워하지 않고, |
| 苟圖救生方 | 잠시 살 방도를 세우려 한 것이다. |
| 一人竭傭力 | 혼자 온힘을 다해 품팔이를 해도, |
| 不充四口糧 | 네 입 풀칠할 양식이 모자라는구나. |
| 沿街日乞食 | 거리에 나와 하루하루 걸식을 하지만, |
| 此計安可長 | 이렇게 해서 얼마나 버틸 수 있겠나. |
| 眼下委溝壑 | 얼마 안 가서 구렁에 버려져서, |

---

269) 책에 따라 표기가 '裋褙' '柾襦' '劻勳' 등으로 달라져서 '□□'라고 표기해둔다. 다만 번역은 잠시 '남루(襤褸)'의 뜻이라고 보는 통설을 따른다.

| | |
|---|---|
| 血肉飼豺狼 | 피와 살이 승냥이 먹이가 되겠지. |
| (…) | (…) |
| 昨宵西河驛 | 어젯밤 서하역에서는, |
| 供具何張皇 | 상차림이 얼마나 장황했던가. |
| 鹿筋雜魚翅 | 사슴 힘줄이며 물고기 지느러미며, |
| 滿卓陳猪羊 | 한 상 가득 돼지고기 양고기가. |
| 長官不下箸 | 수령은 젓가락도 대지 않고, |
| 小們只略嘗 | 아랫사람들도 그저 조금 맛볼 뿐. |
| 撥棄無顧惜 | 내다버려도 아까울 것이 없어, |
| 鄰狗厭膏粱 | 옆집 개는 고량진미(膏粱珍味)에 물린다. |
| 不知官道上 | 모르리라, 등청(登廳)하는 길에, |
| 有此窮兒娘 | 이렇듯 궁핍한 아녀자가 있는 것을. |
| 誰人寫此圖 | 누가 이런 광경을 그려내, |
| 持以奉君王 | 임금께 가져다 바치리요.270) |

이 작품은 『북행잡록』에 실려 있으니 중국 사행길에서 본 바를 기술한 것
이다. 실제로 중간에 나오는 '서하역'은 중국 산서성(山西省) 분양현(汾陽縣)
에 있었다. 중국에서 본 하층민의 비참한 생활상을 길게 서술하고 거기에 상
층 관료의 사치와 무관심을 대비시켰다. 완유의 의도를 제대로 포착해 작품
에서 그려진 바를 베트남의 현실과 중첩시키면서 읽어야 할 것이다.

중국 광서성(廣西省) 태평부(太平府)에서 노래를 팔며 연명하는 장님 노인
을 제재로 삼은 작품 「태평매가자(太平賣歌者)」도 「소견행」과 작품 전개방식
이 유사하다. 누군가 노인을 배로 불러 노래를 듣게 되었다는 사연을 말하고
서, "중화(中華)에서는 모두들 따뜻하고 배부르다더니, 중화에도 또한 이런 사
람이 있구나"271)라며 놀라고 있다. 이어서 사신을 맞이할 때는 여러 척의 배

270) 『베트남문학전집』 10B, 283~285면. 오식이 분명한 글자는 바로잡았다.
271) "只道中華盡溫飽 中華亦有如此人" (『베트남문학전집』 10B, 227~228면).

에다 온갖 진미를 차려놓고는 먹다먹다 다 먹지 못해 강바닥에 버린다고 했다. 배 위에 버려진 음식이 낭자한 광경, 남은 음식물이 강에 버려지는 장면이 노인의 불우한 처지와 대조되면서 읽는 이로 하여금 비감에 젖게 한다. 상층의 사치와 타락이 상하층의 골을 깊게 한다는 강력한 비판이 담겨 있다.

완유 자신이 오랜 시간 민중의 처지에 접근할 수 있는 기회를 가졌던 것이 하층의 목소리를 대변하는 작품을 창작하도록 이끈 계기가 되었을 것으로 보인다. 「청명우흥(淸明偶興)」에서는 "마을의 노랫소리에서 처음으로 상마어(桑麻語)를 배우고, 들판의 곡소리에서 이따금 전벌성(戰伐聲)을 듣는다"272) 하고 있다. 민중의 삶과 언어, 그리고 그들의 아픔을 배우고 느끼게 되었다는 진술로 받아들일 수 있겠다. 자주 거론되는 「독소청기(讀小靑記)」「용성금자가(龍城琴者歌)」에서도 역시 불우한 삶을 살아가는 사람에 대한 연민의 정이 잘 드러나 있다.273)

「반초혼(反招魂)」은 앞에서 본 「소견행」이나 「태평매가자」와 한편으로는 연결되면서도 다른 한편으로는 독자적인 색채를 강렬하게 발하는 작품이다. 중국 초(楚)나라의 굴원(屈原)이 멱라수(汨羅水)에 빠져 죽었는데, 송옥(宋玉)은 굴원의 넋을 돌아오라고 부르는 「초혼(招魂)」을 짓는다. 맹수가 들끓는 곳에 있지 말고 사람 사는 이 세상으로 돌아오라는 취지의 작품이다. 하지만 완유는 송옥의 「초혼」에 반대한다는 의미에서 제목을 「반초혼」이라 하고, 굴원에게 이 세상이 바로 맹수가 들끓는 곳이니 돌아올 것 없다고 말하고 있다.

굴원이 살던 시대의 성곽(城郭)은 지금까지 남아 있지만, 독한 맹수와 다름없는 자들에 의해서 살점이 씹혀서 호남(湖南) 땅에는 수척한 이들만 있고 살진 사람은 아무도 없게 되었다고 했다. 오만하고 독한 무리들이 여전히 활개치고 있으니 돌아올 필요가 없다는 것이다. 이어지는 후반부의 8행은 다음과 같다.

---

272) "村歌初學桑麻語 野哭時聞戰伐聲" (『베트남문학전집』 10B, 166면).
273) 조동일 『하나이면서 여럿인 동아시아문학』 297~297면에서 「용성금자가」를 다루었다.

224

| 魂兮魂兮率此道 | 혼이여, 혼이여, 만일 이 길로 온다 해도, |
| 三皇之後非其時 | 삼황 이후로는 그때가 아니리다. |
| 早斂精神返太極 | 어서 정신을 거두어 태극으로 돌아가고, |
| 愼勿再返令人嗤 | 잘 헤아려 돌아오지 마시오, 사람들이 비웃으리다. |
| 後世人人皆上官 | 후세사람들은 사람마다 모두 상관대부(上官大夫)요, |
| 大地處處皆汨羅 | 대지는 곳곳이 모두 멱라수라오. |
| 魚龍不食豹虎食 | 어룡이 먹지 않으면 호표가 잡아먹으리니, |
| 魂兮魂兮奈魂何 | 혼이여, 혼이여, 어이하리오.274) |

'상관(上官)', 곧 상관대부는 굴원을 모함한 근상(斳尙)을 가리킨다. 후세
사람들은 삼황시대 이후의 사람들인데, 특히 완유가 살았던 시대의 사람들
을 암시하고 있다. 사람마다 모두 상관대부가 되었다는 것은 충신의 진심을
짓밟고 자기 이익을 위해 남을 모함하는 세태가 되어버렸다는 말이다. 삼황
오제시대 이후로 사람들이 타락했고 자기 시대에 이르러 타락상이 극에 이
르렀다는 역사인식을 내비친 셈이다. 이런 인식의 이면에는 자기 시대 사람
들에게서 희망을 발견할 수 없다는 절망과 체념이 배어 있다.275) 완유는 세
상사람이 모두 꿈속에서 산다고 했는데, 자신은 남다른 악몽을 꾸고 있었다.

(4) 역사의 소용돌이 속에서

18~19세기의 혼란의 정점은 서산운동과 완조의 성립이었다. 거대한 역
사의 소용돌이 속에서 선택의 기로에 놓인 지식인은 한시를 빌려 하고 싶은
말을 했다. 이 절에서는 한시에 나타난 지식인의 자기인식, 시대인식, 세계
인식을 더듬어보고자 한다.

앞서 오세린이 서산조정에 협력했다고 말했는데 그가 서산조정에서 어떤

---

274) 『베트남문학전집』 10B, 249면.
275) 조동일 『하나이면서 여럿인 동아시아문학』 277면~279면에서 「반초혼」을 다루었다.

일을 맡아했는지 분명히 알려져 있지는 않다.276) 서산조정에 협력한 또 다른 시인으로는 완협, 오시임(吳時任, 1746~1803), 반휘익(潘輝益, 1751~1822) 같은 사람이 있다. 완협은 과거에 급제하여 벼슬길에 나섰다가 마흔여섯의 나이(1768)에 사직하고 은거하며 제자를 기르는 데 힘쓴다.277) 서산의 광중황제가 누차 권유하자 1791년에 서산조정에 가담한다. 서산조정에서 경전을 쯔놈으로 번역하여 교육용 교재로 만드는 일을 맡았다.278) 1792년에 인쇄된 『시경해음(詩經解音)』이 전하고 있는데 완협이 주도해서 만든 것으로 추정하고 있다. 광중황제가 죽자 사직하고 은거하여 지내다 세상을 떠난다. 출생지 이름을 따서 나산선생(羅山先生), 나산부자(羅山夫子)라고도 불렀다.

완협의 한시 「독성리사서대전(讀性理四書大全)」279)이나 「답석동공(答石洞公)」280)을 보면 그는 성리학을 탐구한 유학자였다. 장편 「산거작(山居作)」(1770)을 보면 성현의 서적을 보기 위해 은거했노라고 말하고 있다. 모든 말이 이치에 합당하고 사심이 없는 것은 정주(程朱)가 그렇다고 하고,281) 남쪽 땅 오랑캐[蠻夷]로 태어나 성현의 서적을 보게 된 것은 다행한 일이라282) 했다. 이런 생각을 가지고 이학(理學)을 연구했고, 역량을 인정받아 서산왕조에서 유학의 경전을 쯔놈으로 번역하는 일을 맡아할 수 있었다. 그렇다고 해서 정통 성리학만 탐구한 것은 아니었다. 완협은 술수학(術數學)에도 일가견이 있었는데 풍수(風水)는 물론 참법(讖法)에도 밝았다고 한다.283) 이런

---

276) 『베트남문학사전』 325면.
277) Hữu Ngọc · Nguyễn Đức Hiền 편 『(La Sơn Yên Hồ) Hoàng Xuân Hãn(호앙 쑤언 한 저작집)』 II(역사편), Hà Nội: Nxb Giáo Dục 1998, 1001면.
278) "중앙에 숭정서원(崇正書院)을 만들었다. 당대의 이름난 학자였던 응우옌 티엡(Nguyễn Thiếp, 阮浹)에게 숭정서원의 운영을 맡기고" (유인선 『베트남의 역사』 243면).
279) 『호앙 쑤언 한 저작집』 II 1240면.
280) 『호앙 쑤언 한 저작집』 II 1218면.
281) "一言當理無私心 千古程朱得意著" (『호앙 쑤언 한 저작집』 II, 1226면).
282) "蠻夷幸覩聖賢書" (『호앙 쑤언 한 저작집』 II, 1226면).
283) 『호앙 쑤언 한 저작집』 II, 1113~1115면.

점은 앞 시대 완병겸과 대단히 상통한다.

완협 한시의 주조는 은거의 뜻을 말하는 것이었다. 오언배율 「영채자술(營寨自述)」의 전반부를 보자.

| 南河有病者 | 남하 땅에 병든 이 있어, |
|---|---|
| 住近六年城 | 육년성 근처에서 산다. |
| 三面石爲壁 | 삼면은 돌이 벽이 되어주고, |
| 四圍山作屛 | 사방 산을 병풍으로 삼는다. |
| 農圃優閒趣 | 채마밭은 청한(淸閑)한 흥취 있어 더욱 좋고, |
| 煙霞隱遁情 | 안개와 놀은 숨어사는 이의 마음을 달래주는구나. |
| 蓮花風月在 | 연꽃은 청풍명월(淸風明月) 속에서, |
| 時與二三生 | 이따금 두세 송이 피어나는구나.284) |

'육년성'은 은거지인 천인산(千仞山)에 있다. 여조 태조 여리(黎利)가 명나라 군대와 맞서 싸우기 위해 축조한 성이다. 작품은 은거지의 모습과 그 속에 살고 있는 사람의 품격을 잘 그리고 있다. 속되지 않고 맑으면서 이취(理趣)가 있어 뜻이 높다는 평가를 내릴 수 있다.285)

남긴 작품을 일별하면 이처럼 은거의 뜻을 말하고 있는 작품의 비중이 상당히 크다. 특히 「부석봉노어(浮石逢老漁)」286)는 화자와 어부 간의 대화로 전개되는 어부가의 전통을 계승하면서 은거의 뜻을 말하고 있는 작품이다. 격동기를 산 사람의 작품이 이처럼 한가로움을 추구하고 있다는 점이 이채롭다.287) 은일유사 한시의 전통이 면면하게 계승되고 있다는 사실을 확인할

---

284) 『歷朝憲章類誌』'文籍誌' 82a면; 『호앙 쑤언 한 저작집』 II, 1188면.
285) "詩皆淸雅脫灑理趣從容 盖有德之言 非騷人吟客比也 (…) 語皆淸高飄逸眞趣逸出 而 自不落陳腐" (『歷朝憲章類誌』'文籍誌' 81b면).
286) 『호앙 쑤언 한 저작집』 II, 1230~1231면.
287) 조동일 『하나이면서 여럿인 동아시아문학』 295~296면에서 완협을 다루고 「부석봉노 어」의 일부를 다루었다.

수 있다.

오시임은 여조에서 벼슬을 하다가 지인의 천거로 서산조정에 참여한다. 이때 그는 영손(寧遜), 단완준(段阮俊) 같은 여조의 구신(舊臣)들을 설득하여 서산조정에 들어오도록 한다. 서산조정에서는 주로 청나라와의 외교 관계 일을 맡아 보았다. 1793년에는 청나라에 사신으로 다녀오기도 했다. 얼마 후 벼슬에서 물러났다가 뒤에 완조가 들어서자 서산조정에 협조했다는 이유 로 문묘(文廟) 앞에서 매를 맞고 앓다가 죽었다고 전한다.[288]

사행길에 오른 오시임은 1793년 2월 20일에 베트남을 출발하여 5월 8일 에 북경에 도착한다. 이어 2월 20일에 북경을 출발하여 9월에 베트남에 돌 아오게 된다.[289] 청나라에 사신으로 다녀오는 길에 지은 작품을 엮어서『황 화도보(皇華圖譜)』를 냈다. 그곳에 장편 오언고시「완이음(莞爾吟)」(40행)이 실려 있는데, 중국 사행을 통해서 화이(華夷)는 차등이 있다는 생각을 버리 게 되었다고 비교적 차분한 어조로 진술하고 있다.

| 我行萬里程 | 이번 만리길 사행에 나서, |
| 來去三時候 | 오가는 데 세 계절이 흘렀다. |
| 目睹與耳聞 | 눈으로 보고 또 귀로 들어서, |
| 南北無殊趣 | 남북이 다르지 않다는 것을 알았다. |
| (…) | (…) |
| 夷夏陰陽分 | 화이(華夷)가 음양처럼 나뉜다는 말, |
| 此言太淺陋 | 이 말은 참으로 비루한 말이다. |
| 天理在人心 | 천리는 모든 사람 마음에 있지만, |
| 風氣但先後 | 다만 풍기[風俗]에 선후가 있을 뿐이다. |

---

288) 『베트남문학사전』 334면.
289) 이러한 여정은『황화도보(皇華圖譜)』「소인(小引)」을 통해 알 수 있다. "癸丑春 (…) 二 月二十日起程 二十七日過關 五月八日抵燕 其月二十日回國 九月秋至京" (Cao Xuân Huy ・Thạch Can 주편『Tuyển Tập Thơ Văn Ngô Thì Nhậm(오시임 시문선집)』I, 281면).

(…)　　　　　(…)

幸哉生南方　다행이구나! 남쪽 나라에서 태어나,
儼然佩紳綬　의젓하게 인끈을 매고 있는 것이.
勿謂我不華　나보고 중화의 풍모가 부족하다 말하지 말지니,
越裳有黃耈　월상 땅에 현명한 노인이 있다 하지 않았던가290)

'월상(越裳)'은 나라 이름이다. 중국 주(周)나라 때 교지(交趾)의 남쪽 월상에서 흰꿩[白雉]을 바쳤다고 한다. '현명한 노인[黃耈]'은 사신을 보내서 흰꿩을 바치게 한 인물이다. 『영남척괴』에 따르면 그는 중국에 성인(聖人)이 났는지 알아보도록 사신을 보냈다고 한다. 사신은 주공(周公)이 하사한 수레인 지남차(指南車)를 타고 돌아왔는데, 이후로 지남차는 임금이 행차할 때 늘 선도가 되었다고 한다.291)

오시임은 광중황제의 자주적 노선을 보필하여 청나라와의 외교교섭에 임하고, 직접 중국에 다녀오기도 하면서 남북이 다를 것 없다는 것을 확신하게 되었다. 화이의 구분이 음양처럼 분명하게 나뉘는 것이 아니라 풍속에 선후가 있을 뿐이고 사람 마음속에 있는 천리는 모두 같다고 했다. 위에 인용한 마지막 부분에는 남쪽 베트남에서 중화문물을 받아들여 '화'가 된 지 오래되었다는 뜻을 말했다.

오시임은 한시의 본령에서는 두보(杜甫)의 시보다 주희(朱熹)의 시가 더 높은 자리에 있다고 보았다. 「연하시맹설(蓮夏詩盟說)」(1800)에서, 흔히 두보를 시왕(詩王)이라고 칭송하지만 두보는 제후는 될지언정 왕이 되기에는 미흡하다고 하고 성리시(性理詩)를 쓴 주희가 왕이 되기에 족하다고 평가했다.292) 왜냐하면 주희의 성리시 50편은 경(景)을 빌어서 정(情)을 드러내고,

---

290) Cao Xuân Huy · Thạch Can 주편 『Tuyển Tập Thơ Văn Ngô Thì Nhậm(오시임 시문
　　선집)』 I, 313~314면; 『베트남문학전집』 9A, 427~428면.
291) 박희병 옮김 『베트남의 신화와 전설』 51~53면 참조
292) "杜殆伯而未王也 (…) 惟晦庵朱夫子性理詩 無慮五十餘首 (…) 王詩命脈 庶乎其中興

정을 빌어서 사(事)를 표현하고, 사(事)를 빌어서 이(理)를 표현하고, 이(理)를 빌어서 도(道)를 표현했는데, 자연스러운 가운데 이치가 온전히 담겨 있기 때문이라고 했다.[293]

하지만 오시임은 불교를 이단으로 지목하고 배척했던 주희의 생각을 따르지는 않았다. 불교에 대한 관심은 이른 시기 시문에서부터 보였는데 청나라에 사신으로 다녀온 후에 사직하고는 죽림선원(竹林禪院)을 세우고 죽림파의 삼조(三祖)[294]를 계승한다고 선언하기에 이르렀다. 선종 승려들과 교류하면서 자신은 해량대선사(海量大禪師)로 불렀다. 불교 관계 저술에도 힘을 써서 「죽림대진원각성(竹林大眞圓覺聲)」에서는 유불 조화론을 펴기도 했다.[295]

다음 작품은 오시임의 지향점이 어디 있는지 짐작하게 한다.

| 仁義爲篙忠信柁 | 인의를 상앗대로, 충신을 키로 삼아 |
|---|---|
| 年年泛作斗光槎 | 해마다 북두성 별빛 아래 뗏목을 띄운다. |
| 仙源不用千艘訪 | 선원 찾아 많은 배 띄울 것 없고, |
| 佛海何妨一葉過 | 불해 건너는 데는 작은 배 한 척이어도 그만이다. |
| 載道去來閒壓浪 | 도를 싣고 오가며 한가로이 파도를 가르며, |
| 平心行止等盈科 | 평온한 마음으로 거동하며 물이 차기를 기다린다. |
| 濟川已具商巖檝 | 나랏일이라면 이미 부열(傅說)의 노가 있으니, |
| 且聽漁兒勸酒歌 | 그저 잠시 고기 잡는 아이의 권주가나 들으련다.[296] |

---

焉"(Cao Xuân Huy・Thạch Can 주편 『Tuyển Tập Thơ Văn Ngô Thì Nhậm(오시임 시문선집)』 II, 222면).

293) "惟晦庵朱夫子性理詩 無慮五十餘首 義理渾全 都從自然寫出 (…) 或借景而見情 借情而見事 或借事而見理 借理以見道"(Cao Xuân Huy・Thạch Can 주편 『Tuyển Tập Thơ Văn Ngô Thì Nhậm(오시임 시문선집)』 II, 222면).

294) 인종(仁宗), 법라(法螺), 현광(玄光)이다.

295) 『베트남문학사전』 336면. 반휘익이 쓴 서문 「죽림대진원각성서(竹林大眞圓覺聲序)」에서는 "구석이입유(驅釋以入儒)"하려는 의도를 가진 저술이라 평했다(Cao Xuân Huy・Thạch Can 주편 『Tuyển Tập Thơ Văn Ngô Thì Nhậm(오시임 시문선집)』 I, 228면).

296) Cao Xuân Huy・Thạch Can 주편 『Tuyển Tập Thơ Văn Ngô Thì Nhậm(오시임 시문

「고주(孤舟)」라는 작품이다.[297] '선원(仙源)'은 신선이 산다는 곳이고, '불해(佛海)'는 바다처럼 깊고 넓은 불법(佛法)의 세계를 뜻한다. '영과(盈科)'는 『맹자』에서 온 말인데[298] 물이 구덩이에 가득 찬다는 말로, 기초를 튼튼히 닦음을 비유한다. '상암(商巖)'은 『서경』에 나오는 인물로 부열(傅說)이라고도 한다. 은(殷)나라의 고종(高宗)이 부열을 등용하면서, 만약 큰 내를 건널 것 같으면 배와 노로 삼겠노라고 했다고 한다. 부열과 같은 훌륭한 신하들이 조정에 있다는 뜻을 말하고자 이런 말을 끌어다 썼을 것이다.

작품의 전반부는 인의와 충신(忠信)을 가장 중심에 두고서 도교와 불교를 아우르겠다는 취지를 말한 것으로 보인다. 후반부에서는 자신이 지향하는 바가 조정에 있지 않고 마음을 닦는 데에 있음을 암시하고 있다. 이런 작품을 써서 주희의 성리시와 같은 품격을 재현하려고 시도했다고 볼 수 있다. 낙관적인 어조가 지배적인 가운데 자연경물 묘사는 건조한 편이라는 느낌을 준다.[299]

지금까지 보았듯이 오시억, 오시사, 오시임 등 오씨 가문에서 출중한 시인들이 많이 배출되었다. 이들의 시문집이 이미 상당한 분량이었는데, 가문의 명성에 걸맞게 한데 모아서 전집으로 엮을 필요가 있었다. 그 일을 오시임의 장자 오시전(吳時佃)[300]이 맡아서 해냈다. 오시전은 오시억에서 자기 자신에 이르기까지 오씨 가문에서 창작한 시문집을 묶고 서명을 『오가문파(吳家文派)』라고 했다. 그 뒤에도 몇사람의 시문집이 보충되어, 오늘날 전하는 필

---

선집)』I, 246면.

297) Cao Xuân Huy · Thạch Can 주편 『Tuyển Tập Thơ Văn Ngô Thì Nhậm(오시임 시문선집)』I, 57~58면의 해설에 따르면 이 작품은 서산왕조에서 벼슬하던 시기에 쓴 작품들을 모아놓은 시집에 실려 있다. 시집에는 1797년이라고 분명히 창작시기를 밝힌 작품도 있다.
298) "盈科而後進 放乎四海" (『孟子』 '離婁」 下).
299) Nguyễn Lộc 『Văn Học Việt Nam (nửa cuối thế kỷ XVIII-hết thế kỷ XIX)(18세기 후반~19세기까지의 베트남문학)』113면.
300) 이름의 마지막 글자는 문헌에 따라서 '典, 琠, 佃'으로 표기가 일정치 않다.

사본 중에는 마지막으로 오시해(吳時偕, 1818~1881)의 시문집까지 묶어 30권 또는 36권으로 된 것이 있다. 『오가문파』는 여조 말엽에서 시작해 서산, 완조를 거치는 동안의 시문을 수록했을뿐더러 여러 방면에 걸친 종합적인 기록물이어서 그 가치가 높다.

반휘익은 오시사의 사위이자 오시임의 매제이다. 여조에서 벼슬하다가 1788년 서산조정에 들어간다. 오시임과 함께 청나라와의 외교관계 일을 담당한다. 오시임은 반휘익과 '당(堂)·당(塘)·양(陽)·방(方)'을 운자로 하여 시를 주고받았는데, 『국추백영(菊秋百詠)』(1796)[301]으로 전한다. 반휘익은 1790년에 단원준 등과 함께 청나라에 사신으로 다녀오기도 한다.[302]

반휘익은 완조가 들어서자 문묘 앞에서 매를 맞고 사면되지만 다시 벼슬길에 나가지는 않는다. 청나라 사행길에 창작한 『성사기행(星槎紀行)』도 넣어서 편찬한 『유암음록(裕庵吟錄)』 6권에 600여수의 시가 수록되어 전한다. 그중에 있는 다음 작품은 서산왕조의 명운이 걸린 전쟁중에 지었다.

| 太簇噓回煖律新 | 태주를 불어 봄기운 새로 불어넣건만, |
| 海山一帶起戎塵 | 바다며 산이며 온통 전쟁 먼지로구나. |
| 翠花飾駕將衝陣 | 물총새 깃털로 장식한 어가(御駕)는 둔영(屯營)을 향하려 하지만, |
| 火砲馳聲豈報春 | 화포 소리 요란한데 어찌 봄이 온 것을 알리리요. |
| 感激轅前攜槧客 | 느껍구나, 병영 앞에서 서찰 들고 있는 이여, |
| 凄凉壘外荷戈人 | 처량하구나, 성채 밖에서 창 메고 있는 이여. |
| 兵機利鈍關今夜 | 전세의 승부가 오늘밤에 달렸으니, |
| 秉燭邀來驛報頻 | 잇달아 전해지는 전황 소식을 촛불 들고 맞노라.[303] |

---

301) 『국화시진(菊花詩陣)』이라고도 한다.

302) 청나라에서 조선 사신 일행인 서호수(徐浩修, 1736~1799)를 만나서 쓴 시 「봉정조선 국진하사서판서(奉呈朝鮮國進賀使徐判書)」가 유득공(柳得恭, 1749~1807)의 『냉재서종(冷齋書鍾)』에 실려 전한다(조동일 『하나이면서 여럿인 동아시아문학』 266~268면).

'태주(太簇, 太蔟)'는 중국 음악 십이율(十二律)의 하나인데, '음력 정월'의 별칭이기도 하다. '난율(煖律)'은 온난(溫暖)한 절기를 뜻한다. '취화(翠花, 翠華)'는 제왕(帝王)의 의장(儀仗) 중 물총새의 깃으로 장식한 기나 수레 덮개인데, 제왕의 수레나 제왕을 뜻하기도 한다.

제목은 「임술원일융장야숙기사(壬戌元日戎場夜宿紀事)」(1802)이다. 작가 자신이 부기(附記)해놓은 바에 의하면 이해 정월 초하루에 황제의 어가는 이곳저곳을 옮겨 다니고 있었고 밤중에는 접전이 벌어졌는데 적의 화포 공격으로 사상자가 속출했다. 크게 염려되어 잠을 못 이루고 전황 보고를 기다리면서 이 작품을 썼다. 실제로 서산왕조는 그해에 종언을 고하고 말았다.

문학사에서 특히 중시해야 할 점은 반휘익이 등진곤의 『정부음』을 쯔놈 시로 번역했다는 사실이다. 다음 작품 「신연정부음곡성우작(新演征婦吟曲成偶作)」이 그런 사정을 전한다.

| | |
|---|---|
| 仁睦先生征婦吟 | 인목 땅 등(鄧)선생이 지은 『정부음』은, |
| 高情逸調播詞林 | 정조(情調)가 빼어나 문단에 널리 퍼졌다. |
| 近來膾炙相傳頌 | 근래에 회자되어 서로 칭송하면서, |
| 多有推敲爲演音 | 고치고 다듬어서 연음한 예가 많았다. |
| 韻律曷窮文脈粹 | 운율이 어찌하면 원작의 정수(精粹)를 전할 수 있을까? |
| 篇章須向樂聲尋 | 편장을 따라가면서 악조(樂調)가 어울리도록 해야지. |
| 閒中飜譯成新曲 | 한가로운 중에 새로 음곡(吟曲)을 엮었는데, |
| 自信推明作者心 | 스스로 작자의 뜻을 분명히 드러냈으리라 믿노라.304) |

'인목선생(仁睦先生)'은 인목 땅에 살았던 선생이라는 말로 등진곤을 가리킨다. '연음'은 한문 원작의 내용을 바꾸지 않으면서 베트남어 운문으로

---

303) 『베트남문학전집』 9B, 81면.
304) 『베트남문학전집』 9B, 85면.

번역하는 것이다. 반휘익이 『정부음』을 연염(번역)하는 입장은 원작의 정수, 달리 말해서 작자의 의도를 살리면서 운율이 적절해야 한다는 것으로 요약할 수 있다. 작자의 의도[作者心]를 더 중시한다는 말이니 축자역이 아니라 의역도 하겠다는 입장 표명으로 보인다. 그 결과 480여행의 원작을 반휘익은 408행으로 옮기게 되었다.[305]

앞서 본 완유의 연민과 절망감을 담은 작품에서 확인되듯이 서산왕조를 무너뜨리고 완조가 새로 들어섰다고 하여 그간 격화되어온 사회모순이 완화되거나 해소된 것은 결코 아니었다. 완형(阮衡, 1771~1824), 이문복, 윤온, 완문초(阮文超, 1796~1872), 완함녕(阮咸寧, 1808~1867) 같은 시인들이 그렇다는 사실을 작품으로 증언하고 있다. 하지만 19세기 전반기를 대표하는 시인으로는 아무래도 고백괄(高伯适, 1809~1855)을 첫손으로 꼽아야 한다.

고백괄은 극적인 삶을 산 사람이었다. 회시에 거푸 낙방하고 1841년에서야 황제의 부름을 받아 조정에 나아갔는데, 그해에 승천부(承天府)의 향시 채점관을 맡았다가 과거시험장에서 휘(諱)를 범한 응시생의 답안을 고쳤다가 발각되어 구금형에 처해진다. 이후 감형되어 1843년에는 관선(官船)을 타고 2년간 동남아시아 각지에 다녀오게 된다. 우여곡절 끝에 조정에 돌아왔지만 중용(重用)되어 뜻을 펼 기회를 얻지 못했기에 조정에서는 늘 비판적이었다고 한다. 급기야 1853년에는 한직인 국위부(國威府) 교수직을 그만두고 이듬해에 농민반란에 가담하기에 이른다. 하지만 얼마 못 가서 전투에서 패하고 다음해에 죽고 만다.

고백괄은 반란을 일으키다가 죽었기 때문에 시문이 많이 인멸되기는 했지만 적지 않은 작품이 전해진다.[306] 다음과 같은 작품을 보면 활달한 기상이

---

305) 반면에 축자역 쪽을 택한 단씨점의 연염은 496행이 되었다(『호앙 쑤언 한 저작집』 III, 287면 참조).

306) 고백괄의 작품을 전하는 시문집으로 『고백괄시집(高伯适詩集)』 『고주신유고(高周臣遺稿)』 『고주신시집(高周臣詩集)』 『국당시초(菊堂詩草)』 『민헌시집(敏軒詩集)』 『민헌설류(敏

느껴진다. 「청지범주남하(淸池泛舟南下)」라는 작품이다.

| | |
|---|---|
| 淸潭催別袂 | 청담은 이별을 재촉하고, |
| 珥水餞行襟 | 이하(珥河)는 떠나는 나를 전송하는구나. |
| 沙闊黃雲暮 | 널따란 모래벌판 위로 누런 구름이 저물고, |
| 天低白日沉 | 낮아진 하늘 한쪽에서 해가 지고 있구나. |
| 客舟寒泛泛 | 나그네 실은 배는 두둥실 찬 물살을 가르고, |
| 江色晩陰陰 | 해질녘 강 빛은 어둑어둑해지고 있구나. |
| 不見波濤壯 | 웅장한 파도를 보지 못하고서야, |
| 安知萬里心 | 어찌 만리심을 알 수 있으리요307) |

'청담(淸潭)'과 '이수(珥水)'는 하노이 성 밖에 있다고 한다.308) 마지막 줄에서 말한 '만리심(萬里心)'은 대장부로서의 큰 뜻을 말하는 것으로 보인다. 또 다른 작품에서는 충심을 다한 직간(直諫)으로 강상(綱常)을 지키고, 분연히 떨쳐 일어나 격문(檄文)을 돌려 사방(四方)을 평정하는 것이 사내다운 일이라고 했다. 그리고 그것은 바로 베트남의 위대한 두 인물 주안과 완채가 한 일이기도 하다고 보았다.309) 이런 작품들을 보면 고백괄의 시가 호방(豪放), 광달(曠達)하다는 평을 받는 것이 합당하다고 느껴진다.310)

---

軒說類)』 등이 있다. '주신(周臣)'은 자, '국당(菊堂)' '민헌(敏軒)'은 호이다. 모두 12권의 시문집에 시가 1,353편, 산문이 23편 전하고 있다(『베트남문학사전』 56면).

307) Vũ Khiêu 외 『Thơ Chữ Hán Cao Bá Quát(고백괄의 한시)』, Hà Nội: Nxb Văn Học 1970, 356면.

308) '이하는 지금의 홍강(紅江, sông Hồng)이다. 앞서 범사맹의 시 「화대명사제이하역(和大明使題珥河驛)」에서 본 바 있다.

309) "丈夫生不能披肝折檻爲世扶綱常 (…) 復不能首鼻磨墨飛檄定四方 (…) 縱然地下歸來見二叟 面厚心悸神慘傷" (「송완죽계출리상신겸치려희영로계(送阮竹溪出茬常信兼致黎希永老契)」, 『고백괄의 한시』 399면). '이수(二叟)'는 주안과 완채이다.

310) Nguyễn Lộc 『Văn Học Việt Nam(nửa cuối thế kỷ XVIII-hết thế kỷ XIX)(18세기 후반~19세기까지의 베트남문학)』 524면.

조정에 출사해 쓴 작품 가운데는 국제정세를 염려하는 작품도 있다. 영국의 배가 출몰하는 것도 근심거리요[311] 아편전쟁의 귀추도 관심거리였다.[312] 인도네시아에 다녀온 해외 체험이 시야를 넓히는 데도 도움이 되었을 것이다. 하지만 더욱 심각한 것은 농민층의 붕괴 문제였다. 이미 완유를 비롯해서 수많은 시인들이 증언하고 통탄해한 바로 그 일이다. 반역자가 남긴 현실 비판적인 시문을 적어두었다가 후세에 전하기는 어려웠을 텐데도 전해지는 작품이 여러 편 있다. 「촌거십이영(邨居十二詠)」의 한 편인 「모교귀녀(暮橋歸女)」에서는 굶주림을 이길 수 없어 옷을 전당 잡히고 보석[珠]보다 비싼 겨[糠粃]를 꾸어오는 여인을 묘사했다. 「부상자(負箱子)」[313]는 몰락해서 날품팔이로 전락한 농민의 처지를 그린 작품이고, 「복림로(福林老)」[314]는 노인의 입을 빌려 농촌의 굶주림과 이산을 말한 작품이다.[315]

다음 작품 「독야(獨夜)」는 그런 현실에서 무엇을 해야 하는가 고민하고 있는 자신을 그린 자화상이다.

| | |
|---|---|
| 城市喧卑地 | 소란스럽고 지대는 낮은 성시 한쪽에, |
| 乾坤老病夫 | 천지간 늙고 병든 한 사내가 있다. |
| 齎躬成冗剩 | 평생 몸을 움직여 쓸모없이 살았으니, |
| 屛迹且泥塗 | 자취를 감추어 진흙탕 속에 숨어야겠다. |

311) '홍모화선가(紅毛火船歌)」 '십오일대풍(十五日大風)」, 『고백괄의 한시』 368면·371면.
312) 「야관청인연극장(夜觀淸人演劇場)」, 『고백괄의 한시』 370면.
313) 『고백괄의 한시』 401면.
314) 『고백괄의 한시』 403면.
315) 『고백괄의 한시』 380면. 최병욱 '까오 바 꽛의 반란(1854) 원인에 대한 일 고찰」, 『동남아시아연구』 14권 2호(한국동남아학회 2004)에서 「모교귀녀」(145면)와 「도봉아부(道逢餓夫)」(143~144면)를 번역하고 검토했다. 이런 작품들은 천년 왕도 승룡(하노이)을 중심으로 하는 베트남 북부지역의 실상을 묘사한 것이라고 보고, 완조(阮朝)가 들어서면서 중심지 기능을 상실한 북부지역 사람이 느끼는 상대적 박탈감의 표현으로 읽을 수 있다고 보았다 (143~146면).

| | |
|---|---|
| 寒潦乃連發 | 냉해에 홍수가 연이어 덮쳐서, |
| 災黎況未蘇 | 재난당한 백성들 소생할 길이 없구나. |
| 太平無一畧 | 태평세상 만들 한 가지 책략도 없으면서, |
| 鹿鹿耻爲儒 | 그저 그런 유자(儒者)인 것이 부끄럽구나.316) |

뚜렷한 해결책을 내놓지 못한다는 자괴감을 고백하면서 침음(沈吟)하고 있다. 이 작품에서 볼 수 있는 자괴감, 세상을 바꾸고 싶다는 열망, 분연히 떨쳐 일어나 사방을 평정하겠다는 기개, 거기에 좌천당한 울분이 합쳐져서 농민반란으로 이끌리게 되었을 법하다.317)

고백괄은 근체시 형식 이외에도 악부(樂府)나 가행(歌行)형식을 즐겨 이용했는데, 제약은 적으면서도 편폭이 커질 수 있기에 장편 고체시(古體詩) 형식을 채택했을 것이다.318) 전체적으로 보아 「청지범주남하」에서 보이는 분방함과 「독야」에서 보이는 침중(沈重)함이 고백괄의 한시를 떠받치는 두 기둥이라고 할 수 있다. 오늘날 베트남 연구자들은 고백괄의 시가 낭만주의와 현실주의를 결합시키는 데 성공했다고 평가하고 있다.319)

역사의 소용돌이 와중에서 주변국에 대한 인식을 넓혀갔다. 소용돌이를 만든 힘이 베트남 안팎에서 밀려왔기 때문에 주변국에 관심을 갖지 않을 수 없었다. 중국 사행을 통해 중국의 현실을 핍진하게 그려내는가 하면,320) 동남아시아 사행시가 새로이 부각되었다. 완조에 접어들어 창작된 완유의 『북행잡록』(1814), 반휘주의 『화초음록(華軺吟錄)』, 하종권(何宗權, 1789~1839)

---

316) 여러 사람 『고백괄 한시』 392면.
317) 최병욱 「까오 바 꽛의 반란(1854) 원인에 대한 일 고찰」에서 고백괄이 반란에 동참하게 된 요인을 다각도로 추론했다.
318) Nguyễn Lộc 『Văn Học Việt Nam(nửa cuối thế kỷ XVIII-hết thế kỷ XIX)(18세기 후반~19세기까지의 베트남문학)』 545면.
319) Nguyễn Lộc 『Văn Học Việt Nam(nửa cuối thế kỷ XVIII-hết thế kỷ XIX)(18세기 후반~19세기까지의 베트남문학)』 550면.
320) 앞에서 살핀 완유의 한시작품이 대표적인 경우이다.

의 『몽양집(夢洋集)』(1832),[321] 이문복의 『서행시기(西行詩紀)』[322] 『황화잡영(皇華雜詠)』 등에서 그러한 사실을 확인할 수 있다.

하종권의 『몽양집』은 인도네시아 사행 경험을 전하고 있어 특기할 만하다. 다음은 연작시 「잡흥(雜興)」 중 한 편이다.

| | |
|---|---|
| 吧陵城市千年國 | 천년 된 나라의 파릉 시가(市街), |
| 淸客園亭十萬家 | 매화꽃이 핀 원정이 십만이나 된다. |
| 魚鳥相忘成樂土 | 물고기도 새도 서로를 잊은 낙토, |
| 江山信美悵孤槎 | 강산 참으로 고우나 외로운 뗏목 서글픈 신세. |
| 丁香花早南風急 | 일찍 핀 정향화 위로 남풍은 빠르고, |
| 水鏡臺高北斗斜 | 높다란 수경대 위로 북두성은 기울어 있구나. |
| 烟雨獨憐溪上燕 | 안개비 내리는 시내 위의 가련한 저 제비는, |
| 晚春何事滯天涯 | 어찌하여 늦봄에 하늘 끝에 머물러 가지 못하는가.[323] |

'파릉(吧陵)'은 인도네시아의 발리(Bali)이다. '원정(園亭)'은 정원에 있는 정자이다. '수경대(水鏡臺)'는 발리 항(港)에 있는 등대를 가리킨다. 발리는 남반구에 위치해 있어서 북두성이 베트남에서 보던 것과는 달랐다. 이국땅에 와 있는 자신의 처지를 제비에 빗대어 객수를 표현하고 있다.

이문복은 참으로 여러 곳에 사신으로 다녀왔고 그런 다양한 경험에 상응하는 많은 사행시를 남겼다. 10년이 넘는 기간 동안 외교의 제일선에서 일하면서 싱가포르, 필리핀, 마카오, 중국 등지를 다녀왔고, 그때 창작한 시가 『서행시기』(1830), 『민행잡영초(閩行雜詠草)』(1831), 『동행시집(東行詩集)』(1832), 『월행음초(粤行吟草)』(1833), 『월행속음(粤行續吟)』(1834), 『삼지월집초(三之粤集草)』(1835), 『경해속음(鏡海續吟)』(1839), 『주원잡영초(周原雜詠

---

321) '洋夢集'으로 표기된 곳도 있다.
322) '西行詩記'로 표기된 곳도 있다.
323) 『베트남문학전집』 16, 307면.

草)』(1842), 『황화잠영』(1842) 등에 수록되어 있다. 이문복의 사행시 작품은 베트남 사행문학의 한 정점을 이룬다고 평가할 만하다.

사행에 나선 이문복은 자연스레 '화이(華夷)'의 문제를 숙고하게 되었다. 1831년 중국 복건(福建)의 공관(公館)에 이르렀을 때 '월남이사공관(粵南夷使公館)'이라고 쓴 것을 보고 베트남을 '이(夷, 오랑캐)'라고 한 데 분개하여 항의하고, 「변이(辨夷)」를 썼다는 일화가 전한다. 「변이」는 지금도 전한다. 베트남은 신농씨의 후예로서 공맹정주(孔孟程朱)의 가르침을 따르고 주한당송(周漢唐宋)의 법과 제도를 따르는 '화(華)'이지 결코 '이(夷)'가 아니라고 했다.324) 이렇게 생각하는 그가 서양을 '이'라고 하는 것이 당연했다.

> 西去幾番勞問俗　서쪽으로 몇번을 가서 힘써 풍속을 물었고,
> 東遊又見講超魂　동쪽으로 와서 또 예수교 교리를 들었네.
> 華夷到底乾坤限　화이는 분명 하늘과 땅처럼 나뉘는 것,
> 詭異紛紛曷足論　분분한 궤변이야 어찌 논할 바 있겠는가.325)

『월행음초』에 있는 작품이다. '초혼(超魂)'에는 '서이(西夷)의 예수교(西夷耶蘇敎)'라는 주석이 붙어 있다.326) 필리핀 루손(Luzon) 섬에 다녀오고 (1830) 마카오(Macao)에 이르러(1833) 기독교 신도들이 가진 서양문화를 보고는 삼강오상(三綱五常)을 모르는 '이(夷)'라고 했다. 프랑스 식민지로 떨어지기 직전 베트남 지식인의 동서양 문명관을 엿볼 수 있다는 점에서 흥미롭다.

(5) 고향의 시인 완권(阮勸)

프랑스 식민지화가 진행되는 시기에 독특한 풍격의 한시를 창작한 시인이

---

324) 陳益源 「淸代越南北使詩文蠡探－以李文馥和他的作品爲例」, '東亞文化意象之形塑' 系列演講, 2008. 4. 28(http://www.eastasia.org.tw/upload/zhtw/activity_file/activity_file_1.pdf).
325) 陳益源 「淸代越南北使詩文蠡探－以李文馥和他的作品爲例」 5면.
326) 陳益源 「淸代越南北使詩文蠡探－以李文馥和他的作品爲例」 5면.

있었으니 바로 완권(阮勸, 1835~1909)이다. 완권은 향시(鄕試), 회시(會試), 전시(殿試, 廷試)에서 모두 장원급제했기에 안도삼원(安堵三元)이라고 불린다. 안도(安堵)는 하 남(Hà Nam, 河南) 성에 속해 있는 지역인데 완권이 자라고 또 후에 은퇴해서 산 곳이기도 하다. 전시에 급제한 것은 1871년이고 안도로 은퇴한 것은 1884년의 일이다.327)

은퇴한 이후에 지은 한시와 쯔놈시가 대단히 유명하다. 작품 속에는 우세의식(憂世意識), 생동하는 경물 묘사, 우의적 표현이 들어 있어서 출사했다가 퇴거한 유자(儒者) 문학의 대미를 장식했다고 평가해도 좋을 듯하다. 농촌경관을 생동하게 묘사한 작품을 한 편 보자.

| | |
|---|---|
| 喜得新晴一啓扉 | 날이 개었기에 기뻐서 사립문을 열었더니, |
| 雲間容與出黃衣 | 구름 사이로 한가로이 해[黃衣]가 나오는구나. |
| 老蠶愛燥眠將起 | 늙은 누에는 마른 것이 좋아 막 깨어나려 하고, |
| 新穀含暄腹漸肥 | 새 곡식은 온기를 머금고 점점 살지어가는구나. |
| 牧竪橫鞭驅犢過 | 소 모는 총각은 채찍을 들고 송아지를 몰고 가고, |
| 鄰翁扶杖看田歸 | 이웃집 노인은 지팡이 짚고 논을 살피고 돌아오는구나. |
| 北窗獨坐添杯酒 | 북쪽 창가에 홀로 앉아 술을 따르노라니, |
| 何處寒鴉徹杜飛 | 어디선가 까마귀는 껍질을 물고 날아가는구나.328) |

「하일신청(夏日新晴)」이라는 작품이다. 전체적으로 이 작품에서는 치사객(致仕客)의 한가로움이 도드라진다. 제목 그대로 비 개인 여름날 농촌의 정경을 묘사하고 있다. 실제로 농촌생활을 경험해야 알 수 있는 일들을 생동감

327) Vũ Thanh 편 『Nguyễn Khuyến, Về Tác Gia Và Tác Phẩm(완권, 작가와 작품에 대하여)』(Hà Nội: Nxb Giáo Dục 1998) 369~377면에 정리된 연표를 따른다.
328) Xuân Diệu 외 『Thơ Văn Nguyễn Khuyến(완권의 시문)』, Hà Nội: Nxb Văn Học 1971, 447면; Trần Văn Nhĩ 『Tuyển tập thơ chữ Hán Nguyễn Khuyến(완권 한시선집)』, TP Hồ Chí Minh: Nxb Văn Nghệ 2005, 554면.

있게 그렸다.329) 마지막 행은『시경』에 있는 구절을 활용한 것으로서330) 장마 지기 전에 새가 뽕나무 뿌리의 껍질을 취해 둥지의 구멍을 막듯이 미리 준비하여 재난을 방지한다는 말이다.

농촌생활이 한가롭고 여유로운 것만은 아니었다.「흉년(凶年)」이나「기서(饑鼠)」에서는 흉년의 고통을 노래했다.「기서」에서는 흉년을 만나 굶주리는 벽 속의 쥐를 동정했다.331) 가물어서 신에게 비를 빌었건만 소용없다고 하는가 하면,332) 늙은 몸을 부지런히 움직이지 않으면 집안 식구들 입에 풀칠하기 어려운 노인의 삶을 그리기도 했다.333) 작가 자신이 가난하고 병들었다고 하는 말도 군데군데 보인다.

완권은 술, 그리고 음주를 유달리 빈번하게 노래한다.334) 음주시(飮酒詩)이되 취흥이 도도한 화자보다는 비관적인 분위기에 휩싸여 고뇌하는 화자의 모습이 더욱 부각된다. 가난, 병과 함께 음주(술)는 시대의 변화, 나라의 위기 앞에서 무기력한 유학자 처지를 우의(寓意)한다고 생각된다.

완권의 한시작품에는 또 미물(微物)이라 할 것들이 자주 등장한다. 나방, 두견, 모기, 파리, 개구리, 쥐, 고양이를 제재로 한 작품들이 있다.335) 약하고

---

329) Nguyễn Lộc・Nguyễn Lộc『Văn Học Việt Nam (nửa cuối thế kỷ XVIII-hết thế kỷ XIX)(18세기 후반~19세기까지의 베트남문학)』752면.
330)「치효(鴟鴞)」에 "장맛비 오기 전에 뽕나무 뿌리 가져다가 창과 문 얽었다(迨天之未陰雨 徹彼桑土 綢繆牖戶)"는 구절이 있다.
331) 조동일『하나이면서 여럿인 동아시아문학』298~299면에서 완안도(阮安堵), 즉 완권은 "농민의 편에 서서 민중의 항거의식을 나타내는 한시를 지었다"고 소개했다. 대표작으로「기서」를 거론했다.
332)「도우(禱雨)」에서 그렇게 말했다.
333)「전수(田叟)」의 내용이 그렇다.
334)「취음(醉吟)」「주(酒)」「취후(醉後)」「우성(偶成)」과 같은 작품이 있다. 232편의 한시와 쯔놈시 작품 가운데 술에 대해서 말한 작품이 73수에 이른다고 하니 그 비중이 무척 크다는 것을 알 수 있다. Mã Giang Lân「Rượu trong thơ Nguyễn Khuyến(완권 시 속의 술)」, Vũ Tiến Quỳnh 편『Nguyễn Khuyến(완권)』, TP Hồ Chí Minh: Nxb Văn Nghệ 1997, 212면.
335) 작품 제목을 밝히면 차례로「춘일연아(春日憐蛾)」「도견(悼鵑)」「문(蚊)」「도락승(悼落

불쌍한 처지를 동정하면서 자신과 동일시하기도 하고, 때로는 시대에 대한 우의를 담기도 했다. 그런가 하면 그런 미물과 얽혀서 살아가는 삶의 한 장면을 유머러스하게 포착해내기도 했다. 예컨대 「확어(攫魚)」라는 작품이 그러한데, 평소 술을 좋아하던 작가가 오징어[墨魚] 안주를 준비해서 술을 마시려던 차에 고양이 한 마리가 몰래 숨어들어서 오징어를 훔쳐 들보 위로 달아나버렸다. 들보 위에서 자못 거만스럽게 작가를 내려다보면서 친구들을 부르는 고양이를 보면서 "내가 너희들만 못하구나" 하고 체념할 수밖에 없다는 내용이다.

이상과 같은 작품을 보면 근대 연구자들이 왜 완권을 '고향의 시인'[336]이라고 하는지 알 수 있을 법하다. 그것은 농촌의 자연경관과 농민, 그리고 생활상을 진실되고 생동감 있게 담아내면서도 서정적 성격이 짙은 작품을 남겼기 때문이다. 18~19세기에 한국과 일본에서 농촌생활을 사실적으로 그려냄으로써 새로운 한시의 미학을 시험하려는 시인들이 나타났는데, 완권 또한 그런 새로운 경향의 시인들 중 하나로 기억할 필요가 있다.

문학사의 관점에서 별도로 평가할 만한 사실 중의 하나는 완권 자신이 창작한 한시 다수를 당률쯔놈시로 번역했다는 점이다.

| | |
|---|---|
| 頹然毛髮漸鬖鬖 | 나이가 들어가니 머리털이 점점 흐트러지고, |
| 不覺年登五十三 | 올해로 어느덧 쉰셋이나 되었구나! |
| 當世文章何所用 | 그 시절 문장이 무슨 쓸모가 있었던가? |
| 老來冠帶尙多慚 | 늙고 보니 관대하던 일 더더욱 크게 부끄럽구나. |
| 亂離春色眞無賴 | 난리 속 봄빛이라니 참으로 무정하구나! |
| 憂苦人情久不堪 | 시름 많고 괴로운 사람 마음 오래 견디기 어렵도다. |

---

蠅)」「와고(蛙鼓)」「기서」「확어」이다.

336) 쑤언 지에우(Xuân Diệu)가 「Đọc Thơ Nguyễn Khuyến(완권의 시를 읽는다)」에서 완권을 "nhà thơ của quê hương làng cảnh Việt Nam"이라고 평했다(Vũ Thanh 편 『Nguyễn Khuyến, Về Tác Gia Và Tác Phẩm(완권, 작가와 작품에 대하여)』 160면).

對此光陰何以慰　흐르는 세월 앞에 무엇으로 위로를 삼을까?
諸兒猶自酒歌酣　그런데도 너희들은 줄곧 술 마시고 노래하며
　　　　　　　　　허송하는구나.337)

「춘일시제아(春日示諸兒)」(2)라는 작품이다. 나이가 쉰셋이라고 했으니
이미 안도 땅으로 물러난 이후에 해당한다. 문장이 나라에 보탬이 되지 못했
으면서도 벼슬한 것이 부끄럽고, 난리 가운데 봄이 오니 더욱 착잡한 심정이
다. 늙을수록 빨리 가는 세월이 안타깝기만 한데 젊은 사람들은 그런 줄 모
르고 세월을 허송한다며 탄식하면서 동시에 경계한다.

이 작품을 베트남어(쯔놈)로 번역했는데, 오늘날 표기로 전사한 것을 보이
면 다음과 같다.

Tuổi thêm thêm được tóc râu phờ,
Nay đã năm mươi có lẻ ba.
Sách vở ích gì cho buổi ấy.
Áo xiêm nghĩ lại thẹn thân già.
Xuân về ngày loạn còn lơ láo,
Người gặp khi cùng cũng ngất ngơ.
Lẩn thẩn lấy chi đền tấc bóng,
Sao con đàn hát vẫn say sưa.338)

번역을 하되 당률쯔놈시 형식으로 번역했다. 한시와 국음시는 같은 주제
를 다른 형식으로 표현한다는 것을 보여주고 있다. 한시 창작과 국음시 창작

---

337) Xuân Diệu 외 『Thơ Văn Nguyễn Khuyến(완권의 시문)』 435면; Trần Văn Nhĩ
　　『Tuyển tập thơ chữ Hán Nguyễn Khuyến(완권 한시선집)』 308면. 표기가 달라진 부분이
　　있는데, 앞의 책을 따랐다.
338) Dương Quảng Hàm 『Việt Nam Văn Học Sử Yếu(越南文學史要)』, Nxb Tổng Hợp
　　Đồng Tháp 1993, 377~378면.

을 구분해서 하던 관행을 따르지 않고 한시와 국음시가 서로 넘나듦을 보여
줌으로써 여전히 떨어져 있던 한시와 국음시를 가장 가까운 자리로 접근시
켰다고 평가할 수 있겠다.

### 5) 투쟁과 계몽의 외침

1858년에 프랑스와 스페인 연합군이 베트남 중부의 다낭(Đà Nẵng) 항구
를 점령하면서 베트남은 급속히 프랑스 식민지로 전락하는 길을 걷게 된다.
이 시기에 한시는 프랑스 제국주의의 침탈에 맞서서 싸운 지식인들이 자신
을 표현하는 수단으로 이용되면서 마지막 소임을 다하게 된다. 외세의 침입
에 저항하는 문학의 오랜 전통이 면면히 이어졌다.

대불항쟁이 시작되던 초기의 한문학 작가로는 범문의(范文誼, 1805~1881),
배유의(裴有義, 1807~1872), 완면심(阮櫞審, 1819~1870), 진선정(陳善政,
1822~1874), 완통(阮通, 1827~1894), 완춘온(阮春溫, 1830~1889), 완광벽(阮
光碧, 1832~1889), 배문사(裴文禩, 1832~1895), 완권, 진벽산(陳碧珊, 1838~
1877), 도진(陶進, 1845~1907), 반정봉(潘廷逢, 1847~1895), 무서(武序, 1855~
1920), 완상현(阮尚賢, 1866~1925) 같은 이들이 있다.

대불항쟁기 한시의 앞자리에 놓이는 작품이 범문의의 「흠봉지허회공직술
회(欽奉旨許回供職述懷)」이다.

怒目茶山醜虜來　　성난 눈으로 추악한 적들이 몰려온 차산을 바라보니,
茶山今日海氛開　　오늘 차산에는 바다 구름이 걷혔구나.
士懷慷慨將前往　　강개한 병사들 이제 진격하려 하건만,
帝診艱勞且許回　　황제께서 간고(艱苦)함을 보시고 돌이키라 하신다.
行止但知安所遇　　가고 멈추고는 사정에 따라 달라질 일이지만,
毀譽何事更相猜　　어째서 옳으니 그르니 쓸데없이 서로 시샘하는가?
歲寒松栢宸章在　　날이 추워야 송백의 절개를 안다고 조서(詔書)에 하신

244

말씀같이

一片貞心未肯灰    한 조각 곧은 마음은 아직 사그라지지 않았도다.[339]

프랑스와 스페인 연합군이 1858년 9월에 다낭을 점령하고 그곳에 5개월 동안 머무른 사건이 발발했다. 이는 프랑스가 베트남에서 일으킨 최초의 침략 전쟁이었다. '차산(茶山)'은 다낭에 있는 산맥의 이름이다. 1859년에 범문의는 의병을 이끌고 그곳에 당도했지만 적군은 이미 가정성(嘉定城)을 공격하기 위해 떠난 후였다.[340] 그래서 가정성으로 진군하려는데 조정에서 회군할 것을 명하여 뜻을 이루지 못한다. 위의 작품은 이러한 상황에서 창작된 것이다.

작가의 외적에 대한 적개심, 임금에 대한 충성심, 국운에 대한 우려, 굳은 의지를 작품의 표면에서 능히 읽어낼 수 있다. 이에 더해서 조정에서 의병을 일으킨 일을 두고 갑론을박이 벌어진 것도 표현하고 있으니,[341] 무력투쟁을 가로막고 나선 나약한 조정에 대한 비판의 뜻도 함께 읽어내야 할 것이다. 이 작품에서 읽어낼 수 있는 이러한 복합적인 뜻이 프랑스 식민화 초기에 나온 한시작품의 표면과 이면에 담겨 있는 경우가 많다고 할 수 있다.

베트남 남부에서 촉발된 대불항쟁문학의 기운은 오래지 않아 북쪽으로 전파되었다. 명명(明命)황제의 열번째아들 완면심은 완정소(阮廷焰, 1822~1888)가 쯔놈으로 쓴 작품 「제근작사민진망문(祭芹灼士民陣亡文)」[342]을 읽고서 「독완정소조의민사진국어문(讀阮廷焰弔義民死陣國語文)」을 지었다. 그 작

339) 『베트남문학전집』 17, 591면; Nguyễn Văn Huyền 『Thơ Văn Phạm Văn Nghị(범문의의 시문)』, Hà Nội: Nxb Khoa Học Xã Hội 1979, 116면. 표기가 조금씩 다른데 『베트남문학전집』 쪽을 따랐다.
340) 이때의 사정은 유인선 『베트남의 역사』 276~277면에 서술되어 있다.
341) 『베트남문학전집』 17, 592면.
342) 껀 지옥(Cần Giuộc, 芹灼) 싸움에서 전사한 사민(士民)들을 조상(弔喪)하는 내용이다. '芹灼'은 지명인 껀 지옥(Cần Giuộc)을 표기한 것이다. 한자 표기에는 출입이 있어 일정치 않은데 이곳에서는 于在照 『越南文學史』 183면의 표기를 따랐다.

품에서 완면심은 서생(書生)은 글로밖에는 임금의 은혜를 갚을 길이 없다는 점이 통탄스럽다고 했다.[343) 또 장편 「매지의(賣紙衣)」에서는 종이장수의 입을 빌려 서이(西夷)가 꽝 남(Quảng Nam, 廣南) 땅을 침범했을 때 패전한 관군(官軍)이 흘린 피가 연못을 이룰 지경이었다는 소식을 전했다.[344) 이런 작품들이 북부에서 대불항쟁문학의 시작을 알렸다.

많은 사람이 공감하는 뜻을 표현하더라도 표현하는 계기나 방식은 다를 수 있다. 죽음을 맞이하면서 비장한 어조로 자기 뜻을 토로하기도 하고, 다른 사람의 죽음을 애도하는 만시(輓詩)를 이용하기도 하며, 또 과거에 있었던 빛나는 승리를 기억하는 방식을 택하기도 했다. 다음은 호훈업(胡勳業, 1828~1864)이 무력투쟁을 하다 붙잡혀 처형되기 전에 지었다는 「임형시작(臨刑時作)」이다. 이 작품은 저항과 투쟁의 목소리의 전형으로서 널리 알려져 있다.

見義寧甘不勇爲　의로운 일을 보고 어찌 용감히 행하지 않으리,
全憑忠孝作男兒　충과 효에 의거하여 사나이답고자 했노라.
此身生死何須論　이 몸의 생사야 논할 게 무엇이랴마는
惟戀高堂白髮垂　오직 안타까운 것은 백발의 부모님이 계심이로다.[345)

만시도 적지 않다. 만시 가운데 널리 알려진 작품으로는 완통의 「만완공유정변찬리(挽阮公惟定邊贊理)」,[346) 완선술(阮善述, 1841~1926)의 「조완지방사절(弔阮知方死節)」과 같은 작품이 있다. 각각 완유(阮惟, 1810~1861)와

---

343) "至竟書生空筆陣　報君只此亦悲哉" (『베트남문학전집』 17, 473면).
344) "曩世西夷犯廣南　官軍戰敗血成潭" (『베트남문학전집』 17, 512면).
345) 『베트남문학전집』 17, 274면.
346) 제목의 '定'과 '邊'은 '딘 뜨엉(Định Tường, 定祥)'과 '비엔 호아(Biên Hòa, 邊和)'를 가리킨다(『베트남문학전집』 17, 199면). 오늘날 베트남 남단에 위치한 지역이다. 완유(阮惟)는 완지방의 동생이다.

완지방(阮知方, 1800~1873)의 죽음을 애도하는 내용이다.

프랑스의 식민지화 야욕이 노골화될수록 강한 적의 침입을 물리쳤던 역사를 떠올리는 것은 자연스러운 일이었다. 중국 한나라의 지배에 대한 징씨(徵氏) 자매의 투쟁, 백등강(白藤江)의 승리, 「평오대고(平吳大誥)」의 당당함을 회고하며 투쟁의식을 고취했다. 예를 들어 도진은 「제대월사기전서(題大越史記全書)」 「과남산배제여태조유묘(過藍山拜題黎太祖遺廟)」 「야독평오대고감작(夜讀平吳大誥感作)」, 완선술은 「제진흥도왕사(題陳興道王祠)」, 무서는 「백등강회고(白藤江懷古)」를 각각 남기고 있다.

1885년 반포된 근왕령(勤王令)에 호응하여 대불항쟁에 떨쳐나선 이들이 근왕령을 전후한 시기에 창작한 시문도 주목된다. 이곳에서는 완춘온, 완광벽, 반정봉의 작품을 살펴보기로 한다. 다음 작품은 완춘온의 「감작(感作)」인데, 시대인식을 담아 자신의 감회를 말하면서 한문학의 전고를 적극적으로 활용하고 있다.

| | |
|---|---|
| 炎邦何事久紛紛 | 남쪽 나라가 무슨 일로 오래도록 소란스러운가? |
| 半是天行半是人 | 반은 하늘이 만든 일이요 반은 사람 때문이라. |
| 只識五胡能亂晉 | 오호가 진(晉)나라를 어지럽힐 수 있음은 안다지만, |
| 寧知三戶可亡秦 | 삼호로도 진(秦)나라 망하게 할 수 있는 줄 어찌 알리요 |
| 奉圭獻幣徒多事 | 홀을 올리고 비단을 바치는 것은 다만 부질없는 짓이니, |
| 擊楫揮戈幾個臣 | 노를 두드리고 창을 휘두를 신하가 몇이나 되는가? |
| 可怪衣冠文物地 | 괴이하구나, 의관문물의 땅이건만, |
| 而今胡服已成群 | 지금은 너도나도 호복을 입고 있구나.[347] |

'염방(炎邦)'은 뜨거운 남쪽 나라라는 뜻으로 베트남을 지칭한다. 초나라에 비록 세 집[三戶]밖에 남아 있지 않다손치더라도 진(秦)나라를 멸망시킬

347) 『베트남문학전집』 19, 159면.

나라는 반드시 초나라일 것이라는 말이 『사기(史記)』에 나온다.348) 작자는 비록 적은 수의 베트남사람이지만 강렬한 적개심으로 뭉치면 프랑스 세력을 몰아낼 수 있다는 말을 하고 싶었을 것이다. '의관문물(衣冠文物)'은 베트남의 문화와 문물을 총괄하는 말이고, '호복(胡服)'은 프랑스의 문화와 문물을 대유(代喩)하는 말이다.

동아시아문명권 밖에 있던 민족의 복식을 지칭하던 말인 '호복'이라는 말을 사용한 점이나 중국의 역사에서 유래한 한문학의 전고를 활용한 한시로 자기 심회를 고백하고 있는 점을 보면 작자는 프랑스의 침략을 동아시아문명에 대한 침탈행위라고 이해하고 있는 셈이다. 무력투쟁에 나서야 하는 이유는 동아시아문명의 일부를 이루고 있는 베트남의 전통문화와 문물을 지키기 위함인데 프랑스 문화에 점차 경도되는 사람들이 늘어나는 반면 떨쳐 일어나 싸우겠다는 사람은 적은 것이 한스럽다고 했다. 이렇게 식민화의 어두운 그림자가 점차 짙게 드리워져 갔다.

완광벽은 근왕운동(勤王運動)에 호응해서 북부지역에서 무력투쟁을 이끌었다. 두 차례에 걸쳐 중국에 구원병을 요청하러 다녀오기도 했는데, 「산로행자위(山路行自慰)」는 그때의 심경을 노래하고 있다.349) 그런가 하면 「군량결핍(軍糧缺乏)」에서는 적군의 기세는 올빼미가 날개를 활짝 편 듯이 위세를 부리고 방자한데, 수십 명의 지친 군사들은 날마다 식량을 구하러 다닌다 하고,350) 「군중색미(軍中索米)」에서는 날마다 쌀과 소금을 구하는 게 큰일이라고 했다.351) 하지만 「우주대기수(宇宙大機數)」라는 작품을 보면 이렇

---

348) "楚雖三戶 亡秦必楚也" (『史記』 卷7, '項羽本紀'). '삼호망진(三戶亡秦)'이란 말이 여기서 유래했다. 작은 힘이지만 결심이 크면 승리할 수 있다는 뜻이다.

349) 『베트남문학전집』 19, 299면.

350) "賊氛滿地太鴟張 數十疲師日索糧" (Kiều Hữu Hỷ 외 『Thơ Văn Nguyễn Quang Bích(완광벽의 시문)』, Hà Nội: Nxb Văn Học 1973, 259면. 완광벽의 한시작품은 『베트남문학전집』 19, 298~363면에도 실려 있다).

351) "索米尋鹽日日謀" (Kiều Hữu Hỷ 외 『Thơ Văn Nguyễn Quang Bích(완광벽의 시문)』

248

듯 무력투쟁이 현실적인 어려움은 있지만, 점차 기운(機運)이 호전되어 태평한 운수가 반드시 회복될 것이라는 희망을 버리지 않았다.[352]

반정봉은 근왕령에 호응하여 의용병을 모집하고 10년 동안 조직적인 저항운동을 전개했다. 그는 오늘날 근왕운동의 대표적인 인물의 하나로 꼽힌다.[353] 그의 작품 「임종시작(臨終時作)」은 10년간 진행된 근왕운동의 상황을 말하면서 성공하지 못해서 느끼는 자괴감을 토로하고 있는 작품으로, 역시 울림이 크다고 하겠다.[354]

완상현은 한문학과 국어문학의 전환기를 산 인물 가운데 한 사람이다. 1892년에 전시(殿試)에 장원급제하지만 은거했다가 1895년에야 벼슬길에 오른다. 전반적으로 유가적인 충의(忠義), 도가적인 은일 지향을 함께 보였던 인물이다. 하지만 이른바 신서(新書)를 접하면서 점차 이전과는 다른 길을 걷게 된다.

완상현은 1907년에는 중국을 거쳐 일본에 가서 반패주(潘佩珠, 1867~1940)의 동유운동(東遊運動)[355]을 지원한다. 또 반패주가 중국에서 체포되어 투옥되었을 때(1914. 1~1917. 2)에는 베트남광복회 관련 일을 맡기도 한다. 하지만 잇단 실패를 경험하고, 또 프랑스가 제1차 세계대전에서 승전국이 되자 실망하여 중국으로 건너가 출가했다가 그곳에서 죽는다.

---

269면). 이렇듯 식량이 부족하게 된 데는, 근왕운동이 문신(文紳, 유학자 지식인)만이 농민으로부터 유리되어 저항투쟁을 전개한 한계를 가졌기 때문이라고 볼 수 있다. 농민으로부터 유리된 것은 근왕운동 실패의 큰 요인이었다 (川本邦衛 '潘佩珠の日本觀」, 『歷史學研究』391호, 歷史學研究會 1972, 44면; 최원식 '아시아의 連帶―'越南亡國史' 小考」, 백낙청·염무웅 편 『한국문학의 현단계 II』, 창작과비평사 1983, 266면에서 재인용).

352) "好機漸移轉 泰運當重興" (Kiều Hữu Hỷ 외 『Thơ Văn Nguyễn Quang Bích(완광벽의 시문)』 267면).

353) 유인선 『베트남의 역사』 314~315면.

354) 『베트남문학전집』 16, 92면.

355) 인재양성을 목적으로 베트남 학생을 일본으로 유학 보낸 사업. 1905년에서 1908년까지 진행됨. 배양수 「판 보이 쩌우와 동유운동의 역사적 의미」, 『外大論叢』 제24집(부산외국어대학교 2002)에서 정리한 바 있다.

완상현의 한시문은 당대에 높은 평가를 받았다. 반패주는 완상현의 시는 성당(盛唐)을 본받고 문(文)은 진한(秦漢)을 본받았다고 했다. 그만큼 한시문은 전통적인 작풍에서 크게 벗어나지 않았다는 뜻이 되겠다. 그러한 그가 국음으로 '온전히 속어(俗語)와 성어(成語)를 사용해' 「개량부(改良賦, Phú cải lương)」를 짓고, 7·7·6·8체로 「합군영생설(合群營生說, Hợp quần doanh sinh thuyết)」(1907)을 지은 것은 특별한 의미가 있다.356) 한시문이 독백에 그치거나 한문을 아는 소수의 지식인들을 상대로 자기감회를 말하는 데에 그쳤다면 이 두 작품은 '국민동포'를 향해서 할말을 하자는 것이었다.357) 「개량부」는 유신(維新)운동에 동참할 것을 권유하는 내용이고, 「합군영생설」은 경제활동을 할 때 단체를 결성하여 상호 협력할 것을 설득하는 내용이다.358) 의연히 정통 한문학 작품을 창작하는 동시에 계몽을 목적으로 하는 국음작품을 창작했다는 점을 근거로 삼아서, 완상현은 전통문학과 신문학의 교체를 보여주고 있다고 평가할 수 있다.359)

완상현이 신문학 쪽으로 발걸음을 내딛은 것은 신서의 영향 때문만은 아니었다. 그것은 전통 한문학에 대한 통렬한 비판에 직면하여 나름대로 결단을 내렸기에 가능한 일이었다. 연구자들에 따르면 완상현은 다음에 볼 「지성통성(至誠通聖)」이나 「양옥명산부(良玉名山賦)」를 접하고서 커다란 충격

---

356) Lê Thước 외 『Thơ Văn Nguyễn Thượng Hiền(완상현의 시문)』(Hà Nội Nxb Văn Hóa 1959) 168~180면에 「개량부」와 「합군영생설」이 수록되어 있다. "온전히 속어와 성어로 창작했다(dùng toàn tục ngữ và thành ngữ)"는 말은 168면에 있다. 'hợp quần(合群)'은 '단결하다, 결합하다'의 뜻이고, 'doanh sinh(營生)'은 '생계를 꾸리다'의 뜻이다.

357) 「개량부」는 "Anh em ơi! Anh em ơi!(형제들이여! 형제들이여!)"로 시작한다.

358) 두 작품에 대한 이해는 「Ảnh Hưởng Của Tân Thư Trong Sáng Tác Của Nguyễn Thượng Hiền(완상현 창작에 나타난 新書의 영향)」, Đinh Xuân Lâm 주편 『Tân Thư Và Xã Hội Việt Nam Cuối Thế Kỷ XIX Đầu Thế Kỷ XX(신서와 19세기 말에서 20세기 초까지의 베트남 사회)』 441~453면의 논의 참조.

359) Phan Cự Đệ 외 『Văn Học Việt Nam(1900~1945)(1900~1945 시기의 베트남문학)』, Hà Nội: Nxb Giáo Dục 1998, 61면.

을 받았다고 한다.360) 두 작품은 과거제를 비판하는 내용이면서 동시에 전통 한문학에 대한 비판이기도 했다. 먼저 「지성통성」을 보자.

世事回頭已一空　세상사 돌아보면 이미 한갓 공이요,
江山無淚泣英雄　강산은 영웅을 곡할 눈물도 말라버렸구나.
萬家奴隷强權下　만백성은 강권 아래 노예가 되어버렸으니,
八股文章睡夢中　팔고문은 꿈속의 일이로구나.
長此百年甘唾罵　꾸짖는 소리 백년을 달게 받아야 하건만,
更知何日出牢籠　어느 날에나 농락(籠絡)당하지 않게 될 것인가.
諸君未必無心血　그대들은 심혈이 없는 사람이 아닐 테니,
試向斯文看一通　한번 이 글을 읽어보게나.361)

1905년에 반주정(潘周槙, 1872~1926), 진계합(陳季哈, 1870~1908),362) 황숙항(黃叔抗, 1876~1947) 세 사람은 베트남의 재기(再起)를 도모하는 유세를 하고자 남부 여행길에 나선다. 빈 딘(Bình Định) 성을 지나는 길이었는데, 마침 그곳에서 과거시험이 치러지고 있었다. '지성성통'과 '구양옥필명산(求良玉必名山)'이 각각 시와 부의 과제(科題)로 주어졌다. 이에 세 사람은 과장에 들어가서 가명으로 시와 부를 지어 제출한다. 낙제한 것은 물론이려니와 지은이를 잡아들이라는 영이 내려졌지만 누군지 알지 못하니 잡을 길이 없었다. 두 작품은 당대에 사대부 사회에 널리 알려져서 커다란 반향을 일으켰다.

위의 「지성통성」은 세 사람 가운데 반주정이 지었다고 한다.363) 나라가

---

360) Phan Cự Đệ 외 『Văn Học Việt Nam(1900~1945)(1900~1945 시기의 베트남문학)』 60면에 따르면 완상현이 국음작품을 창작한 데는 「양옥명산부」의 영향이 있었다고 한다.
361) 『베트남문학전집』 21, 33면.
362) '陳貴恰' '陳貴蛤' '陳季蛤' 등으로 이름의 한자 표기가 일정치 않다.
363) Phan Cự Đệ 외 『Văn Học Việt Nam(1900~1945)(1900~1945 시기의 베트남문학)』 49면; 『베트남문학전집』 21에서도 반주정의 작품으로 싣고 있다.

망해서 식민지로 전락했는데 팔고문을 시험하는 과거가 무슨 쓸모가 있느냐고 묻고, 지기(志氣)가 있고 혈기(血氣)가 있다면 꿈에서 깨어나 다른 길을 가야 할 것이 아니냐고 촉구하고 있다. 시대가 달라졌으므로 과거제는 물론이고 과거제에 기반을 둔 전통 한문학은 버려야 한다는 말로 해석할 수 있다. 하지만 반주정이 한문학 자체를 폐기하자고 한 것은 아니었다. 현실로부터 유리되지 않으면서 내면을 압축적으로 표현하는 한문학의 유구한 전통은 계승하고자 했다고 보는 것이 올바를 것이다. 반주정이 국음으로 작품을 창작하면서도 베트남에서는 물론 프랑스에서도 한시를 버리지 않았다는 것이 그렇게 판단하는 근거가 될 수 있다.364) 반주정은 물론 진계합이나 황숙항도 한문과 국음으로 작품을 창작했다. 완상현을 비롯한 이들 문인들이 이른바 '구문학'과 '신문학'의 전환기에 활약하면서 가교 역할을 했다.

전통 한문학과 신문학 양면에 걸쳐 뚜렷한 족적을 남긴 사람이 반패주이다. 한시를 내면표현의 매체로 이용하는 동시에 혁명의 무기로 활용하는 데 최선봉에 섰다.365) 한시를 포함한 한문학의 가치를 독자의 마음을 격동시키고 투쟁의식을 고취시키는 데서 찾을 수 있다는 것을 보여주었다. 이 점에서 반패주의 한시는 20세기 초기 문학사에서 뚜렷한 한 자리를 차지한다.

| | |
|---|---|
| 嗟我國民奇哉奇 | 아아! 우리나라 백성이여 기이하고 기이하도다! |
| 我向君哭君不我悲 | 나는 그대를 보고 곡하건만 그대는 나를 슬퍼하지 않는구나. |
| 我向君笑君不我知 | 나는 그대를 보고 웃건만 그대는 나를 알지 못하는구나. |

364) 곤륜도(崑崙島)로 유배가면서 지은 「출도문(出都門)」, 프랑스 파리에서 지은 「유법경강제류혈지사동상유감구점(留法京講諸流血志士銅像有感口占)」이 『베트남문학전집』 21, 64면·80면에 각각 실려 있다.
365) Phan Cự Đệ 외 『Văn Học Việt Nam(1900~1945)(1900~1945 시기의 베트남문학)』 135면.

| 我向君怒君亦嘻嘻 | 나는 그대를 보고 성내건만 그대는 여전히 웃고 있구나. |
|---|---|
| 我向君罵君亦癡癡 | 나는 그대를 보고 꾸짖건만 그대는 여전히 어리석구나. |
| (…) | (…) |
| 一壺酒一囊詩 | 술 한 병에 시 주머니 하나, |
| 問君佩劍欲何之 | 칼을 차고서 어디를 가려는가 |
| 爲隆中高臥之諸葛 | 융중에서 베개를 높이고 누운 제갈량이 되려는가 |
| 爲北海待淸之伯夷 | 북해에서 (세상) 맑아지기를 기다리는 백이가 되려는가 |
| 然而時危勢危 | 그러나 시세가 위태롭게 되었으니, |
| 高臥也何爲 | 베개 높이고 누운들 무엇 하며, |
| 待淸也何時 | 맑기를 기다린들 어느 때란 말인가 |
| 天飜地覆 | 천지가 뒤집혔으니, |
| 罪將奚歸 | 그 죄가 장차 누구에게 가겠는가 |
| 君亡國破 | 임금은 죽고 나라는 망했으니, |
| 責將安辭 | 그 책임을 장차 어찌 면하겠는가 |
| 何必歌何必笑何必哭也如斯 | |
| | 그러니 노래 불러 무엇 하며 웃어 무엇 하며 이렇듯 곡해 또한 무엇 하리요!366) |

장편 「자어(自語)」의 처음과 마지막 부분이다. 1905년 이전에 창작되었다고 한다.367) 첫머리를 볼 때 분명하듯이 이 작품은 '국민'에게 자기생각을 말하고자 하는데, 작자가 무엇 때문에 곡하고 웃고 성내고 꾸짖는지 알아달라는 호소문과도 같다. 시 주머니를 메고 갈 정도의 사람이라면 상당한 문식이 있는 사람이다. 제갈량과 같은 계책, 백이와 같은 절개를 가졌다고 자부

366) Chương Thâu 편 『Thơ・Phú・Câu Đối Chữ Hán Phan Bội Châu(반패주 한시문집)』, Hà Nội: Nxb Hà Nội 1975, 220~222면.
367) Chương Thâu 편 『Thơ・Phú・Câu Đối Chữ Hán Phan Bội Châu(반패주 한시문집)』 51면.

하는 사람일 수도 있다. 하지만 그대로 가만히 있어서는 직무를 유기한 셈이 되어 장차 죄와 책임을 면할 수 없다. 물론 그런 사람이 즐기고 창작하는 시 또한 같은 운명에 처할 것이다. 이런 각도에서 본다면 시(문학)가 어떤 역할을 해야 하는가에 대한 생각도 말하고 있는 셈이다.

| | |
|---|---|
| 噫噫 | 아아! |
| 水兮我先之血 | 물은 우리 선조의 피요, |
| 山兮我先之肉 | 산은 우리 선조의 살이로다. |
| 我先膏脂灌全南 | 선조의 기름이 베트남 온 땅에 뿌려졌거늘, |
| 一朝使飽豺狼腹 | 하루아침에 시랑의 배를 불리고 말았구나! |
| 故國興圖異國旗 | 조국 땅에 남의 나라 국기가 나부끼니, |
| 異國之榮我之辱 | 남의 나라의 영예가 우리에게는 치욕이라. |
| 辱我河山痛我先 | 우리 산하를 욕보이고 우리 선조를 애통하게 했으니, |
| 此恨海號山亦哭 | 원통한 산하는 목 놓아 슬피 울리라. |
| 吁嗟國魂歸乎來 | 아아, 나라의 혼이여, 이곳으로 돌아오라! |
| 萬衆齊聲唱光復 | 만민이 한목소리로 광복을 외치리니, |
| 光復光復大光復 | 광복, 광복, 대광복이여! |
| 萬人同一心 | 만인이 한마음이 되면, |
| 法賊何足剝 | 프랑스 도적놈들 어찌 우리를 해칠 수 있으리요 |
| 愛國歌歌一曲 | 애국가 한 곡을 부르면서, |
| 凡我同胞勗哉勗 | 우리 동포여 힘을 내시라, 힘을 내시라![368] |

1910년에 발표한 「애국가(愛國歌)」의 후반부이다.[369] 평이한 시어, 직설

---

368) Chương Thâu 편 『Thơ·Phú·Câu Đối Chữ Hán Phan Bội Châu(반패주 한시문집)』 226~227면.
369) 작자에 대한 이설이 있지만 베트남 연구자들은 대체로 반패주의 작품으로 받아들이고 있다(Chương Thâu 편 『Thơ·Phú·Câu Đối Chữ Hán Phan Bội Châu(반패주 한시문집)』 71면).

적인 어조를 쓰면서 '동포'에게 호소하고 있는 내용이다.

다음에 보는 「사우음(思友吟)」은 형식이 특이하다.

梅放早春來不再　　매화는 일찍 피었건만 봄은 아직 돌아오지 않았는데,

酌三杯醉待君侯　　세 잔 술 기울이고 취하여 군후를 기다린다네.

雲山一枕床頭　　　운산에서 침상에서 베개를 나란히한 이후로,

歸來蝶夢相求相遊　그대 돌아와 함께 노니는 꿈을 꾼다네.

徘徊月夜同孤　　　달밤에 홀로 배회하면서,

三更想像江湖散人　삼경에 이르도록 그리네, 그대 강호의 산인을.370)

인용한 대목은 작품의 시작 부분이다. 둘째 행의 '군후(君侯)'는 상대에 대한 존칭이고, 마지막 행의 '산인(散人)'은 세상일을 버리고 한가히 지내는 사람을 가리킨다. 글자 수를 보면 7·7·6·8·6·8로 되어 있으며 작품 전체는 이 형식이 13번 반복되어 한 편을 이루었다. 7·7·6·8·6·8은 7·7·6·8에 6·8을 더한 꼴이다. 곧 7·7·6·8체와 6·8체라는 베트남 고유시가 형식을 연접한 것이다. 요운과 각운을 맞추고 있는데, '재(再)' '대(待)' '후(侯)' '두(頭)' '구(求)', 그리고 '유(遊)' '고(孤)' '호(湖)'로 압운을 하고 있다. 물론 압운의 방식은 7·7·6·8체와 6·8체의 그것을 준용한 것이다.

이 시를 받은 반패주의 친구는 완상현이고, 두 사람이 만난 것은 1897~1898년과 1901~1904년이어서 「사우음」은 1905년 이전에 지었을 것으로 추측된다.371) 두 사람 모두 일찍이 과거에 급제한 경력이 있으면서 이런 작품을 주고받았다. 민족어 노래의 형식을 한시화하려는 시도를 20세기에 와

---

370) Chương Thâu 편 『Thơ·Phú·Câu Đối Chữ Hán Phan Bội Châu(반패주 한시문집)』 215면. 잘못된 글자는 바로잡았다.

371) Chương Thâu 편 『Thơ·Phú·Câu Đối Chữ Hán Phan Bội Châu(반패주 한시문집)』 37면.

서도 시도한다는 사실을 확인시켜준 점에서 각별한 의의가 있다.

내면을 표현하고자 할 때, 한시 창작에 능숙한 시인이라면 한시를 썼다. 하지만 한시는 '국민'의 마음을 움직이는 역할 면에서 국어시에 뒤질 수밖에 없었다. '국민'이 한시를 이해할 거라고 기대하기는 힘들기 때문이다. 「사우음」에서 보여준 것같이 민족어 노래형식을 차용한 한시를 창작한다고 해도 근본적인 해결책은 되기 힘들었다. 요컨대 근대사회로의 전환기에 겪게 되는 사회와 문학의 변화를 포용하기에는 한시의 약점이 컸다고 할 수 있다.

호지명(胡志明, 호찌민, 1890~1969)은 개인의 내면을 표현하기 위해 한시를 쓰는 전통을 계승한 마지막 세대에 속한 인물이었다. 1942년 8월부터 이듬해 9월까지 중국 광서(廣西)지역의 감옥에 수감되었는데, 옥중에서 한시로 감회를 표현하고 마음을 다잡고자 했다. 작품이 『옥중일기(獄中日記)』로 엮어 간행되었다.

> 事物循環原有定　　사물의 순환은 원래 정한 이치니,
> 雨天之後必晴天　　비 온 뒤에 반드시 날이 개는 법이다.
> 片時宇宙解淋服　　어느덧 우주는 젖은 옷을 벗어버리고,
> 萬里山河晒錦氊　　만리 산하 비단 이불에 햇빛이 쏟아진다.
> 日暖風淸花帶笑　　바람 좋은 따뜻한 날에 꽃은 웃음을 띠고,
> 樹高枝潤鳥爭言　　큰 나무 물 오른 가지에 새들 다퉈 지저귄다.
> 人和萬物都興奮　　사람과 만물 모두 일어나 떨치고 있으니,
> 苦盡甘來理自然　　고진감래는 이치의 자연스러움이라.[372]

제목은 「청천(晴天)」이다. 비 온 끝에 맑게 갠 하늘을 보고 시심이 움직였을 것이다. 서두에서는 순환이 정한 이치라고 말하고 결론에서는 고진감래가 이치의 자연스러운 귀결이라고 했다. 자연이 순환하는 이치가 세상사에

---

372) 김상일 옮김 『옥중에 자유인 머물다』(사람생각 2000) 104면의 번역 참조.

도 그대로 적용되어 지금은 힘들게 옥고를 치르고 있지만 풀려나 큰 뜻을 펼칠 날이 오고야 만다는 확신을 말하고 있다. 큰 뜻은 물론 민족해방과 계급투쟁의 승리이다. 이렇듯 희망을 노래하기 위해서 한시(문학)를 쓴 것이다. 한편 널리 알려진 권두시(卷頭詩)에서는 신체는 갇혔지만 정신은 갇히지 않고 혁명을 계획한다고 했다.373) 한시는 마음을 다잡기 위해서 필요하다는 뜻으로 읽힌다.

그런데 다음 작품 「간천가시유감(看千家詩有感)」을 보면 문학의 존재 의의와 양상에 대해 새로운 관점을 제시한다. 제목에 있는 '천가시(千家詩)'는 중국 남송(南宋) 사람 유극장(劉克莊, 1187~1269)이 엮은 근체시 선집이다.

> 古詩偏愛天然美　고시는 천연미를 편애하여,
> 山水煙花雪月風　산과 물, 안개와 꽃, 눈과 바람을 노래했다.
> 現代詩中應有鐵　현대시엔 응당 쇠가 들어 있어야 하고,
> 詩家也要會衝鋒　시인 또한 적진으로 돌격할 줄 알아야 한다.374)

산수를 읊는 '고시(古詩)'와는 달리 '현대시(現代詩)'는 작품 속에 '철(鐵)'이 들어 있어야 하고 시인은 '충봉(衝鋒)'할 줄도 알아야 한다고 했다. 현대시는 전통한시와는 존재 의의가 달라지는 것으로 이해된다. 그런데 그런 뜻을 말하고 있는 마지막 행의 "시인 또한 적진으로 돌격할 줄 알아야 한다(詩家也要會衝鋒)"는 백화체(白話體)의 구법으로 되어 있다. 전통한시의 시어나 구법, 나아가 내적인 조직원리마저 극복하고자 했다고 볼 수 있다.375)

---

373) "身體在獄中 精神在獄外 欲成大事業 精神更要大" (김상일 옮김 『옥중에 자유인 머물다』 9면).

374) 김상일 옮김 『옥중에 자유인 머물다』 106면의 번역 참조.

375) 김상일 옮김 『옥중에 자유인 머물다』 112~113면에서, "호지명의 이 옥중 한시는 한시라기보다는 한시와 중국 현대시인 백화시(白話詩)를 절충한 형식이다" "이런 점은 그가 전통적인 한시를 짓는 데 미숙했기 때문이라고 할 수도 있으나 당대의 현실을 새로운 형식에

호지명은 희망을 간직하고 마음을 굳건하게 하기 위해서 한시를 쓴다고 했다. 옥중에 있기 때문에 희망과 굳건한 의지가 무엇보다 중요했다. 그런 작시 의도에 상응해서 그의 한시는 숭고하면서도 질박하다는 느낌을 준다. 하지만 시는 혁명의 무기가 되어야 한다는 생각도 동시에 가지고 있었다. 그런 생각을 밀고 나가면 한시를 버리고 혁명의 무기가 될 수 있는 현대시를 써야 한다는 주장과 만나게 될 것이다.376)


## 2. 한문산문

이 장에서는 한문산문의 전반적인 양상을 서술한다. 한문산문 전통이 형성되는 초기의 양상을 살핀 다음, 글쓰기 갈래와 글의 주제에 따라서 절을 나누어 살펴보기로 한다. 정연한 체계를 갖추려 하지는 않고, 한문산문의 특성을 잘 보여줄 수 있는 효율적인 방식을 택하고자 한 것이다.

### 1) 형성기의 한문산문

오늘날까지 전해지는 한문산문 작품 중에서 이조 태조(太祖, 974~1028)가 직접 지었다는 「사도승룡조(徙都昇龍詔)」(통칭 「천도조(遷都詔)」로 부른다)377) 가 가장 첫머리에 오는 작품이다. 새로운 왕조를 개창한 태조 이공온(李公

---

담아내고자 하는 의식의 소산이라고도 할 수 있다. 이런 점에서 그는 나름대로 새로운 시형식을 창안했다고 할 수 있다"고 한 말이 타당하다고 본다.

376) 조동일 『하나이면서 여럿인 동아시아문학』 279~282면에서 호지명의 한시를 살폈다. 「간천가시유감」을 "새로운 시대의 시가 사회에 참여하고, 억압에 맞서서 투쟁해야 하는 노선을 택해야 한다는 주장을 한시를 통해 구현하면서 고금의 시를 비교하는 방법을 사용해서 커다란 설득력이 있다"(282면)고 평가했다.

377) 『대월사기전서』에도 전문이 실려 있다. 『대월사기전서』 본기(本紀) 권2(상, 207면)에 "帝以華閭城湫隘 不足爲帝王居 欲遷之 手詔曰 (…)"이라고 되어 있다. 그렇다면 1010년에 태조가 직접 조서를 지은 것이다.

蘊)은 제위에 오른 이듬해인 1010년에 전려(前黎)의 수도였던 화려성(華閭城)에서 대라성(大羅城), 곧 승룡성(昇龍城, 오늘날 하노이)으로 천도를 단행하려 한다. 「사도승룡조」는 이때 천도하고자 하는 자신의 뜻을 밝히고 중신들의 동의를 구하기 위해 창작한 조서(詔書)이다.

조서의 핵심은 물론 천도를 해야만 하는 이유를 천명하는 부분이겠다. 태조는 크게 두 가지의 이유를 들었다. 첫째로 정(丁, 968~980)과 여(黎, 곧 前黎, 980~1009)가 지배자의 욕심만 차리면서 천명을 무시하고 화려성에 안주한 결과 왕조가 단명하고 백성들의 삶이 피폐해졌다는 점을 들었다. 앞선 두 왕조의 처사는 천명에 순응하고 백성의 뜻을 따라서 적절한 시기에 도읍을 옮김으로써 국조(國祚, 국운)가 연장되고 백성이 풍족해진 중국 삼대(三代)의 조처를 본받지 못한 것이라고 평가했다. 도읍을 옮겨야 하는 이유는 이러한 전왕조의 전철을 밟지 않고 천명을 따르고 백성의 소망에 따라 통치하기 위함이라고 했다.

도읍을 옮기고자 하는 둘째 이유는 승룡성이 지리적 이점이 큰 곳이기 때문이라고 했다. 그렇게 말한 부분을 보기로 한다.

더구나 고왕(高王)의 옛 도읍이었던 대라성은 국토의 중심부에 위치해 있으면서 용이 서리고 범이 걸터앉은 듯한 형세를 가지고 있다. 동서남북의 바른 자리에 있으면서 강산의 배치 역시 적절하다. 땅은 넓고 평탄하며 지세가 높아 탁 트여 시원하다. 백성들은 물이나 구덩이에 빠지는 괴로움을 겪지 않으며 만물은 지극히 번성한다. 베트남 땅 어디를 보아도 이곳이 승지이다. 참으로 사방에서 몰려 들어오는 요지이니 만세 제왕의 도읍이 될 곳이다. 짐은 이러한 지리적 이점 때문에 거처를 그곳으로 정하고자 한다.378)

---

378) "況高王故都大羅城 宅天地區域之中 得龍蟠虎踞之勢 正南北東西之位 便江山向背之宜 其地廣而坦平 厥土高而爽塏 民居蔑昏墊之困 萬物極繁阜之豊 遍覽越邦 斯爲勝地 誠四方輻輳之要會 爲萬世帝王之上都 朕欲因此地利 以定厥居"(『황월문선』 권지오).

'고왕'은 베트남이 중국에 복속된 시기에 당나라에서 파견한 절도사(節度使) 고병(高駢)이다. 그는 나성(羅城)의 수비를 견고히 하기 위해 외곽 성벽을 쌓고 이를 대라성이라고 개칭한다. 그 밖에도 절도사로 있는 동안 전쟁으로 황폐화된 땅을 복구하는 데 큰 공적을 세워 후대 베트남사람들에 의해 왕이라고 칭해졌다.[379] 고병 이후 오권(吳權)이 939년에 대라성이 아닌 고라(古螺)를 도읍으로 하기까지 80년 가까이 대라성은 정치의 중심지 역할을 했다. 태조는 그곳이 적을 막아내기에 유리하고 사방을 통어하기에 적합하며 물산이 풍부하여 백성들 살기에 적합한 곳이니 되돌아가자고 한다.

「천도조」는 변려문으로 되어 있다. 변려문 특유의 과장이 섞여 있기도 하지만 짧은 분량의 글이며 문장은 수식이 화려하지 않고 간결한 편이다. 미감을 추구하기보다는 뜻을 전달하는 데 중점을 두었다. 19세기 초반에 범정호(范廷琥)는『우중수필(雨中隨筆)』'문체(文體)' 편에서 이조 시대의 문장은 '고오창경(古奧蒼勁)'한 특징을 가지고 있다면서 이 작품을 그런 사례 가운데 하나로 들었다.[380] '고오'는 예스러우면서 심오하다는 뜻이고, '창경'은 글이 굳세고 힘이 있다는 뜻이다.

한문산문 전통의 형성과정을 논하면서 빼놓을 수 없는 것이 각종 비문(碑文)이다. 현재 전해지고 있는 것으로 가장 오래된 비문은 주문상(朱文常)이 쓴 「안획산보은사비기(安獲山報恩寺碑記)」인데 1100년에 쓰인 것으로 추정된다.[381] 비문은 이상걸에 의해서 타인 호아(Thanh Hóa) 성 안획산에 보은사가 세워진 내력을 기록해둔 것이다. 「앙산영칭사비명(仰山靈稱寺碑銘)」 또한 이상걸과 관련 있다. 이상걸이 영칭사를 창건한 내력을 밝힌 글로 법보(法寶)라는 승려가 지었다.[382] 글은 1100년경에 썼지만 비석에 새긴 것은

379) 유인선『베트남의 역사』87~88면. 신라 최치원이 종사관으로 모셨던 바로 그 사람이다.
380) "余嘗考我國文獻 李文古奧蒼勁彷彿漢人 如太祖都龍編詔 太宗聲罪王安石檄文 仁宗遺詔之類 是也" (陳慶浩・鄭阿財・陳義 주편『越南漢文小說叢刊』제2집 제5책, 96면).
381)『호앙 쑤언 한 저작집』II, 531면. 비문에 따르면 보은사는 기묘년(1099)에 착공해서 경진년(1100)에 완공되었다고 한다. 비문은『베트남문학전집』1, 289~295면에 실려 있다.

1126년의 일이다.383) 법보는 「숭엄연성사비명(崇嚴延聖寺碑銘)」도 지었다. 글을 비석에 새긴 해는 1118년이라고 한다. 주문상과 법보의 예에서 보듯이 이 시기에 비문을 쓰는 데는 승려와 세속의 문인이 다함께 참여하고 있다.

이조시대에 나온 비문을 대표하는 작품은 「대월국당가제사제숭선연령탑비(大越國當家第四帝崇善延齡塔碑)」(통칭 「숭선연령탑비」로 부른다)이다. 임금의 명을 받아 완공필(阮公弼)이 지었으며 비석이 세워진 해는 1121년이니 앞서 본 몇건의 선행 비문을 계승하는 위치에 있다. 숭선연령탑은 하 남(Hà Nam) 성 주이 띠엔(Duy Tiên) 현에 있는 용대산(龍隊山) 용대사(龍隊寺)에 있으며 탑이나 절 모두 이조 인종(仁宗)이 세우도록 한 것이다.

비문은 '오묘한 본체[妙體]'와 그것은 '큰 작용[大用]'에 대한 말로 시작되고 있다.

묘체(妙體)는 그윽하고 고요하다. 중(中)도 외(外)도 아닌 곳에서 신령한 빛을 내며 오태(五太)384)의 시초에서 우뚝하도다. 대용(大用)은 왕성하고 번성한다. 크고 넓어서 형상으로 드러난 일체를 포괄하지만 (동시에) 텅 빈 하나[一虛] 속에서도 무성하다. 헤아릴 수 있는 조짐이 없으며 찾을 수 있는 자취가 없다. 천지의 광대한 외면을 포용하니 어찌 (그 모습을) 볼 수 있겠는가? 일월의 찬란한 광채와 섞이니 어찌 찾아낼 수 있겠는가? 비록 조화(造化) 추기(樞機)의 움직임을 막아도 그것은 엄연히 있으며, 비록 음양이 운동하여 변화해 간다고 하더라도 비요(秘要)는 홀로 고요하다. (그러니) 어찌 그윽하고 고요한 것이 아니겠는가? (…) (그러니 대용은) 왕성하고 번성하다고 하지 않을 수 있는가?385)

---

382) 『베트남문학전집』 1, 339~348면.

383) 『베트남문학사전』 32면.

384) 도교에서 '태역(太易), 태초(太初), 태시(太始), 태소(太素), 태극(太極)'을 '오태'라고 한다.

385) "夫妙體玄寂 靈光兮非中非外 卓爾于五太之初 大用繁滋 浩博兮唯形唯顯 森然于一虛 之裏 勿兆朕可測 靡影迹可求 包天壤廣大之容 詎能參觀 混日月光華之彩 寧假尋觀 雖干 運造化樞機 彼端然在 縱推蕩陰陽舒豫 秘要偏幽 豈非玄寂歟 (…) 不曰繁滋乎" (『베트남

글은 변려문 문체로 되어 있다. 대구를 갖추거나 글자 수를 안배하는 데 각별히 신경을 쓰고 있다. 오묘한 본체는 시간·공간의 제약을 받지 않으며 인식의 범위 밖에 있다고 말한다. 이렇게 오묘한 본체와 본체의 큰 작용에 대해 말한 다음에는 본체에 대한 깨달음을 이룬 석가모니[大雄氏]에 대해서 말했다. 입멸 후에 다비하고 나서 사리가 나온 것을 여러 곳에서 잘 보존해 오고 있다고 했다. 사리를 언급한 것은 뒷부분에서 다시 말하듯이 숭선연령탑을 세운 것이 부처의 사리를 봉안하기 위함이기 때문이다.

석가모니에 대해서는 그다지 길게 말하지 않았지만 인종에 대해서는 찬미하는 말을 길게 했다. 무엇을 찬미했는지 중간중간 요약해주었는데,[386] 그 말을 따라가다가 만나는 비교적 짧은 단락을 하나 취하면 다음과 같다.

(폐하께서는) 천지의 참 주인으로서 조화의 내밀한 이치를 궁구하셨다. 지혜를 발휘하여 경우에 따라 일을 잘 처리하시고 계책을 써서 온갖 일을 처결하셨다. 외방(外方)의 음악에도 정통하여 여러 기예의 요점을 (우리나라로) 옮기셨다. 뛰어난 춤사위를 만들어서 나라가 융성함을 함께 즐거워하는 모습을 보여주셨다. 또한 '강운선자(降雲仙子)' 곡을 만드셨는데 명랑한 소리로 선왕의 공적을 찬미하는 노래다. '연보무(蓮寶娑)' 춤도 만드셨는데 가냘픈 자태로 빙글 도는 춤사위로 자애로운 교화를 송축하는 춤이다. 이는 모두 폐하의 묘산(妙算)을 보여주는 일들이다.[387]

---

문학전집』1, 383~384면).

386) 예컨대 "斯則陛下入胎之兆也" "斯則陛下降誕之徵也" "斯則陛下天表之端嚴也" "斯則陛下博通於才藝也" "斯則陛下拔覽而新制金籙也" "斯則陛下新制度之巧也" "斯則陛下巧勝緣之功也" "斯則陛下制梵刹以祈福壽也" "斯則陛下耀武通規也" "斯則陛下修文至德也" 같은 방식이다(『베트남문학전집』1, 386~394면). 이러한 요지의 진술이 길게 이어지고 있으니 임금에 대한 찬미가 극에 달했다고 할 수 있다.

387) "爲天地之眞主 究造化之幽機 運智變通 顯謀充塞 精外方之音響 譯諸技之要端 作妙舞之絶倫 示昌期之同樂 復制降雲仙子而歌聲嘹喨 贊哲后之元功 出蓮寶娑而弱質蹁躚 慶深仁之美化 斯則陛下之妙算也" (『베트남문학전집』1, 394~395면).

요컨대 인종이 문화영웅이라는 말이다. 중간에 '외방'이라고 한 것은 아마도 중국을 지칭할 것이다. 인종이 중국의 음악과 춤을 받아들이면서도 안목을 가지고 그 요점을 잘 취해 베트남화한 공적을 기리고 있다. 악곡과 춤사위를 제정하는 데 관여하기도 했다면 인종은 예술적 창조력이 뛰어난 군주였다.

인종이 사리탑을 세우게 된 내력을 기록해두는 것도 중요한 일이었다. 인종의 발원(發願)에서 탑의 조성에 이르기까지 있었던 일을 기록함은 물론 탑의 형상도 상세하게 묘사했다. 정성을 다해서 부처를 기리고[388] 국조(國祚)가 연장되기를 기원함은[389] 물론 임금이 장수하기를 바라는 마음에서[390] 탑의 이름을 '숭선연령'이라 했다고 한다.

명(銘) 또한 길고 화려하다. 4언 87구로 되어 있다. 본문의 내용을 압축해서 요약하고 재주 없는 사람이 글을 쓰게 되었다는 겸손한 말을 덧붙였다. 본문과 명은 베트남의 독자성을 세련된 표현을 갖추어 찬미하고 있지만 동시에 장식이 지나쳐 내용이 공허해졌다는 평을 면하기 어렵게 되었다.[391]

「숭선연령탑비」를 읽다 보면 임금에 대한 찬미가 지나치다 싶을 정도로 길게 이어진다. 그 때문에 온갖 미사여구를 써가면서 과장되게 찬양할 이유가 무엇인지 궁금해진다. 인종이 실제로 훌륭한 임금이기 때문에 그렇다고 말할 수 있을 것이다. 위에서 인용한 부분만 보아도 중국문화를 베트남화하고, 베트남의 독자적인 문화창조를 선도했으니 그럴 만도 하다고 볼 수 있다. 그래도 정도가 지나치다는 생각을 지울 수는 없다.

국왕을 중심으로 굳게 단결할 필요성이 큰 시대였다는 데서도 찬양일색인 이유의 일단을 찾아볼 수 있겠다. 인종시대는 북으로 중국 송나라, 남으로

---

388) "崇成善果" (『베트남문학전집』 1, 398면); "崇妙果" (『베트남문학전집』 1, 400면).
389) "希延歷數以長新" (베트남문학전집』 1, 400면).
390) "冀益睿齡之彌遠" (『베트남문학전집』 1, 400면).
391) 조동일 『동아시아문학사 비교론』 341면.

점파(占婆)의 침입을 성공적으로 물리치면서 자부심이 한껏 고양된 시대였다. 그런 자부심이 투쟁의 구심점인 국왕을 찬미하는 것으로 표출되었다고 볼 수 있을 것이다. 작품을 국왕에 대한 찬미로만 읽지 말고 민족적 역량에 대한 찬양으로 읽어보자는 입장이다.

다른 한편으로 이 시기에는 문인 지식층이 형성되지 못했다는 점도 찬양이 과도한 이유의 하나일 것이다. 문인 지식층이 국왕의 일방적인 권력을 제어하면서 정치의 중심으로 부상하지 못한 시기에 국왕을 중심으로 하는 소수의 귀족세력이 우월감을 과장했을 가능성이 있다고 보는 입장이다. 비문의 내용 중에 군신(君臣) 관계나 군민(君民) 관계에 대한 별다른 언급이 없는 것은 비록 1075년에 역사상 최초로, 이어서 1086년에 두번째로 과거(科擧)가 실시된 이후이기는 하더라도 아직은 문인집단의 목소리가 미약할 수밖에 없었던 시대상황에 대응하는 것이라고 볼 수 있겠다.

원통(圓通, 1080~1151)[392]의 「천하흥망치란지원론(天下興亡治亂之原論)」은 몇가지 면에서 「숭선연령탑비」와 비교된다. 이 글은 1130년에 신종(神宗)이 천하의 치란(治亂)과 흥망(興亡)의 이치를 묻자 원통이 답한 말을 기록한 것인데 『선원집영』에 실려 전한다. 오늘날 연구자들은 원통의 답만 따로 떼어내서 「천하흥망치란지원론」이라는 독립된 글로 취급하고 있다. 내용을 보면, 원통은 군주가 호생지덕(好生之德)을 가지고 민심을 얻는 것, 군자를 관리로 등용하는 것이 국가가 흥성하는 요체라고 말하고, 군주 스스로 삼가며 덕을 닦아야 그렇게 될 수 있다고 주장했다. 첫 대목을 보기로 한다.

천하는 그릇과 같다. 안전한 곳에 두면 안전하고 위태로운 곳에 두면 위태롭다. 다만 임금이 어떻게 하는가에 달려 있을 따름이다. 생명을 아끼는 덕이 민심과 부합한다면 백성은 그를 어버이인 듯이 사랑할 것이며, 해와 달인 것처럼 우러를 것이다. 이것이 천하를 안전한 곳에 두는 것이다.[393]

---

392) 속명은 완원억(阮元億)이다.

264

「숭선연령탑비」가 국왕에 대한 일방적인 찬미로 흐른 데 반해서 군주의 바른 통치자세를 말함으로써 독주를 견제하고 있다고 하겠다. 군주를 견제하는 원리는 유학에서 가져온 것이다. 위의 대목에서 말한바, 부모를 공경하는 마음이 군주를 섬기는 마음으로 자연스럽게 확대되도록 해야 천하가 안정된다는 것은 법가·도가·불가에서는 말하지 않는, 유가의 고유한 주장이다. 승려의 입을 통해서 유학자들이 하는 말을[394) 듣게 되었지만, 훗날 유학자들이 부상하면서 이런 취지의 의론문은 역사적인 전거가 풍부해지고 논리가 더욱 탄탄해진 모습으로 변모하게 된다. 요컨대 「천하흥망치란지원론」은 의론산문이 등장한다는 것을 보여주는 자료가 된다.

지금까지 천도 조서, 비문, 의론문이 한문산문의 등장을 알렸음을 확인했다. 형성기에는 한문산문이 정치적·종교적 효용성을 발휘해야 한다는 창작의식이 분명했다. 궁정과 사원에서 창작이 이루어졌고, 작가도 그 공간에서 활동하는 인물이었다. 문체는 변려문이 압도적이었다. 통상적으로 변려문으로 쓰는 것이 일반적인 비문이 다수를 차지하다보니 문체가 다양해지기 어려웠다. 문체가 다변화하기 위해서는 한문산문의 영역 확대가 전제되어야 했다.

## 2) 자주적 기상의 한문산문

한문학 전통이 형성되는 비교적 이른 시기부터 자주적 기상을 드날리는 한문산문이 모습을 드러냈다.[395) 그 첫머리에 놓이는 작품이 「벌송노포문

---

393) "天下猶器也 置諸安則安 置諸危則危 顧在人主所行何如耳 好生之德 合于民心 故民愛
之如父母 仰之如日月 是置天下得之安者也"(『베트남문학전집』 2, 315면 (원문); 『베트남
문학전집』 1, 453~454면에도 전문이 나온다. 정천구 옮김 『베트남 선사들의 이야기』
261~262면에 번역되어 있다).

394) 원문의 "好生之德 合于民心"은 『서경』 '대우모(大禹謨)'의 "好生之德 洽于民心"에 근
거를 두고 있다.

395) 「숭선연령탑비」도 자주적 기상을 표출하고 있다고 볼 수 있지만 그것 자체가 글을 쓴

(伐宋露布文)」이다. 1075년 중국 송나라의 침입 의도를 감지한 이조(李朝)는 이상걸을 수장으로 삼아 선제공격을 감행한다. 이때 이상걸은 출정을 앞두고 송나라를 공격하는 일이 정당하다는 것을 천명하는 격문(檄文)을 지었는데 그것이 「벌송노포문」이다. 짤막한 글인데 첫머리는 다음과 같다.

하늘이 백성을 낼 때, 임금이 덕이 있으면 화목하게 했다. 백성의 임금 노릇하는 도리는 요체가 백성을 기르는 데 있다. 지금 듣자니 송나라 임금이 어리석고 용렬하여 성인의 전범을 따르지 않고, 왕안석(王安石)의 탐욕스럽고 삿된 계책을 따라서 청묘법(青苗法)이니 조역법(助役法)이니 하는 신법(新法)을 써서 백성들의 기름[膏血]을 땅에 칠하게 하여 자기를 살찌우는 꾀로 삼고 있다.396)

송나라를 공격해야 하는 명분을 송나라 임금이 어리석어 백성을 괴롭히고 있다는 점에서 찾았다. 임금이라면 백성을 잘 기르는 성인의 전범을 따라야 한다는 것은 중국으로부터 배운 바이다.397) 중국 고전을 통해서 배운 논리로 중국을 비판함으로써 명분싸움에서 밀릴 것이 없게 되었다. 한문학을 익힌 효용성이 바로 이런 장면에서 극대화되고 있다고 볼 수 있겠다.

베트남의 대외항쟁사와 맞물려서 빼어난 작품들이 잇달아 출현했다. 원나라에 저항할 것을 호소한 진국준(진흥도)의 「유제비장격문(諭諸裨將檄文)」, 전승 찬가인 장한초의 「백등강부(白藤江賦)」, 명나라를 물리치고 쓴 독립선언서 격인 완채의 「평오대고(平吳大誥)」가 연이어 창작되어 민족적 자긍심을 한껏 고양했다. 이로써 자주적 기상을 드러내는 한문산문 창작 전통이 문

목적이라거나 자주적 노선을 직설적으로 표명한 것은 아니다.
396) "天生蒸民 君德則睦 君民之道 務在養民 今聞宋主昏庸 不循聖範 聽安石貪邪之計 作青苗助役之科 使百姓膏脂塗地 而資其肥己之謀" (『베트남문학전집』 1, 305면).
397) 원문의 "君民之道 務在養民"은 『서경』 '대우모'의 "德惟善政 政在養民"에 근거를 두고 있다.

266

학사에서 확고하게 자리 잡게 되었다.

진국준은 몽고와의 투쟁기에 제가(諸家) 병법의 요체를 추려 『병서요략(兵書要略)』을 엮고 나서 휘하의 장수들에게 읽기를 권하는 글을 지었는데, 그것이 「유제비장격문」이다.[398] 통칭 「격장사문(檄將士文)」이라고 부른다. 내용을 보면 서두에서는 종묘사직을 구한 충신의 사례를 열거했다. 이어서 몽고에게 핍박당하는 현실, 일신의 안전과 안락을 위해 투쟁에 적극적으로 나서지 않으려는 태도에 대한 경계, 몽고에 패했을 경우 닥칠 일들, 몽고와 맞서 싸워야 하는 이유, 싸움을 준비하기 위해 필요한 일 등을 서술했다.

후반부를 보면, 몽고에 패했을 경우 어떤 일이 닥칠지 실감나게 열거하고 있다. 적에게 패하는 날에는 봉록(俸祿)을 박탈당하는 것이야 말할 것도 없고, 처자가 적의 포로가 되고 조상의 무덤이 파헤쳐질 것이다. 또한 패장이라는 부끄러운 이름을 후대에 길이 전하게 될 것이다. 그러므로 투쟁의 의지를 군건하게 하고 승리를 기약해야 한다.

이제 나는 너희들에게 분명히 말해둔다. 마땅히 장작더미 밑에 불을 놓아둔 위기라고 여겨야 하고, 뜨거운 국물에 데어본 사람이 찬 나물도 불면서 먹듯이 경계를 해야 한다. 사졸들을 훈련시키고 활쏘기를 연습시켜서 모두가 봉몽(逢蒙)이나 후예(后羿)와 같은 명사수가 되도록 해야 한다. 필렬(必烈)의 머리를 대궐 아래 매달고, 운남왕(雲南王)의 살점을 고가(藁街)에서 썩게 해야 한다. (그렇게 된다면) 나의 채읍이 길이 전해질 뿐만 아니라 너희들의 봉록 또한 종신토록 주어질 것이다. 나의 권속(眷屬)들이 편안한 잠자리를 얻게 될 뿐만 아니라 너희들의 처자식 또한 평생을 함께할 것이다.[399]

---

398) "今余歷選諸家兵法爲一書 名曰兵書要畧 汝等或能專習是書 受余敎誨 是夙世之臣主也 或暴棄是書 違余敎誨 是夙世之仇讐也" (『황월문선』 권지칠).

399) "今余明告汝等 當以厝火積薪爲危 當以懲羹吹虀爲戒 訓練士卒 習爾弓矢 使人人逢蒙家家后羿 梟必烈之頭於闕下 腐雲南之肉於藁街 不惟余之菜邑 永爲靑氈 而爾等之俸祿 亦終身之受賜 不惟余之家小得安牀蓐 而爾等之妻孥 亦百年之偕老" (『황월문선』 권지칠. 제

'봉몽'은 '방몽(逄蒙)'이라고도 하며 중국 신화상의 명사수이다. 그는 활로 태양을 쏘아 떨어뜨렸다는 '후예'에게서 활쏘기를 배웠다고 한다. '필렬'은 쿠빌라이(Khubilai, 忽必烈), 곧 원나라 세조(世祖)이다. '운남왕'은 쿠빌라이의 아들 토곤(Toghon, 脫驩)이다. 1284년에 쿠빌라이는 토곤으로 하여금 50만 대군을 거느리고 베트남을 침공하게 한다. 진흥도는 토곤의 군대와 맞서 싸워야 했다. '고가'는 한(漢)나라 때의 거리 이름으로 장안성(長安城) 남문 안에 있었다. 죄인의 목을 베어 효시(梟示)하는 곳이었다.

몽고군에 맞서 싸워야 하는 이유로 봉록과 처자의 안전을 들었다. 하지만 목숨을 걸고 싸워야 하는 이유가 그것만은 아니었다. 위에서 인용된 부분에 바로 뒤이어서 승리가 가져올 결과를 다음과 같이 말했다. 조상 제사를 계속해서 모실 수 있을 것이며 이름을 후세에 전할 수 있다. 또한 명예로운 이름이 역사서에 올라 길이 전해질 것이다. 이처럼 진흥도는 승리의 보상이 이익과 안전에 그치지 않고 후손 된 도리를 다하고 역사에 남는 명예를 누리는 데도 있다고 했다. 적에게 패했을 경우 닥칠 일들과 승리했을 경우 누리게 될 일들을 대조하고, 진흥도 자신의 처지와 비장들의 처지를 병렬함으로써 설득력을 높이고 있다. 억양반복하는 변려문의 특성을 잘 살렸다고 평가할 수 있다.

승리를 쟁취하려면 이제부터 어떻게 해야 하는가? 의지를 굳건히 하고 『병서요략』을 읽고서 병법을 익혀야 한다. 만일 이 책을 버려두고 가르침을 따르지 않을 것 같으면 저자와는 숙세의 원수가 되는 것이다.

어째서 그런가? 몽고놈들[蒙韃]⁴⁰⁰⁾은 한 하늘 아래 함께 살 수 없는 원수들이기 때문이다. 너희들이 만일 그저 편안하게 지내면서 설욕할 마음을 먹지 않

---

목을 '흥도유비장격문(興道諭裨將檄文)'이라고 했다).
400) 『황월문선』 권지칠에는 '몽달(蒙韃)'이라는 말이 없다. 『베트남문학전집』 2, 311면을 따라서 '몽달'이라는 말을 넣어 의미를 분명하게 했다.

고, 흉포한 놈들을 제거하는 데 마음을 쓰지 않으며, 또 사졸들을 가르치지 않는다면 이는 창을 버리고 투항하자는 것이요 맨주먹으로 적을 맞겠다는 것이다. 오랑캐를 평정한 후손들에게 만년 동안 부끄러움을 남기는 일이니 무슨 면목으로 만물을 덮어주고 실어주는 천지간에 설 수 있겠는가? 그래서 너희들이 내 마음을 분명히 알기를 바라므로 이 격문을 쓰는 것이다.401)

격문의 마무리 부분이다. 몽고군에 대한 적개심을 숨기지 않고 직설적으로 표출했다. 몽고군에게 굴복하는 것은 빛나는 승리를 기억하고 있는 이상걸의 후손들로 하여금402) 앞으로 만년 동안 부끄러움에서 벗어나지 못하게 하는 일이라고 말했다. 민족의 독립을 지켜온 역사를 기억함으로써 현재의 투쟁의지를 강고하게 하고자 했다.

대몽투쟁의 최고 전승지는 역시 백등강(白藤江)이다. 일찍이 진흥도의 휘하에서 싸움에 참여해서 공을 세운 장한초가 지은 「백등강부」는 백등강 전승을 제재로 삼은 작품 가운데 대표작으로 손꼽힌다. 작품은 객(客)이 백등강에 배를 띄워놓고 강변에서 부로(父老)의 말을 듣는 장면을 핵심 장면으로 설정한 다음, 객이 노래를 부르는 장면으로 마무리하고 있다.

서두에서는 백등강에 배를 띄운 연유를 말하고서 백등강의 가을경치[風景三秋]를 묘사했다. 백등강은 그리 멀지 않은 과거에 피비린내 나는 전쟁터였기에 객은 자연스럽게 전쟁 장면을 떠올리며 탄식하게 된다. 이때 객 앞에 부로가 여러 명 나타났는데, 그중에는 지팡이를 짚은 사람도 있고 배를 젓는 사람도 있다. 이들은 객에게 백등강 싸움에 대해 말해준다. 이곳으로 말하자

---

401) "何則 蒙韃乃不共戴天之讐 汝等旣恬然不以雪恥爲念 不以除凶爲心 而又不敎士卒 是倒戈迎降 空拳受敵 使平虜之後 萬世遺羞 尙何面目立於天地覆載之間耶 故欲汝等明知余心 因筆以檄云."
402) 원문에 있는 '평로(平虜)'는 이상걸이 송나라 군사를 물리친 성(城)의 이름이기도 하다. 평로성(平虜城)은 타이 응우옌(Thái Nguyên) 성에 있다(Dương Quảng Hàm 『Việt Nam Văn Học Sử Yếu(越南文學史要)』, Nxb Tổng Hợp Đồng Tháp 1993, 260면).

면 진나라 군대가 오마아(烏馬兒)의 군대를 물리친 곳이고, 오권(吳權)이 남한(南漢)의 군대를 격파한 곳이라고 했다. 부로들의 고향 자랑은 당연히 베트남 역사에 대한 자랑이기도 했다. 이어서 전쟁의 전개양상과 감회를 이렇게 말하고 있다.

그때에 전선(戰船)은 천리나 이어지고, 깃발은 바람에 나부꼈다. 육군은 비휴(貔貅)처럼 용맹했으며 병기(兵器)는 벌떼와 같았다. 승패를 가리지 못하고, 남북(군사)은 서로 보루(堡壘)를 마주했다. 일월은 어둑어둑 빛을 잃고, 천지는 차디차 장차 무너지려 했다. 저 홀필렬(忽必烈)의 위세는 강했고, 유공(劉龔)의 계략은 교활했다. 스스로 말하기를 "채찍을 던져서 남국(南國)을 쓸어버릴 수 있다"고 했다.

그러나 하늘은 하늘의 뜻을 따르는 자를 돕기에 흉악한 무리들은 괴멸되고 말았다. 맹덕(孟德)의 군사는 적벽에서 쉽사리 재가 되어 날렸고, 부견(苻堅)의 군사는 합비(合淝)에서 순식간에 죽음을 맞고 말았다. 지금까지 강물은 흐르지만 끝내 치욕을 씻어내지 못했다. 하지만 다시 세운 공은 천고에 기림을 받으리라.

그렇도다. 우주가 생겨날 적부터 본래 이 강산이 있었다. 참으로 하늘이 만들어놓은 험한 요새에서 인걸의 힘을 의지해 평화를 이루었도다. 맹진회맹[盟津之會]의 여상(呂尙)같이 위풍당당했으며, 유수(濰水) 싸움의 한신(韓信)같이 탁월한 전략을 구사했다. 생각건대 이 강에서 이룬 대첩은 대왕이 대수롭지 않은 적이라고 여겼기 때문이다. 영웅의 풍모 기릴지니 칭송 소리 그치지 않으리라. 옛사람을 생각하니 눈물이 흐르고 강 물결 대하니 부끄러워지도다.[403]

---

403) "當其舳艫千里 旌旗旖旎 貔貅六軍 兵刃蜂起 雌雄未決 南北對壘 日月昏兮無光 天地凜兮將毀 彼必烈之勢彊 劉龔之計詭 自謂投鞭 可掃南紀 旣而皇天助順 兇徒披靡 孟德赤壁之師 談笑飛灰 苻堅合淝之陣 須臾送死 至今江流 終不雪恥 再造之功 千古稱美 雖然自有宇宙 固有江山 信天塹之設險 賴人傑以尊安 盟津之會 鷹揚若呂 濰水之戰 國士如韓 惟此江之大捷 由大王之賊閑 英風可想 口碑不刊 懷古人兮隕涕 臨江流兮厚顏"(『황월문선』권지일;『베트남문학전집』2, 502면).

인용한 부분의 첫머리는 소식(蘇軾)의 「적벽부(赤壁賦)」에 있는 구절을 약간만 바꾼 것이다.[404] 원나라 '홀필럴'과 남한(南漢)의 왕 '유공'을 함께 거론하고 있는 것으로 보아 두 번에 걸친 전쟁 모두에 대해서 말하고 있다. '맹덕'은 조조(曹操)이다. 후한(後漢) 말인 208년에 손권(孫權)과 유비(劉備)의 연합군과 적벽에서 싸웠는데, 손권의 장수 황개(黃蓋)의 화공(火攻) 계략에 말려 전선(戰船)이 불타는 패배를 당했다고 한다. '부견'은 오호십육국시대 전진(前秦)의 황제였는데 383년 동진(東晉) 정벌에 나섰다가 '합비'에서 패한 후 세력을 잃었다. '맹진'은 주(周)나라 무왕(武王)이 주(紂)를 칠 때 제후와 회맹(會盟)한 곳이다. '여상'은 흔히 강태공(姜太公)이라고 불리며 주나라의 군대를 지휘한 인물이다. '한신'은 '유수 싸움'에서 제(齊)나라와 초(楚)나라의 연합군에게 승리를 거두었다. '대왕'은 홍도왕(興道王) 진국준이다. 1287년 말 몽고군의 제3차 침입 때 진나라 인종이 적군에 대한 의견을 묻자 진국준은 "이번 적은 쉽다"고 대답했다 한다.[405]

요컨대 장한초가 부로의 입을 빌려 하고자 하는 말은, 하늘의 뜻에 순응하는 나라의 군사들이 지리적 이점이 있는 곳에서 탁월한 능력을 가진 장군의 지휘 아래 두 차례에 걸쳐 빛나는 승리를 거두었다는 것이다. 백등강 대첩은 중국의 적벽이나 합비에서 있었던 전쟁처럼 적고 약해 보이는 군대가 많고 강해 보이는 군대를 이긴 싸움인 점이 같다고 했다. 지휘관의 자신감과 탁월한 역량이 백등강 싸움을 승리로 이끌었다고 함으로써 천의(天意), 지리(地理), 인걸(人傑) 가운데 인걸이 관건이 되는 역할을 했다고 보았다.

인용한 부분에 이어서 부로와 객이 노래를 주고받는 것으로 작품이 마무리된다.[406] 부로는 승리의 감격을 노래하고 있고, 객은 거기에 더해서 승리

404) 원문은 "當其舳艫千里 旌旗旖旎"인데, 「적벽부」에 있는 "舳艫千里 旌旗蔽空"을 이용한 표현이다.
405) "帝問興道王 賊至如何 對曰 今年賊閑(閑 猶言易也"(『校合本 大越史記全書』(上), 362면).
406) 결말 부분은 조동일 해설, 지준모 옮김 『베트남 최고시인 阮廌』 35~36면에서 살폈다.

를 얻은 것은 험난한 요새 때문이 아니라 훌륭한 덕(德) 덕분임을 알았다
고407) 노래하고 있다. 하지만 무엇이 훌륭한 덕인지는 분명치 않다. 이 점은
위의 인용문에서 하늘의 뜻을 따르는 것이 구체적으로 어떤 태도인지 알 수
없게 되는 것과 마찬가지이다. 남한과 원나라의 침략을 격퇴한 쾌거의 정치
적·역사적 의미를 확대해서 생각해보지는 않은 결과라고 생각한다.

대외항전의 문학의 백미는 단연 완채의 「평오대고」라고 하겠다. '고(誥)'
는 원래『서경』에서 기원한 양식으로 임금이 신하에게 내리는 글이다. 「평
오대고」는 명나라 세력을 몰아내고 여조 태조(太祖)가 즉위한 해(1428)에 완
채가 왕명을 받들어 변려문으로 지었다. 베트남의 독립선언문으로서 천고웅
문(千古雄文)이자 공전절후(空前絶後)의 걸작이라는 평가받고 있다. 그리고
다른 작품들을 제치고 이렇게 높이 평가되는 것은 이 작품이 정치적 감흥과
예술적 감흥을 절묘하게 조화시키고 있기 때문이라고 한다.408)

일찍이 듣건대 인의(仁義)의 거사는 요체가 백성을 편안하게 하는 데에 있
고, 조민벌죄(弔民伐罪)의 군사는 포악함을 제거하는 일보다 앞세우는 일은 없
다고 한다. 우리 대월국은 실로 문명의 국가이다. 산천의 경계가 이미 다르고
남북의 풍속이 또한 다르다. 조(趙)·정(丁)·이(李)·진(陳)이 우리나라를 창
업할 때부터 한(漢)·당(唐)·송(宋)·원(元)과 각기 한쪽에서 황제를 칭하고
다스려왔다.409)

---

407) "信知不在關河之險兮 惟在懿德之莫京(京 大也 左傳莫之與京)" (『황월문선』 권지일;
『베트남문학전집』 2, 502면).
408) Lê Bảo 외『Giảng Văn Văn Học Việt Nam(베트남문학 강독)』, Hà Nội: Nxb Giáo
Dục 1998, 140~150면.
409) "盖聞仁義之擧 要在安民 弔伐之師 莫先去暴 惟我大越之國 實爲文獻之邦 山川之封域
旣殊 南北之風俗亦異 自趙丁李陳之肇造我國 與漢唐宋元而各帝一方" (『황월문선』 권지
오. 이하도『황월문선』을 따른다. 조동일 해설, 지준모 옮김『베트남 최고시인 阮廌』59~
68면의 번역 참조). '조민벌죄'는 백성을 위무하고 죄 있는 자를 친다는 뜻이다.

272

서두가 자못 묵직하다. 우선 인의의 요체가 안민(安民)에 있다고 하고, 또 안민의 첫걸음은 제폭(除暴)이라고 함으로써 외침에 맞서 싸워서 독립을 이룩하는 것은 인의를 실현하는 길이라고 했다. 인의의 실현과 국가의 자주권 회복을 연결한 점이 독특하다. 이어서 강역이 다르고 풍속이 다를 뿐만 아니라 각자의 산천에서 이룩해온 역사가 다르기 때문에 역사상 '각제일방(各帝一邦)'해온 것이 당연하다고 했다. 지리적 이유, 문화적 이유, 역사적 이유, 이념적인 이유에서 베트남의 독립은 지지되어야 한다고 선언한 것이다. 이 상결이 「남국산하」에서 '천서(天書)'를 거론한 것에서 몇 걸음 더 나아간 것이라고 평할 수 있겠다.410)

위에 인용한 대목에 이어서는 명나라 치하에서 벌어진, "동해의 물로도 더러움을 씻기에 부족하고, 남산의 대나무로도 그 악랄함을 적기에 부족한"411) 악행과 참상을 길게 열거했다. 백성들이 얼마나 비참한 생활을 했는지 묘사하고 백성의 참상과 지배자의 탐욕·사치스러움을 대조했다. 역사적 사실에 근거하고 있으면서 동시에 강한 정서적 울림을 가지고 있어 읽는 이로 하여금 누구나 분노하게 한다.

이어서 태조(太祖) 여리(黎利)가 기의(起義)한 시말을 서술했다. 이 내용이 전체 작품 가운데 가장 큰 비중을 차지한다.

내가 분연히 남산(藍山)에서 박차고 일어나 몸이 황야를 떠돌면서, 누대의 원수와 어찌 한 하늘을 이고 지낼 것인가 생각하고는 반역의 적도들과는 함께 살지 못할 것임을 맹세했다. 마음이 아프고 머리를 앓은 것이 10여년이나 되며 섶에 누워 쓸개를 맛본 것도 하루이틀이 아니다. 분발하여 끼니마저 잊으면서 매양 병서를 연구하고, 옛일을 가지고 오늘에 징험하면서 상세히 흥망의 이

---

410) Lê Bảo 외 『Giảng Văn Văn Học Việt Nam(베트남문학 강독)』 142~143면에서 「남국산하」와 비교했다.
411) "決東海之水 不足以濯其汚 罄南山之竹 不足以書其惡."

치를 추구하여 광복을 도모하는 뜻을 자나 깨나 잊지 않았다.412)

'남산은 타인 호아(Thanh Hóa) 성의 토 수언(Thọ Xuân) 현에 있는 지역
으로, 여리가 기의한 곳이다. 서술의 초점은 여리의 심리, 고난, 승리에 두어
졌으며 그것은 여리를 영웅으로 부각시키는 효과를 가진다. 여리가 제위에
오른 시점에서 반포된 글이기 때문에 더더욱 그를 중심으로 서술해야 했다.
남산에서 기의한 이후로 오랫동안(1418~1423) 적의 세력은 강하고 아군의
형세는 초라했다. 인재는 가을철 나뭇잎처럼 성기고 호걸은 새벽녘 별처럼
드물었다. 양식이 떨어진 것이 열흘 이상이 되는 간고를 겪기도 하고 많은
사상자가 나서 군사의 수가 턱없이 부족하기도 했다. 그런데 어떻게 해서 끝
내 이길 수 있었는가? 하늘이 나(여리)에게 대임(大任)을 맡기기 위해 고난을
주는 것이라고 생각하고 의지를 더욱 굳세게 했기 때문이라고 했다. 하지만
승리는 의지만으로 되는 것은 아니었다. 승리의 궁극적 원인은 다른 데서 찾
아야 한다.

　　약함으로써 강함을 제압해야 했기에 혹 적의 방비가 허술할 때 공격했고,
　소수로써 다수를 맞아 싸워야 했기에 늘 복병을 두었다가 기습했다. 끝내는 대
　의로써 흉하고 잔혹함을 이겼으며 지극한 어짊으로써 강하고 포악함을 갈아치
　웠다.413)

적의 약점을 노린 공격, 복병을 이용한 기습은 약한 소수가 강한 다수를
이기기 위한 전략이다. 그런 전략이 적중해서 승리를 거두었다. 거기에 더해
서 베트남의 독립군은 인의(仁義)를 따르는 병사들이었다. 서두에서 제기한

---

412) "予奮跡藍山 棲身荒野 念世讐豈可共戴 誓逆賊難與俱生 痛心疾首者垂十餘年 嘗腑臥
　　薪者蓋非一日 發憤忘食 每研覃韜略之書 卽古驗今 細推究興亡之理 圖回之志 寤寐不忘."
413) "以弱制强 或攻人之不備 以寡敵衆 常設伏以出奇 卒能以大義而勝凶殘 以至仁而易强
　　暴."

유학의 원리를 재확인하면서 인의가 강포함을 누르는 것은 천리의 당연함이라고 말하고 있다.

승리의 궁극적 원인이 천리를 따른 데 있다고 결론을 미리 말하고서 개개의 전승을 상세히 기록했다.

포등산(浦滕山)으로 번개처럼 달려가 천둥처럼 쳐서 적을 격퇴했고, 다린(茶麟)에서는 대를 쪼개듯 하고 재를 날리듯 하여 적을 궤멸시켰으니, 사기는 이로써 더욱 증폭되고 함성은 이로써 크게 진동했다. 진지(陳智)와 산수(山壽)는 소식을 듣고 혼을 빼앗겼고 이안(李安)과 방정(方政)은 숨을 죽이고서 겨우 살아났다. 승전을 타고 휘몰아쳐 달리니 서경(西京)이 이미 우리의 소유가 되었고, 선봉을 선발해 진격하여 취하니 동도(東都)의 옛 땅을 모두 회복했다. (…) 이에 용맹한 군사를 선발하고 보필하는 신하에게 영을 내려, 코끼리에게 물을 마시게 하니 강물이 마르고, 칼을 갈게 하니 산의 돌이 닳았다. 북소리 한 번에 고래를 베고 악어를 끊었으며, 북소리 두 번에 새들이 흩어지고 노루들이 놀랐다.[414]

'포등산'은 응에 안(Nghệ An) 성 뀌 쩌우(Quỳ Châu) 현에 있는 산이다.[415] '서경'은 타인 호아(Thanh Hóa) 성 빈 록(Vĩnh Lộc) 현이다. 호(胡) 왕조 때 이곳에 수도를 건설했다. 승룡(昇龍)은 이에 대응해서 '동도'라고 한다.[416]

이처럼 승전을 기록하는 부분에서는 다양한 수사기법을 구사했다. 열거와 대구를 활용하기도 하고 독립군의 기상과 명나라 군대의 겁약한 모습을 대조해서 묘사했다. 인명과 지명을 거론하면서 경과를 서술한 부분도 있고 추

---

414) "浦滕之霆驅電掣 茶麟之竹破灰飛 士氣以之益增 軍聲以之大振 陳智山壽聞風而褫魄 李安方政假息以偸生 乘勝長驅 西京旣爲我有 選鋒進取 東都盡復舊疆 (…) 爰選貔貅之士 申命爪牙之臣 飮象而河水乾 磨刀而山石缺 一鼓而鯨刵鱷斷 再鼓而鳥散麕驚."

415) Mai Quốc Liên 『Nguyễn Trãi Toàn Tập Tân Biên(신편 완채전집)』 2, 35면.

416) 유인선 『베트남의 역사』 163면.

상적이고 과장된 묘사가 주된 부분도 있다. 이러한 글쓰기 기법들은 어느 쪽이 정의의 편인지, 승전의 기세는 어떠했는지 알고 느끼도록 하는 데 기여하고 있다. 변려문 형식이 그러한 효과를 증폭시켰다고 할 수 있다.

최후 결전의 승리를 말하고 난 다음에 이렇게 작품을 마무리하고 있다.

사직이 이로써 평화롭게 되고 산천이 이로써 면모를 고치니, 건곤이 비색(否塞)했다가 다시 번창하게 되고 일월이 암담했다가 다시 광명을 회복하게 되었다. 이에 만세 태평의 기초를 열고 이에 천고 무궁한 치욕을 씻으니, 이는 천지와 조종의 영(靈)이 조용히 붙들어주시고 넌지시 도와주심이 있음으로 말미암아 그렇게 된 것이다. 오호라 한차례 전쟁이 크게 안정되어 마침내 비할 바 없는 공적을 이루었으며 사해가 맑아지니 이에 유신의 조서를 반포한다. 널리 원근에 고하니 모두 듣고 알도록 하라.[417]

「평오대고」의 '오(吳)'는 명나라를 가리킨다. 그렇게 된 연유에 대해서는 명나라 태조 주원장(朱元璋)이 오왕(吳王)을 칭한 적이 있기 때문이라고 설명하기도 하고, 월(越)에 대한 대칭으로 중국을 오(吳)라고 부른 때문이라고 설명하기도 한다. 위에 인용한 결말 부분에서 완채는 '평오', 곧 명나라 지배를 종식시킨 것은 치욕을 씻고 사직을 보존하고 태평의 기초를 연 의의가 있다고 했다.

여조 초기에는 여리의 승리를 기리는 부(賦) 작품 창작이 잇달았다. 이자진과 완몽순의 작품이 대표적인데, 『황월문선』 권지일에 두 사람의 작품 여러 편이 앞뒤로 실려 있다. 두 사람이 각기 지은 「지령산부(至靈山賦)」는 임금이 글제를 내어 지은 작품[御題作]이다. 지령산은 여리가 명나라 군사에게 밀려 도피했던 곳이다. 이자진의 「창강부(昌江賦)」는 창강에서 명나라 군

---

417) "社稷以之奠安 山川以之改觀 乾坤旣否而復泰 日月旣晦而復明 于以開萬世太平之基 于以雪千古無窮之恥 是由天地祖宗之靈 有以默相陰佑而致然也 於戲 一戎大定 迄成無競 之功 四海永淸 誕布維新之誥 播告遐邇 咸使聞知."

대를 대파한 일을 제재로 삼았고, 완몽순의 「남산가기부(藍山佳氣賦)」는 남산에서 기의한 일을 제재로 삼았다. 이런 작품들은 공통적으로 드높아진 여조 초기의 자주적 기상을 반영하고 있다고 할 수 있다.

시대를 한참 내려와서 서산왕조의 광중황제가 청나라의 침입에 맞서 싸워야 할 때, 칙유(勅諭)를 통해 대외항쟁의 역사를 되새기면서 전의를 다지자는 말을 다시 한다. 중국과 베트남이 남북을 나누어 다스려야 하는데도[南北分治] 중국은 예전부터 베트남의 재산과 인명을 상하게 했다면서 징씨(徵氏) 자매에서부터 여리에까지 이르는 투쟁의 역사를 회고했다. 송, 원, 명 시절의 교훈을 잊고 베트남을 군현(郡縣)으로 만들려는 기도를 좌절시키고, 북과 남이 서로 속박하지 않고 서도록 하기 위해[北南自在] 싸움을 피할 수 없다고 했다.418)

1885년 7월 13일에 함의(咸宜, 재위 1884~1885)황제의 이름으로 반포된 「근왕조(勤王詔)」도 기상은 비할 바 없이 위축되었지만 대외항쟁 한문산문의 하나로 기억할 만하다. 이번에는 싸워야 할 적이 '서파(西派)'라고 칭한 프랑스였다. 한 부분을 보기로 한다.

짐은 덕이 부족한 사람으로 이런 변고를 만나고서 힘껏 일을 처리하지 못해서 도성이 함락되고 자가(慈駕)419)는 도성을 떠나 피란하게 되었도다. 모든 잘못이 짐에게 있으니 한없이 부끄럽게 여기노라. 생각건대 인류의 떳떳한 도리로 맺어진 대소 신료들은 결코 짐을 멀리 버려두지 않을 것이로다. 지혜 있는 자는 계책을 내고, 용맹한 자는 힘을 보태며, 부유한 자는 군수 물자를 대도록 하라. 함께 싸우는 전우(戰友)로서420) 곤란과 위험을 피하지 말고 응당 어떻게

---

418) 『皇黎一統志』(第十四回), 陳慶浩·王三慶 주편 『越南漢文小說叢刊』 제1집 제5책, 臺北: 臺灣學生書局 1987, 231면.

419) 함의 황제의 모친과 1883년에 죽은 사덕(嗣德)황제의 두 아내가 탄 수레를 가리킨다 (Lê Trí Viễn 주편 『Cơ Sở Ngữ Văn Hán Nôm(한놈어문 기초)』 III, Nxb Giáo Dục 1986, 130면).

든 위태한 이를 돕고 넘어지려는 이를 부축하며 막힌 곳을 풀어주고 형편이
어려운 이를 돕도록 하라. 마음과 힘을 아끼지 않는다면 아마도 하늘은 하늘
뜻을 따르는 자를 도우리라. 그리 되면 어지러움에서 다스려짐으로, 위태함에
서 안전함으로 변하여 강토를 회복하게 되니 이번이 좋은 기회로다. 종묘사
직의 복이 곧 신민(臣民)의 복이니 같이 슬퍼한 자와 더불어 같이 쉬리라. 어
찌 좋은 일이 아니겠는가?[421]

프랑스군의 공격을 받고 수도를 버리고 산악지대에 숨어든 옹색한 상황에
서 저항할 것을 호소하는 조서를 내린 것이다. 참괴한 심정과 버려질 것을
두려워하는 마음을 가지고 썼으니 기백이 살아 있기를 기대하는 것 자체가
무리다.

### 3) 철학 글쓰기

베트남이 중세시기에 중국·한국·일본과 같이 한문문명권에 속해 있었
다는 사실은 일차적으로는 공동문어를 사용하고 보편종교를 수용했다는 것
을 의미한다. 지금은 로마자를 받아들여서 만든 국어(quốc ngữ)를 사용해
베트남어를 표기하지만 중세시기에는 문명권의 공동문어인 한문을 받아들여
문자생활을 영위했다. 또한 불교와 유교 같은 보편종교에 기대어 세계와 인
간을 이해하고자 했다.

---

420) 원문은 "同袍同澤"이다. 이 말은 『시경』 '무의(無衣)」에 나오는 구절을 가져다 쓴 것이
　　다. 포(袍)는 겉에 입는 긴 옷이고, 탁(澤)은 탁(襗)과 같아서 속옷을 가리킨다. '동포동탁'은
　　생사고락을 같이하겠다는 다짐의 말이다.

421) "朕凉德 遭此變故 不能竭力斡旋 都城淪陷 慈駕播遷 罪在朕躬 慚愧無地 惟倫常所係
　　百辟卿士無大無小 必不朕退棄 智者獻謀 勇者獻力 富者出貨以助軍需 同袍同澤 不辭艱險
　　當如何而可扶危 持顚 亨屯 濟蹇者 不靳心力 庶幾天心助順 轉亂爲治 轉危爲安 復宇歸疆
　　此一機會 宗社之福卽臣民之福 與同戚者與同休 豈不韙歟" (Lê Trí Viễn 주편 『Cơ Sở
　　Ngữ Văn Hán Nôm(한놈어문 기초)』 III, 129면; 유인선 『베트남의 역사』 312~313면에
　　도 번역되어 있다).

중세 동아시아 한문문명권에서 철학 글쓰기는 불교, 유교 등에서 논의되는 주제를 탐구해서 한문으로 하는 것이 정석이었다. 베트남도 예외가 아니어서 불교나 유교를 수용하여 이해한 바를 정리한 내용, 또 베트남사람 스스로 문제의식을 가지고 탐구하여 얻어낸 결실을 한문으로 쓰면서 철학 글쓰기가 마련되었다. 이렇게 마련된 중세시기 베트남의 철학 글쓰기는 내용과 표현에서 어떤 양상을 보였는가? 철학 글쓰기의 역사적 성격 면에서, 그리고 한문문명권의 다른 나라들과 비교해볼 때 베트남의 철학 글쓰기는 어떤 특성을 가졌는가? 이 절에서는 이런 문제를 개괄적으로 다루어보고자 한다.[422]

## (1) 불가(佛家)의 철학 글쓰기

베트남에서 철학 글쓰기는 불가 쪽에서 비롯되었다. 베트남에 처음으로 불교를 전해준 것은 인도나 중앙아시아 출신 승려들이었다. 이들은 주로 바닷길을 통해서 베트남에 들어온 것으로 추정되며 소승불교를 전했다. 반면 선종, 정토종, 밀교와 같은 대승불교는 중국을 통해서 베트남에 전래되었다. 대승불교의 여러 종파 가운데 베트남에서 두드러지게 융성한 것은 선종이었다.[423]

---

[422] 베트남 철학사에 대한 기본적인 이해는 다음 책을 통해서 얻을 수 있다. Nguyễn Đăng Thục 『Lịch Sử Tư Tưởng Việt Nam(베트남 思想史)』 1・2, Sài Gòn, Phủ Quốc Vụ Khanh Đặc Trách Văn Hóa 1969; Trần Văn Giàu 『Sự Phát Triển Của Tư Tưởng Ở Việt Nam(từ thế kỷ XIX đến cách mạng tháng tám)(베트남에서 사상의 발전, 19세기에서 8월혁명까지)』 1, Hà Nội, Nxb Khoa Học Xã Hội 1973; Nguyễn Lang 『Việt Nam Phật Giáo Sử Luận(베트남 佛敎史論)』 1・2, Hà Nội, Nxb Văn Học 1992; Viện Triết Học 『Lịch Sử Tư Tưởng Việt Nam(베트남 思想史)』 1・2, Hà Nội, Nxb Khoa Học Xã Hội 1993・1997; 국가인문사회과학센터 철학원 『Nho Giáo Tại Việt Nam(베트남에서의 儒敎)』, Hà Nội, Nxb Khoa Học Xã Hội 1994; Nguyễn Đăng Thục 『Thiền Học Trần Thái Tông(陳太宗의 禪學)』, Hà Nội, Nxb Văn Hóa Thông Tin 1996; Nguyễn Đăng Thục 『Thiền Học Việt Nam(베트남 禪學)』, Huế, Nxb Thuận Hóa 1997.

이조와 진나라 시기에는 불가, 그중에서도 선승(禪僧)이 철학 글쓰기를 주도했다. 이 시기 선종 승려들의 철학적 사유는 『선원집영』을 통해서 엿볼 수 있다. 『선원집영』은 13세기 후반~14세기 전반에 저술되었을 것으로 추정되는데, 전등록(傳燈錄)과 고승전(高僧傳)의 성격을 복합적으로 가지고 있는 월남 선종 글쓰기의 보고(寶庫)라고 할 수 있다.424)

무언통파(無言通派) 제3세인 운봉(雲峯, ?~956)의 행적과 언행을 아래와 같이 기록하고 있다.


승룡(昇龍) 개국사(開國寺)의 운봉선사(雲峯禪師, 일명 주봉(主峯)이라고도 한다)는 영강군(永康郡) 자렴(慈廉) 사람이며, 성은 완(阮)씨다. 그의 모친이 그를 배었을 때 고기를 먹지 않았으며, 경전을 독송했다. 그가 태어날 때 신령한 광채가 방안을 환하게 비추었다. 양친은 신이하게 여겼고, 이런 일이 있어 후에 출가를 허락했다. 장성하자 초류(超類)의 선회선사(善會禪師, ?~900)를 섬겨 가까이 모시는 제자가 되었다. 은밀히 현묘한 가르침을 얻어 선학(禪學)이 날로 향상되었다.

일찍이 선회가 운봉에게 말했다.

"생사는 중대한 문제이니 철저하게 깨쳐야 하느니라."

운봉이 물었다.

"생사가 오면 어떻게 피해야 합니까?"

"반드시 생사가 없는 곳으로 피해야 하느니라."

"생사가 없는 곳이 어디입니까?"

---

423) 베트남 불교사에 대한 간결한 소개로 홍사성 옮김 『동남아 불교사』(반야샘 1987) 247~300면이 있다.

424) 『선원집영』은 기본적인 성격은 전등록이면서 고승전의 형식도 일부 채용한 특색이 있다는 점은 정천구 옮김 『베트남 선사들의 이야기』 275~287면에서 지적한 바 있다. 『선원집영』은 무언통파(無言通派), 비니다류지파(比尼多流支派), 초당파(草堂派)의 계보에 따라 서술되어 있다. 다만 초당파의 경우는 계보만 나와 있고 선사들의 행적은 기록되어 있지 않다. '전등'은 깨달음의 전수를 뜻한다. 등불이 등불에서 등불로 이어지듯 불법(佛法)이 스승에서 제자로 계속 이어진다는 말이다.

280

"생사의 한가운데서 찾아야 옳으니라."

"어찌해야 요해(了解)할 수 있습니까?"

"이놈아, 갔다가 해가 지거든 다시 오너라."

이에 운봉이 그 시간에 찾아가니 선회가 말했다.

"내일 아침까지 기다려라. 대중들이 너에게 증명해 보일 것이다."

이 말에 운봉은 활연히 깨치고는 일어나 절했다.

선회가 물었다.

"네가 어떤 이치를 보았느냐?"

운봉이 대답했다.

"제가 깨달았습니다."

"네가 어떻게 알았느냐?"

운봉이 주먹을 들면서 말했다.

"저는 이것으로 알았습니다."

선회는 더 이상 묻지 않았다.

후주(後周) 현덕(顯德) 3년 병진년에 입적했다.[425)]

　　문답을 통해서 불법(佛法)이 스승에서 제자로 전승되는 전등(傳燈)의 현장을 생동감 있게 보여주고 있다. 『경덕전등록(景德傳燈錄)』(1004)을 위시한 각종 전등록에서 익히 보아온 바와 흡사하다. 또한 이와 같은 사제간 문답은 선가 어록에서 볼 수 있는 '대기(對機)'와도 다르지 않다.[426)] 문체 또한 선가에서 즐겨 구사하는 어록체의 한문으로 되어 있다. 그런 만 선종 글쓰기의

---

425) "昇龍京開國寺雲峯禪師 一名主峯 永康郡慈廉人也 阮氏 母懷娠時 齋素持經 生而神光
照室 雙親感異 許以出家 及長 師事超類善會禪師 爲入室弟子 密扣玄機 禪學日益 會嘗謂師
云 生死事大 直須打底 師問云 生死到來 如何廻避 會云 管取無生死處廻避 又問 如何是無
生死處 會云 於生死中會取始得 師云 作麼生會 會云 儞且去 日暮卽來 師便如明果至 會云
待朝明日 衆與汝證明 師豁然省悟 禮拜 會云 汝見什麼道理 師云 某甲領也 會云 汝遮簡 師
堅拳云 不肯遮簡會 便休 以後周顯德三年丙辰 示寂"(『베트남문학전집』2, 188~189면(원
문); 정천구 옮김『베트남 선사들의 이야기』38~40면에도 번역이 나와 있다).
426) '대기'는 스승이 학인들의 근기에 대응하여 물음에 대답하는 것.

일반적인 모형에서 벗어나지 않고 있다고 말할 수 있다.

　원문을 찬찬히 들여다보면 선종 어록이나 전등록에서 흔히 발견되는 주제로 문답이 이루어지고 있다. 좀 더 구체적으로 말하자면, 운봉이 선회에게 물은 질문인 "생사가 오면 어떻게 피해야 합니까(生死到來 如何廻避)"는 내력이 있는 질문이다. 곧 이 질문은 중국의 『경덕전등록』에서 "生死到來時如何"[427]라든가 "生死到來 如何廻避"[428]라고 한 질문과 상통하거나 일치하는 것이다.[429] 또한 운봉처럼 '주먹을 들면서[竪拳]' 자기 소견을 말하는 것도 선가에서 흔히 있는 일이다.

　『선원집영』에서 보이는 글쓰기가 중국 선종의 어록이나 전등록, 특히 『경덕전등록』을 강하게 의식하면서 성립되었다는 점은 의심의 여지가 없다. 양자는 선승의 행적을 기술하는 방식, 사제간 문답의 주제와 문답의 내용, 그리고 문체나 표현이 대동소이하다. 그 점 때문에 『선원집영』을 평가 절하하는 입장도 있을 수 있다. 하지만 『선원집영』의 찬자는 생각이 달랐다.

　무언통파 제8세 통변(通辨, ?~1134)에 관한 기사를 보면 베트남 선종의 수준과 독자성 문제와 관련해서 흥미 있는 대목이 발견된다. 통변은 중국 수(隋)나라 때 승려가 황제에게 하는 말을 인용하는 형식을 취하면서 베트남 선종의 독자성을 다음과 같이 주장했다. 인간들 가운데 보살이라고 할 수 있는 법현(法賢, ?~626)[430]이 비니다류지의 법을 얻어 중국 선종의 제3조 승찬(僧璨, ?~606)의 종파를 이어가고 있는데, 그 문하에 학인이 300명 이상이나 된다. 선종 종지의 계승이나 종파의 융성에 있어서 베트남은 중국과 다름없다(與中國無異). 이렇듯 베트남에는 이미 선(禪)을 배우고 계승하는 뛰어난 사람들이 있으니 중국에서 새로 사람을 보내 교화할 필요는 없다(彼有人

---

427) 권11, 「法眞禪師」. "생사가 이르렀을 때에는 어찌 합니까"라는 말이다.
428) 권21, 「契如庵主」.
429) 정천구 옮김 『베트남 선사들의 이야기』 39면. 『경덕전등록』과 상통하는 곳은 여기뿐만 아니라 『선원집영』 전편에 걸쳐 있다고 할 수 있다.
430) 비니다류지파 제1세인 인물이다.

282

焉 不須往化).431)

통변의 입을 빌려『선원집영』의 찬자가 하고 싶은 말은 세 가지로 보인다. 첫째, 베트남의 선종(비니다류지파)은 중국 선종의 계보를 잇고 있는 정통이다. 둘째, 베트남 선종은 이른 시기에 중국 선종으로부터 갈라져 나왔고 이후 직접적인 사승관계로 이어지지는 않았다. 중국에 유학해서 중국 선사의 법(法)을 받아 잇는 일을 하지 않았기 때문에 중국에서 찬술된 전등록에서 베트남 선승의 이름을 찾지 못한다고 해서 서운할 바는 없다. 셋째, 베트남의 선사들은 선종의 종지(宗旨)를 깨닫고 전승하고 있으며 그런만큼 베트남 선종의 수준과 독자성을 인정할 수 있다.

찬자의 생각이 위와 같다면『선원집영』이 중국의 전등록과 닮은 점이 많다는 사실을 달리 해석할 수 있다. 통변이 말하고 있듯이 베트남 선종은 정통이고 종지를 전승해온 역사 또한 오래되었으니 그 내력을 기록할 필요가 있다. 베트남 판 전등록을 만드는 일은 선종의 보편적인 종지가 베트남에서 독자적으로 전승되고 있는 내력을 기록하는 자랑스러운 일이 된다. 선종에서 항용 사용하는 문답이나 관습화된 표현은 보편적인 깨달음을 보장해주기 때문에 준용해야 하는 것으로 받아들여야 한다. 요컨대『선원집영』이『경덕전등록』과 많이 닮아 있다고 해서 그 점이『선원집영』의 가치를 훼손한다고 보기보다는 선종 글쓰기의 보편성을 공유하는 일이라고 평가해야 한다.

진나라로 오면 불가의 철학 글쓰기는 더욱 융성한다. 태종, 혜충, 인종, 현광을 비롯한 출중한 인물들이 다채로운 저술을 남겼는데, 그중에서도 철학 글쓰기의 수준을 대표하는 것은『과허록(課虛錄)』에 실린 태종의 글이다.『과허록』은 현존하는 베트남 최고(最古)의 문헌이다. 상하 두 권으로 되어 있는데, 논(論)·서(序)·보설(普說)·염송게(拈頌偈) 등 다양한 양식의 글들이 포함되어 있다. 상권의「금강삼매경서(金剛三昧經序)」같은 글을 통해서 불

---

431)『베트남문학전집』2, 215~216면. 정천구 옮김『베트남 선사들의 이야기』87~88면에 번역이 있고 91면에서는 원문의 착오를 바로잡아 놓았다.

교 경전에 대한 이해를 가늠해볼 수 있으며, 역시 상권에 수록된 「어록문답 문하(語錄問答門下)」나 「염송게」[432](총 43장) 같은 글을 통해 선종 글쓰기의 활용양상을 살펴볼 수 있다.

『과허록』 상권에 수록되어 있는 「선종지남서(禪宗指南序)」에서는 자신이 한때 출가를 결행했을 정도로 불교 수행에 열의를 가지고 있음을 서술하고, 스스로 창작한 게송[歌]을 묶어 『선종지남』이라는 책으로 내게 된 경위를 밝히고 있다.[433] '서'의 첫머리에서, 남북의 차별이 없이 모두가 수행하여 부처 되기를 구할 수 있고, 성품은 지혜롭고 우둔한 차이는 있어도 모두 깨달음을 이룰 수 있다고 했다.[434] 불교가 가지는 강력한 흡인력이 보편성에서 나오는 것이라는 점을 이렇게 확인하고 있다. 특히 부처는 남북이 없다는 말은 중국 사람이든 베트남사람이든 가릴 것 없이 누구나 수행을 통해 부처가 될 수 있다는 말이겠다. 종교의 보편성이 민족의 차이를 넘어선다는 점을 천명하고 있다.

서두를 이와 같이 묵직하게 꺼낸 다음, 출가를 꿈꾸다가 마침내 1236년에 안자산(安子山)으로 출가를 결행한 일을 길게 서술했다. 하지만 여러 사람의 설득으로 궁궐로 돌아갈 수밖에 없었다.

이로 말미암아 짐은 사람들과 함께 서울로 돌아와서 어쩔 수 없이 왕위에 올랐다. 이후 수십 년 동안 틈이 나면 덕이 있는 고승(高僧)을 불러 참선도 하고 도리를 묻기도 했으며 『화엄경』을 비롯해 참구하지 않은 경전이 없었다. 일찍이 『금강경(金剛經)』을 읽다가 "마땅히 머무는 바 없이 그 마음을 일으킬지니"라는 구절에 이르러 문득 책을 덮고 오래 읊조리다가 환하게 스스로 깨닫게 되었다. 그렇게 깨달은 바를 가지고 이 노래를 짓고 제목을 「선종지남」이라고 했다.[435]

---

432) 「염송게」는 앞서 '불가(佛家) 한시' 부분에서 살폈다.
433) 「선종지남」은 오늘날 전하지는 않는다.
434) "佛無南北均可修求 性有智愚同資覺悟" (『베트남문학전집』 2, 47면(원문); 『이진시문』 II, 24면).

제위에 있으면서 불교 수행을 게을리 하지 않았는데 『금강경』을 읽다가 마침내 깨달음을 얻었다. 중국 선종의 제6조 혜능(慧能)에게 있었던 깨달음의 순간이 태종에게도 찾아왔다. 깨달음의 감격, 깨달음의 내용을 혼자만 간직하지 않고 노래로 표현해서 널리 읽히게 하기에 이르렀다. 노래의 제목을 「선종지남」이라고 한 것을 보면 오도송(悟道頌)처럼 깨달음의 경지만 노래하지 않고 깨달음에 이르는 경로도 자세히 말한 것으로 추측된다. 불교의 이치를 깨닫는 감격과 문학적 감흥이 멀리 떨어져 있는 것이 아니라는 점을 알게 한다.

역시 상권에 실려 있는 「혜교감론(慧敎鑑論)」은 비교적 짤막한 글이지만 불교, 특히 선종 계통에서 항시 부딪치게 되는 문제를 다루었다.

그러므로 지혜는 정(定)으로 말미암아 드러나고 정은 혜(慧)로부터 생겨난다. 정과 혜는 서로 의지하는 것이기에 둘 가운데 어느 하나도 빠뜨릴 수 없다. 가령 좌선을 한다고 하지만 마음이 아직 고요히 가라앉지 않았는데도 혜감(慧鑑)이 생기는 그런 사람은 없다. 비록 혜성(慧性)은 있다고 하더라도 좌선을 익히지 않고서 스스로 이르기를, "이미 지혜가 있는 사람인데 좌선은 해서 무엇 하겠는가"라고 한다면 비록 지혜는 있다고 하더라도 감체(鑑體)가 없는 사람이다.

만약 선정에 들었을 때 마음이 아직 고요히 가라앉지 않았는데도 지혜가 발현되기를 바란다면 이는 비유컨대 풍파가 아직 가라앉지 않았는데도 달빛을 보겠다는 것과 같다. 만약 마음이 이미 가라앉았는데도 도리어 삿된 지해(知解)를 내면서 지혜가 발현되기를 바란다면 이 또한 풍파가 이미 가라앉아서 달빛이 맑고 깨끗한데도 다시 물속을 헤치면서 달빛을 보겠다는 것과 같으니, 어찌 볼 수 있겠는가? 그러므로 조사께서 "고요하면서 항상 비추고, 비추면서

---

435) "由是朕與國人回京 勉以踐位 十數年間 凡遇機暇 聚會耆德 參禪問道 及諸大敎等經 無不參究 常讀金剛 至於應無所住而生其心之句 方爾廢卷 長吟間 豁然自悟 以其所悟而作 是歌 目曰禪宗指南"(『베트남문학전집』 2, 53~54면(원문)).

항상 고요하다"라고 한 것이다.436)

'혜감'은 지혜를 비유하는 말로, 지혜가 맑은 거울과도 같이 만물을 비추어 알기 때문에 이르는 말이다.437) '혜성'은 지혜로운 성품, '감체'는 거울의 몸체, '지해'는 알음알이, 곧 분별심(分別心)을 뜻하는 말이다. 거울이 밝게 비추는 능력이 있는 것처럼 중생은 누구나 일체를 밝게 아는 참된 지혜를 구유하고 있다. 하지만 번뇌나 알음알이가 참된 지혜를 가리고 있기에 중생이 중생이다. 거울에 낀 먼지를 닦듯이 중생의 마음에 있는 번뇌나 알음알이를 없애야 참된 지혜가 드러나게 된다. 중생의 마음에 있는 번뇌나 알음알이를 없애는 것이 선정(禪定)의 역할이다.

그렇다면 선정을 할 마음은 어디에서 생기는가? 그런 마음이 생겨나게 하는 것은 마음속 참된 '혜(지혜)'의 작용이라고 보아야 한다. 태종이 「혜교감론」의 어디서도 분명히 말하고 있지는 않아도 "정은 혜로부터 생겨난다"는 말로부터 충분히 추론할 수 있다. 하지만 "정은 혜로부터 생겨난다"고 간단히 말하고 말았듯이, 중생의 마음에 갖추어진 신묘한 지혜와 그것의 작용, 곧 '조(照)'의 측면에 대해서는 더 이상 심도 있게 논의하지 않았다.

「혜교감론」은 선종의 철학산문의 문제의식과 표현방식을 잘 보여준다고 생각된다. 선종의 철학산문에서 제시함직한 문제(주제)의 범위를 벗어나지 않고 있으며 문체는 간결하여 군더더기가 없고 글의 논리가 명료한 편이다. 이런 점은 『과허록』에 실린 철학산문 어느 것을 보아도 마찬가지라고 할 수 있다.

---

436) "故知慧由定現 定自慧生 定慧相依兩無遺一 若假名坐禪 心未得定 而慧鑑生者 未之有也 雖有慧性而不習坐禪 自謂已有慧者 何假坐爲 若如是者 雖有慧者 而無鑑體 若於定時 心未得定 而欲求慧 譬若風波未定 而求見月影者也 若心旣定而反生邪解 求於慧者 亦如風波旣定 月影澄淸 而復攬於水中求取月影 何得見哉 故祖師云 寂而常照 照而常寂"(『베트남문학전집』 2, 45~46면(원문)).

437) 같은 뜻으로 '혜경(慧鏡)'이라는 말도 쓴다.

286

지금까지 살핀 『과허록』과 『선원집영』을 전체적으로 일별할 때, 참신함과 도저(到底)함이 부족하다는 느낌을 지울 수가 없다. 『과허록』과 『선원집영』에서 보이는 철학 글쓰기는 동아시아 선종에서 구사하는 글쓰기 방식을 받아들여서 이룩한 것이다. 중국에서 찬술된 전등록, 어록, 공안집(公案集)에서 보이는 여러 글쓰기 양식을 모방했다고 말할 수 있다. 동아시아 선종 글쓰기에 동참하면서 베트남 선종의 계보를 기록하고 베트남 선종에서 중시하는 공안을 정리해놓았다는 점에서는 독자성을 인정할 수 있다고 생각한다. 하지만 글쓰기의 주제와 표현방식에서 베트남만의 창안이라고 할 만한 것은 찾기 힘든 것도 사실이다.

철학산문도 마찬가지다. 『과허록』에 수록된 산문은 선종의 철학산문이라면 아마도 이러할 것이라고 예상하는 범위를 크게 벗어나지 않는다. 문제의식이나 글쓰기 방식 모두 그렇다. 색다른 문제의식, 새로운 글쓰기 방식의 실험이 있었을 것이라고 기대하고 자료를 대하지만 그런 기대는 쉽사리 충족되지는 않는다.438)

필자의 느낌이 전혀 근거가 없는 것이 아니라고 한다면, 참신함과 도저함이 부족하게 된 원인을 어디에서 찾아야 할까? 쉽게 답하기 어렵지만 한 가지 가설을 말할 수 있을 듯하다. 베트남에는 우리가 교종(敎宗)이라고 말하는 영역이 극히 미약하다. 선종이 일방적인 독주를 하다 보니 교종으로부터 오는 자극을 흡수하지 못했다고 할 수 있다. 그래서 자극을 받아 대결하고, 대결하면서 자기논리를 분명하게 하고, 나아가 포용을 시도하기도 하는 역동적인 과정이 없었다. 베트남 선종의 철학 글쓰기가 어딘지 활력과 혁신성이 부족하다고 느껴지는 이유의 일단은 아마도 여기에서 찾아야 할 듯하다.

---

438) 자료의 범위를 넓혀 본다고 해도 느낌이 달라지지는 않는다. 예컨대 『상사어록』을 보아도 『선원집영』이나 『과허록』에서 볼 수 있는 내용과 양식의 글로 채워져 있다.

(2) 유가(儒家)의 철학 글쓰기

불교는 이진(李陳)시대에 걸쳐 크게 융성했는데 진나라 후기, 사대부가 사회의 전면에 등장하는 14세기 중반 이후로 불교는 점차 쇠퇴하는 모습을 보이게 된다. 불교의 쇠퇴가 시작되는 것과 사대부의 불교비판이 일어나는 것은 서로 맞물려서 진행된 일이었다. 불교를 비판하는 사대부의 선구 역할을 하는 사람이 장한초, 여괄 같은 이들이다. 기록에 의하면 장한초는 이단을 배척하는 데 뜻을 두었다 하고(志排異端), 견결(堅決)한 유학자 주안의 문인인 여괄은 정학(유학)을 숭상하고 이단을 배척했다(崇正學闢異端) 한다.439)

진나라를 지배해온 귀족을 대신해서 신유학을 익힌 사대부 관료가 주도해서 중앙집권적 관료국가를 만들려는 노력이 결실을 맺어 여조의 성립(1428)을 보게 되었다. 사대부가 사상계를 지배하게 된 시기에 창작된 철학 글쓰기를 대표하는 예가 완병겸(1491~1585)의 「중진관비명병서(中津館碑銘幷序)」이다. 이 글은 완병겸이 벼슬길에 나갔다가 칭병하고 고향에 돌아와(1542) 중진관을 건립한 내력을 적은 글이다. 글을 지은 해는 1543년이다.

대개 완병겸 학문의 장처(長處)는 『주역』에 대한 이해에 있었다고 하고 또 참(讖, 예언)에도 밝았다고 한다.440) 둘 모두 정책적인 결단을 내릴 때 어느 방향을 택할 것인가 고심하는 정치 권력자의 구미에 맞는 지식이었다. 완병겸이 은거했으면서도 정치권의 부름을 피할 수 없었던 것은 그의 학문이 일종의 실용성을 가졌기 때문이라 하겠다. 하지만 「중진관비명병서」에서는 사람의 마음과 행위에 대한 신유학적 이해를 보여준다.

인성(人性)은 본래 선하나 기품(氣稟)에 속박되고 물욕에 가려져서 본연의 선함이 혹 처음(의 선함)을 보존하지 못하는 경우가 있다. (그리하여) 교만하고

---

439) 『황월시선』 권지이.
440) 그 결과 『정선생국어(程先生國語)』 『정국공참기(程國公議記)』같이 완병겸의 이름을 빈 저작이 이루어졌다.

인색하며 마음이 비뚤어지고 치우치게 되어 하지 않는 일이 없게 된다. 조정에서는 이름을 다투고 저자에서는 이익을 다툰다. 윗자리에 있으면서 사치스러운 자들은 시원한 누각이며 따뜻한 객관을 짓고, 부유함을 과시하는 자들은 춤추고 노래하는 누대를 짓는다. (하지만) 길바닥에 굶주려 죽은 주검을 보고도 돈 한푼 내놓는 것을 아끼고 노숙하는 이를 보고도 띠 한줌 집어 덮어주는 일이 없다. (이렇듯) 선을 닦지 않은 지 오래되었다. 그러나 원래 천리(天理)는 사람 마음속에 있어서 결코 민멸된 적이 없다.[441]

사람의 본성에 대한 신유학의 이해에 의하면, 사람의 성품은 본래 선한데 기질(氣質)에 의해서 가린 바 되어 선한 본성이 드러나지 못하게 된다고 한다. 하지만 선한 본성은 가려졌을 뿐 없어진 것이 아니니 기질을 맑게 하는 공부를 하면 선한 본성을 회복하게 된다. 인용한 완병겸의 진술은 이와 같은 사람의 본성에 대한 신유학적인 이해를 그대로 보여주고 있다.

사람의 마음과 행위에 대한 원론적인 이해를 정리해서 보여주는 글인데, 이기(理氣), 성정(性情), 천리(天理), 인욕(人慾), 본연(本然), 기질(氣質) 같은 신유학의 기본적인 개념어를 떠올리게 되는 표현들을 사용하면서 논의를 전개하고 있다. 하지만 그 논의가 심도 있다고 하기는 어려울 듯하다. 사람이 왜 탐욕에 빠지게 되는지 자명하다는 듯이 말을 하고, 개념어를 한 번만 사용함으로써 개념들 사이의 복합적인 관련에 대해서는 생각할 여지를 남겨두지 않았다.

누군가 내게 묻기를, "객관의 이름을 '중진(中津)'이라고 했는데 어디에서 뜻을 취한 것인가" 했다. 나는 그 사람에게 이렇게 대답했다. "'중(中)'은 '중심'이라는 뜻이다. 자신의 선함을 온전하게 하는 것이 '중'이고 자신의 선함을

---

441) "夫人性本善 自拘於氣稟 蔽於物欲 而本然之善 或不全于厥初 驕吝邪僻 無不爲已 在朝則爭名 在市則爭利 侈於貴 則凉臺燠舘 華其富 則舞榭歌樓 見塗莩而吝一金之損 視露宿而無把茅之蓋 善之不修者久矣 然本天理在人心 未常泯滅"(『황월문선』권지삼).

온전하게 하지 못하는 것은 '중'이 아니다. '진(津)'은 '나루터'라는 뜻이다.442) 멈출 곳을 아는 것이 요진(要津)이고 멈출 곳을 알지 못하는 것은 미진(迷津) 이다. 객관 이름의 뜻은 여기에서 따온 것이다. 임금께 충성하고 어른을 공경 하며 형제간에 우애 있고 부부간에 화목하며 친구간에 믿음이 있는 것이 '중' 이다. 재물을 보고 탐하지 않고 이익을 두고 다투지 않으며, 선한 일을 즐겨 하며 사람들을 가르치고 성의를 다해 외물을 대하는 것 또한 '중'이다. '중'이 라고 할 때는 지극한 선함이 있음을 뜻한다. 이로써 '나루터'를 삼아 요진을 알 수 있다면 무슨 일을 하더라도 선함을 다하지 않음이 없을 것이니 가득한 공덕을 어찌 헤아릴 수 있겠는가?443)

'요진'은 요체(要諦)라는 뜻이고, '미진'은 길을 잃는다는 말이다. '중'은 선한 본성을 보존하는 것이고, '진'은 외물과 관계 맺을 때 자신의 행위가 선을 향할 수 있도록 조절할 줄 아는 능력이라고 이해할 수 있다. 요컨대 위 대목은 마음에 간직된 선한 본성을 기르고, 그것을 행위의 출발점이자 도달 점으로 삼음으로써444) 정도(正道)를 따르고 갈림길에 현혹되지 않는다면445) 한량없는 공덕을 쌓게 된다는 취지를 말했다고 할 수 있다.

이런 논의로 미루어보건대 신유학에 대한 독자적인 탐구로 나아갈 기반이 튼실하게 마련되었다고 할 수 있다. 이제는 수용과 정리를 넘어서는 독창적 해석과 창조가 기대된다. 완병겸의 제자인 풍극관이나 완서가 그런 일을 할

---

442) 원문은 "津者津也"이다. 『황월문선』 권지삼에는 없는데, Lê Trí Viễn 주편 『Cơ Sở Ngữ Văn Hán Nôm(한놈어문 기초)』 III(Hà Nội: Nxb Giáo Dục 1986) 64면에 의거해서 보충해 넣었다.

443) "有問余曰 舘以中津名 何所取義 余語之曰 中者中也 全其善爲中 不全其善則非中也 津者津也 知所止爲要津 不知所止則迷津也 舘之名義 蓋取斯焉 如忠於君敬於長 友於兄弟 和於夫婦 信於朋友 中也 臨財而不貪 見利而不爭 樂善而敎人 推誠而待物 亦中也 中之爲 義 至善之所在 果能以此爲津 知所要津 則事事物物 擧而措之 莫不盡善 其功德之盛 豈可 量哉."

444) 명(銘)에서 "津卽其歸"라고 했다.

445) 명(銘)에서 "坦履正途 不惑他岐"라고 했다.

자리에 있었다. 하지만 베트남 철학사를 정리한 책을 여러 종 읽어보아도 베트남 유학사상사가 그런 방향으로 심화된 것은 아니었다. 풍극관이나 완서는 스승의 철학 글쓰기를 계승하지 않고 정통적인 한시문 창작에 힘쓰거나 비정통 한문학인 소설쓰기를 시험했다. 완병겸 철학 글쓰기는 끝내 계승자를 만나지 못했고, 그래서 완병겸 철학 글쓰기가 도리어 특이하게 돌출해 있다는 느낌마저 준다.

중세에서 근대로 이행하는 시기에 등장해서 베트남 철학을 대표하는 인물이 된 여귀돈(黎貴惇)의 경우는 어떠한지 보도록 하자. 여귀돈 철학의 핵심적인 내용은 『운대유어(芸臺類語)』 권1 「이기어(理氣語)」의 다음과 같은 말로 표명되어 있다.

천지간을 채우고 있는 것은 모두 기(氣)이다. 이(理)는 그것이 참으로 유(有)여서 무(無)가 아니라는 것을 말하는 것일 따름이다. 이(理)는 형적(形迹)이 없고 기(氣)로 말미암아 드러나게 된다. 이(理)는 곧 기(氣) 속에 있다. 음양(陰陽), 기우(奇偶), 지행(知行), 체용(體用)과 같은 것이야 짝을 지어 말할 수 있지만, 이기(理氣)는 짝을 지어 말할 수 있는 것이 아니다.446)

태극은 하나다. 혼원(混元)한 일기(一氣)다. 하나가 둘을 낳고, 둘이 넷을 낳아서 만물을 이룬다. 이것이 태극이 하나를 지님이다.447)

여귀돈의 철학은 이기(理氣)는 서로 대립하는 두 가지 실체가 아니고, 이(理)를 총칭하는 태극(太極)은 원기(元氣)일 따름이라는 말로 요약된다. 이것

---

446) "盈天地之間 皆氣也 理者言其寔有 而非無耳 理無形迹 因氣而見 理卽在氣之中 陰陽奇偶知行體用可以對言 而理氣不可以對言也" (Tạ Quang Phát 옮김 『Vân Đài Loại Ngữ (운대유어)』 I, Sài Gòn: Phủ Quốc Vụ Khanh Đặc Trách Văn Hóa Xuất Bản 1972, 8b 면(원문). 『운대유어』는 이 책을 이용하고 면수만 밝히기로 한다).

447) "太極者 一也 混元一氣也 一生二 二生四 以成萬物 是太極有一也" (8b면).

은 바로 태극은 기이고, 이(理)는 기의 조리(條理)일 따름이라는 기일원론(氣一元論)의 명제이다. 기일원론을 제기한 것은 베트남 철학사에서 전에 보기 어려웠던 혁신이다.

여귀돈이 기일원론으로 방향을 잡은 것을 학문하는 태도와 방법의 재정립이라는 측면에서도 평가할 수 있을 것이다. 인용한 첫머리에서 '천지간을 채우고 있는 것은 모두 기'라고 했으니 모든 학문은 기학(氣學)이어야 한다. 실제로 여귀돈은 다른 곳에서, "매 사물마다 이(理)가 있다" "물(物)이 있으면 반드시 규칙이 있다"고 해서, 사실과 실질을 그 자체로 탐구하고자 했다.448) 실제 사실을 찾아서 정리한 저술을 다수 남긴 것은 이러한 철학이 바탕이 되었기에 가능했을 것이다.

그런데 실제 사실을 찾아서 정리하고, 다른 사람이 무슨 말을 했는지 일일이 기록한다고 해서 철학적 사고의 높이와 깊이가 보장되는 것은 아니다. 여귀돈 철학의 핵심을 담은 저술인 『운대유어』는 제목 그대로 자기생각을 조리를 갖추어 기록하기 위한 저술이 아니라 여러 사람의 생각을 모아놓는 것이 목적인 저술이었다. 자기생각은 이따금씩 삽입시켜놓았을 따름이다. 그러다 보니 기일원론을 제기하는 혁신적 진술도 단편적으로 제시되어 있다. 이기이원론과는 다른 길을 열어놓았으면서도 그런 생각을 도저하게 밀고 가지 못하고 말았다. 논쟁을 통해 신유학에 대한 이해가 심화될 수 있는 기회를 가지지 못했고, 사제 계승을 통해 철학이 전승되어온 것이 아니기 때문에449) 기일원론이 하루아침에 체계적인 형태로 정립될 수는 없었을 것이다.

---

448) Đinh Thị Minh Hằng 『Lê Qúy Đôn trên tiến trình ý thức văn học dân tộc(민족문학의식의 발전과정에서의 여귀돈)』(Hà Nội: Nxb Khoa Học Xã Hội 1996)에서 논의했다. 원문을 구득하지 못해서 현재로서는 근거가 되는 원문을 직접 제시하지는 못한다. 여귀돈의 기일원론과 세계인식의 혁신에 대해서는 조동일 『동아시아문학사 비교론』 385~389면에서 처음으로 논의했다.

449) 여귀돈의 제자로 배휘벽이 있다. 그는 『오경절요(五經節要)』『주례절요(周禮節要)』『논어절요(論語節要)』 등도 저술했다. 하지만 경전의 '절요'를 만들면서 스승의 기일원론을 발

사실에 대한 폭넓은 관심의 이면에는 사회현실에 대한 비판적인 음미가 부족한 보수적인 성격이 자리하고 있다는 평가도 있다.[450] 여귀돈은 철학사에서도 대단히 높은 지위를 차지하고 있지만 간혹 보이는 혁신적인 생각을 끝까지 밀고 나가지 못하고 주자학의 언저리를 맴돌다 마는 듯한 인상을 주는 것 역시 이러한 성향과 관련 있을 것이다.

### (3) 유불일치론자의 철학 글쓰기

앞서 불가 한시를 살필 때 거론한 바 있는 향해(香海)는 원래 유학을 공부한 사람이었는데, 불문에 들어가서는 유불도(儒佛道) 삼교가 본래 한몸으로, 궁극의 자리에서 보면 이치는 치우침이 없이 평등하다고 했다.[451] 이러한 향해의 사례에서 보듯이 여조 이후 유불일치론을 내세우면서 새로운 사상을 모색하려는 흐름이 있었다. 좁게 보자면 불교의 열세를 만회하기 위한 모색이라고 할 수 있고 넓게 보자면 분열과 혼란의 시대를 치유할 융합의 철학에 대한 진지한 탐구라고 할 수 있다.

향해의 뒤를 이어 유불일치론을 표 나게 주창했다는 평가를 받는 저술이 18세기 말에 편찬된 『죽림종지원성(竹林宗旨元聲)』이다. 『죽림종지원성』은 해량대선사(海量大禪師) 오시임의 「죽림대진원각성(竹林大眞圓覺聲)」을 뼈대로 하고[452] 앞뒤에 '인(引)' '주(註)' '소고(小叩)'를 덧붙인 구성으로 되어 있다. 「죽림대진원각성」은 공성(空聲)·오성(寤聲)·은성(殷聲)에서 시작해 여성(餘聲)에 이르는 스물네 가지 소리[聲]를 설정하고, 그 아래에 해량대선사 오시임의 법어(法語)를 기록한 글이다. 「죽림대진원각성」에 덧붙인 '인'

---

전시킨 것은 아니다.

450) Nguyễn Lộc 『Văn Học Việt Nam(nửa cuối thế kỷ XVIII-hết thế kỷ XIX)(18세기 후반~19세기까지의 베트남문학)』 97면.

451) "原來三教同一體 任運何曾理有偏" (Đàm Duy Tạo 옮김 『Kiến Văn Tiểu Lục(견문소록)』 2, 265면).

452) 반휘익(潘輝益)이 「죽림대진원각성서(竹林大眞圓覺聲序)」를 쓴 해가 1796년이다.

은 해현,[453] '주'는 해구화상(海鷗和尙, ?~1828)과 해화승(海和僧, 1753~?), '소고'는 해전(海顚)이 각각 썼다.

『죽림종지원성』의 내용을 보면 유불의 동질성을 강조하여 조화를 꾀하자는 취지가 분명히 표명되어 있다. '공(空)'이 '일기(一氣)'요 '태극(太極)'이라고 하고, '유석(儒釋)'이 둘이 아니라고 했는가 하면 요순(堯舜)의 경지나 관세음보살의 경지가 다를 바 없다고 했다.[454] 「은성(殷聲)」의 '인(引)'에 다음과 같은 말이 나온다.

　　은(殷)은 왕성하게 움직이는 것이다. 『시경』에 "우르릉 쾅 천둥소리, 남산 남쪽에서 들린다"라고 한 것이 이 뜻이다. (…) 무릇 공(空)은 광대한 하나의 기(氣)로서 혼돈이 분화되기 이전에 해당한다. 만상은 공에서 시작되는데, 공은 하나인 태극이다. 음양의 기운이 엉겨서 조짐이 되며 오(窅)에서 운동이 시작된다. 오(窅)는 태극이 양의(兩儀)를 낳음이다. 형기(形氣)가 나뉘자 하늘의 기는 아래로 내려오고 땅의 기는 위로 올라가서 변화가 무궁한 운동이 있게 된다. 이는 마치 하늘 위에 우레가 있어서 그 체는 대장(大壯)이 되고 그 덕은 왕성한 것과 같다. 은(殷)은 양의가 사상(四象)을 낳는 것이다.[455]

---

453) 오시임의 동생(Ngô Thì Hoành)이다. 베트남 번역본을 보면, 법호를 'Hải Huyền'으로 기록하고 있는데, 아직 한자 표기를 확인하지 못했다. 아마도 '해현(海玄)'이 아닐까 추측한다.

454) "夫空侗一氣 混沌未分 萬象始於空 空一太極也" ('殷聲' 앞에 붙인 '引'); "儒釋無二致也" ('殷聲' 뒤에 붙인 '註'); "惟堯舜能禪 觀世音菩薩能禪 堯舜以心德禪百王 觀世音菩薩以心量禪諸佛" (「樞聲」(본문)) (Cao Xuân Huy・Thạch Can 주편 『Tuyển Tập Thơ Văn Ngô Thì Nhậm(오시임 시문선집)』 I, Hà Nội: Nxb Khoa Học Xã Hội 1978, 299면・300면・356면).

455) "殷者 殷然而發 詩曰 殷其雷 在南山之陽 是也 (…) 夫空侗一氣 混沌未分 萬象始於空 空一太極也 陰陽之氣 凝爲兆朕 發機於窅 窅者 太極生兩儀也 形氣旣分 則天氣下降 地氣上騰 有變化無窮之機 此如天上有雷 其體爲大壯 其德爲殷 殷者 兩儀生四象也" (Cao Xuân Huy・Thạch Can 주편 『Tuyển Tập Thơ Văn Ngô Thì Nhậm(오시임 시문선집)』 II, 299면).

인용된 『시경』의 구절은 '소남(召南)' 「은기뢰(殷其靁)」에 나온다. '은(殷)'은 우렛소리이다. '대장(大壯)'은 『주역』의 괘 가운데 하나로, 건(乾, 하늘)을 하괘(下卦)로 하고 진(震, 우레)을 상괘(上卦)로 한다. 양기가 바야흐로 왕성해지는 상(象)이라고 한다. 유교경전의 든든한 권위에 기대어 있는데, 하고자 하는 말이 유교경전의 교의를 재확인하는 것은 아니다.

'인(引)'은 공성·오성·은성의 뜻을 종합해서 보여주고 있다. 공은 미분화된 일기(一氣), 곧 태극(太極)이고 태극이 음양을 낳고[痞] 음양이 사상을 낳는다고[殷] 했다. 요컨대 '공=기=태극'이고 만물은 그것의 운동과 변화로 말미암아 생겨났다는 말이다. 불교, 유교에서 내세우는 본체가 사실은 하나라고 함으로써 유불일치를 주장하는 근거를 제시했다.456) 여귀돈이 '기=태극'이라고 한 주장을 은연중에 계승하면서 '공=기'라는 말을 더함으로써 사상의 포괄성이 더욱 커졌다고 할 수 있다. '죽림파의 종지'를 계승한다고 했지만 죽림파 선승들은 생각할 수 없던 새로운 견해를 표명한 점에서 계승이라는 면 못지않게 독창적인 창조가 두드러진다.

오시임 그룹은 불가에서 즐겨 쓰는 게송도 적극적으로 활용했다. 「죽림대진원각성」「견성(見聲)」에 나오는 오시임의 게를 한 편 보기로 한다.

元精吾神　원정(元精)과 나의 신(神),
元氣吾身　원기(元氣)가 모여 내 몸이 된다.
神降其元　신(神)이 원(元)에 깃들은,
吾身乃眞　내 몸이 바로 진신(眞身)이다.457)

이 게송은 도교적 발상을 활용해 본래면목(本來面目)을 발견하는 문제를

---

456) 이 점은 조선시대 김시습이 『조동오위요해(曹洞五位要解)』에서 편 지론과 흡사하다(최귀묵 역저 『김시습 '조동오위요해'의 역주 연구』, 소명출판 2006 참조).
457) Cao Xuân Huy 외 『Thơ Văn Ngô Thì Nhậm(오시임의 시문)』 I, Hà Nội, Nxb Khoa Học Xã Hội 1978, 247면.

말하고 있다.[458] 선천(先天)의 원정(元精)·원기(元氣)·정신(精神)이 응취한 내 몸이 진신(眞身)이듯이 지금 내 모습이 그대로 불신(佛身)이자 진신(眞身)임을 깨쳐야 한다는 뜻으로 해석해볼 수 있겠다. 비록『죽림종지원성』에서 도교까지 융합하고자 하는 의도가 유불을 융합하고자 하는 의도만큼 선명하게 표출되지는 않고 있지만, 크게 보자면 유불일치론을 넘어서 유불도 삼교의 융합을 주장하는 데까지 나아가고 있다고 할 수 있다.

『죽림종지원성』은 여러 면에서 독창적이다. 유불의 일치를 주장하면서 유교의 글쓰기와 불교의 글쓰기를 결합했다. 여귀돈의 본체론을 이으면서 도교까지 아우르고자 해서 대단히 포괄적인 사상체계를 수립하고자 했다. 분열과 혼란의 시대를 치유할 수 있는 융합의 철학을 제시하고자 했다고 평가할 수 있다. 베트남 철학 글쓰기의 한 정점을 보여준다고 평가해도 손색이 없으며 오늘날 재평가해야 할 철학적 사고를 간직하고 있어서 더욱 깊이 있는 탐구가 필요하다고 하겠다.

하지만 오시임 그룹의 철학은 사회에 나아가기 위한 철학이 아니라 사회를 버리고 물러나 앉은 사람의 철학인 점이 한계라면 한계라 하겠다. 그런 한계에 더해서 오시임이 농민반란운동이 세운 조정에 협력했다는 이유로 비극적인 최후를 맞이함으로써 오시임 그룹의 철학사상은 끝내 빛을 보지 못했다. 여귀돈의 기일원론, 오시임 그룹의 삼교통합론이 계승자를 얻지 못한 점은 아쉬움으로 남는다.

지금까지 불가의 철학 글쓰기와 유가의 철학 글쓰기로 나누어 베트남 철학 글쓰기의 윤곽을 더듬어보았다. 장님 코끼리 만지듯 막연한 고찰이었지만 베트남 철학 글쓰기를 검토한 결과 몇가지 특징을 조심스럽게 지적할 수 있을 듯하다. 우선 베트남에서는 철학 글쓰기의 역사를 통해서 끈질기게 논의된 주제가 발견되지 않는다는 점을 지적할 수 있다. 말을 바꾸면, 베트남

---

458) 해구화상의 '주'에서 그렇게 말했다(Cao Xuân Huy 외 『Thơ Văn Ngô Thì Nhậm(오시임의 시문)』 I, 248면).

철학 글쓰기에서는 원론에 대한 모험정신이 상당히 약했다고 해도 오해나 과장은 아니라고 생각한다. 한국 철학사에서 문제가 된 회통(會通), 돈점(頓漸), 이기(理氣), 심성(心性)과 같은 논쟁적 주제가 발견되지 않는다.

학파의 계승관계, 학파간의 길항관계가 없었다는 점도 지적해야 하겠다. 철학적 견해가 달라져 종파나 학파가 나뉘고, 논쟁이 촉발되고 오랜 기간에 걸친 논란으로 발전한 예가 발견되지 않는다. 불가의 경우 13~14세기 죽림파의 선학을 18세기의 오시임이 재발견한다고 선언할 때까지 긴 세월 동안 공백이 메워지지 않는다. 유가의 철학 글쓰기에서도 마찬가지 특징을 지적할 수 있다. 완병겸, 여귀돈, 오시임 모두 직접적인 계승자를 만나지 못했다. 그래서 철학사에서 거론되는 인물들은 장대한 산맥 속의 우뚝한 봉우리라기보다는 망망한 대해에 흩어져 있는 섬 같다고 말해볼 수 있겠다.

원론에 대한 탐구가 부족하고 학파의 분립과 계승관계가 미약하기 때문에 철학 글쓰기에서 다룬 내용들이 대개 서론적인 수준에 그친다고 할 수 있다. 불가 쪽에서는 어록, 전등록, 공안집에 해당하는 저술을 마련했지만 중국의 전례를 수용해서 베트남에 적용한 것이라는 인상을 강하게 줄 뿐이고 독창적인 발명(發明)이 더해졌다고는 생각되지 않는다. 완병겸이 베트남 신유학의 거벽(巨擘)이라고 하는데, 그의 철학 글쓰기 또한 신유학을 정리해서 수용한 면모는 보여주지만 독창성으로 이름이 난 것은 아니다. 도리어 도참(圖讖)에 밝아서 이름이 났다고 한다. 여귀돈의 기일원론은 단편적으로 선언될 따름이었다.

베트남 철학 글쓰기의 창조적인 면모는 유불도의 일치와 융합을 주장하는 쪽에서 발견된다. 유불도 삼교일치론도 중국에서 수용했다고는 생각되지 않고 오시임 그룹의 탐구에 기초해서 독자적으로 제시된 견해라고 생각된다. 분열시대를 치유할 철학을 모색한다는 문제의식 자체가 새로워서 앞 시대의 수준을 뛰어넘는 창의적 사유의 길로 나아가게 된 것이 아닌가 한다.

분명 『죽림종지원성』은 혁신적이고 창조적인 저작이다. 죽림파의 선종사상을 계승한다고 한 것은 베트남 철학을 재발견하겠다는 의지를 담은 말로 볼 수 있다. 재발견을 말하면서도 실은 창조적인 모색을 했다. 독창성은 전통을 재발견하면서 모든 것을 융합하려는 시도로 발현되었다.[459] 베트남 철학 글쓰기의 창조적 성과가 무엇이며 오늘날 활용할 유산이 무엇이냐고 묻는다면 오시임 그룹의 『죽림종지원성』을 첫손에 꼽아야 한다고 생각한다.

### 4) 역사서술

중세시기 베트남 역사서술의 전범 역할을 한 저작은 오사련(吳士連)이 책임자가 되어 1479년에 편찬을 완료한 편년체(編年體) 역사서 『대월사기전서(大越史記全書)』였다. 서문에 따르면 오사련은 선행하는 두 종의 『대월사기(大越史記)』, 곧 여문휴(黎文休, 1230~1322)의 『대월사기』(1272)[460]와 반부선(潘孚先)의 『대월사기』(1455)를 토대로 해서[461] 체제를 정비하고 거기에 외기(外紀) 한 권을 더해서 『대월사기전서』 15권을 편찬했다.[462] 또한 오사련은 『대월사기전서』를 외기 5권과 본기(本紀) 10권으로 양분했다. 외기의 첫 권은 경양왕(涇陽王)에서 안양왕(安陽王)까지의 일을 수록한만큼 신화적

---

459) 반휘익이 쓴 서문에 따르면 오시임은 '삼교구류백가제자(三敎九流 百家諸子)'를 두루 섭렵하고 '융철삼현(融徹三玄)'할 역량이 있다고 했다(Cao Xuân Huy·Thạch Can 주편 『Tuyển Tập Thơ Văn Ngô Thì Nhậm(오시임 시문선집)』 II, 268면).

460) 오늘날 『사고전서(四庫全書)』에 수록되어 전해지는 『월사략(越史略)』(=大越史略)은 바로 이 책을 요약한 것이라는 견해가 있다. 『대월사략(大越史略)』에 대한 여러 견해와 『대월사략』의 전모를 소개한 책으로 陳荊和 編校 『(校合本) 大越史略』(創価大學アジア研究所 1987)이 있다. 『대월사략』은 『베트남문학전집』 3B, 435~535면에도 실려 있다.

461) 여문휴는 기원전 207~기원후 1225년의 역사, 반부선은 1226~1427년의 역사를 서술했다. 반부선의 『대월사기』는 여문휴가 서술한 이후의 부분을 취급하고 있기 때문에 『대월사기속편(大越史記續編)』 또는 『사기속편(史記續編)』이라고도 부른다. 또 『국사편록(國史編錄)』이라고 부른 경우도 있다(『校合本 大越史記全書』(上), 7면).

462) "取先正二書 校正編摩 增入外紀一卷 凡若干卷 名曰大越史記全書"(「大越史記外紀全書序」, 『校合本 大越史記全書』(上), 55면). "增入鴻厖蜀王外紀 總若干卷 今已成編"(「擬進大越史記全書表」, 『校合本 大越史記全書』(上), 57면).

색채가 강한데, 선행하는 두『대월사기』에는 원래 없던 내용이고 오사련이 더한 것이다.

오사련 주도로 편차를 정하고 외기 한 권을 더한 정도에서 그쳤을 따름이고 선행하는 두『대월사기』를 단순히 합한 것이 아닌가라고 생각할 수 있다. 하지만 실제로는 그렇지 않다. 「대월사기외기전서서(大越史記外紀全書序)」를 보면 상당히 적극적인 자세로 편찬에 임해서, 빠진 사실이 있으면 보충해서 넣고 문장이 좋지 않으면 고쳤다고 밝히고 있다.463) 또 「의진대월사기전서표(擬進大越史記全書表)」에서는 문장은 '간실(簡實)'하도록 힘쓰고 '부화(浮華)'한 표현들은 덜어내는 것이 편찬의 기본방침이라고 했다.464) 역사기록이 미비한 점을 보충하기 위해 여조 성종의 칙명으로 민간에서 수집한 야사(野史)나 고금의 전기(傳記)를 참고했다고 한다.465) 그렇다면『월전유령(越甸幽靈)』(1329)이나 진나라 때 편찬된『영남척괴』가 당연히 참고자료로 활용되었을 것이다.

무엇보다 오사련이 가장 힘을 기울인 것은 유학의 입장에서 역사적 사건에 대해서 적절한 평가를 내리는 일이었다. 역사서술이 감계(鑑戒)의 기능을 다해야 한다고 생각했던만큼 사관(史官)이 사리에 꼭 들어맞게 포폄(褒貶)하

---

463) "事有遺忘者 補之 例有未當者 正之 文有未安者 改之"(『校合本 大越史記全書』(上), 55면). 조동일은 오사련이『대월사기』를『대월사기전서』로 개작한 것은, 중국에서『구당서(舊唐書)』를『신당서(新唐書)』로, 한국에서『삼국사(三國史)』를『삼국사기(三國史記)』로 고친 것과 상통한다고 보았다. 적절하지 못한 서술을 삭제하고 문장을 고쳐 간략하게 만든 것이 개작의 기본방향이며, 과거의 역사서를 개작해 중세문화의 규범을 확립하고자 했다고 평가했다(조동일「한문학권 역사서 개작의 문학사적 의의」,『한국문학과 세계문학』(제2판), 지식산업사 1992, 239~241면).

464) "又勅儒臣總裁潤色 務玆簡實 損彼浮華"(『校合本 大越史記全書』(上), 57면).

465) "酒於光順年間 詔求野史 及家人所藏古今傳記 悉令奏進 以備參考"(「大越史記外紀全書序」,『校合本 大越史記全書』(上), 55면). 또한「의진대월사기전서표(擬進大越史記全書表)」에서는 "臣取前大越史記二書 參以野史 輯成大越史記全書 謹謄爲十五卷奏進"이라고 했다(『校合本 大越史記全書』(上), 57면). '광순(光順)'은 성종 때의 연호로 1460년부터 1469년까지 사용되었다.

는 일[評事切當]466)이 중요했다. 여문휴나 반부선의 사평(史評)도 있었고, 실제로 그것을 『대월사기전서』에 실어도 놓았지만 많이 모자란다고 보았다. 또 여문휴나 반부선의 사평 이외에도 호종작(胡宗鷟, 14~15세기)467)이 『월사강목(越史綱目)』에서 모범을 보여준 전례도 있지만 전란으로 책이 전해지지 않으니 전범이 될 만한 사평을 제시하는 일이 자신의 역할이라고 생각했다. 이렇게 해서 『대월사기전서』에는 "사신오사련왈(史臣吳士連曰)"로 시작하는 사평이 실리게 되었다.468)

이제 『대월사기전서』 안으로 들어가보자. 다음은 '본기(本紀)' 권지일에 있는, 1005년 조의 일부이다.

대행황제(大行皇帝)469)가 붕어하고 나자 황제470)는 동성왕(東城王)471)과 중국왕(中國王,)472) 그리고 동복아우 개명왕(開明王)473)과 제위를 다투었다. 여덟 달이나 서로 다투어 나라에474) 임금이 없었다. 겨울 들어 시월에 동성왕이 패하여 거릉(莒隆)으로 달아났다. 황제가 뒤좇아가서 잡았지만 다시 점성(占城) 쪽으로 달아났다. 하지만 거기에 이르기 전에 석하주(石河州) 사람에 의해 기라(機羅) 바다 어귀(오늘날 기라奇羅이다)에서 살해되었다. 당시에 백성들은 부란(扶蘭) 군영에 있던 어북왕(禦北王)475)에게 귀부(歸附)하기도 했다. 황제는 즉위한 지 사흘 만에 용정(龍鋌)에게 살해되었다. 신하들은 모두 달아나버렸는데 오직 전전군(殿前軍) 이공온(李公蘊)만 주검을 안고 통곡했다. 용

---

466) 『校合本 大越史記全書』(上), 55면.
467) 『전기만록』의 첫 작품인 「항왕사기(項王祠記)」에서 항우(項羽)와 문답하는 인물로 등장한다.
468) 『대월사기전서』에 실린 오사련의 사평은 총 166단이다(『베트남문학사전』114면).
469) 여환(黎桓, 941~1005). 전려(前黎)의 황제.
470) 중종(中宗). 용월(龍鉞). 중종의 셋째아들.
471) 용석(龍錫). 1004년에 동성대왕에 봉해졌다.
472) 대행황제의 아홉째아들. 경(鏡). 993년 중국왕에 봉해졌다.
473) 용정(龍鋌). 1004년에 개명대왕(開明大王)에 봉해졌다.
474) 원문에는 '中國'으로 되어 있는데, '國中'의 잘못이 아닌가 한다.
475) 대행황제의 여섯째아들. 근(釿). 991년에 어북왕으로 봉해졌다.

정이 제위에 올라 중종황제(中宗皇帝)라는 시호를 추증하고 이공온을 사상군 부지휘사(四廂軍副指揮使)로 삼았다.[476]

베트남 역사상 가장 잔혹한 임금으로 꼽히는 와조(臥朝)황제가 형인 중종을 시해하고 제위에 오르는 장면이다. 중국왕과 어북왕은 부란을 근거지로 삼아 저항하다가 와조에 의해 진압된다. 이공온은 와조가 죽은 다음 이조(李朝)를 창업한 인물이다.

여덟 달 동안 긴박한 대결이 펼쳐졌을 텐데도 서술은 매우 소략한 편이다. 아마도 믿고 이용할 만한 사료가 적은 때문인 듯하다. 기사는 짤막한데도 여문휴와 오사련의 사평은 나란히 실려 있다. 두 사람은 공히 왜 이런 골육상쟁이 일어나서 끝내 나라가 망하는 지경에까지 이르렀는지에 대해서 자기 생각을 밝혔다.

여문휴가 말한다. 와조(용정)는 자기 형을 시해하고 스스로 제위에 올랐다. 자기의 쾌락을 위해서 민중을 학대한 결과 나라를 망치고 제위도 잃었으니 여씨(黎氏, 곧 前黎)의 불행이 아닌가? 대행황제가 일찍 태자를 봉하지 않았던 것과 중종이 (반란의) 기미를 막지 못해서 그런 일을 초래한 데 잘못이 있다.

사신 오사련이 말한다. 야사에 이르기를, "대행황제가 붕어하고 중종이 유조를 받들어 제위를 잇자 용정이 반란을 일으켰다. 중종은 동복아우라서 차마 죽이지 못하고 용서해주었다. 뒤에 용정이 자객을 보내 밤중에 담을 넘어 궁중에 들어가서 중종을 죽이게 했다"고 한다. 그렇다면 중종은 형제지간의 은혜가 두터웠다고 말할 수는 있다. 하지만 황제가 되어 종묘 제사를 받드는 일에서는 사직이 무겁고 골육은 가벼운 것이다. 하물며 동생답지 못한 동생임에

---

476) "大行皇帝崩後 帝與東城中國二王 及同母弟開明王爭立 相持八月 中國無主 冬十月 東城王敗奔莒隆 帝追捕之 又奔占城 未至 爲石河州人殺于機羅海口 今奇羅是也 時國人亦奔附禦北王於扶蘭寨 帝卽位三日 爲龍鋌所殺 群臣皆奔亡 惟殿前軍李公蘊抱屍而哭 龍鋌立 追諡帝曰中宗皇帝 拜公蘊四廂軍副指揮使"(『校合本 大越史記全書』(上), '本紀' 卷之一, 198면).

라! 그때 중종은 관숙(管叔)[477]이나 숙아(叔牙)[478]의 전례를 따라 그 죄를 다스렸어야 한다. 그렇지 않으면 그를 별실에 유폐시켜 (거기서) 타고난 수명을 다하게 했어도 좋았다. 하지만 (중종은) 멋대로 그를 놓아주었으니 배신당하지 않을 수 있었겠는가? 마침내 집안을 망치고 나라를 망하게 했으니 이는 중종이 자초한 일이다. 와조를 책할 일이 무엇이겠는가? 그러므로 임금 된 자는 반드시 정도(正道)를 지키면서 올바른 도리 탐구를 소중하게 생각해야 하는 것이다.[479]

여문휴는 태자를 일찍 책봉하지 않은 대행황제에게 잘못이 있다고 했고, 오사련은 반란을 일으킨 용정(와조)을 잡고도 용서해준 중종에게 잘못이 있다고 했다. 여문휴의 견해는 객관적인 정황을 보면 타당한 판단이라고 생각된다. 오늘날 역사학자들이 받아들이는 견해이기도 하다.[480] 반면 오사련은 '거정궁리(居正窮理)'에 사평의 근거를 둠으로써 유학자의 입장을 더더욱 분명히 했다.[481]

---

477) 주(周)나라 무왕(武王)의 아우이며 주공(周公)의 형. 주나라가 은(殷)을 멸한 뒤 관(管) 땅에 봉해져 주(紂)의 아들 무경(武庚)을 돕게 되었는데, 무왕이 죽고 성왕(成王)이 어려서 주공이 섭정하자, 채숙(蔡叔)과 함께 난을 일으켰다가 주공에게 토벌되었다.

478) 춘추시대(春秋時代) 노장공(魯莊公)의 아우인 노숙아(魯叔牙). 그가 장공을 시해할 생각을 굳히자, 숙아의 아우인 노계우(魯季友)가 숙아에게 독약을 먹고 자살하게 했다. 오사련은 시해할 생각을 품은 것만으로도 베어 죽였어야 한다는 말을 하고자 해서 거론한 것이다. 이미 『춘추공양전(春秋公羊傳)』 장공(莊公) 32년 조에 "군친(君親, 임금과 어버이)의 경우에는 시해할 생각만 해도 베어 죽여야 한다"는 말이 있다(公子牙今將爾 辭曷爲與親弒者同 君親無將 將而誅).

479) "黎文休曰 臥朝弒其兄而自立 虐其衆以自逞 以至亡國失祚 非黎氏之不幸也 其過在大行不早正儲位 與中宗不能防其微 以致之也 史臣吳士連曰 野史云 大行崩 中宗奉遺詔嗣位 龍鋌作亂 中宗以同母弟故不忍殺 赦之 後龍鋌使盜夜踰墻入宮中殺中宗 則中宗於兄弟之恩 雖云厚矣 然其豐承祧 則社稷爲重 骨肉爲輕 況不弟之弟乎 斯時也 中宗擧管叔叔牙之事 以正其罪可也 不然幽之別室 使終天年亦可也 乃肆放之 能無反乎 卒以覆宗絶祀 中宗爲之也 臥朝何足咎哉 故人君必大居正 而貴窮理也"(『校合本 大越史記全書』(上), 198면).

480) 유인선 『베트남의 역사』 116~117면.

481) '숙아'의 사례는 물론이고, "故人君必大居正"도 『춘추공양전』 은공(隱公) 3년 조에 나

302

중종의 죽음과 와조의 등장이라는 복잡한 사건을 불러일으킨 단서로 사람(중종)의 마음가짐과 판단력에 주목했다. 사직의 안위와 골육의 정 가운데 무엇이 더 중요한지, 그 경중을 헤아리지 못한 중종의 잘못이 컸는데, 이런 잘못은 유학의 바른 도리에 입각해 역사서를 읽고 임금의 도리가 무엇인지 '궁리(窮理)'하고 체득하지 못한 데서 기인했다고 보았다. 야사까지 활용한 사평을 통해서 오사련은 올바른 정치의 실현 여부가 유학의 관점에서 얻는 역사 이해, 그리고 그것을 기반으로 한 바른 판단에 달려 있다는 점을 강조해서 말하고 싶었던 것이다.

오사련의 『대월사기전서』는 1427년까지의 역사를 기록했다. 이후 계속해서 속편(續編)의 찬술이 이어졌다. 그 경과를 간단히 보면 『본기실록(本紀實錄)』[482] 『본기속편(本紀續編)』[483] 『본기속편』[484]이 이어졌다. 그리고 여조 희종(熙宗) 정화(正和) 18년(1697)에는 속편한 부분까지 모두 합해서 총 24권(외기 5권, 본기 19권)으로 간각(刊刻)된다. 이것을 정화본(正和本) 또는 여본(黎本)이라고 부른다.[485]

정화본은 1675년까지의 역사를 기록하고 있는데, 그후에도 역사를 기록하는 작업이 계속되었다. 『대월사기속편』[486]이 편찬되었고, 마지막으로 서산(西山) 초기에는 오시임이 중심이 되어 여조 최후의 50여년의 역사를 편찬한 것으로 추정된다. 그래서 1986년에 완간된 교합본(校合本)을 보면, 여

오는 "故君子大居正"을 변용한 어구인 점까지 고려해보면 오사련은 사평을 하되 정통 유가의 입장을 분명히 하고자 했음을 알 수 있다.

482) 찬자(撰者) 및 찬년(撰年) 미상임.

483) 1665년, 범공저(范公著) 등이 편찬.

484) 1679년, 여희(黎僖) 등이 편찬.

485) 정화본을 현존하는 『대월사기전서』의 최고(最古) 간본(刊本)으로 보는 것이 통설이었는데, 범공저가 경치(景治) 3년(1665)에 완성한 『본기속편』 간본의 잔본(殘本)이 발견되었다는 보고가 1988년에 있었고, 1992년에는 그것이 영인 출판되었다(http://wwwsoc.nii.ac.jp/jssah/seminar/ksreport/ks020216.html).

486) 1775년, 완혼(阮俒), 여귀돈, 무면(武棉) 등이 편찬. '국사속편(國史續編)'으로도 불린다.

조의 마지막 황제인 소통제(昭統帝)가 청나라로 도망감으로써 왕조가 멸망한 1789년 정월까지의 역사가 『대월사기전서』의 체제 아래 포함되어 있다. 따라서 『대월사기전서』는 완조 이전의 역대 왕조에서 시행한 역사서술의 누적된 결과물이라고 할 수 있다.[487]

정사(正史)에 들지는 않아도 정사 편찬에 참고가 된 저술로 무경(武瓊)의 『대월통감(大越通鑑)』(1511),[488] 이 책의 요점을 뽑고 논평을 붙인 여숭(黎嵩)의 『대월통감통고총론(大越通鑑通考總論)』(1514),[489] 등명겸(鄧鳴謙)의 『월감영사시집(越鑑詠史詩集)』(1520) 같은 저술도 있다. 여귀돈은 『여조통사(黎朝通史)』(1749)[490]를 찬술했는데 본기(本紀)·지(志)·열전(列傳)으로 구성되어 있다. 베트남 최초의 기전체(紀傳體) 역사서라는데 오늘날에는 극히 일부만 전한다.

짧았던 서산시대에는 편년체 사서 『대월사기전편(大越史記前編)』(1800) 17권이 나왔다. 오시사(吳時仕, 1726~1780)가 편찬하고 오시임이 교정(校訂)을 담당했다.[491] 편찬에 참고한 책 가운데는 완엄(阮儼, 1708~1775)의 『월사비람(越史備覽)』이라든지 오시사의 『월사표안(越史標按)』 같은 이름이 보인다.[492] 외기(外紀)와 본기(本紀)로 나누어, 홍방씨 시절부터 명나라 복속기까지의 역사를 기록했다.[493]

---

487) 『대월사기전서』의 성립과정에 대해서는 『校合本 大越史記全書』(上), 1~14면을 참고해서 정리했다.
488) 26권. '대월통감통고(大越通鑑通考)' '월감통고(越鑑通考)'로도 불린다.
489) 1권. '월감통고총론(越鑑通考總論)'으로도 불린다.
490) 필사본에 따라서는 『대월통사(大越通史)』 또는 『전조통사(前朝通史)』라고 부르기도 하지만 여조의 역사를 서술한 것이기에 『여조통사』라고 부르는 것이 옳다. 명칭에 대해서는 Trần Văn Giáp 『Tìm Hiểu Kho Sách Hán Nôm(한놈 書庫에 대한 고찰)』 I, Hà Nội: Nxb Văn Hóa 1984, 116면 참조.
491) Bách Khoa toàn thư Việt Nam(베트남 백과전서, http://dictionary.bachkhoatoanthu.gov.vn)의 'ĐẠI VIỆT SỬ KÝ TIỀN BIÊN(대월사기전편)' 항목을 참조했다.
492) Trần Văn Giáp, 『Tìm Hiểu Kho Sách Hán Nôm(한놈 書庫에 대한 고찰)』 I, 86~88면.

이어 완조에 들어서자 역사 편찬이 활기를 띠었다. 우선 왕조의 역사서술은 국사관(國史館)을 설치해서 실록(寔錄)을 편찬해 기록하는 방식으로 바뀌었다. 그래서 이룬 결과물이 편년체 사서 『대남식록(大南寔錄)』[494]이다. 이 책은 전편(前編)과 정편(正編)으로 구성되어 있는데, 정편은 다시 제일기(第一紀)부터 제칠기(第七紀)까지로 나뉘어 편찬되었다. 전편은 가륭(嘉隆)황제 이전 완주(阮主) 시대의 역사를 기록했는데, 구체적으로는 1558년 완황(阮潢)이 순화(順化) 진수(鎭守)로 임명된 때로부터 시작해서 1777년 완복순(阮福淳)이 살해당한 시기까지의 기록이다.[495] 정편은 가륭황제로부터 계정(啓定)황제(재위 1916~1925)까지의 역사를 기록했다.[496]

편년체 역사서인 『대월사기전서』에는 열전(列傳)이 들어 있지 않았다. 관찬(官撰) 정통사서에 열전이 빠진 것은 베트남 역사서술의 특이한 면모이다. '열전'이라는 이름하에 국가사업으로 인물전기를 집성한 것은 『대남열전(大南列傳)』에 와서의 일이다. 『대남열전』은 『대남식록』 편찬작업과 병행해서 칙명에 따라 국사관에서 편찬되었다. 모두 세 차례에 걸쳐 편찬, 간행되어서

---

493) "類編自鴻厖氏至吳使君 爲外紀 自丁先皇至屬明紀 爲本紀 諧拾柒卷 庚申秋刊完"(Trần Văn Giáp 『Tìm Hiểu Kho Sách Hán Nôm(한놈 書庫에 대한 고찰)』 I, 87면). '오사군(吳使君)'은 이른바 '십이사군(十二史君) 시대'를 가리킨다. '경신(庚申)'은 1800년이다.

494) '실록(實錄)'이라 하지 않고 '식록(寔錄)'이라 한 것은, 완조 제2대 명명(明命)황제의 황후 호씨실(胡氏實)의 이름자 '실(實)'을 피휘(避諱)하기 위함이다(유인선 『베트남의 역사』 227면).

495) 정편에서 기별로 수록하고 있는 연대는 다음과 같다. 제1기 1778~1819년, 제2기 1820~1840년, 제3기 1841~1847년, 제4기 1848~1883년, 제5기 1883~1885년, 제6기 1885~1888년, 제6기 부편(附編) 1889~1916년, 제7기 1916~1925년.

496) Bách Khoa toàn thư Việt Nam(베트남 백과전서, http://dictionary.bachkhoatoanthu.gov.vn)의 'ĐẠI NAM THỰC LỤC CHÍNH BIÊN(대남식록정편)' 항목을 참조했다. 제6기 부편과 제7기는 프랑스에 필사본으로 보존되어 있던 것이며 베트남에는 2003년에 그 존재가 알려졌다. 그런 사정은 Trần Đức Cường 「Phần Tiếp Theo Trọn Bộ Của Đại Nam Thực Lục Chính Biên(새로 발견된 대남식록정편의 뒷부분)」, 『Tạp chí Nghiên cứu Lịch sử(역사연구 잡지)』 T. 3(2004)(http://journals.sfu.ca/vn/index.php/hists/issue/view/102)을 통해 알 수 있다.

『대남열전전편(大南列傳前編)』(1852) 6권, 『대남정편열전초집(大南正編列傳初集)』(1889)[497] 33권, 『대남정편열전이집(大南正編列傳二集)』(1909) 46권으로 나왔다.

『대남열전전편』은 완주(阮主) 시대 인물의 열전을 모은 것이다. 체제를 보면 후비전(后妃傳)·황자전(皇子傳)·공주전(公主傳)·제신전(諸臣傳)·은일전(隱逸傳)·고승전(高僧傳)·역신간신전(逆臣奸臣傳)의 일곱 '목(目)'을 설정했다. 『대남정편열전초집』에 와서는 체제가 달라져서 후비·황자·공주·제신·행의(行義)·열녀(烈女)·참절(僭竊)·외국(外國)의 여덟 '목'을 설정했다. 완문악(阮文岳, ?~1793), 완문혜(阮文惠) 형제는 참절전 속에 들어가 있다.[498]

한편 사덕(嗣德)황제는 주희의 『자치통감강목(資治通鑑綱目)』을 본받아 베트남 역사서술을 총괄하는 『흠정월사통감강목(欽定越史通鑑綱目)』을 찬수하게 했다. 1856년에서 1859년까지 반청간(潘淸簡)의 책임 아래 찬수가 추진되었고, 1871년에서 1884년에 걸쳐서 검토와 수정이 가해져서 53권으로 완결되었다. 상고시대에서 1789년 여조의 멸망까지를 다룬 역사서로, 이전의 역사서를 망라해서 편년체로 서술하되 '강(綱)'과 '목(目)'을 나누는 체제였다. 이 책은 1905년에 등춘방(鄧春榜, 1828~1910)이 『월사강목절요(越史綱目節要)』 8권으로 요약했다.

베트남사람 반패주의 구술을 토대로 중국사람 량 치챠오(梁啓超, 1873~1929)가 편집해 1905년 9월 상해(上海) 광지서국(廣智書局)에서 발간한 『월남망국사(越南亡國史)』는 우리나라에도 일찍이 소개된 바 있다.[499] 그 주요

---

497) '국조열전초집(國朝列傳初集)'으로도 불린다.
498) 『대남열전』의 체제와 내용에 대해서는 Trần Văn Giáp 『Tìm Hiểu Kho Sách Hán Nôm(한놈 書庫에 대한 고찰)』 I, 300~303면 참조. '행의'와 '열녀' 관련 기사를 따로 모은 책으로 『대남행의열녀전(大南行義列女傳)』(觀文堂 1909)이 있는데, 곽정식 「19世紀 베트남의 '大南行義列女傳' 연구」, 『인문과학논총』 제5집(경성대학교 인문과학연구소 2002)에서 내용을 검토했다.

내용을 보면, 베트남의 망국 원인과 그 실상(越南亡國原因及事實), 국망시절의 지사 소전(國亡時志士小傳), 프랑스사람이 베트남을 괴롭히고 약하게 하며 어리석게 한 사정(法人困弱愚瞽越南之情狀), 베트남의 장래(越南之將來)의 네 부분으로 되어 있다. 각각 베트남이 프랑스에게 국권을 빼앗기기에 이른 과정, 근왕운동 시기에 활약한 지사들의 짤막한 전기, 프랑스의 탄압과 착취의 실상, 반패주와 량 치챠오가 베트남의 장래에 대해서 나눈 대화를 기록했다.

'프랑스사람이 베트남을 괴롭히고 약하게 하며 어리석게 한 사정'에서는 반패주가 '눈으로 직접 보고 귀로 직접 들은'[500] 프랑스 식민통치의 가혹함을 기록하고 있다. 그곳에는 프랑스 치하 베트남에서 발생한 사건 하나를 소개하는 부분이 있다. 어느 마을 사람들이 도저히 세금을 낼 수 없어 프랑스 보호관을 찾아가 사정을 호소했다. 처자도 집도 땅도 다 팔아서 더 이상 팔 것도 없고, 팔지 못한 것이라고는 머리 위에 있는 한 조각 하늘뿐이라고 했다. 그러자 프랑스 관리는 세금 대신 하늘을 넘기면 된다고 하고는 하늘을 파는 문서를 작성하게 한다. 그 일이 있고 나서 얼마 되지 않아 프랑스 순찰대가 달려들어 마을을 에워싸고는, 이미 마을 위의 하늘을 팔았으니 하늘을 보지도, 하늘 아래 나서지도 말라고 소리를 지른다.

"너희 마을사람들이 하늘을 팔아 우리 대(大)프랑스에 넘겼으니 너희 마을

---

499) 1906년 『황성신문(皇城新聞)』에 그 일부가 소개된 이후 같은 해 11월 현채(玄采)가 국한문혼용체로, 이듬해인 1907년 주시경(周時經)과 이상익(李相益)이 각각 순국문체로 번역, 소개했다(량 치챠오 편저, 안명철·송엽휘 역주 『역주 월남망국사(越南亡國史)』, 태학사 2007, 5면. 이 책 253면에는 '월남망명객소남자술(越南亡命客巢南子述)'이라고 되어 있는데, '소남(巢南)'은 반패주의 호이다). 반패주와 량 치챠오 두 사람의 대화(필담)는 량 치챠오가 머물던 일본에서 이루어졌다. 반패주는 1905년에 반식민운동을 하는 데 필요한 경제적 도움을 얻고 무기를 구입하고자 일본에 입국했다.
500) "(恐人或不信) 然我據耳目之所及 從寔說出" (원문은 안명철·송엽휘 역주 『역주 월남망국사(越南亡國史)』 236면에 있다).

위의 하늘은 프랑스의 소유이며 너희 마을의 소유가 아니다. 이제 너희들은 하늘 아래서 걸어서도 안 되고 햇볕을 쬐어서도 안 된다. 만일 너희들이 집 벽 밖으로 얼굴을 내밀면 이는 감히 우리 대프랑스의 하늘을 엿보는 짓이며 우리 대프랑스의 하늘을 침범하는 짓으로, 죽어 마땅한 죄에 해당하니 우리 대프랑스가 절대로 너희들을 가벼이 용서치 않을 것이다."

프랑스 순경들이 내리 3일 동안을 물샐틈없이 하늘을 지켜 서니, 마을사람들은 낮에는 해를 보지 못하고 밤에는 달과 별을 보지 못하는 처지가 되고 말았다. 이에 더욱 곤궁해진 마을사람들은 프랑스 관리한테 갖가지로 애걸하여 그 마을 위의 하늘을 도로 찾아오게 해달라고 했다. 정말로 처자와 집과 땅을 다 팔아 세금을 낸 다음에야 프랑스 순찰이 돌아가고 백성들이 안정을 되찾을 수 있었다. 그래서 세상에 이런 말이 생겼다.

하늘이 없으면 정말로 고통스럽더라.
역시 하늘이 있는 것이 좋더라.
아내와 자식은 장차 어찌할꼬?
땅도 가질 수 없게 되었구나.
저당 잡힌 내 하늘을 도로 찾았다만,
그 하늘마저 영구한 것이 아닌 것 같다.[501]

중국사람을 일차 독자로 하는만큼 원문은 백화체(白話體)로 되어 있다. 하늘을 팔라고 하는 기막힌 일이 프랑스 식민당국에 의해 자행되었다는 것

---

501) "汝村人賣天與我大法 那村汝上面天 是大法有了 非汝村有了 汝村人不得去走天下的 不得曝曬天光的 若見汝向屋牆外 出頭露面的 便是敢窺我大法天的 便是侵犯我大法天的 便是死罪 我大法決不輕饒 巡警兵護天的 一連三日 那村人直是水洩不通 眞是晝不見日 夜不見越與星的 此時村人愈窮窘 乃哭哭泣泣 千般訴 萬般哀 向法官乞許贖回那村頭上一片天來 眞個是妻兒賣了 家屋賣了 田地賣了 方納淸這搜銀 方纔討個安居的 法人方纔罷手 俗諺有云 到底無天苦 畢竟有天好 妻兒將奈何 田地未必保 我贖吾天來 那天不是老"(원문은 안명철·송엽휘 역주 『역주 월남망국사(越南亡國史)』 226~227면에 있으며 65면에 있는 번역 참조).

을 고발하고 있다. 인용하지 않은 앞부분까지 다 읽어보면, 문학적인 형상화 또한 뛰어나서 국권을 상실한 설움이 어떤 것인지를 피부에 와 닿게 증언하고 있다. 이런 사정을 동지들이 듣게 되면 '눈물을 흘리며 분노할'[502) 것이라고 예견했다. 글을 쓴 목적이 거기에 있음은 물론이다.

반패주는 '베트남의 장래'에서 절망적인 상황에서 희망을 잃지 않는다고 말했다. 정신의 힘, 열성과 용기로 끓어오르는 의기를 결집하면 모든 악조건을 이겨낼 수 있다고 했다. 프랑스에 협력하는 부역자(附逆者)든 울분을 삼키면서 투쟁을 다짐하는 사람이든 종국에는 계층을 망라한 민족 구성원 전체가 다 함께 떨쳐 일어나 프랑스를 상대로 민족해방투쟁을 전개할 것이라고 굳게 믿었고, 또 그렇게 해야 한다고 촉구했다.[503)

등박붕(鄧搏鵬)의 『월남의열사(越南義烈史)』는 19세기 후반 대불독립투쟁에 나서 순사(殉死)한 열사(烈士)의 전기와 추모시문으로 구성되어 있다. 1918년 중국 상해에서 비밀리에 출판되었다. 『월남망국사』의 '국망시절의 지사 소전('과 상통하는 성격의 저술이라고 할 수 있다.[504)

### 5) 한문산문의 비판정신

날카로운 비판정신으로 사회현실에 대한 비판적 논의를 펴는 한문산문 역시 오랜 역사를 가지고 있다. 이른 시기의 대표작으로 주안의 「칠참소(七斬疏)」가 꼽힌다. 주안은 진나라 유종(裕宗)에게 국정을 어지럽히는 일곱 명의 권신(權臣)을 참할 것을 주청하는 소를 올리고 자기 뜻이 받아들여지지 않자 사직했는데, 이때 올린 소를 「칠참소」라고 부른다. 오사련은 『대월사기전서』

---

502) "我只怕同人掩淚抑腦也" (원문은 안명철·송엽휘 역주 『역주 월남망국사(越南亡國史)』 230면에 있다).

503) 최원식 「아시아의 連帶 - '越南亡國史' 小考」, 백낙청·염무웅 편 『한국문학의 현단계 II』(창작과비평사 1983)를 통해 『월남망국사』에 대한 기본적인 이해가 가능하다.

504) 베트남에서 최초로 국어로 쓰인 역사서는 진중금(陳仲金, 1882~1953)이 1919년에 완성해서 1921년에 출판한 『월남사략』이다.

1370년 조에서 이런 주안을 평가하기를, 의(義)에 따라 출처(出處)를 올바르게 하고 뜻이 높았으니 베트남의 '유종(儒宗)'으로서 문묘(文廟)에 배향한 조치가 마땅하다고 했다.505) 「칠참소」는 견결(堅決)한 유학자의 비판정신을 담은 것으로 유명하다. 하지만 작품이 전하지 않아 실제 내용을 볼 길이 없다.

불교를 비판하는 데 적극적인 관심을 보였고, 그런 뜻을 글로 옮긴 사람이 14세기의 장한초와 여괄이었다. 장한초가 남긴 두 편의 글 「개엄사비기(開嚴寺碑記)」(1339)와 「욕취산영제탑기(浴翠山靈濟塔記)」(1343)는 유불 교체기에 나온 사대부 지식인의 불교 비판을 대표한다. 그리고 여괄의 「소복사비기(紹福寺碑記)」 역시 같은 취지의 글로서 빈번하게 거론된다. 이들 세 편의 글을 통해서 비판의 내용과 수준을 가늠해보자.

장한초는 「욕취산영제탑기」에서 석가모니 입멸(入滅) 후에 점차로 중생을 현혹하는 사찰이 늘어 천하의 5분의 1이나 된다고 하고서, "인륜을 폐하여 없애고 재보를 헛되이 써버리는"506) 결과를 초래했다고 비판했다. 이보다 앞서 쓴 「개엄사비기」에서는 한층 목소리를 높여 불교의 폐단을 비판했는데, 먼저 불교의 본질과 후대의 변질에 대해서 이렇게 말했다.

상교(象敎)가 베풀어진 것은 부처가 중생을 제도하는 방편으로 사용한 데서 연유했다. 대개 어리석고 무지한 자들과 미혹하여 깨닫지 못한 자들로 하여금 이로 말미암아 선업(善業)으로 돌이키게 하고자 했던 것이다. 허나 그 무리 가운데 교활한 자들이 특히 고(苦)와 공(空)의 본뜻을 이해하지 못하고서 이름난 동산과 경치가 좋은 곳을 차지하는 데 열을 올리고 거처를 화려하게 장식하고 (승려들이) 중생을 제도하는 큰 힘을 가졌다고 한다. 당세의 속된 세력가들이

---

505) "姑以文貞言之 其事君者必犯顏 其出處也則以義 造就人才 則公卿皆出其門 高尙風節 則天子不得而臣 況嚴嚴體貌 而師道嚴 稜稜聲氣 而使人譬 千載之下 聞先生之風 能無廉其 頑 而立其儒者乎 苟不求其故 孰知斯謚之稱情也哉 宜乎爲我越儒宗 而從祀文廟也"(『校合本 大越史記全書』(上), 440~441면).

506) "廢滅彝倫 虛費財寶"(『황월문선』 권지이).

거기에 따르고 호응한 결과 천하의 깊은 곳이나 이름난 땅은 사찰이 절반을 차지하고 있다. 검은 옷 누런 옷을 입고 (불교에) 귀의(歸依)해서는 경작하지 않고 먹고, 베를 짜지 않고 입는다. 일반 백성들도 왕왕 집과 마을을 떠나서 시속에 쏠리곤 한다.[507]

'상교'는 불교를 가리킨다. 석가모니는 소유욕 때문에 '고'가 생겨난다는 것을 깨달았고, 그런 고통의 본질을 투시하고 고통을 치유하기 위해서 '공'의 이치를 설했다고 장한초는 이해했다. 그러한 불교 이해에서 볼 때, 사찰이 앞 다투어 땅을 차지하고 승려들이 노동하지 않으면서 중생들 위에 군림하는 것은 '고'와 '공'의 본의를 망각하는 짓이다. 장한초는 과도한 물질소유와 노동 기피에 불교의 폐단이 있다고 본다.

이어서 개암사를 중창한 내력을 말하고 있지만 정작 하고 싶은 말은 다른데 있었다.

(글을 써달라는 부탁을 받고) 나는 이렇게 말했다. 무너진 절을 다시 세우는 것이 이미 내 뜻과 무관한데 돌을 세우고 글을 새기는 일에 대해서 내가 무슨 말을 하겠는가? 이제 조정에서 교화를 펴서 쇠퇴한 풍속을 구하려 하기에 이단이 축출되는 중이며 정도(正道)가 다시 행해지려 한다. (그래서) 사대부가 된 자라면 요순의 도가 아니면 말을 꺼내지 말고 공맹의 도가 아니면 저술하지 않아야 한다. 그런데 도리어 구구하게 불씨(佛氏)들과 말을 많이 해서 내가 장차 누구를 속이겠는가?[508]

---

507) "象教由設 乃浮屠氏度人方便 盖欲使愚而無知 迷而不悟者 卽此以爲回向白業地 乃其徒之狡獪者 殊失苦空本意 務占名園佳境 以金碧其居 龍象其衆 當世流俗豪右輩 又從而響應 故凡天下奧區名土 寺居其半 錙黃飯之 匪耕而食 匪織而衣 匹夫匹婦往往離家室 去鄉里 隨風而靡"(『황월문선』 권지이; 『베트남문학전집』 2, 496∼497면에도 보인다).

508) "余謂寺廢而興 旣非吾意 石立而刻 何事吾言 方今聖朝欲暢皇風以救頹俗 異端在可黜 正道當復行 爲士大夫者 非堯舜之道不陳前 非孔孟之道不著述 顧乃區區與佛氏囁嚅 吾將誰欺."

절을 중창한 내력을 적은 글에서 통상적으로 기대할 수 있는 내용과는 아주 동떨어진 이야기를 강경한 어조로 말하고 있다. 조정에서 앞장서서 이단인 불교를 물리치고 요순, 공맹의 도를 회복하는 일을 진행하고 있다고 했다. 그동안 조정 안팎에서 막강한 영향력을 행사하던 불교 승려를 대신해서 사대부들이 자기 목소리를 내고 있는 단계에서 한 말이라고 할 수 있다. 이부분은 불교 비판의 대표적인 논술로서『대월사기전서』권7에 실려 있기도 하다.509)

『대월사기전서』권7의 예종(藝宗) 원년(1370) 조에 보면 유신(儒臣) 여괄이 쓴「소복사비기」가 인용되어 있다. 여괄은 불교가 사람을 움직이는 힘을 가지는 것은 화복(禍福)에 대한 교의 덕분이라고 보았다. 상하층을 막론하고 내일의 응보를 받기 위해서라면, 명령을 내리지 않아도 오늘 사찰에 내는 돈을 아까워하지 않는다고 했다. 성인(聖人)의 도리를 밝혀서 백성들을 교화하고 싶지만 효과가 크지 않아서 불교 신도를 보기가 부끄럽다고 했다.510)

이상 세 편의 배불론(排佛論)의 공통점이라고 할 만한 것은 사원의 경제적 타락을 문제 삼고 있으면서 철학적인 비판 측면은 약하게 처리하고 만점이 아닐까 한다. 장한초가 '고'와 '공'을 거론했지만 절의 사치를 비판하자는 의도가 강하고 철학적 비판의 본령은 아니라고 할 수 있고, 또 유학의 이념이라고 한 것도 구체적인 내용이 결여된 '요순, 공맹의 도'와 '효제지의(孝弟之義)'511) 정도에 지나지 않는다. 여괄은 불교의 인과응보설이 대중적인 호소력이 있다는 점을 인정하고서, 어떻게 성인의 도리로 이에 대응할 것인지 막연하다고 고백했다. 어느 모로 보아도 고려 말 조선 초의 백문보(白

---

509) 『대월사기전서』에 실린 내용은 이렇다. "寺廢而興 旣非吾意 石立而刻 何事吾言 方今
聖朝欲暢皇風以振頹俗 異端在可黜 正道當復行 爲士大夫者 非堯舜之道不陳前 非孔孟之
道不著述 顧乃拘拘與佛氏囁嚅 吾將誰欺" (『校合本 大越史記全書』(上), 427면. 진(陳) 유
종(裕宗) 14년(1354) 조).

510) 『校合本 大越史記全書』(上), 441면.

511) 원문은 "又無庠序以申孝弟之義" (「開嚴寺碑記」)이다.

文寶),512) 정도전(鄭道傳)이 한 것과 같은 철학적 비판은 아니라고 하겠다. 이들 비문 이외에 본격적인 불교철학 비판 저술이 나온 흔적은 발견되지 않는다. 불교철학에 철학으로 대응하지 않고 사회적 폐단을 문제 삼는 선에서 그친 결과 유교철학의 문제의식을 날카롭게 할 수 있는 기회를 갖지 못한 것은 아닐까 생각해본다.

이번에는 시대를 아주 내려와서 과거제를 비판한 20세기 초의 작품 「양옥명산부(良玉名山賦)」를 보기로 하자. 1905년에 반주정, 진계합, 황숙항 세 사람은 빈 딘 성을 지나다가 마침 그곳에서 열린 과장(科場)을 찾아간다. '지성성통(至誠通聖)'과 '구양옥필명산(求良玉必名山)'이 각각 시와 부의 과제(科題)로 주어졌다. 이에 세 사람은 과장에 들어가서 가명으로 시와 부를 지어 제출한다. 그중에서 「양옥명산부」는 '구(求)·양(良)·옥(玉)·필(必)·명(名)·산(山)' 여섯 자를 운자(韻字)로 써서 지으라는 것이었고, 그런 요구 조건에 맞추어서513) 진계합과 황숙항이 지었다고 한다.514)

작품의 첫머리에서는 중국과 일본에서는 영웅(英雄)과 지사(志士)가 사회 변화를 이끌고 있는데, 베트남 지식인들은 나라를 잃고서도 부끄러움도 모른 채 명리를 얻고자 옛글이나 읽는다고 했다.

> 시속(時俗)이 문장을 숭상하여 선비들은 과거 공부에만 매달린다.
> 대고(大股)며 소고(小股)며 (팔고문 짓기에) 종일토록 빠져 있고,
> 5언이며 7언이며 (시 짓느라) 일 년 내내 쉴 새가 없다.

---

512) 백문보의 불교(선종)에 대한 태도에 대해서는 최귀묵 「백문보(白文寶)와 이달충(李達衷)의 화기(和氣)」, 『김시습의 사상과 글쓰기』(소명출판 2001) 참조.

513) "以求良玉必名山爲韻" (원문은 Lê Trí Viễn 주편 『Cơ Sở Ngữ Văn Hán Nôm(한놈 어문 기초)』 III(Nxb Giáo Dục 1986) 167~168면을 따른다. 『베트남문학전집』 21, 245~249면에도 보인다).

514) Phan Cự Đệ 외 『Văn Học Việt Nam(1900~1945)(1900~1945 시기의 베트남문학)』 49면.

책문은 고관(考官)의 구미에 맞추려 도척이 옳고 순임금이 그르다 하고,
사부(詞賦)는 중국사람의 보잘것없는 말을 주워 모아서 짓고,
변려문은 네 자 여섯 자로 대구를 맞춘다.515)

'옥(玉)' 운을 사용하고 있는 부분 중에 위와 같은 내용이 있다. 과거를
준비하기 위해서 팔고문(八股文), 근체시(近體詩), 책문(策文), 사부(詞賦)를
짓는 연습을 하느라 세월을 보낸다는 비판이다. 시문을 지어서 창의적인 생
각을 개진하는 것이 아니라 시험관의 구미에 맞추기 위해서 진위(眞僞)를
바꿔 놓고 시문선집을 달달 외워 글귀나 써먹고 형식에 얽매이는 데 떨어지
고 만다.

도도한 비판이 계속된다. 과거에 매달리는 것은 이록(利祿)을 구하기 때문
이다. 과거에 합격해서 관료가 된 자들은 자기 잇속을 차리느라고 부국강병
(富國强兵)은 나 몰라라 하고 민지(民智)를 계발하거나 인재를 육성하는 데
도 역시 아무 관심이 없으니 바로 이자들이 오늘날 망국의 고욕(苦辱)을 초
래했다. 식민지 치하에서 백성들은 숨을 죽이고 있고 관리들은 무릎을 꿇고
말았다.516) 저 식민지 통치자들을 신처럼 떠받들지만 정작 그들은 베트남사
람을 물건 취급한다.517)

과거에 매달리는 삶을 총평해서 "희미한 등불 아래 몽당붓 놀리면서 시간
을 허비하고, 취생몽사(醉生夢死)하는 사이에 정신을 병들게 했다"518)고 말
했다. 그러면 어떻게 해야 할 것인가? 현실을 바로보고 삶의 자세를 바꿔야
한다. 작품의 결말부분을 보자.

---

515) "俗尙文章 士趨科目 大股小股終日魚魚 五言七言窮年鹿鹿 文策希場官之鼻息跙可是
　　 而舜可非 詞賦拾北人之唾餘 騈爲四而儷爲六."
516) "民旣吞聲 官亦屈膝."
517) "我則事之如神 彼則視之如物."
518) "費時日於禿筆殘燈之下 瘁精神於醉生夢死之間."

314

선비는 토실(土室)에 있겠노라 하고, 시세의 어려움을 근심하며 바라본다.
신세(身世)를 어루만지며 감회에 젖고, 시국의 변화가 빠름에 놀란다.
초수(楚水)는 넓고 아득하구나, 장사(長沙)에서 부질없이 눈물을 뿌렸도다.
가을바람에 나뭇잎 떨어지는구나, 신무문(神武門)에 오래도록 관(冠)을 걸었
구나.
삼신산(三神山)의 안기생(安期生)을 바라보노라, 돛을 올려 찾아갈 만하구나.
역수(易水)에서 형경(荊卿)을 전송하노라, 한번 가면 돌아오지 못하리라.
길게 노래하며 통곡하고 눈물 떨구며 붓을 움직이노라.
어찌하여 과제가 '지성통성'에 '양옥명산'이란 말인가!519)

　중국의 여러 인물의 행적이 전고로 사용되었기에 이해를 돕기 위해서 약
간의 부연설명이 필요하다. 한나라 때의 처사(處士) 원굉(袁閎)은 시국이 어
지러워지자 '토실'에 몸을 숨기고 세상과의 접촉을 끊었다고 한다.520) '초
수'는 초나라 굴원(屈原)이 몸을 던져 죽은 멱라(汨羅)521)다. 훗날 사마천(司
馬遷)은 『사기(史記)』에서 술회하기를, '장사' 지방에 가서 굴원이 빠져 죽
은 곳을 지나며 눈물을 흘렸다고 했다.522) 중국 남조(南朝) 제(齊)나라의 도
홍경(陶弘景)은 관복을 벗어 '신무문'에 걸어놓고 사직소(辭職疏)를 남긴 뒤
은거했다는 도가(道家) 계통의 인물이다.523) '안자'는 진(秦)나라 사람 안기
생인데 진시황이 그에게 많은 재물을 주었으나 모두 버리고 봉래산(蓬萊山)
으로 들어갔다고 한다. 봉래산은 '삼신산' 가운데 하나이다. '형경'은 곧 형

---

519) "士也 誓心土室 蒿目時艱 撫身世而增感 驚變局如環丸 楚水蒼茫 空洒長沙之淚 秋風
　　搖落 久懸神武之冠 望安子於神山 片帆可透 送荊卿於易水 一去不還 長歌且哭 下筆淸淸
　　又何必至誠通聖良玉名山爲哉."
520) 『後漢書』卷75, 「袁安傳」. '원굉'은 「원안전(袁安傳)」의 입전인물인 '원안'의 현손(玄
　　孫)이다.
521) 멱라는 상수(湘水)의 지류이다.
522) "太史公曰 余讀離騷天問招魂哀郢 悲其志 適長沙 觀屈原所自沈淵 未嘗不垂涕 想見其
　　爲人"(『史記』卷84, 「屈原賈生列傳」).
523) "永明十年 脫朝服挂神武門 上表辭祿"(『南史』卷76, 列傳「隱逸」下「陶弘景」).

가(荊軻)인데, 연(燕)나라 태자 단(丹)을 도와 진시황을 저격했던 인물이다. '역수'에서 이별하면서 "바람소리 쓸쓸하고 역수는 차갑도다. 장사 한번 가면 다시 오지 못하리라"524)라는 노래를 불렀다고 전해진다.

전고를 사용하면서 열거한 인물들은 난세에 세상과 담을 쌓고 은거한 사람(원굉), 곧은 신념을 지키고 살다가 해를 입은 사람(굴원, 사마천), 은둔한 도가적 인물(도홍경, 안기생), 복수를 위해 실제 행동에 나선 사람(형가)이다. 이들에게는 뚜렷한 공통점이 있다. 그것은 바로 이들이 이록(利祿)을 구하느라 정신을 병들게 만드는 것과는 거리가 먼 일을 해서 역사에 남은 인물들이라는 점이다. 작자가 보기에는 과거를 위해서 하는 공부가 이들 인물의 정신을 배우는 것과는 너무나 거리가 먼 일이며, 더군다나 '지성통성' '양옥명산'과 같은 과제는 낡은 이념을 재생산하는 작용만 할 뿐 식민지 시대에 필요한 정신으로 무장한 인물들을 발굴해낼 수 없다고 비판하고 있다.

### 6) 문학론의 면모

베트남에서 1980년대 후반 이래로 중세문학론을 정리하려는 작업이 수차 있었고 그 성과물이 차례로 출판되었다. 10세기 초반에서 20세기 초반에 걸쳐서 나온 문학론을 정리한 저술이 나왔는가 하면,525) 서발문(序跋文) 선집이 문학전집 속에 포함되어 출간되었다.526) 이들 저작을 통해서 중세문학론의 양상을 확인할 수 있게 되었다. 이곳에서는 이렇게 정리되어 출판된 자료를 참조해 중세문학론 가운데 몇가지 대표적인 사례라고 할 만한 것들을 살펴보기로 한다.

호원징(胡元澄, 1374~1446)527)의 『남옹몽록(南翁夢錄)』(1438)에는 시화

---

524) "風蕭蕭兮易水寒 壯士一去兮不復還."
525) Nguyễn Minh Tấn 주편 『từ trong di sản(문학론 선집)』, Hồ Chí Minh: Tác Phẩm Mới 1988.
526) 『베트남문학전집』 18이다.
527) 호계리(胡季犛)의 장남, 즉 여징(黎澄). 호는 남옹(南翁)이다.

(詩話)라고 할 만한 부분이 포함되어 있다.528) 몇몇 거론한 시인들 가운데 죽림대사(竹林大士), 곧 진나라 인종을 가장 높이 평가했다. '시의청신(詩意淸新)' 부분을 보면, 인종의 「영매(詠梅)」의 품격이 청신웅건(淸新雄健)하다고 하고, 이를 보면 시인이 곤궁한 생활을 경험해야 시가 훌륭해진다는 중국 구양수(歐陽修, 1007~1072)의 말이 그릇되었다고 했다.529) 이어서 칠언절구 「산방만흥(山房漫興)」 2수를 인용하고 소쇄(瀟灑)하고 청초(淸楚)하다고 평가했다.530)

여기서는 짤막한 '시탄치군(詩歎致君)'을 보기로 한다.

사도(司徒) 빙호(冰壺)(=진원단)의 「제현천관(題玄天觀)」에 이르기를,

| | |
|---|---|
| 白日升天易 | (신선이 되어) 대낮에 하늘에 오르기는 쉬우나, |
| 致君堯舜難 | 임금을 섬겨 요순(堯舜)같이 되게 하기는 힘들다. |
| 塵埃六十載 | 진애(塵埃) 속에 산 것이 육십 년, |
| 回首媿黃冠531) | 머리 돌려 도사(道士)를 보기 부끄럽구나. |

아마도 재상을 맡았을 때에 아무 성과가 없었기에 이런 탄식을 한 것이겠다. 이 또한 가슴에 임금을 사랑하고 나라를 사랑하는 마음을 품었고, 뜻이 충후(忠厚)하다는 것을 보여준다. 시인이라면 취할 만한 바가 아니겠는가!532)

---

528) 구체적으로는 '疊字詩格' '詩意淸新' '忠直善終' '詩諷忠諫' '詩用前人警句' '詩言自負' '命通詩兆' '詩志功名' '小詩麗句' '詩酒驚人' '詩兆餘慶' '詩稱相職' '詩歎致君' '貴客相歡' 등이다(陳慶浩・王三慶 주편 『越南漢文小說叢刊』 제1집 제6책(臺北: 臺灣學生書局 1987) 3~27면에 해제와 원문이 있다. 이 책을 보면 『남옹몽록』에는 모두 31편의 기사가 실려 있다).

529) "竹林大士詠梅詩云 (…) 其淸新雄健 逈出人表 千乘之君 趣興如此 誰謂人窮詩乃工乎" (陳慶浩・王三慶 주편 『越南漢文小說叢刊』 제1집 제6책, 22면).

530) "其瀟灑出塵 長空一色 騷情淸楚 逸足超羣" (陳慶浩・王三慶 주편 『越南漢文小說叢刊』 제1집 제6책, 22면). '소쇄'는 산뜻하고 깨끗하다는 뜻이고 '청초'는 깨끗하고 곱다는 뜻이다.

531) 『황월시선』 권지이에는 '媿'가 '愧'로 되어 있다.

'사도'라고 한 것은 진원단이 사도보정(司徒輔政)에 오른 적이 있기 때문이다. '황관'은 도사의 관, 또는 그 관을 쓴 도사를 가리킨다. 호원징은 '시풍충간(詩諷忠諫)'과 '시탄치군'에서는 진원단을 높이 평가하고 있다. 진원단은 풍간(諷諫)하는 작품, 우국애민(憂君愛國)의 마음자세를 표명한 작품을 써서 유가문인 한시의 전범을 보였다는 평가를 내리고 있다.

여귀돈의 『운대유어』는 18세기 베트남의 문학론이 어디를 향하고 있었는지 잘 보여준다. 『운대유어』는 여귀돈이 나이 마흔여덟이 되는 해인 1773년에 7권으로 완성한 책인데, 권5 '문예(文藝)'에서 한문학(특히 한시)에 대해 그 당시까지 주로 중국에서 논의된 바를 48개 항목으로 나누어 검토하고 자신의 소견을 덧붙였다. 그 가운데 제47항목의 마지막 부분에서 자신의 총괄론을 제시해놓고 있다. 그 첫머리는 다음과 같다.

시에 대한 논의가 여기에까지 미치고 보면 더 이상 남아 있는 논의거리가 없을 것 같다. 그렇지만 시험 삼아 논의해보기로 한다. 시는 사람의 마음에서 말미암아 나오는 것이니 『시경』의 시들은 농부나 규방의 부녀자에게서 많이 나왔다. 그런데 후세의 문사들은 그에 미치지 못했다. 이는 그 (마음의) 진실성(을 상실했기) 때문이다. 한(漢)나라, 위(魏)나라의 악부(樂府)나 가행(歌行)은 그나마 옛 뜻(진실성)을 유지하고 있었다. 그렇지만 이후로는 성률(聲律)이 속박하고 음운(音韻)이 제약해서, 재주가 있는 사람은 언제나 제멋대로 하는 병폐가 있고 재능이 모자라는 사람은 항상 (성률과 음운에) 얽매여 고심하게 된다. 그러니 마음에서 나오는 바가 모두 진실하지 못하게 된 것이다.[533]

---

532) "冰壺司徒題玄天觀詩云 (…) 蓋爲相時 不有功效而興此歎 是亦憂愛在懷 情歸忠厚 詩人所可取也歟" (陳慶浩·王三慶 주편 『越南漢文小說叢刊』 제1집 제6책, 26면).

533) "言詩至此 無餘蘊矣 然試論之 詩之起緣乎人心也 三百篇多出於田夫閨婦 而後世文士不之能及 以其眞也 漢魏樂府歌行猶有古意 自是而後 聲律束之 音韻限之 有才者常患於跌蕩 無才者常苦於拘泥 而心之所發皆非其眞矣" (Tạ Quang Phát 옮김 『Vân Đài Loại Ngữ(운대유어)』 II, Sài Gòn: Phủ Quốc Vụ Khanh Đặc Trách Văn Hóa Xuất Bản 1972, 16a~16b면(원문)).

318

여귀돈은 먼저 시경론(詩經論)을 새로운 논의의 단서로 삼았다. 『시경』의
시는 농부나 아낙네가 꾸밈없이 부르던 민요였기에 상층의 문사가 미칠 수
없는 진실성을 갖추고 있다고 했다. 한위(漢魏) 시대의 악부나 가행은 아직
민요에서 크게 벗어나지 않아 진실성[古意]을 그나마 유지하고 있었지만, 그
후로 한시는 민요의 진실성에서 크게 멀어지고 말았다. 여귀돈이 보기에 그
것은 일차적으로는 '노래'로서의 성격을 크게 상실하고 '시'로 바뀌면서 성
률과 음운의 구속을 받았기 때문이다. 형식의 제약이 시로 하여금 진실성에
서 멀어지게 했다. 진실성과는 거리가 먼 방탕한 작품, 형식에 얽매인 작품
이 잇달아 나왔다. 그러니 잘못된 시풍을 바로잡기 위해서는 민요를 소중히
여기고 민요의 진실성을 회복하는 것이 중요해졌다.[534]

그런데 여귀돈은 시경론을 곧바로 민족어 노래 긍정론으로 발전시키지는
않았다. '노래'인 민요를 되살려야 한다는 방향으로 나아가지는 않고, 민요
가 가지고 있는 진실성을 어떻게 하면 한시에서 구현할 수 있을 것인가에
관심을 집중했다.

그 때문에 나는 늘 시의 요체로 세 가지가 있다고 생각해왔다. 그것은 곧
정(情)·경(景)·사(事)이다. 자연스럽고 진실한 소리[天籟]가 안(마음)으로부
터 울려 나오는데, 정(情)이 기(機)로부터 움직여서 나오는 것이다. 눈이 밖과
접하게 되니 경(景)이 의(意)에 와서 부딪히게 된다. 옛일로 오늘 일을 증험하
고 행적을 기술함으로써 사(事)는 수람(收攬)하는 정신에 의해 구명(究明)된다.
비록 작품의 창작이라는 것이 셋 가운데 어느 한 단서만을 사용하는 것은 아
니지만, 그 대체적인 윤곽은 이 세 가지 요체에서 벗어나지 않는다고 본다. 더
욱이 온유돈후(溫柔敦厚)를 근본으로 삼으면 체세(體勢)·지취(旨趣)·음절(音

---

534) 이처럼 『시경』, 그 가운데 특히 '국풍(國風)'을 민요라고 보고, 이를 긍정함으로써 당대
문학의 풍조를 비판하고 자신의 대안을 제시하는 것은 한국에서도 볼 수 있는 일이다. 한국
문학사에서 논란이 된 시경론에 대한 포괄적인 연구로는 김흥규 『조선 후기의 시경론과 시
의식』(고려대학교 민족문화연구소 1982)이 있다.

節)・격조(格調) 등은 모두 주변적인 논의거리에 지나지 않는다.535)

마음의 진실성이 시를 시답게 한다고 할 때, 그 마음의 진실성은 어떻게 회복할 수 있는가? 여귀돈은 "자연스럽고도 진실한 소리가 안(마음)으로부터 울려 나오는데, 정(情)이 기(機)로부터 움직여 나오는 것이다"라고 답하고 있다. '기(機)'라고 한 것은 응당 '천기(天機)'로 보아야 한다. 천기를 진실성[眞]과536), 정(情)을 천기와 바로 연결시키는 것은 천기론의 기본논리로서 익히 보는 바이다. 여귀돈은 마음 그 자체가 진실한 것이어서 다른 무엇이 발동하는 것을 막지 않으면 진실성은 자연스럽게 갖추어진다고 보았다. 정(情)의 근거가 천리(天理)에 있다고 하지 않고, 마음의 자연스러운 발동에 있다고 말하는 점이 주목된다.

위에 인용한 부분에 이어서 여귀돈은 의경(意境)을 억지로 꾸미려 하거나 시어를 조탁하는 데 필요 이상의 힘을 들이는 것을 비판했다. 앞서 성률과 음운의 속박과 제약이 도리어 '고의(古意)'를 상실하게 하는 결과를 불러왔다고 한 말을 생각하면 이는 당연한 비판이다. 정(情)의 진실성을 갖춘다면 '경(境)이 저절로 이르고' '어(語)는 저절로 공교롭게 된다'537)고 함으로써 천기로부터 발현되는 정(情)의 우선성을 재차 강조했다.

여귀돈은 중국 측의 시론들을 열거하는 한편 자신의 시론도 구성했다. 지금까지 살핀 제47항목의 내용은 중국 당나라 말기 인물인 사공도(司空圖, 837~908)의 이십사시품(二十四詩品), 북송(北宋) 말년 사람인 허의(許顗)의

---

535) "故愚常以爲詩之要有三焉 曰情 曰景 曰事 天籟內鳴 情動乎機 眼根外接 景觸乎意 印古證今 記行述蹟 事究乎收攬之精神 雖作者非一端 其大槩不出乎此三要之中 尤以溫柔敦厚爲本 體勢旨趣音節格調皆餘論也"(『Vân Đài Loại Ngữ(운대유어)』 II, 16b면(원문)).
536) 천기(天機)를 진실성[眞]과 곧바로 연결시키는 것은 조선의 장유(張維, 1587~1638)가 「석주집서(石洲集序)」에서 "진(眞)이란 무엇인가? 천기(天機)를 일컫는 것이 아니겠는가(眞何也 非天機之謂乎)"라고 한 것과 상통한다.
537) "境不期到而自到 語不期工而自工"(『Vân Đài Loại Ngữ(운대유어)』 II, 16b면(원문)).

시법(詩法) 논의를 열거한 다음에 이어서 나온다. 자신이 읽어서 안 내용을 보이는 데 머무르지 않고 자기 생각도 개진하고 있다. 자기 생각의 요체는, 천기론의 입장에 서서 정(情)·진(眞)·기(機)를 연결짓는 시론을 구성한 것이다. 이는 시가 성정(性情)의 바름[性情之正]을 추구해야 한다는 주장과는 상당한 거리가 있는 입장이다. 그런만큼 여귀돈의 문학론은 18세기 베트남 문학론의 혁신적인 면모를 보여준다고 평가할 수 있다. 하지만 시의 이상이 온유돈후(溫柔敦厚)에 있다고 해서 앞 시대의 미의식과 근본적인 결별을 이루어내지 못한 것은 한계라고 지적될 수 있을 것이다.

범정호(范廷琥, 1768~1839)의 『우중수필(雨中隨筆)』 또한 문학에 관한 주목할 만한 논의를 담고 있다. 권하(卷下)에 '문체(文體)' '제의문체(制義文體)' '사륙문체(四六文體)' '시체(詩體)' '책문(策問)' 같은 항목이 있다. 내용을 보면 범정호 당대에 이르기까지 베트남 시문의 역사적 전개를 요약하고 있다. 이곳에서는 '책문' 항목에서 한 대목을 보기로 한다.

우리나라 이진(李陳)시대에 과거를 보일 때 지은 책문(策文)을 나는 아직 보지 못했다. 전려(前黎)시대의 학교 규정과 시험방법은 실록에 자세히 기록되어 있는데, 이때 비로소 책문 시험을 향시(鄕試)·회시(會試)·정시(庭試)에서 급제 여부를 결정하는 기준으로 삼게 되었다. 이 또한 대개 명나라 제도를 따르면서 조절한 것이다. 일찍이 홍덕(洪德) 21년(1491)의 제책(制策)을 보았는데, "자고로 뛰어난 임금이 통치할 때는 거청(擧淸)·척탁(斥濁)·이재(理財)·거빈(去貧)을 천하에서 가장 중요한 일로 삼나니……"라고 했다. 약 200언(言)에 달했는데, 먼저 앞 시대의 득실을 개략적으로 묻고, 이어서 당대에 할 일을 말하게 했다. 묻는 바가 넓고 포괄적이어서 고금에 통하지 못한 사람이라면 지을 수가 없었다. 많은 인재가 발탁된 것이 당연했다. 근래의 형편을 보면 거기에 미치지 못한다. 연성(延成, 1578~1585)[538] 이전에는 이런 기풍이 그런대로 남

---

538) 막무흡(莫茂洽, 재위 1562~1592) 시대 연호의 하나.

아 있었다. 하지만 광흥(光興, 1578~1599)539) 이후로는 문제를 내는 사람이 오로지 궁벽한 글제만을 내고, 책문을 쓰는 사람 역시 외운 것을 적는 데 치중한다. (…) 어찌 고금(古今)을 비교하고 득실을 평론하며 배운 바를 드러내 보일 수 있겠는가!540)

베트남 과거에서 책문이 도입된 내력을 말하고, 이른 시기 책문의 사례를 인용했다. 이어서 책문 글쓰기가 역사적으로 변천해온 과정을 요약했다. 이렇듯 베트남 시문의 역사적 변천을 말하는 것은 『우중수필』이 가진 독특한 면모이다. 시문의 역사적 변천을 언급한 내용을 모으면 비록 간략하기는 하지만 베트남 한문학사 서술이 된다고 할 수 있다. 한편 시문을 논의한 여타 항목에서는 개별 작가나 작품에 대한 비평도 수준 높게 전개하고 있어서, 중세시기 베트남 한문학 비평의 수준을 높였다.

고백괄의 문학론은 19세기 중반 문학비평의 한 정점을 보여주는 것으로 평가를 받는다. 비평의 안목을 보여주는 대표적인 글은 「화전전서(花箋傳序)」(1843)와 「창산공시집후서(倉山公詩集後序)」(1851)이다. 「화전전서」는 쯔놈 소설 『화전(花箋)』의 문장표현을 손질하고서 붙인 서문이며, 「창산공시집후서」는 창산공 완면심이 시집을 내는 계제에 의뢰를 받고 쓴 서문이다.541) 「화전전서」는 쯔놈문학의 가치를 높이 평가한 의의가 있고 「창산공시집후서」는 성령설(性靈說)의 입장에서서 한문학의 지향점을 논한 의의가 있다.

먼저 시기적으로 앞서는 「화전전서」를 보기로 하자. 서두는 이렇게 시작

---

539) 여조 세종(世宗, 재위 1573~1599) 시대 연호의 하나.
540) "我國李陳試士之策 余未曾經見 前黎學規試法 詳載於實錄 始以試策爲鄉會庭試誠決科之準 蓋亦因明制而斟酌之 曾見洪德二十一年制策 曰自古明哲之理 寰宇莫不以擧淸斥濁理財去貧爲首務云云 約近二百言 大略先問前代得失 次及當世所行 所問渾融 非含茹古今者不能下筆 宜其得人爲盛 有非近世之所能及也 延成以上 此風略存 光興以後 發問者專以孤僻爲題 對策者亦以記誦爲主 (…) 又安能商榷古今 評論得失 而見所學哉."
541) 완면심이 중심이 되어 종운시사(從雲詩社, Tùng Vân thi xã)가 조직되었는데, 시사에는 완문초와 고백괄을 위시한 문인 50여명이 참여했다고 한다.

된다.

이 나라에 태어나서 국어를 버릴 수 있는가? 그럴 수는 없다. 국어로 된 글을 읽을 때 『화전』『김운교(金雲翹)』 같은 작품을 버릴 수 있는가? 그럴 수는 없다. 아! 옛사람이 정교한 구상과 표현에 힘쓴 것은 우리의 문장에 도움을 주기 위함이다. 그러니 얕은 안목으로 엿볼 수 있겠는가?542)

베트남 땅에 태어나서 국어, 곧 쯔놈으로 작품을 창작하지 않을 수 없고 국어로 된 작품 가운데 『화전』과 『김운교』(『취교전』)를 읽지 않을 수 없다. 옛사람들은 각고의 노력을 기울여서 문장 창작에 도움이 되고자 했으니 작품을 소홀히 여길 수 없는 일이다.

무릇 사람에게는 정(情)만큼 괴로운 것도 없고 만남만큼 어려운 것도 없다. 이끌어 거듭 펴며 부류끼리 접촉해서 자라 나가면 천하 이치의 반 이상을 알게 될 것이다.543) 내가 『화전』에 대해서 특별한 느낌을 가지고 있는 것은 그렇기 때문이다.

『화전』은 배필이 서로 만나서 사사로이 사랑하게 되는 데서 이야기가 시작되어 부자의 윤리, 임금과 신하의 의리, 벗이 간절히 선행을 권하는 [우의(友誼)의] 아름다움, 형제가 서로 아끼는 정을 표현하기에 이른다. 크게는 조정, 군사(軍事), 충절을 표창하는 의전(儀典)에서부터 작게는 인정세태(人情世態), 기후, 초목과 같은 미세한 것까지 다룬다.

문장은 기묘하고 의리는 정대(正大)하다. 도리를 말하는 것이 분명하고 막힘이 없으며 어세는 기묘하면서도 조리가 있다. 이합(離合)과 애환(哀歡), 처지

---

542) "生是邦也 國語之言可廢乎 不可也 讀國語也 花箋金雲翹之書可廢乎 不可也 噫 古人匠心妙志 所以羽翼吾之文章也 而可以淺窺乎哉"(「화전전서(花箋傳序)」 원문은 『고백팔의 한시』 407~408면에 있다).
543) 원문은 "引而申之 觸類而長之 則天下之理知過半矣"인데, 이는 『주역』「계사 상」에 나오는 "引而申之 觸類而長之 則天下之能事畢矣"를 변형한 것이다.

와 형편, 괴이한 일과 복잡한 일을 서술할 때는 말이 비장한 느낌을 주고 문장은 기세가 급변한다. 이는 먼지나 겨를 가지고 기와를 구워내는 것과도 같이 작자에게 좋은 영향을 끼쳐 그 뒤에『김운교』가 탄생하게 했다.544)

고백괄은『화전』을 여러 각도에서 높이 평가하고 있다. 소설작품『화전』은 재자가인(才子佳人)의 이합(離合)을 기본 모티프로 하면서 크게는 국가대사를, 작게는 인정세태를 묘사한 작품이다. 남녀의 정, 이합의 슬픔과 기쁨을 중세윤리가 허용하는 범위 안에서 곡진하게 펼쳐 보인 것이 작품의 잘된 점이며, 문장 또한 뛰어나 독자의 감수성을 자극할 수 있는 서술을 갖추었고 완급 조절도 탁월하다. 게다가 국어문학사적으로도 의의가 커서,『화전』의 내용과 문체는 훗날『김운교』가 출현할 수 있게 해 주는 밑거름이 되었다.

이상과 같이 작품의 의의를 여러 면에서 평가하고 나서 고백괄 자신이 문장을 손질하게 된 이유를 밝혔다. 고백괄이 보기에 당시에 유전되고 있는 문장에는 미흡한 점이 있었다. 그래서 스스로 점정(點正)을 가하고 와류(訛謬)를 바로잡으며 번설(煩褻)한 점을 다듬어 새로운 본(本)을 만들어냈다.545) 문장을 다듬는 일을 한 것은 국어시 문학작품을 통해 문장을 짓는 데 도움을 얻은 바가 적지 않기 때문이라고 했다.

아아! 국어로 문장을 짓는 것을 나는 아직 감히 하지 못한다. 다만 문장의 관점에서 국어를 볼 때, 나는 그윽이 취하는 점이 있다.546)

---

544) "夫人莫若于情 而莫難于遇 引而申之 觸類而長之 則天下之理知過半矣 吾於花箋良有感焉 其爲說也 起於配匹之際 情愛狎暱之私 而達於父子之倫 主臣之義 朋友切偲之雅 兄弟相好之情 大而朝廷兵謀襃忠勸節之典 小而人情世態風氣草木之微 其文奇 其義正 說理則辨而不窒 語勢則詭而有經 至于聚散悲歡 位置境遇 光怪陸離 辭發悲壯之音 文極頓挫之致 此其塵垢糠粃 猶將陶鑄百瓦 衣被作者 而使金雲翹生乎其後也."

545) 원문은 "輒復妄加點正 方欲訂其訛謬 理其煩褻 勒成一家之書"이다. '번설'은 번잡스럽고 행동이 무례하다는 뜻이다.

546) "嗟乎 以國語爲文章 吾未敢也 苟以文章觀國語 則吾竊有取焉"(고백괄이 "以國語爲

고백괄은 베트남에는 완전(阮詮) 이후 역대로 훌륭한 국어문학 작품이 많으며 그런 작품의 문장을 통해서 얻는 바가 많다고 했다. 예를 들어 완가소(阮嘉韶, 1741~1798)[547]나 완유정(阮有整, 1741~1787)의 작품이 있고, 또한 『화전』이나 『김운교』가 있다. 『김운교』를 '달세어(達世語)'라고 한다면 『화전』은 '경세어(警世語)'라고 할 수 있으니[548] 문장을 하는 사람들이 소홀히 할 수 없는 작품들이다. 그런만큼 『화전』의 표현을 더욱 격조 있게 다듬는 것은 가치 있는 작업이라고 보았다.

위의 인용문에서 말한 '문장'은 국어문학 작품에 쓰인 구체적 표현이나 어구만을 뜻한다고 보기 어렵다. 문인이 꿈꾸는 '달세어'나 '경세어'는 구체적 표현이나 어구를 배운다고 해서 도달할 수 있는 경지가 아니다. '문장'은 국어문학 작품을 읽어서 발견할 수 있는 주제, 작가정신, 창작원리 등도 모두 함축하고 있다고 보아야 한다. 국어문학과 한문학은 문자표기상의 차이가 있지만 '문장', 곧 문학작품이라는 점에서는 마찬가지이기 때문에 국어문학 작품을 통해서 표현, 주제, 작가정신, 창작원리를 배워서 한문학 작품 창작에 활용할 수 있다. 국어문학과 한문학의 표기상의 차이를 우열로 해석해야 한다고 보지 않고 '문장(문학)'이라는 점에서 대등하다고 생각한다는 점이 주목된다.

「창산공시집후서」는 당대 소단(騷壇)의 영수인 완면심의 시집에 붙인 발문(跋文)이다. 한시를 평가하는 관점을 피력한 부분을 정리하면 다음과 같다.

(1) 모의(模擬)가 지나치면 풍골(風骨)이 높지 않게 된다.[549]

---

文章 吾未敢也"라고 했지만, 이는 겸사로 보아야 한다. 고백괄은 쯔놈문학 작품도 창작했다. 핫 노이, 당률쯔놈시, 부 작품인 「재자다궁부(才子多窮賦)」가 전해진다).

547) 7·7·6·8체 쯔놈시 작품 『궁원음곡(宮怨吟曲)』의 작가이다. 자주 봉호(封號)인 온여후(溫如侯)로 불린다.

548) "金雲翹達世語 花箋則警世語也." '달세어'는 세상일에 통달한 말. '경세어'는 세상사람들을 깨우치는 말.

(2) 시를 지을 때는 반드시 성정(性情)에 근본을 두어야 한다.550)

(3) 모의에 힘쓴들 성령(性靈)과는 무관하다.551)

    (1)과 (3)이 (2)의 앞뒤에 배치되어 있는데, (2)가 원론이자 전제라고 한다면 (1)과 (3)은 강조해서 말하고 싶은 사항이라고 볼 수 있다. '풍골'은 작품의 고유한 풍격이나 운치를, '성령'은 진실하고 개성적인 정감을 뜻하는 말이다. '풍골'과 '성령'의 일차적인 공통점은 개성을 긍정하는 비평의 관점에서 사용되는 용어라는 점이다. 고백괄 역시 이런 용어를 구사함으로써 모방에 빠지지 말고 개성적인 작품세계를 창출해내야 한다는 점을 강조한다.

    '풍골' '성령'과 같이 독창과 개성을 옹호하는 비평용어를 사용하면서 자신의 시론을 세우고 있는만큼 (2)에 대한 해석도 달라질 수 있다. 시가 '성정'에 근본을 두어야 한다는 말은 흔히 시가 윤리적 당위를 펼치는 수단이되어야 한다는 시교설(詩敎說)로 연결되곤 한다. 하지만 고백괄의 생각이 시교의 목적성보다는 독창성과 개성의 옹호 쪽을 향하고 있으니, 이곳의 '성정'은 사람마다 가지고 있는 '각자의 성정(各人之性情)'을 뜻한다고 해석해야 하겠다.552) 이렇게 보아서 (1)~(3)을 순탄하게 연결하면, 고백괄의 주장은 "시는 각자의 성정에 근본을 둔 진실하고 개성적인 정감의 발현을 통해서 고유한 풍격과 운치를 지니도록 창작해야 한다"는 말로 요약될 수 있다. 이와 같은 고백괄의 시론을 통해서 중국의 성령설이 베트남 시단에 적지 않은 영향을 끼쳤다는 점은 물론이려니와553) 모의(模擬)를 비판하고 진정(眞

---

549) "其學殖稍豊 (…) 乃摹擬太過 而風骨未超 色澤雖工 而神理不逮" (「창산공시집후서(倉山公詩集後序)」 원문은 『고백괄의 한시』 408~409면에 있다).

550) "夫論詩雖取其格法 作詩必本諸性情."

551) "若但事事效顰 言言學步 (…) 苦海或積以千篇 枯腸有竭於百韻 誇多炫得 無關性靈."

552) 중국의 원매(袁枚)가 "詩者 各人之性情耳" (「答施蘭坨論詩情」, 『小倉山房文集』 卷17)라고 한 것이 해석에 참고가 된다.

553) 한놈연구원 소장 도서에 원매의 저작이 다수이고, 고백괄의 입론이 원매의 그것과 닮은 것을 보면 아마도 원매 성령설의 직접적인 영향을 받은 듯하다.

情)과 개성을 옹호하는 18~19세기 동아시아 한시론의 공통적인 성향이 베트남에서도 나타났다는 점을 확인할 수 있다.[554]

단편소설집인 『성종유초(聖宗遺草)』의 개별작품에 덧붙인, "산남숙왈(山南叔曰)"로 시작하는 평문(評文)도 소설비평의 일환으로 주목된다. 필명을 산남숙이라고 한 평자가 누구인지는 알려지지 않았으며 완조 말엽, 곧 19세기 말 이후에 살았던 사람일 것으로 추측된다.[555] 산남숙의 평문을 보면 작품의 주제나 의미, 서술상의 특징을 해명하는가 하면 소설적 환상(허구)과 사실(진실)의 관계에 대해서도 논의하는 등 비교적 다양한 관점에서 작품을 평한다.[556]

『성종유초』에 실린 단편들은 세고인정(世故人情)을 밝게 알고 있는 작자가, 신이한 존재가 인간과 함께 벌이는 일을 기록한 작품들이라고 할 수 있다.[557] 신이한 존재가 생겨나는 원인에 대해서 평자 산남숙은 다음과 같이

---

554) 고백괄이 완면심의 시집에 붙인 발문에서 성령설을 표명한 것을 보면 성령설은 완면심을 중심으로 해서 모인 문인 그룹이 공유한 시론이었을 것으로 생각된다. 완면심은 명명(明命)황제의 열째아들이다. 완면심 그룹에 드는 대표적인 문인으로는 완면심의 동생 완면정(阮棉寊, 1820~1897), 완문초(阮文超, 1796~1872), 고백괄 등이 있다. 완문초와 고백괄은 문(文)에 장기가 있어서 전한(前漢)의 수준을 넘어서고, 완면심과 완면정은 특히 시에 뛰어나서 성당(盛唐)을 능가한다는 당대의 평가를 받았다고 한다. 한편 완면심은 사(詞)의 창작에서도 높은 성취를 보였다고 알려져 있다. 완면심 그룹의 문학에 대한 연구는 아직 깊이있게 이루어지지 못하고 있는 실정이다.

555) Trần Nghĩa 주편 『Tổng Tập Tiểu Thuyết Chữ Hán Việt Nam(베트남 한문소설 총서)』 II, Hà Nội: Nxb Thế Giới 1997, 503면. 창작 시기를 늦춰보는 경우는 1893년 이후 창작되었을 것으로 보는 견해도 있다. 그런 견해를 Trần Văn Giáp 『Tìm Hiểu Kho Sách Hán Nôm(한놈 書庫에 대한 고찰)』 II, 176~178면에서 제기했다.

556) 「화국기연(花國奇緣)」의 평문에서 소설적 허구(환상)와 진실성의 관계에 대해 논의했다. 윤주필 「동아시아 고소설의 우언 활용의 비교 고찰」, 한국우언문학회 편 『동아시아 우언문학 비교론』, 집문당 2005, 25~28면에서 「화국기연」과 산남숙의 평문에 대해서 고찰했다. 산남숙의 평문은 陳慶浩・王三慶 주편 『越南漢文小說叢刊』 제1집 제2책(臺北: 臺灣學生書局 1987) 126~127면에 있다.

557) 「문서록(蚊書錄)」의 평문에서 "野蚊 一微物也 而說破榮顯爲畏途 層層透發 似非熟於

생각하고 있다. 죽었지만 유혼(幽魂)이 흩어지지 않고 오래 지나면 요(妖)가 되며,558) 물(物)이 오래되면 요(妖)가 된다.559) 그뿐만 아니라 인연이 다하지 않거나 숙원(宿怨)이 해소되지 않으면 신이한 존재로 변해서 인연과 원한을 다하게 마련이다.560) 하지만 그렇다고 해서 세상의 신이함을 인정하는 것이 작품을 읽는 최종 목표라고 하지는 않았다. 평자는 신이한 이야기가 감싸고 있는 작자의 메시지를 밝히고자 했다. 그리고 그 메시지는 유교적 사유 안에 포용되는 것이었다. 「이신녀전(二神女傳)」에 덧붙인 평문을 보자.

산은 푸르고 물은 드넓은데, 일마다 허환(虛幻)이로다. 하지만 문장 구성이 견고하여 분명히 모두가 사실로 보인다. 이 글을 읽고 난 연후에 충효(忠孝)의 마음이나 은애(恩愛)의 정(情)은 유명(幽明)이 하나같다는 것을 알게 되었다. 늙은 선비[老儒]라고 한 사람은 아마도 문중자(文中子)의 전신(前身)이 아닐까?561)

'문중자'는 중국 수(隋)나라 때 사람 왕통(王通)이다. 「이신녀전」의 작중 인물인 늙은 선비는 벼슬길에 나가지 않고 후진을 양성하고 있는 '재고학박(才高學博)'한 인물로 되어 있다. 이러한 점이 왕통과 비슷해서 문중자의 전신일지도 모른다는 말을 한 것이다.

---

世故人情者弗能爲也"라고 한 바 있다(陳慶浩·王三慶 주편 『越南漢文小說叢刊』 제1집 제2책, 119면).
558) "死而幽魂不散 久則成妖" (「枚州妖女傳」, 陳慶浩·王三慶 주편 『越南漢文小說叢刊』 제1집 제2책, 104면).
559) "物久成妖; 歲久成妖 萬物皆然; 歲久成妖 凡物皆然" (「花國奇緣」「夢記」「鼠精傳」, 陳慶浩·王三慶 주편 『越南漢文小說叢刊』 제1집 제2책, 127면·165면·173면).
560) "或前緣之未了 或宿怨之未消 有託物以相邀 有脫形而幻化" (「羊夫傳」, 陳慶浩·王三慶 주편 『越南漢文小說叢刊』 제1집 제2책, 145면).
561) "山靑水豁 事事憑虛 筆海詞鋒 鑿鑿皆實 讀此文 然後知忠孝之念 恩愛之情 貫幽明而如一也 所謂老儒者 其文中子之前身歟" (陳慶浩·王三慶 주편 『越南漢文小說叢刊』 제1집 제2책, 115면).

「이신녀전」은 용왕의 조카며느리와 산신의 처(妻)가, 복수를 위해서 인간 세상으로 떠난 아들과 남편을 찾아온 사연을 늙은 선비에게 말하는 내용이다. 푸른 산, 넓은 바다에 산다는 신이한 존재들의 이야기라고 하니 모두 허구[憑虛]라고 할 수 있다. 하지만 평자는 실제로 문장을 읽어가노라면 아주 사실적이라는 느낌을 준다고 평가했다. 작품을 읽고서 인간세상이나 신들의 세상이나 충효와 은애를 중시하는 것은 마찬가지라는 점을 알게 되었다고 했다. 결국 평자는 허구적인 설정, 사실적인 묘사와 전개를 통해서 새로운 깨침을 얻게 하는 데 소설의 의의가 있다고 파악했다고 할 수 있다.

『성종유초』를 전후해서, 또는 여귀돈이나 고백괄의 뒤를 이어 나온 문학론으로 완면심의 『창산시화(倉山詩話)』나 완덕달(阮德達, 1825~1887)의 『남산총화(南山叢話)』(1880) 「문장(文章)」이 있다. 이들 두 저술의 중요성은 인식되고 있으나 지금까지는 본격적인 연구 대상이 되지 못했고 이후의 연구를 기다려야 하는 형편이다.

## 7) 설화, 소설, 잡기(雜記)의 세계
### (1) 설화
현전하는 최고(最古)의 한문 설화집은 『월전유령』이다. 『월전유령』은 베트남에서 사당을 지어 모시는 신들의 유래와 신이한 행적을 기록할 목적으로 엮은 책이다. 1329년에 이제천(李濟川)이 편찬했다. 이제천은 서문을 통해 베트남에서 모시는 신격은 '총명정직(聰明正直)'하기에 신이라는 말에 부합할뿐더러 '생령(生靈)'을 돕는 이적도 보이는 존재라고 했다.562) 이처럼 '총명정직'한 신격의 유래·행적·이적을 기록함으로써 '사특한'563) 신격과의 차이를 분명히 밝혀 '주자(朱紫)'의 분별을 엄하게 하고자 한다고564) 했

---

562) "古聖人曰 聰明正直 足以稱神 (…) 能彰偉績 陰相生靈" (『베트남문학전집』 3B, 536면). '생령'은 백성을 가리킨다.
563) "淫神邪崇呿妖魔妄鬼"라고 한 존재들이다(『베트남문학전집』 3B, 536면).

다. 국가 관료가 나서서 신격을 정리하고 있는 이러한 장면은, 국가가 민간신앙을 관리함으로써 국가 주도의 신앙체계를 만들고자 하는 의도에서 나온 결과로 해석할 여지가 있다. 『월전유령』 속에 행적이 기록된 신들이 주로 국가사와 관련된 이적을 보인다는 점도 이러한 사실과 관계있을 것이다.

『월전유령』은 개인 창작은 아니고 전해지는 이야기를 모아 기록한 것이다.565) 처음 나올 때는 모두 28편의 이야기를 수록했다는데, 그것을 다시 '인군(人君), 인신(人臣), 호기영령(灝氣英靈)'의 이야기로 나누어볼 수 있다.566) '인군'에는 사섭(士燮), 풍흥(馮興),567) 이징부인(二徵夫人)568) 등이, '인신'에는 이옹중(李翁仲), 이상걸(李常傑) 등이, '호기영령'에는 동고산신(銅鼓山神), 부동토지신(扶董土地神), 산원산신(傘圓山神) 등의 신령이 들어간다. 민간신화에서 온 인물이 있는가 하면(동고산신, 산원산신 등) 역사상의 영웅이면서 사후에 신으로 숭앙받는 인물(이징부인, 이상걸 등)도 있다. 이들은 신이한 능력을 발휘해서 세상과 교감하는데, 왕을 비롯한 세상사람들의 꿈에 나타나 길흉(吉凶)을 예고하기도 하고 직접 나서서 여러 가지 도움을 주기도 한다.

『영남척괴열전(嶺南摭怪列傳)』(보통 『영남척괴』로 약칭함) 역시 한문 설화집이다. 14세기경에 진세법(陳世法)이 편찬했다는 기록이 있으며 15세기에 들어서 무경(武瓊, 1453~1516)이 교정하고(1492), 교부(喬富, 1447~?)가 개찬(改撰)했다(1493). 이후에도 몇 차례 개찬, 증보가 이루어졌는데 무경이 중편할 당시에는 민간설화 22편을 수록하고 있었다.569)

---

564) "若不紀實 朱紫難明" (『베트남문학전집』 3B, 536면). '주자'는 정사(正邪)나 선악(善惡)을 뜻한다.

565) 『역조헌장유지』에서 "記本國神祠靈異"라고 했다(『歷朝憲章類誌』 '文籍誌' 87a면).

566) "其序分歷代人君 歷代人臣 灝氣英靈 凡二十八傳" (『歷朝憲章類誌』 '文籍誌' 87b면).

567) 포개대왕(布蓋大王)이다.

568) 징측(徵側)과 징이(徵貳).

569) 박희병 옮김 『베트남의 신화와 전설』 187~199면에 편자에 관한 정보가 나와 있다.

무경은 『영남척괴』에 실린 이야기들이 황당하여 이치에 맞지 않는 듯하지만 그 자취인즉슨 근거가 있고, 또한 모두 권선징악에 해당하는 내용이며, 사람들로 하여금 거짓됨을 없애고 참됨에 나아가게 함으로써 풍속을 고취하고자 하는 의도를 담고 있다고 평했다.570) 이렇게 무경은 『영남척괴』에 실린 이야기들의 교훈적 성격을 내세우고, 또한 22편 이야기의 내용을 일일이 그런 관점에서 요약하여 제시함으로써 혹시라도 있을 비판, 곧 이야기가 황탄하다는 비판을 미리 막아내고자 했다. 무경은 믿을 만한 근거가 있으면서 백성 교화에 도움이 되는 신격이라야 존숭할 수 있다고 생각하고, '신이함'을 배제하지 않고 관리하려는 지식인의 태도를 지녔다고 생각된다.

『영남척괴』의 가치는 우선 민간 구비설화를 기록했다는 점에서 찾을 수 있다.571) 수록된 신화와 전설을 보면, 베트남 민족의 기원과 국가 성립에 관한 신화, 정령신앙 및 중국에 대한 대항의식을 담고 있는 신화, 안양왕 및 조월왕(趙越王, 趙光復)과 관련된 전설, 물의 신령들 이야기, 영웅들의 이야기, 불교와 관련된 이야기, 사물이나 풍속의 유래에 대한 이야기, 중국의 텍스트를 부연하거나 패러디해서 만든 이야기, 인도의 영향을 받은 이야기 등이 실려 있다.572) 불교와 관련된 이야기, 곧 도행(道行)·명공(明空)·공로(空路)·각해(覺海)선사에 관한 이야기는 『선원집영』에도 나온다.

서사문학 발전에 기여한 측면에서도 『영남척괴』를 평가해야 한다. 『영남척괴』보다 앞서거나 비슷한 시기에 출현한 한문 서사물로 『선원집영』『월전유령집』『삼조실록(三祖實錄)』『남옹몽록』『남산실록(藍山實錄)』 등을

---

570) "雖涉於荒唐不經 而蹤跡猶有可據 無非勸善懲惡 去僞就眞以激勵風俗也" (『베트남문학전집』 3B, 599면).
571) 최진아 「중심서사를 구성하는 주변서사의 힘―배형(裴鉶)의 '전기(傳奇)' '최위(崔煒)'와 베트남의 설화 '월정전(越井傳)' 비교」, 『고소설연구』 제21집(한국고소설학회 2006)에서는 당나라 배형의 소설집 『전기』에 수록된 「최위」와 「월정전」의 바탕이 된 최위 설화가 본래 중국 남부 광주(廣州)지역에서 전승되던 베트남 민족의 설화라는 흥미로운 주장을 폈다.
572) 박희병 옮김 『베트남의 신화와 전설』 200~207면에 정리된 내용을 따랐다.

손꼽을 수 있다. 하지만 이들 작품은 이미 있었던 사실을 기록하는 데 더욱 주의를 기울였다. 반면 『영남척괴』의 몇몇 작품들은 한편으로는 사실에 얽매이지 않고 민간 구비설화의 상상력과 표현을 잘 살리면서 다른 한편으로는 문인의 문학적 창의력이 더해져서 흥미로운 서사물을 만들어내는 데 성공했다. 「목정전(木精傳)」 「금구전(金龜傳)」 「하오뢰전(何烏雷傳)」 같은 작품이 그 점에서 돋보인다. 특히 「금구전」과 「하오뢰전」은 작품의 길이가 비교적 길고 디테일이 상당히 복잡하다. 「하오뢰전」에서는 하오뢰가 지은 쯔놈시도 삽입되어 있어 내면심리를 표백하는 기능도 하고 있다. 이런 점은 이들 작품이 단순한 민간설화의 정착이 아니라 문인의 창작물로 발전한 것이라고 판단하는 근거가 된다.[573]

「하오뢰전」을 간략하게 살펴보기로 한다. 하오뢰는 쩐나라 유종(裕宗, 재위 1341~1369) 때의 인물이다. 어느 날 우연히 신선 여동빈(呂洞賓)을 만나 아름다운 음악과 여자를 얻어 귀와 눈을 즐겁게 했으면 한다는 소원을 말하는데, 여동빈의 도움을 받아 실제로 그렇게 된다.

동빈은 오뢰로 하여금 입을 벌려보라고 했다. 오뢰는 시키는 대로 입을 벌렸다. 동빈은 오뢰의 입에 침을 탁 뱉더니 삼키라고 했다. 그러고는 하늘로 날아가버렸다.

이 일이 있은 후 오뢰는 비록 글을 모름에도 불구하고 명민함과 말재간이 보통 사람을 능가해 시를 읊조리고 노래를 부르면 그 낭랑한 목소리가 대들보를 휘감고 하늘의 구름을 멈추게 할 정도여서 사람들이 저마다 듣고 즐거워했다. 더구나 부인과 여자들에게 아주 인기가 있어 다들 그 얼굴을 못 봐서 안달이었다.[574]

---

573) Đinh Gia Khánh 주편 『Văn Học Việt Nam(thế kỷ X-nửa đầu thế kỷ XVIII)(10~18 세기 전반까지의 베트남문학)』 339~342면.

574) "因使烏雷開口 烏雷張口以示之 洞賓唾入 使吞之 乃騰空而去 自是烏雷雖不識字 而敏捷便佞 多有過人 詞章詩賦 歌謠吟唱 諷詠之聲 嘲風弄月 遶梁邊雲 人人自樂聞之 至於婦

이런 하오뢰가 임금의 명을 받고 아금(婀金) 공주를 유혹하기 위해 나선다. 이때 임금은 공주와 정을 통하려 했지만 그럴 수 없어서 한을 품고 있었기에 그런 명령을 내린 것이다. 다음은 하오뢰가 공주를 유혹하는 과정을 서술한 대목의 일부이다.

무더운 여름날 초저녁이었다. 공주는 뭇 시비들과 한가롭게 뜰에 앉아 달을 바라보고 바람을 맞으면서 풍취를 즐기고 있었다. 그때 오뢰의 노랫소리가 들려왔다. 담 너머 가만히 들어보니 황홀하기가 천상의 음악 같았으며 자못 이 세상 소리가 아니었다. 마음이 스르르 녹으며 서글퍼지는 게 너무도 좋았다. 마침내 공주는 시비를 보내 오뢰를 데려오게 하여 가동(家童)으로 삼았으며, 곁에서 심부름을 하게 했다. 오뢰는 시간이 지나면서 공주의 가장 가까운 하인이 되었다. 공주는 늘 오뢰에게 노래를 시켜 자신의 울적한 심회를 풀게 했다. (…) 공주는 마침내 오뢰를 사랑하게 됐으며 그로 인해 마음 깊숙한 곳에 병이 생겼다.

서너 달 지나자 병은 더욱 악화되었다. 여종과 잉첩들은 공주의 병을 오랫동안 돌보느라 피곤했으므로 밤이 깊어지자 그만 잠에 곯아떨어졌다. 그래서 공주가 불렀지만 아무도 일어나지 않았으며 오직 오뢰 한 사람만 들어와 곁에 앉아 병환을 살폈다. 공주는 자신의 감정을 억누를 수 없어 이렇게 말했다. "네가 이곳에 온 후 네 노래 때문에 병이 생겼다." 마침내 공주는 오뢰와 정을 통했다. 그후 병은 차츰 차도가 있었다.[575]

---

人女子 尤加悅焉 咸欲覩其面" (박희병 옮김 『베트남의 신화와 전설』 110면의 번역을 이용한다. 177면에 교합본 원문이 있다).

575) 박희병 옮김 『베트남의 신화와 전설』 112~113면의 번역을 이용한다. 179면에 교합본 원문이 있다. "時夏熱 夜初更 郡主與衆婢閒坐庭中 迎風玩月 以爲勝賞 俄聞烏雷歌聲 隔壁靜聽 恍若鈞之節調 殊非世上之聲音 精神融會 情思悽愴 尤愛悅焉 遂遣侍婢將烏雷 入爲家童 備在左右差使 漸爲密近之奴 常令吟詠以舒鬱結之情 (…) 郡主爲之感動 遂成幽抑之疾 累至三四月 其疾轉加 婢媵服事 久而疲勞 夜深熟睡 郡主呼止 無人覺起 惟一烏雷 夜入侍疾逼近 郡主眞情難禁 謂烏雷曰 自爾來茲 爲爾聲音 使我成疾 遂與烏雷交通 其疾稍愈" (『베트남문학전집』 3B, 639면에도 해당 대목이 실려 있다).

공주는 일찍 남편을 여의고 혼자 살고 있는 울적한 처지였는데, 하오뢰의 노래와 성실성에 큰 위안을 받고 사랑에 빠지게 되었다. 이 장면에서는 만남의 과정, 노래가 사람의 마음을 사로잡는 과정, 공주의 마음이 움직이는 과정이 섬세하게 그려져 있다. 하지만 하오뢰의 노래 솜씨와 성실성은 배우의 노래와 연기솜씨라고 할 성질의 것이었으니 둘 사이의 관계는 결국 발각되게 되고 공주는 기롱의 대상으로 전락하고 만다.

이렇듯 「하오뢰전」은 훼절담(毁節談)의 면모가 뚜렷하다. 그런데 공주의 훼절을 가져온 계기는 임금의 그릇된 욕망에 있다. 그 점을 고려하면 이 작품은 풍자담의 성격 또한 갖추고 있다고 하겠다. 하오뢰와 공주의 관계가 드러난 이후의 일을 서술한 다음 대목을 보면 풍자 대상이 확대되고 있다.

왕후(王侯) 집안의 여자들은 늘 이 일을 비웃고 기롱했으며, 국어로 이런 시를 지었다.

비록 상설(霜雪) 같은 절개는 보전치 못했으나,
고결한 사람이야 적지 않겠지?
아아, 성색(聲色) 때문에 사랑에 빠져들었으니,
슬퍼할 일이지만 또 우스운 일이네!576)

여인들은 시를 지어 그 일을 더럽게 여기는 듯했지만 실은 오뢰의 노래에 반해 그 손아귀를 벗어나지 못했으며 늘 오뢰와 사통했다. 그럼에도 사람들은 오뢰를 잡아 매를 때리지 못했다. 그렇게 할 경우 임금이 전에 내린 분부 때문

---

576) 쯔놈시의 현대어 표기는 다음과 같다. "Sương tuyết dầu chẳng vẹn được mười, / Độ trong thanh quý hiếm chi người? / Ở vì thanh sắc nên say đắm, / Khá tiếc cho mà lại khả cười!" (쯔놈시의 현대어 표기는 Nguyễn Đăng Na 편 『Văn Xuôi Tự Sự Việt Nam Thời Trung Đại, Truyện ngắn(베트남 중세 서사산문, 단편)』 I(Hà Nội: Nxb Giáo Dục 2001) 114면을 따른다. 『베트남문학전집』 3B, 640면에도 나와 있으나 몇군데 표기가 다른 곳이 있다).

에 돈 일만 꿰미를 바쳐야 하기 때문이다.577)

노래솜씨가 뛰어난 배우와 사통하는 상층 귀족 여성들, 그런 줄 알면서도
임금의 그릇된 명령에 의해 이러지도저러지도 못하는 상층 인물들이 모두
풍자 대상이 되고 있다. 무경과 교부 둘 다 「하오뢰전」은 음란한 행실을 경
계하는 이야기라고 파악한 것은 작품의 풍자적 성격을 지적한 말일 것이
다.578)

『대월사기전서』 1362년 정월의 기사를 보면 유종은 왕후(王侯), 공주들로
하여금 잡희(雜戱)를 올리게 하여 관람하고 배우들에게 상을 주었다고 한
다.579) 그런데 이것이 일회적인 사건은 아니었다. 유종은 향락에 빠져 황실
재정을 탕진했을 뿐만 아니라, 13세기 후반기에 원나라의 침입에 맞서 싸우
는 과정에서 수입된 중국 연희(演戱)에 빠져 정사를 등한시했던 임금이라는
평가를 받고 있다.580) 「하오뢰전」의 풍자적 성격은 작품의 시대적 배경으로
제시된 유종 치세의 베트남 사회의 분위기와 관련 있을 것이다.581)

---

577) "王侯家女 常譏笑之 有國語詩云 霜雪油莊院特近 度□淸貴儉之□ 於爲聲色□醵酖 可
惜朱麻吏可唄 雖有詩鄙之 然常爲聲色所牽 避不能得 更與之私通 人人不敢搏筆 蓋懼前詔
旨 追償錢故也" (박희병 옮김 『베트남의 신화와 전설』 179~180면). 쯔놈글자는 □표로 표
시했다.
578) 무경은 「서(序)」에서 "烏雷之傳 戒淫行也" (박희병 옮김 『베트남의 신화와 전설』 131
면)라 했고, 교부는 「영남척괴열전서(嶺南摭怪列傳序)」에서 "何烏雷 夜叉王侯 傳好淫而害
身失國 以此以戒衆" (박희병 옮김 『베트남의 신화와 전설』 183면)이라 했다.
579) "春 正月 令王侯公主諸家獻諸雜戱 帝閱定其優者賞之" (『校合本 大越史記全書』(上),
432면).
580) 유인선 『베트남의 역사』 155면. 하오뢰가 중국 당나라 때 사람 여동빈의 침을 삼키고
노래 실력을 갖추게 되었다고 설정한 것은 이원길이 전파한 '북창(北唱)'을 빗댄 것으로 볼
수도 있어서 흥미롭다.
581) 박희병은 「하오뢰전」이 유종 때의 시대적 분위기를 반영하고 있는 이야기라는 점을 인
정하면서도, 하오뢰는 디오니소스적 면모 내지는 악신적(樂神的) 성격을 지닌 또 다른 종류
의 영웅으로 볼 여지가 있다는 독특한 견해를 제시한다(박희병 옮김 『베트남의 신화와 전
설』 205면).

(2) 소설

설화를 기록하거나 윤색하는 단계를 넘어 본격적인 소설의 탄생을 알린 것이 『전기만록(傳奇漫錄)』이다. 『전기만록』은 16세기 전반기에 완서(阮嶼)가 창작한 한문소설 작품집이다. 모두 20편의 작품이 실려 있다. 중국 명나라 사람 구우(瞿佑, 1341~1427)의 전기소설집 『전등신화(剪燈新話)』의 영향을 적지 않게 받은 것으로 알려져 있으며, 김시습(金時習, 1435~1493)의 『금오신화(金鰲新話)』에 비견되는 작품으로도 알려져 있다.

작가 완서의 생애는 자세히 알려져 있지 않다. 오늘날 하이 즈엉(Hải Dương) 성 타인 미엔(Thanh Miện) 현 지역 출신이며 완병겸의 제자이자 풍극관과는 동문이었던 것으로 유명하다. 과거에 급제하여 잠시 지현(知縣) 벼슬을 하다가 은거하여 다시는 성안에 발을 들여놓지 않았다고 전한다. 완서는 촌야에 은거해 살면서 『전기만록』을 써서 은일유사(隱逸儒士)의 시대와 삶에 대한 인식을 담았다.

『전기만록』은 다음 몇가지 두드러진 주제의식을 담고 있다.[582] 첫째, 인

---

[582] 박희병 옮김 『베트남의 기이한 옛이야기』 307~351면에 실려 있는 논문 '한국·중국·베트남 傳奇小說의 미적 특질 비교―『金鰲新話』『剪燈新話』『傳奇漫錄』을 중심으로'에서 『전기만록』의 전반적인 특징을 비교문학적 관점에서 논의했다. 『전기만록』에 대한 본문의 서술은 이 논문과 다음 논저들을 바탕으로 했다. Đinh Gia Khánh 주편 『Văn Học Việt Nam (thế kỷ X-nửa đầu thế kỷ XVIII)(10~18세기 전반까지의 베트남문학)』; Nguyễn Phạm Hùng 'Tìm hiểu khuynh hướng sáng tác trong 'Truyền Kì Mạn Lục' của Nguyễn Dữ(완유의 '전기만록'의 창작 경향 고찰)', Lê Thu Yến 주편 『베트남 중세문학 연구논문선』; 곽정식 '베트남(Viet-Nam)의 전문학에 관한 연구―'전기만록' 소재 작품의 우의성을 중심으로', 『한국문학논총』 12, 한국문학회 1991; 전혜경 '韓·中·越 傳奇小說의 比較 硏究', 숭실대학교대학원 박사학위논문 1994; 안동준 '동아시아 초기소설의 성격', 『배달말』 28, 배달말학회 2001; 정유진 「한국·중국·베트남 애정전기의 여성과 애정」, 『여성문학연구』 8, 한국여성문학회 2002; 이학주 「동아시아 전기 소설의 예술적 특성 연구」, 성균관대학교 박사학위논문 2002; 윤채근 「중세 동아시아 소설에 나타나는 방황과 미로의 유형과 그 의미―『金鰲新話』『剪燈新話』『傳奇漫錄』『企齋記異』를 중심으로」, 『漢文學論集』 제21집, 槿域漢文學會 2003.

336

과응보(因果應報), 복선화음(福善禍淫)에 대한 강조이다. 현세에서는 선한 사람이 복을 받지 못하고 악한 사람이 재앙을 받지 않는다손 치더라도 천도(天道)는 어김없이 실현되어 사후에라도 합당한 보응(報應)이 따른다고 여러 작품에서 되풀이해서 말하고 있다. 예컨대 「다동강탄록(茶童降誕錄)」을 보면 양생(梁生)과 도인(道人) 사이에 다음과 같은 대화가 오간다.

양생이 말했다.
"제가 듣기로는 천도(天道)는 공명정대하여 마치 저울을 들고 있거나 거울을 쥐고 있는 듯하다 했습니다. 신명(神明)하여 사람들의 행적을 모두 알고, 조화(造化)가 있어 공평하며, 환히 비추어 사사로움이 없고, 그물이 비록 성기지만 새지 않는다 했습니다. 그 법은 지극히 엄하여 사람이 원망할 일도 나무랄 일도 없다고 하더군요. 그런데 대체 어떻게 권선징악을 하기에 세상이 이처럼 뒤죽박죽입니까? 남에게 이익을 주는 자가 복을 받았다는 소리를 듣지 못했으며, 남에게 인색한 자가 재앙을 받는 것을 본 적이 없습니다. 가난한 자는 비록 뜻이 있어도 그 뜻을 실현하기 어렵고, 부유한 자는 원하는 것을 얻지 못함이 없지요. 어떤 사람은 힘써 공부를 해도 죽을 때까지 곤궁하여 얼굴빛이 누렇고, 어떤 사람은 사치를 일삼건만 대대로 좋은 수레를 타고 다닙니다. 어찌 선악에 반드시 보답이 있다고 하겠습니까? 거꾸로 콩 심은 데 팥이 나고 있지 않습니까? 이것이 제가 매우 의심하면서도 끝내 풀지 못하는 의문입니다."
도인은 다음과 같이 대답했다.
"그렇지 않습니다. 선악의 쌓음은 작아도 드러나는 법이며, 그 보응은 더디지만 확실합니다. 음덕이 드러나는 곳에는 반드시 좋은 결과가 따르고, 복이 흩어질 때에는 반드시 악의 뿌리가 자라지요. (하늘은) 장차 펴고자 하면 먼저 굽히는 법이고 꺾으려고 하면 먼저 교만하게 만드는 법입니다. 훌륭한 행실이 있는데도 가난한 것은 혹 전생의 업보 때문이며, 어질지 않은데도 부유한 것은 전생의 좋은 인연 때문이지요. 비록 멀고 아득하여 알기 어렵다 해도 실제로는 터럭만큼도 어긋나지 않지요. 한쪽으로 치우쳐 생각하지 말고 공정하게 하늘을 보십시오."[583]

그런가 하면 「범자허유천조록(范子虛遊天曹錄)」에서는 죽어서 도교의 신격인 제군(帝君)을 모시고 있는 인물의 입을 빌려 "선을 행함에 힘쓰는 자는 비록 이승에 있다 할지라도 그 이름이 이미 상제의 명부에 올라 있고, 악을 쌓는 자는 죽기 전에 이미 지옥에 감옥이 마련되어 있다"[584]고 말한다. 실제로 죽어서 귀신이 되어 인과응보를 경험한 인물의 증언이기에 의심할 여지가 없다. 또한 「용정대송록(龍庭對訟錄)」 「이장군전(李將軍傳)」 같은 작품에서도 용왕과 술사(術士)의 입을 빌려 같은 메시지가 되풀이된다. 죽어서 귀신이 된 인물, 도인·용왕·술사(術士)처럼 권위 있는 화자의 확신에 찬 진술은 이들 작품이 교술적 색채를 상대적으로 강하게 띠게 했다.

둘째, 현실에 대한 비판이다. 지배권력의 타락과 횡포, 종교의 타락, 가치관의 혼란에 대한 우려와 비판을 담고 있는 작품이 적지 않다. 일례로 「범자허유천조록」의 한 부분을 보자.

이 말에 자허(子虛)는 당시 벼슬아치의 잘못을 하나하나 거론했다. "아무개는 청직(淸職)에 있으면서 탐욕이 끝없고, 아무개는 선비의 사표(師表)가 되어야 할 자리에 있으면서 사표가 되기에 부족하며, 아무개는 예(禮)를 책임진 자리에 있으면서 예를 제대로 펴지 못하고 있고, 아무개는 목민관으로 있는데 백성들이 그로 인해 재앙을 받고 있으며, 아무개는 문장의 고하(高下)를 평가하

---

583) "公曰 吾聞天道公明 如持衡握鏡 有神明以記其迹 有造化以司其平 照必洞而無私 網雖疏而不漏 法可謂至嚴而至密 人固宜無怨而無尤 夫何勸懲所加 猶有混淆若是 利於物者未聞降福 瘠於人者未見罹殃 貧雖有志難酬 富則無求不獲 或力學而終身黃馘 或尙奢而突葉朱幡 雖云投李報瓊 自是種瓜得豆 此吾所以深惑而終不解也 道人曰 不然 善惡之積微而彰報應之機遲而果 陰功顯處 必須善果圓成 陽福散時 必待惡根滋蔓 或將伸而預屈 或欲挫而先驕 有行而貧 或是前生業障 不仁而富 定爲宿世善緣 雖云深遠難知 實則毫釐不爽 故勿以一偏立論 以一槩觀天也" (박희병 옮김 『베트남의 기이한 옛이야기』 53~54면의 번역과 249면의 원문을 따랐다. 이하 이 책의 면수만 밝히기로 한다).
584) "勉於爲善者 雖猶在世 而名已簡於帝庭 厚於積惡者 不待亡時 而獄已成於地府" (271 면).

는 자리에 있으면서 사사로이 자기가 추천한 사람의 글에 높은 점수를 주고 있고, 아무개는 법을 관장하면서 무고한 사람들에게 벌을 주고 있습니다. 이들은 평소 이야기할 때는 입을 잘 놀리다가도 국가의 큰일을 논할 때나 나라의 대계(大計)를 결정해야 할 때는 그저 멍하니 앉아 있을 뿐입니다. 심지어 명실(名實)에 어긋나고 임금에게 불충하니, 크게는 유예(劉豫)처럼 나라를 팔아먹고, 작게는 연령(延齡)처럼 임금을 기만하고 있습니다. 이자들이 죽으면 명부에서 그 죄를 따지나요, 아니면 죽고 나서도 그 영화가 계속되나요?"[585]

작품의 시간적 배경이 진나라 명종(明宗) 때로 되어 있지만 완서 당대의 지배층의 타락을 고발하고 있다고 보아도 무리가 없다.[586] 「취소전(翠綃傳)」에서는 남의 여인을 빼앗는 권력자의 횡포를 고발하고 있으며 「이장군전」에서는 무장(武將)의 타락상을 형상화하고 있다. 「도씨업원기(陶氏業冤記)」에서는 타락한 승려가, 「동조폐사전(東潮廢寺傳)」에서는 불교와 민간신앙이 비판 대상으로 떠오르고 있다. 그뿐만 아니다. 「목면수전(木綿樹傳)」에서는 쾌락을 탐하라고 유혹하는 여귀(女鬼)의 유혹에 넘어간 인물을 그리고 있다.

셋째, 완서 당대에 발생한 왕위찬탈에 대한 비판이다. 호계리(胡季犛)와 그 아들 호한창(胡漢蒼)에 대한 풍자와 비판이 곧 1527년에 일어난 막등용(莫登庸)의 왕위찬탈을 비판하고자 했다는 뜻이다. 「나산초대록(那山樵對錄)」에서는 은자(隱者)의 입을 통해서 호씨를 매도했다. 「타강야음기(沱江夜飮記)」에서는 호씨가 호생지덕(好生之德)이 없어 백성의 삶을 보살피지 못

---

585) "子虛因擧當時居官者 ──問之曰 某居淸要 而貪濁無厭 某職師資 而表儀不足 某居典禮 而禮多所缺 某居牧民 而民受其殃 某居校文 而私所擧之人 某居理獄 而入不辜之罪 平居議 論 唇舌如流 及籌國家之大策 決國家之大計 蒙然如坐雲霧 甚者不循名撿實 不忠君上 大則 爲劉豫之賣國 小則爲延齡之欺君 此曹歿後 固可以擬議之乎 抑終可以享尊榮乎" (121~122 면·271면).

586) "「범자허유천조록」에서 탕 롱 성 외곽에 자리한 진무관(眞武觀)을 배경으로 쩐(陳)왕조 시대의 불우한 선비 이야기를 하는 척하면서 실제로는 정사(正史)에 숨겨진 16세기 막씨 정권 아래에 있는 유생들의 훼절을 폭로한다" (안동준 「동아시아 초기소설의 성격」 229면).

한다고 했다. 「나산초대록」의 한 부분을 보기로 한다. 은자인 나무꾼이 하는
말이다.

(호씨는) 말에는 거짓과 간사함이 많고 성격은 탐욕스러워 백성들을 가혹하
게 부역에 동원하여 금구(金甌)에 궁궐을 짓게 해 호사를 다하고, 화가(花街)
에다가는 길게 점포를 짓게 했다지요. (…) (호씨 치하에서는) 재판은 뇌물에
좌우되고 관직은 돈으로 매매되며 나라에 충성하려는 사람은 말을 하기도 전
에 살해되고 아첨하는 자는 상을 받는다지요. (…) 한편 조정의 신하들은 모두
시류에 영합해 출세하려고만 할 뿐 백성을 도탄에서 구할 방도를 지닌 이는
없다고 들었소이다.587)

이와 같은 나무꾼의 말에서 잘 드러나듯이 왕위찬탈은 사회의 질서를 결
정적으로 파괴한다. 또한 찬탈자 집단의 타락과 무능력은 백성의 삶을 도탄
에 빠지게 하고 가치관을 동요케 한다. 하지만 이들의 횡포를 제어할 만한
현실적인 수단을 전혀 찾을 수 없다. 오랜 전란을 겪고 보니 선인과 악인 가
릴 것 없이 수많은 사람이 억울하게 목숨을 잃었다. 그래서 천도는 복선화음
으로 실현된다는 믿음이 흔들린다. 「다동강탄록」에서 양생이 "대체 어떻게
권선징악을 하기에 세상이 이처럼 뒤죽박죽입니까" "거꾸로 콩 심은 데 팥
이 나고 있지 않습니까"라고 따져 묻는 것은 완서의 입장에서는 필연성이
있다고 하겠다.

하지만 그런 의구심은 이승 너머에 저승이, 현세 저편에 초월계가 있음을
몰라서 생긴 단견이다. 비록 이승에서는 화복이 분명치 않아 보일지라도 법
도가 엄정한 명부(冥府)나 선계(仙界)에서는 한치의 어긋남이 없이 복선화음
의 이치가 실현된다.588) 완서는 이러한 신념에 기대어 절망에 빠지거나 체

---

587) "言多詭譎 性多貪欲 殫力役而興金甌之宮 窮侈靡而廠花街之庸 (…) 獄因賄而成 官以
財以紋 獻忠者未言而已戮 進諂者有賞而無刑 (…) 而在廷之臣 上下波隨 先後旅進 無能出
一匕强劑 以起其生者" (151~152면·279~280면).

념하지 않고, 현실의 부당함을 고발하면서 가치관을 재정립하려 했다고 생각된다.

넷째, 중국의 베트남 침략에 대한 비판이다. 1406년 명나라에 의한 베트남 침략과 이후 20년에 걸친 이민족 지배에 대한 민족적 저항정신을 형상화한 것을 말한다. 「여랑전(麗娘傳)」「쾌주의부전(快州義婦傳)」「산원사판사록(傘圓祠判事錄)」에서 이런 주제의식이 두드러진다.

다섯째, 남녀간의 애정에 대한 탐구이다. 「서원기우기(西垣奇遇記)」「서식선혼록(徐式仙婚錄)」「취소전」에서 이런 주제의식이 두드러진다. 애정전기(愛情傳奇)의 서사문법을 수용해 남녀관계를 새로운 각도에서 다루었다.

『전기만록』에는 많은 사랑 이야기가 나온다. 사랑에 대한 욕망이 얼마나 보편적이고 강렬한지, 사랑 이야기의 배경은 세상·용궁·선계가 망라되어 있다. 그중에는 건강한 사랑도 있고 그렇지 못한 사랑도 물론 있다. 작자가 그들의 사랑을 긍정하는가 부정하는가는 별도로, 사랑에 빠진 두 사람의 정감을 비중 있게 묘사하는가 하면, 사랑을 성취해서 행복을 누리고자 하는 소망이 정당하다는 주장을 펴는 인물들을 부각시키고 있다는 점을 주목해야 한다. 16세기 이전에 남녀간의 애정이 서사문학의 제재로 채택된 경우가 무척 드물었다는 점을 놓고 보면, 16세기 이후 남녀간의 사랑이 익숙한 제재가 된 데는『전기만록』의 공로가 크다고 하겠다.

마침내 해가 서산으로 뉘엿뉘엿 기울자 뭇 신선들은 뿔뿔이 흩어졌다. 서식(徐式)이 강향(絳香)에게 장난삼아 말했다.

"욕계(欲界)의 제천(諸天)에는 모두 배필이 있는가 봅니다. 그러니 직녀가 견우에게 시집간 일, 상원부인이 봉척에게 내려온 일, 우승유가 왕소군과 인연을 맺고 그 사실을 「주진행기(周秦行紀)」라는 글로 남길 일, 이군옥이 「황릉

---

588) 물론 명부의 엄정함이 악신의 기망으로 잠시 흔들릴 수도 있지만(「傘圓祠判事錄」) 금세 회복된다.

(黃陵)」 시(詩)로 인해 아황과 여영을 만난 일들이 비록 상황은 다르나 그 마음인즉슨 같으니 천고에 서로 통하는 일이 아니겠습니까? 이제 뭇 신선들이 떠나가니 적막하군요. 욕정은 생기지 않게 해야 하는 건가요, 아니면 욕정을 지니기는 하되 억지로 막아야 하는 건가요?"

강향은 서글픈 얼굴로 말했다.

"아까 그분들은 모두 원기와 정기를 지녀 그 이름이 금대(金臺)에 올라 있으며, 상제(上帝)를 모시고 있지요. 거주하는 곳은 월궁의 광한루이고, 노니는 곳은 아득한 우주 밖입니다. 그분들은 마음을 맑게 하려 하지 않아도 절로 마음이 맑아지고, 욕심을 없애려 하지 않아도 욕심 같은 건 생기지 않는답니다. 그러니 저처럼 칠정(七情)을 다 씻어내지 못해 온갖 감정이 쉽사리 생겨나고, 천상에 있으면서도 속세의 인연을 떨치지 못해 몸은 선부(仙府)에 있으나 마음을 속세에 둔 사람과는 같지 않지요. 서방님께서는 제가 저들 신선과 같은 줄알면 안될 거예요."

서식이 말했다.

"그렇다고 하면 당신은 저와 그리 다르지 않군요."

두 사람은 손뼉을 치며 웃었다. 강향의 방에는 흰 병풍이 쳐져 있었는데, 서식은 시 열 편을 지어 그 위에 썼다. 다음이 그 시이다.

(…)

제5수589)
아득한 구름 밖에 십주(十洲)가 보이고,
민(閩), 계(桂)와 같은 아름다운 경관 밤낮으로 떠 있네.
저무는 하늘로 새 한 마리 가없이 날아가니,
아득한 창공이 온통 푸른색이네.590)

---

589) 선경(仙境)을 묘사한 작품이다. 『황월시선』 권지오에서는 10수 가운데 세번째, 다섯번째 작품 2수를 선발하고, 서식이 선계에 가서 강향과 혼인하고 1년을 살다 돌아왔더니 수십 년이 흘렀더라는 작품의 내용을 부기해두었다. 『황월시선』의 표기를 따랐고 박희병의 번역 참조.

「서식선혼록」의 한 대목이다. 서식과 강향의 입을 통해 사람이 욕계에 사는 존재인 이상 배필을 만나 사랑을 나누는 것이 정당하다고 말한다. 작품을 더 따라가다 보면 서식은 속세를 그리워하여 세상으로 돌아오는 것으로 되어 있다. 신선의 경지는 '마음을 맑게 하려 하지 않아도 절로 마음이 맑아지고, 욕심을 없애려 하지 않아도 욕심 같은 건 생기지 않는' 경지라고 하지만 서식이든 강향이든 그러한 경지를 갈망하는 것으로 그려지지는 않고 있다. 도리어 숙인(宿因, 전생의 인연)을 이유로 남녀간의 결합이 옹호되고 있다.

서사문학사의 관점에서 볼 때 『전기만록』은 몇가지 새로움을 보였으며 장차 그러한 새로움이 문학사의 주요한 흐름으로 자리 잡게 되는 데 긍정적인 기여를 했다는 평가를 내릴 수 있다. 우선 작품에서 형상화하고 있는 인물의 새로움이다. 몇몇 작품에 등장하는 지식인은 이전 시대의 문학작품에서 보인 이상적인 지식인 모델에서 많이 벗어나 있다. 예를 들어 「서원기우기」의 하인(何仁)은 춘정(春情)에 이끌려 모든 일을 접어두고 두 여인과 사랑을 나누는 데 열중한다. 그런가 하면 「서식선혼록」에서 서식은 자기 욕구대로 살고자 해서 벼슬을 마다하고 산수간에 노닐다가 선계의 여인과 결혼하기에 이른다. 두 작품 다 자신의 욕망대로 살고자 하는 인물을 내세워서 삶의 목적과 의미가 어디에 있는지 묻고 있다.

성격적인 결함을 가진 인물이 등장한 점도 새롭다고 하겠다. 조그만 은원

---

590) "及斜陽西夕 各各東西分散 徐戲謂絳香曰 欲界諸天 皆有配偶 故織女嫁牽牛之夫 上元隨封陟而降 僧孺著周秦之記 群玉有黃陵之詩 境異情同 千古一致 今者郡仙散去 寂寞無聊 抑逸欲之不生乎 將有之而强閟乎 娘愀然曰 彼數人皆以玄元之氣 眞一之精 名在金臺 身陪絳闕 所居者淸虛之府 所遊者沖漠之鄕 不待澄而心自淸 不勞窒而慾無有 非若妾七情未洗 百感易生 跡縈府而累塵緣 身瓊臺而心濁世 兄勿以此例群仙也 徐曰 若是 則子不逮遠矣 各撫掌大笑 絳香所居 有素屛風 徐嘗題詩其上云 (…) 其五 蒼茫雲外短長洲 閶桂乾坤日夜浮 一鳥暮天飛不盡 連空淡掃碧悠悠" (112~115면·268면. 다만 인용한 한시는 『황월시선』 권지오를 따랐다). 오시사가 쓴 「제서식산(題徐式山)」을 통해 서식과 선녀 사이의 사랑 이야기가 18세기에도 전승되고 있음을 확인할 수 있다(『베트남문학전집』 10A, 199면).

(恩怨)까지도 잊지 않고 되갚는 인물, 애증이 뚜렷해서 남의 원한을 사는 인물,[591] 아내를 자결케 한 박정한 남편,[592] 질투심이 많아 의처증을 보이는 남편[593]이 등장한다. 인간의 성격에 대한 탐구가 그만큼 진전되었음을 보여준다고 하겠다.

『전기만록』에 그려진 여성의 형상에서도 새로움을 발견할 수 있다.『전기만록』에는 상하층의 인물이 망라되어 있는 가운데 가기(歌妓)나 첩도 들어 있다. 이들을 등장시켜 여성이 자기자신의 정감, 욕구, 그리고 운명을 가진 존재로 그려진 것은 베트남문학사에서『전기만록』에 와서야 비로소 가능해졌다. 여성문제를 문학의 중심제재로 올려놓은 것이『전기만록』의 새로움이라 할 수 있다.

『전기만록』에는 사랑과 행복에 대한 여성의 갈망과 그것을 방해하는 힘과의 모순이 예술적으로 형상화되어 있다. 사회모순을 여성의 수난 속에 응축시켜 상당한 편폭의 서사에 담아낸 의의가 크다. 여성은 전쟁중에 절개를 지키기 위해 자결하고(「여랑전」), 악독한 권력의 횡포로 말미암아 남편과 헤어지게 되며(「취소전」), 의처중 남편의 괴롭힘을 견디다 못해 자결하기에 이른다(「남창여자록」). 행복에 대한 여성의 갈망은 많은 경우 그들을 죽음이나 자결로 내몬다.『전기만록』은 여성의 운명에 대한 탐구가 죽음으로 귀결되는 문법을 가지고 있는 셈이다. 여성을 죽음으로 몰아가는 세력이 상층 지배자들이고, 그들 상층 지배세력을 부정적으로, 악(惡)으로 인식하게 한 것이『전기만록』의 새로운 점이자 의의이다. 이렇듯『전기만록』은 사회모순의 반영이라는 점에서 진일보한 성취를 보였다.

『전기만록』은『월전유령』『영남척괴』『선원집영』등에서 보았던 환상적이고 종교적인 성격의 서사문학에서 구체적 삶을 예술적으로 형상화하는 쪽

---

591) 「다동강탄록」의 양생이 그런 인물이다.
592) 「쾌주의부전」의 중규가 그런 인물이다.
593) 「남창여자록(南昌女子錄)」의 장생이 그런 인물이다.

으로 방향을 돌린 의의 또한 크다고 할 수 있다. 거기에 더해서 15세기 후반 여조 성종 때 정점을 이룬 궁정문학으로부터 다양한 계층의 인간이 살아숨 쉬는 삶의 현장으로 문학 창작의 방향을 전환한 의의도 있다. 이 모든 것이 소설을 썼기 때문에 가능한 일이었다.594)

18세기에 창작된 것으로 추정되는 『전기신보(傳奇新譜)』는 여섯 편의 전 기소설을 수록하고 있다.595) 그 가운데 「해구영사(海口靈祠)」「운갈신녀(雲 葛神女)」「안읍열녀(安邑烈女)」는 단씨점의 작품으로 인정받고 있다. 『역조 헌장유지』에서 반휘주는 단씨점의 작품이 "문장은 아름답지만 기격(氣格)이 조금 약해서 『전기만록』에 미치지 못한다"는 평가를 내렸다.596)

『성종유초(聖宗遺草)』는 전기(傳奇), 우언(寓言), 필기(筆記) 등 성격이 조 금씩 다른 작품 열아홉 편이 실려 있는 산문작품집이다.597) 제목은 여조의 성종이 남긴 글이라는 뜻이지만 성종을 실제 작가로 보기는 어렵고, 그 이름 에 가탁한 작품집으로 본다. 산남숙의 평문이 붙어 있는 것은 앞서 살핀 바 있다.

성종 자신이 작중화자가 되어 1인칭 시점으로 서술하는 경우가 많다. 삽

---

594) 『전기만록』은 쯔놈으로 번역되기도 했다. 일례로 『신편전기만록증보해음집주(新編傳奇 漫錄增補解音集註)』가 있다. 이는 지금까지 남아 있는 것으로는 가장 오래된 쯔놈산문 가 운데 하나이다. 다만 지금 전해지고 있는 것은 18세기 후반(1763, 1774)에 인쇄된 것이어서 번역본의 원래 모습이 어떠했는지는 알 수 없다.

595) 『역조헌장유지』('文籍誌' 102b～103a면)에서는 단씨점이 『속전기(續傳奇)』를 창작했다 하고 여섯 편의 작품명을 열거했다. 『속전기』는 오늘날 전하지 않는다. 『역조헌장유지』에 나오는 제목과 『전기신보(傳奇新譜)』에 실린 작품의 제목을 비교해보면 네 편이 일치한다. 그 네 편은 「벽구기우(碧溝奇遇)」「해구영사」「운갈신녀」「안읍열녀」이다. 다만 『전기신보』 에 실려 있는 「벽구기우」는 단씨점의 작품이 아닐 것이라고 본다. 이러한 사정은 陳慶浩・ 王三慶 주편 『越南漢文小說叢刊』 제1집 제2책(臺北: 臺灣學生書局 1987) 4～5면을 통해 서 알 수 있다.

596) "文辭華贍 但氣格差弱 稍遜前書" (『歷朝憲章類誌』 '文籍誌' 103a).

597) 베트남 연구자들은 『성종유초』가 전기, 우언, 잡기작품을 모아놓은 작품집이라고 본다 (『베트남문학사전』 561면).

입시도 자주 사용되는데, 앞일을 예언하는 참요 성격의 삽입시가 적잖게 보인다. 이 점은 주인공의 내면을 표백하는 서정시가 삽입되는 전기소설의 문법에서 상당히 벗어난 면모라고 할 수 있다. 전반적으로 볼 때, 신이한 존재와 인간이 얽혀서 빚어내는 환상적인 이야기를 통해서 교훈적인 메시지를 전달하려는 의도로 창작된 작품이어서 우언으로서의 면모가 두드러진다.598)

역사소설(歷史小說) 작품으로는 『월남개국지전(越南開國志傳)』(1719)『황려일통지(皇黎一統志)』『황월춘추(皇越春秋)』『중광심사(重光心史)』같은 작품이 있다. 『월남개국지전』의 저자는 완방중(阮榜中, 1659~1736)599)인데, 그는 남북 분쟁기인 18세기 남쪽 완주(阮主) 통치하의 문인이었다. 오늘날 전하는 작품이 온전히 그만의 창작은 아니며 후세사람들이 증보한 부분이 적지 않은 것으로 판단된다. 작품은 1568년에서 1689년에 이르는 120여 년간 남북 분쟁기의 역사적 사건을 제재로 하면서 완씨(阮氏)의 남부지역 정착과 성장과정을 서술했다. 장회(章回)를 나누지 않았고 대체적으로 연대순으로 진행되고 있다. 인물의 형상화가 뛰어나다는 평가를 받는다.600)

『황려일통지』601)는 오시지(吳時仕), 오시유(吳時悠, 1772~?)를 비롯해서 『오가문파(吳家文派)』에 이름을 올린 몇몇 사람에 의해 오랜 시기에 걸쳐서

---

598) 이러한 점은 윤주필 「베트남 '성종유초(聖宗遺草)'의 우언문학적 성격에 대하여」, 고려대학교 민족문화연구원 편 『東아시아文學 속에서의 韓國漢文小說 硏究』(월인 2002)에서 상세히 논의했다. 또한 윤주필 「베트남의 '鼠精傳'과 한국의 '甕固執傳'의 비교─眞假爭主 설화의 수용미학적 관점」, 『고소설연구』제21집(한국고소설학회 2006)에서 『성종유초』소재 작품인 「서정전(鼠精傳)」을 검토했다.

599) 곧 완과첨(阮科瞻)이다.

600) 陳慶浩·王三慶 주편 『越南漢文小說叢刊』제4책, 臺北: 臺灣學生書局 1987, 3면; 『베트남문학사전』739~740면. 이 사전에서 『월남개국지전』이 30회로 된 장회 소설형식이라고 한 것은 잘못이다. 19세기경에 나온 『월남개국지연음(越南開國志演音)』은 『월남개국지전』과 깊은 관련이 있다고 한다. 『월남개국지연음』은 쯔놈변문으로 되어 있다(『베트남문학사전』738면).

601) '안남일통지(安南一統志)'라고도 불린다.

창작되었을 것으로 추정된다. 이 작품은 18세기 말의 서산운동 시기를 시대 배경으로 하고 그 격동기를 살아간 인물의 행동과 심리를 다채롭고도 생생하게 표현하고 있다.[602] 장회체(章回體) 소설형식이며 총 17회로 되어 있다. 장회체 소설에서 흔히 보듯이 매회의 서두는 '차설(且說)'로 시작하며, 다음 회를 보라는 뜻의 '차청하회분해(且聽下回分解)'나 '차간하회분해(且看下回分解)'라는 말로 마무리되고 있다.

제14회의 한 대목을 보기로 한다. 손사의(孫士毅)가 이끄는 청나라 군사 20만 대군이 1788년 10월 국경을 넘어 11월에 승룡성에 입성한다. 이에 북평왕(北平王)[603] 완문혜(阮文惠)는 청나라 군대를 격퇴하기 위해 출정하게 되는데, 아래의 대목은 바로 그때의 일을 서술하고 있다.

한편 오문초(吳文楚, ?~1795)[604]는 그 달(11월) 이십일에 삼첩산(三疊山)으로 철수했고, (완문초가 급보를 전하기 위해 보낸) 완문설(阮文雪)은 24일에 부춘성(富春城)에 당도했다. 북평왕은 전갈을 듣고 크게 노해서 장졸들을 모아 그날로 몸소 지휘하여 출정하고자 했다. 그러나 여러 사람들이 한결같이 이런 의견을 올렸다.

"주공(主公)께서는 서산주(西山主)[605]와 틈이 벌어져 있어서 지존(至尊)을 향한 백성들의 충성심이 강하지 못한 형편입니다. 이런 중에 이제 청나라 군대가 쳐들어왔다는 소식을 듣게 되면 더욱 의심하여 두 마음을 품게 될 것입니다. 그러니 먼저 위호(位號)를 바르게 하시고 널리 사면령을 내리셔서 딴마음

---

602) 다채로운 인물 가운데 특히 완유정(阮有整)과 완문혜의 형상화가 성공적이라는 평가가 있다. 완유정은 조조(曹操)를 닮은 간웅(奸雄)으로 형상화되어 있다(Đỗ Đức Dục 'Tính Cách Điển Hình Trong 'Hoàng Lê Nhất Thống Chí'('황려일통지'에 나타난 전형의 성격)」, 『베트남 중세문학 연구논문선』 128~134면).

603) 1787년 완문혜의 형 완문악(阮文岳)은 완문혜를 북평왕으로 임명했다(유인선 『베트남의 역사』 240면).

604) 서산 군대의 장수.

605) 완문악을 가리킨다.

품고 있는 자들을 안정시켜 사람들의 마음을 모으소서. 그런 후에 군사를 일으
켜 북쪽을 토벌해도 늦지 않을 것입니다."

북평왕은 그 말이 옳다고 여기고 빈산(彬山)에 단을 쌓도록 명하고 천지산
천의 신들에게 제사를 올려 고하고 곤룡포와 면류관을 만들어 황제의 자리에
올랐다. 서산 완문악(阮文岳)의 연호 태덕(泰德) 11년을 광중(光中) 원년으로
고쳤다. 의례를 마치자 곧 출군을 명했다. 그 달 25일의 일이다.

북평왕은 몸소 대군을 지휘하여 수륙 양면으로 진군했다. 29일에 예안(乂
安, Nghệ An)에 이르러서 나산현(羅山縣) 공사(貢士)606) 완협(阮浹)을 불러
물었다.

"청나라 군사가 쳐들어와서 나는 군사를 이끌고 나아가 그들과 싸우고자 하
오. 공격할 계책과 승부의 향배를 묻노니 선생께서는 어떻게 생각하시오?"

완협이 대답했다.

"지금 나라 안이 텅 비고 민심은 이반되었습니다. (하지만) 청나라 군대는
멀리서 왔으니 (우리 군사의) 강약의 상황을 알지 못하고 싸워서 이길 방략도
알지 못합니다. 그러니 주공께서 이번에 출정하시면 열흘이 되지 않아 청나라
도적떼는 평정될 것입니다."

이에 북평왕은 크게 기뻐하고 곧 휘하 장수 담호후(噉虎侯)에게 명해 예안에
가서 병사를 선발하게 했다. 매 세 명의 장정 가운데 한 명씩을 뽑았는데 열이
틀이 되기도 전에 뛰어난 군사 일만 천여 명을 얻었다. 진영(鎭營)에서 열병식
(閱兵式)을 크게 거행했는데, 순화(順化)와 광남(廣南)의 친병(親兵)을 전후좌우
의 사영(四營)으로 삼고 예안의 신병(新兵)을 중군(中軍)으로 삼았다.607)

---

606) 여조 시절 향공(鄕貢)에 급제한 사람을 칭하는 말. 완조 시절의 거인(擧人)과 같다.
607) "且楚以是月二十日退處三疊 而二十四日 雪已至富春城 北平王得報大怒 大會將士 欲
　　即日自將而出 議者皆曰 主公與西山主有隙 升聲之地 人情尙未堅戴 今聞淸師來攻 益生疑
　　貳 請先正位號 覃布赦宥 以安反側 而繫人心 然後大擧北征 未爲晩也 北平王以爲然 乃命
　　築壇于彬山 祭告天地山川百神 製袞冕 卽皇帝位 改西山岳泰德十一年爲光中元年 禮成 乃
　　下令出師 蓋是月二十五日也 北平王自將大軍 水陸齊進 二十九日至乂安 召羅山貢士阮浹
　　問曰 淸師來攻 某將出禦之 攻取之策 勝負之數 先生以爲何如 浹曰 今國內空虛 人心潰敗
　　淸師遠來 不知强弱之形 不識戰取之勢 主公出此 不過十日 淸寇平矣 北平王大喜 乃命其
　　將噉虎侯 揀乂安兵 每三丁取一丁 未浹時 得勝兵一萬千餘人 大閱于鎭營 凡順廣親軍 分

문장을 찬찬히 뜯어보면 완문혜에 대한 작가(들)의 시각을 엿볼 수 있다. 위에서 보듯이 작가는 완문혜가 황제의 자리에 올라 '광중(光中)'이라는 연호를 정한 이후에도 여전히 '북평왕'이라 하고, 신하들 또한 완문혜를 '황상(皇上)'이라 칭하지 않고 '주공(主公)'이라 한다. 이로써 보건대 아마도 작가는 서산왕조에 대해 완전히 동의하고 있지 않은 듯하다.[608]

사건을 서술하는 데에는 사건이 일어난 시간을 일일이 말해준다. 편년체(編年體) 역사서술을 모델로 삼았기 때문이다. 하지만 한문 문장이 딱딱하거나 격식을 갖춘 문어체는 아니다. 대화가 자주 인용되고 있으며 부분적으로 구어체 중국소설의 호흡도 느껴진다. 중국소설의 영향을 수용해서 새로운 소설의 문체를 선보이고 있다.[609] 요컨대 『황려일통지』는 편년체 역사기록과 중국소설을 읽어서 체득한 소설적 기법을 결합시켜, 역사성과 예술성을 동시에 확보하고자 했다고 볼 수 있을 것이다.

또 다른 역사소설로 『황월춘추』가 있다.[610] 총 60회로 되어 있으며 19세기 말엽에 창작된 것으로 보인다. 이 작품을 처음 창작한 사람은 무춘매(武春梅)라고 하며 후에 여환(黎驩, 1856~1915)에 의해서 윤색되어 1908년에 출간되었다.

내용을 보면 1400년 호계리가 제위에 오른 때부터 시작해서 1428년 여리가 제위에 올라 여조를 개창하기까지의 베트남 역사를 소설화했다. 여환이 쓴 서문을 보면 여 태조(여리)를 '영웅(英雄)'이라고 수차 되풀이해서 말하고 있다.[611] 그렇게 말한 이유는 분명하다. 여리가 명구(明寇), 곧 명나라 침입

---

爲前後左右四營 而又安新兵爲中軍" (陳慶浩・鄭阿財・陳義 주편 『越南漢文小說叢刊』 제2집 제5책, 231면).

608) Lê Trí Viễn 주편 『Cơ Sở Ngữ Văn Hán Nôm(한놈어문 기초)』II, Nxb Giáo Dục 1985, 170면.

609) 일례로 '皆'(모두)가 들어갈 자리에 백화체에서 온 '都'를 쓰고 있다(Lê Trí Viễn 주편 『Cơ Sở Ngữ Văn Hán Nôm(한놈어문 기초)』II, 170면).

610) '월람춘추(越藍春秋)' 또는 '월람소사(越藍小史)'라고도 불린다.

군을 물리치고 나라의 독립을 쟁취했듯이 프랑스의 억압에서 베트남을 해방시킬 영웅의 출현을 간절히 바라기 때문이다. 작품에서 다루고 있는 시기가 충역(忠逆)이 갈리고, 외세에 대한 굴종과 독립이 교차하는 시기였던만큼 소설적 흥미를 높이면서 20세기 초 베트남의 현실을 돌아보게 하는 효과를 노렸다고 하겠다.

『중광심사』는 반패주가 지은 작품이다.[612] 중국 절강성(浙江省) 항주(杭州)에서 나온 월간지 「병사잡지(兵事雜誌)」에 1921년 1월부터 1925년 4월까지 연재되었다. 작품은 총 22절(節)로 구성되어 있는데 명나라의 지배에 맞선 진계확(陳季擴, ?~1414)의 저항과 투쟁을 골간으로 한다. 작품의 서두에서 다음과 같은 요지의 말을 한 것이 눈길을 끈다. 명나라 지배기는 조상들이 우마(牛馬)나 노예와 같이 구속되어 부림을 당하고 병고(病苦)와 굴욕에 시달린 것이 지금의 열 배에 달하는 시기였지만 발분(發憤)하여 마침내 빼앗겼던 주인권(主人權)을 되찾았다. 「평오대고」를 읽어보면 태조 여리가 영웅인 것은 분명하지만 만일 억천만 무명(無名)의 영웅이 전후좌우에서 돕지 않았다면 여리와 같은 영웅은 탄생하지 않았을 것이다.[613] 반패주는 이런 말로써 베트남 동포가 주인권을 되찾는 투쟁에 나설 것을 촉구하고, 국민 개개인이 바로 영웅이자 주인임을 자각하도록 했다.[614]

---

611) Trần Nghĩa 옮김 『Việt Lam Xuân Thu(베트남춘추)』, Hà Nội: Nxb Thế Giới 1999, 439~441면.

612) '후진일사(後陳逸史)'라고도 불린다.

613) "時我先人父子兄弟困處於牛馬奴隸之獄 其所嘗之病苦 所被之屈辱 比我之今日有十倍焉 然乃蓄志發憤 殲仇雪恥 驅逐吳賊 恢復我固有之主人權 (⋯) 黎利者 一鼎鼎有名之大英雄耳 非有億千萬無名之英雄 以相與挽於前 推於後 提乎左 挈乎右 則此一鼎鼎有名之大英雄 亦於何以表現" (陳慶浩・鄭阿財・陳義 주편『越南漢文小說叢刊』제2집 제3책, 臺北: 臺灣學生書局 1992, 293면). 『베트남문학전집』 8B에 베트남어 번역문이 실려 있다.

614) 한국에서 신채호가 『을지문덕』을 창작하면서 "과거의 영웅을 그려 미래의 영웅을 불러온다"는 말을 떠올리게 한다.

(3) 잡기

18~19세기에 체험과 견문을 기록한 한문산문이 대량으로 창작되었다는 점은 특기할 만하다. 체험과 견문기록은 이전 시기에는 그다지 활성화되지 못한 글쓰기 영역이었다. 18~19세기에 이르러 기록산문이 발달한 데는 이 시기가 이전의 어느 시기보다 사회의 변동폭이 컸다는 점이 작용했을 것이다. 무방제(武芳提, 1697~?)의 『공여첩기(公餘捷記)』(1755), 범정호의 『우중수필』, 범정호와 완안(阮案, 1770~1815)이 편찬한 『상창우록(桑滄偶錄)』, 장국용(張國用, 1797~1864)의 『퇴식기문(退食記文)』 속에는 당시 시대상을 기록한 부분이 적지 않게 들어 있다. 그 밖에도 여러 문집 속에 유기(遊記)를 비롯한 기사문이 보인다.

『공여첩기』는 세가(世家), 명신(名臣), 신괴(神怪) 등 열두 부문615)으로 나누어 당대에 유전되는 이야기 43편을 기록했는데, 각 부문의 명칭에서도 드러나듯이 인물전설과 민담(고적전)이 주를 이룬다. 필사본만 있었으나 영향력은 결코 작지 않았다. 속편이 나왔는가 하면 어느 부문을 확장해서 파생작을 만드는 흐름도 있었다.616) 『우중수필』은 제목 그대로 저자가 관심을 가진 다양한 주제에 대해서 서술한 저작이다. 인물의 행적, 승경(勝景), 여조 말엽의 사건, 지리와 지명, 풍속, 학술, 제도, 의례(儀禮)에 대한 짤막한 서술을 모아서 2권으로 엮었다.617)

『상창우록』은 인물의 행적, 유적(遺蹟), 여조 말엽의 사건에 대한 기록 90편으로 되어 있다. 『우중수필』과 성격상 비슷하면서도 다루는 영역 범위는

---

615) 열두 부문은 '세가(世家)' '명신(名臣)' '명유(名儒)' '절의(節義)' '지기(志氣)' '악보(惡報)' '절부(節婦)' '가녀(歌女)' '신괴(神怪)' '음분양택(陰墳陽宅)' '명승(名勝)' '수류(獸類)' 이다.
616) 속편의 저자는 진귀아(陳貴衙)라고 하는데, 아마도 진진(陳璡)을 가리킬 것이라고 본다. 파생작으로는 『남국진이집(南國珍異集)』 『본국이문록(本國異聞錄)』 같은 것이 있다(Trần Văn Giáp 『Tìm Hiểu Kho Sách Hán Nôm(한놈 書庫에 대한 고찰)』 I, 277면).
617) 『베트남문학사전』 750~751면.

줍고 인물전기의 특성이 좀 더 강한 차이가 있다.618) 『퇴식기문』은 저자가 관료생활을 하면서 보고 들은 강역(疆域), 인물(人物) 등에 관한 이야기를 기록했다. 일종의 야사(野史)라고 할 만한 이야기들이다. 저자는 '진신아화(縉紳雅話)'와 '촌리상담(村里常談)'을 망라해서 기록했다는데, 이는 상하층의 이야기 공간에 모두 관심을 가지려는 저자의 지향을 보여준다고 생각된다.619)

여귀돈의 『견문소록(見聞小錄)』(1777)은 독서기(讀書記) 성격의 저술이다. 모두 12권인데 견문한 내용을 잠경(箴儆)·체례(體例)·편장(篇章)·재품(才品)·봉역(封域)·선일(禪逸)·영적(靈蹟)·방술(方術)·총담(叢談)의 아홉 편으로 분류했다. 여귀돈은 이 책에 앞서 『운대유어』(1773)를 편찬했는데, 이 또한 독서기 성격의 저술이다. 『견문소록』 편찬을 마무리한 시점인 1777년에 여귀돈은 국자감(國子監)에서 국사(國史)를 편찬하고 있었다. 그래서 『견문소록』과 『운대유어』는 『여조통사(黎朝通史)』(=大越通史)를 쓰기 위한 기초자료를 수집하는 과정에서 만든 저술이라 생각된다.620)

여유탁(黎有卓, 1720~1791)621)의 『상경기사(上京記事)』(1782)는 의사인 저자가 정주(鄭主) 정삼(鄭森)과 아들 정간(鄭檊)의 병을 치료하기 위해 서울(昇龍, 하노이)을 다녀오면서 보고 듣고 느낀 것을 적은 저술이다.622) 여기서는 하노이에서 돌아오는 길에 고향마을을 방문하는 대목을 보기로 한다.

고향마을인 요사(遼舍, Liêu xá) 입구에 이르러서는 와교(瓦橋)623)를 건너

---

618) 『베트남문학사전』 546면.
619) 「퇴식기문목인(退食記聞目引)」에서 "凡官所及 耳目所接 與夫得之縉紳雅話 下至村里 常談 於本國疆域人物事類 有可參考者 往往筆之於紙"라고 했다(Trần Văn Giáp 『Tìm Hiểu Kho Sách Hán Nôm(한놈 書庫에 대한 고찰)』 II, 249면).
620) Trần Văn Giáp 『Tìm Hiểu Kho Sách Hán Nôm(한놈 書庫에 대한 고찰)』 II, 257면.
621) 이름이 '黎有晫'으로 표기된 곳도 있다.
622) 여유탁은 베트남 중세시기를 대표하는 의학서 『해상나옹의종심령(海上懶翁醫宗心領)』의 저자이기도 하다. 여유탁의 호가 '해상나옹'이다.

마을로 들어갔다. [마을 앞에 강을 가로질러 와교가 놓여 있었다.] 선친(先親) 의 고택(故宅)에 당도해서 쉬었다.

그때 마을에는 양산(諒山, Lạng sơn) 진수(鎭守)로 있는 형의 별영(別營)이 전부터 있었다. 맏형수(전통일관前統一官의 아내이다) 혼자서 이곳에 살면서 가 당(家堂)624)의 제사를 받들고 있다. 나이는 일흔이 넘어 백발이 성성한데 정신 은 여전히 맑았다. 나를 보고는 희비가 교차해서 눈물을 머금고 말을 했다. 나 또한 이곳에서 머무는 동안 비감(悲感)을 이길 수 없었다.

다음날 동산을 유람하면서 옛 집터를 자세히 살펴보았다. 큰 나무 아래에 이르러 그곳이 선친 침실이 있던 곳임을 알았다. 빈랑나무 동산 가운데가 객당 (客堂)625)과 청당(廳堂)626)이 있던 자리인 듯한데, 그 뒤쪽으로 내실이, 왼쪽 으로 주방이, 오른쪽으로 학사(學舍)가 있었다. 기와며 섬돌이며 남은 흔적들 을 분명히 볼 수 있었다. 한 곳에 이를 때마다 한 번씩 멈춰 서게 되었다. 세월 이 흘러 세상이 변했음을 보게 되니 서리지탄(黍離之嘆)627)을 이길 수 없어서 배회하며 차마 떠날 수 없었다. 반시간 지나서 비로소 집에 돌아와서 친척들을 만났다.

생례(牲禮)628)를 준비하여 사당에 제사를 드렸다. 고향사람들이 다들 예물 을 가지고 와서 축하해주었다. 노인과 젊은이 수십 명이 왔는데, 그중에 내가 이름을 알고 얼굴을 알아볼 만한 사람은 몇사람뿐이었다. 술 마실 돈을 답례로 주어 보내기도 하고 급한 대로 술과 안주를 장만해서 그들과 함께 마시기도 했다. 이때 나를 보러 온 사람 중에는 조부, 지파(支派), 아명(兒名)을 말하는 사람이 있었는데, 나는 한참을 생각하고야 누군지 알 수 있었다. 오랜 이별 끝

---

623) 기와를 얹은 다리.
624) 조상의 신위(神位)를 모신 사당. 또는 조상의 신위.
625) 손님을 접대하는 곳.
626) 집무를 보는 곳.
627) 세상의 영고성쇠의 무상함을 탄식하며 이르는 말. 『시경』「서리」가 있다. 주(周)나라가 도읍을 낙읍(洛邑)으로 옮긴 뒤, 한 대부(大夫)가 옛 도읍인 호경(鎬京)에 가게 되었다. 그곳 에 간 그는 옛날의 궁궐은 간데없고 땅에는 기장과 피만이 무성하게 자라는 것을 보았고, 주나라의 쇠퇴를 절감하며 '서리」를 지었다고 한다.
628) 희생(犧牲, 제사에 쓰는 가축)을 쓰는 제례.

이라 나도 모르게 크게 소리 내어 울며 말했다.

"손꼽아보니 내가 고향을 떠난 지 어느덧 30년이 되었구나. 이제 고향에 돌아와보니 세월 따라 경관도 변하고 세상도 바뀌어 친척들이 눈앞에 가득하건만 이름이 아득하여 기억나지를 않는구나. 참으로 신선놀음에 도끼자루 썩는 줄 몰랐다는 그 사람과 같구나."

그리고 짤막한 율시 한편에 감흥을 부쳤다.

고향에 한번 돌아와보니,
오랜 이별 끝이라 문득 벅찬 감흥이 일어나는구나.
지난날 뛰놀던 곳 분명하니,
이 마음 몹시도 느껍구나.
무덤[629] 있던 곳에는 새로 절을 지었고,
옛날 집이 있던 자리에는 화초가 나 있구나.
어린아이들을 만나보고서,
어렴풋이 아잇적 이름 떠올려본다.

다음날 향등(香燈)[630]과 지전(紙錢)을 준비해서 선조의 묘소와 여러 사당에 가서 절을 올렸다. 그리고 마을 사당에도 가서 이 지방 신령들께도 예를 올렸다.[631]

---

629) 원문은 '松楸'로 소나무와 가래나무이다. 두 나무를 묘지에 많이 심기 때문에 '무덤'의 뜻으로 쓰인다.

630) 불전(佛前)이나 영전(靈前)에 켜두는 등.

631) "將至遼舍家鄉 從瓦橋而入 (村前橫江有瓦橋) 來先父舊營歇住 那日 諒山鎭兄已有別營 在鄉中 惟有長嫂 (前統一官之妻) 在此奉祀家堂 年七十餘 髮白如絲 神猶爽健 見余悲喜交集 含淚而言 余於此旅次間 亦不勝悲 明日遊覽園中 細看昔辰基址 至一大樹下 知是先人寢室處 梛園中宛是客堂廳堂 後邊內室 左之廚房 右之學舍 瓦砌餘痕 歷歷可覩 每至一處則躊躇一番 事變辰移 不勝黍離之感 徘徊不忍去 半晨間始來家 與諸親屬相見 備設牲禮 告祀祠堂 本鄉人備禮皆來謁賀 老少數十餘人 其中知名識面數人 乃餞答酒錢 又草作盃盤與之共飲 自此 凡有來見者 或說祖父支派乳名 細思之 方能辯識 契闊中 不覺大哭曰 我辭鄉 屈指纔三十年 于今歸省 則物換星移 親屬滿前 夢知姓字 誠爲爛柯人矣 乃敍感興一短律云 故鄉一

354

날짜에 따라서 여정을 기록한 점은 이 글이 기행문의 일부분임을 알게 한다. 그날그날 있었던 일을 사실대로 세밀하게 기록한 점은 일기와도 닮아 있다. 마지막 부분에서는 시창작의 계기를 말하고 있어 시화(詩話)의 성격도 가지게 되었다.[632] 오랜만에 고향을 찾아 어린 시절 추억의 흔적을 찾아보는 감회, 친척과 마을사람들을 만나서 나눈 정겨운 대화를 전하고, 자기도 모르게 감흥이 일어 지은 시를 기록해둠으로써 이 대목은 짙은 서정성을 띠고 있다. 섬세하고 세밀한 감각, 깊은 곳에서 우러나는 감흥이 느껴지는 독특한 품격의 저술이라고 하겠다.

---

歸省 契闊暗然生 歷歷嬉遊地 悠悠感動情 松楸新創寺 花草舊辰營 相見兒童輩 含糊認乳名 次日 備用香燈紙錢 往拜先墳與諸祠堂 又來鄕廟 謁禮本境神靈"(『上京記事』Vhv. 1940, 75a~76b면. 원문의 '辰'과 '晨'은 '時'와 동자(同字)로 보아야 하겠다).
632) 시화라고 할 만한 대목은 이곳뿐만 아니라 작품 곳곳에 보인다.

## 제4장

쯔놈문학

## 1. 베트남어의 특징과 표기

### 1) 베트남어의 특징

베트남어는 비엣족(낀족)이 사용하는 언어다. 사용자 수는 약 6,900만 명으로 한국어, 프랑스어 다음으로 세계 14번째 자리를 차지한다.[1] 베트남어는 단음절 고립어이면서 성조어라는 특징을 가지고 있다. 이 점이 중국어와 상통하지만 언어학자들은 베트남어를 중국어와는 계통이 다른 언어로 분류한다. 오늘날 연구에 따르면 베트남어는 오스트로-아시아(Austro-Asiatic) 어족(語族)의 몬-크메르(Mon-Khmer) 어군(語群)에 속한다는 설이 유력하다.[2]

---

[1] 2003년 현재 비엣족 인구 69,356,969명에서 추정한 수치이다. 다니엘 네틀·수잔 로메인, 김정화 옮김 『사라져가는 목소리들』(이제이북스 2003) 59면에 따르면 베트남어 사용자 수는 약 66,897,000명이라고 한다. 그리고 한국어 사용자는 7,500만 명, 프랑스어 사용자는 7,200만 명이라고 한다. 아마도 2000년의 통계를 반영한 듯하다.

[2] 변광수 『세계 주요 언어』(개정증보판), 역락 2003, 31면. 베트남어는 "6개로 세분된 성조가 있다고 해서 이를 시노-티베트(Sino-Tibet)어로 분류하기도 하고, 각종 토착 어휘나 어

베트남어의 한 음절을 구성 요소로 나누면 '성조+첫 음(첫 자음)+운(韻, vần)'이 된다.3) 예를 들어 'toàn'에서 모음 위에 있는 ' \ '은 성조를 표시하고, 't[t]'는 첫 음(첫 자음)이며 'oan[wan]'은 운에 해당한다.4) 베트남어에는 다음 그림처럼 여섯 가지 성조가 있다.

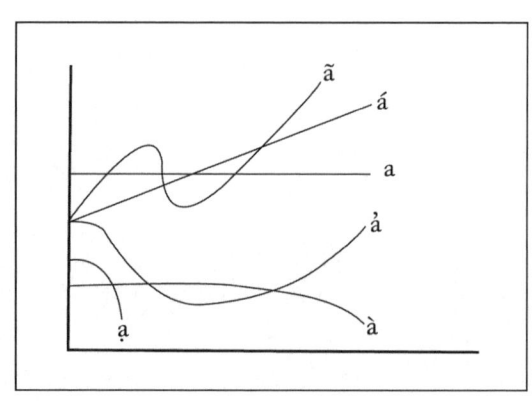

| 이름 | | 표시 | 예 |
|---|---|---|---|
| 1성 | 타인 응앙(thanh ngang)5) | 모음 위에 아무런 표시가 없음 | ba, hoa |
| 2성 | 타인 후이엔(thanh huyền) | 모음 위에 ' \ '(후이엔) 표시 | bà, hòa |
| 3성 | 타인 응아(thanh ngã) | 모음 위에 '~'(응아) 표시 | bã, hõa |
| 4성 | 타인 호이(thanh hỏi) | 모음 위에 '?'(호이) 표시 | bả, hỏa |
| 5성 | 타인 삭(thanh sắc) | 모음 위에 '/'(삭) 표시 | bá, hóa |
| 6성 | 타인 낭(thanh nặng) | 모음 아래에 ' · '(낭) 표시 | bạ, họa |

---

순(꾸미는 말이 명사의 뒤로 가는 배열)으로 보면 주변의 캄보디아어와 유사하다고 해서 몬－크메르(Mon-Khmer)어로 분류하기도 한다. (…) 언어로만 놓고 볼 때, 베트남사람이 북쪽의 중국 대륙으로부터 이동해온 민족이라는 것은 분명하다"(최병욱『동남아시아사』 67면).
3) 도안 티엔 투엇 외, 김기태 옮김『간추린 베트남어 문법』(삼지사 2002) 19~43면의 설명을 따른다.
4) 중국어 음절 구성요소를 성모(聲母)와 운모(韻母)로 나누는 것과 같은 방식이다.
5) 성조 표시가 없다는 뜻에서 '타인 콩 저우(thanh không dấu)'라고도 부른다.

## 2) 베트남어의 표기

역사상 베트남어를 표기하기 위해 개발된 방식으로는 두 가지가 있는데, 쯔놈(chữ nôm)과 국어(國語, quốc ngữ)이다. 쯔놈은 중세시기에 베트남사람들이 한자를 차용해서 만든 베트남어 기록문자이다. 쯔놈이 처음 등장한 것은 8세기 혹은 그전이라고 하는데, 점차 정착하여 대략 13세기경부터 문학작품 창작에 본격적으로 사용되었다.[6] 『대월사기전서』의 1282년 조에 따르면 완전(阮詮)은 베트남어로 시를 짓는 데 능했는데, 이로부터 베트남어로 시부(詩賦)를 짓는 일이 비롯했다고 한다. 완전의 사례는 13세기 말경에는 쯔놈으로 문학작품을 창작하는 것이 확실히 정착했음을 말해준다고 해석할 수 있다. 한자를 알아야 쯔놈도 쓸 수 있었기에 상층 지식인들이 쯔놈 사용을 선도하는 것은 당연한 일이었다.

쯔놈은 한자를 그대로 이용하거나 변형시켜 만들었는데 다음과 같은 세 가지 방식이 이용되었다.[7]

(1) 한자 그대로를 쯔놈으로 차용한 경우. 이를 다시 다섯 가지로 세분해볼 수 있다.
　1) 한자에서 기원한 말이면서 음과 뜻이 바뀌지 않은 경우.
　　(예) '才'라고 쓰고 'tài'로 읽으며 '재능'이라는 뜻이다.
　2) 한자에서 기원한 말이면서 음만 조금 달라진 경우.
　　(예) '局'이라고 쓰고 'cuộc'으로 읽으며 '국면, 형편'이라는 뜻이다. 베트남어 'cuộc'은 한자 '局'에서 기원한 말인데, '局'을 베트남 한자

---

6) 『베트남문학사전』 714면.

7) 쯔놈의 조자(造字)방식과 쯔놈 표기법의 약점에 대한 이하의 서술은 Dương Quảng Hàm 『Việt Nam Văn Học Sử Yếu(越南文學史要)』(Nxb Tổng Hợp Đồng Tháp 1993) 129~131면; 부이 주이 떤(Bùi Duy Tân), 박연관 옮김 「베트남의 쯔놈과 베트남에서의 쯔놈 연구」, 口訣學會編 『아시아 諸民族의 文字』(태학사 1997); 竹內与之助, 『字喃字典』(東京: 大學書林 1988) i~ii면 참조.

음[漢越語]으로 읽을 때('cực')와는 음이 조금 차이가 난다.

3) 한자에서 기원한 말이면서 음이 많이 달라진 경우.

(예) '卷'이라고 쓰고 'cuốn'으로 읽으며 '책, 권'이라는 뜻이다. '卷'을 베트남 한자음으로 읽을 때('quyển')와는 음이 많이 다르다.

4) 뜻은 완전히 다르지만 한자와 음이 같은 경우.

(예) '沒'이라고 쓰고 'một'이라고 읽는데 '하나[一]'라는 뜻이 되어 한자와는 뜻이 완전히 다르다. '沒'을 베트남 한자음으로 읽으면 'một'이 되니 음은 같다.

5) 음은 완전히 다르지만 한자와 뜻이 같은 경우.

(예) '味'라고 쓰고 'mùi'라고 읽는데 '맛'이라는 뜻이다. '味'를 베트남어 한자음으로 읽으면 'vị'가 되니 음은 완전히 다르다.

(2) 한자 두 글자를 합쳐서 쯔놈을 만든 경우. 이를 다시 두 가지로 나누어 볼 수 있다.

1) 일반적인 경우. 하나는 뜻을, 하나는 음을 나타내는 한자 둘을 합치는 경우이다.

(예) '至'와 '典'을 좌우로 합쳐서 '𦥃'이라고 쓰고 'đến'이라고 읽는다. 좌측의 '至'는 뜻을, 우측의 '典'은 음을 표시한다. '典'을 베트남 한자음으로 읽으면 'điển'이 된다. '𦥃(đến)'은 '이르다[至]'의 뜻이다.

2) 특수한 경우. 한자 둘이 모두 뜻을 나타내는 경우이다.

(예) '天'과 '上'을 상하로 합쳐서 '𡗶'이라고 쓰고 'trời'라고 읽는다. '天[하늘]'과 '上[위]'이 모두 뜻을 표현하고 있어서 음을 표시하는 글자가 없다. '𡗶(trời)'는 '하늘'을 뜻한다.

(3) 한자 한 글자와 쯔놈 한 글자를 합해서 새로운 쯔놈을 만드는 경우. 통상적으로 한자로는 뜻을, 쯔놈으로는 음을 표시한다.

(예) 한자 '口'와 쯔놈 '𡗶'을 좌우로 합해서 '𠳒'으로 하고 'lời' 혹은 'nhời'로 읽는다. 위에서 보았듯이 쯔놈 '𡗶'는 'trời'라고 읽으며 '하늘'을 뜻하는데 이곳에서는 새로운 쯔놈의 음을 표시하는 데 이용되고 있다. '𠳒(lời 혹은 nhời)'는 '말[言]'을 뜻한다.

莊子百年境所
彼能爲人隨閱
古來才命兩相
妨神仙傳東陽
今三見滄海
變桑田本青豐
于才㘀于遇
造物是盈而于
紅顏尤甚
稿草本也
明朝第十三帝建
元嘉靖号世宗
明太祖都金陵爲
南京咸順天爲
北京
梅龍梅以格勝
虜有梅无雪不
精神面如捕月
眉如臥蚕
盖福厚相

莫解靚癸魁此二戲哭吝人
戲戈没弓彼㯲
厥嘻彼晢斯豐
稿蒼客拱㘰畑
浪輸嘉靖朝明
固茄員外户王
汶翄混次莘悉
頭悉㖫妸嫄娥
梅骨格雪精神
雲貼莊重恪撟

非衚或作我

困腠潛惮㤔蜉安囊
没㝵没㾐进分院进
翠朝罢㘃姉施罢翠雲
王覲罢竹綏涓儒家
家貧傍供常予㙮中
翠方滂潮㘃京凭鑽
風情固錄暈傳史撑
丕撑悄貝賸紅打怪
仍調鳘覽笽劢㾆悉
竚才竚命莕罢惝儀

성태(成泰) 14년(1902) 판본 『취교전』의 첫 부분.

쯔놈이 베트남어를 표기하는 데 유용하기는 하지만 한자를 알아야 쯔놈도 알 수 있다는 약점은 어쩔 수 없었다. 한자를 조합해서 새로운 쯔놈을 만든 경우도 있어 어려움이 더욱 컸다. 나아가 실제 차자표기체계를 운용하면서 부딪히게 되는 어려움도 적지 않았다. 우선 한자 한 글자가 둘 혹은 그 이상의 서로 다른 쯔놈에 대응함으로 말미암아 잘못 읽을 수 있다. 예를 들어 한자 '本'은 경우에 따라서 'vốn'(뜻만 취하는 경우)이나 'bản'(뜻과 음을 함께 취하는 경우)으로 읽었다. 또한 하나의 어휘를 표현하는 데 서로 다른 쯔놈이 쓰이는 경우가 있어서 표기가 일정치 않았다. 예를 들어 쯔놈 '𣈘'과 '𦎛'은 모두 베트남어 'đến(이르다, 至)'에 대응하는 표기였다.

한자음과 베트남어 사이에 차이가 있어 생기는 문제도 있었다. 우선 한자로는 표현할 수 없는 베트남 고유의 자모가 적지 않다. 예컨대 베트남어 'g, r, au, eo, en, on……'을 표기할 수 있는 한자가 마땅찮다. 그나마 발음이 유사한 글자를 쓸 수밖에 없었지만 역시 그 때문에 잘못 읽을 수 있었다. 게다가 6성인 베트남어를 표기하기에 4성만 인정하는 한자음은 한계가 있을 수밖에 없었다. 한자음의 성조와는 다른 성조로 읽으라는 뜻을 나타내기 위해 별도의 부호를 첨기(添記)하는 사람도 있었다.

요컨대 쯔놈의 약점은 표준화되지 않고 자의적 성격이 강한 표기체계라는 데 있다. 국가에서 나서서 이런 문제를 해결하면 어떨까 하는 기대를 가져볼 수 있다. 실제로 역사상 두 번에 걸쳐서 쯔놈을 한자 대신 공식문자로 삼으려는 시도가 있었다. 호계리(胡季犛, 재위 1400~1407)가 처음 시도했고 광중황제 완문혜(阮文惠, 재위 1788~1792)가 그 다음으로 시도했다. 하지만 두 정권 모두 단명해서 국가 차원에서 쯔놈의 통일적인 체계를 수립한다거나 민간에까지 강력하게 보급하는 정책을 편다거나 하지는 못했다.

조금 관점을 바꾸어 쯔놈을 사용해서 작품을 창작하면서 구어와의 거리를 좁히려는 시도가 두드러지지 않은 점도 고려해볼 필요가 있다. 쯔놈으로 창작한 작품은 거의가 운문이었다. 구어를 반영해서 글을 지으려는 시도는 어쩌다 혹간 있었을 뿐이다. 그런만큼 쯔놈은 운율의 제약에서 벗어난 자리에서 쓰일 기회를 좀처럼 얻지 못했다. 그 결과 쯔놈작품의 언어 사용과 일상 구어의 그것 사이에 놓인 거리가 좀처럼 좁혀지지 않았다. 그런 거리가 유지되는 한 가독성을 높이고 글의 쓰임새를 다양화하며 좀 더 많은 독자를 확보하는 것이 그렇게 용이한 일은 아니었을 것이다.

## 2. 쯔놈시가의 형식과 운율

쯔놈문학은 중세시기에 사용된 베트남어 차자표기인 쯔놈으로 기록한 베트남어 문학을 가리킨다. 쯔놈문학은 그 아래에 여러 가지 하위 갈래를 가지고 있다. 우선 베트남 민요의 운율에 터를 잡은 운문형식으로 6·8체, 7·7·6·8체가 있다. 한시형식을 모방한 고풍(古風), 당률(唐律)쯔놈시, 사곡(詞曲)이 있으며 변우(騈偶, 騈文)형식인 부(賦), 제문(祭文), 대련(對聯), 경의(經義)[8] 등도 있다. 산문형식은 훨씬 늦은 시기에 발생했으며 중세시기에는 양적으로나 질적으로나 열세를 면치 못했다. 쯔놈문학은 운문(쯔놈시) 중심으로 발전했으며, 쯔놈문학의 양상을 서술할 때는 쯔놈시를 중심에 두는 것이 당연하다.

쯔놈 표기를 국음이라고 하는 데 따라서 쯔놈시를 달리 국음시(國音詩, quốc âm thi)라고도 부른다. 완채의 작품집을 『국음시집(國音詩集)』이라고 하고, 홍덕소단의 창작품을 모아서 『홍덕국음시집(洪德國音詩集)』이라고 한 것을 보면 국음시라는 명칭이 일찍부터 정착되었음을 알 수 있다. 오늘날 연구자들은 '터 꾸옥 엄(thơ quốc âm)' '터 쯔놈(thơ chữ nôm)' 또는 '터 놈(thơ nôm)'이라고 부르고 있다. '터'는 '시(詩)'를 뜻하는 베트남어이다. '터

---

8) 경의(經義, Kinh Nghĩa)를 쯔놈으로 창작한 것은 여귀돈인데, 그 뒤로는 창작이 끊겼다. 쯔놈 책문(策文, Văn Sách)의 경우도 마찬가지이다(『베트남문학사전』 228면).

쯔놈'이나 '터 놈'은 작품이 쯔놈으로 표기되어 있기에 사용하는 명칭이다. 한자로 기록한 한시는 '터 쯔 한(thơ chữ Hán)'이라고 부르는데 '한(hán)'은 곧 '한(漢)'이다.

한시에서 평측을 따지고 운을 맞추듯이 베트남 국음시 역시 평측을 안배하고 압운을 한다.[9] 또한 한시와 마찬가지로 대구도 맞춘다. 앞에서 보았듯이 베트남어에는 여섯 가지 성조가 있는데 이 가운데 1성(타인 응앙), 2성(타인 후이엔)을 평성(平聲)으로 분류하고 나머지 네 개의 성조는 측성(仄聲)으로 분류한다. 평성을 다시 음역(音域)의 높낮이에 따라서 상평(上平)과 하평(下平)으로 나누는데, 1성이 상평이고 2성이 하평이다.

쯔놈시 형식 가운데 베트남사람들이 크게 애호한 형식으로는 당률쯔놈시, 6・8체시, 7・7・6・8체시, 핫 노이(hát nói) 이렇게 네 가지 정도를 꼽을 수 있다. 이곳에서는 국음시 형식을 대표하는 이들 네 가지 형식에 대해 간략하게 살펴보고자 한다.

### 1) 당률쯔놈시

당률쯔놈시(thơ Nôm Đường Luật)는 '쯔놈을 사용해서 당시(唐詩)의 형식으로 창작한 시'를 말한다. 다시 말해서 당률쯔놈시는 중국에서 창안되어 전해진 근체시(近體詩)의 운율을 준용하면서 베트남어(쯔놈)로 쓴 작품을 말한다. 베트남어는 중국어와 같이 고립어이며 단음절어가 많은 언어이고, 성조어라는 특성을 가지고 있기 때문에 베트남어와 근체시 형식의 결합이 가능했다.[10] 당률쯔놈시는 8행시(5언 8행, 7언 8행)이거나[11] 4행시(5언 4행, 7언

---

9) 앞서 베트남어의 특징을 설명하면서 베트남어의 한 음절을 구성요소로 나누면 '성조+첫음+운'이 된다고 했는데, 첫 음(첫 자음) 이하 부분을 운(韻, vần)이라고 한다. 이는 중국어의 경우와 마찬가지이다.

10) 배양수 외『베트남의 이해』205면. 배양수「베트남 唐律쯔놈詩 考察」,『外大語文論集』제12집(부산외국어대학교 어문학연구소 1996)에서 당률쯔놈시를 개관하고, 주요 작가의 작품을 번역해서 소개하고 있다.

4행)[12]이다. 이는 당시의 율시(律詩)와 절구(絕句) 형식에 각각 대응한다.

작품 한 편을 예로 들어서 살펴보자. 앞에서 든 작품 예들과 마찬가지로 쯔놈을 옮기지 못해 현대 베트남어로 전사한 것을 제시한다.

차가운 가을 연못 물 맑은데,
한 척의 조그만 낚싯배 (떠 있네).
푸른 수면에는 바람 불어 잔물결 일고,
단풍은 산들바람에 나부끼고 있네.
뭉게뭉게 구름은 짙푸른 하늘을 떠가고,
구불구불 대나무 숲길에는 손님이 끊어졌네.
기대고 앉아 한동안 낚싯대를 잡지만 얻는 것 없고,
어떤 물고기인지 수초 아래서 입질하고 있네.

| | |
|---|---|
| Ao thu lạnh lẽo nước trong veo, | 平平仄仄仄平平韻 |
| Một chiếc thuyền câu bé tẻo teo, | 仄仄平平仄仄平韻 |
| Sóng biếc theo làn hơi gợn tí, | 仄仄平平平仄仄 |
| Lá vàng trước gió khẽ đưa vèo. | 仄平仄仄仄平平韻 |
| Tầng mây lơ lửng trời xanh ngắt, | 平平平仄平平仄 |
| Ngõ trúc quanh co khách vắng teo, | 仄仄平平仄仄平韻 |
| Tựa gối ôm cần lâu chẳng được, | 仄仄平平平仄仄 |
| Cá đâu đớp động dưới chân bèo.[13] | 仄平仄仄仄平平韻 |

완권이 지은 「추조(秋釣)」라는 작품이다. 근체시 중 칠언율시의 운율을 준용해서 평측을 안배하고, 1·2·4·6·8행의 마지막 글자에 압운을 했다. 평측을 보면, 1행 두번째 글자가 평성이니 평기식(平起式)이다. 각 행의

---

11) 둘을 '팔구(八句)'라고 부른다.
12) 둘을 '사절(四絕)'이라고 부른다.
13) 배양수 외 『베트남의 이해』 213~214면에 있는 원문과 번역을 참고해 다시 번역했다.

두번째 글자와 네번째 글자는 평측이 서로 거꾸로 되는 이사부동(二四不同) 원칙이 지켜지고 있다. 또한 2행과 3행, 4행과 5행, 6행과 7행의 두번째, 네 번째, 여섯번째 글자의 평측이 같아야 한다는 점법(粘法)의 원칙도 따르고 있다.

이 작품은 그림을 보고 있는 듯한 느낌을 줄 정도로 풍경묘사에 중점을 두었다.[14) 무심(無心)한 가운데 한가로운 정취를 느끼게 한다. 중세적인 미감에 충실한 근체시 한 편을 번역해놓았다고 해도 좋을 것이다.

당률쯔놈시는 한시의 근체시에 연원을 두고 있는 형식이다. 칠언율시 형식의 당률쯔놈시가 가장 널리 쓰였는데, 칠언율시 한시와 마찬가지로 유학을 익힌 사대부가 중세적 인식과 미의식을 담아내기에 적합한 형식으로 선택한 것이다. 이처럼 당률쯔놈시는 기원, 담당층, 미감에서 여타 민요 기원 형식들과 구별되는 점이 있다는 사실을 특기할 필요가 있다. 중세시기에는 한시와 방불할 수준으로 높은 서정성을 구현하는 형식이었지만 시대가 바뀌자 한시와 흡사한 외래형식이며 낡은 의식과 미감을 담을 뿐이니 청산해야 한다는 비판에 직면하게 된다.

### 2) 6·8체시

6·8체시(thể lục bát)는 6언(음절)행과 8언(음절)행의 교대가 연속되는 형식이다.[15) 이 형식은 본래 민요에 있던 형식이 기록문학 영역으로 상승한 것이다. 구비전승의 형식을 기록문학 창작에 받아들여 사용하여 상하남녀가 작품의 창작과 수용에 동참하게 됨으로써 6·8체시는 중세시기 베트남 기록문학의 대표적인 형식이 될 수 있었다.

---

14) 배양수 외 『베트남의 이해』 213면.
15) 베트남어로 '언(言)', 음절은 'chữ(쯔)'라고 하고, '행(行), 줄'은 'câu(꺼우)'라고 한다. 6+8 2행(꺼우)을 묶어서 'cặp(깝)'이라고 부른다. '깝'은 '쌍, 짝'을 뜻하는 말이다. 그리고 1행 내부의 의미 분절은 'nhịp(닙)'이라고 부른다.

6·8체시는 행 수에 제한이 없어서 얼마든지 길어질 수 있다. 6·8체로 된 작품 가운데 장편에 속하는 『천남어록(天南語錄)』은 8,136여행이나 되고 『취교전(翠翹傳, Truyện Kiều)』은 3,254행에 달한다. 또한 6언행과 8언행이 교대로 길게 이어지면서 얼마든지 다양한 내용을 담아낼 수 있어 문학, 정치, 종교, 철학 등의 저술에 거의 전방위적으로 쓰였다. 문학 갈래로 말하자면 서정시, 교술시, 서사시가 다 이 형식으로 창작될 수 있었다.

지금까지 전해지는 작품으로 6·8체 형식이 쓰인 최고(最古)의 예로는 16세기 초반(1504년 이전)에 창작된 여득모(黎得毛, 1462~1529)의 창곡(唱曲)작품을 든다. 그런데 여득모의 작품에는 7·7·6·8체 형식도 섞여 있어 단일한 형식은 아니다. 전적으로 6·8체 형식으로 된 작품의 효시는 16세기 말 풍극관이 창작한 「임천만(林泉挽)」(185행)이라고 한다. 이어서 17세기 초 도유자(陶維慈, 1572~1634)의 「와룡강만(臥龍崗挽)」(136행)과 「사용만(思容挽)」(236행)이 그 뒤를 이었는데,[16] 이들 작품을 통해 6·8체 형식이 정착되어 감을 확인할 수 있다.

6·8체의 운용규칙을 알아보기 위해 『취교전』에 나오는 한 대목(2027~2030행)을 보기로 하자. 윗부분은 쯔놈 원문을 오늘날의 베트남어 표기, 곧 국어로 전사한 것이고 아랫부분은 우리말 번역이다. 설명의 편의를 위해 필요한 곳에 평측을 부기해두었다.

Cất mình(平) qua ngọn(仄) tường hoa(平),
Lần đương(平) theo bóng(仄) trăng tà(下平) về tây(上平).
Mịt mù(平) dặm cát(仄) đồi cây(平),

---

16) 「와룡강만」과 「사용만」은 모두 도유자가 완주(阮主)의 조정에 출사하기 전인 1627년 이전에 창작한 작품으로 보고 있다(『베트남문학사전』 123면). 보 람 수언 『Đào Duy Từ(도유자)의 'Ngọa Long Cương văn(와룡강만)' 연구」, 『문창어문논집』 제45집(문창어문학회 2008)에서 「와룡강만」을 번역하고 분석했다.

Tiếng gà(平) điểm nguyệt(仄) dấu giày(下平) cầu sương(上平).

힘겹게 화장(花牆)을 타 넘어,
서쪽으로 기울어가는 달빛을 따라 길을 더듬어가네.
어둑어둑한 밤중에 모랫길과 나무 언덕을 지나니,
달빛 아래 모점(茅店)의 닭 울음소리, 서리 내린 판교(板橋) 위의 발자국.[17]

각 행의 홀수 글자는 평측에 제한을 두지 않는다. 이를 "일삼오불론(一三五不論)"[18]이라고 한다. 둘째, 여섯째, 여덟째 글자(8언행의 경우)는 모두 평성이어야 하고, 넷째 글자는 측성이어야 한다. 만약 6언행이 3+3으로 끊어질 경우에는 둘째 글자를 측성으로 해도 좋다.[19] 8언행의 여섯째 글자와 여덟째 글자는 각각 하평과 상평이 되도록 배치한다. 위의 예문을 보면 'tà/tây, giày/sương'이 하평과 상평으로 대응되고 있다.

압운에 대한 규칙은 다음과 같다. 6·8체시는 요운(腰韻, vần lưng)과 각운(脚韻, vần chân)을 맞춘다. 6언행의 여섯째 글자와 8언행의 여섯째 글자는 운을 맞춘다. 위의 예문에서 'hoa/tà, cây/giày'가 이에 해당한다. 이것이 요운이다.[20] 8언행의 여덟째 글자와 다음에 이어지는 6언행의 여섯째 글자도 역시 운을 맞춘다. 'tây/cây'가 이에 해당한다. 이것이 각운이다.

지금까지 설명한 평측과 압운에 대한 규칙을 정리해보면 다음과 같다. 압운을 하는 자리는 아래 첨자로 표시했다.

---

17) 번역과 주석이 최귀묵 옮김 『취교전』 182면에 있다.
18) Dương Quảng Hàm 『Văn Học Việt Nam(베트남문학)』, Bộ Giáo Dục, Trung Tâm Học Liệu xuất bản 1939, 14면.
19) 예컨대 『취교전』 17행·83행은 다음과 같다. Mai cốt cách, tuyết tinh thần(매화 가지같이 우아한 자태, 눈같이 순결한 마음. 17행). Đau đớn thay! phận đàn bà(애달프구나, 여인의 운명이여. 83행). 17행의 'cốt'과 83행의 'đớn'은 측성이다.
20) 6·8체 형식이 쓰인 가장 오랜 예라고 한 여득모의 창곡작품에 요운이 사용되고 있다.

6 □平□仄□平<sub>韻</sub>
8 □平□仄□平<sub>韻</sub>□平<sub>韻</sub>
6 □平□仄□平<sub>韻</sub>
8 □平□仄□平<sub>韻</sub>□平<sub>韻</sub>

□는 평성이 와도 좋고 측성이 와도 좋은 자리를 표시한다. 6·8체시는 평성 운을 사용한다. 위 그림에서 확인할 수 있듯이 운을 맞추는 자리인 6언 행의 여섯째 글자, 8언행의 여섯째 글자와 여덟째 글자 자리에는 모두 평성이 온다.
압운을 하는 자리도 규정되어 있지만 압운을 할 수 있는 음도 정해져 있다. 다음 [ ] 안에 있는 음들이 평성으로 서로 호응할 경우에는 운이 맞는 것으로 본다.

(가) [a e ê i y o ô ơ u ư]가 각각 대응하는 경우, [ia uya], [oa ua], [ai oai], [ay ây], [an oan], [ang oang], [anh oanh], [ênh inh uynh], [ao au âu], [ăn ăng], [ân uân âng uâng], [em êm], [iêm im ym yêm], [en ên iên in], [uên uyên], [eo êu], [iêu iu yêu], [oe uê], [oi ôi ơi], [on ôn ơn], [ong ông], [ui uôi ươi], [un ưn], [ung ưng], [uôn uông ương]

그런데 실제로 시를 창작하다보면 위의 조건을 충족하기 힘든 경우가 적지 않다. 그래서 다음과 같은 경우에도 운이 맞는 것으로 간주한다.

(나) [a ơ ư ia oa ua ưa], [e ê], [i y ia], [oe, uê], [uy uya], [o ô u ua], [au âu iao ao o u], [ai iai oai uai oi ôi ơi ui uôi ươi], [ay ây oay uây], [am iam ơm uôm], [an ian oan ơn], [ang iang oang, uông, ương], [ăn ân uân ưn], [ăng âng ưng], [anh ênh inh oanh uynh], [ao eo êu iu iêu yêu ưu], [em êm iêm im ym yêm], [en ên in iên uên uyên], [on uôn ôn un], [ong ông ung]

(가)에 열거된 것을 '정격의 운(vần chính)'이라고 일컫고, (나)에 열거된 것을 '통용되는 운(vần thông)'이라고 일컫는다.[21] 위에서 본 『취교전』의 예에서 'tây/cây'와 같은 경우는 정격의 운이 되고, 'cây/giày'와 같은 경우는 통용되는 운이 된다. 정격의 운과 통용되는 운이 한 작품에 쓰여도 무방하다는 사실을 알 수 있다.

6·8체시는 6언(chữ)행과 8언(chữ)행, 이 두 행(câu)이 합해서 하나의 짝(cặp)을 이룬다. 2행 14언의 한 짝이 의미와 운율의 기본단위가 된다. 각 행은 2언, 3언, 4언을 단위로 의미 분절(nhịp)이 이루어진다. '2+2+2+(2)' '3+3' '4+4'로 나뉘는 것을 가장 흔히 보게 된다.

6·8체시는 대구를 엄격하게 맞추어야 하는 형식은 아니다. 그렇기는 해도 6언행과 8언행에 대구표현을 두는 경우가 적지 않다. 다음은 『취교전』의 163~164행이다.

> Người quốc sắc, kẻ thiên tài,
> Tình trong như đã, mặt ngoài còn e.

> 국색(國色)과 천재(天才),
> 마음속으로는 서로 반했지만 얼굴에는 아직은 걱정스러운 빛이 감도네.[22]

윗줄에서는 'người(사람)/kẻ(사람)' 'quốc sắc(국색)/thiên tài(천재)'가 대구를 이루고 있으며 아랫줄에서는 'Tình trong(마음속)/mặt ngoài(겉으로 드러난 안색)' 'như đã(이미 반했다)/còn e(아직은 걱정스럽다)'가 각각 대구를 이루고 있다.

---

21) Diên Hương 『Phép Làm Thơ(작시법)』(제2판, Sài Gòn: Nhà Sách Khai Trí 1961) 14~28면에 정리된 것을 이용한다. Maurice Durand, *L'UNIVERS DES TRUYỆN NÔM*(쯔놈 시전의 세계) (Hà Nội: Nxb Văn Hóa 1998) 38~53면에 정리된 것도 썩 유용하다.
22) 최귀묵 옮김 『취교전』 29면.

### 3) 7·7·6·8체시

7·7·6·8체시는 달리 쌍칠육팔체(雙七六八體, thể song thất lục bát)라고 부르기도 한다. 이 형식은 주로 음곡(吟曲)의 창작에 이용되었고 제문(祭文) 창작에 쓰인 경우도 더러 있다. 7·7·6·8체시를 이루고 있는 7언행이 한시나 또는 앞서 본 7언 당률쯔놈시에서 온 것이 아닐까 생각할 수 있는데 실은 그렇지 않고 일찍부터 속담이나 민요에서 쓰이던 형식이라고 한다.[23] 민요에 있던 7언 형식에 6·8체시 형식이 결합된 일종의 합체(合體) 형식인 셈이다. 6·8체의 경우와 마찬가지로 16세기 초에 창작된 여득모의 창곡작품에 이 형식이 사용되고 있다. 여득모의 작품이 기록으로 전하는 가장 오래된 예이며 16세기 말~17세기 초에 창작된 것으로 보이는 황사개(黃土愷, 1510/1520~?)의 「사시곡(四時曲)」(1599)[24]이 7·7·6·8체 형성의 이정표가 되었다고 평가된다.

실례로 단씨점(段氏點)이 지은 『정부음곡(征婦吟曲)』의 한 대목(113~116행)을 들어본다.

소첩의 운명은 이 집안에서 기다리는 것이라고 하더라도,
구름 저쪽에 있는 것이 과연 당신의 숙명입니까!
물고기가 물을 만나기를 바랄 뿐이지만,
물과 구름처럼 멀리 떨어져 있을 것이라고는 생각지도 못한 것.

Trong cửa này đã đành phận thiếp,
Ngoài mây kia há kiếp chàng vay.
Những mong cá nước sum vầy,
Bao ngờ đôi ngả nước mây cách vời.
(Thiếp chẳng tưởng ra người chinh phụ)[25]

---

23) 『베트남문학사전』 530면.
24) 작품 이름이 '사시곡영(四時曲詠)'으로 된 곳도 있다.

두 줄의 7언행은 3+4, 또는 3+(2+2)로 끊기도록 정해져 있다. 이는 일반적으로 4+3으로 끊어지는 당률쯔놈시와 다른 점이기도 하다. 위 7언행의 끝 글자(thiếp)와 아래 7언행의 다섯번째 글자(kiếp)에 측성으로 압운을 하고, 아래 7언행의 끝 글자(vay)와 6언행의 끝 글자(vầy)에 평성으로 압운을 하며, 6언행의 끝 글자(vầy)와 8언행의 여섯번째 글자(mây)에 평성으로 압운을 한다. 8언행의 마지막 글자는 다음에 이어지는 7언행의 세번째 혹은 다섯번째 글자(người)와 평성으로 압운을 한다. 6언행은 각운만 맞추고, 나머지 3행은 각운과 요운을 맞춘다. 이렇게 7·7·6·8체시에서 7언 2행은 요운을 맞추지만 당률쯔놈시에서는 그렇게 하지 않는 것도 서로 차이가 나는 점이다.

7·7·6·8체시의 평측과 압운에 대한 규칙을 정리해보면 다음과 같다.

7 □□仄□平韻□仄韻
7 □□平□仄韻□平韻
6 □平□仄□平韻
8 □平□仄□平韻□平韻
7 □□仄□平韻□仄韻
7 □□平□仄韻□平韻
6 □平□仄□平韻
8 □平□仄□平韻□平韻

작품은 이렇게 평측과 압운의 규칙이 정해진 7·7·6·8의 4행을 한 연(聯, khổ)으로 해서 길게 이어진다. 이 형식으로 쓰인 작품 가운데 문학성이 뛰어나다고 평가받은 『정부음곡』『궁원음곡(宮怨吟曲)』『빈녀탄(貧女嘆)』

---

25) 원문과 번역문은 배양수 옮김 『정부음곡』(부산외국어대학교출판부 2003)에서 가져왔다. 번역은 34면, 원문은 112면에 있다.

『서정곡(敍情曲)』 같은 작품을 보면, 이 형식이 슬픈 내면심리를 절절하게 표현하는 데 적합하다는 것을 알게 된다.

### 4) 핫 노이(hát nói)

핫 노이는 가주(歌籌, ca trù)의 연행에서 쓰이는 노랫말의 일종이다. 가주는 반주에 맞추어 전문적 예인(藝人)이 가창하는 공연예술이다. 궁정 여악(女樂)에서 기원해서 민간 공연예술 형태로 변모한 것이라고 한다.

가주의 연행에는 가기(歌妓),[26] 남성 반주자, 감상하는 사람(고객)[27]이 참여한다. 남성 반주자가 세 줄 현악기[28]를 타면 가기는 대나무판에 막대를 두드리면서 곡조에 맞춰 노래, 읊조림, 말을 섞어가면서 가사를 전달한다.[29] 감상하는 사람은 음악과 문학에 조예가 깊은 남성 고객인데, 연행중에 북을 대나무 조각으로[30] 쳐서 연행이 마음에 드는지 아니면 만족스럽지 못한지에 대한 자기의사를 표현한다. 이러한 연행방식에서 보듯이 가주는 악(樂, nhạc)·시(詩, thơ)·성색(聲色, thanh sắc)의 세 요소가 결합되어 있어 인기를 얻을 수 있었다.[31]

가주는 15세기경에 시작되었을 것으로 보이는데 19세기에 이르러 도시지역 사대부를 향유층으로 해서 크게 성행했다. 가주에는 음악에 못지않게 노랫말이 중요한데, 노랫말은 주로 사대부의 손에 의해 창작되었다. 사대부

---

26) 베트남어로 '아 다오(ả đào)' 또는 '꼬 더우(cô đầu)'라고 부른다. 가주를 다른 말로 '핫 아 다오(hát ả đào)' 또는 '핫 꼬 더우(hát cô đầu)'라고 하는데, 가기의 노래라는 뜻이다. 가주에 여성 창자(唱者)만 있었던 것은 아니고 남성 창자도 있었다. 남성 쪽을 '껩(kép)'이 라고 한다. 하지만 여성(가기)이 노래 부르는 것이 일반적이기 때문에 '핫 아 다오'라는 명칭이 통용되었다.
27) 베트남어로 '꽌 비엔(quan viên)'이라고 하는데, 한자어로는 '관원(官員)'이다.
28) 베트남어로 '단 다이(đàn đáy)'라고 부른다.
29) 우리의 시조창 연행장면을 떠올리면 연행상황을 이해하는 데 도움이 된다.
30) 이 대나무 조각을 가리키는 말인 '주(籌, trù)'에서 가주라는 명칭이 유래했다.
31) Lê Bá Hán·Trần Đình Sử·Nguyễn Khắc Phi 주편 『문학용어사전』 50면.

창작 쯔놈문학의 성장이 가주 성행의 원동력이 되었다고 할 수 있다. 19세기 무렵 가주가 성행하면서 핫 노이 형식이 탄생하기에 이르렀다.

핫 노이의 정격(正格, chính cách)[32]은 11행 3단(段)이며[33] 각 행을 이루는 음절 수는 일정하게 규정된 부분도 있고 규정이 없이 자유로운 부분도 있다. 실제로 작품 한 편을 보면서 형식과 운율에 대해서 살펴보기로 한다. 다음은 고백괄의 「술로 시름을 달래며(Uống rượu tiêu sầu)」이다.

삼만 육천 날이면 몇 날인가?
부유(蜉蝣)[34] 같은 인생 우습기도 하구나.
자, 세상일에 골몰해서 무엇 하리요,
한두 잔 호방하게 마시고 털어버리세.
세월 보내는 데는 오직 술이 있을 뿐,
백 가지 계책을 내보아도 한가함만 못하네.
소광(韶光)[35] 아래 남산(南山) 그림자 어른거리고,
뒤돌아보니 구환(九寰)[36]이 좁아 보이도다.
천지(天地)는 예가 지금이 되고, 지금이 예가 되고,
형해(形骸)[37]는 없다가 있고, 있다가 없도다.
천사만종(千駟萬鐘)[38]이 무슨 필요 있으리요!

Ba vạn sáu nghìn ngày là mấy,
Cảnh phù du trông thấy cũng nực cười.
Thôi công đâu chuốc lấy sự đời,

---

32) 정체(正體, chính thể)라고 하기도 한다.
33) 행은 'câu', 단은 'khổ 또는 trở'라고 한다.
34) 하루살이.
35) 봄빛.
36) 천하.
37) 사람의 몸과 몸을 이룬 뼈.
38) 부귀(富貴).

Tiêu khiển một vài chuông lếu láo.

Đoạn tống nhất sinh duy hữu tửu, (斷送一生惟有酒)

Trầm tư bách kế bất như nhàn. (沈思百計不如閑)[39]

Dưới thiều quang thấp thoáng bóng Nam san,

Ngoảnh mặt lại, cửu hoàn coi cũng nhỏ.

Khoảng trời đất, cổ kim, kim cổ,

Mảnh hình hài, không có, có không.

Lọ là thiên tứ, vạn chung![40]

　

1~4행, 5~8행, 9~11행이 각각 한 단을 이루어 한 수의 작품은 3단[41]이
된다. 각각의 단을 다시 세분해서 1~2행, 3~4행, 5~6행, 7~8행, 9~10행,
11행을 시의(詩意)를 표현하는 작은 단위로 본다. 또한 5~6행은 5언 또는
7언 한시구이거나 쯔놈시구인 경우가 많은데, 작품의 요지가 표현되는 곳이
다.[42] 5행과 6행의 음절 수가 달라도 무방하다. 마지막 행은 언제나 6언으
로 하지만 그 밖의 행은 음절 수가 일정치 않다. 7~8언인 경우가 가장 흔하
지만 4언에서 12~13언까지, 많게는 20언 이상이 되는 경우도 있다.

총 11행이 정격인데, 변격(變格)도 용인되어 길게는 11행 이상인 작품도

---

39) 5~6행의 시구 "斷送一生惟有酒 沈思百計不如閑"은 중국 당나라 한유(韓愈)의 시「견
흥(遣興)」의 "斷送一生惟有酒 尋思百計不如閑"을 이용한 것이다.

40) 원문은 Dương Quảng Hàm『Việt Nam thi văn hợp tuyển(베트남 시문합선)』(Hà Nội:
Nxb Hội Nhà Văn 1998. 초판은 1943) 143~144면에 있다.

41) 이를 'ba khổ' 또는 'ba trổ'라고 한다.

42) 극단적으로 전편이 한시구로 된 작품도 보인다. 예컨대 무명씨의 작품으로 이런 것이 있
다. "風清月白 蘇東坡赤壁之遊 昔逢秋今又逢秋 千古豪情人未老 梧桐月向懷中照 楊柳風
來面上吹 問南樓今夜何其 江村只見天邊雁 玉笛一聲寒燈一盞 懷佳人兮不能忘 秋風蘭秀
菊芳" (Nguyễn Văn Ngọc『Đào Nương Ca(陶娘歌=핫 노이)』, Hà Nội: Vĩnh Hưng
Long Thư Quán 1932, 167~168면). 이런 작품은 한시를 가창하고자 하는 욕구가 있었다
는 사실을 보여준다고 생각된다. 우리의 한시 현토형 시조와 상통하는 점이 있어 비교해볼
만하다.

있고 짧게는 7행인 작품도 있다. 11행 이상인 경우는 가운데 단이 늘어난 것이고 7행인 경우는 가운데 단이 없는 셈이다. 작품의 앞이나 뒤, 혹은 앞뒤 모두에 작품 본문과 별도로 6·8체 형식의 몇행을 덧붙이는 경우가 있다.43) 6언, 8언의 2행을 붙이기도 하고44) 6언, 8언, 6언, 8언의 4행을 붙이기도45) 한다. 새로운 작품을 창작하기도 하고 이미 있는 작품에서 따다가 쓰기도 한다.

핫 노이도 압운을 한다. 행을 이어가면서 각운과 요운을 맞추는데, 위의 작품을 보면 1행의 'mấy'와 2행의 'thấy'로 요운을 맞추고, 2행의 'cười'와 3행의 'đời'로 각운을 맞추었다. 요운은 9행의 'cổ'와 10행의 'có'에 이르기까지 계속되고, 각운은 10행의 'không'과 11행의 'chung'에 이르기까지 계속되고 있다. 물론 압운을 엄격하게 하지 않은 파격(破格)의 작품도 가능하다.

베트남어 노래 속에서 중심이 되는 시의(詩意)를 표현하기 위해 한시구를 활용하고, 작품에 6·8체 시구를 덧붙이기도 하는 데서 핫 노이가 사대부 계층에서 한문학과 베트남문학을 결합해 만들어낸 갈래라는 점이 드러난다. 한편 핫 노이는 여러 모로 보아 여타 시형식에 비해 상대적으로 유연한 형식이라고 할 수 있다. 이러한 형식의 자유로움이 20세기 시인들을 자극해서 핫 노이는 신시(新詩, thơ mới) 가운데 8언시의 모체가 되었다.46)

---

43) 이를 'mưỡu'라고 부른다.
44) 이를 'mưỡu đơn'이라고 부른다.
45) 이를 'mưỡu kép'이라고 부른다.
46) 『베트남문학사전』 172면.

## 3. 쯔놈시문의 양상

### 1) 쯔놈시문의 초기 모습

쯔놈을 사용한 문학작품 창작이 시작되었음을 알려주는 최초의 사례가 13세기 말 완전의 경우이다. 완전은 시집 『피사집(披砂集)』을 남겼는데, 그 가운데는 쯔놈으로 창작한 작품이 다수 수록되어 있었다고 한다.[47] 그 밖에도 쯔놈문학의 성장과정을 알려주는 기록은 더 있다. 『대월사기전서』 1306년 진(陳)나라 영종(英宗) 14년 조를 보면, 이 해에 공주를 점성(占城, 참파)의 왕에게 시집보냈는데 조야문인(朝野文人)들이 중국 한(漢)나라 때 흉노(匈奴)와의 화친을 위해 흉노왕에게 보내진 왕소군(王昭君)의 일에 빗대어 '국어시사(國語詩詞)'를 지어 풍자했다고 한다.[48] 또한 같은 1306년 조에는 천장학사(天章學士) 완사고(阮士固, ?~1312)가 '국어시부(國語詩賦)'를 지을 수 있었다고 하고, 베트남에서 '국어'를 이용해 시부를 짓는 것은 이로부터 시작되었다는 기록도 있다.[49] 14세기에는 개인의 국음시 시집이 만들어지기에 이르렀다. 『역조헌장유지』에 따르면 주안(朱安)은 『국어시집(國語詩集)』을 남겼는데 전해지지는 않는다고 한다.[50] 이상의 여러 기록을 종합해볼 때 국음시는 주술적인 노래, 집단적인 풍자노래로 시작된 듯하며 13세기 말 이후로는 쯔놈시 창작이 활기를 띠게 되었음을 알 수 있다. 그런데 그런 정황을 알려주는 기사만 남아 있을 뿐 실제 작품은 지금까지 전하지 않는다.

완채의 『국음시집』 이전의 창작으로 오늘날 전하고 있는 작품은 주로 선

---

47) 『역조헌장유지』 '문적지' 35b면에는 "披砂集 一卷 韓詮撰 中多國語詩"라고 되어 있다. 완전이 한(韓)씨 성을 하사받았기에 찬자(撰者)를 한전(韓詮)이라고 한 것이다.

48) "夏 六月 下嫁玄珍公主于占城主制旻 初 上皇遊方幸占城 而業許之 朝野文人多借漢皇 以昭君嫁匈奴事 作國語詩詞諷刺之"(陳荊和 編校 『校合本 大越史記全書』(上), 388면).

49) "命天章學士阮士固講五經 士固東方朔之類 善詼諧 能作國語詩賦 我國作詩賦多用國語 自此始"(陳荊和 編校 『校合本 大越史記全書』(上), 388면).

50) "樵隱詩集一卷 又國語詩集一卷 (…) 其國語詩今不傳"(『歷朝憲章類誌』 '文籍誌' 38a면).

종승려들에 의해 창작된 작품이다. 『선종본행(禪宗本行)』에 수록되어 전하는데, 죽림두타(竹林頭陀) 인종(仁宗)의 「거진낙도부(居塵樂道賦)」 「득취임천성도가(得趣林泉成道歌)」, 현광(玄光)의 「영운연사부(詠雲煙寺賦)」의 세 작품이다.[51] 그 밖에 선종승려가 아닌 문인의 작품으로는 막정지(莫挺之)의 「교자부(敎子賦)」도 있다.

이들 작품이 창작된 시기가 진나라 때라거나 오늘날 보는 자료가 창작 당시의 모습을 보여준다고 백퍼센트 확신하기 힘들다는 견해도 있다. 그래서 여조에 들어선 시기(14~15세기)에 나온 작품이 비로소 신뢰할 만한 초기 작품으로 받아들여지고 있다. 예컨대 오늘날 전하는 최고의 국음시집인 완채의 『국음시집』, 그리고 홍덕소단의 『홍덕국음시집』에 실려 있는 작품들이다.[52]

하지만 조심스러움이 지나쳐 모든 것을 부정하는 것이 능사는 아니라고 본다. 오히려 한국을 비롯한 동아시아 다른 곳 문학과 견주어보는 여유 있는 관점이 필요하다. 고려 말에 불교승려들이 창안한 가사 갈래를 사대부들이 계승한 것을 상기한다면, 베트남의 경우에도 선승들이 쯔놈으로 부(賦)나 게송을 창작하던 전통을 완채나 홍덕소단의 사대부들이 계승했다고 보는 것이 전혀 무리한 추정은 아닐 것이다. 그래서 이곳에서는 문헌학의 성과도 참고하면서 완채 이전 진나라 때 나온 작품들을 간략하게 조명해보기로 한다.

인종(죽림두타)이나 현광은 모두 승려이다. 인종은 왕위를 넘겨주고 출가해서 선종 죽림파(竹林派)를 개창했다. 현광은 속명이 이도재(李道載)인데 출가해서 죽림파의 제3조가 되었다. 두 사람의 작품은 사원(寺院)에 기거하면

---

51) 『선종본행』에 대한 상세한 해설은 『호앙 쑤언 한 저작집』 III, 1079~1265면 참조. 『선종본행』은 1745(또는 1746)년에 하노이(昇龍)에서 중간(重刊)되었다.

52) 호계라나 완문혜에 의해 쯔놈의 지위 상승이 꾀해지기는 했어도 중세시기 쯔놈은 한문학의 주변부에 있었다. 한문학에 비해서 비속(卑俗)하다는 평가(nôm na mách qué)가 일반적이었다(『베트남문학사전』 714~716면).

서 산림(山林)에서 살아가는 삶을 긍정하는53) 내용이라는 공통점이 있다.

먼저 인종의 국음시 작품 가운데서 「득취임천성도가」를 살펴보기로 한다. 4언 84행으로 되어 있고 말미에 칠언절구 형식의 게를 덧붙여놓았다. 4행을 한 단위로 하여 모두 21개의 절로 나뉜다. 스물두 곳에 측성(仄聲) 운자(韻字)를 두었다. 다음에 일부분(29~56행, 65~72행)을 보인다. 압운한 곳은 아래 첨자로 표시했다.

망념(妄念) 사라지니 마음은 빛나고,　　　Niềm lòng vặc vặc,
본성(本性)을 깨치니 밝고도 밝구나.　　　Giác tính quang quang;
피차(彼此)의 분별(分別)이 없으니,　　　Chẳng còn bỉ thử;
네 것이다 내 것이다 다툴 일이 없네.　　Tranh nhân chấp ngã(韻).

진연(塵緣)에서 모두 벗어나,　　　　　Trần duyên rũ hết,
시비(是非)에 신경 쓰지 않네.　　　　　Thị phi chẳng hề;
마음을 닦음에,　　　　　　　　　　　Rèn một tấm lòng,
밤낮으로 정성을 다한다네.　　　　　　Đêm ngày đon đả(韻).

진세(塵世)에서 살아가지만,　　　　　Ngồi cuông trần thế,
무상(無常)한 세상사에 마음 두지 않네.　Chẳng quản sự thay;
고요한 숲에서,　　　　　　　　　　　Vẳng vẳng ngàn kia,
여유 있는 마음으로 지낸다네.　　　　　Dầu lòng dong thả(韻).

제불(諸佛)을 따라 배워,　　　　　　　Học đòi chư Phật,
원만한 깨달음을 얻으리라.　　　　　　Cho được viên thành;
무생(無生)의 노래 부르며,　　　　　　Xướng khúc Vô sinh,

---

53) 「거진낙도부」 제1회 2행에 나오는 '산림(山林)', 「득취임천성도가」의 제목에 있는 '임천(林泉)', 16행에 나오는 '산야(山野)'는 모두 같은 공간을 지칭하면서 같은 정신세계를 암시한다고 본다.

선정(禪定)에 들어 세상사 떨쳐버린다네.

누구나 알아야 한다네,
삶은 꿈과 같은 환상이라는 것을.
꿈에서 깨게 되면,
후회하고 눈물 흘리게 된다는 것을.

알아야 하리 몸은 환(幻)으로서,
부운(浮雲)과 다르지 않다는 것을.
만사(萬事)는 모두 공(空)이니,
마치 물거품과도 같다는 것을.

몸을 이끌어,
고요한 숲에 감추었네.
신실하게 수행(修行)하며,
옷이야 아무렇게나 입지.

(…)

이 몸은 마음 쓰지 않네,
주리거나 배부른 것을.
지수화풍(地水火風)으로 지어진 몸이니,
변하는 것이야 자연스러운 일.

법신(法身)만은 상주(常住)하여,
태허(太虛)에 두루 차 있네.
목전(目前)에 뚜렷이 있어,
원융(圓融)하고도 찬란히 빛나네.

An thiền tiêu sả(韻).

Ai ai xá cốc:
Bằng ảo chiêm bao;
Sẩy tỉnh giấc hòe,
Châu li lả chả(韻).

Cốc hay thân ảo,
Chẳng khác phù vân;
Vạn sự giai không,
Tựa dường bọt bã(韻).

Đem mình náu tới,
Cảnh vắng ngàn kia;
Dốc chí tu hành,
Giấy sồi vo vá(韻).

(…)

Thân nầy chẳng quản,
Bữa đói bữa no;
Địa, thủy, hỏa, phong,
Dầu là biến hóa(韻).

Pháp thân thường trú,
Phổ mãn Thái hư;
Hiển hách mục tiền,
Viên dung loả loả(韻).[54]

4언 형식이면서 4행을 단위로 한 절이 마무리되어 간결한 맛을 준다. 이곳에서 보이는 4언 형식은 4언 한시형식에서 비롯된 것으로 보인다. 인종의 4언 한시작품인 「유구무구(有句無句)」(36행), 「찬혜충상사(贊慧忠上士)」(6행), 「죽노명(竹奴銘)」(4행)이 지금까지 전하고 있다. 4언 한시와 쯔놈시가 운을 맞춘 것도 서로 같다. 인종은 한시형식을 수용해서 창작한 민족어 노래로 불교적인 각성에 기인한 서정성을 담아내고자 했다고 할 수 있다. 한시와 민족어 노래의 거리가 그만큼 가깝게 되었다.

「득취임천성도가」의 내용 자체는 인종 자신이나 여타 승려들이 남긴 게송이나 시에서 하는 말과 크게 다를 바가 없다. 망념이 사라지자 본래 있던 진여가 밝게 빛난다고 했고, 본성을 깨달으면 시비의 분별이나 피차의 분별이 없어진다고 했다. '만사는 모두 공이니' 모든 것이 물거품과 같지만 법신만은 상주하니 비관에 빠지지 말고 수행에 전념할 것을 촉구하고 있다.

"진세에서 살아가지만, 무상한 세상사에 마음 두지 않네"라고 했다. 현실은 무상하기 때문에 궁극적인 관심의 대상일 수 없다. 세상사를 떠나 사원에 머물면서 내면의 본성을 찾고자 했다. 궁정(宮廷)이든 시정(市井)이든 다 멀리하고 자신은 산림에 머물면서 마음을 닦는다고 한 것이다. '고요한 숲'이라고 한 출세간(出世間)의 자리에서 출세간의 경지를 노래했다. 다시 말해서 속(俗)의 세계는 '무상(無常)'하고 '공(空)'일 뿐이라고 하면서 부정하고 '상주(常住)'하는 '법신(法身)'을 추구하는 승(僧)의 세계를 긍정했다.

「득취임천성도가」 말미에는 다음과 같이 한시형식을 이용한 게를 붙이고 있다.

---

54) 원문은 『호앙 쑤언 한 저작집』 III, 1142면에 있다. 호앙 쑤언 한은 만일 이것이 인종의 작품인 것이 맞다면 그가 태상황(太上皇)이 되어 안자산(安子山)에서 수행할 때인 1300~1308년에 창작했을 것이라고 보았다(1141면).

| | |
|---|---|
| 偈浪 | 게를 지어 말한다. |
| 景寂安居自在心 | 고요한 경관 속에서 편안히 사니 자재로운 마음인데, |
| 凉風吹遞入松陰 | 서늘한 바람 번갈아 불어 소나무 그늘로 들어오네. |
| 禪床樹下一經卷 | 나무 아래 선상(禪床)에는 한 권의 경전, |
| 兩字淸閑勝萬金 | 청한(淸閑) 두 글자 만금(萬金)보다 낫네.55) |

첫째 줄 '偈浪(Kệ rằng)'의 '浪(rằng)'은 쯔놈이며 '云(이르다)'의 뜻이다.
작품이 산림에서의 깨달음과 흥취를 내용으로 한다는 점을 네 줄로 압축해
서 말했다. 한시[詩]로 민족어 노래[歌]를 마무리하고 있는 점이 독특하다.
이 또한 한시와 민족어 노래의 거리를 좁히는 데 기여한다고 생각된다.

현광의 「영운연사부」56)는 제목 그대로 안자산(安子山) 운연사에서 느낀
감회를 노래한 작품이다. 총 8회(會) 90행의 본문이 나온 다음에 7언 8행의
쯔놈으로 된 게가 붙어 있다. 제8회와 거기에 이어지는 게를 보기로 한다.
본문에는 측성 운자를 두었다. 제8회의 경우 압운한 곳은 아래 첨자로 표시
했다. 다섯 행에 측성 운자를 두었다.

> 아아,
> 서축(西竺)은 어떠한지,
> 남주(南州)는 몇곳이나 되던가?57)
> 영취산(靈鷲山)을 뉘라서 여기에 옮겨놓았나?
> 비래산(飛來山)의 모습을 예서 다시 보네.
> 광대한 성지(聖地)에 들어오니,

55) 『호앙 쑤언 한 저작집』 III, 1143면.
56) 오늘날 전하는 판본에는 '운연사'를 '화연사(花煙寺)'라고 고쳤다. 하지만 절의 원래 이름
   은 '운연사'다. 여조 성종이 절을 찾았을 때 절 뜰에 꽃이 핀 것을 보고 이름을 바꾸게 했
   다고 한다(『호앙 쑤언 한 저작집』 III, 1146면).
57) "서축(西竺)이 어떠한지는 분명히 알 수 없어도, 이곳 남주(南州)에는 이처럼 아름다운
   경관을 가진 곳은 드물다"는 뜻이다(『이진시문』 II, 716면).

범부(凡夫)의 마음 사라져버렸네.
풍월(風月)은 언제나 함께하여 다함이 없고,
강산(江山) 경관 보려 하면 누구라도 볼 수 있네.
처음부터 여기까지 한 말은,
사실일 뿐 거짓이 아니라오.

Những ôi!
Tây trúc dường nào!
Nam châu có mã(韻).
Non Linh thứu ai đem về đây?
Cảnh Phi lai mặt đà thấy đấy(韻).
Vào chưng cõi Thánh thênh thênh;
Thoát rẽ lòng phàm phấy phấy(韻).
Bao nhiêu phong nguyệt thề thốt chẳng cùng;
Hễ cảnh giang sơn, ai nhìn thấy đấy(韻).
Từ trước nhẫn sau,
Thấy sao chép vậy(韻).

게운(偈云)
번화한 속세를 모두 버리고,
선림(禪林)을 택해 집으로 삼았네.
아침저녁으로 반야(般若)의 불을 밝히고,
이른 아침 마하(摩訶)의 물로 깨끗이 하네.
선심(禪心)은 달과 같이 밝고,
세사(世事)는 바람처럼 날아가버렸네.
성품을 깨달으면 부처가 되나니,
먼 길을 마다 않고 이곳에 왔다네.

KỆ VÂN

Rũ không thảy thảy áng phồn hoa,
Lấy chốn thiền lâm làm cửa nhà.
Khuya sớm sáng chong đèn Bát nhã,
Hôm mai rửa sạch nước Ma ha.
Lòng thiền vặc vặc trăng soi giại,
Thế sự hiu hiu gió thổi qua.
Cốc được tính ta nên Bụt thật,
Ngại chi non nước cảnh đường xa.[58]

제8회는 행별 글자 수가 2·4·4·7·7·6·6·8·8·4·4로 일정치 않다. 한시에 연원을 두고 있는 4언과 훗날 베트남 고유의 형식으로 정착된 6·8언이 혼합된 형식이라고 판단된다. 민족어 노래를 마무리하는 자리에 한시형식의 게를 붙인 인종의 경우와는 달리, 현광은 게도 쯔놈으로 지었다. 「영운연사부」의 게는 한시의 칠언율시 형식을 그대로 이용하고 있다. 후대에 근체시 형식을 준용해서 만든 당률쯔놈시가 민족어 노래 형식으로 정착했는데, 그럴 수 있는 실험이 이때부터 있었다는 것을 확인할 수 있다.

제8회의 내용을 보면, 절 주위 경관의 아름다움을 서술하고 운연사가 탈속의 성지라고 했다. 불성을 깨치기 위해 아름다운 경관의 선림(禪林)을 찾아 왔다고 한 것으로 이해된다. 경물을 묘사하여 사원의 탈속적인 분위기를 전하는 동시에 깨달음의 높은 경지를 함축하고 있기도 하다. 그렇기 때문에 앞서 본 인종의 작품에서처럼 자연경물이 관념화된 대상으로 느껴진다.

인종이나 현광은 한시를 지으면서 민족어 노래도 창작하고 있다. 작품 창작의 중심 공간은 사원이다. 두 사람 모두 되도록이면 궁정이나 세속으로부터 멀리 떨어지고자 했다. 승(僧)의 무대인 산림(山林)에서 느끼는 흥취를 작품의 중심내용으로 삼았다. 승속(僧俗) 가운데 속(俗)은 배제하고 승(僧)의

---

58) 원문은 『호앙 쑤언 한 저작집』 III, 1156~1157면에 있다.

세계를 높이는 노래를 지었는데, 정신적인 경지를 자연물과 결합해 표현함으로써 종교적으로 고양된 서정을 표출했다. 그렇게 함으로써 민족어 노래가 정신적인 높이를 갖춘 고차원적인 서정시가 될 수 있었다. 하지만 그 때문에 관념적 성격이 강한 작품이 되었다는 점도 지적해야 한다.

막정지가 죽어서 저승에 간 7일 동안 여러 지옥을 본 다음 다시 살아나서 지었다는 204행으로 된 「교자부」는 부(賦)라고는 했지만 「영운연사부」와 같은 형식은 아니고 「득취임천성도가」와 같은 4언 형식이다. 다만 「득취임천성도가」와 달리 게는 붙이지 않았다. 장편 4언 형식이 「교자부」에서 재차 쓰이고 있는 것을 보면 이 형식이 당대에 폭넓게 받아들여지고 있었던 듯하다. 작품을 읽어가다 보면, "늘 『금강경』을 읽고" "불도(佛道)를 따라 수행하며 채식을 하고 계율을 지킨다"[59]는 구절을 만나게 된다. 이런 구절로 보거나 지옥여행이라는 제재로 보거나 「교자부」 역시 불교의 기반 위에서 창작된 작품이다.[60]

## 2) 당률쯔놈시의 작가와 작품

### (1) 완채(阮廌)

14세기 말~15세기 초는 쯔놈문학의 성장사에서 중요한 시기였다. 호계리는 쯔놈의 사용을 권장하여 스스로 쯔놈 저술을 하는가 하면 국가의 법령에도 쯔놈을 사용하게 했다.[61] 호계리가 이런 정책을 펼 수 있었던 것은 쯔놈 글쓰기가 이미 상당한 수준으로 성장한 토대가 마련되어 있었기 때문이

---

59) 원문은 "學道修行" "吃齋守戒"이다. 『이진시문』 II, 870면에 있다. '吃齋(ăn chay)'는 쯔놈으로 '채식을 하다'의 뜻이다.

60) 작자를 알 수는 없지만 진나라 때 창작된 쯔놈 시집이나 진계확(陳季擴, ?~1414)과 완표(阮表, ?~1413) 창작의 쯔놈시에 대한 언급과 기록이 있기는 하다. 하지만 연구자들의 신뢰를 얻지는 못하는 것 같다(Dương Quảng Hàm 『Việt Nam Văn Học Sử Yếu(越南文學史要)』, Nxb Tổng Hợp Đồng Tháp 1993, 307~308면).

61) 유인선 『베트남의 역사』 162면.

다. 주안, 호계리의 시문이 전하지 않아 완채의 작품집에 가서야 비로소 작품의 실제 모습을 확인하게 되지만, 14세기 후반부터 쯔놈문학이 사대부 문학활동의 중요한 일부를 이루면서 성장해왔다는 것은 충분히 추정할 수 있는 사실이다.

완채의 쯔놈시(국음시)는 『억재유집(抑齋遺集)』권지칠에 해당하는 『국음시집』에 총 254편이 수록되어 있다. 실린 작품은 크게 다음 네 부문으로 나뉘어 있는데, 부문 이름이 정해지지 않은 무제(無題) 192수, 시령문(時令門) 21수, 화목문(花木門) 32수, 금수문(禽獸門) 7수가 그것이다. 각 부문은 다시 하위 부문으로 세분되는데, 무제 아래에 14개,[62] 시령문 아래 9개,[63] 화목문 아래 23개,[64] 금수문 아래 7개이며[65] 도합 53개에 달한다. 하위 부문 아래 한 작품만 있는 경우도 있고 여러 작품이 한 제목으로 묶인 경우도 있다. 가장 많은 작품을 포괄하고 있는 것은 「보경경계(寶鏡警戒)」로, 같은 제목 아래 모두 61수의 작품이 묶여 있다. 그 다음으로는 「자탄(自歎)」으로 모두 41수로 되어 있다.[66] 근래의 연구에 따르면 이상 254편의 작품 중에는 완병겸의 작품이나[67] 홍덕(洪德) 연간의 시인들의 작품이 잘못 섞여 들어가 있어서, 실제 완채의 작품은 160여편 정도가 된다고 한다.[68]

---

62) 首尾吟, 言志詩(21수), 謾述(14수), 陳情(9수), 遞興(25수), 自歎(41수), 自述(11수), 卽事 (4수), 自戒, 寶鏡警戒(61수), 歸崑山重九偶作, 戒色, 戒怒, 訓男子.

63) 早春得意, 除夕, 晩春, 春花絶句, 夏景絶句, 秋月絶句, 惜景詩(13수), 水中月, 水天一色.

64) 梅詩, 老梅, 菊, 紅菊, 松(3수), 竹詩(3수), 梅詩(3수), 桃花詩(6수), 牧丹花, 黃精, 千歲樹, 芭蕉, 木槿, 蔗, 老榕, 菊, 木花, 茉莉花, 蓮花, 槐, 甘棠, 長安花, 楊.

65) 老鶴, 鴈陣, 蝶陣, 猫, 猪, 綵毬, 硯中牛.

66) 1868년에 간행된 목판본 『국음시집』이 *Nguyen Trai et son recueil de poemes en langue nationale* (Paris: Editions du C.N.R.S, 1987)에 영인되어 실려 있어, 거기에 따라 정리했다. 조동일 해설, 지준모 옮김 『베트남 최고시인 阮鷹』 41~55면에 『국음시집』 해제와 몇몇 번역작품이 실려 있다.

67) 좀 더 구체적으로 말하자면 1~7행까지 겹치는 작품이 9수, 8행 모두 겹치는 작품이 24수이다(Bùi Văn Nguyên 주해 『Thơ Quốc Âm Nguyễn Trãi(완채의 국음시)』, Hà Nội: Nxb Giáo Dục 1994, 24~26면).

254편을 형식면에서 보자면 세 가지 형식이 발견된다.[69] 첫째, 7언 당률 쯔놈시 형식이다. 도합 42편(8행시 29편, 4행시 13편)이 이 형식으로 되어 있다. 근체시 가운데 칠언율시와 칠언절구의 운율을 그대로 준용한 작품들이다. 둘째, 7언시이면서 한 행이 의미상 4+3으로 나뉘는 경우와 3+4로 나뉘는 경우가 섞여 있는 형식이다. 도합 26편(8행시 18편, 4행시 8편)이 이와 같은 형식을 취하고 있다. 셋째, 6·7체(thể 6·7)라고 할 수 있는 형식, 즉 7언행에 6언행이 섞여 있는 형식이다.[70] 이런 형식으로 되어 있는 작품은 도합 186편(8행시 161편, 4행시 25편)이다. 이 세번째 형식의 작품이 가장 큰 비중을 차지하는데, 완채가 이 형식을 창안한 사람인지는 확실치 않다. 이 형식은 17세기까지 널리 사용되었으며 멀리는 18세기 완유정(阮有整, 1741~1787)의 『언은시집(言隱詩集)』에서도 군데군데 모습을 보인다.[71]

가장 비중이 큰 6·7체를 근체시와 비교해보자. 한 작품이 8행 또는 4행인 점, 압운하는 방식이 대개 같은 점, 대구를 맞추는 점은 상통한다. 하지만 6·7체에서 6언행이 자립성이 분명해서 7언행과 동등한 운율상의 역할을

---

68) 조동일 해설, 지준모 옮김 『베트남 최고시인 阮鷹』 49~50면.

69) 형식적 특성에 대한 이곳의 설명은 Phạm Luận 「Thể Loại Thơ Trong Quốc Âm Thi Tập Của Nguyễn Trãi Và Thi Pháp Việt Nam(완채 '국음시집' 소재 작품의 형식과 베트남의 작시법)」, Nguyễn Hữu Sơn 편 『Nguyễn Trãi, Về Tác Gia Và Tác Phẩm(완채, 작자와 작품)』(Hà Nội: Nxb Giáo Dục 1999) 851~859면의 논의를 주로 참고했다.

70) Phạm Luận 「Thể Loại Thơ Trong Quốc Âm Thi Tập Của Nguyễn Trãi Và Thi Pháp Việt Nam(완채 '국음시집' 소재 작품의 형식과 베트남의 작시법)」에서 6·7체 형식에 대해서 논의하고 있다. 6·7체 형식을 '7언에 6언이 섞여 있는 형식(thất ngôn pha lục ngôn)'이라거나 '육언체(六言體, lục ngôn thể, thể thơ Nôm lục ngôn)'라고 칭하는 경우도 있다(『베트남문학사전』 269~270면). 엄밀한 의미에서는 당률쯔놈시가 아니라고 할 수 있지만 6·7체 역시 근체시를 골간으로 하고 있는 형식이라고 보고 편의상 이곳에서 함께 다루기로 한다.

71) Nguyễn Cẩm Thúy·Nguyễn Phạm Hùng 『Văn thơ Nôm thời Tây Sơn(서산시대 쯔놈 시문)』(Hà Nội: Nxb Khoa Học Xã Hội 1997) 227~238면에서 그런 양상을 확인할 수 있다.

해낸다는 점에서 보면 둘은 서로 구별되는 별개의 형식으로 보아야 한다.

한편, 한 행의 글자 수가 일정하지 않다는 점에서 혹 한시의 잡언(雜言)과 같지 않은가 생각해볼 수도 있다. 하지만 6·7체와 잡언은 아주 다르다. 잡언이라면 한 행의 음절 수, 행 수가 일정치 않지만 완채의 6·7체는 그것들이 일정하기 때문이다. 이처럼 6·7체는 근체시와도 다르고 잡언과도 다른 형식이다.

그렇다고 해서 6·7체가 한시와 전혀 무관한 형식이라고 말할 수 있는 것은 아니다. 세밀히 살펴보면 위에서 말한 차이를 넘어서는 내면적인 동질성을 발견하게 된다. 우선 6·7체의 6언행이 근체시와는 이질적이지만, 보는 각도를 달리하면 6언행은 근체시 7언행에서 한 글자(주로 넷째나 다섯째 글자)를 빼고 이루어진 것으로 볼 수 있다.[72] 6·7체의 7언행은 다시 말할 필요가 없으니 결국 6·7체는 근체시를 골간으로 삼고 있는 형식이라고 볼 수 있는 것이다.

6·7체의 7언행이 3+4로 나뉘기도 한다는 점도 다시 따져보자. 일반적으로 근체시의 7언행은 넷째 글자와 다섯째 글자 사이에 작은 휴지(休止), 곧 시쥬러(ceasure)가 있다. 앞서 말했듯이 4+3이 되는 것이다. 하지만 완채의 6·7체 작품은 7언행이 3+4가 되는 경우가 많고, 6언행의 경우도 2+2+2, 4+2, 1+3+2 등으로 되는 경우가 많다. 6언행과 7언행의 마지막 의미 분절의 글자 수가 짝수(4 또는 2)가 되고 있는데, 이는 민요에서 흔히 보는 바이다. 하지만 그렇다고 해서 6·7체 작품이 바로 민요에서 온 형식이라고 말하기는 힘들다. 왜냐하면 7언행이 의미상 3+4로 나뉜다고 하더라도 평측의 안배의 관점에서 보자면 4+3으로 보아야 하는 경우가 많기 때문이다. 이렇게 볼 경우 대부분의 7언행은 의연히 근체시의 운율을 따르고 있

---

72) 실제 작품을 들어본다. 「자술(自述)」(2)의 첫째 행은 "Tin ắt trần trần néo sinh"인데, 평측을 따지면 '仄仄 平平 仄平'이 된다. 이는 측기식(仄起式) 칠언율시의 첫째 행 '仄仄 平平 仄仄平'에서 다섯번째 글자를 뺀 것과 같은 평측 안배가 된다.

는 셈이다.

요컨대 완채는 근체시 형식을 골간으로 삼으면서도 거기에 만족하지 않고, 새로운 형식을 실험했다. 다시 말해서 완채는 한시와 베트남 민요를 융합해 새로운 국음시 형식을 창출하려 한 것이다. 완채가 근체시 형식을 그대로 따르기만 하지 않은 것은, 그것이 오랜 세월 베트남어를 운용한 경험이 축적된 노래형식, 곧 베트남 민요와 맞지 않는 면이 있었기 때문일 것이다. 6·8체나 7·7·6·8체를 쓰면 되지 않는가 할 수도 있지만 이 두 형식은 한 세기 뒤에 사용되기 시작했고, 보편적으로 이용되기 위해서는 더욱 오랜 시간이 흘러야 했다.

『국음시집』에 실린 작품들을 주제의식의 측면에서 살펴보면 유교윤리에 대한 권면(勸勉), 사대부로서의 내면성찰, 자연에 대한 정감, 시대와 왕실에 대한 감회가 엿보인다.[73] 그중에서도 유교윤리에 대한 권면과 사대부로서의 내면성찰은 완채 국음시의 정수라고 할 수 있다. 먼저 가장 많은 작품 수를 거느린 「보경경계」 가운데 한 수를 보기로 한다. 열다섯번째 작품은 다음과 같다.

> 동포(同胞)는 골육(骨肉)으로 의(義)가 더욱 굳은 것이니,
> 북쪽 가지이든 남쪽 가지이든 한줄기에서 생겨난 것이라.
> 전지(田地)를 필요 이상으로 탐(貪)하지 말며,
> 인륜(人倫)을 뒤집어 아래를 위에 두지는 말아야 한다.
> 손발이 잘리면 이을 수가 없고,
> 아래 위 옷이 찢기면 복원하기가 어디 쉽겠는가?
> 이 세상에서는 서로 참아야 만사가 무난해지나니,
> 강유(剛柔)를 아우를 줄 알아야 한다.[74]

---

73) Thanh Lãng 「Quốc Âm Thi Tập('국음시집' 해제)」, 『Nguyễn Trãi, Về Tác Gia Và Tác Phẩm(완채, 작자와 작품)』 803~804면.

74) 조동일 해설, 지준모 옮김 『베트남 최고시인 阮廌』 53~54면의 번역을 참고해서 다시

Đồng bào cốt nhục nghĩa càng bền,
Cành bắc cành nam một cội nên.
Điền địa chớ tham hơn bỏ cử,
Nhân luân mựa lấy dưới làm trên.
Chân tay đầu đứt bề khôn nối,
Xống áo chẳng còn mô dễ xin?
Ở thế nhịn nhau muôn sự đẹp,
Cương nhu cùng biết hết hai bên.[75)]

'손발'은 형제, '아래 위 옷'은 부부를 비유한 말이다.[76)] 동포들 사이의 단합의 필요성, 유학의 원리에 입각한 사회질서의 필요성, 형제와 부부관계가 중요하다는 것을 말한 다음에 대립하는 양쪽이 서로를 인정하면서 참아야 만사가 무난해진다고 결론을 내렸다. 대립하는 양쪽[剛柔]이라고 할 때는 상하층의 대립도 포함되어 있다고 볼 수 있다. 유학의 도리에 입각한 바람직한 사회관계를 가르치는 훈민(訓民)의 의도를 가졌다는 점에서는 훈민가(訓民歌)라고 부를 만한 작품인데, 민족 구성원의 단합을 촉구하고 있는 면이 색다르다고 하겠다. 이런 특색은 물론 명나라에 저항하는 민족해방 투쟁기를 살았던 작가의 체험이 반영된 결과일 것이다.

훈민가를 창작한 것은 작자 스스로 훈민의 담당자라는 자의식이 있었기에 가능한 일이었다. 다음 작품 「노용(老榕)」을 보면 그 점이 확인된다.

임천(林泉)을 택해 양신(養身)하면서,
봄이 오면 봄을 맞이한다네.

번역했다.

75) Bùi Văn Nguyên 주해 『Thơ Quốc Âm Nguyễn Trãi(완채의 국음시)』 116~117면에 원문과 주석이 있다.

76) "兄弟爲手足" "夫婦如衣服"이라는 말이 있다.

비록 동량(棟梁)의 재목은 아니더라도,
백성들에게 그늘을 드리워준다네.

Tìm được lâm tuyền chốn dưỡng thân,
Một phen xuân tới một phen xuân.
Tuy đà chửa có tài lương đống,
Bóng cả như còn rợp đến dân.[77]

'화목문(花木門)'에 들어가 있으며 늙은 용수(榕樹)[78]를 제재로 삼은 4행
시이다. '임천'은 은사(隱士)가 사는 곳을 비유하는 말이다. 화자가 살고 있
는 농촌마을로 보아도 좋겠다. 늙은 용수는 노경(老境)의 화자 자신을 비유
한 말이며, '동량'은 조정에 나아가 높은 벼슬을 하는 걸출한 인재를 비유하
는 말이다.

이 작품은 국음시로 쓴 자화상이라 보아도 좋을 것이다. 화자는 자연의
순환에 몸을 맡기고 향촌에 은거해 있으면서 조정에 나아갈 생각은 갖고 있
지 않다. 다만 백성들을 위해서는 가르침을 아끼지 않는 사람이고자 한다.[79]
그 가르침의 내용이 무엇인지는 드러나 있지 않지만, 다른 작품에 나타난 완
채의 지향을 대입해 이해한다면 유학의 가르침일 것이 분명하다. 이런 내용
이해와 추정을 종합해 보면, 완채는 조정에서 환멸을 경험하고 은거했으되
일체의 사회관계와 단절되어 고독하고 자족적인 삶을 살겠다는 뜻을 가진
것은 아니라는 사실이 드러난다.

밖으로 '백성들에게 그늘을 드리워주기' 위해서는 안으로 철저한 자기성
찰과 수양과정이 있어야 했다. 그런만큼 사대부로서의 자기성찰을 담고 있

---

77) Bùi Văn Nguyên 『Thơ Quốc Âm Nguyễn Trãi(완채의 국음시)』 165면에 원문이 있다.
78) 뽕나뭇과의 열대산(熱帶産) 상록 교목. 용나무. 벵골보리수.
79) Huỳnh Sanh Thông, *An anthology of Vietnamese poems* (New Haven and London: Yale University Press 1996) 30면에서도 같은 취지로 해석하고 있다.

는 작품의 수가 많다. 전형적인 작품의 하나로 「자계(自戒)」를 들어본다. 이
작품은 '무제(無題)' 부문에 들어가 있다.

사람은 중용(中庸)의 도를 지켜야 한다고,
항상 마음속으로 되새긴다.
진퇴(進退)를 신중히 해야 하고,
탐욕과 어리석음을 버려야 영웅(英雄)이지.
맹호와 야수는 우리에 가두어두고,
아첨하는 지빠귀와 영악한 새는 새장에 가두어야 한다.
무모한 혈기(血氣)를 억제해서,
재난을 벗어나 유유자적하리라.[80]

Làm người thì giữ đạo trung dung,
Khăn khăn dặn dò thửa lòng.
Hết kính hết thìn bề tiến thoái,
Mựa tham mựa dại nết anh hùng.
Hùm oai muông mạnh còn nằm cũi,
Khướu hót chim khôn phải ở lồng.
Rán lấy hung hăng bề huyết khí,
Tai nàn chăng phải lại thung dung.[81]

'맹호'와 '야수' '아첨하는 지빠귀' '영악한 새'는 마음속의 욕망을 은유한
다. 그러한 욕망을 잘 다스려서 중용의 도를 지키고, 진퇴를 신중히 하는 것
이 살아가는 바른 자세라고 했다. 완채의 작품 가운데는 제목이 '자계(自戒)'
'자탄(自嘆)' '언지(言志)' '진정(陳情)'으로 되어 있는 경우가 많은데, 내용

---

80) 배양수 외 『베트남의 이해』 209면에 있는 번역을 참고해서 다시 번역했다.
81) Bùi Văn Nguyên 『Thơ Quốc Âm Nguyễn Trãi(완채의 국음시)』 109면에 원문과 주석
   이 있다. 원문에서 보듯이 6언행이 섞여 있다.

을 보면 대개 사대부로서의 삶의 자세를 진지하게 성찰하는 것이다. 이들 작품을 보면 당률쯔놈시는 내면 표현, 내면의 가치를 중시하는 갈래라는 지적이 타당하다.[82]

위의 「자계」에도 나와 있듯이 진퇴(進退)문제는 중세시기 사대부의 기본적인 문제의식이었다. 『논어(論語)』에서 "나라에 도가 있으면 벼슬에 나아가고 나라에 도가 없으면 거두어 숨길 줄 아는 것이 군자"[83]라고 했고, 『맹자(孟子)』에서 "옛사람은 뜻을 얻으면 백성들에게 은택을 베풀고 뜻을 얻지 못하면 자기 몸을 닦아 세상에 드러내며, 궁하게 되면 홀로 자기 몸을 선하게 하고 영달하게 되면 천하와 함께 선하게 했다"[84]는 데서 이미 진퇴문제가 거론되었다. 진퇴문제는 나아가 겸선(兼善)하는 것과 물러나 자수(自守)하는 것 사이의 긴장관계를 본질로 한다는 점은 널리 알려진 바와 같다.

진퇴는 유학을 익힌 사대부가 지닌 기본적인 문제의식이고, 과거를 통한 진출이 제도화되어 있는 사회에서 한층 강화되는 문제의식이라고 할 수 있다. 중세시기 베트남의 사대부 또한 진퇴의 문제로부터 자유로울 수가 없었다. 완채의 시에서도 진퇴문제를 다룬 작품이 적지 않은데, 주로 은거해서의 삶을 노래하는 데 집중되어 있다. '무제' 부문에 들어가 있는 「언지시(言志詩)」(3)를 보자.

> 집 주위엔 대나무 심고 뜰에는 매화를 심고 사노라니,
> 시비(是非) 따위는 연하(煙霞)에는 이르지 않는다네.
> 먹는 것이야 소금에 야채뿐이라도 그만이고,
> 비단옷 입는 것은 바라지도 않는다네.
> 연못 맑게 하여 비친 달빛을 완상하고,
> 땅을 갈아 울타리 아래에 꽃모종을 낸다네.

---

82) Lã Nhâm Thìn 『Thơ Nôm Đường Luật(당률쯔놈시)』 90면.
83) "君子哉 蘧伯玉 邦有道則仕 邦無道則可卷而懷之" (「衛靈公」).
84) "古之人 得志 澤加於民 不得志 修身見於世 窮則獨善其身 達則兼善天下" (「盡心 上」).

눈 내리는 밤이면 흥취가 일어,
신묘한 시구 읊조리는 소리 낭랑하다네.

Am trúc hiên mai ngày tháng qua,
Thị phi nào đến cõi yên hà.
Bữa ăn dầu có dưa muối,
Áo mặc nài chi gấm là.
Nước dưỡng cho thanh đia thưởng nguyệt,
Đất cày ngỏ ải lảnh ương hoa.
Trong khi hứng động vừa đêm tuyết,
Ngâm được câu thần dặng dặng ca.[85]

치사객(致仕客)의 한적(閑寂)한 삶이 곧 세상의 시비를 멀리하고 고결한 내면을 지키는 삶이라는 것이 요점이다. 농촌으로 물러나 자연 속에 살면서 읊조리는 시는 명나라를 상대로 한 무력투쟁을 할 때 필요한 문학과는 전혀 다른 가치를 지닌다. 위의 작품은 문인으로서 사회적 책임을 다하는 데 소용되는 문학이 아니라 내면을 돌아보는 데 필요한 문학의 가치를 옹호한 노래라고 읽어도 좋을 것이다. 이처럼 완채는 '자수(自守)'의 문학으로서의 국음시 창작에서도 커다란 기여를 했다.

완채는 선종승려들이 출가자의 흥취를 노래한다거나 승려가 아니더라도 불교적인 세계관이 스며들어 있는 국음시를 창작하는 데 맞서서 유학의 가치를 옹호하는 국음시의 세계를 이룩하려고 했다. 출가 수행자가 배제한, 세사(世事) 속에서의 바람직한 삶의 자세에 대해 많이 말하는가 하면, 사대부가 자연경물과 교감하면서 느끼는 흥취 또한 많이 말했다. 선종승려들이 선편을 잡았던 국음시를 사대부들의 내면표현의 갈래로 전환시키는 자리에 완

---

85) Bùi Văn Nguyên 『Thơ Quốc Âm Nguyễn Trãi(완채의 국음시)』 34~35면에 있는 베트남어 전사를 이용한다. 이 작품 역시 6언행이 들어 있다.

채가 있었다.

완채는 한문학의 자산을 민족어 노래에 활용함으로써[86] 민족어 노래가 한문학의 수준에 다가서게 하는 한편, 민중의 언어에 뿌리 두고 있는 민족어를 문학어의 지위에 올려놓았다.[87] 그렇게 할 수 있었던 것은 중국어와 베트남어가 다르며, 국음시 쪽이 베트남사람의 정서를 진솔하게 표현하는 데 유리하다는 점을 자각했기 때문일 것이다. 뿐만 아니라 민중의 언어를 적극적으로 국음시에 받아들임으로써 유학의 원리가 백성 세계 속으로 자연스럽게 스며들게 하는 효과가 있다는 점을 인식했기 때문이기도 할 것이다.

### (2) 홍덕소단(洪德騷壇)

여조의 성종과 조정 문신들이 창작한 국음시 작품이 『홍덕국음시집』에 수록되어 있다. '홍덕'은 성종(재위 1460~1497) 시대 사용된 연호의 한 가지로, 1470~1497년에 사용되었다. 성종은 '소단도원수(騷壇都元帥)'를 자칭하고 진두에 서서 국음시 작품을 짓고 조정의 신하들도 참여하도록 독려했다.[88] 궁정이라는 공간에서 임금과 여러 신하들이 국음시를 짓는 풍조가 생

---

86) 예를 들어 『국음시집』에 실린 작품 곳곳에서 한시에서 볼 수 있는 시어가 쓰이고 있는 것은 물론이고 한시에서 익히 보아왔던 정경(情景) 융합의 형상화 수법도 사용되고 있다.

87) Đinh Gia Khánh 주편 『Văn Học Việt Nam(thế kỷ X-nửa đầu thế kỷ XVIII)(10~18 세기 전반까지의 베트남문학)』 257~260면에서도 같은 평가를 내렸다. 그곳에서는 민간 구어를 수용한 시구, 속담이나 민요를 수용(변형)한 시구, 베트남어의 특성을 살린 생동감 있는 표현이 돋보이는 시구를 예로 들어 보여주고 있다. Nguyễn Hữu Sơn 편 『Nguyễn Trãi, Về Tác Gia Và Tác Phẩm(완채, 작자와 작품)』 961~965면에도 속담과 민요를 수용(변형)한 시구들이 열거되어 있다.

88) 『대월사기전서』 1463년 12월 조에는 성종이 예부좌시랑(禮部左侍郎) 양여곡(梁如鵠)에게 내린 칙유(勅諭)가 인용되어 있다. 성종은 완영정(阮永禎)이 국어시체(國語詩體)를 배우지 않아 시를 짓지만 시법(詩法)에 맞지 않는다 하고, 양여곡의 『홍주국어시집(洪州國語詩集)』을 보니 율조(律調)가 어긋난 곳이 많다는 점을 지적했다. "勅諭禮部左侍郎梁如鵠 昨阮永禎不學國語詩體 作詩不入法 吾意爾知 故試問爾 爾皆不知 且吾見爾洪州國語詩集 失律尙多 意爾不知 吾便言之 武覽曾不欲吾與爾言矣" (陳荊和 編校 『校合本 大越史記全書』

겨났고, 그 결실이 바로 『홍덕국음시집』이었다.

시집 명칭대로라면 이 시집의 작품들은 15세기 후반기에 창작된 것이다. 성종이 창작한 것이 확실한 몇몇 작품을 제외하고는 작자를 명기하지 않았기 때문에 구체적으로 누구의 작품인지 알 수는 없다. 하지만 한시를 지은 홍덕소단의 일원으로서 『경원구가(瓊苑九歌)』에 작품을 올린 문인, 곧 '소단이십팔수(騷壇二十八宿)' 가운데 국음시 창작에 동참한 문인이 적지 않았을 것이다. 한편, 궁정 밖에서 은거해서 사는 유사(儒士)의 작품으로 보이는 것도 많지는 않지만 실려 있다.[89]

홍덕 연간으로만 한정해도 28년이나 되는 긴 기간에 걸쳐 여러 사람이 시작에 참여했다.[90] 그러다 보니 제재나 주제의식이 다양하고 작품의 풍격이나 수준도 일정치 않은 것은 당연한 일이었다. 작품의 수집이 늦어졌기 때문에 엉뚱한 사람의 작품이나[91] 시구가 섞여 있기도 하다.

『홍덕국음시집』에는 다섯 부문으로 나뉘어 총 328수가 수록되어 있다. 먼저 '천지문(天地門)'에는 59수가 수록되어 있다. 원단(元旦), 사계절, 달, 오경(五更) 등을 제재로 삼은 작품들이다. 둘째는 '인도문(人道門)'으로 46수이다. 중국과 베트남의 역사상, 전설상의 인물에 대해 노래한 것이 가장 큰 부분을 차지한다. 셋째는 '풍경문(風景門)'으로 66수이다. 경물시를 모아 놓은 부분이다. 그 가운데 베트남의 산천, 불사(佛寺), 사당을 읊은 작품이 주목된다. 넷째는 '품물문(品物門)'으로 69수이다. 바람, 꽃, 눈, 달, 동물, 용구 따위의 공식화된 제재를 노래한 작품들이 포함되어 있다. 마지막으로 '한음제품(閑吟諸品)'으로 88수이다. 특기할 만한 점은 여기에 7언 45수로 된

---

(中), 648~649면).

89) 예를 들어 '한음제품'에 들어 있는, 은일유사의 내면을 표백한 몇몇 작품이 그렇다고 판단된다(Đinh Gia Khánh 주편 『Văn Học Việt Nam(thế kỷ X-nửa đầu thế kỷ XVIII)(10~18세기 전반까지의 베트남문학)』 274면).

90) 서로 창화(唱和)한 작품도 있고, 한 제재를 두고 여러 사람이 돌아가며 지은 작품도 있다.

91) 완채, 완병겸, 정근(鄭根, 1633~1709) 등의 작품.

소설작품 「왕장(王嬙)」92)이 포함되어 있다는 사실이다. 「왕장」은 본래 『홍덕국음시집』에 들어가 있지 않았는데 후대의 필사과정에서 끼어들어간 것으로 보인다. '한음제품'에서 「왕장」을 제외한 43수 중 26수는 개인적인 심정을 노래한 작품이다. 나머지 17수는 사당, 중국과 베트남의 인물을 노래한 작품이다.

형식을 보면 「왕장」을 제외한 283편의 작품은 7언 8행(7언 당률쯔놈시)이거나 6·7체 형식이다. 『홍덕국음시집』의 주조는 베트남 중세시기 시운(時運)이 정점에 이른 15세기에 궁정에 모인 관료들의 귀족적 풍류, 그리고 시대와 이념에 대한 찬미이다. 관습적인 제재를 택해서 태평성세를 구가하고 유교이념의 정당성을 강조했다. 형식과 수사에도 세심한 배려를 해서 미적 완성도를 높이고자 했다. 하지만 바로 그렇기 때문에 삶의 절실한 체험의 형상화와는 거리가 멀어져 전반적으로 관념적인 작품이 되고 말았다는 평가를 받게 되었다. 다만 그런 가운데서도 실경(實景)을 담아내거나 역사적·사회적 제재를 다루는 데 주목할 만한 성과를 보였다고 평가할 수 있는 작품도 있다.93)

먼저 볼 작품은 「자술(自述)」인데, '인도문'에 포함되어 있으며 작자는 성종으로 추정된다. 국음시 창작을 선도한 성종 스스로가 한 말이어서 작품집 전체의 성격을 이해하기 위해서 우선적으로 볼 필요가 있다.

> 천하(天下)를 위해 선우(先憂)하는 마음으로,
> 하늘을 대신하여 일하며 감히 게으르지 않도다.
> 경점(更點) 소리 들으며 늦도록 책을 읽고,

---

92) '왕장'은 중국 전한(前漢) 원제(元帝) 때의 왕소군(王昭君)을 가리킨다. 이 당률쯔놈시 형식의 소설 「왕장」은 16세기의 작품으로 추정된다(『베트남문학사전』 752면).

93) Đinh Gia Khánh 주편 『Văn Học Việt Nam(thế kỷ X-nửa đầu thế kỷ XVIII)(10~18세기 전반까지의 베트남문학)』 275~284면.

석양녘에도 여전히 조정에 있도다.
형세에 따라서 인재를 등용해 쓰고,
실정에 맞도록 경권(經權)을 시행한다.
황포(黃袍)를 입고 일을 않는다 말하지 말지니,
만사(萬事)가 안전(眼前)에서 아뢰어지고 있노라.

Lòng vì thiên hạ những sơ âu,
Thay việc trời dám trễ đâu.
Trống dời canh còn đọc sách,
Chiêng xế bóng chửa thôi chầu.
Nhân khi cơ biến xem người biết,
Chửa thuở kinh quyền xét lẽ màu,
Mựa biểu áo vàng chẳng có việc,
Đã muôn sự nhiệm trước vào tâu.[94]

　‘선우’(원문은 ‘sơ âu’)는 ‘선우후락(先憂後樂)’, 곧 근심할 일은 남보다 먼저 근심하고 즐거워할 일은 남보다 나중에 즐거워한다는 말에서 왔다. ‘경점 소리’는 시각을 알리는 소리이다. ‘경권’은 경도(經道, 변하지 않는 원칙)와 권도(權道, 상황에 따라 취하는 임기응변)를 말하고, ‘황포’는 누른빛의 곤룡포를 말한다.

　문면에 그대로 드러나 있듯이 황제 자리가 어떤 자리인지 말하는 것이 작품의 중심내용이다. 흔히들 말하듯이 곤룡포를 입고 궁정에서 호의호식하는 사람이 황제가 아니라 하늘을 대신해서 만사를 알고 처결하기에 여념이 없는 사람이라고 했다. 군주의 자기인식이 궁정문학의 방향을 결정하는 관건이 된다면, 베트남 중세 최전성기의 궁정문학이 어떤 방향을 향한 것인지는

---

94) Lã Nhâm Thìn 『Thơ Nôm Đường Luật(당률쯔놈시)』 271~272면에 원문과 주석이 있다.

이 작품을 보아 능히 짐작할 수 있다.

만사를 처결하기에 여념이 없는 황제가 왜 신하들과 함께 국음시를 짓는 가? 「자술」의 어조와 내용으로 보아 그것이 휴식이나 오락을 위함이라고는 말할 수 없을 것이다. 국음시를 짓는 것은 차라리 천도(天道)와 인사(人事), 고금(古今)과 내외(內外), 인도(人道)와 물리(物理)를 재인식하기 위한 방편 이라고 하는 것이 합당할 것이다.

이어서 '천지문'에 실린 「오경(五更)」 5수[95] 가운데 한 작품을 보기로 한 다. 다음은 초경(初更)을 제재로 하고 있으며, 순서상 오경까지 노래하는 다 섯 작품 가운데 첫 작품이다.

> 해질녘 하늘에 두성(斗星)이 막 보이기 시작하니,
> 초경(初更) 알리는 북소리 한 번 울릴 때로구나.
> 지붕 위로 피어나는 연기는 하얀 안개 속으로 사라지고,
> 산허리의 비둘기는 푸른 잎으로 숨어든다.
> 저편 순라군 초소에서는 누군가 목어(木魚)를 두드리고,
> 먼 데 절에서는 향을 피우고 당목(撞木)으로 종을 치는구나.
> 남쪽 집이나 북쪽 집이나 모두 풍족한 얼굴이니,
> 어디서나 태평(太平)을 구가하는 노랫소리 울려 퍼지는구나.

> Chập tối trời vừa mọc Đẩu Tinh,
> Ban khi trống một mới thâu canh.
> Đầu nhà khói tỏa lồng sương bạc,
> Sườn núi chim gù ẩn lá xanh.
> Tuần điếm kìa ai khua mõ cá,
> Dâng hương nọ kẻ nện chày kềnh.

---

95) Lã Nhâm Thìn 『Thơ Nôm Đường Luật(당률쯔놈시)』 394면에서는 「오경」이 『홍덕국 음시집』 전체를 대표할 수 있는 작품이라고 했다.

Nhà nam nhà bắc đều no mặt,

Lừng lẫy cùng ca khúc thái bình.96)

'초경(일경)'은 오후 7~9시다. 저물녘의 안온(安穩)한 풍경을 묘사한 의도
는 이 시절이 태평성세라는 말을 하고자 함이다. 순라군 초소에서 울리는 목
어 소리는 이 시절이 질서 잡혀 있음을 함축하고, 절에서 들려오는 은은한
종소리는 정신적으로 안정되어 있음을 함축하는 표현으로 볼 수 있다.97) 물
질적 풍요 위에 사회적 안정과 정신적 평화를 누리고 있으니 태평성세가 아
니고 무엇이겠는가? 그런데 이 정도로도 충분하지 않았던지, 마지막 행에서
는 제왕의 통치를 찬양하겠다는 주제의식을 숨김없이 직설적으로 드러내놓
았다. 궁정문학적 면모가 이런 데서 아주 선명하다.98)

작품의 표현에도 주의를 기울여서 시구를 단련했다. 마지막 두 행을 보자.
'nhà nam nhà bắc'은 첩어(疊語)로 볼 수 있으며, 'lừng lẫy cùng ca'는 도
치표현이다. 또한 의미상 연관성이 깊은 시어인 'nam(남), bắc(북), đều(모
두), cùng(함께)'를 2행에 걸쳐 반복 사용하고 있다. 이 2행은 첩어의 사용,
도치, 반복을 통해 모든 사람이 다 같이 떠들썩하게 시대를 찬미한다는 느낌
을 주도록 했다.99) 『홍덕국음시집』을 완채의 『국음시집』과 비교해볼 때, 시
어의 조탁과 세련된 표현에 힘을 더 쏟았다고 말할 수 있다.

다음은 '풍경문'으로 분류된 「신부산(神符山)」이라는 제목의 작품이다.

---

96) 『호앙 쑤언 한 저작집』 III, 80~81면의 원문과 주석을 참고했다.

97) 『호앙 쑤언 한 저작집』 III, 81면.

98) 조선 초기의 악장(樂章) 작품과 통하는 점이 많다.

99) 이 작품의 수사기교에 대한 설명은 Lã Nhâm Thìn 『Thơ Nôm Đường Luật(당률쯔놈시)』
393면에 있다. 『홍덕국음시집』 작품의 전체적인 표현상 특징에 대한 설명은 Đinh Gia
Khánh 주편 『Văn Học Việt Nam (thế kỷ X-nửa đầu thế kỷ XVIII)(10~18세기 전반까
지의 베트남문학)』 280~284면에 있다.

남주(南州)와 애주(愛州)를 가르는 신부산(神符山),
왕유(王維)라고 해도 그 경관을 그려내진 못하리라.
깊이 흐르는 강, 강둑에는 은빛 소금이 빛나고,
멀리 보이는 산, 나뭇잎은 쪽빛으로 물들었구나.
주막의 연기, 숲의 구름 뭉게뭉게 피어오르고,
시골의 장터, 사람 소리 물결 소리로 소란스럽구나.
누군가 속념(俗念)을 깨끗이 씻어낸 이는,
낚싯배 한 척 추월(秋月) 아래 띄워놓았구나.


Phân cõi Nam châu đất Ái châu,
Bút Vương khôn mạc cảnh Thần phù.
Muối pha bãi bạc sông sâu hoáy,
Chàm nhuốm cây xanh núi tuyệt mù.
Khói quán mây ngàn tuôn ngụt ngụt,
Chợ quê sóng bể rực ù ù.
Kìa ai rửa sạch cong niềm tục,
Một chiếc thuyền câu chở nguyệt thu.[100]


시중유화(詩中有畵)라는 말이 잘 어울릴 만한 작품이다. 눈에 보이는 경
물을 전체적 조망 속에서 구체적으로 그려내고 있다. 특히 작품의 중반부는
경물(景物)과 풍물(風物)을 묘사하고 있는데, 실제 베트남의 경치이자 실제
베트남사람의 삶이라고 보지 못할 이유가 없다. 베트남 연구자들이 이런 부
류의 작품을 평가하기를 실경실사(實景實事)를 과장 없이 그려냈으며, 그 점
에서 한시와 다르다고 하는 것을 납득할 수 있다.[101] 베트남의 자연경관을

100) 『호앙 쑤언 한 저작집』 III, 86~87면에 원문과 주석이 있다.
101) Lã Nhâm Thìn 『Thơ Nôm Đường Luật(당률쯔놈시)』 62면. 한국의 시조와 비교해본
    다면, 근체시의 율시와 같이 8행이기 때문에 자연경관을 그리되, 시선을 원근(遠近)으로 옮
    겨가며 묘사할 수 있는 여유를 가질 수 있어서 경물묘사가 풍부할 수 있었다고 이해할 수

베트남어로 노래하는 것은 한시로 노래할 때보다 흥취를 더하는 일이었을 것이다. 한시와 달리 베트남어 노래는 관습적 표현의 두께를 크게 의식할 필요가 없었다.

『홍덕국음시집』에서는 자연경물을 노래하면서 동시에 민족적 자부심을 표현하는 특징이 발견된다. 베트남어로 노래함으로써 민족 구성원 전체가 자부심을 갖도록 하자는 의도가 분명히 있었을 것이다. 다음은 '풍경문'에 속한 「백등강(白藤江)」이라는 작품이다.

> 맑고 푸른 강줄기, 물은 기름같이 흐르고,
> 수백 수천의 지류가 한데 합류된다네.
> 어리석은 중국 놈들 말끔히 씻어버렸지,
> 빈틈없이 준비한 베트남 군사들 (놈들을) 가볍게 떨어버렸다네.
> 태산의 봉우리 저리 높은데,
> 오마아(烏馬兒)의 넋은 어느 곳을 헤매는가?
> 사방은 고요하고 도적의 무리 잠잠해졌으니,
> 한가로이 지내며 낚시 그물이나 펼쳐보세.

> Leo lẻo doành xanh nước tựa dầu,
> Trăm ngòi nghìn lạch chảy về chầu.
> Rửa không thay thảy thằng Ngô dại,
> Giặc mồi lâng lâng khách Việt hầu.
> Nọ đỉnh Thái Sơn rành rành đó,
> Nào hồn Ô Mã lạc loài đâu?
> Bốn pương phẳng lặng kình bằng thóc,
> Thong thả dù ta bủa lưới câu.[102]

있다.

102) Hà Xuân Liêm『Thơ Việt Nam, Thơ Nôm Đường Luật (Từ Thế Kỷ XV Đến Thế Kỷ XIX)(베트남 시, 당률놈쯔시, 15세기에서 19세기까지)』(Huế: Nxb Thuận Hóa 1996)

백등강과 그 주변은 경관이 아름다울 뿐만 아니라 그곳에 스민 역사가 또한 자랑스럽다고 했다. 처음 두 줄에서는 경물묘사와 민족사에 대한 상상이 중첩되도록 했다. 아마도 백등강 전투에서 원나라 군대를 물리치고 승리를 쟁취하자 지류가 본줄기에 합류하듯이 주변의 소수민족들이 복속해왔다는 것을 암시하고자 했을 것이다.[103] 마지막 두 줄에서는 지금 태평성대의 여유를 향유할 수 있게 된 것은 자랑스러운 승리의 역사가 있기 때문이라고 말하고 있다. 이 작품을 보면 국음시를 '공간예술'이면서 '시간예술'이라고 평가하는 것이[104] 과히 어긋난 말은 아니다. 동아시아 민족어 노래로서는 퍽 독특하게 국음시는 '역사'를 작품 속으로 끌어들이고 있다.

그 밖에도 『홍덕국음시집』에는 명리를 추구하는 대신 은거를 지향하는 의식을 담은 작품이라든지, 사회의 폐단을 꼬집은 작품도 있다. 견우와 직녀의 전설을 제재로 삼아서 그들의 못다 한 사랑이 안타깝다고 노래한 작품도 있다. 이런 작품들이 여타의 작품들과 구별되는 풍격과 주제를 구현하고 있지만 작품집의 주조를 바꾸어놓지는 못한다.[105]

(3) 완병겸(阮秉謙)

완병겸의 국음시는 『백운국어시(白雲國語詩)』에 실려 있는데, 다른 사람의 작품이 잘못 들어가 있는 것을 제외하면 대략 170여편가량이 완병겸의 작품이라고 한다. 형식은 7언 8행의 당률쯔놈시 형식과 6·7체 형식이 다 있다. 『백운국어시』 소재 161편을 대상으로 한 연구에 따르면, 총 97편에 6언행이 섞여 있다고 한다. 1행에서 7행에 이르기까지 6언행이 섞여 있는데

---

30~31면에 원문과 주석이 있다. 다만 3행의 마지막 글자 'chạy'는 다른 여러 책을 따라서 'dại'로 정정했다.

103) Huỳnh Sanh Thông, *An anthology of Vietnamese poems*, 29면.
104) Lã Nhâm Thìn 『Thơ Nôm Đường Luật(당률쯔놈시)』 106면.
105) Đinh Gia Khánh 주편 『Văn Học Việt Nam (thế kỷ X-nửa đầu thế kỷ XVIII)(10~18세기 전반까지의 베트남문학)』 279~280면.

1행 또는 2행에 섞여 있는 빈도가 가장 높다.106)

대체적으로 보아 벼슬길에서 물러난 시기에 창작된 작품이 다수이며 은거의 뜻, 철리(哲理)에 대한 사유, 세태에 대한 반성을 내용으로 삼은 작품이 많다. 그중에서도 유학의 도리에 입각해서 뒤집힌 세태, 인의(仁義)를 저버리고 명리(名利)를 뒤쫓는 세상사람들의 비틀린 욕망을 경계하는 목소리를 담고 있는 작품이 두드러진다. 함축적 표현과 훈계의 어조를 지닌 작품을 써서 사람으로서 마땅히 따라야 할 도리를 소리 높이 외쳤다.

먼저 험난한 세상을 살아가는 마음가짐에 대한 완병겸의 생각을 들어보기로 한다.

> 공명(功名)이야 팔짱끼고 돌아보지 않았더니,
> 여러 번 불의의 재난에서 벗어날 수 있었다.
> 흰 매화는 달빛 아래 은빛으로 빛나고,
> 대나무 그림자는 바람에 흔들려 성기어진다.
> 우애(憂愛)의 마음은 이전과 다름없지만,
> 시비(是非)에 대해서는 말한 적 드물도다.
> 온 산하(山河)를 다 돌아보고 나서야,
> 비로소 인생길에 험한 곳 많은 줄을 알았도다.

> Áng công danh sá cắp tay,
> Nhiều phen đã khỏi tiếng tai bay.
> Hoa mai bạc vi trăng tỏ,
> Bóng trúc thưa bởi gió lay,
> Ưu ái chẳng quên niềm trước,
> Thị phi biếng nói sự nay.
> Đã từng trải sơn hà hết,

---

106) 『베트남문학사전』 25면.

406

Đường thế nhiều nơi hiểm hóc thay.[107]

  '우애의 마음'은 임금을 생각하고 나라를 사랑하는 마음[憂君愛國]이다. 헛된 공명심은 버리지만 사대부로서 사회적 책임을 다하고자 하는 자세는 의연히 견지하고자 한다고 했다. 사회에 대한 관심은 변함없는 가운데 이제는 시비를 가리려 들지 않게 되었다고 했다. 이렇게 세상을 대하는 자세가 한 차원 높아진 것은 산하를 본받았기 때문이라고 암시했다. 완병겸은 자연과 벗하면서 내면을 닦는 의의가 이런 데 있다고 했을 법하다.
  다음은 은거생활이 어떠한지를 좀 더 상세하게 말해주는 작품이다.

조수(潮水) 따라 물결은 밀려왔다가 밀려 나가는데,
가을날 객(客)은 배를 띄웠구나, 노는 한쪽에 놓아둔 채.
덮개[船蓬]를 걷고 달빛을 즐기니 흥취가 더하여,
부는 바람에 배를 맡겨 마음대로 떠가게 하노라.
하얗게 머리가 센 노인이 낚시를 드리우고,
고양이 눈처럼 푸른 물결 위에 떠 있구나.
유심(有心)한 구로(鷗鷺)는 날 좇아,
이르는 곳마다 따라오는구나.

Nước xuôi nước ngược nổi đòi triều,
Thuyền khách chơi thu gác mái chèo.
Ván thác trăng giường thuở hứng,
Thuyền nhân gió mặc cơn phiêu.
Phơ phơ đầu bạc ông câu cá,

107) Hồ Như Sơn 외 『Thơ Văn Nguyễn Bỉnh Khiêm(완병겸의 시문)』(Hà Nội: Nxb Văn Học 1997) 161면에 원문과 주석이 있다. 작품 제목이 없이 70번 작품으로 나와 있다. 『호앙 쑤언 한 저작집』 III, 123면에 자세한 풀이가 있다.

Leo lẻo dòng xanh con mắt mèo.
Âu lộ cùng ta như có ý,
Đến đâu thì cũng cố đi theo.[108]

작품 곳곳에서 은자(隱者)의 한가로움을 표현하고 고결한 정신적 경지를
함축하는 익숙한 문학적 장치들이 발견된다. 자연과 동화된 은자를 어옹(漁
翁)으로 형상화하는 한시의 관습화된 설정을 활용하면서 노를 젓는 것마저
하지 않고 바람에 배를 맡긴다는 표현을 덧붙였다. 은거가 일체의 구속에서
벗어나 자유를 누리고자 함이라는 점을 강조했다고 생각된다. 마지막에서
'구로(갈매기와 백로)'가 가는 곳마다 따라온다고 한 말도 물아일체(物我一體)
의 경지를 표현하기 위해서 사용되는 낯익은 표현이다. 이렇듯 한시에서 보
아서 익숙한 문학적 장치들을 국음시로 끌어들임으로써 베트남어 노래를 한
층 세련되게 했다.

완병겸은 세사(世事)와 산수(山水)를 대비시키면서 산수에 퇴처해서 한가
로움을 취했다고 말하고, 그런 삶이 진정한 자유를 누리는 삶이라고 말했다.
은자의 삶을 노래할 때는 진출에 대한 생각마저 지워버렸다. 완채나 완병겸
을 거치면서, 진퇴를 제재로 받아들인 국음시가 산수로 물러나서 사는 사대
부의 자족적이고 한가로운 삶을 형상화하는 데 집중하는 쪽으로 방향을 잡
아갔다고 할 수 있다.

완병겸에게는 탈속의 공간인 산수에 머물면서 자연과 삶의 이치에 대해
잠심(潛心)하고, 이를 통해 얻은 결실을 담아낸 작품도 적지 않다.

---

108) Hồ Như Sơn 외 『Thơ Văn Nguyễn Bỉnh Khiêm(완병겸의 시문)』 135~136면에 원문
과 주석이 있다. 작품 제목이 없이 49번 작품으로 나와 있다. 『호앙 쑤언 한 저작집』 III,
127면에 자세한 주석이 있다. 2행의 'mái chèo(노)'는 본래 'mới chèo'로 되어 있던 것을
바로잡은 것이다.

부자는 말끔하고 빈자는 단정치 못하지만,
돈은 돌고 돌게 마련이니 누구의 것도 아니다.
늪이 변해서 모래언덕이 되는 때도 있고,
해변의 흙이 태산(泰山)을 뒤덮는 때도 있다.
현명한 이는 오르면[昇] 내리는[降] 줄 알지만,
어리석은 이는 작은 것이[小] 크게[大] 되는 줄 모른다.
한때 굽혔다가는[屈] 다시 퍼지는[伸] 것이니,
광막한 하늘의 이치는 틀린 적이 없도다.

Giàu chỉnh chện khó lai dai,
Vần chuyển lưu thông há của ai.
Vũng nọ ghê khi làm bãi cát,
Doi kia có thuở lút hòn Thai.
Khôn ngoan mới biết thăng thì giáng,
Dại dột nào hay tiểu có đài,
Đã khuất bao nhiêu thì lại duỗi,
Đạo trời lồng lộng chẳng hề sai.[109]

천도(天道)는 음양순환을 통해 현현한다고 했다. 빈부(貧富), 고저(高低), 승
강(昇降), 대소(大小), 굴신(屈伸)이 고정된 것이 아니라 순환하게 마련이라
는 이치를 알면 유연한 사고로 집착에서 벗어나게 된다는 취지를 말했다. 이
처럼 완병겸이 국음시에 담아내고자 한 철학적 이치는 음양순환론이라고 이
를 만하다. 음양순환론은 『주역』에서부터 있어온 생각이고 완병겸이 잠심해
서 얻은 독자적인 경지를 표현한 것은 물론 아니지만, 음양순환론으로 국음

---

109) Hồ Như Sơn 외 『Thơ Văn Nguyễn Bỉnh Khiêm(완병겸의 시문)』 79~80면에 원문과
주석이 있다. 이 책 80면에 따르면 마지막 두 줄의 뜻과 상통하는 민요 구절이 있다. "Co
rồi ắt phải duỗi ra, Lẽ thường trời đất hẳn là chẳng sai." 작품 제목이 없이 49번 작품으
로 나와 있다. 『호앙 쑤언 한 저작집』 III, 130면에 자세한 주석이 있다.

시 작품에 이취(理趣)를 더한 점은 평가할 만하다고 본다.

완병겸이 국음시를 통해 비중 있게 다룬 또 하나의 제재가 그릇된 세태(世態) 문제였다. 특히 돈이 있고 없음에 따라 인심이 달라지는 세태인정(世態人情)을 비판하는 데 적극적이었다.

> 세상은 변화하는 것이니, 늪이 흙더미가 되기도 하고,
> 짜고 싱겁고 시고 매운 것이 달콤한 것과 섞여 있네.
> 은(銀) 있고 돈 있어야 제자도 있는 것이어서,
> 밥 떨어지고 술 떨어지니 친구도 떨어지네.
> 예나 지금이나 진실한 사람을 중히 여기지,
> 그 누가 말만 번지르르한 자를 좋아하겠는가?
> 그렇지만 세상사람들 박정하게도,
> 부유하니 찾아오고, 가난하니 물러가는구나.

> Thế gian biến cải vũng nên doi,
> Mặn lạt chua cay lẫn ngọt bùi.
> Còn bạc còn tiền còn đệ tử,
> Hết cơm hết rượu hết ông tôi.
> Xưa nay đều trọng người chân thật,
> Ai nấy nào ưa kẻ đãi bôi?
> Ở thế mới hay người bạc ác,
> Giàu thì tìm đến khó tìm lui.[110]

이 작품을 보면 완병겸이 자기 시대를 시운(時運)이 하강한 시대라고 인식하고 있음이 드러난다. 돈이 있고 없음에 따라서 제자와의 관계, 벗과의

---

110) 배양수 외 『베트남의 이해』 210면에 있는 번역을 참고해서 다시 번역했다. Hồ Như Sơn 『Thơ Văn Nguyễn Bỉnh Khiêm(완병겸의 시문)』 162면에 원문과 주석이 있다. 71번 작품이다.

관계가 달라지고, 세상사람들은 말만 번지르르한 자들을 좋아하고 진실을
외면하는 것이 시운이 하강한 증거이다. 시운의 하강으로 도의(道義)가 외면
당하고 세태가 그릇되었다고 비판하고 있다. 그런데 세태에 대한 우려와 비
판이 곧 자신을 돌아보는 일이기도 하다면, 이 작품은 세상이 그릇되게 변화
하더라도 도의를 닦는 진실한 삶을 추구해야 한다는 의지의 표명으로 읽을
수도 있다. 완병겸에게는 내면성찰과 세태에 대한 비판이 이렇게 이어지고
있다.

### (4) 호춘향(胡春香)

여성시인 호춘향은 동시대 문인 완유와 함께 베트남 민족어문학의 높은
수준을 보여준 작가라는 평가를 받는다. 베트남사람들이 그녀를 '쯔놈시의
여왕(Bà chúa thơ Nôm)'이라고 칭송하는 것을 보면 그 평가가 어느 정도인
지 능히 짐작할 수 있다. 남성 유가문인(儒家文人)인 완유의 작품세계가 '병
(病), 근심[愁], 꿈[夢], 연민(憐憫)'이라는 키워드로 집약된다면 호춘향의 작
품은 여성의 내면심리, 여성의 몸과 섹슈얼리티에 대한 인식을 시적으로 형
상화했다는 점에서 독특한 면모가 있다. 베트남문학사에서 여성작가로서, 여
성의 목소리로, 여성의 심정을 시로 담아낸 것은 단연 호춘향이 처음이라고
한다.[111]

호춘향은 참으로 굴곡 많은 삶을 살았다.[112] 호춘향은 응에 안(Nghệ An,
乂安) 호씨(胡氏) 집안의 11대 호비연(胡丕演, 1703~1787)의 딸로 지금의 하
노이 승룡(昇龍, 지금의 하노이) 간춘방(看春坊)에서 1773년에 태어났다.[113]

---

111) Nguyễn Lộc, 『Văn Học Việt Nam (nửa cuối thế kỷ XVIII-hết thế kỷ XIX)(18세기
후반~19세기까지의 베트남문학)』 275면.
112) 호춘향의 생애에 대해서는 Hoàng Bích Ngọc 『Hồ Xuân Hương, con người·tư
tưởng·tác phẩm(호춘향, 생애·사상·작품)』(Hà Nội: Nxb Văn Hóa-Thông Tin 2003)
747~748면에 정리된 내용과 『호앙 쑤언 한 저작집』 III을 참고했다.
113) "胡丕訓生徒 一名演 生女春香於看春坊"(『胡宗世譜』)(『호앙 쑤언 한 저작집』 III, 899

아버지는 호비훈(胡丕訓)이라는 다른 이름으로도 불렀다. 어머니 하씨(何氏)는 아버지 호비연의 첩이었다. 호씨 집안은 대대로 응에 안에서 살다가 호비연 대에 이르러 승룡 서호(西湖, Hồ Tây) 인근의 간춘방으로 이주했다.

젊은 시절 호춘향은 여러 남성과 교유관계를 맺었다. 시집『유향기(琉香記)』는 여러 남성과 주고받은 한시와 당률쯔놈시로 채워져 있다. 교류한 남성 중에는 우선 완유가 들어 있다. 완유는 1792~1795년의 3년간 서호 인근에서 살았으며 이때 호춘향과 교류한 것이다. 그리고 매산보(梅山甫), 손풍(巽風) 같은 남성도 교류자 명단에 들어 있다.

1802~1805년에는 서호 변의 고월당(古月堂)에서 시인들과 시문을 수창(酬唱)했는데, 매산보와는 이때 알고 지냈다. 이어 손풍과도 교유하게 되었다(1807). 교류한 남성이 여럿이기는 했지만 누구 한 사람과도 관계가 오래 지속되지는 못했다. 완유는 한번 떠난 뒤 영영 소식이 없었다. 1813년에는 매산보와 결혼했지만 매산보가 그해에 그만 숨지고 만다. 1814년에는 손풍마저 곁을 떠나 응에 안으로 가버린다. 호춘향은 손풍에게『유향기』를 보내고 서문을 써줄 것을 부탁한다.『유향기』에 이들 남성과 헤어진 아픔이 배어 있는 한시와 쯔놈시가 많은 것은 당연한 일이었다.

1818년에는 안광진(安廣鎭) 참협(參協) 진복현(陳福顯)의 첩이 된다. 하지만 이듬해 진복현은 가륭(嘉隆)황제의 명으로 처형된다. 처형된 이유는 백성들의 재물을 무단으로 착복한 탐관오리로 지목된 때문이었다.[114] 진복현의 치죄 사실을 기록한 역사서에, "그의 첩 춘향은 글과 정사(政事)에 밝아서 세상사람들이 재녀(才女)라고 칭했다"는 전언이 있다.[115] 진복현이 처형된 1819년 이후의 행적은 불분명하다. 삼도산(三島山, núi Tam Đảo)에 들어가

　면에서 재인용).

114) "安廣參協陳福顯私收民錢贓至七百緡 事發 帝曰 貪黑不誅 何以勸廉 命城臣治其罪 顯坐死" (『大南寔錄』 권57) (『호앙 쑤언 한 저작집』 III, 869면에서 재인용).

115) "其小妾春香能文政事 時稱才女" (『國史遺編』 嘉隆 18년) (『호앙 쑤언 한 저작집』 III, 869면에서 재인용).

서 살았다고 추정하는 견해가 있다.116) 호춘향은 1841년에 68세를 일기로
세상을 떠났다. 완면심이 1842년에 호춘향의 무덤을 지나면서 느낀 감흥을
읊은 한시가 전한다.

호춘향은 한시도 썼고 쯔놈시도 썼다. 『유향기』에는 칠언율시와 칠언절구
한시작품이 31편, 쯔놈시작품이 28편 실려 있다. 『유향기』에 들어 있는 호
춘향의 당률쯔놈시 작품을 보면 7언 8행의 당률쯔놈시 형식이 가장 많이 보
이는 가운데 증답시(贈答詩)가 압도적인 비중을 차지하고 있다. 제목에 '기
(寄)' '증(贈)' '화(和)' '창화(唱和)' '정(呈)'이라는 말이 들어간 경우가 총
28수 가운데 19수에 이르고 있다. 당률쯔놈시를 주는 상대는 물론 서로 인
연을 맺은 남성이다.

『유향기』에 실리지 않고 호춘향의 작품으로 전송(傳誦)되고 있는 쯔놈시
작품의 수는 그보다 훨씬 더 많고 대개가 문제작이다. 하지만 판각되어 전하
는 시집에 실린 쯔놈시가 모두 호춘향의 작품인 것은 아니다. 다른 사람의
작품이 섞여 들어갔거나 호춘향의 이름을 가탁해서 창작된 작품이 적잖이
혼입되어 있다. 그래서 베트남 연구자들에 의해서 호춘향의 작품을 가려내
려는 비판적 연구가 시도되었다.

문헌비판을 행한 연구논저 중에는 35수 정도를 호춘향의 작품이라고 인
정하는 경우가 있는가 하면,117) 호춘향은 60여수 정도를 창작했고 그 가운
데 널리 전승된 것이 19수 정도라고 보는 경우도 있다.118) 하지만 공통분모
를 이루는 작품들을 통해 뚜렷한 창작방향을 발견하는 것은 비교적 용이한
일이다. 그 창작방향은 자신의 삶과 운명, 여성의 몸과 성애(性愛), 그리고

---

116) Hoàng Bích Ngọc 『Hồ Xuân Hương, con người・tư tưởng・tác phẩm(호춘향, 생애・
사상・작품)』 748면.

117) Lê Trí Viễn 외 『Nghĩ về thơ Hồ Xuân Hương(호춘향의 시 검토)』, Hà Nội: Nxb
Giáo Dục 1996.

118) Hoàng Bích Ngọc 『Hồ Xuân Hương, con người・tư tưởng・tác phẩm(호춘향, 생애・
사상・작품)』에서 그렇게 보았다.

남성과 남성중심의 사회에 맞서는 자세에 대해 말하는 데로 모아진다.

먼저 볼 작품은 『유향기』에 실린 「자탄(自嘆)」(2)이다.

> 멍하니 오간 것이 이번이 몇번째던가,
> 어째서 어딜 가도 근심은 떠나지 않을까?
> 차를 따라 갈증을 씻어도 여전히 목소리가 들리고,
> 술잔을 기울여 봄을 맞이해도 기분은 이미 취했네.
> 객사(客舍) 위로는 구름이 흩어져 엷고,
> 가을날 강줄기는 차올랐다 줄었다 하네.
> 누군가를 사랑하기에 마음 아파하는 것은,
> 빚이고 인연이니 그런 것이겠지.

> Lẩn thẩn đi về mấy độ nay,
> Vì đâu đeo đẳng với nơi vầy.
> Ấm trà tiêu khát còn nghe giọng,
> Chén rượu mừng xuân dạ thấy say.
> Điểm lữ trông chừng mây đạm nhạt,
> Dòng thu xem cỡ nước vơi đầy.
> Thương ai hẳn lại thương lòng lắm,
> Này nợ này duyên những thế này.[119]

이 작품을 비롯해서 「서호에서 친구를 그리며(Chơi Hồ Tây nhớ bạn)」나 「감구겸정근정학사완후(感舊兼呈勤政學士阮侯)」 같은 작품은 여성화자에 의한 사랑과 그리움의 노래라는 점이 새롭다. 물론 이전에도 사랑의 노래는 드물지만 있었다. 『홍덕국음시집』에 있는 견우와 직녀의 사랑을 제재로

---

119) Lữ Huy Nguyên 편 『Hồ Xuân Hương, Thơ và Đời(호춘향, 시와 삶)』, Hà Nội: Nxb Văn Học 2006, 76면.

삼은 노래들이다. 하지만 그런 작품들은 전설상의 사랑을 제재로 한 것이고, 한문학에서 자주 애용하는 제재를 당률쯔놈시로 가져온 것이어서 절실한 자기감정의 표현이라고 보기에는 망설여지는 바가 있다. 반면 호춘향의 작품은 사랑 때문에 생겨나는 마음의 굴곡을 당률쯔놈시로 진술하고 절실하게 그려냈다는 점에서 당률쯔놈시 작품세계의 새로운 국면을 열어보였다고 평가할 수 있겠다.

작품의 화자는 사랑 때문에 아픔을 겪어야 하는 이유를 전생의 '빚'과 '인연'으로 돌리면서 체념하고 있다. 모든 희망을 접고, 이별을 운명 탓이라고 돌리고 체념하고 순응하는 태도에서 소극적이고 피동적인 여성형상이 도드라진다. 또 다른 작품인 「감구겸정근정학사완후」에서 여성화자('연지분臙脂粉이 몸')는 '고된 운명' 때문에 남성과 헤어졌고,120) 그 때문에 다시 만날 수 있기를 하염없이 기다려야만 하는 처지에 놓였다고 말하고 있다. 사랑과 그리움을 노래하되 운명에 대한 체념의 그림자를 드리운 채 노래하는 것이 이들 작품의 공통점이라고 할 수 있고, 나아가 호춘향 작품세계의 한 축을 이루고 있는 특징이라고 말할 수 있다. 호춘향 작품의 여성화자는 남성의 선택에 내맡겨진 운명(피동성)을 체념하고 받아들일 수밖에 없다고 말한다.

호춘향에게는 관심의 방향을 외면으로 돌려, 여성의 외면, 곧 여성의 몸을 과감하게 시적 형상화의 대상으로 끌어들인 일군의 작품이 있다. 이 부류의 작품에서 여성은 대개 성애의 대상으로 형상화된다. 칠언절구 형식의 작품 「밋(Quả Mít)」을 보기로 한다. '밋'은 영어로는 잭 프루트(Jack fruit)라고 하는 열대과일이다.

제 몸은 나무에 달린 밋과 같아서,
거친 피부에, 넉넉한 몸집이랍니다.

---

120) 『호앙 쑤언 한 저작집』 III, 914면.

군자(君子)께서 마음에 드신다면 말뚝을 박으세요,[121]
더듬지는 마세요, 손에 진액(津液)이 묻어나거든요.

Thân em như quả mít trên cây,
Vỏ nó xù xì múi nó dầy.
Quân tử có thương thì đóng cọc,
Xin đừng mân mó nhựa ra tay.[122]

1~2행에서는 여성의 '몸'을 말하고 있고, 3~4행에서는 '군자'를 등장시
켜 성애를 암시하고 있다. 여성의 몸은 군자에 의해 '말뚝이 박히고' '손으
로 더듬어지는' 대상이 되고 있다. 여체는 남성의 욕망과 손길에 온전히 내
맡겨져 있다. 여체가 타자화, 혹은 사물화되어 있다는 데 쉽게 동의할 수 있
을 것이다.

당률쯔놈시에 성애가 들어온 것은 일찍이 그 유례를 찾을 수 없는 일이다.
애초에 당률쯔놈시는 사대부의 의식과 미감을 표현하는 갈래였기 때문이다.
성애를 당률쯔놈시 안으로 끌어들였다는 것만으로도 호춘향 시의 파격적인
성격은 충분히 짐작할 수 있다.[123]

다음의 「찢긴 북(Trống thủng)」이라는 작품을 보면 성애를 작품에 끌어
들이는 방식 또한 가히 파격적이다.

제 것은 깊이 감추었지만 여전히 울적해요
그게 찢긴 건 그이가 무거운 북채로 (친 때문이지요).
조용한 대낮에 예닐곱 차례 마구 두드리고,

---

121) 열매가 빨리 익도록 하기 위해서 쐐기를 박아서 속을 노출시킨다.
122) Lê Trí Viễn 외 『Nghĩ về thơ Hồ Xuân Hương(호춘향의 시 검토)』 100면.
123) 호춘향 작품 속에서 '성애'가 빈번하게 발견되는 것으로 보아서 호춘향은 성적 불만족
상태였다고 보아야 한다거나 생식숭배(生殖崇拜) 전통에 비추어 이해해야 한다는 견해가
제출되었다.

416

고요한 밤중에 한두 번 함부로 두드렸지요.
때로는 팔을 쭉 뻗고, 때로는 머리를 푹 숙이고,
일어서서 치다 말고서 다시 앉아서 쳤지요.
누가 가서 타일러주세요, 제발 가엾게 여기라고요.
살가죽은 누구나 다 같은 것이 아니냐고요.

Của em bưng bít vẫn bùi ngùi,
Nó thủng vì chưng kẻ nặng dùi.
Ngày vắng đập tung dăm bảy chiếc,
Đêm thanh đánh lộn một đôi hồi.
Khi giang thẳng cánh bù khi cúi,
Chiến đứng không thôi lại chiến ngồi.
Nhắn nhủ ai về thương lấy với,
Thịt da ai cũng thế mà thôi.[124]

이 작품은 찢어진 북을 제재로 하고 있다. 하지만 찢어진 북은 우의(寓意)를 위한 수단에 지나지 않는다. 찢어진 북을 빌려 다른 말을 하고 싶은 것이다. 그런 관점에서 읽어보면, 찢어진 북은 남성의 성적 욕망에 의해 깊은 상처를 입은 여성임을 어렵지 않게 알아차릴 수 있다.

우의라고 보고 작품을 다시 살펴보자. 3~6행은 남성이 여성의 몸을 거칠게 다루는 장면, 곧 성행위를 묘사하고 있다. 이 부분만 따로 떼어놓고 보면 외설적이라고 하겠지만, 이어지는 7~8행을 보면 3~6행에서 묘사된 것은 남성이 강제하는 성행위이며, 그 가학적인 측면이 비판되고 있다.

작품은 밤이고 낮이고 오로지 성애에만 집착하는 남성의 행태를 적나라하게 표현하고 있다. 남성은 사디스트(sadist)로 그려지고 있다. 남성의 행위가 가학적이라는 점을 부각시키기 위해서 '마구' '함부로'와 같은 시어를 썼다.

---

124) Lữ Huy Nguyên 편 『Nghĩ về thơ Hồ Xuân Hương(호춘향의 시 검토)』 19면.

그렇게 '마구' '함부로' '대낮'이건 '밤중'이건 '두드린' 나머지 여성의 몸이 찢기고 마음이 상했다. 누군가 말려주기를 바랄 정도로 남성이 두렵게 느껴지기까지 한다. 이처럼 이 작품은 우의를 통해 남성의 성적 학대라는 부당한 사태를 폭로하고 있다.

북채를 든 남성, 곧 여성의 몸에 대한 지배력을 가진 남성은 자기욕망을 채우기에만 몰두하고 있다. 그런 자신의 뒤틀린 욕망이 만들어낸 것이 '찢긴 북'이다. 다시 말해 짓밟힌 여성의 몸은 남성의 지배력과 욕망을 비춰 주는 거울이라고 할 수 있다. 여성의 몸은 남자의 성폭력에 무방비 상태로 노출되어 있으며, 아파하고 슬퍼하면서도 달리 하소연할 길이 없다. 이렇듯 이 작품에서는 앞에서 살핀 몇몇 작품에서 예고되었던 여성의 피동성(被動性)이 극대화되고 있다고 볼 수 있다.

「찢긴 북」에서처럼 극단화하지는 않았으면서 같은 문제의식을 형상화한 작품으로 「낮잠 자는 소녀(Thiếu Nữ Ngủ Ngày)」를 들 수 있다.

동남풍 산들산들 불어오는 여름날에,
누워 쉬던 소녀는 깊은 잠에 빠졌네.
대나무 빗은 머리카락에 힘없이 걸려 있고,
분홍빛 말기는[125] 가슴 아래로 처져 있네.
봉래산(蓬萊山) 두 언덕은 이슬을 머금었고,
도원(桃源)의 물길은 아직 열리지 않았다네.
군자(君子)는 머뭇거리며 떠나지 못하네,
갈 수도, 머물러 있을 수도 없다네.

Mùa hè hây hẩy gió nồm đông,
Thiếu nữ nằm chơi quá giấc nồng.

---

125) '말기'는 원문의 'yếm'을 번역한 말인데, 베트남의 전통적인 브래지어에 해당한다.

Lược trúc biếng cài trên mái tóc,
Yếm đào trễ xuống dưới nương long.
Đôi gò Bồng Đảo sương còn ngậm,
Một lạch Đào Nguyên suối chửa thông.
Quân tử dùng dằng đi chẳng dứt,
Đi thì cũng dở ở không xong.[126]

낮잠 자는 소녀가 육감적으로 묘사되고 있다. 여체의 아름다움을 이처럼 직설적으로 묘사한 것은 베트남문학사에서 달리 유례를 찾기 어렵다. 당률 쯔놈시가 본래 상층 사대부가 애용한 장중한 갈래였기 때문에 일상적인 언어로 통속적인 내용을 담는 작품은 매우 드물었다. 한문학의 경우에도 그 점은 크게 다르지 않았다. 호춘향과 비슷한 시기에 나온 한시에 여성을 노래한 작품이 물론 있다. 예를 들어 영손(寧遜)의 「마상미인(馬上美人)」이나 범정호의 「유소감(有所感)」 같은 작품이다. 하지만 두 작품 모두 여체의 아름다움을 직접적으로 드러내는 것과는 거리가 있다. 호춘향은 여체의 아름다움을 '발견'했다고 말해도 지나치지 않을 것이다.

호춘향이 여체의 아름다움, 그 자체를 드러내는 것을 작품 창작의 목표로 삼았다고 보는 것은 무리가 있다. 왜냐하면 「찢긴 북」에서 보여주었던 문제의식에 비추어 해석하는 것이 적절하다고 보기 때문이다. 「찢긴 북」을 관류하고 있던 여체의 피동성과 남성의 폭력성이라는 문제의식이 어떻게 계승되고 변형되고 있는지 확인해보는 것이 작품의 이해를 위해서 타당한 접근이라고 생각한다.

「낮잠 자는 소녀」에서 소녀는 제목 그대로 '낮잠'을 자고 있다. 이러한 설정이 의도하는 바가 결코 가볍지 않다고 생각한다. 필자가 보기에 낮잠을 잔다는 것은 여체의 피동성을 표현하기 위한 설정이다. 소녀(여성)는 자신의 육

---

126) Lê Trí Viễn 외 『Nghĩ về thơ Hồ Xuân Hương(호춘향의 시 검토)』 67면.

감적인 몸을 드러내는 것 말고 달리 아무것도 하지 않는 상태로 그려지고 있다. 낮잠을 자고 있는 소녀의 몸은 남성의 엿보는 '시선' 앞에 아무런 방해도 받지 않고 그대로 노출되어 있는 것이다. 「찢긴 북」과 「낮잠 자는 소녀」는 여체가 남성에 의해 온전히 사로잡혀 있다는 사실을 전하고 있다는 점에서 문제의식을 공유하고 있다고 생각된다.

「찢긴 북」에서는 남성이 폭력적이라는 점을 특히 부각시킨 반면, 이곳 「낮잠 자는 소녀」에서는 남성(군자)이 선택의 갈림길에 놓여 있다는 점을 말하는 점이 흥미롭다. "군자는 갈 수도 머물러 있을 수도 없는" 기로에 놓여 있다고 분명히 말하고 있다. 작자는 여체를 향한 욕망을 인정하고 탐닉의 길로 가라는 무책임한 권고를 하고 있는 것도 아니고, 약화된 내면 규율을 다시금 강화해야 한다는 엄숙한 메시지를 말하는 것도 아니다. 작품은 철저하게 남성의 시선 아래 피동적인 존재로 놓여 있는 여성을 말하고, 선택의 기로에 놓인 군자를 보여준다. 작품에서 말하는 바에 충실해서 해석한다면, '보고 안 보고', 곧 '욕망을 조절하고 하지 않고'는 오로지 남성에게 달린 문제라는 점을 말하고 싶었다고 보아야 한다. '군자가 어떻게 행해야 옳은가 하는 문제에 답을 제시하려 한다기보다는 남녀관계에서 '군자'는 그러한 선택의 상황에 처하게 마련이라는 점을 말하고 싶었다고 생각한다.

「찢긴 북」과 「낮잠 자는 소녀」는 여성의 피동성을 극대화한 자리에서 남성의 욕망이 적나라하게 드러나게 하고, 피동적인 여성의 몸에 남성을 비추어 봄으로써 남녀관계에서 남성의 지위와 역할이 어떠해야 하는지 생각해 보게 한다. 피동적인 여성형상은 역으로 가학적인 남성형상을 발견하게 하는 시적인 장치가 된다.

호춘향은 성애 자체를 부정하고 있지는 않다. 앞서 본 「밋」에서도 비록 여체의 피동성이 강하게 읽히지만, 성애가 부정되어야 할 것으로 나오지는 않는다. 여성화자도 자신의 몸으로 남성을 받아들이는 것을 자연스럽게 생각한다. 다음 작품 「늙은 부부 바위(Đá Ông Chồng Bà Chồng)」를 보면 성애에 대한 긍정이 「밋」에서보다 더욱 선명하다.

교묘하게도 만들어놓았구나, 조화옹(造化翁)은!
남편(바위) 만들고, 다시 아내(바위)도 만들었네.
위로는 군데군데 눈송이가 흰머리를 덮고,
아래로는 송골송골 이슬이 붉은 볼을 적시네.
씩씩함을 일월(日月)과 함께 과시하고,
변함없는 사랑을 산하(山河)와 함께 이어가네.
저렇듯 돌마저도 사랑을 나눌 줄 아는데,
하물며 사람을 책망할 수는 없지, 젊은이들을!

Khéo khéo bày trò tạo hóa công,
Ông Chồng đã vậy lại Bà Chồng.
Tầng trên tuyết điểm phơ đầu bạc,
Thớt dưới sương pha đượm má hồng.
Gan nghĩa giãi ra cùng nhật nguyệt,
Khối tình cọ mãi với non sông.
Đá kia còn biết xuân già dặn,
Chả trách người ta lúc trẻ trung![127]

바위의 형상이 부부가 성애를 나누고 있는 모습이어서 이런 발상이 가능했다. 마지막 두 줄에서 "저렇듯 돌마저도 사랑을 나눌 줄 아는데, 하물며 사람을 책망할 수는 없지, 젊은이들을!"이라고 한 것을 보면 남녀간의 성애는 몸이 하는 일로서 자연스러운 일이라고 말하고 있다. 아무리 늙었어도 남녀가 성애를 나누는 것은 긍정되어야 할 일이라고 했다. 하지만 늙은 두 사람이 나누는 성애는 일방적이지 않다. 조물주는 성애를 억압과 고통의 장으

---

127) Lê Trí Viễn 외 『Nghĩ về thơ Hồ Xuân Hương(호춘향의 시 검토)』 77면.

로 만들어놓지 않았다. 그럼에도 불구하고 선택의 갈림길에 서 있던 '군자'
는 조물주가 만든 질서를 깨고 성애를 고통스러운 것으로 만들어버린다(「찢
긴 북」).

「늙은 부부 바위」는 자연의 질서와 인간의 질서가 어긋나 있다고 말한다.
특히 '군자'의 잘못된 선택이 원인이 된다. 이런 남성의 폭력 앞에서 여성은
어떡해야 하는가? 「떡(Bánh trôi)」이라는 작품에서 그 의문을 풀 실마리를
찾을 수 있다.

> 제 몸은 희고도 동그랗지요,
> 산하와 더불어 몇 번이나 부침한답니다.
> 주무르는 손길이 거칠든 부드럽든,
> 저는 언제나 붉은 속마음을 지킬 겁니다.

> Thân em vừa trắng lại vừa tròn,
> Bảy nổi ba chìm với nước non.
> Rắn nát mặc dầu tay kẻ nặn,
> Mà em vẫn giữ tấm lòng son.[128]

'희고 동그란' 떡은 여체를 은유한다고 볼 수 있다. '제 몸'이라고 하고
'주무르는 손길'이라고 한 것을 보면 남성이 여성의 몸을 점유하고 있는 상
황을 말하고 있다. 여체의 피동성을 말하는 설정도 일관되고 있다. 그렇지만
마지막 행에서는 일종의 비약이 일어나고 있다. '붉은 속마음'은 떡 안에 들
어 있는 붉은색의 소를 가리키지만 여성의 내면, 곧 고귀한 여성성을 은유한
다고 볼 수 있기 때문이다. 남성의 폭력 앞에서 여성은 피동적인 존재일 수
밖에 없지만, 남성이 어찌할 수 없는 고귀한 '여성성'을 보존하고 있겠다는

---

128) Lê Trí Viễn 외 『Nghĩ về thơ Hồ Xuân Hương(호춘향의 시 검토)』 99면.

말을 하고 있다. 남성을 어떻게든 바꿔놓겠다는 생각은 하고 있지 않지만, 여성으로서의 고결함은 지키겠다는 자기긍정은 분명하다. '붉은 속마음', 고결한 '여성성'을 남성이 인정하면 모든 관계가 자연스러워진다고, 조물주가 창조한 자연스러움을 회복한다고 말하고 싶었을 듯하다.

'주무르는 손길'이 남성의 힘 일반을 은유한다고 생각되기에, 이 작품은 모질고 존경할 가치 없는 남성에 의해 지배되는 세상에 대한 여성의 자부심 넘치는 고결함의 주장이라고 확대해서 읽을 수 있다.[129] 남성의 성적 지배, 남성의 지배 일반에 맞서서 똑같이 폭력을 행사하는 것이 아니라, 여성성을 지키고 인내하며 기다리는 것, 그것이 남녀관계를 자연스럽게 만들기 위해서 여성이 할 수 있는 실천이라고 호춘향은 생각한 듯하다.[130]

참고 기다리는 것이 여성의 몫이라고 해도, 남성에게 자연스러움을 회복하는 길이 있음은 말해주어야 한다. 자연스러운 남녀관계를 이룩하기 위해서는 서로 어떤 노력을 기울여야 하는가?「구장을 권함(Mời trầu)」을 보기로 하자. 구장 씹는 풍습의 유래에 대해서는 구비문학 부분에서 살펴본 바 있다.

> 작은 빈랑(檳榔), 냄새나는 구장(蒟醬) 한 입,
> 자, 춘향(春香)이가 바른 것이랍니다.
> 서로 연분(緣分)이라면 진홍색이 되어야지,
> 푸른 잎, 흰 석회 그대로여서는 안되지요

---

129) Huỳnh Sanh Thông, *An Anthology of Vietnamese Poems*, 212면.
130) '남성의 거친 손길'에도 불구하고 '붉은 속마음'을 지켜나가는 여성을 완유는 『취교전』에 등장시켰다. 완유는 재(才), 곧 탁월한 능력을 지닌 자아와 명(命), 곧 세계는 충돌하게 마련이어서 자아가 고난에 처하고 이겨내기 힘든 수난을 당한다고 했다. 그래서 때로는 좌절하기도 하고 절망하기도 하지만 마음을 가다듬어 고난에 슬기롭게 대처하면서 마음의 진실을 잃지 않는 것이 현명한 처사라고 했다. 완유와 호춘향은 세계의 횡포에도 굴하지 않고 고귀한 여성성을 지켜야 한다고 말했다. 이것은 19세기 베트남문학의 뚜렷한 결론의 하나이다.

Quả cau nho nhỏ miếng trầu hôi,

Này của Xuân Hương mới quệt rồi.

Có phải duyên nhau thì thắm lại,

Đừng xanh như lá bạc như vôi.[131]


'춘향'이가 발라서 권하는 '구장 한 입'은 '춘향' 자신을 은유한다. '연분'이라는 말로 보건대 상대방은 남성이라고 보는 것이 자연스럽다. 그렇다면 구장을 씹는 행위는 남녀의 결합을 은유한다고 볼 수 있다. '춘향'은 자기 전부를 상대 남성에게 맡기고 있다. 구장을 받아들이고 받아들이지 않고, 구장을 씹고 씹지 않고는 남성의 선택에 달려 있다.

구장을 씹는 행위는 육체적 결합이기도 하고 정신적 결합이기도 할 것이다. 두 사람의 육체와 정신이 융합되면 애초에는 없던 새로운 색인 '진홍색' 상태가 된다. 전혀 새로운 인간 존재('진홍색')로 탈바꿈하는 것이다. 서로 융합되지 못한다면 고독하고 쓸쓸하거나('잎처럼 푸르다') 서로 냉담하고 무정 (無情)하게 된다('석회처럼 희다').

작품의 화자 '춘향'은 남녀의 진지하면서도 뜨거운 사랑을 통한 새로운 관계로의 탈바꿈을 말하고 있다. 호춘향이 꿈꾸는 남녀관계의 이상적인 면모가 이러한 방식으로 그려진다고 할 수 있다. 그런데 여성을 점유하고 있는 남성 앞에 놓인 여성의 피동성은 선명한 반면에 남녀의 이상적인 결합이 어떤 상태인지는 모호하게 그려지고 있다. '붉은 속마음'이 '진홍색'으로 탈바꿈하는 것이 무엇을 뜻하는지도 분명치 않다. 다른 작품을 읽어보아도 분명한 답을 찾기는 어렵다. 결국 호춘향은 피동적인 여성형상을 창조해서 남성의 폭력성을 고발하는 데는 빛나는 성취를 보이고 있지만 피동성과 폭력성을 넘어선 경지가 어떠한 것인지에 대해서는 뚜렷한 상(像)을 가지지 못한다고 할 수 있다. 이 작품의 '진홍색'은 호춘향 작품세계의 도달점이자 새로운

---

131) Lê Trí Viễn 외 『Nghĩ về thơ Hồ Xuân Hương(호춘향의 시 검토)』 41면.

출발점이라는 평가를 내릴 수 있겠다. 호춘향의 장처(長處)는 지금 있는 상황의 부당함을 최대한 선명하게 그리는 데 있고 미래를 전망하고 이상적인 상황을 선취하는 데 있는 것은 아니었다는 뜻이다.

호춘향의 당률쯔놈시가 여체의 피동성과 남성의 선택, 여성성의 보존과 새로운 존재로의 탈바꿈에 대한 희구라는 점은 분명하다. 그런데 성·성애의 그림자는 직접 살피지 않은 여타작품에도 짙게 드리워져 있다. 「첩이 되다(Làm lẽ)」에서는 노동력 착취와 성의 착취라는 두 목적을 동시에 이루고자 남성들이 고안해낸 것이 축첩제도라고 암시했다. 「음탕한 중(Sư Hổ Mang)」에서는 승려의 성적 타락을 꼬집었다. 사회제도에 대한 비판, 승려계층에 대한 비판이 호춘향 작품의 중심문제는 아니었지만, 성애에 대해 조명하다가 관심이 확대되는 것은 자연스러운 귀결이었다.

호춘향 당률쯔놈시의 주제는 중세에 대한 비판과 새로운 시대에 대한 갈망이라고 요약할 수 있을 것이다. 호춘향은 여성의 관점, 여성의 목소리로 일관된 쯔놈시를 통해 때로는 격렬한 어조로, 때로는 육감적인 묘사로 신랄한 비판과 조소 속에 낡은 것들에 대한 울분과 반발을 표현했다. 이처럼 한문이 아닌 민족어로, 남성이 아닌 여성이, 중세에 대한 긍정이 아닌 비판과 부정을 담고 있는 호춘향의 작품은 쯔놈시의 한 정점을 보여준다.132)

(5) 완씨형(阮氏馨)

완씨형은 청관현부인(清官縣夫人,133) Bà Huyện Thanh Quan)이라 불리기도 하는데 남편이 청관현 지현(知縣)을 역임했기 때문에 그렇게 불린다.

---

132) 호춘향 당률쯔놈시 작품세계는 무척 다양하다. 경물을 섬세하게 묘사한 작품, 벗을 그리는 애틋한 심정을 표현한 작품도 있다. 따라서 이곳에서 살핀 몇몇 작품이 작품세계의 전모를 보여준다고 말하기는 힘들다. 피동적 여성 형상이 호춘향의 작품세계를 이해하는 키워드라고 생각하지만 많은 보완적인 논의가 필요하다.

133) '靑官' '淸關' '淸觀'으로 표기된 곳도 있다.

뛰어난 학식이 궁중에까지 알려져 명명(明命)황제 때는 궁중에 초빙되어 궁비(宮妃)와 공주를 가르치기도 했다. 당률쯔놈시 작품으로 10여편이 전하는데, 조탁을 가한 완려(婉麗)한 시어, 그리고 수심(愁心)에 잠긴 회고적(懷古的) 어조가 특징으로 지적된다. 대표작인 「저물녘 집을 그리며(Chiều hôm nhớ nhà)」와 「승룡성회고(昇龍城懷古)」를 차례로 보기로 한다.

「저물녘 집을 그리며」는 다음과 같다.

> 저물녘 하늘은 어스레히 황혼(黃昏)빛으로 물들고,
> 멀리 들리는 나각(螺角)[134] 소리는 초소의 북소리에 섞이네.
> 어옹(漁翁)은 노를 거두고 원포(遠浦)[135]로 향하고,
> 목자(牧子)[136]는 쇠뿔을 두드리며 고촌(孤村)[137]으로 돌아가네.
> 바람 들이치는 매화 숲에는 지친 새 날아들고,
> 이슬 젖은 버들 길에는 길손이 발길을 재촉하는구나.
> 한 사람은 장대(章臺)[138]에, 한 사람은 여차(旅次)[139]에,
> 누구를 붙들고서 한온(寒溫)[140]의 말을 나누리오.

> Chiều trời bảng lảng bóng hoàng hôn,
> Tiếng ốc xa đưa lẫn trống dồn.
> Gác mái ngư ông về viễn phố,
> Gõ sừng mục tử lại cô thôn.

---

134) 원문은 'ốc'. '나각'은 소라의 껍데기로 만든 옛 군대 악기.
135) 먼 포구. 소상팔경의 '원포귀범(遠浦歸帆)'에 착안한 표현으로 보인다.
136) 목동(牧童).
137) 외따로 떨어져 있는 마을.
138) '장대'는 중국 장안에 있던 홍등가(紅燈街). 여기서는 집을 뜻한다. 중국 당(唐)나라 때 한횡(韓翃)이라는 사람이 장안(長安) 장대(章臺)의 기녀 유씨(柳氏)를 매우 총애했다. 변란을 만나 오래 헤어져 있게 되었는데, 한횡이 안부를 물으며 사(詞)를 지어 보내기를, "章臺柳章臺柳 昔日青青今在否"라고 했다고 한다(『太平廣記』卷485, 「柳氏傳」).
139) 여행할 때 머무는 곳.
140) 날씨의 차고 따뜻함. 곧 만나서 인사로 서로 주고받는 말.

Ngàn mai gió cuốn chim bay mỏi,
Dặm liễu sương sa khách bước dồn.
Kẻ chốn Chương Đài người lữ thứ,
Lấy ai mà kể nỗi hàn ôn[141].

황혼 무렵의 경관 속에 어부나 목동이 등장하고 있다든지, 소상팔경(瀟湘八景)의 '원포귀범(遠浦歸帆)'을 연상하게 하는 시어나 한문학 전통에 뿌리를 둔 시어인 '원포'나 '장대'를 사용하는 것을 보면, 이 작품 역시 근체시의 자장(磁場) 속에 놓여 있다고 하겠다. 그러면서도 시각적·청각적 표현 속에 시간의 추이가 잘 녹아 있고, 사람이든 새든 모두 안식처를 찾아 돌아가고 있는 정경을 자연스럽게 제시함으로써 화자의 외로움과 그리움이 잘 부각되고 있다.[142]

이어서 「승룡성회고」를 보기로 한다.

어찌하여 조물주(造物主)는 연극무대[戲場]를 만들었던가?
이제껏 얼마나 많은 성상(星霜)이 덧없이 흘러갔던가!
거마(車馬) 다니던 옛길에는 추초(秋草)의 혼(魂)이요,
낡은 누대(樓臺)에는 석양빛[夕陽]이로구나.
바위는 세월(歲月)에도 변함없이 당당하건만,
물결은 창상(滄桑) 앞에 얼굴 찌푸리고 있구나.
천년 세월 고금(古今)을 비추는 옛 거울,
저 경관 돌아보는 이내 마음은[143] 애끊는[斷腸] 듯하구나.

---

141) Hà Xuân Liêm 『Thơ Việt Nam, Thơ Nôm Đường Luật(Từ Thế Kỷ XV Đến Thế Kỷ XIX)(베트남 시, 당률놈쯔시, 15세기에서 19세기까지)』 126~127면에 원문과 주석이 있다. 마지막 행의 'nổi'는 'nỗi'로 바로잡았다.
142) Lã Nhâm Thìn 『Thơ Nôm Đường Luật(당률쯔놈시)』 418~423면의 논의가 이 작품을 이해하는 데 도움을 준다.
143) 원문 마지막 행의 "Cảnh đấy người đây"에서 'cảnh(경물)'과 'người(화자)' đấy(저,

Tạo hóa gây chi cuộc hí trường,
Đến nay thấm thoắt mấy tinh sương.
Lối xưa xe ngựa hồn thu thảo,
Nền cũ lâu đài bóng tịch dương.
Đá vẫn trơ gan cùng tuế nguyệt,
Nước còn cau mặt với tang thương.
Ngàn năm gương cũ soi kim cổ,
Cảnh đấy người đây luống đoạn trường.[144]

완조가 들어서서 도읍을 푸 쑤언(Phú Xuân, 富春, 지금의 후에)으로 정한 이후 쇠락한 승룡(昇龍, 지금의 하노이)의 풍경 감회를 말하고 있다. '추초의 혼' '석양빛'은 마치 꿈속에서 승룡성의 거리를 거니는 듯한 느낌을 자아낸다. 바위와 물결을 의인화하고, 거울로 승룡성을 은유했다. 한자어를 무게감 있게 쓴 것도 표현효과를 높이고 있다. 번역문에 적어놓은 한자어는 실제 작품에서 사용된 것을 그대로 사용한 것이다. 묵직한 역사의식을 품고 애상적 분위기 속에 고독하고 서글픈 정감을 교직해놓은 이 작품은 여성시인의 작품세계를 확장한 의의가 적지 않다고 하겠다.

(6) 완공저(阮公著)
완공저(1778~1859)는 여조 유신(遺臣)의 아들로 태어나 완조가 들어선 이후인 1819년 마흔두 살에야 과거에 급제해 벼슬길에 나선다. 벼슬길이 평탄치는 않아서 1848년에 치사(致仕)하기까지 수차례 강직(降職), 파직(罷職),

---

저기)'와 'đây(이, 여기)'는 대립된다고까지 말하기는 어렵지만 조화를 이루지 못한 점은 분명하다(Trần Thị Băng Thanh 「Thơ Bà Huyện Thanh Quan-Niềm Vui Và Nỗi Buồn(청관현부인의 시―기쁨과 슬픔)」, 『베트남 중세문학 연구논문선』 234면).
144) Lã Nhâm Thìn 『Thơ Nôm Đường Luật(당률쯔놈시)』 317~318면에 원문과 주석이 있다.

복직을 경험한다. 관직에 있으면서 맡아서 한 일도 다양해서, 농민반란을 진압하는 전투를 지휘했는가 하면 황무지를 개간하는 일에서 공을 세웠다. 말년에는 고향에서 살면서 불교에 기울었으며 집에서 가주(歌籌) 공연을 자주 열었다.

완공저는 당률쯔놈시와 핫 노이를 1,000여 수나 창작했다고 전할 정도로 한시문보다[145] 쯔놈 시문 창작에 열의를 보였는데 지금까지 대략 150여수의 작품만이 전하고 있다.[146] 이들 작품을 살펴보면 대장부의 기상을 노래한 작품, 빈곤과 인정세태(人情世態)를 염려하는 작품, 향락적 태도를 반영한 작품이 주류를 이룬다. 이러한 작품세계는 사회에 진출하여 공명을 이루고자 하는 열망, 사회에 부딪혀서 얻은 현실인식, 허무주의적 시선으로 삶을 바라보며 짧은 인생을 즐기려는 태도를 각각 보여준다고 할 수 있다. 공명을 얻고자 하는 열망과 쾌락을 누리고자 하는 욕구는 상당히 거리가 먼 두 지향인데, 완공저는 양자를 모두 시화하고 있다는 점이 특징이라고 할 수 있다.[147] 표현에서는 조탁을 가하기보다 평이하고 자연스러운 시어를 사용한점은 높이 살 만하지만 깊이와 함축이 모자란다는 평가도 있다.[148]

완공저의 작품 가운데 세상에 나아가 큰 공을 세우고자 하는 대장부의 기상을 표출한 작품이 대표작으로 꼽힌다. 다음은 「과거 길에 노래한다(Đi Thi Tự Vịnh)」라는 제목의 작품이다.

---

145) 한시작품으로는 「칠십자수(七十自壽)」가 특히 잘된 작품으로 꼽힌다. Lê Thước 외
『Thơ Văn Nguyễn Công Trứ(완공저의 시문)』(Hà Nội: Nxb Văn Hóa 1958) 161면에 원문이 있다.
146) 『베트남문학사전』 352~353면.
147) Vương Trí Nhàn 「Tính Hiện Đại Của Nguyễn Công Trứ(완공저의 현대성)」, 『베트남 중세문학 연구논문선』 286~288면.
148) Nguyễn Lộc 『Văn Học Việt Nam(nửa cuối thế kỷ XVIII-hết thế kỷ XIX)(18세기 후반~19세기까지의 베트남문학)』 496~517면.

과거에 낙방하고 맥없이 돌아올 수야 있나,
금서(琴書)에게 진 빚을 갚아야만 한다.
전원(田園)에 묻혀 세월을 즐기고도 싶지만,
이미 이내 몸은[身世] 상봉(桑蓬)을 기약했도다.
천지간에 이름이 들려오도록 해서,
강산과 함께 길이 갈 공명을 얻어야 한다.
진애(塵埃)에서 사는 동안 누가 알리요,
시련이 닥쳐야 비로소 영웅(英雄)을 알아보게 되는 법.


Đi không há lẽ trở về không,
Cái nợ cầm thư phải trả xong.
Rắp mượn điền viên vui tuế nguyệt,
Dở đem thân thế hẹn tang bồng.
Đã mang tiếng ở trong trời đất,
Phải có danh gì với núi sông.
Trong cuộc trần ai ai dễ biết,
Rồi ra mới biết mặt anh hùng.[149]


  '상봉'은 '상호봉시(桑弧蓬矢)'를 줄인 말로, 남자가 세상에 나아가 공을
세우고자 하는 큰 포부를 뜻한다.[150] '금서에게 진 빚'이라는 말은 '붓과 벼
루[筆硯]에게 진 빚'이라는 말과도 같은데, 공부하는 사람의 책임의식을 표현
한 말이다. 결국은 세상에 진 빚이라는 뜻이다. 또한 '상봉을 기약했다'는 말
은 세상을 다스리거나 나라를 안정시키려는 원대한 뜻을 품었다는 말이다.
탁월한 능력을 보임으로써 길이 역사에 남을 공을 세워야 한다고 다짐했다.

---

149) Lã Nhâm Thìn 『Thơ Nôm Đường Luật(당률쯔놈시)』 429~434면에 원문과 주석, 그
  리고 간단한 작품해설이 있다.
150) 옛날 중국에서는 남자가 태어나면, 뽕나무로 만든 활(상호)과 쑥대로 만든 화살(봉시)로
  사방을 쏘아 장차 웅비(雄飛)할 것을 축원했다고 한다.

이 작품에서는 진출과 퇴처 가운데 진출이 일방적으로 긍정되고 있다. 그뿐만 아니라 진출해서 명성을 드날리는 것이 남아의 의지를 펼치는 길이라 말한다. 완공저는 중세문학 작가 중에서 벼슬길에 나아가서 대장부의 기개를 펼치고 공명을 얻어야 한다고 말한 보기 드문 존재이다.[151]

(7) 완권(阮勸)

완권은 은거의 길을 택해 생의 후반부를 농촌에서 살면서 국음시를 창작했다. 그런만큼 그의 국음시에는 농촌의 자연경관과 그곳에서의 삶이 형상화되어 있다. 가을을 시간적 배경으로 한 세 편의 작품「추영(秋詠)」「추조(秋釣)」「추음(秋飮)」이 국음시의 대표작으로 꼽히는데 풍격 면에서는 서로 상통한다.[152] 그중「추조」를 보기로 한다.,

> 차가운 가을 연못 물 맑은데,
> 한 척의 조그만 낚싯배 (떠 있네).
> 푸른 수면에는 바람 불어 잔물결 일고,
> 단풍은 산들바람에 나부끼고 있네.
> 뭉게뭉게 구름은 짙푸른 하늘을 떠가고,
> 구불구불 대나무 숲길에는 손님이 끊어졌네.
> 기대고 앉아 한동안 낚싯대를 잡지만 얻는 것 없고,
> 어떤 물고기인지 수초 아래서 입질하고 있네.[153]

> Ao thu lạnh lẽo nước trong veo,
> Một chiếc thuyền câu bé tẻo teo.
> Sóng biếc theo làn hơi gợn tí,

---

151) Lã Nhâm Thìn 『Thơ Nôm Đường Luật(당률쯔놈시)』 433면.
152) Lã Nhâm Thìn 『Thơ Nôm Đường Luật(당률쯔놈시)』 449~450면.
153) 배양수 외 『베트남의 이해』 213~214면에 있는 번역을 참고해서 다시 번역했다.

Lá vàng trước gió sẽ đưa vèo,

Tầng mây lơ lửng trời xanh ngắt,

Ngõ trúc quanh co khách vắng teo.

Tựa gối buông cần lâu chẳng được,

Cá đâu đớp động dưới chân bèo.[154]


풍경묘사에 상당한 공을 들인 이 작품은 실경(實景) 산수화 한 폭을 보고 있는 듯한 느낌을 준다. 낚시하는 사람에 초점을 맞추되 가까운 데서 먼 곳으로, 먼 곳에서 다시 가까운 데로 시선을 이동하면서 가을의 경물을 화폭에 담고 있다. 경물을 전면에 드러내놓고 정의(情意)는 함축하는 기법을 썼으니 사경(寫景)이 곧 사정(寫情)이라고 할 수 있다.[155] 무심한 가운데 한가로운 정취를 느끼게 하면서 자연에서 얻고자 하는 바가 욕심을 버리고 사는 한가로움이라는 것을 알게 하는 작품이다.

한 친구가 완권을 만나겠다고 농촌마을을 찾아온 계제에 창작한 작품「친구가 찾아오다(Bạn Đến Chơi Nhà)」도 절창으로 꼽힌다.[156] 작품 내용은 비교적 단순하고 소박한 편이다. 친구가 찾아오기는 했는데 대접할 것이 하나도 없다. 물고기나 닭은 내놓을 수 없는 형편이고 옥수수, 가지, 호박, 수세미 같은 열매채소도 제철이 아니다. 게다가 손님이 오면 으레 씹으라고 내놓게 마련인 빈랑마저도 없다. 하지만 마지막 행에서 "그가 여기까지 찾아왔네, 나 그리고 그"[157]라고 53하면서 물질의 향연 대신 우정을 나누는 정신의 향연을 벌인다고 암시했다.[158] 당률쯔놈시에서는 드물게 보는 우정이

154) Xuân Diệu 외 『Thơ Văn Nguyễn Khuyến(완권의 시문)』(Hà Nội: Nxb Văn Học 1971) 107면에 원문이 있다.

155) Trần Đình Sử 'Về Bài Thơ 'Thu Điếu'('추조'에 대하여)」, 『베트남 중세문학 연구논 문선』 360면.

156) 배양수 외 『베트남의 이해』 214면에 번역이 있다.

157) 원문은 "Bác đến chơi đây ta với ta"이다.

158) 쑤언 지에우(Xuân Diệu)의 견해이다. Lã Nhâm Thìn 『Thơ Nôm Đường Luật(당률쯔

라는 제재, 농촌의 생활상을 그리되 한자어(=漢越語)는 되도록 쓰지 않는 표현이 이 작품을 돋보이게 한다.

'고향의 시인'이라는 평가를 받게 한 일군의 작품 옆으로 시대변화에 무력한 자신을 돌아보는 침중한 작품도 있고, 우세(憂世) 의식에서 우러나온 풍자적인 작품도 적지 않다. 전자의 예로는 「자조(自嘲)」 같은 작품이 있고, 후자의 예로는 「종이로 만든 진사(進士) 인형(Tiến sĩ giấy)」「프랑스혁명 기념일(Hội Tây)」 같은 작품이 있다.

「프랑스혁명 기념일」은 다음과 같다.

> 승평(昇平)을 기념하는 행사 폭죽소리 요란하고,
> 깃발이며 등불이며 많이도 걸어놓았구나.
> 관리의 부인은 눈을 들어 수영경기를 관람하고,
> 아이들은 몸을 구부린 채 째오 판을 엿보고 있구나.
> 나뭇가지에 그네를 매고 아가씨들은 오르락내리락,
> 돈 욕심에 기름 기둥을 사내들은 기를 쓰고 오른다.
> 누군지 행사를 참 즐겁게도 조직했구나,
> 흥겨우면 흥겨울수록 그만큼 치욕이 더하는 것을!

> Kìa hội thăng bình tiếng pháo reo,
> Bao nhiêu cờ kéo với đèn treo.
> Bà quan tênh nghếch xem bơi trải,
> Thằng bé lom khom nghé hát chèo.
> Cậy sức cây đu nhiều chị nhún,
> Tham tiền cột mỡ lắm anh leo.
> Khen ai khéo vẽ trò vui thế,
> Vui thế bao nhiêu nhục bấy nhiêu![159]

---

놈시)』 465면에서 재인용.

프랑스혁명 기념일은 7월 14일인데, 1789년 그날 성난 군중들이 바스티유 감옥을 습격해서 정치범을 석방한 것을 기념해서 공휴일로 정했다. 프랑스 식민지로 전락한 베트남에서도 프랑스 식민당국에 의해 기념행사가 열렸다. 첫 행에서 완권이 이 행사를 두고서 '승평'을 기념하는 행사라고 한 데는 은근한 풍자의 뜻이 있다. '승평'은 나라가 태평하다는 뜻인데, 프랑스 식민당국 입장에서는 '승평'일지 몰라도 식민지로 전락한 베트남사람의 처지에서는 그렇지 않은 것이 당연하기 때문이다.

이날 기념행사는 화려하게 장식된 식장의 들뜬 분위기 속에서 수영경기, 전통극 공연, 그네타기, 기름이 칠해진 기둥을 먼저 올라가서 꼭대기에 매달아둔 돈을 갖는 시합 등 다채로운 부대행사를 동반하고 있다. 작품의 화자는 그런 성대한 행사에 빠져 있는 군중들을 스케치한 다음 결말 부분에서 쓴소리를 했다. 식민당국이 교묘한 통치전술의 일종으로 성대하게 조직한 행사에 빨려 들어가면 들어갈수록 그런 책략에 빠진 식민지 백성의 수치스러움만 더 커지는 것이 아니겠느냐고 했다. 이렇듯 식민지 백성의 무지와 맹목을 정면에서 풍자한다는 점에 이 작품의 특색이 있다.160) 완권의 이 작품에서 보듯 당률쯔놈시는 식민지 상황이라는 완전히 새로운 상황과 맞닥뜨렸다.

(8) 진제창(陳濟昌)

진제창(1870~1907)은 베트남 전통 왕조의 마지막 시기와 프랑스 식민지 초창기에 걸치는 시기에 짧고도 고뇌에 찬 삶을 살았던 시인이다. 수창(秀昌, Tú Xương)이라는 이름으로 알려져 있기도 하다. 창작한 작품 수는 매

---

159) Xuân Diệu 외 『Thơ Văn Nguyễn Khuyến(완권의 시문)』 118~119면에 원문과 주석이 있다.

160) Tran My Van(Trần Mỹ Vân), *A Vietnamese Scholar In Anguish-Nguyễn Khuyến and the decline of the confucian order, 1884~1909*, Singapore: The National University of Singapore 1992, 57~58면.

우 많았다고 하는데 상당부분 일실되고 오늘날 수집된 것은 대략 100편 정도 된다고 한다.161) 그는 과거에 집착하다 끝내 좌절한 경험, 프랑스 식민지로 전락한 초기 베트남 사회의 이모저모를 전통적인 시가형식 속에 담아냈다. 당대의 언어, 도시의 풍물, 당대의 인물군상을 놓치지 않았다. 서정성이 짙은 작품이 있는가 하면 풍자적인 작품도 있다. 풍자적인 작품이 특히 뛰어나서 베트남문학 최고의 풍자시인으로 꼽힌다.

그리 유복하지는 않은 집안에서 태어난 진제창은 열다섯에 향시(鄕試)에 응시했지만 낙방하고, 이후 낙방을 거듭한 끝에 1894년에야 수재(秀才)가 되었고,162) 이후 거인(擧人)이 되기를 희망했으나 꿈을 이루지 못하고 병사하고 만다. 과거에 급제하는 것은 소년 시절부터 죽을 때까지 일관된 희망이었다. 과거를 제재로 한 작품이 13수나 되는 것은 충분히 이해할 만한 일이다.163) 이곳에서는 생애 마지막 과거를 앞둔 심정을 담은 작품을 보기로 한다. 제목은 「만일 내일 낙방한다면(Hễ Mai Tớ Hỏng)」이다.

> 만일 내일 내가 낙방한다면 바로 떠나버릴 테니,
> 이날을 기억했다가 제삿날로 삼아라.
> 공부는 밥을 하지만 아직 익지 않은 격이고,
> 시험은 입에 고추를 물은 듯이 얼얼하구나.
> 책과 등불은 어린 너희들에게 맡기고,
> 살림은 너희들 엄마에게 부탁해야겠다.
> '꽁히' '메르시'164) 다 흰한 말들이니,
> 중국에 가든가 아니면 프랑스에 숨어 버리련다.

---

161) 『베트남문학사전』 620면.
162) '수창(秀昌)'은 '수재(秀才)'와 '진제창(陳濟昌)'에서 한 자씩 따온 것이다.
163) Lã Nhâm Thìn 『Thơ Nôm Đường Luật(당률쯔놈시)』 445면.
164) '꽁히'는 광동(廣東)사람들의 인사말이고, '메르시'는 고맙다는 뜻의 프랑스어이다.

Hễ mai tớ hồng tớ đi ngay,

Giỗ tết từ đây nhớ lấy ngày.

Học đã sôi cơm nhưng chửa chín,

Thi không ngậm ớt thế mà cay.

Sách đèn phó mặc đàn con trẻ,

Thưng đấu nhờ trông một mẹ mày.

"Cổng hỉ" "Mét xi" thông mọi tiếng,

Chẳng sang Tàu cũng tếch sang Tây.[165)]

 1906년의 과거에 임하는 마음가짐을 이렇게 말하고 있는데, 과거에 임하
는 자세가 비장하기도 하고 체념적이면서 자조적이기도 한 점이 특이하다.
여기에서 보듯 심경이 복잡한 것은 이미 누차 낙방한 경험이 있기 때문이기
도 하겠지만 과거제도의 위상 자체가 변화했기 때문이기도 하다. 이때 이미
프랑스 당국은 과거에 국어를 도입하고 붓이 아닌 연필로 쓰도록 하는 조치
를 내놓고 있었다.[166)] 과거에 급제한다고 해도 전통적으로 사대부 관료가
기대할 수 있는 역할을 하기는 어려운 시대가 되었다. 사대부 문인의 시대가
종언을 고하고 있으며 그와 더불어 사대부 문인이 애호한 당률쯔놈시의 위
상도 근본적으로 변화하는 시기에 이르렀다.
 진제창에게는 「가엾은 아내(Thương Vợ)」나 「여름밤(Đêm Hè)」처럼 서
정성 짙은 작품도 있다. 「가엾은 아내」에서는 강가 시장에서 쌀장사를 하면
서 살림을 꾸리는 아내에 대한 미안한 심정을 토로하고 있다. 살아 있는 아
내에 대한 정회를 국음시로 표현하는 것은 아주 드문 일이었다. 「여름밤」은
'밤이면 밤마다 슬퍼' '깊은 잠에 빠져 세상사를 잊고 싶은' 심정을 우울하
게 노래하고 있다.[167)] 과거에 누차 실패한 데서 오는 답답하고 괴로운 심경

---

165) Lã Nhâm Thìn 『Thơ Nôm Đường Luật(당률쯔놈시)』 347면에 원문과 주석이 있다.
166) Huỳnh Sanh Thông, An anthology of Vietnamese poems, 98면.
167) 배양수 외 『베트남의 이해』 215~216면에 번역되어 있다.

이 자신과 주변 사람, 그리고 세상에 대한 우울한 응시로 이어졌다.[168)]
다음은 「대한(大旱)」이라는 작품이다.

요즈음 돌도 금덩이도 녹아내릴 듯한 더위,
온 천하가 비를 기다리며 어쩔 줄 모른다.
전에는 아무 걱정 없이 먹고 잠잤건만,
이제는 다들 물과 고향을 걱정하고 있다.
물소는 갈라진 논 갈 수 없다고 좋아하지만,
물고기는 못이 마를까 봐 모두 달아나버렸다.
누구나 이 곤경을 겪고 있는 처지인데,
빈랑잎으로 내 한 몸 부채질하고 있다.

Dạo này đá cháy với vàng trôi,
Thiên hạ mong mưa đứng lại ngồi.
Ngày trước biết gì ăn với ngủ,
Bây giờ lo cả nước cùng nôi.
Trâu mừng ruộng nẻ cày không được.
Cá sợ ao khô vượt cả rồi.
Tình cảnh nhà ai nông nỗi ấy,
Quạt mo phe phẩy một mình tôi.[169)]

이 작품에서는 'nước'이 핵심어다. 애초에 두 가지 뜻이 있는 말인데 하
나는 '물'이고 다른 하나는 '나라'이다. 그래서 물이 없어 논밭이 쩍쩍 갈라
지는 가뭄이 닥쳤다는 말은 곧 나라를 잃었다는 뜻도 된다. 그렇다는 사실을
염두에 두고 작품을 다시 읽으면, '돌도 금덩이도'라고 한 '금석(金石)'은 나

168) 『베트남문학사전』 621면.
169) Lã Nhâm Thìn 『Thơ Nôm Đường Luật(당률쯔놈시)』 328면에 원문과 주석이 있다.

라에 대한 충성심, 곧 애국심을 은유한다고 볼 수 있고, '금석'을 녹인다는 말은 각자의 애국심을 가혹하게 시험하는 시대가 닥쳤다는 뜻으로 해석할 수 있다.[170] 또한 못 물이 마를까 달아나버린 '물고기'는 나라를 등진 망명객들이라고 보아도 좋을 것이다.[171] 마지막 결구에서는 베트남사람들에게 아주 친숙한 '빈랑잎'을 들고 부채를 부치면서 시국을 염려하는 무력한 자신을 한탄하고 있다.

진제창은 완권과 마찬가지로 세상사를 풍자한 작품을 많이 썼다. 특히 프랑스 식민지로 전락한 시기를 살아가는 여러 인물을 형상화하는 데 뛰어난 능력을 발휘했다. 프랑스 관리를 풍자하면서 베트남사람들만 알아들을 수 있도록 중의법을 쓴 작품도 있다. 다음에 볼 「순사(巡査) 나리(Ông Cò)」는 프랑스 경찰에 대한 풍자로 가득한 작품이다.

> 하남(河南) 제일로 명성 높으신 순사 나리,
> 그를 보면 누구나 감히 기침도 못한다.
> 양쪽 지붕이 해져서 비가 줄줄 새도 참아야 하고,
> 여덟시 종치기가 무섭게 웅크리고 자야 한다.
> 신분증 잊은 사람은 하늘이 노할까 두렵고,
> 개가 길로 뛰쳐나가면 주인은 걱정이 앞선다.
> 멍청히 똥 누는 놈 운 좋게 잡기라도 하면,
> 이거야말로 한번 크게 먹을 기회로다.

> Hà Nam danh giá nhất ông Cò,
> Trông thấy ai ai chẳng dám ho.
> Hai mái trống toang đành chịu dột,

---

170) Huỳnh Sanh Thông, *An anthology of Vietnamese poems*, 101면.
171) Tuấn Thành・Anh Vũ 편 『Thơ Trần Tế Xương, Tác Phẩm Và Dư Luận(진제창의 시, 작품과 여론)』, Hà Nội: Nxb Văn Học 2002, 9면.

Tám giờ chuông đánh phải nằm co.
Người quên mất thẻ âu trời cãi,
Chó chạy ra đường có chủ lo.
Ngớ ngẩn đi xia may vớ được,
Chuyến này ắt hẳn kiếm ăn to.[172]

지붕을 고치려고 해도 신고하고 허락을 받아야 했는데, '순사 나라'는 까다롭게 굴고 돈도 요구했던 모양이다. 그래서 물이 줄줄 새는데도 고치지 못하고 있다. 밤 여덟시부터 통행금지가 시행되었다. 신분증을 지참하지 않거나 개를 길에 풀어놓으면 엄벌에 처해졌다. '순사 나라'의 막강한 힘은 식민당국의 권력을 상징하고 있으며, 힘이 큰만큼 베트남사람들은 억압을 견디기가 힘들었다.

마지막 두 줄은 겉보기에는 경범죄 처벌을 말하는 듯하지만 베트남어를 알고 보면 그렇지만도 않다. 'đi xia'는 화장실에 간다는 말이고, 여기서는 '똥'을 눈다는 것을 암시한다. 그런데 마지막 줄의 '(kiếm) ăn to'는 겉으로는 순사가 많은 돈을 뜯어낸다는 말을 한 것인데, 베트남어로는 '큰 것을 먹는다'는 뜻으로도 읽을 수 있어 앞의 행과 합해보면 결국 큰 똥을 먹는다는 말이 된다.[173] 식민지를 무력으로 지탱해주는 경찰을 똥이나 먹는 똥개로 전락시켜버렸다.

진제창과 완권은 같은 시대를 살았다. 하지만 한 사람은 농촌의 풍물에, 다른 한 사람은 도시의 풍물에 더 많은 관심을 둔 점이 달랐다. 식민지 현실을 풍자적인 시선으로 바라본 작품을 남긴 것은 상통한다. 하지만 그에 못지않게 어조의 차이도 두드러진다. 완권이 상대적으로 부드러운 어조의 풍자

---

172) Lã Nhâm Thìn 『Thơ Nôm Đường Luật(당률쯔놈시)』 341면에 원문과 주석이 있다.
173) Hà Xuân Liêm 『Thơ Việt Nam, Thơ Nôm Đường Luật(Từ Thế Kỷ XV Đến Thế Kỷ XIX)(베트남 시, 당률놈쯔시, 15세기에서 19세기까지)』 312면. Tuấn Thành・Anh Vũ 편 『Thơ Trần Tế Xương, Tác Phẩm Và Dư Luận(진제창의 시, 작품과 여론)』 80면.

를 택했다면 진제창은 강렬한 어조의 그것을 택했다. 진제창의 풍자시는 식민지로 전락한 제3세계 시인의 풍자적인 목소리로서 기억할 만하다.

### 3) 부(賦)·변문(騈文)

#### (1) 부

중국문학에서 형성된 부 형식을 그대로 빌려 쓰놈으로 창작한 작품이 있는데, 이 역시 부(phú)라고 부른다. 운(韻), 대우(對偶), 평측(平仄)의 운용이 한문학의 부와 일치한다. 부는 일찍이 이진(李陳) 시대에 출현한 것으로 보이는데, 「거진낙도부」「영운연사부」「교자부」가 초기 작품으로 손꼽힌다. 이어 완간청(阮簡淸, 1481~?)의 「봉성춘색부(鳳城春色賦)」,[174] 완항(阮沆, 16세기)의 「대동풍경부(大同風景賦)」[175] 「벽거영체부(僻居寧體賦)」, 배영(裴永, 1508~1545)의 「제도형승부(帝都形勝賦)」, 황사개의 「소독락부(小獨樂賦)」, 완백린(阮伯麟, 1701~85)의 「응아 바 학(Ngã ba Hạc)」[176]과 「가경흥정부(佳景興情賦)」, 완유정(阮有整, 1741~87)의 「장유후부(張留侯賦)」[177]와 「곽자의부(郭子儀賦)」,[178] 완공저의 「한유풍미부(寒儒風味賦)」 등이 창작되었다.

완휘량(阮輝亮, ?~1808)[179]의 「송서호부(頌西湖賦)」(1801), 범채(范彩, 1777~1813)의 「전송서호부(戰頌西湖賦)」는 일종의 필전(筆戰)의 소산인 것으로 유명하다. 완휘량은 여조 말엽에 출사하여 낮은 벼슬을 하다가 서산조

---

174) '봉성'은 수도 승룡(하노이)를 가리킨다.
175) '대동'은 지명이다.
176) '응아 바 학'은 지명이다. 빈 푹(Vĩnh Phúc) 성의 바익 학(Bạch hạc) 인근에 있으며, 세 줄기의 강(sông Đà, sông Lô, sông Nhị hà)이 합류되는 곳이다(Dương Quảng Hàm 『Việt Nam thi văn hợp tuyển(베트남 시문합선)』, Hà Nội: Nxb Hội Nhà Văn 1998. 초판은 1943, 76면). 于在照 『越南文學史』 137면에서는 제목을 옮기기를 '학삼차부(鶴三岔賦)'라고 했다.
177) '장유후'는 한나라 고조를 보필해서 제위에 오르게 한 장량(張良)이다.
178) '곽자의'는 당나라 때 안사(安史)의 난을 진압한 공신이다.
179) '阮輝浣'으로 된 곳도 있다.

정에 참여한 인물이다. 그의 「송서호부」는 하노이에 있는 서호의 아름다움을 묘사하면서 서산왕조(특히 광중황제 시대)를 찬미하는 내용이다. 반면 범채는 서산 쪽과는 대립되는 행로를 택해 고난을 겪었던 인물이다. 그런 그가 「송서호부」에 반발해서 쓴 「전송서호부」에는 서산에 대한 불만과 대립의식이 드러나 있다. 두 작품에서 서산시대의 명암이 교차한다.

완정소의 「제근작사민진망문(祭芹灼土民陣亡文)」은 1861년 12월 베트남 남부의 근작(芹灼, Cần Giuộc)에서 프랑스군과 싸우다 전사한 사민(土民)을 조상하는 내용이다. '불후(不朽)의 국어작품'이라는 당대의 평가를 받았다.[180] 부형식이 대불항쟁문학에도 소용되었음을 이 작품은 보여준다.

(2) 변문

중국문학의 변문을 본받아 쯔놈으로 변문을 창작하는 사례도 종종 있었다. 15세기에 여조 성종이 지은 것으로 알려진 「십계고혼국어문(十誠孤魂國語文)」, 완유정의 「제자문(祭姉文)」이나 여옥흔(黎玉欣)이 지었다고 알려진 「제광중제문(祭光中祭文)」 등의 제문(祭文) 몇편이 손꼽히는 정도이다. 「십계고혼국어문」은 유학의 입장에서 열 가지 사회계층을 평가하고 권계하는 내용이다. 유사(儒土)·관료(官僚)·장군(將軍)을 높이 평가하고 선승(禪僧)·도사(道士)·매춘부〔花娘〕·탕자(蕩子)·상고(商賈) 등은 깎아내리고 멸시했다.

다음에 완유정이 지은 「제자문」의 전반부와 마지막 행을 보인다.

탄식하며 말하노라,
강줄기는 어디로 흘러가는가, 동해(東海) 바다 그곳으로 가는 것인가?
누님의 혼백(魂魄)은 어디로 가는가, (고향) 동해 땅 그곳으로 가는 것인가?

---

180) 『베트남문학사전』 369면. 완면심의 「독완정소조의민사진국어문(讀阮廷昭弔義民死陣國語文」은 완정소의 이 작품을 읽은 소회를 밝힌 작품이다.

아니면 봉호(蓬壺)[181]인가, 낭원(閬苑)[182]인가, 아니면 자부(紫府)[183]인가, 청도(淸都)[184]인가?

멀고도 먼 황천, 오르고 내리는 곳이 어딘 줄 어찌 안단 말인가?

단지 형해(形骸)만 고향 땅으로 돌아가니, 천산만수(千山萬水)로 아득히 격조(隔阻)하구나.

아아! 사람[人生]의 운명이 그런 것인가, 등불인 듯, 뜬구름인 듯, 부싯돌인 듯, 꿈인 듯, 촌각에 사라져버리고 마니 비록 수백 년을 산다 해도 얼마 되지 않으리라.

가엾구나, 누님은 겨우 스물여덟의 나이에 저세상으로 가버렸구나[化生].

재자(才子)에게 기명(寄命)한 지[185] 십삼 년, 맹세를 미처 지키지도 못하고 살아서 함께 고생만 하고 훗날의 영현(榮顯)[186]은 볼 수 없게 되었구나.

예닐곱 번 산고를 겪었지만 겨우 딸 두엇만 남았고 젖 물려 어린것들을 키웠건만 훗날 장성(長成)해도 보답받을 길이 없게 되었구나.

(…)

강정(江亭)[187]에서 제례[奠]를 올려 두 곳으로 결별(訣別)[188]하려니, 구천(九泉)은 어디인가, 혼령은 흠향[饗]하소서.[189]


이 작품은 범완유의 아내이자 작자의 누나인 완씨가 1772년 지금의 하노이에서 세상을 떠나 짓게 된 제문이다.[190] 완씨의 죽음 앞에서 범완유는 한

---

181) 봉래산(蓬萊山)의 다른 이름.
182) 낭풍전(閬風巓)의 동산. 낭풍전은 곤륜산(崑崙山)의 꼭대기에 있다는 산봉우리의 이름. 신선이 산다는 곳.
183) 신선이 산다는 궁실(宮室).
184) 상제(上帝)가 산다는 궁궐.
185) 몸을 의탁함.
186) 영화롭고 현귀(顯貴)함.
187) 강가에 있는 정자.
188) 기약 없는 작별.
189) Nguyễn Cẩm Thúy · Nguyễn Phạm Hùng 『Văn thơ Nôm thời Tây Sơn(서산시대 쯔놈 시문)』 215~217면에 쯔놈 원문과 베트남어 전사가 있다.
190) 범완유의 『단장록』은 한시 편에서 본 바 있다.

문으로 『단장록(斷腸錄)』을 엮었고 완유정은 쯔놈으로 제문을 지었다. 공식성이 강한 글이어서 상당한 격식을 갖추어 한문으로 쓰는 것이 일반적이었던 제문의 영역에까지 쯔놈의 사용 범위가 확대되었다.

### 4) 음곡(吟曲)

음곡은 17세기경에 형성된 문학양식이다. 쯔놈으로 창작한 장편 서정시를 가리키는데, 일반적으로 7·7·6·8체 형식을 취한다.[191) 작품은 서사적인 요소보다는 서정적인 요소, 특히 번민(煩悶)·우수(憂愁)·비한(悲恨) 등의 분위기가 지배한다. 7·7·6·8체 형식이 음곡의 주류를 이루게 된 것은 6·8체 형식이 6·8언의 교체로 비교적 안정적인 작품 전개를 보이는 반면에 7·7·6·8체는 7언구 2행이 들어 있어 리듬에 변화를 줌으로써 여러 갈래로 갈라진 심정을 표백하기에 적합하기 때문이라고 본다.[192)

7·7·6·8체가 처음부터 슬픈 심정을 표백하는 데 집중적으로 쓰인 것은 아니었다. 7·7·6·8체 형식의 이정표라고 하는 황사개의 「사시곡(四時曲)」은 336행으로 이루어진 작품인데, 사계절의 변화에 빗대어 정씨(鄭氏)가 막씨(莫氏)를 몰아내고 여조를 부흥시킨 일이 순리에 합당한 일이라고 찬미했다. 작품은 다음에서 보듯이 낙관적인 분위기에 휩싸여 있다.

묵은해가 가면 새해가 오고,
비운(否運)[193)이 지나면 태운(泰運)[194)이 도래하는 법.

---

191) 도유자의 「와룡강만」이나 「사용만」은 6·8체 형식이지만 장편 서정시로서 음곡에 포함되는 것으로 본다(『베트남문학사전』 310~313면에 음곡에 대한 설명이 있다).

192) 정일신(丁日愼, 1815~1866)의 「추야여회음(秋夜旅懷吟)」은 한문으로 되어 있지만 형식은 7·7·6·8체를 썼다. 7·7·6·8체가 여행자의 슬픈 심정을 표백하기에 어울리는 형식이라고 보았을 것이다. 범채(范彩)는 『소경신장(梳鏡新妝)』에서 역시 슬픈 심정을 표현하는 대목에서는 대개 7·7·6·8체로 바꾸었다(Nguyễn Lộc 『Văn Học Việt Nam(nửa cuối thế kỷ XVIII-hết thế kỷ XIX)(18세기 후반~19세기까지의 베트남문학)』 22면).

소광(韶光)[195]은 원근(遠近)을 뒤덮고,
봄바람은 가볍게 불고 화기(和氣)는 온화하도다.

Năm cũ đi thì năm mới lại,
Bĩ đã qua thì thái lại ra;
Thiều quang phủ khắp gần xa,
Gió xuân hây hẩy khí hòa hây hây.[196]

그런데 「사시곡」의 뒤를 이어서 나온 18~19세기 작품인 단씨점의 『정부음곡』, 완가소(阮嘉韶, 1741~1798)의 『궁원음곡(宮怨音曲)』, 여옥혼의 「애사만(哀思挽)」(1792), 고백아(高伯适)의 『서정곡(叙情曲)』(19세기) 등을 보면 7·7·6·8체가 슬픔, 원망, 비탄을 표백하는 쪽으로 방향을 돌리는 변화가 일어났음을 알 수 있다.

(1) 『정부음곡(征婦吟曲)』
『정부음곡』은 등진곤의 『정부음』을 쯔놈으로 번역한 것인데, 번역자가 반휘익, 단씨점을 비롯한 여러 사람이어서 번역본도 여럿이다. 『정부음곡』은 『정부음연음(征婦吟演音)』이라 불리기도 하는데, '연음'이라 한 것은 한문 원작의 인물, 배경, 스토리는 그대로 두고 새로운 운문형식인 7·7·6·8체로 번역했기 때문이다.[197] 이곳에서는 한시 『정부음』과 비교해볼 수 있도

---

193) 막힌 운수.
194) 태평한 운수.
195) 봄빛.
196) Trần Lê Sáng · Phạm Kỳ Nam 편 『Hợp Tuyển Ngâm Khúc Việt Nam(베트남 음곡 합선)』, Hà Nội: Nxb Văn Học 2005, 162면.
197) 중국 당나라 때 시인 백거이의 「비파행(琵琶行)」을 연음한 『비파행연음가(琵琶行演音歌)』, 이문복의 『이십사효연음(二十四孝演音)』 같은 작품도 7·7·6·8체 형식이다. 『이십사효연음』은 중국 역사서에서 뽑은, 효행으로 이름난 스물네 명의 이야기이다.

444

록 앞서 한시를 살필 때 인용한 부분과 동일한 부분을 보기로 한다.

비단에 시를 적어 봉했다가는 다시 열어보고,
동전을 던져 점을 치지만 안 좋은 점괘는 믿을 수 없어요.
해질녘에는 난간에 의지해 망연히 서 있고,
한밤중에는 베개에 기대지요, 귀밑머리 헝클어뜨린 채로
넋이 빠지거나 정신이 혼란스러울 리 없건마는,
돌연 수심에 싸여 맥없이 있답니다.
비녀 꽂기도 치마 입기도 부끄러워요,
머리카락은 헝클어지고 허리는 야위었어요.

185　Đề chữ gấm phong thôi thì mở,
　　Gieo quê tiền tin dở còn ngờ.
　　Trời hôm đứng mái ngẩn ngơ,
　　Trăng khuya nương gối bơ phờ tóc mai.
　　Há như ai hồn say bụng lẫn,
190　Bỗng thơ thơ thẩn thẩn hư không,
　　Trâm cài xiêm giắt thẹn thùng,
　　Lệch làn tóc rối lồng vòng lưng eo.198)

위의 음곡(연음)을 만든 사람이 누군가에 대해서는 반휘익199)이라 하기도
하고 단씨점200)이라 하기도 해서 의견이 갈린다. 하지만 누구의 연음인가와
는 관계없이 한시 원작과 비교해볼 필요가 있다. 한시 원작과 비교해 보면
약간씩 축약하는 방향을 택했음이 드러난다. 위의 187~188행은 한시의 4행

---

198) 『호앙 쑤언 한 저작집』 III, 317면.
199) 『호앙 쑤언 한 저작집』 III, 317면에서는 이것이 반휘익의 연음이라고 보았다.
200) Trần Lê Sáng・Phạm Kỳ Nam 편 『Hợp Tuyển Ngâm Khúc Việt Nam(베트남 음곡
　　합선)』 280면에서는 이것을 단씨점의 연음작품으로 다루고 있다.

("幾度黃昏時 重軒人獨立 幾回明月夜 單枕鬢斜欹")에 대응하며, 또 189행은 한시의 2행("不關沉與醒 不關愚與惰")에 대응하는 것을 보면 그 점을 알수 있다.[201] 원작에 없는 말은 가급적 하지 않으면서 베트남어를 묘미 있게 구사하려 한다면 압축하는 방향을 택하는 것이 자연스러운 선택일 것이다.

반휘익, 단씨점을 위시한 여러 사람이 한시 원작을 7·7·6·8체의 베트남어 음곡으로 바꾼 것은 그렇게 할 때 문학적인 즐거움이 더 커진다고 생각했기 때문일 것이다. 한시를 음곡으로 바꾸자 베트남어로 듣는 즐거움이 더해졌다. 그리고 음곡은 들어서 이해할 수 있으므로 한시보다 소통의 범위가 훨씬 넓다. 한시 원작보다는 음곡(연음) 쪽이 더 높은 평가를 받는 것은 그 때문이라고 할 수 있다.


(2) 『궁원음곡(宮怨吟曲)』

완가소의 『궁원음곡』은 『정부음곡』과 쌍벽을 이루는 음곡작품이다. 번역이 아니고 완가소가 창작한 작품이므로 음곡이되 연음은 아니다. 완가소는 모친이 정주(鄭主) 정강(鄭棡, 재위 1709~1769)의 딸이었다. 그래서 그는 어린 시절을 정주의 궁궐 격인 주부(主府)에서 보내면서 궁궐의 사정에 밝다. 여러 벼슬을 역임하던 중 서산 군대에 의해 정씨 정권이 붕괴되는 변동을 맞이한다. 서산조정으로부터 부름을 받지만(1789) 칭병하고 고향으로 돌아가 술로 시름을 달래다가 여생을 마친다.

『궁원음곡』은 한때는 임금의 총애를 받았지만 왕이 싫증을 느끼고 찾아주지 않자 외롭게 된 후궁(後宮)의 처지를 노래한 작품이다. 총 356행으로 되어 있다. 여기서는 임금의 사랑이 식어서 자신을 돌보지 않게 된 변화를 말하는 대목을 보기로 한다. 작품의 245~256행에 해당한다.

---

201) 한시 원작과의 대응관계는 Tôn Thất Lương 『Chinh Phụ Ngâm Khúc(정부음곡)』(Sài Gòn: Nxb Tân Việt 1950) 75면에 밝혀져 있다.

작년에는 화원 길 어딘가를 거닐면서,
아직 어린 홍도화(紅桃花)를 꺾었지.
위로는 봉각(鳳閣), 아래로는 앵루(鶯樓),
유선침(游仙枕)202)은 여전히 나란하구나.
하지만 지금은 경시하는 마음이 싹터서,
이 몸을 머리카락처럼 여위게 하는구나.
동군(東君)203)은 어째서 이리도 무정[不情]한가,
잔월(殘月)처럼 시들어버린 꽃은 봄을 그리며[懷春] 성내건만.
지난날 언젠가 진루(秦樓)204)에 기대서서,
실같이 가는 버들가지를 꺾었지.
때로는 옥 장막을 치고, 때로는 상아 발을 쳤지,
춘의(春衣)에는 사랑의 흔적이 여전하구나.


Nào dạo lối vườn hoa năm ngoái,
Đóa hồng đào hái buổi còn xanh.
Trên gác phượng dưới lầu oanh,
Gối du tiên hãy rành rành song song.
Bây giờ đã ra lòng rẻ rúng.
Để thân này tóc mỏng tơ mành.
Đông Quân sao khéo bất tình,
Cành hoa tàn nguyệt bực mình hoài xuân.
Nào lúc tựa lầu Tần hôm nọ,
Cành liễu mầm bẻ thuở đương tơ.
Khi trướng ngọc lúc rèm ngà,
Mảnh xuân y hãy sờ sờ dấu in.205)

---

202) 베고 자면 꿈에 신계(仙界)에서 노닌다는 베개.
203) 봄을 맡은 동쪽의 신.
204) 중국 춘추시대 진(秦)나라 목공(穆公)이 딸 농옥(弄玉)을 위해 지어준 곳. 거기서 남편 소사(蕭史)와 함께 퉁소를 부니 봉황이 날아왔다고 한다.

시어가 무척 섬세하게 다듬어져 있다. 위에서 본『정부음곡』과 비교해보면 그 점이 선명하게 드러난다. 자신을 '홍도화' 같고 어린 '버들가지' 같다고 비유하고, 그런 그녀를 작년 어느 땐가 임금이 '꺾었다'고 표현했다. 사랑을 나누었던 장소를 열거하고 그 기억과 흔적이 아직도 선명하다고 했다. 하지만 '동군', 곧 임금은 마음이 변해서 떠나간 뒤로 무정하게도 돌아볼 생각을 하지 않는다. 그 때문에 그녀는 고독하고 불행한 처지로 전락하고 말았다. 임금/남성의 기분에 내맡겨진 궁녀/여인의 삶을 그린 속에 중세적 신분질서의 질곡, 남성의 횡포에 대한 은근한 비판의 뜻도 내포되어 있다.

궁녀의 비극적 운명을 제재로 삼은 쯔놈시 작품으로 완휘량의『궁원시(宮怨詩)』도 있다. 칠언율시 형식의 당률쯔놈시 100편을 이어서 전체 800행이 통일성을 갖춘 작품이 되게 했다. 먼저 창작된『궁원음곡』을 의식하고 다른 형식을 택했을 가능성이 있다.[206] 이 작품 역시 재능과 운명이 상반된다거나 조물주는 미인을 질투한다는 통념에 기반을 두고 궁녀의 외로움과 괴로움을 형상화했다.

「애사만」은 광중황제가 세상을 떠나고나서 아내 여옥흔이 지은 작품으로 알려져 있다.[207]『정부음』이나『궁원음곡』보다 가락이 더욱 애절하다.『서정곡』(608행)을 지은 고백아는 고백괄의 조카였다. 고백괄이 반란을 일으켰다가 실패하고 삼족을 멸하라는 명이 내려지자 고백아는 산지로 달아난다. 그곳에서 이름을 바꾸고 결혼도 하여 두 딸을 낳았다. 아이들을 가르치는 일로 생계를 꾸리면서 8년을 살았는데, 끝내 발각되어 귀양길에 오른다.『서정곡』은 귀양지에서 자신의 고난에 찬 삶을 비분에 찬 어조로 회고하는 내용

---

205) Trần Lê Sáng・Phạm Kỳ Nam 편『Hợp Tuyển Ngâm Khúc Việt Nam(베트남 음곡 합선)』423면에 원문이 있다.
206) Nguyễn Hữu Sơn 편『Cung Oán Thi(궁원시)』, Hà Nội: Nxb Văn Hóa Thông Tin 1994, 12면.
207) 일설에는 반휘익이 여옥흔의 이름을 빌려 지은 것이라 하기도 한다.『베트남문학사전』9면.

으로 되어 있다. 작품을 창작한 데는 자기 삶을 고난으로 몰아넣은 정치권력을 고발한다는 의도도 다분히 포함되어 있었다.

### 5) 연가(演歌)

연가(diễn ca)는 베트남어(쯔놈)로 된 장시(長詩)를 가키는 말이다. 시의 형식으로는 당률쯔놈시, 7·7·6·8체, 6·8체가 다 쓰였지만 6·8체로 된 경우가 압도적으로 많았다. 장시형식이 특정한 문학 갈래일 것을 요구하는 것은 아니지만 통상적으로 연가라고 할 때는 교술시를 가리키는 경우가 많다. 그래서 연가에 든다는 작품을 보면 역사적이고 교훈적인 내용인 경우가 대부분이다. 『월사연음(越史演音)』『천남어록(天南語錄)』『대남국사연가(大南國史演歌)』 등은 베트남 역사를 운문으로 표현한 역사연가(歷史演歌, diễn ca lịch sử)라면 이문복의 「가훈가(家訓歌)」는 윤리적인 가르침을 내용으로 하는 윤리연가(倫理演歌, diễn ca luân lí)이고 「아세아가(亞細亞歌, Bài ca Á tế Á)」 같은 작품은 혁명사상을 고취하기 위해 창작한 혁명사상연가(革命思想演歌, diễn ca các tư tưởng cách mạng)이다.208)

『월사연음』은 6·8체에 7·7·6·8체가 섞여 있는 형식으로 되어 있고, 막조(莫朝) 시기에 창작되었을 것으로 추정된다.209) 『천남어록』은 17세기 말에 찬술된 것으로 보이는데, 작자는 알려져 있지 않으며 현전하는 쯔놈작품으로는 최장편이다.210) 6·8체 형식 8,136행, 한시 31편과 7언 8행의 쯔

---

208) Lê Bá Hán·Trần Đình Sử·Nguyễn Khắc Phi 주편 『Từ Điển Thuật Ngữ Văn Học(문학용어사전)』 90~91면.

209) Nguyễn Tá Nhí 편역 『Việt Sử Diễn Âm(월사연음)』, Hà Nội: Nxb Văn Hóa Thông Tin 1997, 6면.

210) 지금까지 이본이 여섯 종 보고되었다. 제목을 보면 '천남어록외기(天南語錄外紀)'(2종), '남사연가(南史演歌)' '월사국음(越史國音)' '천남국어녹기(天南國語錄紀)' '남천국어실록(南天國語實錄)'으로 되어 있다(Nguyễn Thị Lâm 주해 『Thiên Nam Ngữ Lục(천남어록)』, Hà Nội: Nxb Văn Học 2000, 5~7면).

놈시 2편으로 되어 있다. 이 작품은 6·8체이면서도 8언행의 여섯번째 글자가 아니라 네번째 글자에 압운(요운)을 하고 있어서 6·8변체(變體)의 면모가 뚜렷하다. 내용을 보면 홍방씨 시기로부터 여조 말까지의 역사를 서술했는데 여조의 역사는 짤막하게 개괄하는 선에서 그치고 있다. 유교적인 역사관을 따르면서도 민간설화를 많이 수용했다. 작품의 언어는 구어체의 면모를 많이 보이고 있으며 평민시전(平民詩傳)에서 보이는 표현이 적지 않게 발견된다. 이런 점에서 이 작품은 상하층 문학(문화)의 상호침투 양상을 보여준다고 평가된다.211)

『대남국사연가』역시 6·8체 역사연가 작품이다. 먼저 여오길(黎吳吉)이 찬자 미상의『사기국어가(史記國語歌)』를 저본으로 삼아 수정하고 확장해서 일차로 편찬하고 난 다음 범정쇄(范廷焠)212) 등 여러 사람이 참여해서 축약하고 윤색해서 2,054행으로 완성해서 1870년에 간행했다.213)

범정쇄가 6·8체 형식의 쯔놈시로 베트남 역사를 서술하는 이유를 말한 바가 주목된다. 범정쇄에 따르면 베트남은 어음(語音)이 중국과 달라 비록 한문을 익히더라도 말하거나 노래할 때는 베트남어를 버릴 수 없다. 그러니 한문은 품위가 있고 국음은 비속하다고 천시할 수 있겠는가? 게다가 한문을 이용해서 창작한 작품은 모두 풍월(風月)을 읊은 것일 뿐 백성을 가르치는 일과는 거리가 있다. 그래서 '절묘한' 문학형식인 6·8체 노래로 기억하기 힘든 경사(經史)를 연(演)해서 배우기 쉽고 기억하기 쉬운 작품을 창작한다고 했다.214) 사대부 지식인이 한문학과 구별되는 민족어문학의 가치를 인정한 언급으로 기억해야 하겠다.

작품의 서장(Mở đầu)을 보자.

---

211) 『베트남문학사전』575~577면.
212) 이름이 '范廷碎' '范廷倅'로 된 곳도 있다.
213) 『호앙 쑤언 한 저작집』II, 28~33면에 편찬 경위가 소상하게 밝혀져 있다. 『베트남문학사전』110~111면에서 요약된 내용을 얻을 수 있다.
214) 『호앙 쑤언 한 저작집』II, 41면.

천추(千秋)의 승평(昇平)215)의 때를 만나,

규성(奎星)216)은 하늘에서 문명(文明)을 비추도다.

난대(蘭臺)217)에서 한가로이 붓을 멈추어,

명을 받들어 국어(國語)로 청사(靑史)를 연(演)하네.

남교(南交)218)는 이명(離明)219)의 땅,

천서정분(天書定分)220)이 예로부터 분명했다.

나라의 흥폐(興廢)221)가 수차례 바뀐 것과,

시비(是非)를 기록하여 오늘날 거울로 삼게 하려네.


Nghìn thu gặp hội thăng bình,

Sao Khuê sáng vẻ văn minh giữa trời.

Lan đài dừng bút thảnh thơi,

Vâng đem quốc ngữ diễn lời sử xanh

Nam giao là cõi ly minh,

Thiên thư định phận rành rành từ xưa

Phế hưng đổi mấy cuộc cờ,

Thị phi chép để đến giờ làm gương222)


역사연가 작품으로 「하성정기가(河城正氣歌)」와 「하성실수가(河城失守歌)」 같은 작품도 있다. 두 편 모두 지은이를 알 수 없으며 프랑스가 1882년 하노이[河城]를 기습해 점령한 이후 창작된 작품으로 보인다. 「하성정기가」는 6·8체 140행의 작품으로서 프랑스군과 맞서 싸우다 패해 순절한 하노

---

215) 태평(太平).

216) 이십팔수의 열다섯째 별. 문운(文運)을 맡아보는 별이라고 한다.

217) 역사 기록을 정리하는 곳.

218) 교지(交趾).

219) 해[日]. 햇빛[日光].

220) 천서(天書)에 강역(疆域)이 정해져 있다.

221) 흥망(興亡).

222) 『호앙 쑤언 한 저작집』 II, 51면에 전사된 원문과 주석이 있다.

이 총독 황요(黃燿)를 기리는 내용이다. 「하성실수가」는 7·7·6·8체 262행의 작품이다. 1873년 제1차 하노이 공격에서부터 1882년 제2차 하노이 공격에 이르는 동안의 경과를 내용으로 하면서 완지방(阮知方)과 황요의 영웅적인 투쟁을 기리고 적에게 투항한 지배층의 나약함을 비판한다. 두 작품 모두 지은이를 알 수 없는 역사연가 작품인데 당대의 사건을 제재로 취한 점에 특색이 있다.[223]

### 6) 시전(詩傳): 소설

'쭈옌 터 놈(truyện thơ Nôm)'은 문자 그대로 '쯔놈시로 된 전(傳)'이라는 말이다. '전'은 이야기라는 뜻이니 '쭈옌 터 놈'은 쯔놈으로 된 장형 서사시를 지칭한다. 그런데 중세시기에 쯔놈으로 썼으면서 형식이 시가 아닌 전(傳)은 달리 없으므로 줄여서 '쭈옌 터'라고도 한다. 여기서는 이 '쭈옌 터'의 의미를 한자어로 표현한 '시전(詩傳)'이라는 말을 기본용어로 사용하고자 한다.[224]

시전은 16세기경에 형성되기 시작해서 17세기에 이르러 온전히 자리를 잡은 것으로 보인다. 서사적인 내용을 쯔놈시에 실어 표현하고자 하는 욕구가 시전이라는 서사시 갈래를 성립시켰을 것이다. 시전의 형식으로는 당률 쯔놈시 형식과 6·8체 형식이 모두 쓰였다. 그런데 당률쯔놈시 형식은 16~17세기, 시전이 형성되던 시기에 잠깐 쓰였을 뿐이고 곧 6·8체 형식에 자리를 양보했다. 오늘날 이 시전으로 100편 이상의 작품이 전해지고 있는데, 시전의 본령은 역시 소설이다. 그래서 이곳에서는 소설인 시전을 위주로 살펴보기로 한다.

작자가 밝혀진 작품을 근거로 추정해볼 때, 시전은 여타 갈래에 비해 상대적으로 늦은 시기인 18세기 후반에서 19세기에 걸친 시기에 융성한 것으

---

223) 『베트남문학사전』165~166면 참조.
224) 시전에 대한 개괄적인 설명은 『베트남문학사전』664~669면 참조.

로 보인다. 이 시기에 베트남은 도시가 발달하고 시민이 등장해서 소설을 요구하고 향유했다. 시민이 소설(시전)을 목판에 새겨 매매함으로써 소설은 상품이 되었다. 보수적인 지배층은 소설이 음탕(淫蕩)하다고 규정하고 금지하려 했지만 시대변화를 반영하기도 하고 이끌기도 하는 소설의 성장을 막을 수는 없었다.

당률쯔놈시 형식으로 된 초기 소설작품이 세 편 전하고 있는데, 『왕장(王嬙)』(16세기경),[225] 『소공봉사(蘇公奉使)』(16세기경),[226] 『임천기우(林泉奇遇)』[227] 이다.[228] 『왕장』은 중국 한(漢)나라 원제(元帝) 때, 흉노(匈奴)의 선우(單于)에게 시집보내진 왕소군(王昭君) 이야기를 제재로 한 작품이다. 중국문학 작품인 『한궁추(漢宮秋)』[229]와 『서경잡기(西京雜記)』[230]의 영향을 크게 받았다.[231] 『소공봉사』는 중국 한나라 사람 소무(蘇武) 이야기를 토대로 만들어졌다. 소무는 무제(武帝) 때 흉노에 사신으로 갔다가 19년 동안 억류되었다가 풀려난 인물이다. 고난을 겪으면서도 충절을 버리지 않았기에 당대에는 물론 후대에도 계속 기림을 받았다.

『임천기우』는 주인공 이름을 따서 『백원손각(白猿孫恪)』이라고도 하는 작품이다. 당나라 배형(裴鉶)의 전기(傳奇) 「손각(孫恪)」[232]을 토대로 해서 창작한 작품인데, 원숭이가 변해서 된 여성 주인공 백원과 남성 주인공 손각의 사랑 이야기이다. 「손각」을 보면, 10년을 넘게 손각과 부부로 살던 원씨(袁氏)가 본래 자기가 살던 협산사(峽山寺)에 이르러서 입었던 옷을 찢어버

---

225) 칠언율시 형식 39수, 칠언절구 형식 10수, 도합 49수.
226) 칠언율시 형식 24수.
227) 칠언율시 형식 146수. 칠언절구 형식 1수, 핫 노이(hát nói) 형식의 작품 1수.
228) 이 세 작품의 내용은 배양수 외 『베트남의 이해』 230~232면에 요약되어 있다.
229) 작자는 원나라 때 사람 마치원(馬致遠).
230) 작자는 한나라 유흠(劉歆) 또는 동진(東晉)의 갈홍(葛洪)으로 알려져 있다.
231) 陳光輝 「越南喃傳與中國小說關係之研究」(上), 臺北: 國立臺灣大學中國文學研究院博士論文 1973, 26~34면.
232) 「원씨(袁氏)」라고도 하는 작품이다.

리고 늙은 원숭이로 변해 원숭이 무리 속으로 되돌아가버린다. 이에 손각은 대단히 슬프고 서운했지만 어쩔 도리가 없었다. 며칠을 더 머물던 손각은 두 아들을 데리고 집으로 되돌아갔으며 다시는 벼슬길에 오르려 하지도 않았다.[233]

「손각」과 달리『임천기우』에서는 남녀 주인공의 사랑에 더 집중한다.『임천기우』에서 백원은 본래 천상의 선녀였으나 속세와의 인연이 있어 지상에 내려와 원숭이가 된 처지였다. 또한 신선세계로 돌아간 백원은 끝내 남편과 자식을 잊지 못하고 상제의 허락을 얻어 선녀가 아닌 인간 여성이 되어 지상에 내려온다.『임천기우』는 인간과 원숭이의 기이한 결연 이야기를 인간과 선녀의 자유로운 연애·결연 이야기로 바꾸었고, 선녀로서 천상계에서 사는 것보다 인간이 되어 지상에서 사는 것이 더 행복하다고 말한다. 이러한『임천기우』는 장차 융성하게 될 재자가인(才子佳人)의 사랑 이야기의 선구가 된다고 할 수 있다.[234]

당률쯔놈시 형식으로 된 소설은 이상 세 편에 그친다. 당률쯔놈시 형식은 이야기가 이어지지 못하고 단편적으로 끊어질 수밖에 없는 약점을 지닌다. 반면 6·8체는 이야기의 흐름이 끊이지 않고 얼마든지 길게 이어질 수 있는 형식이다. 이 때문에 시전의 대부분이 6·8체 형식을 택한 것으로 보인다. 율문소설의 대표작『취교전(翠翹傳)』이나『화전(花箋)』은 물론 이 6·8체 형식으로 되어 있다.

작자의 신분, 작품의 언어와 내용상의 특징, 예술적 성취 등을 기준으로 삼아서 시전을 박학시전(博學詩傳, truyện Nôm bác học)과 평민시전(平民詩傳, truyện Nôm bình dân)으로 나누어볼 수 있다.[235] 박학시전은 이름을

---

233) 정범진 편역『(당대소설선집) 앵앵전』(성균관대학교출판부 1995) 372~381면에 '손각」이 번역되어 있다.
234) 陳光輝 '越南喃傳與中國小說關係之硏究」(上) 37~41면.
235) 박학시전과 평민시전에 대한 대체적인 설명은『베트남문학사전』664~669면에 의거했다.

알 수 있는 사대부 귀족이 중국의 재자가인 이야기를 연음한 경우가 많다. 다만 『이도매(二度梅)』처럼 저자가 알려지지 않았다든지 『소경신장(梳鏡新妝)』이나 『육운선(陸雲仙)』처럼 베트남 작가가 창작한 몇몇 작품도 박학시전에 포함해 생각한다. 이들 작품은 중국소설을 수용하더라도 수준 높은 표현을 갖추어 독자를 사로잡으려 했다. 한문학 소양에 근거를 둔 전고(典故) 사용, 전아하고 세련된 언어와 표현, 인물의 성격과 심리에 대한 뛰어난 묘사가 특징이다. 그런만큼 작품의 예술적 성취가 상대적으로 높다는 평가를 받는다.

평민시전은 대개 저자의 이름을 알 수 없다. 글을 읽고 쓸 수 있는 능력은 있지만 처지가 민중과 가까운 자리로까지 몰락한 유자(儒者), 곧 평민유사(平民儒士)라고 이름 붙일 수 있는 사람들의 손에서 나온 것으로 추정된다. 작품 내용을 보면 민간설화를 연음한 경우가 많고 작품의 언어와 표현은 평이하고 질박한 것이 특징이다. 평민시전 작품은 역사적 시공간이 아닌 막연한 시공간에서 선량한 인물이 재앙이나 고난을 겪지만 끝내 모두 극복하고 승리를 거두는 이야기이다. 주인공의 고난이 대개는 간악한 권력자나 중세 예교로부터 말미암기 때문에 강렬한 비판성을 띠는 것이 일반적이다. 고난의 극복과정에서 여성 주인공이 적극적인 역할을 하는 것도 주목할 만한 점이다. 착한 사람은 복을 받게 마련이라는 민중의식을 반영하고 있어서, 주제에 있어서는 권선징악, 결말에 있어서는 행복하게 된다는 공통점이 뚜렷하다.236)

자주 논의되는 시전작품들을 박학시전과 평민시전으로 나누어서 다음에 제시한다. 박학시전의 경우에는 저자(번역자)가 알려진 작품을 먼저 기록하되

---

236) Bùi Văn Nguyên 「Nhìn Qua Nội Dung Tư Tưởng Một Số Truyện Nôm Khuyết Danh(작자를 알 수 없는 몇몇 쯔놈시전 작품의 주제의식 개관)」, Lê Thu Yến 주편 『베트남 중세문학 연구논문선』에서 평민시전의 전반적인 특성을 고찰했다. 요약하자면 '현실비판' '사랑' '낭만적 해결'이 평민시전의 특성이라고 보고 있다.

제목, 저자 이름, 작품의 원천(◀로 표시)순으로 기록한다.


□ 박학시전

『쌍성전(雙星傳)』237), 완유호(阮有豪, 1647?~1713), ◀『정정인(定情人)』(중
국)

『화전(花箋)』, 완휘사(阮輝似, 1743~1790), ◀『화전기(花箋記)』(중국)

『소경신장』(1804), 범채(范彩, 1777~1831)

『교전(翹傳)』(=『취교전』), 완유, ◀『김운교(金雲翹)』(중국)

『서상(西廂)』, 이문복, ◀『서상기(西廂記)』(중국)

『옥교리신전(玉嬌梨新傳)』, 이문복, ◀『옥교리전(玉嬌梨傳)』(중국)

『육운선』(=『요운선(蓼雲仙)』), 완정소(阮廷炤, 1822~1888)의 창작으로 추정
됨

「벽구기우(碧溝奇遇)」, 무국진(武國珍),238) ◀『전기신보(傳奇新譜)』의 한
편(베트남)

『반진(潘陳)』, 무명씨, ◀『옥잠기(玉簪記)』239)(중국)

『부용신전(芙蓉新傳)』, 무명씨, ◀『최준신교회부용병(崔俊臣巧會芙蓉屛)』
(중국)

『여수재신전(女秀才新傳)』, 무명씨, ◀『여수재이화접목(女秀才移花接木)』
(중국)

『이도매』(=『이도매연가(二度梅演歌)』), 무명씨, ◀『충효절의이도매전전(忠孝
節義二度梅全傳)』(중국)240)


---

237) 『호앙 쑤언 한 저작집』 III, 715~865면에 수록되어 있다. 이 작품은 '쌍성불야(雙星不
夜)'라고도 한다. 남성 주인공의 성이 '쌍'이고 이름이 '성'이다. '불야'는 '쌍성'의 자이다.
238) 19세기 중엽 주로 하노이에서 살았던 지식인으로 추정된다(『베트남문학사전』 35면).
239) 명나라 때 사람 고렴(高濂)이 창작한 희곡(傳奇)작품.
240) 『평산냉연연음(平山冷燕演音)』(1897), 범미보(范美甫), ◀『평산냉연(平山冷燕)』(중국);
『호구신전연음(好逑新傳演音)』, 무지정(武芝亭), ◀『호구전(好逑傳)』(중국)도 박학시전에 넣
어 생각할 수 있겠다.

□ 평민시전

『관음신전(觀音新傳)』(=『관음씨경(觀音氏敬)』)

『방화(芳花)』

『범공신전(范公新傳)』(=『범공국화(范公菊花)』)

『범재옥화(范載玉花)』

『서유전(西遊傳)』, ◀『서유기(西遊記)』(중국)

『석생(石生)』

『송진국화(宋珍菊花)』

『옹녕고전(翁寧古傳)』

『유평양례(劉平楊禮)』

『이공(李公)』

『황수신전(黃秀新傳)』

『황저(皇儲)』

　박학시전을 먼저 개괄하고 이어서 평민시전을 살피는 순서로 논의를 진행하기로 한다. 시전 중 최고 걸작으로 꼽히는 『취교전』은 항목을 따로 두어 논의한다. 먼저 박학시전의 목록을 보자. 물론 박학시전 전체 작품의 목록은 아니고 자주 거론되는 작품들을 중심으로 추렸지만, 이것만 보고도 한 가지 중요한 사실을 지적할 수 있다. 그것은 바로 작자의 이름이 밝혀진 박학시전은 대체로 18세기 후반 이후에, 재자가인의 사랑을 제재로 삼은 중국문학 작품을 연음하면서 자리 잡았다는 점이다.

　연음을 하지만 세세한 부분까지 원작을 따라야 한다는 강박관념 같은 것은 없었다고 생각된다. 전체적으로는 축약하는 방향을 택하면서도 연음하는 사람의 기호에 따라서 더하거나 뺄 수 있는 여유가 있었다. 그런 여유가 확대되어 읽어서 익숙히 알고 있는 모티프를 활용하면서도 자신의 체험에서 취재하거나 상상력을 발휘하면 새로운 작품의 창작으로 이어질 수 있었다. 『소경신장』 같은 작품은 그렇게 해서 탄생한 작품의 대표적인 사례이다.

박학시전의 주류는 중국에서 수용한 재자가인의 사랑 이야기이다. 『삼국지연의』『금병매(金甁梅)』『홍루몽(紅樓夢)』 같은 작품이 보이지 않고, '양산백축영대(梁山伯祝英臺)' 이야기나 『백사전(白蛇傳)』 같은 작품도 보이지 않는다. 베트남 사대부가 접할 수 있고, 사대부의 윤리의식과 상상력이 허용하는 범위에 있으면서 원작의 위세가 압도적이지 않은 작품을 선택했다고 할 수 있다.241)

중국의 재자가인 소설은 용모가 준수하고 학문적 재능을 가지고 있으면서 풍류를 아는 남자와 아름다운 용모와 총명한 머리를 가진 여자가 사랑하면서 생기는 굴곡 있는 사연을 흥미롭게 소설화한 작품이다. 이런 작품에서는 남성 주인공보다는 여성 주인공의 역할이 두드러진다. 여성 주인공은 대개 신분이 낮지만 총명하며 매사에 냉철하고 합리적으로 생각하고 대처함으로써 대개 남성 주인공 쪽에서 야기한 굴곡을 헤쳐 나간다. 여성 주인공은 힘으로는 영웅이 되지 못하지만 총명함으로 영웅이 된다.242)

재자가인의 사랑 이야기는 '만남 – 고난 – 행복한 결말'이라는 공식화된 전개를 보인다. 사랑을 성취하기 위해 겪는 고난이 무엇이며 어떻게 헤쳐 나가는가가 문학적 흥미의 원천이다. 사랑 이야기를 이끌어가다 보면, 사랑과 예교(禮敎)의 관계에 대해서 말하게 마련이다. 둘 사이의 긴장관계가 작품을 더욱 흥미 있게 만든다. 그런데 남녀 주인공의 자유로운 사랑이 때로는 예교의 범위를 벗어나는 경우가 있다 해도 종국에는 사랑과 예교의 조화를 실현하는 결말로 귀착된다.

(1) 『소경신장(梳鏡新妝)』

『소경신장』은 작자 범채가 허구적 설정에 자기의 경험을 배합해서 만든

---

241) 陳光輝 「越南喃傳與中國小說關係之硏究」(下) 244~245면에서 중국소설과의 관계를 정리했다.
242) 서경호 『중국소설사』(서울대학교출판부 2004) 324~344면을 요약한 내용이다.

창작물이다. 길이는 1,480여행인데[243] 6·8체가 골간을 이루지만 6·8체로 일관하지는 않고 표현상의 필요에 따라서 7·7·6·8체를 비롯한 여타 시가형식도 채용했다. 작품 말미에 창작한 해가 1804년이라고 밝혀놓고 있다.[244] 작품은 사랑하는 남녀가 사랑을 성취하기까지 겪는 굴곡을 내용으로 하고 있다. 줄거리를 요약하면 다음과 같다.[245]

범공(范公)과 장공(張公)은 우정이 돈독한 사이였다. 훗날 둘이 아들과 딸을 낳게 되면 결혼시킬 것을 약속한다. 정혼할 당시에 두 집안은 거울[鏡]과 빗[梳]을 신물(信物)로 주고받는다. 범공에게서 아들 범금(范金)이 태어나고 장공에게서 딸 장경서(張瓊書)가 태어난다. 그런데 나라에 변고가 생겨 범공이 근왕(勤王)에 나섰으나 실패하고, 이로 말미암아 범씨 집안은 몰락하고 만다. 장성한 범금은 부친의 뜻을 잇고자 했지만 이 역시 실패하고 자신은 산천을 떠도는 처지로 전락하고 만다. 그러던 중 우연히 인근에 경서가 와 있음을 알게 되었고 홍랑(紅娘)을 통해 경서에게 서신을 보내게 된다. 이후 두 사람은 서로 사랑하는 사이가 된다.

범금이 일이 있어 고향으로 돌아간 사이에 한 도독(都督)이 경서의 미모가 빼어나다는 소문을 듣고 청혼을 해온다. 장씨 집안에서는 원치 않았지만 강한 압력에 어쩔 수 없이 혼인을 승낙하고 만다. 이에 경서가 편지를 보내 소식을 알리자 범금은 급히 돌아온다. 두 사람은 남몰래 만나기는 했지만 이미 어쩔 수 없는 형편이라는 것을 알고 내생에서나 다시 만날 것을 기약하고 헤어진다. 경서는 집에 와서 자결하고, 범금은 슬픔을 이기지 못하고 앓다가 출가하여 승려가 된다.

---

243) 『베트남문학전집』 13A, 537~623면에 수록된 작품은 모두 1,484행이다.
244) 『베트남문학전집』 13A, 623면에 있는 1483~1484행에 "Năm nay Giáp tý tháng ba, Tranh niềm tưởng đến đặt hòa ngâm chơi"라고 되어 있는데, 'Giáp tý(甲子)'는 1804년 이다.
245) Hoàng Hữu Yên 주석 『Sơ Kính Tân Trang(소경신장)』(Hà Nội: Nxb Giáo Dục 1994) 13~16면; 『베트남문학사전』 534~535면에 줄거리가 요약되어 있다.

한편 장공은 벼슬에서 물러나 있었는데, 첩의 몸에서 딸이 태어난다. 장공은 딸의 이름을 서주(瑞珠)라고 붙여준다. 서주는 용모가 아름다우면서도 자유분방한 성격이었다. 자라서는 도사(道士)로 남장을 하고 여러 곳을 주유(周遊)한다. 오래지 않아 선승 범금과 도사 서주가 만나게 되는데, 둘은 문답을 나누고 시도 창화(唱和)한다. 서주와 헤어진 후 범금은 자신이 만난 사람이 여자가 아니었나 의심한다. 이후 범금은 수행을 그만두고 장공의 집을 찾아가 의탁한다.

장공의 집에서 범금과 서주는 서로 만나게 된다. 혼약을 정할 때 주고받았던 신물인 빗과 거울을 확인한 다음, 장공은 두 사람의 혼인을 허락한다. 하지만 결혼한 후에도 범금은 경서를 잊지 못하고 그런 심정을 서주에게 토로한다. 이에 서주는 자신의 손바닥을 보여주는데, '경랑(瓊娘)'이라는 글자가 보이는 것이었다. 경서는 죽은 뒤에 바로 서주로 환생해 현생에서 범금과의 사랑을 다하고자 했던 것이다.

이상과 같은 내용을 담고 있는 『소경신장』은 작자 범채의 자전적인 요소와 재자가인 이야기의 관습적인 틀이 결합되어 이루어진 작품이다. 대체로 범금과 장경서의 사랑이 비극적으로 좌절되는 부분까지가 자전적인 부분이라고 볼 수 있다. 범채의 부친은 여조의 구신(舊臣)으로서 서산 군대에 대항하기 위해서 군사를 일으켰으나 실패한다. 당시 스무 살의 범채도 부친의 뜻을 이어 서산 군대와 싸우려 하지만 여의치 않자 출가하여 승려 노릇을 한다. 몇년 후 벼슬길에 있던 친구와 함께 여조의 부흥을 도모하지만 친구가 그만 병사하고 만다. 조문하기 위해 친구의 고향에 들렀다가 친구 부친의 권유로 그곳에 머물게 된다. 그곳에서 범채는 친구의 여동생인 장경여(張瓊如)를 만나게 된다. 시문을 주고받으면서 서로 뜻이 통한다는 것을 알게 되었고 둘은 사랑하는 사이가 된다. 이에 장경여의 부친은 두 사람을 혼인시키려 한다. 하지만 부유한 집에 딸을 시집보내고자 하는 모친의 반대에 부딪히고 만다. 실의에 빠진 장경여는 스스로 목숨을 끊고 말았고, 범채는 방랑길에 오

른다.246)

범채는 자신과 장경여를 작품 안의 범금과 장경서로 탈바꿈시켰다. 범채 자신의 집안이 그랬듯이 범금의 집안 역시 근왕에 나섰다가 몰락의 길을 걷게 된다. 승려 노릇할 때의 체험은 작품 후반부에서 도사가 된 서주와 만나는 부분에 반영되어 있다. 장경여와 주고받은 시를 작품 안으로 가져오기도 했다.

『소경신장』은 당시 널리 퍼진 재자가인의 사랑 이야기의 창작방법에서도 영향을 받았다. 남녀의 자유롭고 낭만적인 사랑 이야기를 끌어 나가는 점이 그렇고, 권력자가 압력을 행사해서 주인공 남녀의 사랑이 시련을 겪는 점도 그렇다. 행복한 결말에 이르는 설정도 범채 자신의 소망과 재자가인 사랑 이야기의 공식이 결합된 결과물이라고 볼 수 있다.

『소경신장』은 박학시전으로는 드물게 작자가 살았던 베트남 당대 사회를 시간적·공간적 배경으로 삼고 있다. 남녀 주인공은 중세 예교에 구애되지 않고 자유롭고 대담하게 서로 간의 사랑에 집중한다. 이러한 점들은 이 작품의 독자성이자 긍정적인 측면이라고 평가할 수 있겠다. 하지만 작자 자신의 세계에 대한 태도가 작품에 투영되어 범금을 위시한 남성 인물들이 모두 실패한 인물이면서 패배주의에 젖어 있는 인물이라는 점이 아쉽다고 한다면 그것도 일리가 있다고 하겠다.247)


(2) 『육운선(陸雲仙)』

『육운선』은 『취교전』 바로 다음 자리에 놓이는 베트남 중세소설의 대표작이다. 형식은 역시 6·8체로 되어 있다. 완정소의 창작작품으로 알려져 있

---

246) Hoàng Hữu Yên 주석 『Sơ Kính Tân Trang(소경신장)』 7~13면에서 범채의 삶을 요약하고 있다.

247) 작품에 대한 이러한 평가는 Nguyễn Lộc 『Văn Học Việt Nam(nửa cuối thế kỷ XVIII-hết thế kỷ XIX)(18세기 후반~19세기까지의 베트남문학)』 222~232면 참조.

으나 그렇지 않을 수도 있다는 것을 보여주는 자료도 있다. 그리하여 본래는 민간에서 구전되던 작품이었는데 완정소를 비롯한 몇몇 문인들이 기록으로 옮기고 문장을 다듬었다는 가설이 설득력 있게 제기되고 있다. 다만 작품 속 육운선이 모친의 죽음을 슬퍼하다가 맹인이 된 것이 완정소의 경우와 일치하는 것이어서, 완정소의 작품일 것이라고 보는 견해가 여전히 통설로 받아들여지고 있다. 작품의 길이는 이본에 따라 다른데, 짧게는 2,034행에서 길게는 2,246행에 이른다. 가장 먼저 나온 것은 1865년 간행본이다. 작품의 줄거리는 다음과 같다.[248]

중국 안휘성(安徽省) 동성군(東城郡)에서 태어난 육운선은 덕행을 쌓고 문무겸전(文武兼全)한 청년으로 자란다. 무공(武公)의 딸 채란(彩鸞)과는 정혼한 사이였다. 고향을 떠나 스승을 모시고 공부하다가 과거 응시를 결심하고 부모님께 아뢰기 위해 고향집으로 향한다. 도중에 도적떼에게 쫓기고 있는 낭자 교월아(嬌月娥)와 하녀 금련(金蓮)을 구해주고, 역시 과거길에 오른 한명(漢明)을 만나 의형제를 맺는다. 교월아는 운선을 못 잊어하면서 운선의 초상(肖像)을 그려 간직한다.

과거길에 오른 운선은 왕자직(王子直)을 만나 의형제를 맺는다. 또 정흠(鄭歆), 배검(裴儉)과도 만나는데, 이 두 사람은 재능이 운선과 자직에게 미치지 못한다는 것을 알고 시기하는 마음을 품는다. 과장(科場)을 향하는 운선에게 모친의 사망을 알리는 편지가 전해진다. 운선은 과거를 포기하고 고향으로 돌아가는데, 소식을 들은 여관의 주인이 찾아와 환약을 건네준다.

집으로 향하던 운선은 몸이 아파오고 눈이 보이지 않게 된다. 의원, 점쟁이, 도사에게 치료를 의뢰하지만 돈만 허비했을 뿐 아무런 효험이 없었다.

---

248) 한자 표기는 완정소 작품 산정(刪定)위원회 『Lục Vân Tiên(陸雲仙)』(Sài Gòn: Phủ Quốc Vụ Khanh Đặc Trách Văn Hóa Xuất Bản 1973)의 뒤에 실린 쯔놈 원문을 따랐다. 그곳에 실린 작품은 모두 2,088행으로 되어 있다. 竹內与之助 역주『陸雲仙』(東京: 大學書林 1986) 162~170면에 작품 내용이 상세하게 소개되어 있다.

설상가상으로 정흠의 모해로 말미암아 물에 빠져 죽을 고비에 이른다. 다행히 교룡(蛟龍)이 구해주고 어부가 보살펴주어 목숨을 건질 수 있었다. 멀지 않은 곳에 무공의 집이 있어 찾아갔는데, 장님이 된 운선을 보고 사위로 삼을 수 없다고 생각한 무공은 운선을 동굴 속에 버려둔다. 운선은 동굴 속에서 여관 주인이 준 환약을 먹으며 견디던 중에 신령에 의해 구출된다. 숲에서 내려오던 길에 운선은 한명을 만난다. 한명은 과거길에 미인을 괴롭히는 지부(知府)의 아들을 응징했다가 쫓기는 몸이 되어 절에 몸을 숨기고 있는 처지였다. 두 사람은 함께 절로 향한다.

운선을 동굴에 버려두고 온 무공은 채란을 왕자직과 맺어주려 한다. 자직에게는 운선이 죽었다고 거짓말하고 딸과의 혼인을 권유한다. 채란 역시 초라한 행색으로 돌아온 운선을 보았을 때부터 마음이 떠나 있었고 과거에 급제한 자직에게 마음이 가 있었다. 하지만 자직은 운선과 맺은 형제의 의(義)를 생각해 거절한다. 이에 무공은 지극한 수치심에 싸여 앓다가 죽고 만다.

한편 월아는 부친의 임지(任地)인 동성군에 왔다가 운선이 병에 걸려 죽었다는 말을 듣는다. 월아는 운선을 그리다가 병석에 누워 눈물로 나날을 보내고 있었다. 그때 월아의 미모가 출중하다는 소문을 들은 태사(太師)가 청혼을 해온다. 하지만 거절당하고 마는데, 이 때문에 태사는 원한을 품는다. 태사는 나라의 변경을 어지럽히는 오과국(烏戈國)의 왕에게 월아를 바쳐 화친을 도모할 것을 초왕(楚王)에게 주청한다. 초왕은 이를 받아들여 월아를 번국(蕃國)의 왕에게 보내기로 한다.

칙명을 받고 어쩔 수 없이 번국으로 향하게 된 월아는 배를 타고 가던 도중에 운선의 초상을 품고 물속에 몸을 던진다. 호위 병사들은 월아 대신에 시녀 금련을 번국으로 데려갔다. 금련은 그곳에서 황후의 자리에 오른다. 한편 월아는 신령스러운 파도에 의해 물가로 떠밀려왔고, 또 관음보살이 나타나 화원(花園)으로 데려간다. 월아는 마침 그곳으로 산책을 나온 배검의 부친 배옹(裴翁)에게 발견된다. 자신의 미모에 반한 배검이 딴마음을 품고 있다는 것을 안 월아는 배옹의 집에서 빠져나온다. 꿈속에서 관음보살로부터 월아를 구해줄 것을 부탁받은 한 노파가 월아를 데리고 자기 집으로 간다.

한편 한명과 함께 절에 머물던 운선은 어느 날 꿈속에서 선인(仙人)을 만나게 되는데, 선인이 건네준 약으로 눈을 뜨게 되었다. 운선은 집으로 돌아와 모친의 묘소를 찾는 한편 월아의 소식을 듣고 교공(僑公)의 집을 찾는다. 교공을 통해 월아가 번국의 왕에게 바쳐졌다는 사실을 알게 된다.

이후 운선은 공부에 힘썼고 과거에 응시해서 장원급제한다. 황제는 마침 국경을 어지럽히는 서번(西蕃)을 평정하도록 운선에게 명을 내린다. 운선은 부장(副將)으로 한명을 천거해서 함께 군사를 이끌고 출병한다. 전쟁중에 운선은 적장의 수급을 베고 본진으로 합류하다가 그만 산에서 길을 잃고 만다. 다행히 어떤 집을 발견하고 찾아 들어갔는데, 그곳에서 자신의 초상을 가지고 있는 월아와 상봉하게 된다.

개선한 운선은 황제에게 상소를 올려 월아의 죄를 사해달라고 청한다. 아울러 태사의 음모도 밝혀지게 되어 태사는 서민으로 강등된다. 운선은 벗들과 상의해 정흠의 죄를 달리 묻지 않기로 한다. 하지만 정흠은 타고 가던 배가 뒤집혀 물고기 밥이 되고 만다. 운선은 한명, 왕자직을 데리고 월아를 맞이해 영예롭게 귀향한다. 운선은 월아를 구해준 사람들을 찾아 감사하고 은혜를 갚는다.

무채란과 그녀의 모친은 무공이 세상을 떠난 후 슬픔에 잠겨 세월을 보내고 있었다. 모녀는 운선이 여러 차례 무훈을 세웠다는 소식을 듣고 찾아간다. 두 사람은 운선에게 은혜를 베풀 것을 청하지만 받아들여지지 않자 부끄러움을 느끼고 물러난다. 두 사람은 집에 돌아오는 길에 두 마리의 호랑이에게 물려 간다. 운선은 고향 동성으로 돌아와 월아와 혼례를 치르고 오래도록 행복하게 산다.[249]

---

249) 이본에 따라서는 운선이 초왕에게 양위를 받아 선정을 베푼다는 내용이 덧붙어 있기도 하다.

이상과 같이 요약한 줄거리를 보아도 알 수 있듯이 『육운선』은 유학의 이념을 선양하고 있다. 작품의 초두에서 "남자는 충효(忠孝)를 제일로 삼고, 여자는 절행(節行)을 닦아야 한다"250)고 한 언급이나 여관 주인의 입에서 나오는 다음과 같은 말이 작가의 창작 의도를 잘 말해준다.

> 주인이 말했다. "이치에 맞지 않는251) 일을 미워하오,
> 마음 깊은 곳으로부터 극도로 혐오하오
> 색(色)에 침혹한 걸(桀), 주(紂)를 미워하오,
> 백성들을 구렁 속에 빠뜨렸기 때문이오
> 난잡한 유(幽), 려(厲)를 미워하오,
> 백성들을 고통스러운 지경에 몰아넣었기 때문이오.
> (…)
> 내가 흠모하는 것은 성인(聖人)252)의 덕이니,
> 송(宋), 위(衛), 진(陳), 광(匡) 땅을 주유하셨소
> 요절한 안자(顔子)를 흠모하오,
> 서른하나에 공명(功名)의 길에서 떠나고 말았소253)

> Quán rằng: Ghét việc tầm phào,
> 480 Ghét cay ghét đắng ghét vào tới tâm.
> Ghét đời Kiệt,Trụ mê dâm,
> Để dân đến nỗi sa hầm sẩy hang.

---

250) 원문은 "'Trai thời trung hiếu làm đầu, Gái thời tiết hạnh là câu trau mình"이다. 작품의 원문은 Ca Văn Thỉnh 외 『Nguyễn Đình Chiểu Toàn tập(완정소 전집)』 1(Hà Nội: Nxb Văn Học 1997) 103면에 있다. 작품의 5~6행에 해당한다.
251) '이치에 맞지 않는'에 해당하는 원문은 "tầm phào"인데, 이 말은 베트남 남부지역에서 쓰이는 말이다(Vũ Đình Liên · Nguyễn Sỹ Lâm 편 『Lục Vân Tiên(육운선)』, Hà Nội: Nxb Văn Học 1997, 50면).
252) 공자(孔子)를 가리킨다.
253) Ca Văn Thỉnh 외 『Nguyễn Đình Chiểu Toàn tập(완정소 전집)』 1, 124~125면.

Ghét đời U Lệ đa đoan,
Khiến dân luống chịu lầm than muôn phần.
(…)
Thương là thương đức thánh nhân,
490 Khi nơi Tống Vệ lúc Trần lúc Khuông.
Thương thầy Nhan tử dở dang,
Ba mươi mốt tuổi tách đàng công danh.

과장에 가기 전 여관에 들른 육운선, 왕자직, 정흠, 배검과 대화를 나누는 중에 한 말이다. 작품 속에서 여관 주인은 평범한 사람이 아니라 은거한 유자(儒者)의 형상이면서 작자의 분신으로 작자의 뜻을 대변해주는 인물이다. 여관 주인, 곧 작자의 분신은 세상을 혼미한 상태에 빠뜨린 자들을 미워하고, 공자를 위시해서 제갈량(諸葛亮), 동중서(董仲舒), 한유(韓愈), 주돈이(周敦頤) 같은 인물을 흠모한다. 유학의 정명(正名) 이념에 따라 의(義)와 불의(不義), 정(正)과 사(邪)를 가르고 거기에 따른 응보(권선징악)를 분명히 한다. 충의(忠義)와 절의(節義)를 지키며 신의로 상호 연대한 인물인 육운선, 한명, 왕자직은 고난을 겪지만 최후의 승리자가 된다. 초월계에서도 이들을 돕는데, 도교와 불교의 상상력이 가미되어 교룡이나 신선, 관음보살이 육운선과 교월아를 돕는 조력자가 된다.

의를 저버리고 사욕을 추구한 자들은 결국 징치되었다. 무공은 치욕 속에서 죽었고 태사는 스스로 자기 잘못을 폭로하고 죗값을 치렀다. 무채란 모녀는 호랑이에게 물려 갔고 정흠은 물고기 밥이 되고 말았다. 작자는 이들의 불의한 행적과 징치되는 모습을 보여줌으로써 그릇된 세태에 대해 경고하고자 했을 것이다.

『육운선』은 언어 사용에 있어서 베트남 남부지역의 민중언어를 반영하는 데 적극적이었다. 이는 완정소가 지금의 호찌민 시(市) 남부의 쟈 딘(Gia

466

Đinh) 성 출신인 것과 관련 깊다. 작품에는 남부지역 민중의 일상어, 민요, 속담이 다량으로 채택되었다. 이 작품이 특히 베트남 남부에서 사랑을 받았으며 연극을 비롯한 다양한 방식으로 향유된 데는 그 점이 적지 않게 작용했을 것이다.

『육운선』이 베트남 남부에서 큰 반향을 일으키자 프랑스사람들은 『육운선』 이본을 채집해서 정리, 번역하는 한편 완정소를 회유하려 들었다. 작품을 읽거나 듣는 동안 그 속에 내재한 애국주의가 자연스럽게 베트남 민중의 마음속에 스며들게 되는 것을 프랑스 식민당국은 두려워했다. 실제로『육운선』은 남부의 농민들을 대불항쟁의 대열에 동원하는 데 큰 역할을 한 것으로 알려져 있다.[254]

(3) 『범재옥화(范載玉花)』『송진국화(宋珍菊花)』『석생(石生)』『방화(芳花)』

평민시전의 대표작 몇편을 간략하게 살펴보기로 한다. 『범재옥화』는 6·8체 934행으로 되어 있으며 18세기 작품으로 추정된다. 조정 관료의 딸인 옥화는 가난하지만 선량하고 재지(才智)가 있는 범재를 사랑하게 되었다. 하지만 왕이 옥화를 취하려 하면서 갖은 압력을 가한다. 옥화가 굴복하지 않자 왕은 범재를 죽인다. 삼년상을 치르고 옥화 또한 자결을 한다. 저승에 간 옥화는 염라대왕에게 왕을 고소하고, 결국 왕은 끓는 기름 속에 던져진다. 범재와 옥화는 다시 인간세상으로 돌아오게 되고 범재는 왕이 된다.

『범재옥화』는 비판적 성격, 혁명적 성격이 충만한 작품이다. 상층 지배세력이 소설 유통을 금하게끔 만들기에 충분하다. 특히 이 작품에서는 여성 주인공 옥화의 형상이 돋보인다. 적극적으로 사랑을 주도해간 것도 옥화이며 자신이 선택한 사랑을 지키기 위해 왕에게 강렬하게 저항한 것도 옥화였다. 옥화를 중심에 둠으로써 남성과 남성권력에 대한 비판정신으로 충만한 작품

---

254) 최병욱 『베트남 근현대사』, 창비 2008, 95면.

이 되었다.[255]

『송진국화』는 6·8체 1,680여행으로 되어 있고 18~19세기 초의 작품으로 추정된다. 부잣집 딸 국화는 가난한 집 아들 송진과 결혼한다. 송진은 국화의 도움으로 장원급제하게 되는데, 공주의 청혼을 거절해 미움을 산다. 송진은 중국에 사신으로 가서 오랜 세월을 보내야 했는데, 뛰어난 능력을 발휘해서 중국에서도 인정을 받았다. 송진은 중국 공주와의 혼사를 물리쳐야 했고, 국화는 국화대로 재가시키려는 친정의 압력에 맞서야 했다. 하지만 서로 헤어져 있어도 신의와 정절을 지켰고, 끝내 산신령의 도움으로 두 사람은 재회하고 중국의 공주를 첩으로 받아들여 행복하게 산다.

부부에게 닥친 고난을 사랑과 신의를 바탕으로 해결해가는 이야기가 뼈대를 이루고 있다. 거기에 권력의 횡포를 비판하는 내용, 중국에 가서도 능력을 발휘해 민족적 자부심을 드높인다는 내용이 교직되어 있다. 역사상 실제 인물의 이야기를 소설화한 것이라는 견해가 있다.[256]

『석생』은 6·8체 1,810여행으로 되어 있고 18세기 말~19세기 전반에 나온 작품으로 추정된다. 작품은 인신공희(人身供犧) 화소, 지하국대적퇴치(地下國大敵退治) 화소, 적의 침입을 물리치는 신비로운 악기 화소 등이 결합되어 있다. 석생은 지상, 지하, 용궁에 걸친 광대한 세계에서 영웅적인 활약을 보인다. 적대자를 물리치고 공주와 결혼하며 마침내 왕이 된다. 우리에게도 익숙한 화소들을 모으고 민담(신기고적전神奇古蹟傳)의 주인공 석생을 소설 공간에서 활약하게 함으로써 민중의 상상력을 한껏 발휘했다.

『방화』는 이본에 따라서 6·8체 1,160행에서 1,674행에 이른다. 1874년에 간행된 것이 가장 빠르며 1,160행이다.[257] 진방화(陳芳花)와 장경안(張景

---

255) 18세기 말에 출현한 것으로 추정되는 1,380행의 6·8체 소설작품 『이공(李公)』 또한 여성 주인공(황녀 白花)의 활약이 두드러지고 미천한 처지에 있던 남성 주인공이 왕위에 오른다.
256) 『베트남문학사전』 598면.
257) 『베트남문학사전』 506면.

安) 사이에 조정의 대신 조씨(曹氏)의 아들이 개입해 갈등이 생겼다. 경안은 말할 수 없는 고난을 겪는데다가 누명을 쓰고 죽을 고비에 이른다. 이때 방화는 남장하고 과거에 급제해 왕 앞에서 억울함을 호소한다. 권력자가 부당하게 개입해서 남녀간의 사랑을 깨려 한다는 점이나 여성 주인공의 비중이 크다는 점에서 『범재옥화』와 상통한다.258)

평민시전은 대체로 구성이 치밀하지 못하다든지 언어 표현이 정제되지 못하다는 약점을 지녔다고 평가받지만 민중의 소망을 소설화했다는 점에서는 의의가 자못 크다고 할 수 있다. 여성에게 가해지는 억압을 고발하고, 여성의 활약상을 펼쳐 보이는가 하면 권력자에 대한 비판도 서슴지 않았다. 이런 작품들이 민중 사이에서 오랜 기간에 걸쳐 형성되고 전승되었다.

북쪽의 정주(鄭主)가 누차 금령을 내려 이런 이야기들의 전파를 막고자 했던 것은 사랑 이야기 속에 강렬한 비판정신이 내재해 있다는 점을 의식했기 때문일 것이다. 정작(鄭柞, 재위 1657~1682)이 실권을 장악하고 있던 1663년에 한문으로 써서 반포한 「교화조례령(敎化條例令)」 47개조 가운데 쯔놈작품의 보급을 금한 조항이 들어 있다. 이후로도 여러 차례에 걸쳐 쯔놈으로 된 책을 수집해서 없애도록 하고 새로운 책의 간행을 금지했다. 집권자들이 보기에 특히 쯔놈으로 창작한 소설은 '통속적인 옛날이야기'이고, '사특하고 비정상적인' 내용이며 '석(釋), 도(道) 따위로 유학의 가르침과는 거리가 먼 것'이었다. 하지만 민중의 상상력과 비판정신을 금령으로 막을 수는 없었다. 민중의식의 성장이 출판업의 발전이라는 변화와 서로 맞물리면서 소설은 더욱 빠른 속도로 전파되어갔고 더 많은 독자를 확보해갔다.259)

---

258) 배양수 외 『베트남의 이해』 225~237면에서 쯔놈소설을 소개하고 있다. 『석생』 『범재옥화』 『방화』의 좀 더 상세한 내용은 이 책을 통해서 알 수 있다.

259) 『베트남문학사전』 669면에서 시전과 출판업 발전의 관계에 대해 정리했다.

(4) 『취교전(翠翹傳)』

『취교전』은 19세기 초반에 완유(阮攸)가 중국 사행길에 명말청초(明末淸初)의 인물로 추정되는 청심재인(靑心才人)이 지은 소설 『김운교전(金雲翹傳)』을 가져와서 6·8체 형식으로 연음한 것이다. 완유는 원작의 시대배경이나 등장인물, 스토리 등은 유지하면서 각운과 요운을 맞춘 3,254행의 시전으로 재창조했다.

원작 『김운교전』의 제목에 있는 김(金), 운(雲), 교(翹)는 작중인물인 김중(金重), 왕취운(王翠雲), 왕취교(王翠翹)에서 각각 따온 것이다. 등장인물의 이름을 따서 작품 제목으로 삼는 것은 중국소설 『금병매』나 『옥교리』에서도 볼 수 있는 일이다. 그런데 『김운교』는 주인공인 왕취교에 초점을 맞추고 있으며 김중과 왕취운은 작품의 처음과 끝에만 등장해 비중이 그리 크지 않다. 그래서 주인공 왕취교를 부각시켜서 '취교전(翠翹傳)' '교전(翹傳)' '교(翹)' 등으로 불린다. 여기서는 한국문학의 『춘향전』처럼 주인공의 이름을 따서 제목으로 삼는 관례를 따라 『취교전』이라 부르는 쪽을 택하기로 한다.

『취교전』으로 들어가기 위해서는 적절한 안내를 제공해주는 주석서(註釋書)가 필요하다. 이곳에서는 한문으로 쓰인 주석서 『취교전상주(翠翹傳詳註)』(上·下)의 도움을 받기로 한다.[260] 작품의 일차적인 문학성 해명에 힘쓴 주석서를 중심에 두고 『취교전』을 이해하고 평가하는 근거들을 하나씩 짚어보고자 한다.

---

260) 瞻雲氏 註訂 『翠翹傳詳註』로 나와 있다.

i) 형성과정[261]

원작 『김운교전』의 중심인물이면서 역사상 실존인물이기도 한 취교와 서해(徐海)에 관한 최초의 기록은 1556년에 호종헌(胡宗憲)과 함께 서해를 토벌하는 데 참여했던 명나라 모곤(茅坤, 1512~1601)이 지은 「기초서해본말(紀剿徐海本末)」이다. 또한 『명사(明史)』 「호종헌열전(胡宗憲列傳)」에도 등장하는데 모곤의 기록과 큰 차이는 없다.[262] 한편 「기초서해본말」 뒤에 붙어 있는 사호노인(謝湖老人)의 '부기(附記)'에서는 취교의 출신과 삶을 소개했다. 취교를 주인공으로 하는 여러 단편소설들은 일차적으로 이 '부기'에 근거한다고 한다.[263]

그렇게 해서 나온 단편들 가운데 『형세언(型世言)』에 포함되어 있는 작품이 주목된다. 『형세언』은 1632년 전후에 판각된 것으로 보이는데 저자는 육인룡(陸人龍)이다. 비교적 이른 시기에 우리나라에 전해져서 18세기 중엽에 번역되어 19세기에 전사된 전사본인 낙선재본 『형세언』이 전한다.[264] 『형세언』 제7회가 「호총제교용화체경(胡總制巧用華棣卿) 왕취교사보서명산(王翠翹死報徐明山)」인데[265] 『형세언』 권지오에 「왕취요뎐」으로 번역되어 전하고 있다. 우리나라에서는 단편을 번역해서 수용했고,[266] 베트남에서는 장

---

261) 『취교전』의 형성과정을 이해하는 데는 최용철 '王翠翹故事의 변천과 '金雲翹傳'의 작품 분석」, 『중국어문논총』 16(중국어문연구회 1999); 최용철 ''金雲翹傳'의 東아시아 傳播와 影響 연구」, 『중국학논총』 12(고려대학교 중국학연구소 1999)가 큰 도움이 된다.

262) '기초서해본말」에서는 서해와 취교의 이름이 다 거론되고 있지만 『명사』에서는 취교라는 이름을 거론하지 않고 다만 "(徐)海妾受宗憲賂 亦說海" "(陳)東黨懼 乘夜將攻(徐)海 海挾兩妾走 間道中稍 明日 官軍圍之 海投水"와 같이 '첩(妾)'이라고만 했다.

263) 이 점에 대해서는 박재연 校注 『형세언』(학고방 1995), 234면; 中國社會科學院文學研究所 編 『中國 長篇小說辭典』(甘肅省: 敦煌文藝出版社 1991) 80면을 통해서 알 수 있다.

264) 박재연 校注 『형세언』으로 나와 있다.

265) 박재연 校注 『型世言』(강원대학교출판부 1993)에 들어 있다.

266) 완산(完山) 이씨(李氏)의 『중국역사회모본(中國歷史繪模本)』에 「왕취교전(王翠翹傳)」이라는 이름이 올라 있다. 박재연 「朝鮮時代 中國 通俗小說 飜譯本의 硏究」(한국외국어대학교 박사학위논문 1993) 339~340면에서는 이것이 『김운교전』일 것이라고 추정했다.

편을 연음한 점이 다르다.

청나라 때 장조(張潮)가 편찬한 2권으로 된 소설집인 『우초신지(虞初新志)』에 실려 있는 「왕취교전(王翠翹傳)」도 주목된다. 중 노릇하던 무뢰배 서해가 작품 초두에서부터 등장하는 등 앞부분이 약간 달라지기는 했지만 호종헌이 취교를 이용해서 서해를 죽이고 결국 취교가 강물에 몸을 던져 죽게 된다는 이야기의 뼈대는 『형세언』에서와 같이 그대로 유지되고 있다.267)

이처럼 취교와 서해 이야기는 여러 단편소설로 만들어지다가 명말청초의 인물이라고 추측되는 청심재인에 의해서 장편소설 『김운교전』으로 개작되기에 이른다. 청심재인은 그때까지 전해지던 많은 단편들을 집대성해서 모두 20회의 장편으로 재창조했다. 취교의 연인인 김중을 등장시켜 사랑 이야기를 기본 축으로 삼고 취교의 파란만장한 삶의 이야기를 다양하게 갖추었다. 이전에는 무뢰배로서 왜구의 우두머리에 불과한 서해가 호탕하고 의기 있는 인물로 변모된 것도 이 작품에서 보이는 큰 변화이다.

완유는 1814년 청나라에 사신으로 다녀오는 길에 『김운교전』을 구해다가 쯔놈으로 된 운문소설로 축약 번역해서 '단장신성(斷腸新聲)'이라 이름했는데, 후에 범귀적(范貴適)이 '김운교신전(金雲翹新傳)'이라고 고쳤다. 앞서 시전목록을 통해서도 보았듯이 한문으로 된 원작을 연음한 다음에 '～신전(新傳)'이라고 제목을 붙이는 것은 통상적인 명명법이었다.

연음은 운문 축약 번역이면서 부분적으로 개작도 가능한 방식이기 때문에 단순 번역에 그치지는 않는다. 생각하기에 따라서는 연음 그 자체가 전면 개작이고 동시에 창작이라고 볼 여지도 충분하다. 그렇지만 꼭 그렇게까지 생각해야 속이 풀리는 것은 근대인의 편견일 수 있다. 『취교전』을 접한 베트

---

267) 그 밖에도 王世貞 『續艷異編』 卷六外史氏, 「王翠兒傳」; 周楫 『西湖二集』 卷34, 「胡少保平倭戰功」; 『明文海』 卷414에 실린 戴士林의 「李翠兒傳」; 胡曠 『拾遺錄』 殘稿 「王翠翹傳」 등이 있다고 한다. 이에 대해서는 中國社會科學院文學硏究所 編 『中國 長篇小說 辭典』 80면을 통해서 알 수 있다.

남사람들은 중국 작가가 쓴 중국소설을 연음한 것이지만 베트남 민족문학의 걸작으로 받아들이는 데 주저함이 없었다.

ii) 내용

북경(北京)에 사는 왕원외(王員外)의 열다섯 살 난 딸 왕취교는 청명절(淸明節) 답청(踏靑)에서 돌아오는 길에 명기(名妓) 담선(淡仙)의 무덤을 지나게 된다. 그곳에서 담선의 비극적인 사연을 듣고 탄식한다.

> 애달프구나, 여인의 운명이여!
> 예로부터 홍안박명(紅顔薄命)이라더니만.
> 얼마나 잔혹한가, 화공(化工)[268]은!
> 청춘(靑春)은 스러지고 홍안(紅顔)은 퇴색되게 하다니.
> 살아서는 뭇 사내의 아내가 되더니,
> 가엾게도 죽어서는 남편 없는 귀신이 되었구나.
> 봉란(鳳鸞)[269]으로 잠자리를 함께했던 이들,
> 녹운(綠雲)[270]을 아끼고 홍안을 탐했던 이들, 어디 있는가?
> 기억해주는 이 아무도 없게 되어버렸으니,
> 이번에 내가 두세 줄기 향(香)을 피우노라.[271]

곧이어 취교는 김중을 만나게 된다. 집에 돌아온 취교는 담선의 박명한 사연을 곱씹다가 꿈을 꾸게 되는데, 꿈속에서 담선으로부터 장차 닥칠 일에 대해 듣게 된다. 한편, 뒷집에 머물면서 취교와 만나기를 간절히 바라고 있

---

268) 조물주.
269) 부부의 인연.
270) 아름다운 머리.
271) 83~92행으로, 취교가 기녀 담선을 추모하는 내용인데 결국 자신이 겪게 될 시련을 요약한 말이기도 하다. 작품의 번역은 최귀묵 『취교전』을 이용한다. 인용문이 길 경우에는 작품 원문은 옮기지 않기로 한다.

던 김중은 비녀를 주운 것을 기회로 삼아 취교와 만나게 된다. 두 사람은 서로 사랑을 나누고 결혼을 약속하기에 이른다.

어느 온화한 날에 담 너머,
복숭아나무 아래로 여인의 그림자인 듯.
비파를 내려놓고 옷을 집어 들고 급히 나아가니,
향기는 아직 남아 있으나 사람은 간데없네.
금장(錦墻)272)을 따라 주위를 거닐다가,
복숭아나무 가지 위에 걸린 금차(金釵)273)를 언뜻 보았네.
손을 뻗어 집어 들고 집으로 돌아오네,
'규각(閨閣)274)에 있을 물건이 왜 여기에 있지?
깊이 헤아려보건대 이것은 아마도 그녀의 보물일 듯,
인연이 아니라면 내 수중에 들어오기 쉽지 않았을걸!'
잠도 잊은 채 줄곧 보고 또 보는데,
침향(沈香)275)은 가시지 않고 여전히 감돌고 있네.
아침 일찍 보이는 사람의 그림자,
담 주위에서 (뭔가를) 찾는데 골몰해 있는 듯.
김생(金生)은 생각이 있어 기다리고 있었네,
마음을 떠보려고 담 너머에서 소리를 높이네.
"우연히 이 비녀를 주웠네,
합포(合浦)가 어딘 줄 알아서 구슬을 돌려주겠는가?"276)
취교의 소리가 저편에서 들려오네,
"떨어뜨린 하찮은 물건인데도 (돌려주시는) 군자(君子)의 은혜 (감사합니다).

---

272) 윗부분에 꽃 모양의 구멍을 내어 쌓은 담. 또는 담을 아름답게 표현한 말.
273) 금비녀.
274) 부녀자의 거실.
275) 침향나무의 수지(樹脂)에서 얻는 천연 향료.
276) 합포주환(合浦珠還)이라는 고사를 이용한 표현이다. 물건이 옛 주인에게 돌아오는 것을 뜻한다. 본문에서 합포는 비녀의 주인, 곧 취교를 암시한다.

비녀야 보잘것없는 것이지만,

중의경재(重義輕財)[277]하는 마음이 얼마나 귀한지요!"

김생이 말하네, "서로 오가는 이웃이니,

가까운 사이이지 결코 낯선 사람이 아닙니다.

이제 만난 것은 떨어뜨린 잔향(殘香)[278] 덕이죠,

여태껏 오랫동안 일편고심(一片苦心)[279]을 품어왔어요!

오래 기다린 끝에 하루를 얻었으니,

잠시 걸음을 멈춰주시면 제 속마음을 다 털어놓으렵니다."

(이렇게 말하고는) 급히 집에 가서 물건을 가져오는데,

금팔찌 한 쌍, 명주 수건 한 장.

발끝으로 운제(雲梯)[280]를 딛고 담 머리를 넘어가니,

지난날 만났던 사람[281]이 틀림없지 않은가?

부끄러워하고 조심스러우며 움츠린 모습,[282]

그는 얼굴을 응시하지만 그녀는 수줍어 고개를 숙이네.

(김생이) 말하네, "우연히 만난 후로,

남몰래 사모한 것이 오래어 지쳐버렸어요.

(몸은) 매화나무 가지처럼 여위고 쇠잔해지고,

기다림에 지쳐버려 오늘껏 살아 있을 줄 누가 알았겠습니까!

몇달 내내 마음을 월궁(月宮)[283]에 두고서,

끝끝내 다리 기둥을 끌어안고서 죽을 운명이래도 그만이려니 했지요.[284]

이 기회에 한두 말씀드리나니,

---

277) 의를 중시하고 재물을 가볍게 생각하다.
278) 남아 있는 향기. 취교의 비녀를 가리킨다.
279) 몹시 애를 태우는 마음.
280) 높은 사다리.
281) 취교.
282) 이 행은 취교의 모습을 묘사하고 있다.
283) 달. 마음을 달에 두었다는 것은 월궁항아(月宮姮娥), 곧 취교를 그리워했다는 말이다.
284) 미생(尾生)이라는 사람이 다리 밑에서 여인과 만나기로 약속했는데 그 여인이 오지 않자 물이 불어도 떠나지 않은 채 다리 기둥을 껴안고 죽었다고 한다.

장대(粧臺)[285]께서 평종(萍蹤)[286]을 비춰주지 않으시렵니까?"

한참을 생각하고 취교가 대답하네,

"가풍(家風)[287]은 빙설(氷雪)[288]이요, 천질(賤質)[289]은 봉비(葑菲)[290]입니다.

만일 홍엽(紅葉), 적승(赤繩)[291]의 때[292]라면,

되고 안되고는 부모님 마음에 달려 있습니다.

깊은 관심으로 버들과 꽃을 가여워하고 아껴주시지만,

철없는 제가 어찌 감히 대답을 드릴 수 있겠습니까!"

김생이 말하네, "오늘은 바람 불고 내일은 비가 오는 법이니,[293]

봄날의 해후 몇번이나 되겠습니까?

만일 (나의) 눈먼 사랑을 돌아보지 않으신다면,

이쪽[294]에 상처를 주는 것이니 그쪽[295]에 무슨 이익이 있겠습니까?

작더라도 한두 마디 다짐을 해서,

안심하게 하시면 차후에 중매인을 세우도록 하겠습니다.

하늘이 만일 성심(誠心)을 저버린다면,

유감없이 이 한 청춘 버리겠습니다.

만일 그대의 도량(度量)이 좁다면,

줄곧 애쓴 공(功)이 허사가 되어버리지 않겠습니까?"

감미로운 말을 잠자코 듣고 있자니,

---

285) 장대(粧臺)는 여인에 대한 존칭으로 쓰이는데 여기서는 김중이 취교를 높여서 가리킨 말이다.

286) '부평초같이 여기저기 떠돌아다닌 자취'라는 뜻이다.

287) 집안의 법도를 말한다.

288) 맑고 깨끗하다. (집안의 법도가) 엄결(嚴潔)하다.

289) 남에게 자기의 자질을 낮추어 이르는 말.

290) '봉비'는 부인(婦人)의 안색이 쇠함을 비유한다. 취교는 자신이 용모가 추하고 천하다고 겸손하게 말하고 있다.

291) 인간의 혼인을 주관하는 월하노인(月下老人)의 주머니에 있는 붉은 끈을 가리킨다. 이 붉은 끈으로 남녀의 발목을 묶으면 비록 원수의 집안 사이라도 혼인이 이루어진다고 한다.

292) 홍엽, 적승의 때: 혼인이 이루어질 때.

293) 상황은 바뀌고 사정은 달라지게 마련이니.

294) 김중 자신을 가리킨다.

295) 취교를 가리킨다.

춘정(春情)296)이 동하여 추파(秋波)297)에는 부끄러운 빛이 감도네.

(취교가) 말하네, "처음 만남이어서 낯설지만,

그대의 마음을 존중하려니 차마 거절하기 어렵군요.

군자(君子)께서 (저를) 사랑하신다니,

그 말씀 따르고 시종(始終)298) 금석(金石)에 새기겠습니다299)."

그 말을 듣고는 기쁨으로 마음이 툭 트이고,

금비녀와 붉은 수건300)을 꺼내어 건네주네.

(김생이) 말하네, "오늘부터 백년의 인연을 맺나니,

작지만 이것을 신표(信標)301)로 삼고자 합니다."

(취교는) 가지고 있던 비단 수건과 금부채를,

그 비녀와 즉시 바꾸네.

교칠(膠漆)302)로 붙인 듯 굳은 맹세를 나누는데,

뒤에서 소란스러운 사람 소리 들리네.

잎이 떨어지고 꽃이 흩어지도록 서둘러서,303)

그는 서재(書齋)로, 그녀는 장루(粧樓)304)로 돌아가네.

이로부터 돌이 금의 순도를 알듯,305)

정은 갈수록 깊어가고 마음은 갈수록 사로잡히네.306)

---

296) 여기서는 끌리는 마음, 사랑하는 마음을 뜻한다.

297) 맑고 아름다운 미인의 눈길.

298) 처음부터 끝까지.

299) '금석에 새기겠습니다'는 쇠나 돌에 새긴 글이 변함없는 것과 마찬가지로 마음이 변함
없을 것이라는 뜻이다.

300) '금비녀'는 주운 것을 돌려주는 것이고 '수건'은 선물로 주는 것이다.

301) 뒷날에 보고 증거가 되게 하기 위해 서로 주고받는 물건.

302) 아교와 옻칠이라는 뜻으로, 사귀는 사이가 매우 친밀하여 서로 떨어질 수 없는 관계를
이르는 말.

303) 화원에 있다가 서둘러 안으로 뛰어들면서 부딪힌 잎과 꽃이 떨어진다는 말이다.

304) 여인의 거처.

305) 시금석(試金石)으로 금(金)의 순도를 잘 알 수 있는 것과 같이 두 사람이 서로의 마음을
잘 알게 되었다는 뜻이다.

306) 289~364행.

김중이 숙부 상을 당해 멀리 떠난 얼마 후 취교의 아버지가 마적(馬賊)과 내통했다는 누명을 쓰고 감옥에 갇히는 변고가 발생한다. 취교는 아버지와 남동생을 구하기 위해 자기 몸을 팔아 마감생(馬監生)의 첩이 되고 동생 취운에게 김중과의 혼약을 대신하도록 부탁한다.

취교는 마감생에게 정조를 유린당하고 청루(靑樓)에 팔리고 만다. 자살하려 하나 뜻을 이루지 못하고 수마(秀媽)와 초경(楚卿)의 함정에 빠져 결국 청루에서 몸을 팔게 된다.

> (취교는) 자기 방에서 홀로 흐느끼며,
> 자기 신세를 생각하고 비탄에 젖어드네.
> '안타깝구나, 빙설(氷雪)같이 맑고 은(銀)같이 흰 몸이,
> 풍진(風塵)[307] 속에서 남들처럼 풍진을 견디며 살아야 하다니!
> 슬픈 삶도 기쁜 삶도 다 사람의 삶이며,[308]
> 홍안(紅顔)이 평생 한결같을 수 있으리요![309]
> 전생(前生)에 수도(修道)를 제대로 하지 못했으니,
> 어쩔 수 없이 현생(現生)에 채워야만 그제야 끝나게 되겠지.
> 어찌 되었건 병(瓶)은 이미 깨져버렸으니,[310]
> 몸을 바쳐 삶에 진 빚[311]을 다 갚아야겠지!'
> 열흘 남짓 지나 달빛이 밝아지고 거울이 깨끗해지자,[312]
> 수파(秀婆)[313]가 유유히 찾아와서는 타이르네.

---

307) 청루에 윤락(淪落)하여 떠안게 된 힘든 삶의 조건을 뜻한다.
308) 슬픈 삶이건 기쁜 삶이건 살아가야 하고.
309) 자신의 아름다움도 시간이 지나면 시들게 마련이니 그렇게 된다면 고난도 끝날 것이라고 생각하며 스스로 위안하고 있다.
310) 마감생과 동침한 일을 이렇게 표현했다.
311) '삶에 진 빚은 '전생의 빚' '수마(수파)에게 진 빚'의 두 가지로 해석할 수 있다.
312) 구름이 걷혀 달빛이 밝게 비추고, 먼지를 떨어내어 거울이 다시 깨끗해졌다는 말인데, 취교가 치료되어 건강을 회복했다는 것을 암시하고 있다.
313) '수마'를 가리킨다.

몸을 파는 일 또한 많은 노력이 필요하지,

기루(妓樓)의 여자라면 수법을 잘 익혀두어야지."

취교가 말하네, "떼 지어 오가는 풍우(風雨)314)에,

몸을 내맡겨야 한다면 내맡기면 그만이죠"

수파가 말하네, "누구나 다 같다면,

누가 쓸데없이 돈을 써가면서 이곳까지 오겠느냐?

몸을 파는 데도 특별히 잘하는 것들이 있어야 하는 법이니,

밤에 품위 있게 대하거나 아양을 떠는 방법, 낮에 혼자나 여럿을 대하는 방법이지.

애야, (이제부터 말하는 것을) 잘 배워서 외워두어야 하느니,

밖으로 칠자(七字)315)요, 안으로 팔법(八法)316)이니라.

질리도록 질탕하게 놀아 (떠나지 못하게 하며),

돌 같은 사람도317) 빠져들어 (혼이 빠지게 해서) 삶을 잊게 만들거라.

때로는 행안(杏眼)318)을 보이고 때로는 아미(蛾眉)319)를 찡그리고,320)

때로는 달을 읊고 때로는 꽃 속에서 희롱하지.

이 모두가 청루(靑樓)의 비법(秘法)이니,

이 정도 자질은 충분히 갖추어야 노련한 기녀가 되는 것이다."

(취교는) 가르쳐주는 말을 처음부터 끝까지 듣고는,

반달 같은 눈썹을 찡그리는 듯, 붉은 안색이 창백해지는 듯.

그저 말을 듣기만 해도 부끄러워지네,

세태는 참으로 기이하고도321) 괴롭구나!322)

314) 여기서는 기루를 찾는 손님을 가리킨다.
315) 손님을 유혹해서 사로잡는 방법들.
316) 잠자리에서 손님을 즐겁게 하는 방법들.
317) 돌같이 무정한 사람도
318) 여기서는 추파를 던지며 손님을 맞이하는 것을 가리킨다.
319) 가늘고 길게 굽어진 아름다운 눈썹.
320) 월(越)나라의 미녀 서시(西施)와 같이 눈을 찡그리는 것. 서시가 속병이 있어 눈을 찡그렸는데 그 모습이 매우 아름다웠다고 한다.
321) 기루에서 손님을 후리는 갖가지 방법을 듣고 이렇게 생각하는 것이다.
322) 기녀의 신세가 괴롭다는 뜻.

가련하구나, 규각(閨閣)에서 자란 몸이건만,
우스꽝스러운 비법(秘法)을 배우기 시작하다니!
부끄러움이 뭔지도 모르는 처지가 되고 말았네,
사람의 삶이 이 지경에 이르렀으니 끝장 아닌가!
아아! 유락(流落)한 신세여,
어쨌건 다른 사람의 손아귀에 있으니 어찌하리요!
청루(靑樓)에서 도장(桃帳)[323]을 늘어뜨리고 있나니,[324]
옥가(玉價)[325]를 높이 걸수록 가치가 올라가는 법이네.
음탕한 벌 나비들이 무수히 몰려들어,
술판은 한 달 내내 이어지고, 웃음소리 밤새 끊이지 않네.[326]


오랜 뒤에 취교는 속생(束生)을 만나고 그의 첩이 되어 청루에서 빠져나
온다. 하지만 속생의 본처인 환저(宦姐)에게 잡혀가 하녀로 전락하고 만다.
달아날 것을 결심한 취교는 불경을 베끼는 일을 맡아 끝내고는 밤에 도망쳐
비구니 각연(覺緣)에게 의탁한다. 그러나 박파(薄婆)와 박행(薄倖)의 계략에
걸려 또다시 청루에 팔리는 신세가 되고 만다.
청루에서 반란군의 우두머리인 서해를 만나 부부가 되고 서해의 힘을 빌
려 은혜와 원수를 갚는다. 취교는 서해를 설득해 진압군의 우두머리인 호종
헌에게 귀순하게 한다. 그러나 호종헌의 배신으로 서해가 죽게 된다. 호종헌
은 취교를 추장(酋長)과 결혼시키려 한다. 사태가 이렇게 되자 절망감에 휩
싸인 취교는 전당강(錢塘江)에 몸을 던진다.


　　공아(公衙)[327]에 아침이 밝아올 즈음에,

---

323) 복사꽃 문양을 한 장막.
324) 이 행은 취교가 아직 손님을 받지 않고 있는 상황임을 말해준다.
325) 화대(花代)를 뜻한다.
326) 1,189~1,230행.
327) 관아(官衙).

뜻을 정한 호공(胡公)328)은 바로 한 가지 방법을 결단(決斷)하네.
관령(官令)을 누가 감히 거역하겠는가!
강제로 토관(土官)329)과 짝지어주네.
월로(月老)는 참으로 다단(多端)하구나!
어찌 이렇게 마구잡이로 실330)을 붙들어 매는가?
압송(押送)331)하듯 화교(花轎)332)를 곧장 배에 태우고,
장막을 아래로 늘어뜨리고 등불을 높이 걸었네.333)
취교의 슬픈 눈썹과 창백한 얼굴,
생기라고는 전혀 찾아볼 수 없네.
고난에 빠져 헤어날 길이 없는 몸,
부모님 은덕을 갚지 못하고 총명(聰明)한 일생을 망치고 말았네.
바다 위 수평선을 표류하고 있으니,
죽고 나면 유골을 어느 곳에 맡긴단 말인가?
적승(赤繩)의 인연334)을 끊어버린 것이 누구335)이며,
빚336)을 내 손에 넘겨준 것이 누구인가?
몸이 어찌하여 이런 지경에 이르렀단 말인가?
(이대로라면) 앞으로 얼마를 살더라도 또한 의미가 없는 나날일 뿐.
사는 것이 즐겁다고는 생각되지 않았으니,
몸이 손상(損傷)된다 해도 애달플 것이 없네!

---

328) 호종헌을 가리킨다.
329) 지방의 토호(土豪). 청심재인의 원작에는 '추장(酋長)'으로 되어 있다.
330) 인연의 실. 적승(赤繩)을 말한다. 인간의 혼인을 주관하는 월하노인(月下老人)의 주머니 에 있는 붉은 끈을 가리킨다. 이 붉은 끈으로 남녀의 발목을 묶으면 비록 원수의 집안 사이 라도 혼인이 이루어진다고 한다.
331) 피고인 또는 죄인을 어느 한 곳에서 다른 곳으로 호송하는 일.
332) 신부가 혼인날 타는 가마.
333) 배에서 화촉(華燭)을 밝히고 있는 것이다.
334) 서해와의 인연을 말한다.
335) 이곳과 다음 행의 '누구'는 하늘을 가리키며 동시에 호종헌을 암시하기도 한다.
336) 토관과 강제로 결혼시킨 것을 말한다. 뜻과 관계없이 맺어진 인연이기에 '빚'이라고 표 현했다.

홀로 온갖 신고(辛苦)337)를 다 겪고,

결국은 죽고 마는구나.

달은 서산(西山)에 걸려 있는데,

홀로 부질없이 앉았다 일어섰다 하며 결정을 내리지 못하네.

조수(潮水)338)가 철썩철썩 소리를 내는데,

물으니 이곳이 전당강(錢塘江)이라 하네.

신몽(神夢) 속의 말 분명히 기억나니,339)

자, 단장(斷腸)의 일생을 마칠 곳이 이곳일세.

'담선이여, 당신은 아시나요?

이 아래에서 기다렸다가 맞이하기로 저와 약속한 것을!'

등불 아래에 화전(花箋)340)을 준비하여,

절필(絶筆)341) 한 편을 지었으니, 후세에 전하려 함이네.

곧이어 봉문(蓬門)342)의 주렴을 여니,

하늘은 높고 강은 드넓어 오로지 광막(廣漠)343)하기만 하네.

(취교가) 말하네, "서공(徐公)은 나를 후대(厚待)했건만,

나는 나라를 위한다고 그 마음을 저버렸네.

남편을 죽이고 또다시 남편을 얻으니,

무슨 낯으로 세상을 살아갈 것인가?

자, 한번 죽음으로써 다 끝내도록 하자,

이 마음을 하늘 위 강 아래에 맡기노라."

창망(蒼茫)한 강물을 멀리 바라보고,

장강(長江)344)의 물결 속에 몸을 던지네.

---

337) 고통. 고초.
338) 여기서는 파도, 물결의 뜻.
339) 1,000행에서 담선이 꿈에 나와 "훗날 전당강에서 만날 것을 기약해요"라고 한 것을 말한다.
340) 종이의 미칭(美稱).
341) 생전에 마지막으로 쓴 글이나 글씨.
342) 선봉(船蓬)의 문. '선봉'은 비바람을 막기 위해 띠 따위로 엮어 배 위를 덮은 덮개.
343) 아득하게 넓다. 한없이 넓다.

토관(土官)이 급히 건지려 하지만,

옥향(玉香)345)은 물에 가라앉아 버리고 말았네.

애달프구나, 사람의 일생이여,

가련하구나, 어째서 재색(才色)을 타고났더란 말인가!

오직 원고(冤苦)346)와 유리(流離)만 겪으며,

[단장(斷腸)의] 삶이 다하기를 기다렸건만 (이렇게) 몸이 끝장나고 말았구나!

십오 년 동안 저렇게 여러 번 (고초를 겪으며),

홍군(紅裙)이 비춰보는 거울347)이 되었구나!

인생이 이렇게 해서 끝난 것이지만,

천기(天機)의 음극양회(陰極陽回)348)는 알기 어렵네.

자고(自古)로 효의(孝義)349) 있는 사람들을,

하늘이 어찌 오래도록 가슴 아프게 하겠는가!350)


취교는 때마침 예언에 따라 전당강에서 기다리고 있던 각연에게 구조된다. 얼마 후 취교는 가족과 김중을 다시 만난다. 김중과 취운 두 사람은 취교가 부탁한 대로 이미 결혼해 있었다. 동생 취운은 김중과 결혼하기를 간청하고 김중도 아내가 되어주기를 청하지만 육체관계를 갖지 않는 정신적 동반자로 지내기로 한다.

---

344) 길고 큰 강. 전당강을 가리킨다.

345) 옥(玉)과 향(香)은 모두 취교를 가리킨다.

346) 억울하게 겪는 고난. 죄없이 겪는 고난.

347) '홍군이 비춰보는 거울'은 여성 수난의 본보기, 미인박명(美人薄命)의 본보기라는 뜻.

348) 음양의 순환. 비극태래(否極泰來).

349) 효행(孝行)과 절의(節義)를 아울러 이르는 말. 『취교전상주』에서는 이곳의 '의'는 취교가 보은한 것, 김중을 잊지 못하는 것, (나라를 위해) 서해를 죽음에 이르게 한 것 모두를 포함하는 광의의 의미라고 보았다.

350) 2,595~2,648행.

iii) 형식, 표현상의 특징

『취교전』의 내용이 청심재인의 『김운교전』에서 크게 벗어난 것은 아니다. 그럼에도 불구하고 베트남사람들에게 크게 환영받은 이유를 우선 평측과 압운을 갖춘 운문이라는 점에서 찾아야 할 것이다.351) 『취교전』이 베트남어를 원숙하게 구사하고352) 음악성을 잘 살린 측면에 관심을 가져야 한다.

완유는 직역이 아닌 연음을 했으므로 『김운교전』과 비교해볼 때 무엇이 어떻게 달라졌는가 하는 점이 자연히 궁금해진다. 몇가지 사례를 보면서 표현 측면에서는 어떻게 달라졌는지 보기로 한다. 다음은 305~306행이다.

우연히 이 비녀를 주웠네,
합포(合浦)가 어딘 줄 알아서 구슬을 돌려주겠는가?

Thoa này bắt được hư không,
Biết đâu Hợp Phố mà mong châu về.

취교와 다시 만나기를 염원하고 있던 김중은 우연히 취교가 떨어뜨린 비녀를 줍는다. 위에 인용한 대목은 김중의 말인데, 담 너머에서 취교가 듣고 있다는 것을 알고서 일부러 들으라고 큰 소리로 한 말이다. 백화(白話)로 되어 있는 『김운교전』의 대목353)은 읽어서 쉽게 이해할 수 있다. 반면 같은

---

351) 川本邦衛 『ベトナムの詩と歴史』(東京: 文藝春秋 1967) 369면에서, 『취교전』이 청심재인의 『김운교전』과 내용상 큰 차이가 없음에도 불구하고 베트남사람들이 강한 애착을 갖는 그 비밀을, "字喃文學そのものがすでに平仄と押韻による音樂的美を強調する唱曲文藝－演歌體の韻文詩であることにある"라고 해명했다.
352) 『취교전』은 전체 3,254행으로 되어 있는데 그 가운데 한자만으로 되어 있는 것은 "胡公決計乘機 禮先兵後刻期襲攻(호공은 이 기회를 이용할 계책을 세우는데, 예물을 앞세우고 병사를 뒤에 숨기고 기습 공격할 때를 정하네)"(2,507~2,508행)라고 한 2행뿐이다.
353) "金生高聲道 好枝金釵 不知那家人失落的 我要送還他 却又不見有人找尋 而無門可入 奈何奈何" (卷上, 46면).

뜻을 전하는 『취교전』은 훨씬 정제되어 있고 전아한 표현을 갖추었음을 알
수 있다. '합포주환(合浦珠還)'이 담고 있는 의미를 알지 못한다면 이 대목
을 명확히 이해하기는 힘들다.

합포(合浦)는 한나라 때 설치한 군(郡)의 이름이다. 합포군 바다에서는 구
슬이 많이 났는데 탐욕스러운 태수가 많이 부임해 와서 남획했다. 그 바람에
구슬이 이웃 교지군(交阯郡) 쪽으로 옮아가서 한동안 나지 않게 되었다. 후
에 맹상(孟嘗)이 합포에 부임하여 폐습을 일소하고 청렴한 정치를 펴자 떠났
던 구슬이 돌아와[去珠復還] 합포 바다에서 다시 났다고 한다.354) 이후 '합
포주환'은 선정(善政)을 베풀어서 백성이 모여 온다거나 물건이 옛 주인에게
돌아오는 것을 뜻하게 되었다. 본문에서 합포는 비녀의 주인, 곧 취교를 암
시한다.

『취교전상주』의 저자는 "고문(古文)에 조예가 있는 사람만이 잘 알 수 있
다"355)고 했다. 또 『취교전』을 제대로 읽어내기 위해서는 '재학식(才學識)
삼자(三者)'를 갖추어야 하는데, 고전(古典)에 대한 지식이 결여된 사람이 멋
대로 해석해서 표현의 묘미를 잃게 하는 경우가 많다고도 했다.356) 위의 사
례만 보아도 이런 주장은 충분히 납득할 수 있다.

다음은 이미 몇차례 본 바 있는 2,027~2,030행이다.


　　　힘겹게 화장(花牆)357)을 타 넘어,
　　　서쪽으로 기울어가는 달빛을 따라 길을 더듬어가네.
　　　어둑어둑한 밤중에 모랫길과 나무 언덕을 지나니,

354) "曾未踰歲 去珠復還 百姓皆反其業 商貨流通" (『後漢書』, '孟嘗傳').
355) "深於古文者知之" (卷上, 130면).
356) "凡遇艱深難解之字句 不肯深測其作者之筆意何如 亦不問其典故之來歷何自 驟逞臆斷
　　　妄改妄解 失古人之眞相" (卷上, 14면).
357) 윗부분에 꽃 모양의 구멍을 내어 쌓은 담. 또는 담을 아름답게 표현한 말. 293행의 금
　　　장(錦牆)과 같은 말.

달빛 아래 모점(茅店)358)의 닭 울음소리, 서리 내린 판교(板橋)359) 위의 발자국.

Cất mình qua ngọn tường hoa,
Lần đường theo bóng trăng tà về tây.
Mịt mù dặm cát đồi cây,
Tiếng gà điểm nguyệt dấu giày cầu sương.

환저의 손아귀에서 벗어나기 위해 밤에 도망가는 장면이다. 마지막 부분은 온정균(溫庭均)의 시구, "鷄聲茅店月 人跡板橋霜" (「商山早行」)을 이용해서 표현한 것이다. 쯔놈 표기에서도 '점월(店月)' '교상(橋霜)'이 그대로 보이고 있다. 그런데 이 대목에 해당하는 청심재인의 『김운교전』을 찾아보면 다음과 같이 되어 있다.

是夜 翹收拾些供佛金銀器皿 打了一包囊 到西壁樹上 (…) 月色朦朧 背了包往向西而走 一路地僻人淨 行至天明漸有人行360)

원작은 백화를 이용해 단순히 상황의 전개만 보여줄 뿐이다. 이에 비해서 『취교전』을 보면 베트남어 속에 온정균의 시구가 녹아 있어 훨씬 정제되어 있으며 함축적이라는 느낌을 받게 된다.

『취교전상주』에 의하면 『문선(文選)』 『초사(楚辭)』 『유학심원(幼學尋源)』 『광사류(廣事類)』 『당대총서(唐代叢書)』 『국색천향(國色天香)』 『요재지이(聊齋志異)』 등에서 전고(典故)를 찾을 수 있는 경우가 가장 빈번하고 『금고기관(今古奇觀)』 『당시고취(唐詩鼓吹)』 『영물시선(詠物詩選)』 등에서 가져

---

358) 띠로 지붕을 인 주막. 시골의 조그마한 주막.
359) 널다리. 널빤지를 깔아서 놓은 다리.
360) 「金雲翹傳」, 『古本小說集成』 347, 上海: 上海古籍出版社, 189~190면.

온 전고 또한 적지 않다고 한다.361) 『시경(詩經)』『좌전(左傳)』『장자(莊子)』 등은 물론이고 『서상기(西廂記)』에 나오는 표현을 변용한 것도 많다. 그래서 "한 글자도 내력이 없이 쓰인 글자가 없다"362)고 했다.

『취교전』은 원작에 비해 훨씬 표현이 정제되었으므로 한문학의 전고를 알지 못하고서는 제대로 의미를 이해할 수 없다. 운율상의 고려 때문에, 또는 시어의 격조를 높이기 위해 본래 전고와는 달리 글자를 바꾸어 표현했기 때문에 의미가 모호해지고 표현이 껄끄러워졌다는 혐의를 두기도 하지만,363) 그런 사례들을 통해서도 완유가 공동문어문학의 유산을 적절히 활용함으로써 격조 높은 작품을 창작하기 위해 고심했다는 것을 알 수 있다.

다음으로 239~240행을 보자.

> 창밖에는 꾀꼬리 재잘거리고,
> 담 모퉁이 버들개지 이웃집으로 날리네.

> Ngoài song thỏ thẻ oanh vàng,
> Nách tường bông liễu bay sang láng giềng.

취교가 꿈에 담선을 만나 앞으로 닥칠 일에 대해 듣고 깨어난 후에 주변의 경관을 노래한 대목이다. 창밖에서 재잘거리는 꾀꼬리는 취교의 비통한 심사를, 여기저기 어지럽게 날리는 버들개지는 취교가 장차 여러 곳을 전전하며 겪게 될 고난을 암시한다. 정경 묘사가 인물의 내면심리를 표현하고 사건 전개를 암시하는 기능을 하고 있다. 그런데 이 대목이 『김운교전』에는 뚜렷하지 않다.

『취교전상주』에서는 완유가 "정어(情語)에 특히 뛰어나다"364)고 했다. 작

---

361) 卷上, 17면.
362) "傳中徵典最博 幾無一字無來歷" (卷上, 17면).
363) "其用典 或過於晦澁欠醒 (⋯) 傳中筆意 微帶有徐彦伯澁體之癖" (卷上, 18면).

품 가운데 경(景)을 묘사한 부분은 정(情)을 많이 담고 있어서 사람의 마음을 움직이게 하는데, 이는『시경』의 비체(比體)를 닮았기 때문이라고 했다.365) 또한 경(景)을 묘사한 외의(外意)가 함축적 의미인 내의(內意)와 잘 조응하게 한 결과 얻게 되는 효과를 한마디로 '일어백정(一語百情)'이라고 했다.366) 이런 말은 모두 경(景)을 묘사하는 것이 인물의 내면심리를 드러내기도 하고 사건전개를 함축하기도 한다는 점을 지적한 것이다. 이처럼 함축적인 표현, 특히 사경(寫景)을 이용해서 상황에 어울리는 분위기를 적절히 표현하고 서사 진행을 용이하게 한 것이『취교전』의 표현상 중요한 특징이라고 할 수 있다.

한편, 운문이기 때문에 도리어 의미가 모호해지는 경우도 있다. "서사(敍事)의 내용이 모호한"367) 경우도 있고, 서사에 해당하는 부분을 사정(寫情)하듯 해서 '서사의 정격(正格)'이 아니라고 할 수 있는 경우도 있다고 했다.368) 그렇기는 해도 무미건조해지기 쉬운 서사를 화려하게 할 수도 있고 압축적으로 표현할 수 있었던 것은『취교전』만의 독특한 글쓰기 방식이라 할 수 있다.369)

『취교전』은 베트남의 고유한 언어, 풍습 등을 풍부하면서도 자연스럽게 담아내고 있다.『취교전상주』를 보면 베트남 고유어, 속담, 베트남의 고사를 비롯해서 완조의 군호(軍號), 완조의 병제(兵制)에 대한 논의, 그리고 베트남

---

364) "鴻山長於情語" (卷下, 163면).
365) "傳中寫景之筆 率多暎帶事情 筆姿墨彩 最覺綽約動人 卽三百篇之比體也上" (卷上, 18~19면).
366) 卷上, 57면・132면에서 그렇게 말했다.
367) "敍事語太微茫" (卷下, 122면).
368) 卷下, 112면.
369) 이러한 측면을 지적해서『취교전상주』에서는, "此雖非敍事之正格 然能化枯燥爲穠腴 寔開於此 故此等筆墨 傳中屢喜用之"(卷下, 112면)라고 했다. 또한 卷上, 14면에서는『취교전』글쓰기의 특색이 "其文也 意味腴厚而深長 氣象高華而淸貴 詞工麗而豪逸 筆精密而 渾雅 至于選詞命意 一字一語 無不光怪離奇"한 데 있다고 했다.

음악[琴譜]에 대한 설명도 있다. 이렇게 완유가 베트남의 언어와 풍습을 풍부하게 반영해낼 수 있었던 바탕에는 장기간에 걸친 농촌생활과 민요체험이 자리 잡고 있다.

「청명우흥(淸明偶興)」이라는 한시에서 "마을의 노랫소리에 처음으로 상마어(桑麻語)를 배운다(村歌初學桑麻語)"라고 했다.[370] 완유는 은거한 15년 남짓 동안 벼, 황마, 뽕나무를 재배하는 사람들 속에서 살았다. 그러는 동안 민중의 삶과 언어, 그리고 그들의 노래에 접할 기회를 가졌다. 그리고 그런 체험이 『취교전』속에 자연스럽게 녹아들어갔다. 완유는 민중의 고단한 삶에 깊은 연민을 느끼고 그들의 목소리를 대변하고자 한 것이다. 요컨대 『취교전』은 작가의 민요체험을 바탕에 두고, 내면심리 표현을 중시해온 베트남문학의 전통을 훌륭하게 계승함으로써 베트남사람들의 영혼을 사로잡을 수 있었다.

완유는 베트남의 언어와 풍습 속에 공동문어문학의 유산이 녹아들게 했다. 『취교전』은 무엇보다 언어사용 면에 뛰어나서 민중의 언어와 정통문학의 언어를 훌륭하게 결합했다는 평가, 곧 민족어와 공동문어를 성공적으로 결합함으로써 탁월한 작품이 될 수 있었다는 평가가 타당하다.[371] 『취교전』은 베트남 언어를 풍부하고, 부드럽게 하며, 명확하면서도 간결하게 하는 데에 기여했다.

iv) 주제

완유는 작품의 서두(1~6행)에서 자신이 번역하는 작품은 '재(才, 재능)'와 '명(命, 운명)'이 상충되는 한 여인의 기구한 일생을 다룬 내용이라고 말했다.

사람이 이 세상에서 사는 백 년 동안,

370) 『베트남문학전집』 10B, 166면.

371) Nguyen Khac Vien et Huu Ngoc, *Littérature Vietnamienne, historique et textes* (Hanoi: éditions en langues étrangères 1979) 55면에서 그렇게 평가했다.

재(才)와 명(命)은 이상하게도 서로 미워한다네.
한바탕 상해(桑海)³⁷²⁾ 속에서,
여러 일들 보노라니 마음 아파오네.
피색사풍(彼嗇斯豊)³⁷³⁾은 이상할 것 없으니,
창천(蒼天)³⁷⁴⁾은 홍안(紅顔)³⁷⁵⁾을 시기하여 괴롭히는 버릇이 있다네.


Trăm năm trong cõi người ta,
Chữ tài chữ mệnh khéo là ghét nhau.
Trải qua một cuộc bể dâu,
Những điều trông thấy mà đau đớn lòng.
Lạ gì bỉ sắc tư phong,
Trời xanh quen thói má hồng đánh ghen.


  또한 작품의 말미(3,241~3,252행)에서는 재능과 운명의 상충은 이미 정해
진 이치이지만 마음을 다스려 수습하는 것이 바른 태도라고 했다.


곰곰이 생각해보니 만사재천(萬事在天)³⁷⁶⁾임을 알겠네,
저 하늘이 억지로 이런 몸으로 태어나게 한 것이라네.
풍진(風塵)³⁷⁷⁾을 겪게 하면 풍진(風塵)을 겪어야만 하고,
청고(淸高)³⁷⁸⁾하게 하면 비로소 청고(淸高)하게 되는 것이라네.
(하늘이) 어찌 누군가를 편위(偏爲)³⁷⁹⁾해서,

---

372) 상전벽해(桑田碧海)와 같은 말. 푸른 바다가 뽕나무밭으로 바뀌는 변화. 세상의 변화가
    심함, 또는 그 일어난 변화를 이르는 말. 창상지변(滄桑之變).
373) 저것 인색하고 이것 풍부하다. '저것'과 '이것'은 각각 '명(命)'과 '재(才)'를 가리킨다.
374) 하늘. 조물주.
375) 미녀(美女).
376) 모든 일이 하늘에 달려 있음.
377) 여기서는 '빈궁(貧窮)' '고난'을 뜻함.
378) 깨끗하고 고귀함. 여기서는 '영달(榮達)'을 뜻함.
379) 한쪽 편을 들다. 편단(偏袒).

490

재(才)와 명(命)을 둘 다 풍부하게 하겠는가?
재능이 있다고 어찌 재능에 의지할 수 있으리요,
재(才)와 재(災)는 같은 운(韻)인 것을!
각자의 업(業)을 걸머지고 가는 것이니,
하늘이 가깝다 멀다 책하지는 말아야 하리.
선근(善根)[380]은 자기 마음속에 있나니,
저 심(心)은 재(才)의 세 배에 해당한다네.

Ngẫm hay muôn sự tại trời,
Trời kia đã bắt làm người có thân.
Bắt phong trần phải phong trần,
Cho thanh cao mới được phần thanh cao.
Có đâu thiên vị người nào,
Chữ tài chữ mệnh dồi dào cả hai.
Có tài mà cậy chi tài,
Chữ tài liền với chữ tai một vần.
Đã mang lấy nghiệp vào thân,
Cũng đừng trách lẫn trời gần trời xa.
Thiện căn ở tại lòng ta,
Chữ tâm kia mới bằng ba chữ tài.

『취교전상주』에서도 완유의 이 같은 말을 이어받아 재(才), 명(命), 심(心)의 관계가 작품의 주제를 파악하는 데 관건이 된다고 보았다. 궁달(窮達)의 명(命)은 하늘의 소관이며 재(才)가 갖추어져 있으면 명(命)이 따르지 않는 법이다. 그러니 재(才)는 믿을 것이 못되어 때로는 재앙을 초래하기도 한다고 했다. 그렇지만 능히 명(命)에 맞설 수 있는 것은 오로지 우리 마음속에

---

380) 온갖 선을 낳는 근본.

있는 선근(善根)일 따름이라고 했다.381)

재(才), 곧 탁월한 능력을 지닌 자아와 명(命), 곧 세계는 충돌하게 마련이어서 자아가 고난에 처하고 이겨내기 힘든 수난을 당한다고 했다. 그래서 때로는 좌절하기도 하고 절망하기도 하지만 마음을 가다듬어 고난에 슬기롭게 대처하면서 마음의 진실을 잃지 않는 것이 현명한 처사라는 것이다. 이처럼 재(才)와 명(命)의 상충을 심(心)으로 아우르면서 내면의 진실을 잃지 않는 모습을 작품의 주인공인 취교가 보여주기 때문에 감동을 준다고 파악했다.

그런데 주제를 이렇게 파악하는 데에는 작품과 완유의 생애가 긴밀하게 조응한다는 생각이 반영되었다고 볼 수 있다. 완유는 탁월한 재능을 가지고 있었지만 역사의 격동기에 처해서 소극적으로 처신할 수밖에 없었는데, 이런 모습이 취교에게 투영되어 있다는 것이다. 다시 말해서 『취교전』에는 완유의 섬세한 내면, 세상과의 대결에서 실패한 경험, 은거하고 출사하면서 발견한 세태에 대한 인식 등이 오롯이 녹아들어 있다고 보는 견해이다.

완유의 속마음과 행적의 어긋난 면모가 작품에 반영되어 있다는 견해는 일찍부터 제기되었다.382) 『취교전상주』에서는 그런 생각에 적극적으로 동의했다. 먼저 "청심재인의 작품과는 달리 완유의 국음전(國音傳)이 커다란 감동을 주는 까닭이 과연 무엇인가" 하는 물음을 던지고 다음과 같이 답했다. 혹자는 홍산(鴻山)의 필력(筆力) 덕분이라고 하지만 필력만으로 사람을 감동시킬 수는 없다. 문장(文章)을 짓는 일은 내면의 진실을 드러내는 일일 따름이다. 완유는 완조에서 벼슬하고 있지만 내면에서는 멸망한 여조를 잊지 못하고 있었다. 뛰어난 능력을 가지고 있었지만 명(命)이 따르지 않아 여조를

---

381) "其能與命爭者 惟善根在於吾心耳" (卷下, 180면).
382) 이러한 견해를 川本邦衛『ベトナムの詩と歷史』299~332면에서 잘 정리했다. 베트남 역사와 완유의 생애, 완유의 시와 『취교전』을 견주면서 논의했다. 여조의 멸망으로 말미암아 겪은 좌절과 고독감이 『김운교전』에 관심을 갖고 번역하게 되었다고 보는 것이 정설이라고 했다.

492

지킬 수 없었던 것이 취교가 박명(薄命)해서 자기 뜻을 펴지 못한 것과 같다. 마음속 깊이 울결(鬱結)된 슬픔이 문장에 배어나와 사람을 감동시킨다.[383]

『취교전상주』에서는 『취교전』이 '진기진미(眞氣眞味)'를 가지고 있다고도 했다. '진기(眞氣)'라고 한 완유의 내면의 진실이 작품에 반영되어 있어 '진미(眞味)'라는 감동을 준다는 말이겠다. 한 여자의 '사정사고(寫情寫苦)'에 지나지 않는[384] 청심재인의 『김운교전』과는 그 점에서 크게 다르다고 보았다.

여조를 잊지 못하는 울분이 작품에 배어 있어 감동을 준다는 견해는 물론 받아들일 수 있지만 지나치게 강조할 것은 아니다. 완유의 성격적 특성, 역사의 격동기에 능동적으로 대처하지 못한 지식인의 고독감, 그릇되어 가는 시대에 대한 불만, 백성들의 처지에 대한 동정심 등이 함께 작용했다고 보아야 할 것이다. 작가와 작품의 관계를 이처럼 여러 측면에서 볼 수 있기에 읽는 사람마다 노래하고 싶고 울고 싶게 하는 감동을 준다고[385] 보는 것이 타당할 것이다.


v) 작품의 다면적 성격과 수용양상

『취교전』이 등장한 것은 그럴 만한 조건이 마련되어 있었기에 가능한 일이었다. 쯔놈을 이용한 소설 창작이 활발해지고, 중국소설을 압축 번역하는 전례가 마련되며, 여성의 수난이 복합적인 의미를 갖도록 하는 문학적 관습이 정착된 것 등이 그런 조건이라고 할 수 있다.

서산운동의 지도자 광중황제 완문혜(阮文惠)는 한문을 대신해서 쯔놈을 공식문자로 정했다. 공문서나 상거래 문서에 쯔놈을 사용하게 한 것은 물론

---

383) 卷上, 4~6면.
384) 卷上, 4면.
385) "乃鴻山之國音傳 精神踴躍 情韻深長 無論雅人俗子 讀之者無不欲歌欲泣 而不能自己" (卷上, 4면).

이고 과거(科擧)의 시문(詩文)까지도 쯔놈을 이용해서 짓도록 했다. 이런 조
치는 지배층의 한문화(漢文化)에 대한 도전이었으며 쯔놈 사용이 점증해온
것과 밀접한 관계가 있었다.386)

『취교전』보다 앞선 6·8체 작품으로 18세기 후반에 나온『화전(花箋)』이
있다. 완휘사가 명나라 때의 통속소설인『제팔재자화전기(第八才子花箋記)』
를 연음해서『제팔재자화전연음(第八才子花箋演音)』이라고 했던 것을 다시
몇사람이 윤색한 것이 전한다. 이 작품을 통해서 중국에서는 그리 널리 알려
지지 않은 작품이 베트남 상층 사대부에 의해서 압축 번역되어 각광을 받은
전례가 마련되었다.

시련에 처한 여성의 내면을 섬세하게 그려내는 것은『정부음곡』『궁원음
곡』 등에서 일찍부터 보이는 바이다. 완유보다 8년 뒤에 태어난 호춘향은
시련을 겪어야 하는 여성의 입장에서 작품을 창작했다. 전통극 쩨오의 대표
작『관음씨경』 역시 가정과 사회에서 여성이 겪어야 하는 수난을 제재로 삼
았다.

『취교전』은 다양한 방식으로 수용되었다.『취교전』에 대한 반응으로 나
온 초기 저작들의 면모를 통해서 다양한 수용양상을 확인할 수 있다.『취교
전』 원문에 주석을 붙이고 비평을 가한 저작,『취교전』을 6·8체 한시로 바
꾼 저작,『취교전』을 제재로 삼아서 창작한 작품,『취교전』의 등장인물을
읊은 작품 등이 한놈연구원 서고에 소장되어 있다.387)『취교전』을 읽어서
이해하고, 심미적인 측면을 평가하며, 자기 작품을 창작하는 원천으로 삼기
도 했음을 알 수 있다.

쯔놈으로 표기한 율문소설이고 중국소설을 번역 개작한 작품이며, 여성의
기구한 운명을 다루고 내면의 진실성을 지켜 나가려는 여성의 꿋꿋함을 부

---

386) 유인선『베트남의 역사』206면.
387) 이러한 사실은 Trần Văn Giáp『Tìm Hiểu Kho Sách Hán Nôm(한놈 書庫에 대한 고
  찰)』II, 133~148면을 통해서 알 수 있다.

각시키고 있다는 점에서 『취교전』은 18세기 이래 쯔놈문학의 성과를 집약하고 있다고 할 수 있다. 이렇게 해서 탄생한 『취교전』은 다면적인 성격을 가지고 있다. 작품은 대단히 시적이고 또한 서정적이다. 완유의 휴머니즘이 돋보이며 동시에 중세사회에 대한 비판의식 또한 주목된다. 그러한 다면적인 성격이 여성수난을 매개로 해서 발현되고 있다. 『취교전』은 여성의 고난을 둘러싼 사회적 · 역사적 맥락을 되새기게 하는 데서 진일보했다.

『취교전』을 둘러싼 논란의 경과를 살펴보는 것도 『취교전』의 다면적 성격을 파악하는 데 도움이 된다. 19세기 초에 창작된 이후 지식인들 사이에서 『취교전』에 대한 논의가 활발하게 일어났다. 등장인물인 취교와 서해를 어떻게 평가할 것인가에 대한 유교적 문인들의 논란이 있었다. 부모의 허락 없이 사랑했으며 청루에서 몸을 팔게 된 취교를 높이 평가할 수 없다는 견해가 제기되었다. 반면 취교는 성실함, 사려 깊음, 희생정신, 효심 등 높이 평가할 만한 자질을 풍부하게 지니고 있다는 반론도 있었다. 한편, 서해가 서산운동의 지도자를 떠올리게 하고 민중의 고통을 해결해줄 수 있는 인물로 받아들여지는 것은 자연스러운 일이었을 것이다. 그래서 『취교전』을 즐겨 읽은 사덕(嗣德)황제이지만 서해에 대한 구절에 "작가는 태형(笞刑)을 받을 만하다"는 주석을 붙였다고 한다.

프랑스 식민지 시대에 팜 꿴(Phạm Quỳnh, 范瓊, 1892~1945)은 「남풍(南風, Nam Phong)」이라는 월간잡지 발행을 주도하면서 『취교전』을 높이 평가하고 널리 알리는 데 힘썼다. 그는 "『취교전』이 존재하는 한 우리말이 존재할 것이고, 우리말이 존재하는 한 우리나라 또한 계속될 것이다"[388]라고 말했다. 그에게는 『취교전』이 베트남어로 어느 나라 문학의 고전에도 뒤지지 않는 걸작을 창조할 수 있다는 증거였다.[389] 팜 꿴은 『취교전』이 베트남

---

388) 「남풍」 149호(1930년 4월)에 투고한 글 「Học Quốc Văn(국문 학습)」의 제사(題詞)에서 "Truyện Kiều còn, tiếng ta còn, tiếng ta còn, nước ta còn"이라고 했다(『베트남문학전집』 20, 469면).

국혼(國魂)의 정수이고 베트남 민족문학의 성전이라고 찬양하는 쪽의 대표자를 자임했다.

한편, 맑시스트들은 취교가 봉건제도에 의해서 희생되는 모습을 보인다고 하고 베트남 봉건사회 말기의 사회모순과 계급투쟁을 반영하고 있는 작품으로 평가한다. 취교가 고통스러운 경험을 통과하는 모습을 보여줌으로써 당시 통치계급과 사회의 각종 죄악과 폭행을 폭로했다고 한다. 또한 서해는 백성을 구제하는 영웅적 인물로서 당시 고통받던 민중의 소망을 집약해놓은 인물이라고 평가한다.390)

이처럼 『취교전』에 대한 논의가 다각도에서 전개되고 있는 것은 그만큼 작품 자체가 다면적인 성격을 지니고 있다는 반증이다. 『취교전』은 작가의 내면을 들여다볼 수 있는 거울이기도 하고 아름다운 시로 된 사랑 이야기이기도 하며 사회모순을 비판하는 내용을 갖추고 있기도 하다. 불교의 업(業)사상, 상채(償債)391)사상을 바탕으로 한 철학적 주제도 갖추었다. 민족어의 아름다움, 서정적 수법, 비판적 성격, 철학적 주제가 결합해서 뛰어난 작품이 되었으며 다양한 계층에 의해 폭넓게 수용될 수 있었다.

vi) 비판적 논의

관점을 조금 달리해서 작품의 내용을 비판적으로 검토해보자. 취교는 김중과 사랑하는 사이가 된다. 고전소설에서 으레 그렇듯 둘의 사랑에는 시련

---

389) 완유, 완공저, 호춘향의 작품이 세계에 자랑할 수 있는 걸작이라고 했다(Maurice M. Durand · Nguyen Tran Huan, *An Introduction to Vietnamese Literature*, trans. D. M. Hawke, New York: Columbia University Press 1985, 90~91면).

390) 彭端智 主編 『東方文學鑑賞辭典』(武昌: 華中師範大學出版社 1991) 155~156면에 정리된 내용이 참고가 된다.

391) 전생의 빚을 갚는다는 뜻이다. 1195~1198행에서 취교는 "전생(前生)에 수도(修道)를 제대로 하지 못했으니, 어쩔 수 없이 현생(現生)에 채워야만 그제야 끝나게 되겠지. 어찌 되었건 병(甁)은 이미 깨져버렸으니, 몸을 바쳐 삶에 진 빚을 다 갚아야겠지!"라고 했다.

이 따르는데, 독특하게도 이 작품에서는 연적(戀敵)이 없고 정절(貞節)이 문제 되지 않는다. 굳이 연적을 찾는다면 두 사람을 갈라놓은 타락한 세상이 그것이다. 사창가를 전전하는 취교에게 육체적 순결이나 정절은 오히려 부차적인 문제였다. 작품에서는 열(烈)을 문제 삼지 않고 효(孝)를 다한 것과 내면의 순수함이 훼손되지 않은 것을 칭송한다.

작품은 세상이 한없이 타락했다고 되풀이해서 말한다. 세상의 타락상은 간악한 인물들을 빌려 형상화되고 있다. 그리고 이런 인물들은 상하남녀 모두에 걸쳐 있다. 장물(贓物)을 파는 마적, 첩을 구한다고 속여 정조를 유린하고는 취교를 사창가에 팔아넘긴 마감생, 취교를 함정에 빠뜨려 어쩔 수 없이 몸을 팔게 만든 초경, 사창가의 포주(抱主) 수마, 질투심에 휩싸여 취교를 학대하는 환저, 천신만고 끝에 탈출한 취교를 다시금 사창가에 팔아넘긴 박파와 박행, 기만책을 써서 서해와 취교를 죽음으로까지 몰고 간 호종헌 모두다 간악하다. 열다섯의 순결한 처녀가 집밖으로 나아가 맞닥뜨린 세상은 인신매매, 매음, 교활한 술책이 난무하는 곳이었다. 그러니 고백팔이 『취교전』을 두고 "세상을 알게 되는 작품(達世語)"이라고 한 지적은 참으로 적실하다. 악의 현상학이라 할까 사회의 어두움에 대한 보고서라 할 수 있는 내용을 갖추고 있어 사회 교과서 구실을 할 수 있었다.

『취교전』은 타락한 세상에서 사랑이 어떤 의미인지 묻는다. 그 답은 '구원'이라는 것이다. 취교는 타락한 세상에서 몸을 망치고 있었는데, 그런 세상에서 벗어나기 위해서는 '구원자'가 필요했다. 몇몇 인물들이 타락한 세상 속에 내던져진 취교를 구원할 수 있을 듯이 보였다. 속생, 각연, 서해가 그런 인물이다. 모두가 한줄기 구원의 빛을 취교에게 내려주는 것 같았다. 하지만 그들은 결격사유가 분명했고 따라서 모두 구원에 실패했다. 속생은 처의 위세에 눌려 속수무책이었고, 각연은 종교적 은둔의 길로 인도했지만 세상의 악으로부터 취교를 지켜주지는 못했다. 서해는 무력(힘)을 소유했지만 도적 떼의 두목이라는 점에서 정당성을 결여하고 있었다. 이들 인물이나 종교도 모두 구원에 실패했다. 세상의 악은 그만큼 힘이 강력했던 것이다.

김중만이 취교를 구원할 수 있었다. 김중은 취교의 첫사랑이고, 선하고 슬기로우며, 취교를 향한 사랑 또한 진실해서 구원자로서의 자격을 충분히 갖추었다. 취교가 김중과 재회하여 못다 한 사랑을 나누는 것은 타락한 세상으로부터의 구원이라는 의미를 가진다. 하지만 창기인 취교는 너무 '낮고' 김중은 너무 '높다' 보니 끝내 온전한 부부가 되기 어려웠다.

작품은 고전소설의 문법에 따라 김중에 의한 구원을 최대한 지연시킨다. 취교는 정조를 유린당하고 끝내 죽음으로 내몰린 것은 운명이니 어쩔 수 없이 따라야 한다고 생각했다. 강물에 뛰어든 그 순간까지 취교를 사로잡은 것은 타락한 세상에서 벗어날 길이 없다는 절망감이었다. 더 이상 탈출 가능성이 없다고 체념하고 강물에 뛰어든 다음에야 구원의 길이 열린다.

김중이 제공한 가정(부모와 남편과 함께하는 공간)이라는 울타리는 남성의 힘과 권위에 의해 남성이 만든 윤리와 법의 힘에 의해 타락한 세상으로부터 여성을 지켜낼 수 있었다. 이를 보면 『취교전』이 여성 주인공의 이야기이지만 남성적 시각이 투영된 작품임을 알게 된다. 겉으로 운명, 업, 인연이라 말했지만 속으로는 남성의 품안으로 돌아가야 한다는 말을 하고 있다.

취교가 김중에게 돌아오는 길은 왜 그렇게도 멀고 험했을까? 그것은 취교가 세상의 '간교한' 악에 '순진함'만으로 맞섰기 때문이다. 내면의 순수함과 진실함이야 보존했다고 해도 그것은 사랑을 되찾는 데는 아무런 힘을 발휘하지 못했다. 타락한 시대에 순수한 사랑을 지켜내기 위해서는 다른 무엇인가가 필요했다. 그것은 바로 사악함을 넘어설 수 있는 지혜, 슬기로움이라고 하겠다. 이로써 작품이 세상에 나온 뒤로 취교의 어리석음을 비판하는 독자들 또한 적지 않았던 사정을 이해할 수 있다.

vii) 비교연구의 과제

취교는 『심청전』의 심청, 『탁류(濁流)』(채만식, 1939)의 초봉과 비교되는

498

여성 주인공이다. 취교는 심청보다는 초봉과 더 닮았다. 두 작품 모두 세태가 '탁류'라고 말한다. 취교는 탁류에 휩쓸려버린 초봉과 다를 바 없다. 운명론에 기대어 체념이나 하지 말고 탁류를 헤쳐나오려면 어떻게 해야 하는지 생각하게 한다.

『취교전』은 『탁류』와 마찬가지로 식민지의 세태와 식민지 백성의 운명에 대한 우의(寓意)로 읽을 수 있는 면모를 가지고 있다. 두 작품에서 주인공은 모두 정조를 유린당하고 진창에 빠진다. 한국과 베트남이 그랬던 시기가 있었다. 이런 면에서 『취교전』은 고전의 성립과 역사적 체험의 상관관계를 생각하게 한다.

베트남의 고전 『취교전』을 한국의 고전 『춘향전』과 비교해보는 것도 흥미 있는 일이다. 사랑 때문에 빚어지는 여성수난을 매개로 해서 사회적 모순을 보여주는 점이 대체적인 공통점이다. 하지만 그에 못지않게 차이점도 크다. 『춘향전』은 춘향이 기생 신분을 벗어나기 위해 벌이는 사회와의 대결이 작품의 중심축을 이루고 있는 반면에 『취교전』은 병든 사회의 추악한 인간들에 의해 순진무구한 여인이 나락에 떨어져 창기가 되어 전전하는 이야기인 점이 다르다.392) 그래서 『춘향전』에서는 춘향의 적극적인 '의지'가 드러난다면 『취교전』에서는 운명에 대한 '체념'이 더욱 두드러진다.393)

『춘향전』이 사랑 이야기이면서 인간해방의 욕구에 대한 이야기라면 『취

---

392) 『취교전』은 정절관념 못지않게 진실한 사랑을 중시하고 있으며 배우자의 선택과 고난을 극복하려는 의지라는 면에서 자주의식이 성장한 면모를 보여준다. 이런 점은 『춘향전』과 공통되는 점이다. 『취교전』에 나타난 베트남 여성상의 면모를 전혜경 「베트남문학 작품에 나타난 베트남 여성상－20세기 전반기를 중심으로」, 『아시아 문화』 제9호(翰林大學校 아시아文化硏究所 1993)에서 논의했다.

393) 『취교전』은 서두에서부터 운명론을 바탕에 깔아놓았다. 작품에서는 자살도 운명의 일부라고 한다. 모든 고난이 전생의 빚을 갚는 일이라고 했다. 작품의 이러한 운명론적 세계관은 완우에게 퍽 호소력이 있었을 것이다. 사신으로 가서 적지 않은 중국소설작품을 보았을 텐데 『김운교전』을 택한 데는 그만한 이유가 있었을 것이다.

교전』은 사회폭력에도 손상되지 않는 순수한 인간내면에 대한 옹호라고 할 수 있다. 『춘향전』이 근대로 이행하는 시기의 민중의 소망과 역량에 대한 믿음을 바탕에 두고 있다면 『취교전』은 섬세한 내면을 지니고 세상에서 패배한 사람들에게 따뜻한 시선을 보낸 작가의 지향에 바탕을 두고 있기에 생겨난 차이라고 말할 수 있겠다.[394]

『취교전』은 베트남사람들의 내면으로 들어가는 통로이다. 동시에 동아시아인의 내면을 비교해서 이해하는 길로 들어서게 해주는 입구이기도 하다. 취교 이야기는 베트남뿐만 아니라 한국과 일본에도 수용됨으로써[395] 동아시아 네 나라가 자국어 소설로 바꾸어서 읽은 몇 안 되는 이야기 가운데 하나가 되었기 때문이다. 같은 이야기가 우리나라에서는 단편의 번역으로, 베트남에서는 장편의 번역과 개작으로, 일본에서는 번역과 번안으로 수용되었다. 번역과 번안으로 얽힌 중세에서 근대로 이행하는 시기의 동아시아 소설사를 전체적으로 이해하는 데 『취교전』의 사례가 중요한 자료가 될 수 있다.[396]

### 7) 핫 노이

핫 노이 작가로는 완공저, 고백괄, 완권, 양규(楊珪, 1839~1902), 진제창이 널리 알려져 있다. 이들의 작품은 크게 보아 진출(進出)에 대한 열망, 삶을 즐기려는 욕구, 세태에 대한 비판과 풍자, 사랑과 이별 때문에 생기는 정감을 담아내고 있다.[397] 물론 작자의 이름이 밝혀지지 않은 작품도 상당수 전

---

394) Bae, Yang Soo 「Nguồn gốc đề tài cốt truyện, thể loại và phương thức phản ánh cuộc sống của 'Truyện Kiều' và 'Truyện Xuân Hương'('취교전'과 '춘향전'의 소재, 갈래, 삶의 반영방식)」, 『外大論叢』 제25집(부산외국어대학교 2002)에서 두 작품에 대한 연구와 평가를 정리했다.

395) 청심재인의 『김운교전』이 일본에 전해져서 1763년에 번역되어 『통속김운교(通俗金雲翹)』로 간행되었다. 또한 번안되기도 해서 『풍속금어전(風俗金魚傳)』 『앵희전전서초지(櫻姫全伝曙草紙)』가 나오기도 했다.

396) 조동일 「번역으로 맺어진 관계」, 『하나이면서 여럿인 동아시아문학』에서는 이러한 관점에서 『취교전』을 다루었다.

하고 있어서 핫 노이의 작품세계는 훨씬 다양하다.

완공저는 핫 노이 작품 창작에서도 지대한 공적을 남겼다. 핫 노이의 대표작가라면 단연 완공저를 꼽아야 한다. 완공저는 당률쯔놈시에서와 마찬가지로 핫 노이 작품에서도 현실참여에 대한 열망과 사대부 기상을 드높이는 데 집중했다.

천지간을 종으로 횡으로 누비며,
사나이로 태어난 빚을 갚아야 한다.
대장부의 뜻을 동서남북에서 펴며,
마음껏 사해(四海)를 누빈다.
세상 살아가는 사람으로 일 없는 이야 없지마는,
단심(丹心)을 길이 남겨 역사책에서 빛나리라.
욕을 당한 이도 있고 영예롭게 된 이도 있고,
때를 만나지 못한 영웅 또한 몇이던가.
구름이 몰려오고 파도가 거셀 때가 오리니,
광풍(狂風) 속에서 돛을 잡고 기필코 헤쳐가리라.
산을 꺾고 강을 메울 듯한 의지로,
거기 영웅이 있음을 알게 하리라.
넓고 평탄한 운로(雲路)398)에 올라서,
손뼉치고 환호하며 사나이로 태어난 빚을 말끔히 갚으리라.
그러고 나서야 한가로이 시주(詩酒)를 즐기리라.

Vòng trời đất dọc ngang ngang dọc,
Nợ tang bồng vay trả trả vay.
Chí làm trai nam bắc đông tây.

---

397) Nguyễn Văn Ngọc 『Đào Nương Ca(陶娘歌=핫 노이)』, Hà Nội: Vĩnh Hưng Long Thư Quán 1932, v면.
398) 공명(功名)의 길. 벼슬길.

Cho phỉ sức vẫy vùng trong bốn bể,

Nhân sinh thế thượng thuỳ vô nghệ, (人生世上誰無藝)

Lưu đắc đan tâm chiếu hãn thanh. (留得丹心照汗青)399)

Đã chắc ai rằng nhục rằng vinh,

Mấy kẻ biết anh hùng thời vị ngộ.

Cũng có lúc mây tuôn sóng vỗ,

Quyết ra tay buồm lái với cuồng phong.

Chí những toan xẻ núi lấp sông,

Làm nên đấng anh hùng đâu đấy tỏ.

Đường mây rộng thênh thênh cử bộ,

Nợ tang bồng trang trắng vỗ tay reo.

Thảnh thơi thơ túi rượu bầu.400)

제목은 「영웅의 지기(志氣)(Chí khí anh hùng)」라고 한다. 이런 작품을 보면 완공저는 핫 노이 작품에서도 호매(豪邁)한 작품세계를 창출했다는 평가가 적절하다.401) 퇴처(退處)해 한가로이 시주를 즐기는 것은 진출해 사대부의 도리('빚')를 다한 뒤의 일이라 하면서 강한 현실참여의식을 표명했다.

남아의 기상을 드높이는 작품 곁에 삶을 즐기자는 취지의 작품이 놓여 있어 이채를 띤다. "일생을 보내는 데는 오직 술이 있을 뿐이요, 백 가지 계책을 생각해봐도 한가함만 못하네"402)라고 했다. 삶을 즐길 줄 모른다면 보상

---

399) 이 구절은 중국 송나라 때 시인 문천상(文天祥, 1236~1283)의 「과령정양(過零丁洋)」에 있는 "人生自古誰無死 留取丹心照汗青"을 활용한 것으로 보인다. '한청(汗青)'은 역사책을 뜻한다. 이 작품의 이본 중에는 완공저가 문천상의 시구를 그대로 가져다쓴 곳도 있다 (Dương Quảng Hàm 『Văn Học Việt Nam(베트남문학)』, Hà Nội: Bộ Giáo Dục 1939, 79면).

400) 원문은 『베트남문학전집』 16, 94~95면에 있다.

401) 완공저의 핫 노이 작품이 '호매'한 품격이라는 점은 딴 다(Tản Đà, 1889~1939)가 지적했다(『베트남문학사전』 355면).

402) 「한가로움(Vịnh nhàn)」의 5~6행인데, "斷送一生惟有酒 沈思百計不如閑"라는 한시구

할 길이 없으며, 잘 노는 데도 노력이 필요하다고도 했다.[403] 이런 작품들은 가기(歌妓)의 노래를 동반하는 가주(歌籌)의 공연상황에 잘 부합한다고 볼 수 있다. 자기위안의 문학을 가주에서 찾을 때, 이런 작품이 나오게 된 것이라고 이해할 수 있다. 앞서 핫 노이의 형식을 설명하는 자리에서 본 바 있는 고백괄의 「술로 시름을 달래며(Uống rượu tiêu sầu)」 역시 이러한 성향을 잘 보여주고 있다.

양규의 작품으로는 「가기(歌妓)와의 재회(Gặp cô đầu cũ)」나 「재회(Lại gặp người quen)」가 특히 알려져 있는데, 둘 다 가기와의 재회를 제재로 삼은 작품이다. 그런가 하면 완권은 남 딘(Nam Định) 성의 한 여인의 행적을 제재로 한 작품 「목 어미(Mẹ Mốc)」를 지었다. '목(Mốc)'이라는 여인이 난리통에 남편과 헤어지는데, 절개를 지키고 구혼자들을 물리치기 위해 스스로 얼굴을 훼손하고 미친 척했다고 한다. 5~6행에서 그녀의 행적을 요약해서 말하기를, "겉으로 옥같이 곱기를 바라지 않았으며 안으로 금같이 변함없는 절개를 지키고자 했다"[404]고 했다. 아마도 완권은 나라를 잃은 치욕의 시기에 적에게 절개를 팔 수 없다는 다짐을 표현하고 싶었을 것이다.[405]

---

이다. 또한 이 구절은 당나라 한유(韓愈)의 「견흥(遣興)」에 있는 "斷送一生惟有酒 尋思百計不如閑"을 이용한 것이다. 작품의 원문은 『베트남문학전집』 16, 111~112면에 있다.

403) 「봄을 즐기라, 그렇지 않으면 봄이 가버리리니(Chơi xuân kẻo hết xuân đi)」라는 작품의 13~15행이 이런 내용이다. 그 부분 작품의 원문은 이렇다. "Cuộc hành lạc bao nhiêu là lãi đấy, Nếu không chơi thiệt ấy ai bù. Nghề chơi cũng lắm công phu" (Lê Thước의 『Thơ Văn Nguyễn Công Trứ(완공저의 시문)』, Hà Nội: Nxb Văn Hóa 1958, 105면).

404) 한시구를 옮기면 이렇다. "外貌不求如美玉 身中常守似堅金" (Dương Quảng Hàm 『Việt Nam thi văn hợp tuyển(베트남 시문합선)』, Hà Nội: Nxb Hội Nhà Văn 1998. 초판은 1943, 174면).

405) Vũ Tiến Quỳnh 편 『Nguyễn Khuyến(완권)』, TP Hồ Chí Minh: Nxb Văn Nghệ 1997, 124~129면. Tran My Van(Trần Mỹ Vân), *A Vietnamese Scholar In Anguish-Nguyễn Khuyến and the decline of the confucian order, 1884~1909*, 30~31면.

## 8) 뚜옹

### (1) 기원과 발전

뚜옹(tuồng)은 쩨오(chèo)와 마찬가지로 가무악극(歌舞樂劇)이다. 그런데 민속극인 쩨오와 달리 뚜옹은 궁정연극으로 상승하면서 본격적으로 발전했다. 중국의 경극(京劇) 배우와 유사하게 분장을 하고 화려한 복장을 갖추어 입은 배우가 국가의 운명과 같이 거대한 주제를 가진 내용을 무대 위에서 펼쳐 보이는 연극이다.

뚜옹이 등장한 것은 17세기 이후의 일이라고 보는 것이 통설이다.[406] 뚜옹은 말하기와 노래하기의 중간에 해당하는 '노이 로이(nói lối)' 형식[407]을 주로 이용하는데, 현전하는 작품 가운데 이런 형식으로 되어 있는 것으로 가장 오래된 것은 1750년에 쓰였다고 하니,[408] 뚜옹은 18세기에 들어서서 본격화되었다고 보아야 한다. 남북 분쟁기에 정권의 정통성을 주장하며 중세 질서를 수호하고자 하는 의도에 맞추어 이미 있던 연극을 크게 바꾸어 오늘날 보는 것 같은 뚜옹을 탄생시켰다고 본다.

남쪽의 완씨(阮氏) 정권(17~18세기)과 그 뒤를 이어 등장한 완조(19세기)의 조정은 뚜옹을 진작시키는 데 적극적이었다. 조정에 부서를 두고 오품(五品) 관리로 하여금 궁정에서 뚜옹을 상연하는 일을 관장하게 했다. 중국 명나라에서 이거(移居)한 사람들 가운데 배우를 찾아서 명나라 연극을 배우는 데도 열심이었다고 한다. 오늘날 뚜옹을 볼 때, 배우의 동작이나 분장이 중국연극

---

406) Hoàng Châu Ký 『Sơ Khảo Lịch Sử Nghệ Thuật Tuồng(뚜옹 藝術의 歷史初考)』(Hà Nội: Nxb Văn Hóa 1973)에서 여러 기록을 검토하며 뚜옹이 여조 말엽인 17세기에 형성되었다고 주장하는데, 이 견해가 지금까지 널리 받아들여지고 있다.

407) 노이 로이 형식은 속담, 가요, 베에도 쓰인 형식이다. 한 행은 4~8언으로 이루어지며, 같은 음절 수인 2행이 한 짝이 되어 길게 이어진다. 짝마다 음절 수가 달라질 수 있다. 노이 로이의 형식에 대해서는 Dương Quảng Hàm 『Việt Nam Văn Học Sử Yếu(越南文學史要)』 185~194면 참조.

408) 완거정(阮居貞, 1716~1767)이 지은 『승니(僧尼, Sãi Vãi)』가 그 작품이다. 비구와 비구니의 문답으로 작품이 전개된다.

과 흡사하다는 느낌을 받는 것은 중국 남부지방 연극의 영향을 받아들였기 때문이라고 생각된다.409)

(2) 공연방식

째오와 마찬가지로 뚜옹의 등장인물은 전형화되어 있다. 뚜옹의 주요인물은 왕, 관료, 장수들이다. 배우는 배역에 맞추어 관(冠)을 쓰고 수염을 붙이며 복장을 갖추고 창과 칼 같은 도구를 사용한다. 가면을 쓰지는 않지만 가면에 근접한 화장을 한다.

무대는 등장인물의 대사에 의해서 쉽게 전환된다. 말, 노래, 춤동작은 정해진 양식을 수용하여 이루어진다. 무대장치가 따로 없으며 물리적인 시간이 아닌 심리적인 시간을 중시하고, 압축된 표현을 즐겨 사용하며 등장인물의 동작 또한 양식화되어 있고 과장되며 상징적인 의미를 지니고 있다.

뚜옹의 극본은 상층 문인들 손에 의해 만들어졌다. 여러 사람의 손을 거치면서 정리되었기 때문에 현재 전하는 극본이 원래 작품의 면모를 그대로 전한다고 볼 수는 없다. 극본 창작에는 한문과 쯔놈이 다 이용되었다. 한문이 사용되었지만 그 비율은 그다지 높지 않다. 뚜옹을 대표하는 작품인 『산후(山后, Sơn Hậu)』에는 3,416구의 운문이 나오는데 그 가운데 2,980구는 쯔놈으로 되어 있고 한문은 단지 436구에 불과하다. 각 극본에 쓰인 산문은 모두 쯔놈으로 되어 있다. 대사는 일상적 대화인 '노이 트엉(nói thường)', 높은 톤으로 말하며 운을 갖춘 대구로 된 '노이 로이', 그리고 노래인 '핫(hát)'으로 전달한다. '노이 로이'와 '핫'을 이용해서 압축적이며 시적인 대사를 전달하는 것이 뚜옹의 특징적 면모이다.

---

409) 베트남 연구자들의 생각은 조금 다른 듯하다. Viện Sân Khấu 『Mối Quan Hệ Sân Khấu Việt Nam-Trung Quốc(중국연극과 베트남연극의 관계)』(Hà Nội: Viện Sân Khấu 1995)에서는 중국연극의 영향이 대단찮았다고 본다.

(3) 관객, 작가

뚜옹은 닫힌 구조를 갖는 연극이기에 관객이 극 전개에 직접 참여할 수 있는 길은 막혀 있다. 관객은 수동적인 자리에 머물러 있다. 관객의 요구는 간접적으로 작품 창작에 반영될 따름이다. 황제와 조정의 관리들은 관객이 되어 극의 형성에 개입했다. 문학적 소양이 있는 완조의 여러 황제들[410]은 모두 뚜옹에 심취했다. 도진(陶進, 1845~1907)을 위시한 뛰어난 극작가가 나와서 『산후』를 비롯한 여러 작품을 윤색하고, 새로운 작품을 창작했다.

뚜옹 극작가는 황친(皇親)이나 고위 관리에서부터 민중과 가까운 위치에 있는 문사(文士)에 이르기까지 다양했다. 대부분 작가 이름을 알 수 없지만, 성현(聖賢)의 도리, 군주에 대한 충성 등 중세 윤리에 깊이 침윤된 사람이었을 것이라는 것은 어렵지 않게 알 수 있다. 정치적인 주제나 이념(忠·孝·三綱), 그리고 표현의 측면에서 볼 때 극본은 상층 고급문학이라고 할 수 있다.

궁정에서는 예부(禮部)에 뚜옹 극단 세 곳을 두어 배우를 훈련시키고 공연을 담당하도록 했다. 황친이나 고위 관리의 극단도 있었고, 여기저기 순회하며 공연하는 극단도 있었으며, 각 지방에서 공연하는 극단도 있었다. 궁정에서 보수적인 중세이념을 강화할 목적으로 연극을 이용했지만 뚜옹은 민간에서도 성행해서 민중의 사랑을 받았다. 그 결과 민중이 관객이 되어 연극을 애호하면서 상층의 의도와는 다른 방향으로 뚜옹을 이끌어가는 반작용도 나타나게 되었다. 민중의 반작용은 '뚜옹 도(tuồng đồ)'의 출현에서 분명히 드러난다.

뚜옹을 크게 둘로 나누면 정통 뚜옹인 '뚜옹 찐(tuồng chính)'과 풍자 뚜옹인 '뚜옹 도'가 있다. 뚜옹 도에는 당시 사회에 대한 비판의식이 분명하게 드러나 있다. 뚜옹 도는 조정을 배경으로 하지도 않고 왕권을 두고 다투는 내용도 아니다. 뚜옹 도는 민중의 삶의 실상을 쉽고 질박한 언어로 담아내고

---

410) 특히 명명(明命, 재위 1820~1840)과 사덕(嗣德, 재위 1848~1883).

있다. 대표작인 『조개, 굴, 우렁, 홍합(nghêu, sò, ốc, hến)』은 가난한 민중의 삶과 관리의 수탈을 대비시켰으며, 관리와 승려의 탐욕을 고발하고 있다.

### (4) 작품 내용

고전 뚜옹에 해당하는 작품들은 모두 작자를 알 수 없다. 오랜 시간을 지나면서 여러 사람의 손을 거쳐 이루어졌기 때문에 원래 모습을 그대로 유지했다고 보기는 힘들다. 특히 사덕황제 시대에 대대적인 정리사업을 벌였다. 조정에서 주도한 정리사업 과정에서 대사(노랫말)를 다시 쓰고, 문장의 격식을 갖추었다. 관료들이 보기에 적합하지 않은 내용을 교정하기도 했으나 무대연기로부터 비롯되는 예술적 형상은 크게 바꾸지 않았던 것으로 보인다. 그 결과 극본은 민간에서 유행한 것인 방본(坊本, phường bản)과 서울에서 정리한 경본(京本, kinh bản) 두 종류로 갈리게 되었다. 『방본산후(坊本山后)』『경본산후(京本山后)』같은 식이다.

보통은 3막으로 구성되며 작품에서 전개되는 사건은 궁정에서 벌어지는 일이다. 궁정이 아닌 장소를 배경으로 해서 사건이 진행되어도 그 근원은 모두 궁정과 연결되어 있다. 국가대사가 핵심사건이라고 말할 수 있다. 등장인물을 보면 황제, 황후, 황자(皇子), 그리고 관리를 비롯한 궁정의 인물들이 주역이다. 가난한 선비, 땔나무꾼, 어부가 과거에 급제하여 대신(大臣)이 되거나 남정서벌(南征西伐)의 권한을 가진 용장(勇將)이 되어 조정의 대사에 참여하는 것으로 설정하기도 한다. 군졸, 여종, 궁녀 등 하층의 이름 없는 인물도 등장한다.

고전 뚜옹작품은 유형적인 전개를 보인다. 조정은 안정되어 있으며 백성들은 풍요로운 생활을 하고 있는 것으로 작품이 시작된다. 그러나 그런 질서와 안정은 표면적인 것일 뿐이다. 왕은 이미 쇠약해졌고 신하들 가운데 가장 강한 힘을 가진 인물——흔히 태사(太師)——이 역심을 품고 있는 상황이었기 때문이다. 황제가 죽자 태사가 제위를 찬탈한다. 그는 태자가 어리고 경험이 없어서 아직 왕 노릇할 자격이 없다거나 황제에게 아직 아들이 없으며 차후(次后)가 임신을 하고 있지만 아들일지 딸일지 모른다는 것을 찬탈의 구실로 내세운다. 그는 자신의 일파를 이용해 자신이 제위에 오를 수 있도록 압력을 행사하거나 조정의 회의를 소집해서 강제적으로 황제로 추대하도록 한다. 혹 황제가 아직 죽지 않았을 경우에 태사는 군대를 이용해서 무력으로 제위를 빼앗는다. 이런 긴장된 대립관계로 작품이 시작된다.

황제 자리에 오른 태사는 곧바로 조정을 개편하여 자신의 일파를 요직에 앉히고 전조(前朝)의 충신들을 억압한다. 전조를 지지하는 신하들은 죽이거나 하옥한다. 가장 중요한 일은 전조의 황통을 끊어 버리는 것이었다. 명분이 부족했기 때문에 전조의 황자나 황족을 중심으로 반대 세력이 규합되는 것을 두려워했다. 처음 제위를 찬탈해서 바로 황자를 죽일 수 있었지만 그렇게 한다면 민심이 동요하고 구신(舊臣)들의 즉각적인 반발을 불러일으킬 수 있었다. 그래서 보통은 전조의 황후와 황자를 감금하고 죽일 기회를 엿본다.

이런 엄청난 변고를 맞이해서 전조에 충성하는 근신(近臣)들은 수동적으로 사태에 대처하게 된다. 성격이 급한 몇몇 신하는 아무런 계획 없이 저항하다가 곧 죽음을 당하거나 투옥된다. 다른 신하들은 보통 자신의 마음을 숨기고 새 조정에서 벼슬하면서 기회를 노린다.

전조에 충성하는 신하들은 찬탈자들 앞에서 자신의 속마음을 감추기 위해서 많은 지략이 필요했고, 불안한 나날을 보내야 했다. 겉으로는 모두가 찬탈자의 조정에서 찬탈자에게 봉사하고 있는 것으로 보였기 때문에, 서로를 믿지 못해서 서로의 진의를 타진해야 했다. 이처럼 서로 의심하다가 시간이 어느 정도 지나면 서로의 마음을 알게 되고 전조의 황통을 회복하려는 계획을 세우게 된다. 우선 가장 시급한 것은 감금되어 있는 황자 혹은 황자 모자를 구출하는 일이다. 그들은 노심초사한 끝에 위험하고 중요한 이 일을 해낸다. 그 과정에서 감옥에 갇히기도 하고, 황자 대신 자기 아들을 희생시키기도 하며, 혹은 자신의 목숨을 버리기도 했다. 이런 고난의 과정에서 주동적인물들의 성격이 전면적으로 드러난다.

다음은 『산후』에서 가장 유명한 대목 중 하나로 강영좌(姜靈佐, Khương Linh Tá)가 황자를 구출하는 과정에서 최후를 맞이하는 장면이다.411)

강영좌(姜靈佐): (예, 세 분412)) (…)
　　　제가 황제의 명령을 받기를
　　　제가 선봉(先鋒)이 되어서
　　　길을 빼앗아
　　　말을 달려
　　　동금린(董金麟)의 수급(首級)을 베어오고
　　　반씨(潘氏)를 잡아 공을 세워 은혜를 갚으라고 하셨습니다.
사뇌풍(謝雷風): (내가 대답하기 전에 형님과 상의해야겠다.)
사온정(謝溫廷): (동생들! 내가 녀석에게 묻겠다. 영좌! 내가 묻겠다.)
　　　너는 성지(聖旨)를 받잡았는가?
　　　성지를 펴서 내게 보이라.
강영좌: (예, 세 분, 성지를 받잡았습니다만 조서를 가지고 있지는 않습니다.
　　　세 분께서는 조서를 가지고 가십니까?)
　　　명령이 막 내려와서, 미처 말이 끝나지도 않았고
　　　조서를 받잡으려 했으나, 조서가 아직 써지지 못했습니다.
사온정: 이런 꾀를 나는 안다.
　　　동금린을 구하려는 것이다.
　　　참으로 반신(叛臣)의 무리이면서
　　　황제의 명령을 꾸며대다니.

---

411) Hoàng Châu Ký 『Tuồng Cổ(고전 뚜옹)』(Hà Nội: Nxb Văn Hóa 1976) 201~204면
　을 대본으로 삼았다. 『산후』에 등장하는 인명과 지명의 한자 표기는 Hoàng Văn Hòe 주해
　『Sơn Hậu Diễn Truyện, Tuồng Hát Bội(山后演傳)』(Sài Gòn: Phủ Quốc Vụ Khanh Đặc
　Trách Văn Hóa 1971)에 있는 쯔놈 원문을 따른 것이다.
412) 태사 사천릉(謝天陵)의 세 동생인 사온정(謝溫廷), 사뇌풍(謝雷風), 사뇌약(謝雷若)을 가
　리킨다.

강영좌: 너는 참으로 영리하구나
　　　내가 반신이라는 것을 이리도 빨리 알아차리다니.
♪

　　　온힘을 다해 이곳에 와서 동금린을 구하고
　　　황제의 명령을 가장해 너희 셋을 막으려 했다.
　　　나는 온힘을 다해 제(齊)나라 종묘사직을 지키고
　　　나는 간사한 사씨(謝氏)를 제거할 것이다.
　　　충성을 다하고
　　　뜻을 다해 너희 세 놈의 목을 베리라.
사온정: 재능 있는 영좌는
　　　몽둥이를 들고 하늘을 치는구나.
　　　결단코 네 목을 베리라.
　　　그렇지 않으면 사씨의 위풍을 멸시하리라.
　　　(다시 말한다)
　　　영좌를 베어 머리가 말 아래에 떨어졌는데
　　　머리를 집어 들고는 쏜살같이 뛰어가는구나.
　　　그 모습 보니 갑자기 파랗게 질리고
　　　온몸에 소름이 돋는구나.
　　　그와 같은 사람은
　　　고금(古今)에 드물다 하리라.
　　　강씨는 내버려두고
　　　동씨를 쫓도록 하라.
　　　(퇴장한다)


　전황실에 충성을 다하는 신하의 장렬한 최후를 그려내는 장면이다. 일상적인 어투로 말하는 것이 아니라 느리고 긴 호흡으로 말한다. 과장된 동작과 얼굴 표정으로 비장한 극적 분위기를 창출한다.


510

강영좌: (부른다)

　　　　(여보게!)

　　　　현우(賢友) 동금린!

　　　　내 자(字)는 강령(姜靈)

　　　　순간 실수로 사온정에게 (죽음을 당하고)

　　　　내 혼백이 멀리 다른 길로 가게 되었네.

동금린: (자!)

　　　　강씨의 소리가 멀리서 들리는 것인데

　　　　꿈인 듯하여 결코 믿을 수가 없구나.

　　　　죽었는데 눈앞에 나타나다니

　　　　어디 이런 일이 있을까?

강영좌의 혼령: 전에 맹세한 말이 있으니

　　　　이제 알려야만 한다네.

　　　　그대에게 황자와 차비(次妃)를 맡기나니

　　　　힘을 다해 제(齊)나라 황실을 보필하도록 하게나.

　　　　(머리를 떨어뜨리고, 몸은 날아 퇴장한다)


강영좌는 칼에 맞아 목이 잘렸음에도 불구하고 목을 들고 동료가 있는 곳으로 왔다. 죽어서도 충성심을 간직한 인물의 숭고한 정신을 도드라지게 하기 위한 설정이다. 비장하면서도 숭고한 이 장면을 시로 마무리했다.


동금린: 아, 영좌여! 아, 영좌여!

　　　　망자의 넋이여! 망자의 넋이여!

　　　　수급은 여기에 있으나

　　　　어느 날 그대를 다시 볼 수 있으리요

　　　　(…)

　　　　(다시 탄식한다)

　　　　슬프도다, 영웅이여

반적(叛賊)의 손에 잘못되었도다.
누가 있어 도우며
누구와 힘을 합하리요.
(다시 말하며 찬탄한다)
위국가지대의(爲國家之大義)
회기업진기충(懷基業盡其忠)[413]
(아, 그대! 지금과 같이)
황자를 보호하기 위해 자신을 희생했으니
그대가 있어 적병을 막아냈도다.
그대의 넋은 멀리 구천(九泉)으로 가버렸으니,
어느 때나 얼굴 다시 볼 수 있으리요.
(다시 말한다)
깃발은 하늘을 가리고
창칼은 서리가 덮인 듯하구나.
(어쩔 수 없이)
구덩이를 파 유골을 안장(安葬)하노니
생기야(生寄也), 사혜귀야(死兮歸也)로다.[414]
(애도한다)
기야(寄也), 사혜귀야(死兮歸也)로다.
머리를 조아리고 무덤에서 발걸음을 옮기노라.

충성스러운 신하의 희생에 힘입어 황자를 구했지만 그것은 시작에 불과했
다. 찬탈자 정권을 타도하기 위해서는 매우 어려운 조건하에서 영웅의사(英
雄義士)를 모으고 군사와 군비를 갖춘 근거지를 건설해야 했다. 찬탈자들은
계속해서 군사를 보내 추격하여 저항의 싹을 소멸시키려 했다. 이 단계에서

---

413) 국가의 대의를 행하고, (국가의) 기업(基業)을 가슴에 품고 충성을 다했도다.
414) 삶은 잠시 머무는 것이요, 죽음은 돌아가는 것이다. 『회남자(淮南子)』에 "生寄也 死歸
也"라는 말이 있다.

충성스러운 인물들은 극히 위험한 여러 시련들을 겪어야 했다. 이 단계가 몇십 년간 계속되는 경우도 있다. 많은 사람이 전투에서 죽었다. 또한 많은 사람들이 헤아릴 수 없는 고초를 겪어야 했다. 물질생활의 어려움뿐만 아니라 정신적인 고통을 참아내야 했다.415)

전조를 회복하고자 하는 쪽에서 황자는 정통성과 명분의 중심이었다. 이런저런 방식으로 감옥에서 구출된 황자는 변방에 있는 근거지에 이르게 된다. 찬탈자들의 위세는 처음에는 대단히 강했다. 그들은 정의롭지 못했을 뿐만 아니라 잔포(殘暴)했다. 그들에게 반항하는 황자 집단을 소멸시키기 위해 근거지로 쳐들어왔기에, 황자 집단은 누차 시련을 겪고 병력의 손실을 입었으며 여러 번 소멸의 위기에 처했다. 그렇지만 황자 집단은 끝내 승리해서 찬탈자들을 소멸시키고 끊어졌던 전조의 정통을 회복하게 된다.

고전 뚜옹은 중세질서가 위기에 처한 상황을 그리고 있다. 국가와 가정이 붕괴되는 심각한 위기상황이 펼쳐진다. 군신간의 윤리가 무너져 제위가 찬탈되기에 이르고, 부자간 윤리가 무너져 아버지와 아들이 대적하며, 부부간의 화합이 깨져 남편과 아내가 서로 대적한다. 그런 상황에서 충(忠), 효(孝), 제(悌), 나아가 인의예지(仁義禮智)는 이미 효력을 잃었다. 뚜옹이 전성기를 구가한 때는 그만큼 중세의 위기가 심각해진 시기였다.

(5) 연극미학적 특징

고전 뚜옹은 영웅적 인물의 강인한 의지와 숭고한 희생을 토대로 국가를 재건하는 데 성공하는 투쟁과정을 그린 연극이다. 고전 뚜옹을 요약해서 '비

---

415) 『산후』에서 동금린은 찬탈자들이 자기 어머니를 붙잡아 고문하면서 자신의 투항을 강요하는 지경에 이르렀다. 작품에 따라서는 찬탈자의 우두머리에게 자신이 가장 사랑하는 딸을 시집보내야 하는 처지가 된 인물도 있고, 반란에 가담한 자신의 유일한 아들을 죽이기 위해 나서면서 격심한 심리적 갈등을 겪어야 하는 인물도 있다. 또 아버지가 찬탈자의 우두머리가 되었기에 모든 것을 포기하고 출가했다가 국가를 구하기 위해 가사(袈裟)를 벗고 아버지와 맞서 싸운 인물도 있다.

홍 끽 꼬 허우(bi hùng kịch có hậu)' '비극영웅가(悲劇英雄歌, bi kịch anh hùng ca)'라고 한다. '가(歌, ca)'는 노래라는 뜻이고 '웅(雄, hùng)'은 '영웅(英雄, anh hùng)'이라는 뜻이다.[416] 중세의 이상을 실현하기 위한 영웅적 인물의 희생과 투쟁을 다루고 있다는 말이다. 단, 작품에서 전개되는 싸움은 집단과 집단 사이의 싸움이며 영웅은 혼자가 아닌 여럿이다.

'비(悲, bi)'나 '비극(悲劇, bi kịch)'이라는 용어는 서양의 비극과 같은 뜻으로 쓴 말은 아니다. 서양 비극에서처럼 뚜옹에서도 주인공의 투쟁이 힘들게 진행되지만 어찌할 수 없는 운명에 의해 비참하게 패배하는 것과는 거리가 멀다. '비'나 '비극'은 비장(悲壯)이라는 미의식을 표현하는 말로 받아들여야 한다. 전황실을 재건하는 큰 사명, 국가를 생각하는 높은 이상을 품고 모든 것을 희생하면서 온갖 고난과 위험을 뚫고 분투하는 인물들의 장렬한 모습을 보고 관객이 갖게 되는 느낌이다.

뚜옹의 미의식은 비장을 중심에 두고 있다. 작품 전개가 예정되어 있거나 미리 암시되어 있는 결말을 향해가는 것은 아니기에 투쟁이 고조되면서 비장감이 더욱 증폭될 수 있었다. 그런데 뚜옹은 비장만으로 치닫지는 않는다. 비장을 숭고(崇高)와 결합함으로써 비참한 패배로 귀결되는 것을 막았다. 작품의 전개과정에서는 비장이 두드러지지만 중세이념의 숭고한 승리로 귀결되도록 해서 비극이 되지는 않았다.

'꼬 허우(có hậu)'는 행복한 결말을 가지고 있다는 뜻이다. 작품의 결말에 이르러서 정통왕조를 수호하려는 쪽은 많은 손실과 희생을 겪고 나서 최종적이고 완전한 승리를 얻는다. 행복한 결말은 선이 악을 이긴다는 생각과 중세질서를 뒤집을 수 없다는 보수적인 관념을 동시에 나타낸다.

뚜옹을 감상하는 요체는 비장미(悲壯美), 비장감(悲壯感)을 체험하는 데 있다고 할 수 있다. 등장인물의 고난에 초점을 맞추고, 여러 차례에 걸친 감

---

416) 영웅의 이야기이지만 한국 영웅소설에서 보는 바와 같은 영웅의 일대기 구조를 갖지는 않는다.

정의 표현과 결의에 찬 행동 표출을 통해 인물의 내면과 성격이 잘 드러나도록 하는 것이 극작법의 요체이다. 작가는 영웅의 고통, 격분, 적개심이 정점에 이르도록 한다. 어떤 면에서 작품 전개는 인물의 성격을 탐구하는 과정이다.

인물로 하여금 극단적인 상황하에서 갈림길에 처하도록 해서 선택의 상황에 처한 인물의 행동을 보여줌으로써 인물의 성격을 창조하고 부각시키는 수법을 구사한다. 극단적인 상황이 강요하는 선택의 길목에 놓인 인물의 정신적 갈등, 선택, 그리고 거기에서 표출되는 인물의 감정을 통해 인물의 행동, 성격, 의식의 통일성이 분명하게 드러난다. 『즈엉 쩐 뜨(Dương Chấn Tử)』417)라는 작품에서 아들을 자기 손으로 죽이게 되는 극한적인 상황에까지 이른 찌에우 딩 롱(Triệu Đình Long)의 경우가 내면심리 표현이 절정에 이른 특히 적절한 예이다.418) '비 훙(悲雄)'이라는 뚜옹의 연극미학적 특징이 이런 대목에서 특히 선명하게 나타난다. 이런 특성은 절절한 내면심리 표현을 수준 높은 작품의 요건으로 삼는 18~19세기 베트남문학의 흐름에도 잘 부합한다.

작품의 도입부에서 가족과 국가 가운데 하나를 선택해야 하는 모순된 상황에 이르게 하는 수법을 사용해서 인물의 심리적 갈등을 조성하기도 한다.419) 이러한 갈등을 겪는 인물은 나라에 대한 충성심과 가족과 부모를 사

---

417) '즈엉 쩐 뜨 하 선(Dương Chấn Tử Hạ Sơn)' '찌에우 딩 롱 끄우 쭈어(Triệu Đình Long Cứu Chúa)'라고도 부르는 작품이다.

418) Nguyễn Lộc 주편 『Từ điển Nghệ thuật Hát Bội Việt Nam(베트남 핫 보이 예술 사전)』(Hà Nội: Nxb Khoa Học Xã Hội 1998) 92~94면에 작품의 내용이 소개되어 있다.

419) 동금린은 나이 든 부모를 두고 전장에 나가야 했다(『山后』). 찌에우 딩 롱(Triệu Đình Long)은 아내와 아들을 희생시켜야 했다(『즈엉 쩐 뜨(Dương Chấn Tử)』). 따 응옥 런(Tạ Ngọc Lân)은 반역한 아들과 함께 불속에서 타 죽어야 했다(『三女圖王』). 찌에우 뜨 꿍(Triệu Tử Cung)은 아버지와의 갈등으로 출가했다가 찬탈자인 아버지와 맞서 싸우게 되면서 심각한 심리적 갈등을 겪어야 했다(『三女圖王』). 마이 흐엉(Mai Hương)은 남편과 아버지를 상대로 싸워야 했다(『즈엉 쩐 뜨(Dương Chấn Tử)』). 월호(月皓)는 그녀의 친동생들

랑하는 마음이 누구 못지않게 풍부한 것으로 설정되어 있어 심리적 갈등이 증폭되고 깊은 공감을 불러일으킨다. 이들은 한결같이 가정을 희생하고 국가로 표상되는 대의를 선택한다.

(6) 시대적 성격

상층연극이 뒤늦게 성행한 것은 베트남의 특수한 면모이다. 여조에서 한동안 멀리했던 연극을 완씨 정권과 그 뒤를 이은 완조에서는 다시 받아들였다. 완씨 정권과 완조의 조정에서 뚜옹을 적극 후원한 데는 다음 몇가지 요인이 작용한 것으로 보인다.

첫째, 남북대립의식의 반영이다. 1558년을 기점으로 해서 서서히 격화된 북쪽의 정씨와 남쪽의 완씨 사이의 남북대립은 17세기 초에 이르러 본격화되었다. 이때 남쪽의 완씨 정권은 황제를 허수아비로 만든 북쪽의 정씨를 반역자로 규정하고 반역을 진압하는 역할을 자임해 반역을 진압하는 내용의 연극을 만들어냈다는 것이다.[420] 배우집안 출신이라는 이유로 등용되지 못하자 불만을 품고 남하한 도유자(陶維慈, 1572~1634)가 연극『산후』를 창작하면서 뚜옹이 본격화되었다는 말이 전해오고 있는데, 어느정도 설득력이 있다. 그러나 뚜옹은 완조에 의한 남북통일 이후에 더욱 성행했으므로 다른 요인이 겹쳐 작용했다고 보아야 한다.

둘째, 윤리의식을 고취하자는 것이다. 충(忠)/불충(不忠)을 선/악의 대립으로 이해하고, 충/선 쪽의 인물이 고난을 겪는 것에 대해 가슴 아파하며, 끝내 승리하는 것을 기뻐하고 당연하게 여기도록 했다. 충군(忠君)의식을 고취해서 중세질서를 이념적 차원에서 수호하고자 하는 것이다. 뚜옹이 성행한 데는 중세 지배층의 위기의식이 작용했다고 해석해도 무리가 없을 것이다.

셋째, 농민봉기인 서산운동을 진압하고 성립한 완조의 보수적인 성격이

과 대립해야 했다(『山后』).
420) 오늘날의 베트남 연구자 가운데 이런 견해를 펴는 사람이 적지 않다.

작용했을 것이다. 완조는 서산운동을 진압하고 여러 측면에서 복고적이고 보수적인 정책을 폈기에 지속적인 농민봉기에 직면했다. 고전 뚜옹작품이 반역을 징치하는 내용을 공통적으로 갖고 있다는 점은 이런 역사적 상황과 무관하지 않을 것이다.

농민봉기를 막아보자는 의도를 더욱 노골적으로 드러낸 경우도 있다. 사덕황제는 도진(陶進)으로 하여금 『탕구(蕩寇)』(1872)[421]와 『평적(平敵)』을 짓도록 했다. 본래 『탕구』는 『수호전(水滸傳)』에 대항하는 작품으로 중국에서 창작된 작품이다. 송나라 관군이 『수호전』의 주인공들인 양산박(梁山泊)의 영웅들을 처참하게 살육하는 내용이다. 양산박의 반역을 당시 곳곳에서 벌어지던 농민봉기와 은연중에 일치시키고, 반역자에게는 처참한 죽음이 있을 따름이라는 인식을 심어주고자 했다. 사덕황제의 처음 재위 15년(1848~1862) 동안에는 40건의 반란이 있었고 궁중 내부에서 쿠데타까지 일어났다는 점을 상기하면 그런 작품을 창작하도록 한 의도를 어렵지 않게 짐작할 수 있다.

넷째, 상층에서 연극을 선택한 데는 쯔놈소설의 성장에 대응하려는 의도 또한 작용한 것으로 보인다. 남북 대립기 북쪽의 정주는 여러 번 쯔놈으로 창작한 작품의 유통을 금지하는 교화령을 반포했다. 하층민중의 이반을 적극적으로 막아보려는 의도였다. 반면 남쪽의 완주는 교화의 목적에 부합하는 방향으로 연극을 재조직하는 길을 택했다. 한문이나 쯔놈으로 된 작품보다 호소력 있는 연극을 상연함으로써 정치적이고 이데올로기적인 목표를 달성하기가 훨씬 용이하다고 판단했을 것이다.

뚜옹의 성행은 중세 지배층의 위기의식과 보수적 성격이 복합적으로 작용한 결과라고 생각된다. 지배층 내부의 결속을 강화하고 민중의식의 성장에 대응하는 데 연극 뚜옹은 쓰임새가 컸다. 중세에서 근대로 이행하는 시기에 상층이 연극창작에 열의를 갖고 자신들의 취향에 맞는 연극을 비약적으로

---

421) 『내각수책(內閣守冊)』에 『탕구지(蕩寇志)』가 포함되어 있다. 劉春銀・王小盾・陳義 主編 『越南漢喃文獻目錄提要』 327면.

발전시킨 것은 동아시아의 다른 곳에서는 발견되지 않는 면모인바, 그런 면모는 이런 연유로 나타나게 된 것이다.

### (7) 째오와 뚜옹

째오와 뚜옹 극본의 원천을 따져보면 흥미로운 점을 발견할 수 있다. 째오는 베트남의 설화나 쯔놈소설을 각색하는 경우가 많았는데, 설화보다는 쯔놈소설을 각색한 경우가 훨씬 많았던 것으로 보인다. 째오의 대표작 『관음씨경』도 쯔놈소설을 연극으로 각색한 것이다. 베트남의 대표소설인 『취교전』을 연극으로 각색한 작품을 다수 확인할 수 있다. 이처럼 연극과 소설이 긴밀한 관련을 갖고 있어 소설을 연극으로 바꾸는 사례가 빈번한 점이 베트남 중세문학의 한 특징이다.

뚜옹은 상층 문인이 창작한 극본을 가지고 공연한 경우가 많았다. 그런데 그런 극본의 내용은 거의가 영웅 이야기이다. 베트남에서는 전쟁영웅 이야기를 소설로 한 경우가 거의 없다. 소설은 애정소설이 주류를 이루고 있으며, 위기에 처한 중세의 이념을 수호하기 위해 분투하는 전쟁영웅의 활약상을 작품화한 경우는 찾아보기 힘들다. 그런 것은 연극 뚜옹의 몫이었다.

뚜옹은 중국의 역사나 고전에서 제재를 취하는 경우도 있었는데 『삼국지』 『당정서(唐征西)』를 연극으로 각색한 작품이 다수 있어서 주목된다. 중국소설을 읽는 데 만족하지 않고 듣고 보는 공연물로 바꿔놓았다. 『화용소로(華容小路)』 『강좌구혼(江左求婚)』 『삼고초려(三顧草廬)』 『절강전(截江傳)』 『형주부회전(荊州赴會傳)』 『화용전(華容傳)』 『의석엄안전(義釋嚴顔傳)』 『낙봉파전(落鳳坡傳)』 『당정서연전(唐征西演傳)』 『당정서제십칠회(唐征西第十七回)』 등이 그런 사례들이다. 『수호전』에 대항하는 작품 『탕구』를 연극으로 각색한 것도 영웅 이야기를 연극을 통해서 하는 경향의 산물로 볼 수 있다.

째오는 일상사를 다루고 뚜옹은 국가대사를 즐겨 다룬다. 뚜옹이 정해진 극본에 따라 공연되며 고도로 정제된 형식을 가진 반면, 째오는 대략의 줄거리만 정해놓고 공연해 즉석 변개가 가능한 비교적 자유롭고 느슨한 형식을 특징으로 한다. 째오는 관객이 극에 적극적으로 참여하도록 한다. '끼어드는 소리'의 개입은 관객의 직접적 참여를 가능하게 하는 통로 구실을 했다. 뚜옹은 관객이 극에 참여하기보다는 극의 전개에 몰입할 것을 요구한다.

상층에서는 뚜옹을 정치적 목적에서 이용하기도 하고, 중세질서를 옹호하는 수단으로 삼기도 했다. 반면 민중은 째오를 통해 경험할 수 있는 현실 문제를 다루고 상하관계를 역전시키는 즐거움을 맛보았다. 이러한 차이점들은 두 연극의 미학적 특성이 서로 크게 달라지게 하는 원인으로 작용했다.

째오의 '웃음[滑稽]'과 뚜옹의 '비장'이 대조를 이룬다. 째오의 골계는 풍자와 결합했고, 뚜옹의 비장은 숭고와 결합해 있다. 째오는 익살꾼 배역을 두어 골계와 풍자를 담당하게 했다. 19세기 후반에 이르러 몇몇 뚜옹작품이 국가대사가 아닌 일상사를 다루면서 골계에 접근하는 양상을 보인 것은 뚜옹이 궁정을 벗어나면서 근대로 이행하는 시기 하층연극의 미의식에 견인된 결과라고 이해해야 할 것이다.

## 제5장

국어문학

# 1. 근대문학의 형성 배경

## 1) 국어와 국어문학의 태동

쯔놈을 대체하고 베트남어를 표기하는 데 쓰인 문자가 국어(國語, quốc ngữ)이다. 국어문학은 '국어 글자로 표기한 문학(văn học chữ quốc ngữ)'이다. 국어문학은 1860년대에 등장해 짧은 시간동안 비약적인 성장을 이룬 결과 1930년대에는 베트남문학 전반을 장악하게 되었다.[1]

---

[1] Dương Quảng Hàm 『Việt Nam Văn Học Sử Yếu(越南文學史要)』 425~426면에 따르면, '국문(國文)'은 쯔엉 빈 끼, 후인 띤 꾸어가 주축이 된 준비기, 신문·잡지가 중심이 된 성립기, 그리고 국어문학 작품이 활발하게 창작된 건립기를 거치면서 발전했다고 한다. 그런가 하면 Maurice M. Durand·Nguyen Tran Huan, *An Introduction to Vietnamese Literature*, 24~25면에서는 국어의 발전이 (1) 1866~1914년, (2) 1914~1930년, (3) 1930~1945년의 세 단계에 걸쳐 이루어졌다는 주장을 소개하고 있다. (1)의 단계에서는 쯔엉 빈 끼와 후인 띤 꾸어가 리더가 되었고, (2)단계에서는 「동양잡지」「남풍」 등이 중심이 되었으며, (3)단계에서는 자력문단이 핵심역할을 했다고 본다. 또한 (2)단계에서는 한문체의 문체가, (3)단계

국어는 로마자로 베트남어를 표기하는 방식이다. 베트남어를 로마자로 표기
하게 된 데는 가톨릭 선교사들의 역할이 지대했다. 프랑스 아비뇽 출신의 예수
회 선교사 알렉쌍드르 드 로드(Alexandre de Rhodes, 1591~1660)가 1651년에
로마에서 낸 『안남어 뽀르뚜갈어 라틴어 사전(Dictionarium Annamiticum,
Lusitanum et Latinum)』이 로마자화 초창기의 모습을 보여주고 있다. 하지
만 이 로마자 표기는 가톨릭 포교의 범위 내에서나 사용되는 것이어서 19세
기 말까지는 별다른 주목을 받지 못했다.[2]

국어가 본격적으로 보급된 것은 베트남이 프랑스의 식민지화된 다음의 일
이다. 프랑스 식민당국은 국어사용을 적극 권장했다. 프랑스 문화를 보급해
동화(同化)시키기 위해서는 베트남어의 로마자화가 필요하다고 인식했던 것
이다. 국어사용이 공식화된 것은 코친차이나(베트남 남부)가 프랑스의 직할 식
민지가 된 1862년으로 소급될 수 있다.[3] 1878년부터는 공문서에 베트남어
(국어) 사용을 인정하고 학교에서 배우는 교과목으로 베트남어도 인정했다.
1896년에는 과거시험의 일부에 국어를 쓰도록 하는 변화가 있었다. 그런데
과거제도는 1919년의 회시(會試)를 끝으로 폐지되기에 이르렀다.[4]

국어와 국어문학의 기운은 일찍 식민지 상태가 된 베트남 남부지방에서

---

에서는 한문체에서 점차 벗어나 구어에 다가서는 한편 프랑스의 영향을 크게 받아 성립된
문체가 각각 두드러진다고 했다.
2) 가톨릭 교리문답이나 성자전(聖者傳)의 번역이 이루어졌다.
3) 1862년 6월 5일에 제1차 사이공 조약이 체결되었다. 이 조약에 따라서 베트남은 코친차이
나의 동부 3성을 프랑스에 할양했다. 베트남은 이때부터 독립을 상실하고 프랑스의 식민
지배를 받게 된 것으로 간주된다.
4) 남부지역에서는 1867년, 북부지역에서는 1915년에 과거제가 폐지되었다. 남부지역이 빠른
것은 이 지역이 북부보다 일찍 프랑스 식민지배에 들어갔기 때문이다. 이 부분은 Phan
Ngọc Liên 외 『Giáo dục và thi cử Việt Nam, Trước Cách Mạng Tháng Tám 1945(베트
남의 교육과 시험, 1945년 8월혁명 이전)』(Hà Nội: Nxb Từ Điển Bách Khoa 2006);
Nguyen Khac Vien, *Viet Nam, A Long History* (HANOI: The The Gioi Publishers 1993)
161면·218면; 배양수 외 『베트남의 이해』 238면을 참고해서 서술한다.

먼저 싹텄다. 남부 출신의 가톨릭 신자이면서 프랑스 식민당국에 협조적이었던 쯔엉 빈 끼(Trương Vĩnh Ký, 張永記, 1837~1898)[5]와 후인 띤 꾸어(Huỳnh Tịnh Của, 1834~1907)[6] 같은 인물이 앞장서서 국어의 보급과 연구에 기여했다. 쯔엉 빈 끼는 저널리즘에 투신해서 최초의 국어신문인 「가정보(嘉定報, Gia Định Báo)」(1865년 창간. 월간)의 발행에 관여했다. 『프랑스어 베트남어 소사전(Petit Dictionnaire Français Annamite)』『베트남어 프랑스어 대사전(Grand Dictionnaire Annamite Français)』을 비롯한 수종의 사전을 편찬했으며 국어를 사용한 번역에도 힘썼다. 『사서(四書)』『삼자경(三字經)』『명심보감(明心寶鑑)』 같은 교육용 한문서적을 번역했고 『대남국사연가』(1875), 『취교전』(1875), 『육운선』(1889), 『반진』(1889) 등의 쯔놈작품을 국어로 옮겼다. 국어를 이용해 여행기 같은 자기 글도 창작해서 발표했다.[7] 베트남 근대 국어산문은 쯔엉 빈 끼의 중국, 베트남 고전 번역과 글쓰기에서부터 시작되었다고 말할 수 있다.[8]

후인 띤 꾸어는 쯔엉 빈 끼와 함께 「가정보」 간행에 참여해 1869년에는 주필(主筆)이 되었다. 쯔엉 빈 끼와 노선을 같이하면서 베트남어 사전인 『대남국음자휘(大南國音字彙, Đại Nam Quấc Âm Tự Vị)』(I·II, 1895~1896)를 편찬했다. 한자나 쯔놈글자를 제시하고, 오른편에 국어로 음을 적었다. 그리고 해당 어휘를 풀이하고 아래 줄에는 용례를 열거해서 보여주는 방식이다. 이 사전은 당대 베트남어 어휘의 전모를 보여주고 표준을 제시한 공적이 있다.[9] 이와 같은 쯔엉 빈 끼와 후인 띤 꾸어의 활동은 국어에 대한 사회적 관심을 불러일으키기에 충분한 것이었다.

---

5) Pétrus Ký라고도 한다.
6) Paulus Của라고도 한다.
7) Vũ Tiến Quỳnh 편 『Phê Bình Bình Luận Văn Học(문학평론비평)』 32~36면.
8) Dương Quảng Hàm 『Việt Nam Văn Học Sử Yếu(越南文學史要)』 426면; Maurice M. Durand · Nguyen Tran Huan, *An Introduction to Vietnamese Literature*, 22면.
9) Maurice M. Durand · Nguyen Tran Huan, *An Introduction to Vietnamese Literature*, 22면.

국어로 된 신문·잡지, 번역을 포함한 각종 저작물이 속속 등장하면서 처음에는 저항감을 가지고 있던 중부와 북부의 지식인들도 근대문물을 받아들여 보급하기 위해서는 한자를 버리고 국어를 쓰는 쪽으로 방향을 전환해야 한다는 판단을 하게 되었다. 남부에 비해서는 늦었어도 중부와 북부의 지식인들도 국어사용과 보급에 적극 동참하게 되었다. 표의문자인 한자, 그것을 빌려 만든 불완전한 표기인 쯔놈과 달리 국어는 표음문자여서 쉽게 익혀 쓸수 있는 장점이 있었다. 베트남 근대 지식인들은 민중을 계몽하거나 민족적 일체감을 형성하는 데 국어가 유효한 수단이라고 생각했다. 하지만 표의문자로 문학작품을 창작해온 전통을 버리고 표음문자로 창작하는 것은 문학 창작의 근간을 뒤흔드는 변화여서 전통의 계승과 단절이 얽히는 복잡한 양상이 전개되었다.

## 2) 저널리즘과 근대적 글쓰기

베트남 근대적 글쓰기는 식민지 도시라는 공간, 신문·잡지라는 매체, 국어라는 표기문자, 서구식 교육을 받는 근대적 문인이라는 조건이 구비되면서 탄생했다. 근대적 글쓰기가 성립할 수 있는 여러 조건이 한데 모이는 장이 신문·잡지였다. 프랑스 식민당국은 좁게는 베트남 전통문화, 넓게는 동아시아문명의 영향력을 떨어뜨리기 위해 국어 보급이 필요하다고 판단했고, 그들의 통제하에 저널리즘의 발전을 고무했다.[10]

베트남 근대적 글쓰기의 형성과정에서 저널리즘은 지대한 역할을 담당했다. 신문·잡지는 대개 국어로 발행되었기 때문에 국어사용을 촉진했으며 베트남어 어휘를 풍부하게 하고 표준화했다. 무엇보다 신문·잡지는 국어로 된 번역문학작품과 창작 문학작품 발표의 장을 제공했다.

신문·잡지에 실리는 글은 산문이 주종이었는데, 이런 베트남어(민족어)

---

10) Maurice M. Durand · Nguyen Tran Huan, *An Introduction to Vietnamese Literature*, 114면.

산문은 참조할 만한 전례가 없었다. 중세시기에 극히 미약했던 베트남어 산문 글쓰기가 신문·잡지의 등장과 더불어 성장하게 되었다. 한편 근대적인 독자도 신문·잡지의 보급과 더불어 탄생했다. 독자들은 국어로 된 기사문을 읽어서 정보를 얻고 베트남어 산문을 경험하며 문학작품을 향유하면서 점차 근대적인 독자로 변모되어갔다.

베트남에서 최초로 등장한 신문은 1865년 사이공(Sài Gòn)에서 발행되기 시작한 「가정보」인데, 프랑스 식민당국의 요구로 국어를 사용했다. 베트남 남부지역은 제일 먼저 프랑스의 직접 지배하에 들어갔기 때문에 신문 발행도 그만큼 빨랐다. 북부 하노이에서 처음 나온 신문은 「대남동문일보(大南同文日報, Đại Nam Đồng Văn Nhật Báo)」인데, 한자를 사용한 이 신문이 처음 발행된 것은 1892년의 일이다. 이후 국어를 쓴 「농고명담(農賈茗談, Nông cổ mín đàm)」(1900)이 남쪽지역에서, 국어와 한자를 같이 쓴 「대월신보(大越新報, Đại Việt tân báo)」(1905)가 북쪽지역에서 나오는 등 신문발행이 잇달았다.11) 「대남동문일보」는 1907년에 「등고총보(登鼓叢報, Đăng Cổ Tùng Báo)」로 이름을 바꾸고 신문을 국어로도 냈는데, 이로써 베트남 북부(하노이)에서 최초로 국어를 사용한 신문이 탄생하게 되었다.

신문이 점차 자리 잡아가면서 서양 소설 관념의 세례를 받고 창작된 단편소설이 출현했다. 물론 그 출발점은 남부에서 마련되었다. 응우옌 쫑 꾸안(Nguyễn Trọng Quản, 1865~1911)12)의 「라자로 피엔 이야기(Truyện thầy Lazarô Phiền)」13)는 1887년에 발표되었는데 남부에서 나온 최초의 산문소

---

11) Maurice M. Durand · Nguyen Tran Huan, *An Introduction to Vietnamese Literature*, 156~157면.

12) 쯔엉 빈 끼의 제자이자 사위였다.

13) Cao Xuân Mỹ 편 『Truyện dài đầu tiên và Tuyển tập các truyện ngắn Nam Bộ Cuối thế kỷ XIX-đầu thế kỷ XX(19세기 말~20세기 초 남부 최초의 장편소설과 단편소설 선집)』(Thành Phố Hồ Chí Minh: Nxb Văn Nghệ Thành Phố Hồ Chí Minh 1998) 16~43면에 작품이 수록되어 있다.

설이라고 인정된다.[14] 남부에서는 20세기 초에 단편소설 작가들이 등장했는데[15] 국어를 사용하는 신문이 남부에서 먼저 발행되었다는 점이 결정적인 요인으로 작용했다. 거의 모든 신문이 시, 서사물, 소설에 지면을 내주었다. 하지만 오늘날까지 주목되는 작가는 호 비에우 짜인(Hồ Biểu Chánh, 1884~1958) 정도에 지나지 않는다. 남북 분단의 역사 때문이기도 하지만 당시 남부는 개척지로서 북부에 비해 글쓰기 전통의 힘이 약해서 곧 주도권을 북부에 넘겨주게 된 때문이기도 할 것이다.

국어나 국어문학 발전에 끼친 영향을 고려할 때 중시해야 할 잡지는 「동양잡지(東洋雜誌, Đông Dương Tạp Chí)」(1913~1917, 주간)와 「남풍(南風, Nam Phong)」(1917~1934, 월간. 총 210호)이다. 또한 각각 두 잡지의 주필을 맡은 응우옌 반 빈(Nguyễn Văn Vĩnh, 阮文永, 1882~1936)과 팜 꾄(Phạm Quỳnh, 范瓊, 1892~1945)의 활동이 주목된다. 이들은 프랑스를 중심으로 하는 서구 문화를 받아들여 전통문화와 융합시킴으로써 베트남의 문화수준을 높여야 한다고 주장했으며 국어의 보급에 힘을 쓴 공통점이 있다.

응우옌 반 빈은 통역학교(通譯學校, trường Thông ngôn)[16]를 졸업했다. 그런데 1906년 프랑스를 다녀온 뒤로 공직에서 물러나 저널리즘에 투신해

---

14) 이 작품은 서구의 소설 관념에 입각해서 창작된 최초의 근대소설작품이라는 평가를 받는다. "Nguyễn Trọng Quản là người Việt Nam đầu tiên viết tiểu thuyết theo quan điểm tiểu thuyết phương Tây. Đó là quyển Truyện thầy Lazaro Phiền, sách xuất bản năm 1887, và chính thời điểm này đã vạch ra cho lịch trình tiểu thuyết Việt Nam một bước ngoặt nhất định. (⋯) Truyện thầy Lazaro Phiền được xem là quyển sách mở đầu cho tiểu thuyết hiện đại Việt Nam"(Nguyễn Q. Thắng·Nguyễn Bá Thế 『Từ Điển Nhân Vật Lịch Sử Việt Nam(베트남역사인물사전)』 672면).

15) Trần Quang Nghiệp, Hà Trì(Bửu Đình), Võ Văn Đang, Thanh Nhàn, Thức Anh, Bình Trọng과 같은 작가들이다(Cao Xuân Mỹ 편 『Truyện dài đầu tiên và Tuyển tập các truyện ngắn Nam Bộ Cuối thế kỷ XIX-đầu thế kỷ XX(19세기 말~20세기 초 남부 최초의 장편소설과 단편소설 선집)』 9면).

16) 베트남사람 하급관료 양성을 목적으로 설립된 학교이다.

528

서 「등고총보」 「동양잡지」를 비롯한 신문·잡지의 편집자나 주필로 종사했다. 1907년에는 동경의숙(東京義塾, Đông Kinh Nghĩa Thục)에 참여해 프랑스어와 연설을 가르쳤다.[17] 그는 "베트남의 장래 운명은 국어에 달려 있다"[18]고 생각하고 국어로 된 신문을 냈다. 또한 그는 서구의 학술·사상·문명을 받아들여야 한다고 믿었고, 신문·잡지를 그런 믿음을 실천하기 위한 장으로 활용하고자 했다.

응우옌 반 빈은 서구(프랑스)의 사상 저작, 문학작품——주로 낭만주의문학 작품——을 베트남어로 번역하고 소개하는 데 주력했다. 그는 루쏘(Rousseau)의 『민약론(民約論)』을 번역했는가 하면 발자끄(Balzac), 빅또르 위고(Victor Hugo), 알렉쌍드르 뒤마(Alexandre Dumas), 라퐁뗀(La Fontaine, 1621~1695), 몰리에르(Molière)의 문학작품을 국어를 이용해서 번역했으며 『취교전』을 프랑스어로 번역했다. 이런 번역이 모두 그에 의해서 최초로 이루어졌다. 그의 번역은 베트남 독자들로 하여금 서구 사상과 문학(소설)에 처음으로 접하게 해주었을뿐더러 베트남어 어휘를 풍부하게 하고 산문의 문체도 실험하는 등의 긍정적인 기여를 했다고 평가할 수 있다.[19]

응우옌 반 빈에게서 바통을 이어받은 사람이 「남풍」의 발행을 주도한 팜 뀐이다. 그는 1908년 하노이에 있는 통역학교를 졸업하고 9년간 법국원동박고학원(法國遠東博古學院, Pháp Quốc Viễn Đông Bác Cổ Học Viện, École Francaise d'Extrême-Orient)에서 근무한다. 그곳에서 한문을 스스로 익혀 한학(漢學)에 대한 소양도 갖추었다. 1913년부터는 「동양잡지」의 편집원으로 일했다.

팜 뀐은 「남풍」을 저작의 발표무대로 삼았다. 그의 저작은 크게 보아 번

---

17) http://www.nuiansongtra.net/index.php?c=article&p=254.
18) 판 께 빈(Phan Kế Bính, 1875~1921)의 『삼국지』 번역본에 쓴 제사(題詞)에서 한 말 이다. http://www.nuiansongtra.net/index.php?c=article&p=298.
19) 于在照 『越南文學史』 205면.

역, 논설, 여행기에 걸쳐 있다. 번역으로 데까르뜨(Descartes), 에픽테토스(Epictète)를 소개하고 꼬르네유(Corneille)의 희곡『르 시드(Le Cid)』와『오라스(Horace)』, 보들레르(Baudelaire, 1821~1867)의 시를 소개했다. 논설을 써서 문명론, 프랑스 정치, 세계사, 서양 논리학, 서양 철학을 소개했다. 루쏘, 몽떼스끼외(Montesquieu), 볼떼르(Voltaire), 꽁뜨(Comte), 베르그쏭(Bergson)을 다루었는가 하면 모빠쌍(Maupassant)을 비롯한 프랑스 작가의 작품론도 썼다. 팜 뀐의 폭넓은 관심에 상응해서「남풍」은 인문학, 사회학 종합잡지로서의 성격을 가지게 되었다.

팜 뀐은 중국학, 베트남학에 해당하는 논설도 많이 썼다. 불교에 대한 글, 유교의 군자에 대해 논한 글이 있는가 하면 베트남 속담, 민요, 시가,『취교전』에 대한 글도 있다. 또한 한자, 국어, 한월어에 대한 글과 국학(國學)과 국문(國文)의 관계를 논한 글도 썼다. 이렇듯 팜 뀐은 서구화 일변도로 기울지 않고 동서문화의 융합을 지향함으로써 서양을 추종하는 신학문이 대세인 시대에 배움의 길에 들어선 젊은 세대로 하여금 균형감각을 잃지 않도록 도운 공이 있다고 평가할 수 있다.[20]

팜 뀐의 왕성한 저술활동은 베트남 산문문장의 문체가 확립되어 가는 데 적지 않은 기여를 했다. 저술 범위가 넓어서 사회, 문학, 역사, 논리학, 철학을 망라하고 있는데, 이런 주제들을 다루려면 근대적인 개념을 표현하는 베트남어를 개발해야만 했다. 팜 뀐은 한자어를 많이 사용한 한문조(漢文調)의 문체를 확립했다.「남풍」을 통해 전파된 팜 뀐의 문체는 동시대 논설이나 문학작품 문체의 본보기가 되었다.[21] 문학사가들은 팜 뀐을 거치면서 유치한 단계에 있던 국어 문체가 장성하게 되었다는 평가를 내린다.[22]

잠시 번역에 눈을 돌려보면 국어로 중국고전을 번역한 일군의 문인들을

---

20) http://www.nuiansongtra.net/index.php?c=article&p=298.
21) 加藤榮『ベトナム文學を味わう(베트남문학을 맛본다)』61면.
22) http://www.nuiansongtra.net/index.php?c=article&p=298.

만나게 된다. 응우옌 도 묵(Nguyễn Đỗ Mục, 1866~1949)은 『수호전』『재생연(再生緣)』『동주열국지(東周列國志)』, 판 께 빈(Phan Kế Bính, 潘繼炳, 1875~1921)은 『삼국지연의』, 응우옌 흐우 띠엔(Nguyễn Hữu Tiến, 阮有進, 1875~1941)은 『논어』『맹자』를 번역했다. 그 밖에 『서유기』『봉신방(封神榜)』『악비전(岳飛傳)』의 번역도 나왔다. 이런 작품의 번역자들은 「동양잡지」나 「남풍」의 필진이기도 했다. 이 두 잡지의 필진으로는 서양학문을 익힌 문인뿐만 아니라 한학교육을 받은 문인들이 상당수 참여하고 있었다.23)

중국고전이 대중적인 독서물이 됨으로써 동아시아 중세 교양의 민주화가 가능하게 되었다. 또한 번역은 국어신문의 정착에도 기여한 면이 있다. 국어를 사용한 창작보다는 번역이 우선 산문 창작을 실험할 수 있는 수월한 길이었을 것이다.24) 근대산문 글쓰기가 동아시아 글쓰기 전통과 완전히 단절될 수는 없었던만큼, 중국고전의 번역은 근대산문에 자양분을 제공했다고 볼 수 있다.25)

「남풍」에 몇몇 단편소설이 게재되었다. 중세시기의 연가(演歌)와 달리 번역이 아닌 개인 창작물이었다. 등장인물과 배경 또한 모두 베트남으로 되어 있다. 내용은 주로 당대 현실에서 목격한 것을 기록한다는 성격이 강했다. 전반적으로 소설적 기교가 미숙하고 이야기로서의 체제를 갖추지는 못했다는 평가를 받는다.26)

---

23) 프랑스식 근대교육을 받고 서구화를 지향하는 지식인이 전적으로 주도한 잡지는 「풍화(風化, Phong Hóa)」(순간)와 「오늘날(Ngày nay)」(주간)이었다.

24) Jae Hyun Cho(조재현) 「Khảo luận về 'Đoạn Tuyệt' và Nhất Linh('단절'과 녓 린에 대한 論考)」, 『한국외국어대학교 논문집』 제9집(한국외국어대학교 1976) 252~253면에서는 '창작의 시기(thời kỳ sáng tác)'에 앞서 '번역의 시기(thời kỳ dịch thuật)'가 있었다고 했다.

25) 于在照 『越南文學史』 205면. 국어 번역 초창기에는 중국고전의 국어 번역본과 함께 프랑스 학교 교재 번역본도 있었다. Maurice M. Durand·Nguyen Tran Huan, *An Introduction to Vietnamese Literature*, 28면.

26) 加藤榮 『ベトナム文學を味わう(베트남문학을 맛본다)』 64면.

응우옌 바 혹(Nguyễn Bá Học, 阮伯學, 1857~1921)은 「가족의 정(Câu chuyện gia tình)」(1918)을 위시한 단편작품들을 「남풍」에 게재했다. 「가족의 정」은 자유와 평등이라는 서양사상을 접한 젊은이가 부모를 저버리고 방탕한 생활을 하다가 끝내 몸을 망치고 만다는 이야기이다. 서구화로 말미암아 전통이 망각되고 가족관계마저 변질되는 식민지 도시의 변화상을 포착하고 있다. 팜 주이 똔(Phạm Duy Tốn, 范維遜, 1881~1924)의 「너희야 살건 죽건(Sống Chết Mặc Bay)」(1918)도 「남풍」에 실렸다. 홍수가 나서 백성들의 논과 집이 잠기건 말건 먹고 노는 데만 빠져 있는 지방 관원의 타락을 꼬집는 내용이다.

1920년대 중반에 들어서면 단편 서사물과 단편소설뿐만 아니라 장편소설도 창작된다. 장편소설 작가로는 남부의 호 비에우 짜인과 북부의 호앙 응옥 파익(Hoàng Ngọc Phách, 1896~1973)이 있다. 호 비에우 짜인은 지금의 띠엔 지앙(Tiền Giang, 前江) 성 출신으로 남부(사이공)에서 활동했다. 호앙 응옥 파익은 중부 하 띤(Hà Tĩnh, 河靜) 성 출신이지만 북부(하노이)에서 활동했다.

호 비에우 짜인27)은 오늘날까지 이름을 남긴 몇 안되는 남부 작가 가운데한 사람이다. 그는 다작의 작가로 소설 64편, 희곡 12편, 시집 5권을 남겼을 정도이다.28) 소설작품으로는 『누가 할 수 있는가(Ai làm được)』 『돈(Tiền bạc bạc tiền)』 『부자의 중한 의리(Cha con nghĩa nặng)』 『가난한 사람들(Con nhà nghèo)』과 같은 작품을 비롯하여 서양소설 『몽떼크리스또 백작』 『레미제라블』 등을 번안한 작품도 있다.

그의 소설은 유교적인 규범에 의거한 선악의 대결, 권선징악의 귀결이 특징이다. 신구를 조화시켜야 한다는 입장에 섰으면서도 전통적인 가족윤리, 사회윤리[義]가 우월하기 때문에 바뀔 수 없다고 생각했다.29) 유교윤리를

---

27) 본명은 호 반 쫑(Hồ Văn Trung)이다.
28) Vũ Tiến Quỳnh 편 『Phê Bình Bình Luận Văn Học(문학평론비평)』 67면.

긍정하면서 선악 이원론에 입각한 갈등을 전개하다보니 작중인물의 성격이 다분히 평면적이었다.

호 비에우 짜인의 소설에는 당대 베트남 남부지방에서 살아갔던 참으로 다양한 인물들이 등장한다. 등장인물은 도시와 농촌의 온갖 계층의 인간들을 망라하고 있다. 이런 점 덕분에 호 비에우 짜인의 소설은 프랑스의 직접 식민통치하에 놓인 남부사회가 변화해가는 모습을 구체적으로 포착하고 있는 풍속화의 면모를 갖게 되었다. 하지만 적지 않은 긍정적인 성취에도 불구하고 문학의 주도권이 북부로 넘어가게 되면서 호 비에우 짜인은 뛰어난 후계자를 만나지 못했고, 다만 남부 출신 작가라는 이름을 전하는 정도에서 그치고 말았다.

## 2. 근대시

베트남 근대시의 형성과 정착과정은 신시(新詩, thơ mới)의 등장 및 성장과정과 맞물려 있다고 말할 수 있다. 일찍이 1914년에 응우옌 반 빈이 「동양잡지」에 프랑스 시인 라퐁뗀의 우화시 가운데 한 편을 「매미와 개미(Con ve và con kiến)」[30]라는 제목으로 번역해서 발표한 것이 신시의 첫걸음으로 간주된다. 이후 간헐적인 시도가 이어지다가 1932년에 판 코이(Phan Khôi, 1887~1960)가 「부녀신문(婦女新聞, Phụ Nữ Tân Văn)」에 「옛사랑(Tình già)」을 발표하여 큰 반향을 불러일으키고 신구시(新舊詩) 논쟁이 촉발됨으로써 근대시로서의 신시 형성은 결정적인 국면에 접어들게 된다. 대개 「옛사랑」을 ──작품이 근대시로서 함량이 충분한가 하는 평가를 떠나서── 신시의 본격화를 알리는 작품이라고 간주하고 중시한다.[31] 자력문단은 1933

29) Vũ Tiến Quỳnh 편 『Phê Bình Bình Luận Văn Học(문학평론비평)』 72~73면.
30) 원제는 'La cigale et la fourmi'이다.

년 신년 특집판 「풍화(風化, Phong Hóa)」에 「옛사랑」을 게재하여 신시에 대한 지지를 공식화하고 이후 신시의 창작과 발표를 적극 후원함으로써 신시의 정착에 결정적으로 기여한다.

구시(舊詩)는 베트남어 '터 꾸(thơ cũ)', 신시는 '터 머이(thơ mới)'를 옮긴 말이다. '터(thơ)'는 '시'를 뜻한다. '꾸(cũ)'는 '오래된, 낡은'이라는 뜻이고, '머이(mới)'는 '새로운'이라는 뜻이므로 구시, 신시라는 한자어 번역에 잘 대응한다. 신시와 구시가 언제부터 대립적인 개념으로 쓰였는지 확정해서 말하기는 힘들지만 신시가 등장하면서부터일 것은 자명하므로 늦어도 「매미와 개미」가 번역되어 잡지에 실린 1914년 즈음부터라고 보는 것이 가능할 것이다. 그리고 신시와 구시 두 진영 간에 격렬한 논쟁이 불붙으면서 짝개념인 것이 아주 분명해졌을 터이므로 1930년대 초반에는 두 개념이 확고하게 자리 잡았을 것으로 추측할 수 있다. 한편 작품 창작활동이 신시라는 용어에 포괄되는 시기의 하한선은 대개 1945년까지로 본다.[32]

구시와 신시가 표기문자로 구별되는 것은 아니다. 구시가 중세시기 베트남어 표기인 쯔놈으로 된 시가를 가리키는 것은 아니며, 구시건 신시건 모두 국어로 표기되었다. 또한 신시는 신문·잡지에 실렸지만 구시는 그렇지 않았던 것도 아니다. 구시건 신시건 나란히 신문·잡지에 실렸다.[33]

신시가 말 그대로 '새로운 시'인 것은 무엇보다도 '시의 정신'이 새롭기 때문이다.[34] 신시는 개인주의적 성향을 가지고서 자아(cái Tôi)의 자유와 해

---

31) Bằng Giang 『Từ Thơ Mới Đến Thơ Tự Do(신시에서 자유시까지)』(Sài Gòn: Phù Sa 1969) 53~57면; Maurice M. Durand·Nguyen Tran Huan, *An Introduction to Vietnamese Literature*, 165~176면에 개략적인 설명이 나와 있다.

32) Bằng Giang 『Từ Thơ Mới Đến Thơ Tự Do(신시에서 자유시까지)』 55면.

33) 「풍화」「오늘날」「부녀신문」 등이 신시에 우호적이었는데, 그중에서도 특히 「풍화」가 가장 적극적으로 신시를 옹호했다.

34) "Nên nhớ rằng thơ mới không phải 'mới' ở chỗ dùng câu đặt chữ, mà là 'mới' ở tinh thần của thoa" (Phạm Văn Diêu 『Việt Nam Văn Học Giảng Bình(베트남문학 講評)』, Sài Gòn: Nxb Tân Việt 1961, 583면).

방을 구가하고자 했다. 제약받지 않은 개인의 정감을 자유롭게 표출하고자 했다. 세계와 자연에 반응하는 개체화(個體化)한 자아(một cái Tôi cá thể hóa)가 처음으로 베트남문학사에 등장하자 신시가 탄생한 것이다.[35]

신시는 '시의 형식'도 새로웠다. 신시는 전통적인 시형식, 곧 구시와 달리 형식적인 제약에서 벗어난 시이다. 신시는 행(行)의 수(số câu)와 연(聯)의 수(số khổ)에 제약이 없고, 각 행을 이루는 음절의 수(số chữ)나 연을 이루는 행의 수에도 제약이 없다. 평측을 안배해야 하는 것도 아니다. 다만 운(韻, vần)을 맞추고 시다운 가락(điệu thơ)[36]이 있어야 한다.

신시는 다양한 방식으로 압운을 했다. 대개 행마다 운을 맞춘다. 당률쯔놈 시는 율시형식인 경우 1·2·4·6·8행의 끝음절에 압운을 했지만 신시는 행마다 압운을 했다. 물론 운을 맞추지 않는 행도 있을 수 있다. 운은 하나의 운만 써야 하는 것이 아니고 여러 운(평성운, 측성운)을 써도 무방하다. 프랑스 시의 압운법을 수용해 압운하는 방식이 다채로워졌다.[37]

신시가 등장하기 이전 시기의 베트남 민족어 기록문학에서는 운문의 비중이 거의 절대적이었는데, 운문은 한 행의 길이(음절 수)에 제약이 있고 평측을 안배하며 압운을 해야 했다. 따라서 베트남어 시를 창작한다면 한 행을 이루는 음절 수에 제약이 있고 평측을 안배하며 압운을 하는 것이 당연하다고 생각했을 것이다. 시가 산문에 근접해서 형식이나 운율을 무시한다든지 극단적으로 산문시가 된다든지 하는 것은 대단히 낯선 일이어서 일반적으로 받아들이기 어려웠을 것이다.

근대시는 이렇게 강력한 운문의식, 즉 행의 길이 제약, 평측과 압운이라는

---

35) Phan Cự Đệ 외 『Văn Học Việt Nam(1900~1945)(1900~1945 시기의 베트남문학)』 525면.

36) 시상(詩想)의 전개, 시의 의미에 부합하는 음성(音聲, âm thanh)과 절주(節奏, tiết tấu)를 말한다.

37) 신시의 형식적 요건에 대해서는 Dương Quảng Hàm 『Việt Nam Văn Học Sử Yếu(越南文學史要)』 443~449면의 설명이 간결하다.

형식요건을 지극히 당연한 것으로 받아들이는 의식이 지배하는 분위기에서 형성되었다. 행 길이가 자유롭고 압운을 철저히 하지 않는 시가 있을 수 있다는 생각이 받아들여지기까지는 적잖은 시간이 필요했으며, 그러한 시가 전면에 등장하게 되자 격렬한 신구 문학 간의 논쟁이 빚어지게 되었다. 물론 오랜 문학사 전개 속에서 면면이 형성되어 전통시가의 시적 자질이 하루아침에 단절될 수 있는 것은 아니었고 신시의 이면에서 지속적으로 영향력을 행사했다.

### 1) 구시(舊詩)의 지속과 변모

(1) 동경의숙(東京義塾)의 시

동아시아 다른 나라의 경우와 마찬가지로 베트남에서도 근대의 내면화를 지향하는 계몽문학을 필요로 했다. 베트남의 계몽문학이 식민지 상황에서 벗어나고자 하는 민족해방문학의 성격도 함께 가지고 있는 것은 한국의 경우와 상통한다. 계몽문학은 교술적인 성격을 가질 것이며, 교술시 못지않게 교술산문이 많이 창작되었을 것이라고 예상하는 것이 순리에 맞을 것이다. 그런데 베트남의 경우 앞장에서 논의한 바와 같이 자국어로 창작한 교술산문의 전통이 극히 빈약하다. 그래서 계몽의 주제를 담은 교술시의 비중이 상대적으로 커지게 되었고 그런 상황이 한동안 지속되었다.

계몽적 주제를 형상화한 교술시의 형식과 내용을 잘 보여주는 예가 『동경의숙시문(東京義塾詩文)』[38]에 모아져 있다. 『동경의숙시문』은 동경의숙에서 교과서로 삼아 공부한 글을 모아 놓은 책이다. 동경의숙은 1907년 3월에 하노이에서 문을 연 사립학교인데,[39] 르엉 반 깐(Lương Văn Can, 梁文干)[40]에 의해 설립되었으며 완권(阮勸), 레 다이(Lê Đại, 黎玳), 반주정(潘周

---

38) Vũ Văn Sạch 외 『Văn Thơ Đông Kinh Nghĩa Thục(동경의숙시문)』(Hà Nội: Nxb Văn Hóa 1997)으로 나와 있다. 이 책에는 프랑스어 번역도 포함되어 있다.

39) '동경(東京)'은 오늘날의 하노이를 가리킨다.

40) 이름자 가운데 '깐' 자의 한자 표기가 일정치 않아 '杆' '乾' '玕' 등으로도 표기된 사례

536

槙) 등 많은 지식인이 동참했다.41)

『동경의숙시문』의 내용을 보면 거기에는 『신정윤리교과(新訂倫理敎科)』
『국민독본(國民讀本)』『국문습독(國文習讀)』「남해포신가(南海逋臣歌)」
「월남망국노부(越南亡國奴賦)」「사기가(邪氣歌)」가 실려 있다. 『국문습독』
과 「남해포신가」를 제외한 나머지는 모두 한문으로 쓰인 글들이다. 「남해포
신가」는 6·8체 형식의 베트남어 노래이다. 가장 주목되는 것은 『국문습독』
인데 국어의 성조 표시, 글자 생김새를 보인 부분을 제외한 나머지 19편이
모두 운문이다. 『동경의숙시문』에 실린 시문들을 통해 근대문학이 태동하는
초기에 교술산문은 한문으로, 교술시는 베트남어로 창작하는 역할분담이 이
루어졌음을 확인할 수 있다.

『국문습독』에 실린 19편의 운문은 「국어 배우기를 권하는 노래(Bài hát
khuyên học chữ quốc ngữ)」「애국 노래(Bài hát yêu nước)」 등의 제목이
붙어 있어서 제목만 보고도 어떤 내용의 노래인지 짐작하기 어렵지 않다. 작
품의 형식으로는 7·7·6·8체 형식, 6·8체 형식, 그리고 몇몇 민요형식
이 쓰이고 있다. 형식별 작품 편 수를 보면 7·7·6·8체 형식으로 된 것이
10편, 6·8체 형식으로 된 것이 7편, 그리고 그 밖의 민요형식으로 된 것이
2편이다. 그 가운데 열한번째 작품이면서 7·7·6·8체 형식으로 된 「젊은
이들에게 권하는 노래(Bài hát khuyên người tuổi trẻ)」를 다음에 보인다.

생각해보면 청춘은 참으로 좋은 때라,
(그래서) 옛사람은 천금과 같다고 했지.
자 젊은이들이여,
눈 깜짝할 사이에 늙음을 한탄하게 된다네.
달은 어찌 반 넘게 이지러졌는가,

---

가 보인다.
41) 유인선 『베트남의 역사』 326면.

중추절(中秋節)이 지나갔기 때문이라네.
청명절(淸明節)이 지나가버렸으니,
온갖 꽃이 싱싱함을 잃는구나.
자, 여러 젊은이들에게 권하노니,
배움은 시기를 놓치지 말아야 한다네.
놀기에 정신이 팔려 있다가는,
훗날 땅을 원망하고 하늘에 탄식한들 어쩔 수 있겠는가?

Bóng xuân xanh ngẫm đà quá tốt,
Người xưa coi bằng một nghìn vàng.
Kia kìa tuổi trẻ mấy chàng,
Bỗng trong một phút thấy than rằng già.
Vừng trăng (dăng) nọ sao đà nửa khuyết,
Bởi trung thu cái tiết đã lui.
Thanh minh tiết đã qua rồi,
Trăm hoa kia cũng hết hồi tốt xanh.
Này (nầy) khuyên hỡi đầu xanh các gã,
Học phải lo khi đã kịp thời.
Dù mà ham việc chơi bời,
Ngày sau trách đất than trời (dời) được chi?[42]

　세월은 빠르게 흘러가니 때를 놓치지 말고 배움에 힘써야 후회가 없다는
내용이다. 말은 평이하지만 뜻은 절실하다. 일종의 권학가(勸學歌)라고 하겠
는데, 근대학문을 익혀야 한다는 내용을 중세시가 형식으로 말한 점이 독특
하다고 하겠다.
　『국문습독』에는 6·8체의 형식, 7·7·6·8체의 형식, 민요형식이 쓰였

---

42) Vũ Văn Sạch 외 『Văn Thơ Đông Kinh Nghĩa Thục(동경의숙시문)』 130면.

다고 했는데, 이 말은 곧 중세시가의 대표형식 가운데 하나인 당률쯔놈시 형식은 적극적으로 이용되지 않았음을 의미한다. 6·8체 형식, 7·7·6·8체 형식, 민요형식이 선택된 것은 그것이 베트남사람들에게 친숙한 형식이어서 듣고 외우기 쉬웠다는 것을 말해주는 동시에 계몽의 주제를 감당할 수 있는 유연성을 가졌다는 것을 말해준다고 본다. 반면, 근체시 형식을 그대로 이용하는 당률쯔놈시는 민요에 근접한 리듬감을 주지 못했을뿐더러 계몽의 주제를 담아내기에 적합하지 못하다는 평가를 받았다고 할 수 있다. 상층 사대부 취향의 형식미와 미감은 근대에 새롭게 상승하는 계층에게 오히려 강한 거부감을 주었을 것이라는 추정이 가능하다. 요컨대 계몽을 효과적으로 이룰 수 있는 시형식을 선택할 때 당률쯔놈시가 주목받지 못했다는 것은 당률쯔놈시가 근대시로서는 결격사유가 컸다는 것을 반증하는 것으로 판단된다.

(2) 구시 계열의 시인들

1920년대 중반기까지는 서구식 교육을 받은 세대가 아직은 문단에 진출하기 이전 시기이다. 1917년 교육개혁령 이후 프랑스식 교육을 받은 학생이 사회에 진출하는 것은 1920년대 후반에 가서 가능한 일이었고, 그러니만큼 1920년대까지는 전통적인 교육을 받고 전통적인 문학 창작 훈련을 거친 시인들이 여전히 활동하고 있었다. 이들은 신시의 등장 이전에 주로 활동했으므로 구시 계열의 시인이라고 하고, 이들의 작품을 신시와 대비해서 구시라고 칭한다.

진제창(수창)은 1907년까지 살았고, 완권은 1909년까지 살면서 시를 썼다. 또한 19세기 후반 등장한 대불항쟁문학의 흐름도 계승되었다. 반패주·반주정·황숙항 등은 민족혼이 담긴 애국적 목소리를 내고 있었고, 반패주의 시문은 여전히 그 정점에 위치해 있었다. 반패주의 「청년절(靑年節)을 축하하는 노래(Bài ca chúc tết thanh niên)」(1927)를 보면 청년들은 새로운 시대가 오고 있다는 것을 눈을 크게 뜨고 분명히 알아보고서, '일일신(日日新) 우일신(又日新)'의 자세를 가져야 한다고 촉구했다.[43] 길지 않는 작품이지만 위대한 독립투사의 고뇌와 열정이 배어나온다.

쩐 뚜언 카이(Trần Tuấn Khải, 1895~1983)가 베트남 역사에서 제재를 취해서 창작한 작품이 또한 빛난다. 7·7·6·8체 형식의 「나라라는 두 글자(Hai chữ nước nhà)」를 보면 '완비경이 명나라 군대에게 잡혔을 때 완채에게 충고하는 말'이라는 부제가 붙어 있다.[44] 중국으로 끌려갈 때 완비경은 아들인 완채에게 충고하기를, "나를 따라오지 말고 원한을 갚고 치욕을 씻기 위해 남아서 후일을 도모하라"고 했다는 이야기가 전한다. 「나라라는 두 글자」는 바로 그때 상황을 배경으로 삼고 완비경의 말을 전하는 방식을 취하고 있다. 나라를 잃은 참상을 묘사하고, 나라를 지키기 위해 싸운 선조들의 영웅적인 투쟁을 기억하라고 했다. 전날 징씨 자매의 투쟁과 진흥도가 백등강에서 싸워 이긴 역사를 거울삼아 나라를 구하는 일에 심혈을 다 바쳐야 한다는 취지를 말했다.

여성시인 뜨엉 포(Tương Phổ, 1898~1973)[45]는 1928년에 「가을 눈물(Giọt lệt thu)」을 「남풍」 131호에 실어 이름을 얻었다. 「가을 눈물」은 남편의 죽음을 제재로 삼은 작품으로 6·8체와 7·7·6·8체가 섞여 있는 형식으로 되어 있다.[46] 동 호(Đông Hồ, 東湖, 1906~1969)[47] 역시 구시 계열에 드는 시인이다. 지금의 베트남 남단 끼엔 지앙(Kiên Giang, 堅江) 출신으로 사이공을 비롯한 남부지역에서 국어의 보급과 국어문학 작품 창작에 힘썼다. 전통적인 시가형식으로 자연경물, 회고의 정, 우정 등을 노래했다.[48] 기

43) 작품의 마지막 줄이 "Chữ rằng: nhật nhật tân, hựu nhật tân……"이다(http://www.thivien.net/viewpoem.php?ID=2007).

44) 『베트남문학전집』 21, 1027~1030면.

45) 본명은 도 티 담(Đỗ Thị Đàm).

46) Nguyễn Q. Thắng·Nguyễn Bá Thế 『Từ Điển Nhân Vật Lịch Sử Việt Nam(베트남 역사인물사전)』 203~204면; 于在照 『越南文學史』 258면 참조.

47) 본명은 럼 떤 팍(Lâm Tấn Phác, 林進璞).

48) Dương Quảng Hàm 『Việt Nam Văn Học Sử Yếu(越南文學史要)』, Nxb Tổng Hợp

(記)와 부(賦)로도 이름을 얻었다.

이상 언급한 구시 계열 시인들의 작품은 시어·정서·작법 등이 여전히 중세적인 범주에 들거나 근대 범주에 든다고 보기에는 아직 미흡하다는 공통점이 있다. 그런데 역시 구시 계열에 들기는 하지만 새로운 면모, 곧이어 등장할 신시의 면모를 미리 앞서서 보여준 시인이 있었다. 바로 다음에 볼 딴 다(Tản Đà)가 그렇다.

(3) 딴 다의 공헌

딴 다(傘沱, 1889~1939)[49]는 문학 창작을 생업으로 삼기로 한 첫 근대작가이자 낭만적인 자아를 시로 형상화한 첫 근대시인의 자리에 있다고 한다.[50] 작품형식을 보면, 딴 다는 핫 노이(hát nói)나 6·8체 형식처럼 전통적인 시가형식뿐만 아니라 이용할 수 있는 형식을 되도록 두루 활용하고자 했다. 거기에 더해 한 편의 작품에서 여러 형식을 섞어서 쓰는, 이른바 합체(合體)형식으로 된 작품도 많이 창작하고 있다. 전통을 계승하는 한편 때로는 파격적인 형식도 이용하면서 낭만적인 자아의식(cái tôi lãng mạn)을 담아냈다는 점에서 딴 다는 '두 세기에 걸친 인물(người của hai thế kỷ)'[51]이며 구시와 신시를 연결하는 가교 구실을 한 베트남 최초의 근대시인이라고 할 만하다.[52]

딴 다의 새로운 면모는 일찍이 1910년대에 쓴 작품에서부터 감지된다. 다음은 원래 1917년에 무대에 올린 창작극본 『천태(天台, Thiên Thai)』에 들

---

Đồng Tháp 1993, 452~453면.

49) 본명은 응우옌 칵 히에우(Nguyễn Khắc Hiếu, 阮克孝).

50) Nguyễn Đình Chú 편 『thơ văn Tản Đà(딴 다 시문)』, Hà Nội: Nxb Giáo Dục 1993, 15면.

51) Hoài Thanh·Hoài Chân 『Thị Nhân Việt Nam, 1932~1941(베트남 시인, 1932~ 1941)』, Hà Nội: Nxb Văn Học 1999, 11면. 이 책의 초판은 1942년에 나왔다.

52) Nguyễn Đình Chú 편 『thơ văn Tản Đà(딴 다 시문)』 15면.

어 있던 것을 이듬해에 낸 시집에 다시 수록한 「송별(送別, Tống biệt)」이라
는 작품이다.

복사꽃 잎 천태(天台) 길에 흩뿌리고,
냇가 꾀꼬리 슬피 울며 배웅하는구나!
반년을 함께한 선경(仙景)
한걸음 옮기면 진애(塵埃)
지난날 약속과 인연 이렇게 다하는구나!
돌은 닳아가고, 이끼는 옅어지고
물은 흘러가고, 꽃은 떠내려가고
학(鶴)은 하늘 끝으로 날아오르네!
이제부터 하늘과 땅으로 한없이 멀어진다네.
동문(洞門)
산머리,
옛길,
천년 세월 멍하니 달그림자 바라보겠지.

Lá đào rơi rắc lối Thiên Thai,
Suối tiễn, oanh đưa, những ngậm ngùi.
　　　Nửa năm tiên cảnh,
　　　Một bước trần ai.
Ước cũ duyên thừa có thế thôi.
　　　Đá mòn, rêu nhạt,
　　　Nước chảy, huê trôi
Cái hạc bay lên vút tận trời!
Trời đất từ đây xa cách mãi.
　　　Cửa động,
　　　Đầu non,

Đường lối cũ,

Nghìn năm thơ thần bóng trăng soi.[53)]

극본 『천태』는 중국 한나라 때 사람 유신(劉晨)과 완조(阮肇)의 고사를 제재로 삼고 있다.[54)] 두 사람은 함께 천태산에 약을 캐러 갔다가 두 명의 선녀를 만나 인연을 맺었다. 하지만 집이 그리워진 두 사람은 선녀와 헤어져 돌아왔고, 다시 신선세계로 돌아갈 길을 찾지 못했다고 한다. 위의 「송별」은 유신과 완조를 송별하는 자리에서 두 선녀가 읊은 작품이다. '학'은 선인들이 타고 다니는 수단이라고 한다. '동문(cửa động)'은 신선이 사는 곳[仙洞]으로 통하는 입구를 말한다.

인연을 맺은 인간과 이별하는 선녀의 아쉬운 심정을 신선세계의 경물에 의탁해서 잘 표현했다고 할 수 있다. 그런 어조나 내용 못지않게 주의를 끄는 것이 작품형식이다.[55)] 모두 13행으로 된 작품인데 7언・4언・3언・2언 행이 섞여 있으면서 음절 수 배열에서 일정한 규칙이 발견되지는 않는다. 하지만 7언행을 보면 압운을 고려하고 있다는 사실을 발견할 수 있다. 7언행 마지막 음절은 'ai/ui/ôi/ơi/ai/ơi'로서 통용되는 운이다. 또 7언행을 보면 둘째 음절과 넷째 음절의 평측이 반대가 되고, 둘째 음절과 여섯째 음절은 평측이 일치하여, 당률쯔놈시가 준용하고 있는 율시의 평측 안배를 따르고 있다. 이렇듯 이 작품은 행 수나 행별 음절 수에서는 규칙에 얽매이지 않으려 하면서, 중심을 잡아주고 있는 7언행에서는 압운과 평측을 안배하면서 일정한 규칙을 따르고 있다. 훗날 신시 계열의 작가들이 이루고자 하는 운율상의 혁신을 판 다는 이렇듯 앞서서 시도하고 있음을 보게 된다.

---

53) Hoài Thanh・Hoài Chân 『Thị Nhân Việt Nam, 1932~1941(베트남 시인, 1932~1941)』 14면.
54) 간보(干寶)의 『수신기(搜神記)』에도 나오는 이야기이다.
55) 이 작품의 형식에 대한 논의는 于在照 『越南文學史』 257면 참조.

다음은 1921년에 발표한 「다시 취하다(Lại say)」라는 제목의 작품이다.

술에 취하는 것, 생각해보면 인생을 망치는 일이지,
망치면 망치는 대로, 취하면 취하는 대로
땅이 취했으니 땅도 구르는 것이고,
하늘이 취했으니 안색이 붉은 것이지, 누가 비웃을 텐가?

이렇게 취한 것이 몇번째인지 모르겠네!
푸른 산을 보아도 보이지 않으니, 다시 취할 일일세.
뭐라고! 왜 취하느냐고? 이렇게 줄곧 취해서,
밤낮으로 취해서 의식이 없는 것처럼 되려는 게지.
아내는 술 취하는 것이 정말 무익하다고 하지만,
나는 근심을 풀고 자유롭게 놓여나고 싶다네.

진애(塵埃)의 일, 누가 깨어나 누가 근심하리요,
만취하니 크고 작은 일 전혀 상관없네.
하늘과 땅이여, 취하는 것은 참 유쾌한 일 아닌가!
아내는 나보고 그만두라고 하지만, 누가 쉽게 그만두겠는가,
취하고 싶으면, 다시 그저 취할 일이다!

Say sưa nghĩ cũng hư đời,
Hư thời hư vậy, say thời cứ say.
Đất say đất cũng lăn quay,
Trời say, mặt cũng đỏ gay, ai cười?

Say chẳng biết phen này là mấy!
Nhìn non xanh chẳng thấy, lại là say.
Quái! Say sao? say mãi thế này,

Say suốt cả đêm ngày như bất tỉnh.

Thê ngôn tuý tửu chân vô ích

Ngã dục tiêu sầu thả tự do.


Việc trần ai, ai tỉnh ai lo

Say túy lúy nhỏ to đều bất kể.

Trời đất nhỉ, cái say là sướng thế!

Vợ can chồng, ai dễ đã chửa ngay

Muốn say, lại cứ mà say![56]


작가가 스스로도 밝혔듯이 이 작품은 낭만적 색채를 띠고 있는 것이 특징이다.[57] 전래의 핫 노이 형식을 이용해서 창작한 작품이지만, '근심을 풀고 자유롭게 놓여나고자 하는' 자아의 해방욕구를 노래한다는 점에서 1930년대를 풍미한 낭만주의사조의 작품과 상통하는 바가 적지 않다.[58] 전통적인 노래형식으로 근대적 감성을 담아내는 것이 얼마든지 가능하다는 것을 이 작품이 잘 보여준다. 「송별」 「다시 취하다」를 보면 딴 다가 '신시의 아버지'라는 평가가 왜 적절한지 이해할 수 있다.[59]

이어서 베트남 민족문학의 관점에서 높은 평가를 받고 있는 「산과 강의 맹세(Thê non nước)」를 보기로 한다.

---

56) Nguyễn Đình Chú 편 『thơ văn Tản Đà(딴 다 시문)』 38면에 원문과 간략한 주석이 있다.

57) Nguyễn Đình Chú 편 『thơ văn Tản Đà(딴 다 시문)』 38면에 저자의 말이 인용되어 있다.

58) 2연 2행에 있는 '푸른 산(non xanh)'은 조국, 조국의 산하를 의미한다고 볼 수 있다. 관점을 달리하면 이 작품에는 취할 수밖에 없다는 것을 거듭 강조해서 말함으로써 식민지 상황에 대한 울분을 표현하고 있다고 볼 가능성도 있다. 다만 이 글의 관점과는 다른 해석이어서 자세히 논의하지는 않기로 한다.

59) Maurice M. Durand · Nguyen Tran Huan, *An Introduction to Vietnamese Literature*, 166면.

산과 강이 무거운 맹세를 나누었건만,
물은 흐르고 흘러 산으로 돌아오지 않네.
산과 강이 나눈 맹세를 (서로) 기억하건만,
물은 떠나가 돌아오지 않고 산만 외로이 서 있네.
높은 산은 애타게 기다리며 바라보고,
날마다 기다리다 눈물샘이 말라버렸네.
한 손에 쥐일 듯 매화나무 가지처럼 여위고,
구름 같은 머리에는 눈서리 덮였네.
석양은 서산으로 기울어가며,
금옥(金玉) 같은 자태 퇴색하는 모습 비춰 주네.
높은 산은 나이 아직 젊은데,
산은 물을 기억하건만, 물은 산을 잊었는지!
강이 마르고 바위가 닳는다고 해도,
산과 물이 있는 한 지난날 맹세는 남으리.
높은 산이여 알고 있는가?
바다로 떠나간 물은 비가 되어 근원으로 돌아온다는 것을.
산과 물은 이따금 (다시) 만나니,
산더러 슬퍼하지 말라고 말해주리라.
저 물은 비록 계속 흘러가더라도,
푸른 뽕나무 숲 무성하기에, 산은 기쁘다네.
천년을 함께하자고 맹세했지,
산과 물은 맹세를 잊지 않으리라.

Nước non nặng một lời thề
Nước đi, đi mãi không về cùng non
Nhớ lời nguyện nước thề non
Nước đi chưa lại non còn đứng không.
Non cao những ngóng cùng trông
Suối khô dòng lệ chờ mong tháng ngày

Xương mai một nắm hao gầy

Tóc mây một mái đã đầy tuyết sương.

Trời Tây ngả bóng tà dương

Càng phơi vẻ ngọc nét vàng phôi pha.

Non cao tuổi vẫn chưa già

Non thời nhớ nước, nước mà quên non!

Dù cho sông cạn đá mòn

Còn non còn nước hãy còn thề xưa

Non cao đã biết hay chưa

Nước đi ra bể lại mưa về nguồn.

Nước non hội ngộ còn luôn

Bảo cho non chớ có buồn làm chi

Nước kia dù hãy còn đi

Ngàn dâu xanh tốt, non thì cứ vui.

Nghìn năm giao ước kết đôi

Non non nước nước không nguôi lời thề.[60)

이 작품은 6·8체 형식으로 되어 있으며 창작된 것은 1920년이라고 한
다. 오늘날 중·고등학교의 문학 교과서에 실릴 정도로 널리 알려진 작품이
다. 이 작품을 해석하는 데는 다양한 견해, 특히 산과 물이 비유하는 바가
무엇인가에 대한 다양한 해석이 제출되어 있다. 산과 물은 서로 사랑하는 남
녀를 비유한다고 읽기도 하고, 합해서 조국의 산하(山河)를 상징한다고 읽기
도 한다. 또 산은 애국지사를 비유하며 물은 빼앗긴 조국을 비유한다고 읽기
도 한다. 그런가 하면 망명한 독립투사인 친구를 물에 비유하고 그를 기다리
는 마음을 담아놓았다고 읽기도 한다.[61) 6·8체라는 전통형식을 채택하고

---

60) Nguyễn Đình Chú 편 『thơ văn Tản Đà(딴 다 시문)』 44~45면.
61) Nguyễn Khắc Viện · Hữu Ngọc, *Vietnamese Literature*, Hà Nội: Red River 1981, 497면.

사랑하는 남녀의 맹세라는 관습화된 설정을 토대로 하면서도 식민지 상황이 된 조국을 떠올리게 하고 누군가를 기다리는 시인의 내면에 공감하게 하는 다면적인 작품이다.

앞서 동경의숙의 시에서 확인한 바와 같은 근대계몽의식을 담아내는 구시의 변모, 그리고 딴 다라는 시인이 이룩한 구시의 형식상·내용상의 변화는 구시가 근대시로 전환하기에 충분한 조건을 갖추어가고 있었다는 것을 알려준다. 요컨대『국문습독』과 딴 다의 작품에서 보는 바와 같이 구시는 계몽적 이성과 순수정서라는 근대시의 두 가지 가능성을 모두 확보해가고 있었다. 순수정서를 표 나게 내세우는 신시 진영에서 구시는 낡은 것이므로 한꺼번에 청산하자고 쉽게 말하기는 어려웠다. 거기에 민요에 근거한 시형식의 전통성과 대중성, 그리고 역사적이고 강력한 운문의식이 더해져서 구시는 일거에 붕괴될 수 없는 강고함과 탄력성을 동시에 가지고 있었다고 할 수 있다. 더군다나 딴 다는 이미 근대시를 창작하는 근대시인이었다.

## 2) 신시의 등장

### (1) 「옛사랑(Tình già)」이 불러일으킨 반향

1932년에 판 코이의 작품 「옛사랑」이 「부녀신문」 3월 10일자에 발표되어 커다란 반향과 논란을 불러일으켰다.

> 24년 전 바람 불고 비 내리던 어느 날 밤,
> 작은 지붕 밑, 희미한 등불 아래서, 어린 우리는 머리를 마주하고 탄식했다.
> "오! 깊은 우리 두 사람의 사랑, 그러나 맺지는 못하리라.
> 포기하고 우리 서로 헤어지는 것보다 더 나은 방법이 없구나!"
> "오! 어찌 당신은 그리도 박정하게 말할 수 있어요! 어찌 차마 이별을 하겠어요?
> 사랑은 깊을수록 아름다운 것, 하늘이 우리 둘을 이토록 만들었는가!

548

부부 아닌 연인이기에 우린 시종(始終)하지 않도록 되었는가!

(…)

24년 후, 낯선 땅에서 우연히 만난 우리,

머리가 하얗게 세었구려. 우리 친밀하지 않았다면 어이 알아볼 수 있겠는 가?

지난 옛이야기나 할 뿐. 서로 곁눈질하다 가버리나 눈길은 여전히 따라가누나.62)


Hai mươi bốn năm xưa, một đêm vừa gió lại vừa mưa,

Dưới ngọn đèn mờ, trong gian nhà nhỏ, hai cái đầu xanh kề nhau than thở:

"Ôi đôi ta, tình thương nhau thì vẫn nặng, mà lấy nhau hẳn đã không đặng;

Để đến nỗi tình trước phụ sau, chi cho bằng sớm liệu mà buông nhau!"

"Hay nói mới bạc làm sao chớ! Buông nhau làm sao cho nỡ?

Thương được chừng nào hay chừng ấy, chẳng qua Ông Trời bắt đôi ta phải vậy!

Ta là nhân ngãi, đâu phải vợ chồng mà tính việc thủy chung!"

(…)

Hai mươi bốn năm sau, tình cờ đất khách gặp nhau:

Đôi cái đầu bạc. Nếu chẳng quen lưng, đố nhìn ra được?

Ôn chuyện cũ mà thôi. Liếc đưa nhau đi rồi, con mắt còn có đuôi.63)


발표 당시에 이 작품은 '문학적 변고(變故)(biến cố văn học)'로 받아들여졌으며64) 오늘날 이 작품은 근대시가 본격적으로 자리 잡아가기 시작했다는

---

62) 조재현 『베트남 近代詩論』(영동문화사 1976) 74~75면에 있는 번역을 조금 수정해서 이용한다.

63) 조재현 『베트남 近代詩論』 73~74면에 원문이 있다. Hoài Thanh · Hoài Chân 『Thị Nhân Việt Nam, 1932~1941(베트남 시인, 1932~1941)』 20면에도 있다.

점을 알려주는 작품으로 받아들여지고 있다. 구시의 형식을 유지하면서 근대의식을 담아내려고 했던, 상당히 길었던 과도기를 청산하게 된 의미가 있다고 연구자들은 평가하고 있다.[65]

이 작품을 도화선으로 해서 문단은 신시를 옹호하는 쪽과 구시를 옹호하는 쪽의 두 진영으로 나뉘어 공개적인 논쟁을 벌였다. 이 논쟁은 점진적으로 성장해온 신시에 대해서 구시 진영에서 본격적으로 비판을 가하기 시작했다는 의미가 있으며, 신문·잡지를 통해서 널리 알려지고 많은 동조자를 얻음으로써 신시가 하나의 뚜렷한 풍조가 되고 엄연한 실재가 되었다는 것을 확인시켜주는 의미가 있다.[66]

구시를 옹호하는 쪽에서는 다음과 같은 비판을 시로 써서 내놓았다.

> 판 코이는 참으로 복잡하기도 하네,
> 호적(胡適)을 본받아서 신시를 지었구나.
> 긴 행, 짧은 행 도무지 (시가) 되지 않네,
> 운이 맞지 않으니, 들어줄 수가 없구나.
> 열렬히, 티 끼엠(Thị Kiêm)은 (신시를) 옹호하는 연설을 하고,[67]
> 열성적으로, 테 르(Thế Lữ)는 연방 (신시 창작을 위해) 애를 쓰고 있구나.[68]
> 신기(新奇)한 뜻을 보여주려고 함인가,
> 아니면 구시 지을 능력이 없음인가?

> Trách bác Phan Khôi khéo rắc rối
> Noi gương Hồ Thích làm thơ mới

---

64) 조재현『베트남 近代詩論』45면.
65) Maurice M. Durand · Nguyen Tran Huan, *An Introduction to Vietnamese Literature*, 166면.
66) Bằng Giang『Từ Thơ Mới Đến Thơ Tự Do(신시에서 자유시까지)』55면.
67) 응우옌 티 끼엠(Nguyễn Thị Kiêm)은 1933년과 1935년 두 차례에 걸쳐 사이공에서 신시를 옹호하는 연설을 했다.
68) 테 르가 열성적으로 신시를 옹호했다는 뜻이다.

Câu dài, câu ngắn chẳng ra sao
Vần đụp, vần đơn nghe thật thối
Hăng hái, Thị Kiêm diễn thuyết khen,
Nhiệt thành, Thế Lữ lao công mãi
Phải chăng muốn diễn ý tân kỳ
Hay tại làm thơ cũ kém giỏi?[69]

뚱 타인(Tùng Thành)의 「한음(閑吟, Nhàn ngâm)」이라는 작품인데 칠언 율시 형식이다. 구시를 써서 신시를 비판하는 내용이니 내용에 걸맞은 형식을 선택했다고 할 수 있다. 마지막 행에 나타나듯이 신시와 구시라는 명칭은 훗날 연구자들에 의해 붙여진 것 아니라 이미 당대 창작 주체에 의해 사용되던 용어였다.

시의 내용을 보면 다음 몇가지 점이 눈에 띤다. 우선 "호적(胡適, 후 스)을 본받아서 신시를 지었구나"라고 한 말이 주목된다. 구시를 옹호하는 진영에서는 중국의 백화문학(白話文學) 운동가 호적(1891~1962)의 백화시가 신시의 모형이 되었다고 판단하고 있다는 사실을 알 수 있다. 호적은 1916년에 최초의 백화시를 지었고 1920년에 시집 『상시집(嘗試集)』을 간행했다. 근체시의 음절 수, 평측, 압운을 타파한다고 선언하고 실험적인 작품들을 발표했다. 그 시집의 서문에서는 종전부터 있던 일체의 자유를 속박하던 질곡과 사슬을 일제히 타파하는 시체(詩體)의 해방을 이룩해서, 무슨 말이고 할 말이 있으면 있는 그대로 말하고, 어떻게 말하고 싶든지 하고 싶은 대로 말하는 진정한 백화시를 써야 한다고 주장했다.

또한 위 핑뽀(兪平伯) 같은 이는 정신과 형식 양측을 모두 혁신하는 새로운 작품을 써야 한다고 했다. 루 쉰(魯迅)은 '고시(古詩)'가 아닌 '신시'를 지었다고 했으며, 쥬 쯔칭(朱自淸)은 꿔 모뤄(郭沫若)의 작품을 '자유시(自由

---

69) 조재현 『베트남 近代詩論』 46~47면에 원문이 있다.

詩)'라고 불렸다. 이러한 중국 측의 백화시 운동이 1930년대 초반 베트남에 알려져 있었고, 또 의식적으로 백화시 운동을 수용하려는 시인들이 등장하고 있었다는 점을 「한음」의 둘째 행을 통해 알 수 있다.

당률쯔놈시나 6·8체 형식, 그리고 7·7·6·8체 형식은 행마다 음절 수가 정해져 있고 평측과 압운을 규칙에 따라 안배하는 것을 움직일 수 없는 조건으로 삼고 있다. 그런데 「옛사랑」은 그렇게 움직일 수 없는 조건이라고 생각했던 조건들을 모두 무시하거나 파괴한 듯이 보인다. 「옛사랑」은 행의 길이가 불규칙하다. 운을 맞춘 부분이 보이기는 하지만 구시와는 달리 전체 시행을 일관되게 통어하는 압운 규칙은 찾아지지 않는다. 일상 구어의 어순을 살리려 한 점 때문에 평측 또한 일정한 규칙을 따라 안배했다고 말하기 어렵다. 「한음」에서 '긴 행, 짧은 행'이 섞여 있으며 '운이 맞지 않으니' 도저히 '들어줄 수가 없'다고 한 말 속에 신시의 이질감에서 기인한 불만, 나아가 신시가 구시를 파괴하는 것은 아닌가 하는 의구심이 표명되어 있다.

신시가 '신기(新奇)한 뜻'을 담고 있다고 한 점도 주목된다. 시의 어기(語氣)로 보건대 '신기한 뜻'은 구시에서는 일반적으로 받아들이기 힘든 주제의 식이라고 해석할 수 있을 것 같다. 앞서 보았듯이 「옛사랑」은 두 남녀의 사랑과 이별, 그리고 먼 훗날 찾아온 우연한 재회를 담고 있다. 계몽적 의도가 노출되었다든지 윤리의식이 작품을 제어한다고 보기는 힘들다. 아마도 그런 점들이 낯설고도 '신기한 뜻'으로 받아들여졌을 것이다.

이러한 문제제기에 대해서 판 코이는 어떻게 생각했는지는 「운어(韻語)와 시(詩)(Vận ngữ và thơ)」라는 글을 보고 추측해볼 수 있다. 다음에 인용하고 있는 대목의 바로 앞부분에서 판 코이는 운을 갖추기만 한 6·8체 두 줄과 운을 갖추고 의경(意境)을 창출하기도 한 6·8체 두 줄을 대비하면서 전자는 시일 수 없지만 후자는 시라고 했다. 거기에 이어서 다음과 같은 말을 하고 있다.

552

우리는 글을 두 종류로 나누었다. 하나는 통상적인 응용문(應用文)이고 다른 하나는 '문학의' 글이다. 통상적인 응용문의 본질은 이해에 있고 이해할 수 있으면 된다. '문학의' 글은 쉽게 이해되어야 할 뿐만 아니라 본질이 미(美)에 있으니, 미를 갖추어야 사람을 감동시킬 수 있다. 더구나 시는 '문학의' 글 속에 들어 있으며 본래부터 문학적 의미를 훨씬 많이 가지고 있다. 이러한 이유들에 근거해서 절조에 맞기만 하고 시에 필요한 의경을 가지지 못하다면 다른 이름이라면 몰라도 시라고 부를 수는 없다. 시란 무엇인지 먼저 알고서 옛방식의 시(thơ lối cũ)와 새로운 방식의 시(thơ lối mới)에 대해 말해야 한다.70)

판 코이의 말을 간단히 요약하자면, "문학은 미를 창출하는 것이며 그 가운데 시는 의경을 창출함으로써 미감을 주어야 한다. 구시니 신시니 하는 구별은 오히려 부차적인 것이다"라고 할 수 있다. '의경(ý cảnh)'은 작가의 주관[意]과 객관[境]을 결합해서 창출하는 예술적인 경계와 심미적인 효과를 말한다.71)

판 코이가 문학, 특히 시는 미와 관련된 일이라고 인식한다는 데서 근대적인 문학관의 성장을 읽어낼 수 있다. 시는 성정(性情)과 관련되는 일이 아니고, 그렇다고 계몽 수단일 수도 없으며, 미적인 자율성을 갖는 문학의 갈래라고 말한다. 그런데 시의 미감은 행의 길이를 일정하게 하고 운을 갖춘다고 해서, 다시 말해 '절조에 맞기만 한다'고 해서 얻게 되는 것이 아니라 작가가 의경을 창출해야 얻을 수 있다고 했다.

시에서는 의경을 중시해야 하며 구시와 같은 꽉 짜인 운율규칙을 따르지 않고도 얼마든지 개성적인 의경창출을 통해 미감을 주는 훌륭한 시가 될 수 있다고 했다. 이때 일체의 '정형(定型)' 요건은 의경창출의 한 보조수단일 뿐이다. 다시 말해 형식적 제약은 의경창출의 충분조건에 그칠 따름이다. 그러

---

70) 조재현 『베트남 近代詩論』 48면에 원문이 있다.
71) "意境 (⋯) 持詩歌在藝術美的創造上所達到的境界和審美效果" (朱先樹 等 編著 『詩歌美學辭典』, 四川: 四川辭書出版社 1989, 454면).

니 '정형' 요건이 의경과 미감 창출에 불가결한 요소라고 판단한다면 몰라도 그것이 의경과 미감 창출을 도리어 제약한다고 판단한다면 그런 것은 얼마든지 포기해 버려도 그만이다. 판 코이의 생각을 확장하면 신시는 구시처럼 꽉 짜인 '정형' 요건을 받아들이지 않으면서 새로운 방식으로 의경을 창출하여 미감을 주는 미적 창조물이다.

### (2) 프랑스 시의 영향

신시 진영의 구시 비판은 특히 당률쯔놈시를 겨냥한 것이었다. 근대시를 이룩하는 것은 중세시가 형식을 버리거나 혁신하는 것을 의미하는데, 이때 버리거나 혁신 대상으로 집중적인 공격을 받은 중세시가 형식은 당률쯔놈시였다. 당률쯔놈시는 중국의 영향, 중세적인 미의식, 유학의 세계관을 담지하고 있어서 중세시가의 정수로 이해되었다. 그래서 중세적인 미의식, 유학의 세계관을 부정하고 근대시를 이룩하자는 움직임과 당률쯔놈시를 버리자는 것은 방향이 일치하는 것이었다.

신시가 구시를 혁신한 근대시인 것은 분명하지만 구시를 해체하고자 했다고 해서 그대로 자유시가 된 것은 아니다. 자유시는 행의 길이, 행 수가 일정치 않고 압운도 하지 않아서 일체의 외형적 규칙에서 해방된 시를 말한다는 통상적인 정의에 대다수의 신시는 부합하지 않는다.

앞서 본 바와 같이 판 코이는 시론이나 실제 창작에서 호적의 백화시의 영향을 받았다. 그런데 호적의 백화시와 달리 판 코이의 「옛사랑」은 압운을 완전히 배제하고 있지는 않다. 한 행 속에서도 운을 맞추는 동시에 운자끼리는 평측도 일치시키고 있다.[72] 쉼표와 마침표가 들어간 자리에서 행을 나누면 5언, 7언, 8언행이 절반을 훨씬 상회하게 된다. 표면적으로는 구시의 음절 수와 압운을 버린 듯하면서도 실제로는 어느정도 그것을 유지하고 있는

---

72) 'xưa/mưa' 'nhỏ/thở' 'nặng/đặng' 'rồi/đuôi' 등과 같은 식이다.

것이다.

왜 백화시 창작의 이념을 받아들이고도 구시의 형식적 제약을 완전히 버리지는 않는 것일까? 백화시 수용이 철저하지 않아서 그런가? 중세시가의 영향력이 여전히 컸기 때문인가? 아니면 판 코이의 미숙함에 원인이 있을 따름이고 뒤따르는 시인들은 그런 절충적인 모습에서 완전히 탈피하는가? 아마도 그 어느 쪽도 아닐 것이다. 신시는 중세시가의 영향력에서 완전히 자유롭지 못했고 또 호적의 백화시에 견인되기도 했지만 또 다른 방향의 힘, 다름 아닌 프랑스 시의 영향에 노출되어 있었고 그 영향을 예민하게 받아들였다. 신시는 프랑스 시의 자극을 받아 탄생하게 된 것이다.73)

신시는 왕성한 실험정신을 발휘해서 2언에서 12언까지 다양한 행의 길이를 실험했지만74) 점차 5언시, 7언시, 8언시가 대세를 점해 갔다. 작품의 한 연을 이루는 행 수는 일정치 않지만75) 대개 4행을 한 연으로 했다.76) 신시는 등장하면서부터 구시형식, 그중에서도 특히 당률쯔놈시 형식을 부정하는 한편 다시 일정한 정형성을 정립해가는 방향으로 운동한 것이다. 이렇게 신시가 자기형식을 새롭게 모색해가는 과정에서 프랑스 시가 일정 정도 준거 역할을 한 것으로 보인다.

근대시 모색기 초기에 수용된 프랑스 시는 대개 8언시, 10언시, 12언시처럼 행의 길이를 일정하게 유지하면서 다양한 압운법을 운용하는 일종의 정

---

73) Dương Quảng Hàm 『Việt Nam Văn Học Sử Yếu(越南文學史要)』 444면.
74) 신시는 1행을 이루는 음절 수에 제약이 없어 짧게는 2언에서 길게는 12언에 이르는 경우도 있다. 행마다 음절 수가 같은 경우가 많다. 그래서 5언시, 7언시, 8언시, 10언시라고 부를 수 있는 작품들이 많이 있다. 하지만 행마다 음절 수가 달라도 된다. 행마다 음절 수가 모두 다를 수도 있고, 음절 수가 일정한 패턴을 이루어 연마다 반복될 수도 있다.
75) 신시는 행 수가 일정치 않다. 작품에 따라서 연을 나누지 않기도 하고 연을 나누기도 한다. 연이 여럿인 경우에는 연마다 행 수가 같아 4행·6행·8행 등으로 된 경우가 있다. 물론 연마다 행 수가 다를 수도 있다.
76) Phan Cự Đệ 『Văn Học Lãng Mạn Việt Nam(1930~1945)(베트남 낭만주의문학, 1930~1945)』, Hà Nội: Nxb Giáo Dục 1997, 147면.

형시였다. 이러한 프랑스 시를 수용하게 되자 7언시, 8언시, 10언시처럼 음수율에 기반한 시형식이 근대시의 형식일 수 있는 것으로 이해되었을 것이며 압운이 작품의 근대적 성격을 훼손하는 것이 아니라고 인식했을 것이다. 근대시의 모범으로 수용된 프랑스 시에서 음수율과 압운법이 지켜지고 있었다는 사실은 근대시를 이룩한다는 이름 아래 구시형식을 전면적으로 부정해야 한다는 주장이 실제 창작을 압도하는 일은 없도록 한 요인이 되었다고 본다.

신시는 프랑스 시의 압운법을 수용해 압운하는 방식을 다채롭게 갖추었다. 프랑스 시의 연속운(rimes suivies, a-a-b-b),[77] 포옹운(rimes embrassées, a-b-b-a),[78] 교운(交韻, rimes croisées, a-b-a-b),[79] 혼합운(rimes mêlées)[80] 기법을 수용해서 이용했다.[81] 전통적인 시에서 가끔씩 시험하던 방식이기는 하지만 프랑스 시의 영향을 받으면서 의식적으로 폭넓게 시도되었다.[82] 전체적으로 볼 때 프랑스 시의 작시법은 시인의 정감과 뉘앙스를 좀 더 효과적으로 표현할 수 있는 실제적이고 유연한 창작도구를 제공해주는 것이었다.[83]

---

77) 달리 '평운(rimes suivies)'이라고도 한다. 베트남어로는 'vần liên tiếp'이다.

78) 베트남어로는 'vần ôm nhau'이다.

79) 베트남어로는 'vần gián cách'이다.

80) 베트남어로는 'vần hỗn tạp'이다.

81) Phan Cự Đệ 『Văn Học Lãng Mạn Việt Nam(1930~1945)(베트남 낭만주의문학, 1930~1945)』 148~149면. 프랑스 시에 대한 논의는 모리스 그라몽, 민희식 옮김 『프랑스 詩法槪論』(탐구당 1984)을 참고했다.

82) Phan Cự Đệ 『Văn Học Lãng Mạn Việt Nam(1930~1945)(베트남 낭만주의문학, 1930~1945)』 149면. 행을 세분해볼 때, 판 코이의 「옛사랑」은 이 가운데 2행씩 각운을 이어나가는 연속운(평운)을 택한 사례가 된다.

83) "There was the need to renew the form of verse, meter, caesura, rhyme arrangement, etc. so that one could have a tool more workable, flexible and capable of expressing new feeling and nuances" (Xuân Diệu, "Influence of French poetry on modern Vietnamese poetry, A poet's Account," *Vietnamese Studies* Vol. 124, Hanoi: Thế Giới Publisher 1997, 51면).

프랑스 시의 압운법을 수용한 실제 사례를 한 편 보기로 한다.

사랑은 마음속 일부가 죽는 것,
사랑한다고 해서 사랑받는다고 할 수 있으랴?
무한히 주어도 받는 것은 보잘것없구나,
사람들은 거절하거나, 무관심하거나 혹은 알지 못하는구나.

가까이 있는 그 순간도 마치 이별의 시각과 같이,
스러지는 달, 사라지는 영혼과 함께 시드는 꽃,
하니, 사랑한다고 해서 사랑받는다 할 수 없구나!
-사랑은 마음속 일부가 죽는 것.

아련한 슬픔 속에 길을 잃고,
사랑에 빠진 자 그 발자국을 좇는다.
인생은 서글픈 사막의 장면.
또한 사랑은 감고 감기는 한 올의 실.
사랑은 마음속 일부가 죽는 것.[84]

Yêu, là chết ở trong lòng một ít,
Vì mấy khi yêu mà chắc được yêu?
Cho rất nhiều, song nhận chẳng bao nhiêu,
Người ta phụ, hoặc thờ ơ, chẳng biết.

Phút gần gũi cũng như giờ chia biệt,
Tưởng trăng tàn, hoa tạ với hồn tiêu,
Vì mấy khi yêu mà chắc được yêu!
- Yêu, là chết ở trong lòng một ít.

---

84) 조재현 『베트남 近代詩論』 134면의 번역을 따랐다.

Họ lạc lối giữa u sầu mù mịt,
Những người si theo dõi dấu chân yêu;
Và cảnh đời là sa mạc vô liêu.
Và tình ái là sợi dây vấn vít.
Yêu, là chết ở trong lòng một ít.[85)]

쑤언 지에우(Xuân Diệu, 1917~1985)의 「사랑(Yêu)」이라는 작품이다. 우선 이 작품은 8언시 형식이며 모두 3연으로 되어 있다. 1연과 2연은 4행, 3연은 5행으로 연마다 행의 길이가 동일하지 않다. 또 "사랑은 마음속 일부가 죽는 것(Yêu, là chết ở trong lòng một ít)"이라는 시행이 매 연마다 한 번씩 반복되고 있다. 1연에서는 첫 행에, 2연과 3연에서는 마지막 행에 쓰여서 사상 전개에서 오는 리듬감을 느끼게 하고 있다. "사랑한다고 해서 사랑 받는다고 할 수 있으랴(Vì mấy khi yêu mà chắc được yêu)" 역시 두 연에 걸쳐서 반복되고 있다. 이러한 방식의 반복은 전에 없던 새로운 것이다.[86)] 각 행의 마지막 시어를 보자. 연별로 정리해보면 다음과 같다.

| 1연 | 2연 | 3연 | 압운방식 |
| --- | --- | --- | --- |
| ít | biệt | mịt | a(측성) |
| yêu | tiêu | yêu | b(평성) |
| nhiêu | yêu | liêu | b(평성) |
| biết | ít | ít | a(측성) |

각 연은 'it-yêu(iêu)-yêu(iêu)-it' 음으로 끝나고 있는데, 'a-b-b-a' 방식으로 각운을 맞추고 있음을 알 수 있다. 이러한 압운법은 전에 없던 것이다.

---

85) 조재현『베트남 近代詩論』133면에 원문이 있다.
86) 프랑스 시의 론도(rondeau) 형식의 영향을 받은 것이라고 할 수 있다(Phan Cự Đệ『Văn Học Lãng Mạn Việt Nam(1930~1945)(베트남 낭만주의문학, 1930~1945)』145면).

중세시가에서는 'a-a-b-a'의 압운법이 주류를 이루고 있었다. 이곳에서 보는 'a-b-b-a' 방식은 다름 아닌 프랑스 시에서 잘 쓰는 포옹운 방식이다. 포옹운 방식이 연마다 같은 방식으로 되풀이됨으로써 새로운 음악효과를 창출하는 동시에 독특한 형식미를 시현한다고 볼 수 있다.[87]

프랑스 시의 영향이 압운법에만 한정되는 것은 아니다. "사랑은 마음속 일부가 죽는 것"이라는 시행은 에드몽 아로꾸르(Edmond Haraucourt)의 「작별의 시(Rondel de l'Adieu)」첫 연에 나오는 "떠나감은 조금 죽는 것이다, 그가 사랑하는 것에 대해 죽는 것이다(Partir, c'est mourir un peu, C'est mourir a ce qu'on aime)"를 본뜨고 있다.[88] 시의 정조 또한 개인적인 사랑의 정감으로, 프랑스 낭만주의의 그것을 닮았다. 이 작품을 통해 신시작품은 그 형식적 요소와 정조가 프랑스 시와 많이 닮았다는 사실을 확인할 수 있다.[89]

뽈 베를렌(Paul Verlaine, 1844~1896)이나 르네 길(René Ghil) 등 프랑스 상징주의 시인들이 시에서의 음악성을 강조하는 주장을 내놓았는데, 베트남에도 그런 주장이 수용되어 시의 음악성, 시의 가락을 살리려는 방향으로 창작이 이끌렸다.[90] 시의 음악성을 살리는 길은 우선 압운과 평측의 안배에서 찾을 수 있었다. 그래서 6・8체 형식, 7・7・6・8체 형식, 민요형식 등 전통적 시가형식에서 개발되고 시험된 압운과 평측 방식이 다시 활용되는 것

---

87) "In most cases, our traditional prosody uses the rhyme scheme of a quatrain: a a b a. It is easily seen that French prosody has different types of rhyme: cross, introverted, connected, and mixed. Quite a variety; a large choice for poets" (Xuân Diệu, "Influence of French poetry on modern Vietnamese poetry, A poet's Account," 51면).

88) Huỳnh Sanh Thông, *An Anthology of Vietnamese Poems*, 284면.

89) Xuân Diệu, "Influence of French poetry on modern Vietnamese poetry, A poet's Account"에서 쑤언 지에우는 자신이 프랑스 시의 영향을 얼마나 민감하게 받았는지 실제 창작작품을 거론하면서 말하고 있다.

90) Phan Cự Đệ 『Văn Học Lãng Mạn Việt Nam(1930~1945)(베트남 낭만주의문학, 1930~1945)』149~150면.

은 당연한 일이라고 할 수 있다.

### (3) 신시의 위상

신시와 당률쯔놈시의 관계에만 국한해서 말한다면 신시는 당률쯔놈시를 부정하는 데서 출발했지만 동시에 당률쯔놈시의 요소를 부분적으로 긍정한 면도 있다. 베트남에서는 당률쯔놈시의 엄격한 운율 규칙은 완화하면서 5언, 7언 형식은 유지하기도 함으로써 당률쯔놈시를 완전히 배제하지는 않았다고 할 수 있다. 5언, 7언 형식마저 버릴 필요는 없다는 것이 널리 공감을 얻은 결과였다고 생각된다.

당률쯔놈시에 대한 부정과 긍정이 중첩된 결과 고체시(古體詩) 형식과 흡사한 작품들이 나타났다. 당률쯔놈시는 5언 8행, 7언 8행이나 5언 4행, 7언 4행으로 되어 있다. 그런데 7언이나 5언은 유지하면서 근체시의 운율을 따르지 않은 채 행 수의 제한을 두지 않고 길게 이어서 쓰자 근체시가 아닌 고체시를 닮게 된 것이다. 다시 말해서 신시가 오언고시, 칠언고시, 잡언고시 형식을 포용한 것처럼 보였다는 뜻이다.

신시는 '주체적'으로 서양 시를 수용해서 자기화했다고 말할 수 있다. 이는 베트남이 본래 구유하고 있던 운문의식, 특히 압운을 중시하는 의식, 그리고 시의 음절 수를 중시하면서도 4언·6언·7언·8언 등의 정체(定體)는 물론 7·7·6·8언과 같은 파체(破體) 등 다양한 형식을 용인해온 폭넓음이 프랑스 시를 수용하는 데에 유리한 조건으로 작용했기 때문일 것이다. 구시, 특히 당률쯔놈시를 버리고, 상하층의 정감을 폭넓게 담아온 전통이 있는 민요형식을 활용하면서 근대적인 순수서정을 담아내려는 방향으로 혁신을 꾀한 것도 서양 시에서 전해온 충격을 무리 없이 수용할 수 있는 역량을 강화하는 쪽으로 작용했다고 생각된다.

앞에서 베트남에서 수용한 프랑스 시는 정형시로서의 면모를 가지고 있어서 신시가 전통적인 6언시·7언시·8언시 형식이나 압운법을 완전히 부정

하지 않도록 하는 데 지대한 영향을 끼쳤다고 보았다. 역으로 가정해서 근대
시는 일체의 속박에서 자유로운 시여야 하므로 음절 수나 압운은 완전히 무
시해야 한다는 주장이 수입되어 주류를 차지했다면 신시의 양상은 완전히
달라졌을 것이다. 한편 중세시가가 근대시로 탈바꿈하면서 보여준 낭만적인
작품세계 역시 프랑스 시와의 충돌을 완화하는 구실을 했을 것이다. 이런 이
유로 해서 베트남에 수용된 프랑스 시는 베트남 중세시가의 전통을 완전히
해체하도록 강제하는 데까지 이르지는 않았던 것이다. 결론적으로 자국어시
전통의 힘, 전통을 그 자체로 혁신하려는 힘, 그리고 프랑스 시로부터 작용
한 힘이 융합되면서 신시의 독특한 면모를 결정했다고 이해하고자 한다. 신
시가 구시를 전면적으로 부정하면서 단절해야 한다고 외치지는 않았으므로
"아주 새로우면서도 아주 오래되고, 아주 서양적이면서 아주 동양적인"[91]
근대시일 수 있었다.

### 3) 신시의 면모

형식과 정신이 '새로운' 신시를 창작하고자 한 1930~1940년대 초반의
시인들을 몇몇 그룹으로 묶어 이해하는 방식이 널리 통용되고 있다. 물론 연
구자들 간의 시각 차이가 있어서 그룹 설정이 일부 달라지기도 하는 것이
사실이다. 하지만 이해의 편의를 돕는 정도의 수준에서라면 통상적인 분류
를 참조해도 좋을 것이다.

낭만주의 시인, 현실비판 시인, 혁명 시인으로 나누는 것이 제일 큰 분류
이다.[92] 우선 프랑스 근대시의 지대한 영향을 받은 시인들이 낭만주의 그룹

---

91) Pham Dan Binh, *Poètes vietnamiens et poètes françaises*, Université de Paris-Sorbonne Paris
 IV 1988. 조동일『동아시아문학사 비교론』432면에서 재인용.
92) Phan Cự Đệ 외『Văn Học Việt Nam(1900~1945)(1900~1945 시기의 베트남문학)』에
 서 1930~1945년의 시문학을 설명하는 전체 체계가 그렇다. 또한 Phan Cự Đệ『Văn Học
 Lãng Mạn Việt Nam(1930~1945)(베트남 낭만주의문학, 1930~1945)』11면이나 Mã
 Giang Lân『Văn Học Việt Nam(1945~1954)(베트남문학, 1945~1954)』(Hà Nội: Nxb

에 드는 것으로 분류된다. 프랑스 낭만주의・상징주의・초현실주의를 수용한 테 르, 휘 통(Huy Thông, 1916~1988)(=Phạm Huy Thông), 란 선(Lan Sơn), 쑤언 지에우, 휘 껀, 쩨 란 비언, 빅 케, 한 막 뜨, 르우 쫑 르 같은 시인을 꼽을 수 있다.93) 낭만주의라고 할 때는 개인적 정감과 상상력의 자유로운 발현을 추구하는 경향을 뜻하는데, 이들은 크게 보아 슬픔과 고독이라는 정감을 미적으로 형상화하는 데 깊은 관심을 두었다.94) 한편 이들이 낭만주의 그룹의 중심을 이루지만 이들 이외에도 독특한 시세계를 구축한 시인들이 있다. 전원시풍의 작품을 쓴 방 바 런, 아인 터가 있는가 하면 베트남 민요에서 활력을 찾으려 한 응우옌 빈이 있다.

현실비판 시인 그룹에는 뚜 머(Tú Mỡ), 도 폰(Đồ Phồn) 같은 풍자시인이 포함된다. 마지막으로 혁명 시인 그룹에는 옥중에서 한시를 쓴 호지명(Hồ Chí Minh), 그리고 또 흐우(Tố Hữu)를 비롯한 여러 시인들이 포함된다고 한다. 세 그룹에 속하는 시인들의 작품을 차례로 살펴보기로 한다.

(1) 낭만주의 계열의 시

테 르(Thế Lữ, 1907~1989)95)는 시・소설・연극에 걸쳐서 큰 족적을 남겼

---

Giáo Dục 1998) 14~16면 참조.

93) 비교적 초기에 신시운동을 한 시인들은 테 르, 휘 통, 란 선 등인데, 샤또브리앙(Chateaubriand), 빅또르 위고, 라마르띤(La martine, 1790~1869) 등 프랑스 낭만주의 작가의 영향을 많이 받았다. 휘 통은 위고는 물론 셰익스피어(Shakespeare)나 바이런(Byron)의 영향도 받았다. 1936년 이후로 신시는 상징주의의 영향을 더 많이 받아들였다. 쑤언 지에우의 작품에서는 보들레르, 베를렌, 랭보(Rimbaud), 드 노아유(De Noailles), 오스카 와일드(Oscar Wilde)의 영향이 확인된다. 또 휘 껀, 쩨 란 비언, 빅 케, 한 막 뜨는 보들레르의 영향을 받았다. 휘 껀이나 르우 쫑 르에게는 베를렌의 영향이 더욱 깊었다(Phan Cự Đệ 외 『Văn Học Việt Nam(1900~1945)(1900~1945 시기의 베트남문학)』 526~527면).

94) 쩨 란 비언은 시집의 서문에서 눈물의 아름다움을 찬미했는가 하면 휘 껀은 우울과 번민이 미의 원천이라고 말했다(于在照 『越南文學史』 259면).

95) 본명은 응우옌 트 레(Nguyễn Thứ Lễ).

562

다. 일찍이 자력문단의 구성원으로 활동하면서 신시운동의 선봉에 섰다. 그의 시는 고요하고 아름다운 자연세계에 대한 동경, 그와는 상반되는 현실세계에서 살면서 느끼는 불만과 우울을 특징으로 한다.

「천태(天台)의 피리 소리(Tiếng sáo Thiên Thai)」에서는 몽환적이고 신비로운 선경(仙景)의 아름다움을 노래했으며, 「잠에서 깨어(Thức giấc)」에서는 달 밝은 고요한 밤의 경치를 노래했다. 또한 「봄날의 호수와 소녀(Hồ xuân và thiếu nữ)」에서는 아름답고 천진난만한 소녀를 그려냈다. 반면 「악몽(惡夢, Ác mộng)」에서는 인간의 잔악함을 그렸고, 「숲을 그리며(Nhớ rừng)」에서는 억압에서 벗어나 자유롭고자 하는 열망을 표현했으며, 「강가에서 손님을 보내며(Bên sông đưa khách)」에서는 기녀(妓女)의 고독을 노래했다.96)

「천태의 피리 소리」는 6·8체 형식의 18행이고 연을 나누지는 않았다. 작품의 중간 부분인 7~12행을 옮기면 다음과 같다.

> 연분홍빛 구름은 고갯마루 뒤편에 멈춰서고,
> 나무들은 햇빛에 물들었네, 머문 석양빛에.
> 하늘은 높고도, 쪽빛이네 — 아아
> 두 마리 흰 학이 봉래(蓬萊)로 날아가는구나.
> 새를 따라, 피리 소리 퍼져 올라가고,
> 물줄기를 따라 선녀[仙娥]에게로도 오는구나.
>
> Mây hồng ngừng lại sau đèo,
> Mình cây nắng nhuộm, bóng chiều không đi.
> Trời cao, xanh ngắt. —Ô kìa
> Hai con hạc trắng bay về Bồng lai.
> Theo chim, tiếng sáo lên khơi,

---

96) 이런 양면성에 대한 설명은 Dương Quảng Hàm 『Việt Nam Văn Học Sử Yếu(越南文學史要)』(Nxb Tổng Hợp Đồng Tháp 1993) 456~457면에 있다.

Lại theo giòng suối bên người Tiên nga.[97]

봄날 숲속에서 선녀를 모시는 소년들(kim đồng, 金童)이 부는 피리 소리가 환상적인 선경(仙景) 속에서 퍼져나가는 광경을 묘사하고 있다. 현실을 벗어난 곳에 있는, 미(美)의 이상이 실현되는 공간을 묘사했다. 예술은 현실을 초월한 절대적인 아름다움(선경과 미인)을 추구한다고 해석할 수 있어서, '예술을 위한 예술(nghệ thuật vị nghệ thuật)'을 시작(詩作)의 목표로 삼았다는 평가가 적절하다고 하겠다.[98]

이어서 「숲을 그리며」의 처음 두 연(20행)을 보기로 한다. 전체 작품은 5연 47행이며 10언행(열두번째 행) 한 행을 제외하고 나머지 행은 모두 8언으로 되어 있다.

> 쇠우리 속에서 분노를 삼키면서
> 나는 길게 누워, 날과 달이 점점 흘러가는 것을 바라본다.
> 저 오만하고 멍청한 인간들을 경멸한다,
> 작은 눈을 크게 뜨고서 깊은 숲의 위령(威靈)을 비웃는 자들.
> 이제는 갇혀서 욕을 당하는 지경에 떨어져,
> 신기한 구경거리, 장난감이 되고 말았구나.
> 얼빠진 곰들과 옆 우리의 생각 없는 표범 한 쌍과,
> 나란히 전시되는 것도 견뎌야 하는구나.
>
> 나는 아쉬움과 그리움 속에서 살아가고 있다
> 멋대로 다니며 위세를 떨치던 지난날을.

---

97) Hoài Thanh · Hoài Chân 『Thị Nhân Việt Nam, 1932~1941(베트남 시인, 1932~1941)』 58면에 원문이 있다.
98) Phan Cự Đệ 외 『Văn Học Việt Nam(1900~1945)(1900~1945 시기의 베트남문학)』 523면.

산림의 경관, 오래된 나무의 그림자를 기억하며,
숲을 흔드는 바람소리도, 산을 울리는 물소리도,
그리고 사나운 장가(長歌) 한 곡조로 포효할 때,
나는 발걸음을 옮겼지, 위엄 있고, 당당하게,
물결이 유연하게 일듯이 몸을 움직였지,
고요한 그늘에서 놀았지, 가시 돋은 나뭇잎이며 날카로운 풀잎들.
어두운 동굴에서, 내 눈이 빛날 때,
모든 동물들을 숨죽이게 만들었지.
나는 내가 백수의 제왕이라는 것을 안다,
이름도 나이도 알 수 없는 초목과 꽃들 속에서.


Gậm một khối căm hờn trong cũi sắt,
Ta nằm dài, trông ngày tháng dần qua.
Khinh lũ người kia ngạo mạn, ngẩn ngơ,
Giương mắt bé diễu oai linh rừng thẳm,
Nay sa cơ, bị nhục nhằn tù hãm,
Để làm trò lạ mắt, thứ đồ chơi.
Chịu ngang bầy cùng bọn gấu dở hơi,
Với cặp báo chuồng bên vô tư lự.

Ta sống mãi trong tình thương nỗi nhớ,
Thủa tung hoành hống hách những ngày xưa.
Nhớ cảnh sơn lâm, bóng cả, cây già,
Với tiếng gió gào ngàn, với giọng nguồn hét núi,
Với khi thét khúc trường ca dữ dội,
Ta bước chân lên, dõng dạc, đường hoàng,
Lượn tấm thân như sóng cuộn nhịp nhàng,
Vờn bóng âm thầm, lá gai cỏ sắc.
Trong hang tối, mắt thần khi đã quắc,

Là khiến cho mọi vật đều im hơi.
Ta biết ta chúa tể của muôn loài,
Giữa chốn thảo hoa không tên không tuổi.[99]

작품에는 '동물원에서 호랑이가 하는 말(Lời con hổ ở vườn Bách thú)'이라는 부제가 붙어 있다. 동물원 우리의 쇠창살에 갇혀 있는 호랑이의 입을 빌려 억압과 속박에서 벗어나 원래 누리던 자유를 구가하고 싶다는 열망을 표현했다. 이 작품은 프랑스 식민당국의 검열에 걸렸다고 한다.[100] 구체적인 창작 동기가 무엇인가와는 상관없이 철창에 갇힌 호랑이는 식민지 베트남을 은유하고 있고, 작품은 식민지배에서 벗어나 자유를 되찾고자 하는 베트남 사람의 소망을 표현한다고 볼 수 있기 때문이었을 것이다.[101] 「천태의 피리 소리」의 옆에 이런 작품이 있다는 것은 테 르가 자신의 시세계를 확장해가고 있다는 사실을 말해준다고 하겠다.

르우 쫑 르(Lưu Trọng Lư, 1911~1991)는 신시운동의 선봉에 선 작가 가운데 한 사람이다. 대표작 「가을 소리(Tiếng Thu)」는 이렇다. 1939년에 출판한 같은 이름의 시집 속에 수록되어 있다.

그대 들리지 않는가?
희미한 달빛 아래 가을의 흐느낌이.

그대 들리지 않는가?
출정한 남편을 그리는

---

99) Hoài Thanh · Hoài Chân 『Thi Nhân Việt Nam, 1932~1941(베트남 시인, 1932~1941)』 54~56면에 원문이 있다.
100) Nguyễn Khắc Viện · Hữu Ngọc, *Vietnamese Literature*, 574면.
101) Phan Cự Đệ 『Văn Học Lãng Mạn Việt Nam(1930~1945)(베트남 낭만주의문학, 1930~1945)』 121면.

고독한 아내의 애끓는 마음이.

그대 들리지 않는가?
가을 잎 소란스런 가을 숲
겁먹은 노란 사슴이
마른 금빛 낙엽 밟는 소리가.

Em không nghe mùa thu
Dưới trăng mờ thổn thức?

Em không nghe rạo rực
Hình ảnh kẻ chinh phu
Trong lòng người cô phụ?

Em không nghe rừng thu
Lá thu kêu xào xạc
Con nai vàng ngơ ngác
Đạp trên lá vàng khô?[102]

다분히 몽환적이며 애상적인 정감을 불러일으키는 작품이다. 매 행이 5언
이며 전체가 9행으로 되어 있다. "그대 들리지 않는가(Em không nghe)"를
연마다 반복하고 있는데, 느끼고 보아야 하는 것까지도 '들리는지' 묻고 있
는 표현이 묘미가 있다.

한 막 뜨(Hàn Mặc Tử, 1912~1940)[103]는 열여섯 살부터 시를 짓기 시작

---

102) Hoài Thanh · Hoài Chân 『Thị Nhân Việt Nam, 1932~1941(베트남 시인, 1932~
　　1941)』 294면에 원문이 있다. 조재현 『베트남 近代詩論』 79~80면을 참고해서 다시 번역
　　했다.
103) 본명은 응우옌 쫑 찌(Nguyễn Trọng Trí).

했다고 한다. 창작 초기에는 당률쯔놈시 형식으로 쓰다가 후에 신시를 썼지
만 고체(古體)나 6·8체 형식도 버리지 않고 여전히 이용했다. 그는 가난한
천주교도 집안에서 태어나 학업을 중도에 그만두어야 했고, 또 젊은 나이에
병마에 시달려야 했다. 몸과 마음의 고통이 작품에도 고스란히 반영되어 시
에 어두운 그림자를 드리웠다. 작품 「피 흘리며(Rướm Máu)」를 보면 "혼
(魂)이 붓끝으로 쏟아져 나오기를 바라는" 마음으로 창작을 한다고 하고,
"시구는 모두 나의 뇌근(腦筋)"이며 글을 쓸 때 "피가 뿜어나오는 듯한" 느
낌과 "정신을 잃고 죽을 듯한" 느낌을 가진다고 했다.[104] 또 작품 「아베마
리아(Ave Maria)」에서는 "마리아여! 내 영혼이 춥습니다"라고 했다.[105] 이런
정감을 가지고 밤경치, 달과 별, 안개에 애착을 보였는가 하면 꿈, 정신이상,
죽음, 영원한 이별, 허무를 노래했다.

쑤언 지에우[106]는 낭만주의적 시풍을 대표하는 시인이다. 8월혁명(1945)
이전부터 월맹(越盟, Việt Minh)에 가입해 사회주의 혁명 진영에서 활동했
다. 1938년에 시집 『시(詩) 시(詩)(Thơ Thơ)』를, 1945년에는 시집 『바람에
향기를 날리고(Gửi hương cho gió)』를 출간해 큰 반향을 불러일으켰다. 그
는 일찍이 딴 다의 작품을 좋아했고 후에는 프랑스 시인 라마르띤이나 보들
레르의 영향도 받았다고 알려져 있다. 서구적 감각과 작법으로 자아의 해방
과 자유로운 사랑을 노래한 작품이 도시 젊은이들의 환영을 받았다.[107]

우선 시인이란 어떤 사람인지를 말한 작품으로 『시 시』에 실린 「감촉(感
觸, Cảm xúc)」이 주목된다. 거기서 "시인은 바람과 함께 노래하고, 달을 따
라 꿈꾸며 구름과 더불어 배회한다"고 하고, "시인은 단지 조그마한 바늘이

---

104) Hoài Thanh·Hoài Chân 『Thị Nhân Việt Nam, 1932~1941(베트남 시인, 1932~
    1941)』 199면.
105) Hoài Thanh·Hoài Chân 『Thị Nhân Việt Nam, 1932~1941(베트남 시인, 1932~
    1941)』 207면.
106) 본명은 응오 쑤언 지에우(Ngô Xuân Diệu).
107) 于在照 『越南文學史』 263면.

고, 만물은 시인을 끌어당기는 각양각색의 자석"이라고 했다.108) 또 「서둘러(Vội vàng)」에서는 "나는 갓 생기를 머금은 살아 있는 것들을 안고 싶다"고 했다.109) 시인은 민감하기 그지없는 감수성을 발휘해 만물과 교감하고 미(美)를 발견하는 사람이라는 뜻이겠다. 쑤언 지에우는 '시인됨의 뜻'이 이렇다는 생각을 가지고 낭만적 정감이 넘쳐흐르는 시를 썼다.

쑤언 지에우는 만물의 색깔과 향기, 곧 아름다움이 영원하기를 소망했다. 하지만 만물이 아름다움을 내보이는 시간은 너무나 짧다.

> 나는 태양을 꺼버리고 싶다
> 색이 바라지 않도록.
> 나는 바람을 묶어두고 싶다
> 향기가 날아가지 않도록.
> (…)
> 봄이 오고 있다고 하면, 봄이 지나가고 있다는 말이다.
> 봄이 아직 젊다고 하면, 봄이 곧 늙어갈 거라는 말이고,
> 봄이 다했다고 하면, 나 또한 죽는다는 말이다.

> Tôi muốn tắt nắng đi
> Cho màu đừng nhạt mất;
> Tôi muốn buộc gió lại
> Cho hương đừng bay đi.
> (…)
> Xuân đang tới, nghĩa là xuân đang qua;
> Xuân còn non, nghĩa là xuân sẽ già,

---

108) 배양수 외 『베트남의 이해』 242~246면에서 쑤언 지에우를 다루었다. 「감촉」은 「시인」이라는 제목으로 244~245면에 번역되어 실려 있다.

109) 원문은 "Ta muốn ôm, Cả sự sống mới bắt đầu mơn mởn"이다(Hoài Thanh・Hoài Chân 『Thị Nhân Việt Nam, 1932~1941(베트남 시인, 1932~1941)』 114면).

Mà xuân hết nghĩa là tôi cũng mất.[110]

「서둘러」의 일부다. 앞부분은 5언 4행의 프롤로그이다. 뒷부분은 작품 중간에서 뽑았다. 만물의 아름다움이 정점에 이르는 시기를 봄이라고 하고서, 그 정점의 아름다움은 금세 사라지고 만다고 했다. 아름다움의 정점이 곧 아름다움의 소멸이라는 것이다. 그러니 쑤언 지에우에게는 아름다움이 기대와 아쉬움, 기쁨과 슬픔, 희망과 절망이라는 양면성을 가진다고 볼 수 있다.

만물과 교감하고 아름다움을 포착하고자 하는 열망은 열정적인 사랑을 꿈꾸게 했다. 사랑은 대상(사람)과의 강렬한 교감에서 나오기 때문이다. 사랑에 대한 갈망을 노래한 작품이 풍부하고 특히 큰 호응을 얻었다.[111] 이미 앞에서 본 「사랑」이 그렇고 다음 작품 「말해야 합니다(Phải nói)」도 그렇다.

그대여 말해야 합니다, 말해야 해요, 말해야 한다고요.
눈망울과 눈빛으로 표현하는 그대만의 말로요,
즐거운 자태와 도취된 수줍음으로,
머리를 숙이고, 입가엔 미소를 머금으며, 손가락을 걸고
침묵으로, 그리고 뭔가로 내가 알 수 있도록!

무엇보다 당신은 겨울같이 쌀쌀하면 안되고요,
타오르는 이 가슴을 보고도 무심하면 안되고요,
잠자는 호수의 수면인 듯 잔잔해도 안됩니다,
열렬히 사랑해도, 그래도 여전히 부족합니다.

---

110) Hoài Thanh · Hoài Chân 『Thị Nhân Việt Nam, 1932~1941(베트남 시인, 1932~1941)』 113~114면.

111) Dương Quảng Hàm 『Việt Nam Văn Học Sử Yếu(越南文學史要)』, Nxb Tổng Hợp Đồng Tháp 1993, 457~458면.

570

Em phải nói, phải nói, và phải nói:
Bằng lời riêng nơi cuối mắt, đầu mày,
Bằng nét vui, bằng vẻ thẹn chiều say,
Bằng đầu ngả, bằng miệng cười, tay riết,

Bằng im lặng, bằng chi anh có biết!
Cốt nhất là em chớ lạnh như đông,
Chớ thản nhiên bên một kẻ cháy lòng,
Chớ yên ổn như mặt hồ nước ngủ,
Yêu tha thiết, thế vẫn còn chưa đủ.[112]

8언 6연인 작품의 마지막 두 연이다. 사랑을 갈구하는 심정을 직설적으로 표현하고 있다. 그런데 열정적으로 사랑을 요구하고 있지만 상대는 어쩐지 거기에 상응하는 반응을 보이지 않고 무심하며 냉담하기까지 하다. 기쁜 사랑의 노래를 부르고 있지만 외로운 사랑의 그림자가 드리워져 있다. 이런 점은 「사랑」에서 "무한히 주어도 받는 것은 보잘것없구나"라 하고 "가까이 있는 그 순간도 마치 이별의 시각과 같"다고 탄식한 것과 상통한다. 이러한 면모는 작자가 삶(사랑)에 몰입하려는 지향을 가지고 있으면서도 그와 동시에 모든 것으로부터, 심지어는 자기자신으로부터도 벗어나고자 하는 지향을 동시에 가지고 있기 때문에 나타난 것이라는 해석이 설득력이 있다.[113] 나아가 시대현실에 완전히 몰입하기도 거기에서 완전히 이탈하기도 어려웠던 처지에서 느끼는 고민이 투영되어 나타났다고 보아도 좋을 듯하다. 이러한 점이 초기 낭만주의적 신시 계열 작가들의 성취와 한계를 설명해준다고 생각한다.

휘 껀(Huy Cận, 1919~2005)[114]은 쑤언 지에우의 2년 후배였는데, 두 사

---

112) 조재현 『베트남 近代詩論』 135~137면에 원문과 번역이 있어 참고했다.
113) Nguyễn Đình Chú 주편 『Văn 11(문학 11)』, Hà Nội: Nxb Giáo Dục 1999, 118면.

람은 서로 알게 된 이후 평생토록 변하지 않는 우정을 나눈다. 1940년에 첫 시집 『신성한 불(Lửa thiêng)』을 내면서 신시 계열에 합류한다. 작품의 주된 정조는 끝 모를 오뇌(懊惱)와 슬픔이었다. 그의 작품에서 자연은 광대하고 적막하며 아름답지만 또한 슬픈 느낌을 주어 이별과 죽음을 연상하게 한다.115) 다음은 「장강(長江, Tràng giang)」의 첫번째 연이다.

장강(長江)에 잔물결 이니 슬픔이 첩첩(疊疊)이요,
배를 노 저어 나아가니 파문이 쌍쌍(雙雙)이로다.
배 내려가자 물결 이니 슬픔이 백 갈래요,
마른 장작 한 가지 물결에 떠밀리고 있구나.

Sóng gợn tràng giang buồn điệp điệp,
Con thuyền xuôi mái nước song song.
Thuyền về nước lại, sầu trăm ngả;
Củi một cành khô lạc mấy dòng.116)

한 연이 7언 4행이며 모두 4연인 작품이다. 이런 작품을 온전히 서구시의 영향을 받아 창작된 것이라고 보기는 힘들다. 중세 한시의 가락이 배어 있기 때문이다.117) 신시가 오로지 프랑스 시의 영향만을 받은 것이 아니라 한시의 영향도 받고 있음을 이런 작품을 통해서 알 수 있다.

쩨 란 비언(Chế Lan Viên, 1920~1989)118)은 망국의 슬픔을 노래한 작품

114) 본명은 꾸 휘 껀(Cù Huy Cận).
115) Nguyễn Đình Chú 주편 『Văn 11(문학 11)』 135면.
116) Hoài Thanh · Hoài Chân 『Thị Nhân Việt Nam, 1932~1941(베트남 시인, 1932~ 1941)』 133면에 원문이 있다.
117) 휘 껀의 이 작품은 두보의 「등고(登高)」를 떠올리게 한다. Phan Cự Đệ 외 『Văn Học Việt Nam(1900~1945)(1900~1945 시기의 베트남문학)』 527면.
118) 본명은 판 응옥 호안(Phan Ngọc Hoan).

이 주목을 받는다. 1937년에 간행한 시집 『폐허(Điêu tàn)』에 수록한 작품 「여러 갈래 심회(Những sợi tơ lòng)」의 한 연을 보자. 8언 5연 가운데 네 번째 연이다.

> 조물주여! 나를 점파[占國]에 되돌려주시오!
> 나를 티끌세상[塵間]에서 먼 곳으로 데려다주시오!
> 이 세상 모든 광경은 내 눈에 거슬리기만 하는구나!
> 온갖 즐거움은 줄곧 폐허를 떠올리게 하는구나!

> Tạo hóa hỡi! Hãy trả tôi về Chiêm Quốc!
> Hãy đem tôi xa lánh cõi trần gian!
> Muôn cảnh đời chỉ làm tôi chướng mắt!
> Muôn vui tươi nhắc mãi về điêu tàn![119]

점파, 곧 점성(占城)은 한때 찬란한 문화를 창조한 나라였지만 베트남의 남진정책에 의해 멸망하고 말았다. 쩨 란 비언은 스스로 점파식 이름을 사용하면서 점파를 프랑스 식민지로 전락한 베트남을 비유하는 메타포로 사용한다. 이 점파 메타포는 「시들어가는 밤(Đêm tàn)」이나 「돌아가는 길 위에서(Trên đường về)」에서도 되풀이 사용되고 있다. 이처럼 쩨 란 비언은 낭만적 정감과 애국주의적 경향을 결합한 작품을 썼다. 신시 계열의 작가들, 예컨대 쑤언 지에우나 휘 껀은 낭만주의적 요소와 현실주의적 요소를 결합하는 변화를 보였는데, 쩨 란 비언에게서 그런 경향이 특히 두드러진다.[120]
응우옌 빈(Nguyễn Bính, 1918~1966)[121]은 1937년에 낸 시집 『나의 영혼

---

119) 원문은 인터넷(http://www.thivien.net/viewpoem.php?ID=57)에서 구했다.
120) Phan Cự Đệ 『Văn Học Lãng Mạn Việt Nam(1930~1945)(베트남 낭만주의문학, 1930~1945)』 233~234면.
121) 본명은 응우옌 쫑 빈(Nguyễn Trọng Bính).

(Tâm hồn tôi)』으로 자력문단이 시 부문에 주는 상을 받기도 했다. 하지만 서양 문학의 영향을 심중하게 받지는 않았다. 주변의 시인들이 프랑스 상징 주의에 매료되어 있을 때, 자신은 베트남 전통민요의 운율과 표현을 이어 받고자 했다. 질박한 농촌생활을 작품화한 것이 널리 애송되었다.[122] 그는 또 1940~1942년 연속해서 7권의 시집을 낸 다작의 작가이기도 했다. 여기서 는「두 마음(Hai lòng)」을 보기로 한다. 1940년에 간행된 시집에 수록된 작품이다.

> 그대의 마음은 물건 파는 가게와 같아서,
> 손님은 잠시 들렀다가 제 갈 길로 가버리네.
> 내 마음은 떠도는 한조각 조각배와 같아서,
> 한 부두만을 향해서, 한길로만 흘러간다오
>
> 내 마음은 큰 파도 이는 바다와 같아서,
> 해조(海潮) 품고 있고 긴 강들 흘러든다네.
> 그대의 마음은 반드러운 잎사귀와 같아서,
> 아무리 물을 부은들 적실 수가 없다오
>
> 내 마음은 해바라기와 같아서,
> 영원토록 오로지 해만 바라본다네.
> 그대의 마음은 베틀의 북과 같아서,
> 수없이도 오갔지만 북은 여전히 그대로라오
>
> Lòng em như quán bán hàng,
> Dừng chân cho khách qua đàng mà thôi.

---

122) Hoài Thanh · Hoài Chân 『Thị Nhân Việt Nam, 1932~1941(베트남 시인, 1932~ 1941)』 343면.

Lòng anh như mảng bè trôi,
Chỉ về một bến, chỉ xuôi một chiều.

Lòng anh như biển sóng cồn,
Chứa muôn con nước ngàn con sông dài.
Lòng em như cánh lá khoai,
Đổ bao nhiêu nước ra ngoài bấy nhiêu.

Lòng anh như hoa hướng dương,
Trăm nghìn đổ lại một phương mặt trời,
Lòng em như cái con thoi,
Thay bao nhiêu suốt mà thoi vẫn lành[123]

 작품 전체가 3연인데, 각 연은 6·8체 형식 4행으로 되어 있다. 압운은
4행을 단위로 안배했다. 연을 나눈 것은 근대시 형식의 영향을 받은 것이라
고 할 수 있지만 기저가 되는 운율은 전통적 민요형식인 6·8체의 그것이
다. 작품을 보면 남성 화자가 자신의 사랑하는 마음을 몰라주는 여성을 원망
하는 말을 한다. 이는 민요에 늘 있어왔던 사랑노래의 계승이다.
 방 바 런(Bàng Bá Lân, 1912~1988)은 전원시풍의 작품을 썼다.[124] 응우
옌 응억 팝(Nguyễn Nhược Pháp, 1914~1938)은 낭만적 감정과잉이나 몽환
세계에 빠지지 않고 신화와 역사에서 제재를 찾아 활력있는 작품을 창작했
다.[125] 빅 케(Bích Khê, 1916~1946)는 상징주의 시를 창작했다.[126] 쩐 휘언

123) Hoài Thanh·Hoài Chân 『Thị Nhân Việt Nam, 1932~1941(베트남 시인, 1932~
 1941)』 346~347면에 원문이 있다.
124) 조재현 『베트남 近代詩論』 202면. 방 바 런은 본명이 응우옌 쑤언 런(Nguyễn Xuân
 Lân)이다.
125) 于在照 『越南文學史』 270~271면.
126) 조재현 『베트남 近代詩論』 160면에 「걱정스런 노크(Gõ bồn)」가 번역되어 있다. 빅 케

쩐(Trần Huyền Trân, 1913~1989)은 삶의 신고(辛苦), 불합리한 사회에 대한 불만, 미래에 대한 동경을 시로 노래했다.[127] 텀 떰(Thâm Tâm, 1917~1950)[128]의 작품으로는 7언 가행체(歌行體) 작품 「송별행(送別行, Tống biệt hành)」이 널리 애송된다.

여성시인의 활동도 활발했다. 번 다이(Vân Đại, 1903~1964), 항 프엉(Hằng Phương, 1908~1983),[129] 몽 뛰엣(Mộng Tuyết, 1918년생),[130] 아인 터(Anh Thơ, 1919년생)[131] 같은 여성시인이 있는데, 1943년에 이들 네 사람이 함께 시집 『봄 향기(Hương xuân)』를 출간했다. 이 시집은 여성작품 선집으로는 최초의 것이다.

여기서는 아인 터의 작품 「봄날 오후(Chiều xuân)」의 첫머리를 보기로 한다.

아무도 없는 나루터에 비는 조용히 내리고,
게으른 나룻배 유유히 흐르는 강물에 내맡기네.
쓸쓸히 서 있는 빈 초가집
그 옆으로 자줏빛 쏘안(xoan)꽃 어지러이 떨어지네.

Mưa đổ bụi êm êm trên bến vắng,
Đò biếng lười nằm mặc nước sông trôi;
Quán tranh đứng im lìm trong vắng lặng

는 본명이 레 꾸앙 르엉(Lê Quang Lương)이다. 빅 케는 1942년에 응우옌 쑤언 사인(Nguyễn Xuân Sanh), 팜 반 하인(Phạm Văn Hạnh), 도안 푸 뜨(Đoàn Phú Tứ) 등과 더불어 창작집 『쑤언 투 냐 떱(Xuân Thu Nhã Tập)』을 낸다. 이들은 말라르메(Mallarmé), 뽈 발레리(Paul Valéry) 등 프랑스 상징주의 시인의 영향을 받았다.

127) 于在照 『越南文學史』 269~270면.
128) 본명은 응우옌 뚜언 찡(Nguyễn Tuấn Trình).
129) 본명은 레 항 프엉(Lê Hằng Phương).
130) 본명은 럼 타이 욱(Lâm Thái Úc).
131) 본명은 브엉 끼에우 언(Vương Kiều Ân).

Bên chòm xoan hoa tím rụng tơi bời.[132]

아인 터는 1939년에 자력문단이 주는 시부문의 상을 수상하기도 했다. 농촌의 자연, 생활, 풍습을 작품 창작의 원천으로 삼았다.[133] 1941년에는 방 바 런과 함께 시집『옛날(Xưa)』을 내기도 했다. 응우엔 빈, 아인 터, 방 바 런――이 세 사람의 시세계는 서로 많이 닮아 있다. 농촌사람 응우엔 빈 은 농촌의 경관보다는 농촌에서의 삶을 그렸고, 도시사람 아인 터는 여행 객의 시선으로 농촌의 경관을 그리는 데 치중했다면 방 바 런은 아인 터에 가깝기는 해도 농촌의 경관을 더 잘 이해했다는 작가 당대의 비교론이 있 다.[134]

(2) 현실비판 계열의 시

현실비판 그룹의 시인으로는 뚜 머(Tú Mỡ, 1900~1976)[135]가 첫손 꼽힌 다. 그는 날카롭고 신랄한 풍자시를 썼다. 농민과 도시빈민의 궁핍한 생활상 에 주목하기도 하고[136] 관료, 꼭두각시 의원(議員), 식민지 앞잡이들을 풍자 대상으로 삼기도 했다. 시집으로는『역류(逆流, Dòng nước ngược)』(1, 1934)와『역류』(2, 1941)가 있다.

먼저「관료 봉급이 인상되다(Các quan được tăng lương)」의 한 대목을 보자. 전체 작품은 7언 8연으로 되어 있는데 다음은 여섯째 연과 일곱째 연

---

132) Hoài Thanh・Hoài Chân『Thi Nhân Việt Nam, 1932~1941(베트남 시인, 1932~ 1941)』190~191면에 원문이 있다. 조재현『베트남 近代詩論』144~145면의 번역 참조. 작품은 1941년 간행된 시집에 수록되었다.
133) 조재현『베트남 近代詩論』204면.
134) Hoài Thanh・Hoài Chân『Thi Nhân Việt Nam, 1932~1941(베트남 시인, 1932~ 1941)』165면.
135) 본명은 호 쫑 히에우(Hồ Trọng Hiếu).
136) Phan Cự Đệ 외『Văn Học Việt Nam(1900~1945)(1900~1945 시기의 베트남문학)』 348면.

이다.

관료의 궁핍한 처지를 안쓰럽게 여기고,
나라에서 봉급을 올려준 것이라네.
관료들 희희낙락 만족스럽겠지,
행복하리라! 제왕(帝王)처럼 멋대로 살게 되었으니!

관료가 봉급이 오르면, 백성 또한 오르는 거지,
부역 늘고, 세금 오르지, 몸이 뻣뻣해질 지경까지!
다 해진 옷이건만, 더더욱 누더기로 만드니,
이 비참한 생활을 그 누가 안단 말인가?

Cảnh túng nhà quan nghĩ đáng thương,
Cho nên nhà nước đã tăng lương.
Các quan hỉ hả mừng rơn nhé,
Sung sướng! Tha hồ sống đế vương!

Quan được tăng lương, dân cũng tăng:
Tăng sưu, tăng thuế đến nhăn răng!
Còn manh khố rách, càng thêm rách,
Đời sống lầm than ai thấu chăng?[137]

　　1943년 무렵에 프랑스 식민당국은 관료들의 봉급을 올려주는 조치를 취
했다.[138] 여섯째 연에서 말한 것처럼 관료들의 생활이 어려웠기 때문인 것

---

137) Vũ Ngọc Khánh 편 『Thơ Văn Trào Phúng Việt Nam, Từ Thế Kỷ 13 Đến 1945(베
　　트남 풍자시문, 13세기에서 1945년까지)』(Hà Nội: Nxb Văn Học 1974) 429~430면에 원
　　문이 있다.
138) Vũ Ngọc Khánh 편 『Thơ Văn Trào Phúng Việt Nam, Từ Thế Kỷ 13 Đến 1945(베

은 물론 아니고 관료의 협조를 구해 식민지 지배체제를 더욱 강화하기 위함
이었다. 관료들의 봉급이 오른만큼 민중생활은 더욱 어려워졌다. 그러니만큼
관료의 봉급인상사건은 식민지 사회가 안고 있는 민족모순과 계급모순의 축
도라고 작가는 파악하고 있다.

뚜 머의 풍자시 중에서 식민지 시대의 인민대표원(人民代表院, Viện Dân
biểu)[139]의 의원(議員, nghị viên), 그리고 의원선거를 풍자한 작품이 특히
정채가 돈다.[140] 프랑스 식민지 시대에 민주주의를 실시한다는 미명 아래
베트남 중부와 북부지방에서 인민대표원의 의원 선거를 실시했다. 명리를
추구하는 자들이 앞다투어 출마해서, 나라와 민중을 위한다는 외피를 쓰고
온갖 부정한 수단을 써서 당선되려 하여 정의감 있는 사람들은 오래지 않아
밀려나고 말았다.[141] 부정한 수단으로 당선된 의원들이 어떤 행태를 보일지
는 능히 짐작할 수 있다.

이번에는 작품 「선거(Bầu cử)」를 보기로 한다.


천하(天下)가 떠들썩하게 다들 서로 불러내어,
이 사람은 입후보하고, 저 사람은 투표하고.
이번에 많이들 가재(家財)를 탕진하지만,
'의원 나리(ông dân)' 된다는 보장이 있는가!

다들 무리 지어 거리로 나와 노래하는데,
날과 밤을 이어 끝날 줄 모르네.
이번에 나리께서 K. T.로 내려가신다니,

트남 풍자시문, 13세기에서 1945년까지)』 430면.
139) 한자어로 바꾸면 '민표원(民表院)'이 된다. 잠시 '인민대표원'으로 옮겼다.
140) Phan Cự Đệ 외『Văn Học Việt Nam(1900~1945)(1900~1945 시기의 베트남문학)』
505면.
141) Vũ Ngọc Khánh 편『Thơ Văn Trào Phúng Việt Nam, Từ Thế Kỷ 13 Đến 1945(베
트남 풍자시문, 13세기에서 1945년까지)』 432면.

문 연 기생들 아마도 돈 좀 벌겠네!

Thiên hạ nôn nao họ rủ nhau:
Người ra ứng cử, kẻ đi bầu.
Phen này lắm cậu gia tài vỡ,
Mà chức "ông dân" đã chắc đâu!

Họ kéo từng đàn xuống xóm hát,
Lu bù ngày ấy sang đêm khác.
Phen này ông quyết xuống K. T.
Mở tiệm cô đầu có lẽ phát![142]

7언 8연으로 된 작품의 처음 첫째 연과 둘째 연이다. 선거철이 되자 마을 전체가 떠들썩하니 흥청거리는 장면이다. 의원자리를 꿈꾸는 사람들이 출마해 가산을 기울여 술판을 벌이면서 돈으로 자리를 사려 한다는 점을 꼬집고 있다. 둘째 연의 'K. T.'는 '컴 티언(Khâm Thiên)'의 머리글자로, 식민지 시대 하노이에서 기생집이 몰려 있던 곳이다.[143] 「선거」는 선거의 떠들썩함을 그대로 전하면서 이면에 감추어진 어두운 현실을 고발하고자 했다.

뚜 머는 호춘향, 완권, 진제창으로 이어져온 풍자시의 전통을 계승한다고 할 수 있다.[144] 뚜 머라는 필명은 진제창의 필명인 뚜 쓰엉(Tú Xương, 秀昌)을 떠올리게 한다. 필명에서부터 풍자를 무기 삼아 현실을 비판하는 시인의 계보를 잇겠다는 점을 분명히 해두었다. 뚜 머는 베트남 전통시가형식을

---

142) Vũ Ngọc Khánh 편『Thơ Văn Trào Phúng Việt Nam, Từ Thế Kỷ 13 Đến 1945(베트남 풍자시문, 13세기에서 1945년까지)』431~432면에 원문이 있다.
143) Vũ Ngọc Khánh 편『Thơ Văn Trào Phúng Việt Nam, Từ Thế Kỷ 13 Đến 1945(베트남 풍자시문, 13세기에서 1945년까지)』432면.
144) Phan Cự Đệ 외『Văn Học Việt Nam(1900~1945)(1900~1945 시기의 베트남문학)』516~517면.

버리지 않고 사용하면서 이전보다 더욱 복잡해진 사회현상을 제재로 포괄하고자 했다. 다른 한편으로는 프랑스 풍자문학의 영향도 받았다. 1959년에 쓴 글에서 자신은 몰리에르, 볼떼르, 라브뤼예르(La Bruyère), 꾸르뜰린 (Courteline) 등의 작품들을 읽고 영향을 받았다고 말하고 있다.[145]

뚜 머는 풍자시의 기법도 다양하게 개발했다. 강조나 과장기법을 쓰기도 하고 속담이나 관용표현을 효과적으로 사용했다. 민중의 목소리를 작품에 끌어들이기도 했다. 독자에게 웃음을 유발하는가 하면 웃음 끝에 눈물이 나게 했다.[146] 우의적 기법도 사용했다. 예를 들어 1938~1939년에는 「오늘날 (Ngày nay)」에 「소(con bò)」와 「개(Con chó)」를 발표했다. 제목을 보는 것만으로도 짐작할 수 있듯이 민중을 무자비하게 대하는 식민지 통치자, 식민지 지배에 협조하는 충복(忠僕)들을 우의적인 수법을 써서 풍자한 작품들이다.[147] 하지만 모든 작품이 성공적인 것은 아니었다. 때로는 깊이가 없이 가볍고 말은 많으나 함축은 모자란다는 평을 받기도 한다.[148]

(3) 공산혁명 계열의 시

공산혁명 시인 그룹에 드는 시인으로는 호지명(胡志明, Hồ Chí Minh, 1890~1969), 또 흐우(Tố Hữu, 1920~2002),[149] 쏭 홍(Sóng Hồng), 쩐 휘 리에우(Trần Huy Liệu, 1901~1969), 레 득 토(Lê Đức Thọ, 1911~1990),[150] 쑤

---

145) Phan Cự Đệ 외 『Văn Học Việt Nam(1900~1945)(1900~1945 시기의 베트남문학)』 517면.
146) Phan Cự Đệ 외 『Văn Học Việt Nam(1900~1945)(1900~1945 시기의 베트남문학)』 518~520면.
147) Phan Cự Đệ 외 『Văn Học Việt Nam(1900~1945)(1900~1945 시기의 베트남문학)』 348~349면.
148) Phan Cự Đệ 외 『Văn Học Việt Nam(1900~1945)(1900~1945 시기의 베트남문학)』 521면. 현실비판 그룹에 드는 시인으로 도 폰(Đỗ Phồn, 1911~1990)도 있다. 본명은 부이 휘 폰(Bùi Huy Phồn)이며 시는 물론 소설, 희곡도 썼다.
149) 본명은 응우옌 낌 타인(Nguyễn Kim Thành).

언 투이(Xuân Thủy, 1912~1985) 등이 있다.[151] 먼저 또 흐우를 보자. 그는 베트남 중부의 가난한 유학자 집안에서 태어났다. 일찍이 공산주의운동에 투신해서 1936년에 공산청년단(Đoàn thanh niên Cộng sản)에 가입하고 후에(Huế)에서 민주청년단(Đoàn thanh niên Dân chủ)을 이끌었다. 이후 1938년에 인도차이나공산당(Đảng Cộng sản Đông Dương)에 가입했고 1939년에는 프랑스 식민당국에 의해 체포되어 수감되었다. 1942년에 탈옥해서 타인 호아(Thanh Hóa, 淸化) 지역에서 비밀활동을 전개하다가 해방(8월혁명)을 맞이한다.

또 흐우는 1936년에 신문에 시를 발표하는 것으로 시작활동을 개시했다.[152] 하지만 또 흐우가 애초부터 혁명시를 창작한 것은 아니었다. 중학교에 다니면서는 프랑스 문학작품에 심취하기도 했다. 열여섯의 나이에 낭만적인 시를 써서 「하노이 신문(Hà Nội báo)」(1936. 5. 27)에 발표하기도 했다. 베트남 낭만주의 신시 그룹의 여러 시인들, 예컨대 테 르, 르우 쫑 르, 쑤언 지에우, 쩨 란 비언, 휘 껀 등의 영향 또한 깊이 받았다. 그러던 그가 민주전선(Mặt trận Dân chủ) 시기에 맑시즘 서적을 탐독하는가 하면 혁명가들의 영향을 받기도 하면서 혁명활동에 투신하기로 결심하고, 거기에 따라 시작의 경향도 변화하게 되었다.[153]

수감기간을 포함한 1937~1946년에 창작한 작품이 시집 『시(詩, Thơ)』(1946)에 수록, 발표되었다. 『시』를 보충해서 1959년에는 『그후로(Từ ấy)』라는 제목으로 재판을 냈다. 또 흐우가 8월혁명 이전에 창작한 작품들 가운데

---

150) 본명은 판 딩 카이(Phan Đình Khải).
151) Mã Giang Lân 『Văn Học Việt Nam(1945~1954)(베트남문학, 1945~1954)』 16면.
152) Phan Cự Đệ 외 『Văn Học Việt Nam(1900~1945)(1900~1945 시기의 베트남문학)』 652면. 한편 Phong Lan · Mai Hương 편 『Tố Hữu(또 흐우)』(Hà Nội: Nxb Giáo Dục 1999) 43면에서는 1937년이라고 한다.
153) Phan Cự Đệ 외 『Văn Học Việt Nam(1900~1945)(1900~1945 시기의 베트남문학)』 652면.

신문지상에 공개된 작품은 적은 수에 지나지 않는다. 반면 감옥에서 지은 많은 작품들이 감옥 안팎에서 비밀리에 전송(傳誦)되었다.154)

1938년 7월에 쓴 「그후로」를 제일 먼저 보아야 하겠다.

그후로 내 안에서는 여름 햇빛 타오르고,
진리의 태양이 내 심장을 밝게 비추었다.
내 영혼은 꽃과 잎이 무성한 정원,
향기 농밀하고 새 소리 가득하다……

나는 내 마음을 모든 이와 결합했노라,
내 마음이 모든 곳으로 퍼져나가도록.
내 영혼이 고통받는 모든 영혼을 감싸안아서,
서로 더욱 가까워져서 생명력을 더하도록.

나는 만집안[萬家]의 아들이요,
쇠잔한 만겁(萬劫)의 아우로다.
나는 만인의 형이로다,
옷도 밥도 없고, 집도 없이 떠도는 힘없는 (만인의)……155)

Từ ấy trong tôi bừng nắng hạ
Mặt trời chân lý chói qua tim
Hồn tôi là một vườn hoa lá
Rất đậm hương và rộn tiếng chim……

Tôi buộc lòng tôi với mọi người

---

154) 于在照 『越南文學史』 292면.

155) 원문의 "cù bất cù bơ"는 "cầu bơ cầu bất"과 같은 표현으로 '방랑하는, 집 없는, 유리 실소(流離失所)'의 뜻이라고 한다.

Để tình trang trải với trăm nơi
Để hồn tôi với bao hồn khổ
Gần gũi nhau thêm mạnh khối đời.

Tôi đã là con của vạn nhà
Là em của vạn kiếp phôi pha
Là anh của vạn đầu em nhỏ
Không áo cơm, cù bất cù bơ……156)

'그후'는 공산당에 가입한 이후를 말한다. 작품에서는 공산혁명에 참여하게 되면서 느끼는 감격과 가슴에 품은 이상, 민중에 대한 사랑과 연대의식을 직설적으로 표현하고 있다. 허사('là' 'với' 등)를 자주 사용하고 동일한 구법이 반복되게 하기도 해서 산문적이라는 느낌을 준다. 시적 함축보다는 정감을 직접 토로하기 위해 그렇게 한 것이겠다.

다음으로 「향강(香江)의 노랫소리(Tiếng hát sông Hương)」(1938)를 보기로 한다. 이 작품은 자력문단의 녓 린과 카이 훙이 공동 창작한 소설 『비바람 몰아치는 삶(Đời mưa gió)』(1934)에 대한 반론이다. 『비바람 몰아치는 삶』에서는 향강에서 기녀 노릇하는 뛰엣(Tuyết)의 오욕에 찬 삶이 운명이어서 벗어날 수 없다고 했다. 또 흐우는 그런 운명론을 거부하기 위해 「향강의 노랫소리」를 창작했다.157)

「향강의 노랫소리」 첫머리에서는 치욕스러운 삶의 시간과 공간을 노래했다. 이어 중반부에서는 '오늘의' '비바람 몰아치는' 치욕스러운 삶을 벗어날 길이 없다고 하는 탄식이 흘러나온다. 하지만 결말부에서는 온갖 곳에서 '새로운 바람'이 불어오면 '내일은' 달라질 것이라 하면서 다음과 같이 작품을

---

156) 원문은 인터넷(http://www.thivien.net/viewpoem.php?ID=129)에서 구했다.
157) Phan Cự Đệ 외 『Văn Học Việt Nam(1900~1945)(1900~1945 시기의 베트남문학)』 659면.

584

마무리하고 있다.

> 내일은 새로운 바람이 사방팔방에서 불어와,
> 봄기운 충만한 정원으로 그대를 인도하리라.
> 내일은 맑고 깨끗해지리니,
> 그대는 내몰려 몸 파는 삶을 마감하리라.
> 내일은 모든 더러운 것들이,
> 오늘밤 어두운 구름같이 사라지리라.
> 살아가야 할 날이 많은 그대여,
> 마음을 열고 찬란한 내일을 맞이하라.

> 향강(香江) 위에서……

> Ngày mai gió mới ngàn phương
> Sẽ đưa cô tới một vườn đầy xuân
> Ngày mai trong nắng trắng ngần
> Cô thôi sống kiếp đày thân giang hồ
> Ngày mai bao lớp đời dơ
> Sẽ tan như đám mây mờ đêm nay
> Cô ơi tháng rộng ngày dài
> Mở lòng ra đón ngày mai huy hoàng

> Trên dòng Hương Giang……158)

　　운명론을 거부하고 사회의 가장 밑바닥에서도 품을 수 있는 미래에 대한 희망을 말하고 있다. 확신에 찬 낙관주의라고 말할 수 있을 것이다. 작품의 첫머리는 3~4언을 섞기도 하고 6·8체와 4언을 결합하기도 하다가 중반부

---

158) 원문은 인터넷(http://www.thivien.net/viewpoem.php?ID=566)에서 구했다.

이후로는 6·8체로 썼다. 위에 인용한 부분은 6·8체로 되어 있다.

「그후로」는 낭만주의적 격정을 계승하면서도 낭만주의 그룹이 맞닥뜨린 절망과 도피의 벽을 희망과 연대, 그리고 참여로 극복하고자 했다. 또한「향강의 노랫소리」는 일체의 운명론을 거부하고 미래에 대한 희망을 말하고 있다. 그렇기에 시집『그후로』가 혁명적 낭만주의를 구현한다는 평가를 받는 것이 당연하다.159)

8월혁명 이전 베트남 내 공산주의운동은 부침을 겪었다. 활기 띤 시기가 있는가 하면 식민당국에 의해 공산주의자들이 대대적으로 검거된 시기도 있었다.160) 이 과정에서 수많은 사람들이 수감생활을 하게 되었다. 그런 그들은 감옥에서 시문을 창작했다. 이른바 '감옥문학(văn học nhà tù)'이 이렇게 해서 출현하게 되었다. 감옥에 갇혀 있으면서 시를 써서 주고받는가 하면 서로 경합하기도 했다. 그래서 1930~1940년대 중반 시기의 '감옥문학'은 혁명문학의 중요한 부분이 되었다.

쑤언 투이161)는 일찍부터 독립운동에 적극 참가했고, 1932년부터 인도차이나공산당 활동에 참가해 1938~1943년에 프랑스 식민당국에 의해 수차례 체포·수감되기도 했다. 대표작으로 꼽히는 「머릿속까지 감금할 수는 없다 (Không giam được trí óc)」를 보기로 하자. 7언 6연 중에서 넷째 연과 마지막 연이다.

이것 봐 제국주의자들이여 알기나 하는가?
네놈들은 이미 노쇠했고, 우리들은 젊다는 것을.
네놈들이 쥐고 있는 지구를 더는 쥐고 있지 못하리니,

---

159) Phan Cự Đệ 외『Văn Học Việt Nam(1900~1945)(1900~1945 시기의 베트남문학)』 659면.

160) 유인선『베트남의 역사』350~353면.

161) 본명은 응우옌 쫑 념(Nguyễn Trọng Nhâm). 응우옌 쫑 년(Nguyễn Trọng Nhân)이라고 한 곳도 있다.

우리는 저 하늘, 달나라 궁전까지 뻗치리라.

(…)

내일은 굶주리지도 가난하지도 않을 것이며,

감옥도, 죄도, 군색함도 다하리라.

내외(內外), 사해(四海)가 모두 형제이니,

아아, 아름답구나, 봄 정원의 아침저녁이여!


Này này đế quốc biết hay chăng

Ngươi đã già nua, ta trẻ măng

Trái đất ngươi ôm, ôm chẳng nổi

Trời kia, ta với cả cung trăng"

(…)

Ta nghĩ ngày mai hết đói nghèo

Hết tù, hết tội, hết gieo neo

Trong, ngoài, bốn bể anh em cả

Ôi đẹp! Vườn xuân những sớm chiều[162]


몸은 가두어도 정신을 가두지는 못한다는 제목 아래 제국주의의 몰락과 유토피아의 도래를 선언하고 있다. 호지명이 감옥 속에서, "신체는 갇혔지만 정신은 갇히지 않고 혁명을 계획한다"[163]고 한 것을 떠올리게 된다. 감옥에 갇혀 있으면서도 미래의 희망을 말하며 정신무장을 다시 하는 것은 '감옥문학'에서 발견되는 공통점이다.[164]

---

162) Phan Cự Đệ 외 『Văn Học Việt Nam(1900~1945)(1900~1945 시기의 베트남문학)』 624면(마지막 연)과 627면(넷째 연)에 원문이 있다.
163) 『옥중일기』의 권두시에서 한 말이다.
164) '감옥문학'의 작가로 쩐 휘 리에우(Trần Huy Liệu, 1901~1969)도 있다.

## 3. 근대소설

### 1) 『또 뗌(Tố Tâm)』의 출현

국어로 쓴 소설로서 근대소설다운 수준에 도달했다고 인정되는 첫 작품이 1925년에 출판된 장편소설 『또 뗌(Tố Tâm, 素心)』이다. 저자인 호앙 응옥 파익(Hoàng Ngọc Phách, 黃玉柏, 1896~1973)은 베트남 중부의 유학자 가정에서 태어났다. 그의 부친은 일찍이 근왕운동에 참여하기도 했다. 1922년 스물여섯 살에 하노이의 동양고등사범학교(東洋高等師範學校, Trường Cao đẳng Sư phạm Đông Dương)를 졸업하고, 여러 곳에서 가르치면서 글을 썼다. 독립 이전에는 박 닌(Bắc Ninh)에서 국어전파위원회(國語傳播委員會) 회장을 맡았고 그곳에서 월맹(越盟)에도 가담했다. 베트남 독립 이후에는 교육과 문학연구 분야에서 일을 했다.

호앙 응옥 파익은 고등사범학교 재학시절부터 「남풍」이나 신문에 글을 썼다. 그러던 그를 일약 유명인사로 만든 작품이 고등사범학교 재학중이던 1922년에 완성하고 1925년에 발표한 장편소설 『또 뗌』이다. 이 작품으로 말미암아 그는 서양 낭만주의문학의 영향을 받아 국어로 작품을 쓰면서, 베트남의 낭만주의문학을 개척한 선봉에 선 작가라는 평가를 받는다.[165]

『또 뗌』은 남성 주인공 담 투이(Đạm Thủy, 淡水)와 여성 주인공 또 뗌 사이의 비극적인 사랑 이야기이다. 남성 주인공은 하노이 고등사범학교 학생 레 타인 번(Lê Thanh Vân)인데, 담 투이라는 필명으로 신문에 시문을 발표하기도 하는 문학청년이다. 설을 쇠러 고향 가는 길에 원고와 명함 등이 들어 있는 서류지갑을 분실했다가 찾은 일이 인연이 되어 여성 주인공 응우옌 티 쑤언 란(Nguyễn Thị Xuân Lan)을 알게 되었다. 그 해에 스무 살이

---

165) Vũ Tiến Quỳnh 편 『Phê Bình Bình Luận Văn Học(문학평론비평)』 38~39면; Nguyễn Q. Thắng · Nguyễn Bá Thế 『Từ Điển Nhân Vật Lịch Sử Việt Nam(베트남역사 인물사전)』 244면.

된 란(Lan, 蘭)은 어려서는 전통적인 한학교육을 받았고, 열다섯 살부터는 하노이에 살면서 서구식 근대교육을 받은 지적이고 아름다운 여성이었다. 아버지는 지방관을 지내다가 5년 전에 세상을 떠났고, 비단장사를 하는 홀어머니와 리세(lycée) 3학년인 남동생과 함께 살고 있었다.

란은 이전부터 담 투이의 작품을 읽고 호감을 가지고 있었는데, 실제로 그를 만나보고는 더욱 깊이 좋아하게 된다. 담 투이가 문학작품을 논하는 것을 즐겨 들었고, 담 투이가 쓴 작품은 모두 빌려 읽었다. 또 자신이 쓴 시를 보여주며 퇴고를 부탁하기도 했다. 담 투이는 란(蘭)이라는 이름에 착안해서 또 뗨(素心)이라는 필명을 지어준다.[166]

담 투이도 또 뗨에게 호감을 가져 자주 그녀의 집에 놀러 간다. 주로 감상적(感傷的)인 가락을 가진 또 뗨의 습작시를 보고 그녀가 풍부한 내면을 가진 여성이라는 것을 느끼게 된다. 처음에는 동료 문사나 친구 사이에서처럼 우정을 느끼다가 점차 연애감정을 품게 된다. 하지만 담 투이는 스스로 선택한 사랑과 집안의 법도 사이에서 고민해야 했다. 그에게는 이미 부친이 정해둔 혼처가 있었고, 졸업하면 혼인하도록 되어 있었다. 집안 법도가 엄해서 어떻게 바꿔볼 수 있는 일이 아니었다.

그러던 어느 날 담 투이는 또 뗨의 집을 방문했다가 뚜껑이 열려 있는 바느질 상자를 발견한다. 그 안에는 수놓은 손수건 같은 것이 들어 있었고, 또 상자 바닥에는 V자와 L자가 서로 얽혀 있는 형태로 그려져 있는 종이가 놓여 있었다. 그 종이를 보고 담 투이는 자신을 향한 또 뗨의 마음을 알게 된다. V자와 L자는 담 투이와 란 두 사람 본명의 머리글자였다. 담 투이 자신이 그려놓은 종이를 본 것을 알게 된 또 뗨은 울음을 터뜨리고 만다.

다음날 아침 또 뗨으로부터 편지가 왔는데, 자신은 담 투이를 사랑하고 있으며 혼처가 정해져 있어서 비록 희망이 없는 사랑일지라도 사랑을 포기

---

166) 또 뗨은 난초의 일종으로 화심(花心)이 희다.

할 수 없다는 내용이었다. 이렇게 해서 두 사람은 서로의 사랑을 확인하게 되었고 사랑이 점점 깊어간다. 둘은 여러 곳을 함께 다니며 즐겁고 행복한 나날을 보낸다. 한 장면을 보기로 하자.

나는 지금도 그녀와 함께 B마을의 들로 나갔다가 매우 큰 비를 만났던 날을 기억하고 있다. 앞서 달려가던 (또 몀의) 남동생은 정자 안으로 몸을 피할 수 있었지만, 우리 두 사람에게는 그녀가 가지고 있는 부서지기 쉬운 검은 우산 하나밖에는 없어서, 큰 나무 옆으로 몸을 피한 다음 젖지 않도록 우산으로 비를 막는 수밖에 없었다. 비는 점점 더 세차게 내리고, 천둥 번개가 요란했는데, 나는 어릴 적 과학시간에 번개가 칠 때는 큰 나무 아래에 서 있지 말아야 한다고 배운 기억이 났다. 내가 기분이 좋아서 그 이야기를 그녀에게 해주자 그녀는 웃으면서 내게 이렇게 말했다.
"만약 벼락이 떨어지면 둘이 같이 죽는 거지요."
나는 그 말이 깊은 의미가 있다고 생각했지만, 여성이 불길한 말을 하는 것을 좋아하지 않아서…… 비는 그쳤지만, 길 위에 물이 아직 고여 있어서, 그녀는 신발을 벗고 맨발로 걸어야 했는데, 나는 그녀의 하얀 두 발이 거무스름한 진흙탕을 밟는 것을 보면서, 뿌리 쪽 흙더미에 떨어져 있는 아주 아름다운 몇 줄기 꽃가지가 머릿속에 떠올랐고…… 마음속으로 그녀가 가엾다는 생각이 들었다; 하지만 속으로 저렇게 옥 같고 상아 같은 두 발이 나를 사랑하기 때문에 진흙투성이가 되었다는 자만심이 생겨나는 것이었다. 더욱이 옆쪽의 푸른 풀 더미와는 상반되는 하얀 발의 모습을 바라보면서 나는 그녀가 그렇게 계속 걸어가기를 바랐다.[167]

담 투이는 여름날에 또 몀의 가족과 함께 도 선(Đồ Sơn) 바닷가에 다녀오기도 한다. 하지만 두 사람의 사랑에는 처음부터 어두운 그림자가 드리워져

---

167) Hoàng Ngọc Phách 『Tố Tâm(또 몀)』(10쇄), Thanh Xuân Xuất Bản 1963, 49~50면. 번역할 때는 원작의 호흡을 살리기 위해 문장부호를 그대로 따랐다.

있었다. 또 뗨은 담 투이를 사랑하고 있지만 끝내 맺어질 수 없다는 사실 때문에 고통스러워했다.

또 뗨의 부친과 친구 사이였던 집이 있었는데, 그 집 아들은 최근에 바칼로레아[168]를 통과하고 의사를 꿈꾸는 청년이었다. 그 집에서 또 뗨에게 청혼해왔다. 또 뗨의 어머니는 청혼에 응하고자 하지만 또 뗨이 동의하지 않는다. 담 투이도 집안의 뜻을 따르도록 권하지만 또 뗨의 뜻을 돌리지는 못했다. 자신이 사랑하는 것은 담 투이뿐이고 사랑하지 않는 사람과는 결혼할 수 없다는 것이었다. 담 투이는 또 뗨을 데리고 심산궁곡(深山窮谷)이나 해각천애(海角天涯)로 가버릴까도 생각하지만 부모와 가족의 정을 생각해서 그렇게 하기 어렵다고 생각한다.

또 뗨의 외삼촌이 "문명시대에는 사랑해서 결혼하는 것이고, 자신의 사랑은 스스로 선택하는 것이다"라고 하자 또 뗨의 어머니는 "가법(家法)이 있는 집의 자식은 부모가 말하면 따라야 한다"고 말한다.[169] 담 투이도 어쩔 수 없었기에, 자기 때문에 불행해지는 것을 원치 않는다며 어머니의 뜻에 따라 청혼을 받아들일 것을 누차 권한다. 사랑보다 효도가 먼저라는 취지인, "해서산맹(海誓山盟)의 말은 제쳐두고, 자식으로서 먼저 생육(生育)의 은혜를 갚아야만 하겠지"라는 『취교전』의 구절을 또 뗨에게 보내는 편지에 인용하기도 했다.[170]

오래지 않아 음력 12월 초에 또 뗨의 어머니 병세가 악화된다. 중병으로 병상에 누워 있는 어머니의 권고를 뿌리치지 못하고 또 뗨은 어쩔 수 없이 결혼하기로 한다. 결혼 날짜는 12월 12일로 잡혔다. 또 뗨은 담 투이를 만나 작별을 고한다.

---

168) 바칼로레아(Baccalauréat)는 프랑스 대입 자격시험이다.
169) Hoàng Ngọc Phách 『Tố Tâmt(또 뗨)』(10쇄) 65면.
170) Hoàng Ngọc Phách 『Tố Tâmt(또 뗨)』(10쇄) 67면. 『취교전』 603~604행이다. '해서산맹'은 영구히 존재하는 산과 바다에 맹세한다는 뜻으로, '굳은 맹세'를 이르는 말.

또 뗌은 11일 이래로 열이 나기 시작했다. 식욕도 없고 잠 한숨 자지 못하고 기침하다 피를 토했다. 점점 쇠약해져 급기야 결혼한 지 36일째인 1월 18일에 세상을 떠나고 만다. 담 투이는 장례식에 참석하고, 혼자 무덤에도 다녀온다. 자초지종을 알기 위해 또 뗌의 집을 찾았을 때 상자 하나를 건네받는데, 또 뗌이 죽어가면서 전해줄 것을 부탁했던 것이다. 상자를 열어보니 담 투이가 보낸 편지며 유품들이 들어 있었고, 그 아래에는 '마지막 말(Lời nói cuối cùng)'이라는 제목을 붙여놓은 수첩이 있었다. 그 수첩에는 두 사람이 헤어진 때로부터 쓴 일기가 기록되어 있었다. 12월 14일자 일기의 일부를 다음에 보인다.

요 이틀 동안 저는 줄곧 열이 있어서, 먹지도 자지도 못합니다. 저는 잠깐 자려고 눈을 감으면 당신이 보이고, 눈을 뜨면 당신을 생각하게 되니, 마치 제 정신을 당신이 모두 가져가버린 듯합니다. 저는 웬일인지 한숨도 잘 수가 없어서, 밤에도 줄곧 깨어서 당신에게 이렇게 몇 줄을 쓰고 있는데, 낮에 쓰기는 편치가 않아 온 집안이 모두 조용히 잠들기를 기다리는 것인데, 오직 저와 유모만이 이 적막한 방에 앉아 있답니다. 실은 제가 당신께 이런 글을 쓰지 않는 것이 옳은 것은, 사정을 이해하지 못하는 사람의 상정(常情)으로 생각해본다면 저는 이미 다른 삶으로 건너갔으니, 어떻게든 온전한 생활을 해야 하고, '불신(不信)'의 굴레에 빠지지 않고 당신의 말을 어기지 않기 위해서는 당신에 대해서는 아무것도 생각해서는 안되기 때문이죠.
그대여 하지만 그렇게 되질 않네요, 당신이 제 죄를 용서해주시고 저 하늘의 가호가 있기를 기원합니다. 저는 언제나 유일한 여자였고, 당신을 사랑하는 마음을 품었기에 저는 언제나 당신을 사랑했고, 제가 당신을 사랑했기에 다른 사람을 사랑할 수는 없습니다. 제가 당신과 백년을 함께할 거라고 생각할 수는 없다고 마음을 다잡은 이래로, 저는 여전히 당신을 사랑해서 제 일생 동안 희망 없는 사랑을 변함없이 지켜나갈 거랍니다. 훗날 향 연기 피어오를 때, 저는 우리가 연애가 무엇인지 알았고 종정(鐘情)171)이 완전히 만족스러웠다는 말을

(할 수 있게 되기를) 생각할 뿐입니다. 저는 제가 사랑하지 않는다면 누구와도 결혼하지 않을 작정이었는데, 왜냐하면 한 젊은이에게 상처를 줄까 두려워서이고 또 그렇게 마음에도 없으면서 사랑해야 하는 것이 두려워서인데, 그러나 하늘은 그렇게 하도록 하지 않고, 어머니를 매우 아끼는 마음을 부여하고, 집 안이 어지러울 때 저를 그 속에 넣어서, 제가 어머니의 말에 따라야만 하게 해서, 어쩔 수 없이 눈을 감고 발을 옮기게 되었습니다.[172]

일기는 1월 17일자로 끝나 있었는데 그 마지막에는 만일 당신이 언제고 나의 무덤 앞을 지난다면 나무뿌리에나 돌에나 혹은 벽에다 "이곳은 애정 (愛情) 때문에 죽고 만 박명(薄命)한 여인의 무덤이다"라는 글을 새겨달라고 쓰여 있었다.[173]

담 투이는 너무나도 슬프고 후회스러운 나머지 먹지도 자지도 못해서 병이 들고 말았다. 의사는 심장병이라는 진단을 내놓는다. 이 소식을 들은 큰형이 올라와 담 투이를 휴학시키고 시골에 내려가 요양하게 한다. 형의 배려로 몸과 마음이 점차 회복된 담 투이는 형의 권고에 따라 면학의 길로 되돌아온다.

이상과 같은 내용을 담고 있는 소설 『또 뗌』은 무엇보다도 국어를 사용해서 근대적인 장편소설 창작이 가능하다는 사실을 보여주었다는 점에서 일차적인 의의를 찾을 수 있다. 줄거리를 보아 알 수 있듯이 이 작품은 중세적인 도리(효도)와 자유로운 연애 사이의 긴장을 작품화하고 있다. 서양 문학에서 받아들인 새로운 문학적 기법을 사용하면서 중세적인 가족윤리의 장벽 앞에서 고뇌하는 개인의 출현을 보여주었다. 비록 철저하지는 않더라도 개인의 자유로운 사랑을 억압하고 있는 전통에 대해 반발하고 있는 면모에 '낭만적'이라는 평가를 부여해도 좋을 듯하다. 그래서 이 작품은 "봉건주의에 항거하는 소극적 낭만주의 소설의 첫 작품"이라는 의의가 있다는 지적에[174] 동의

171) 사랑.
172) Hoàng Ngọc Phách 『Tố Tâm(또 뗌)』(10쇄) 88~90면.
173) Hoàng Ngọc Phách 『Tố Tâm(또 뗌)』(10쇄) 99면.

할 수 있다.

작가는 자유로운 사랑에 완전히 찬동하지 않는 소극성이나 다소 모호한 태도를 보였음에도 불구하고 『또 떰』은 출판되자마자 젊은 층 사이에서 열렬한 환영을 받았다. 초판 3,000부가 보름 만에 다 팔리고 재판 2,000부 역시 금세 매진되었다. 젊은이들은 중세적인 예교에 얽매이지 않는 자유로운 연애에 대한 찬미야말로 작가가 진정 하고 싶은 말이라고 보고 거기에 열광했다. 그들이 보기에 또 떰은 중세적인 예교의 억압에 맞서서 자신이 선택한 사랑을 지키다 끝내 죽음에 이른 인물이다.175)

『또 떰』에는 서양 문학의 영향이 강하게 각인되어 있다. 우선 아베 쁘레보(Abbé Prévost)의 『마농 레스꼬(Manon Lescaut)』(1731)나 알렉쌍드르 뒤마의 『춘희(椿姫, La Dame aux camélias)』(1848) 같은 연애소설의 영향을 받은 것으로 인정된다.176) 『또 떰』이 담 투이가 친구[記者]에게 고백하는 형식을 취하고 있는 점, 인물의 내면을 드러내는 편지와 일기가 자주 인용된다는 점에서 두 작품의 영향을 발견할 수 있다. 그런가 하면 『또 떰』은 1920년대의 낭만적 경향의 문학, 특히 프랑스문학의 영향도 받았다. 주인공 또 떰과 담 투이는 루쏘의 『신(新)엘로이즈』(1761)의 줄리, 샤또브리앙의 『아딸라』(1801)의 아딸라, 스딸 부인(Madame de Staël)의 『꼬린느(Corinne ou L'Italie)』(1807)의 꼬린느와 닮아 있다.

---

174) Trường Chinh 『Chủ nghĩa Mác và văn hóa Việt Nam(맑스주의와 베트남문화)』, Hà Nội: Nxb Sự Thật 1974, 46면. Vũ Tiến Quỳnh 편 『Phê Bình Bình Luận Văn Học(문학평론비평)』 55면에서 재인용.

175) Vũ Tiến Quỳnh 편 『Phê Bình Bình Luận Văn Học(문학평론비평)』 55~56면.

176) Maurice M. Durand · Nguyen Tran Huan, *An Introduction to Vietnamese Literature*, 178면에서 'a typical sentimental melodrama'인 『춘희』의 영향을 받았다고 했다. 다음에 보듯이 실제로 작품 속에서 『마농 레스꼬』나 『춘희』가 언급되기도 한다. "Phàm chuyện hay phần nhiều chỉ ái tình cả. Kim Vân Kiều, Tây Sương Ký, Trà Hoa Nữ, Lục Vân Tiên, Mai Nương Lệ Cốt v.v……" (Hoàng Ngọc Phách 『Tố Tâm(또 떰)』(10쇄) 16면). 원문의 'Trà Hoa Nữ'는 『춘희』이고 'Mai Nương Lệ Cốt'은 『마농 레스꼬』이다.

594

작품에는 '심리소설(心理小說, Tâm Lý Tiểu Thuyết)'이라는 부제가 붙어 있다. 작품의 서문에서 작자는 인물심리에 주목하는 소설을 쓰겠다는 창작 방향을 명기했다. 창작 방향을 이렇게 설정한 데는 위에서 말한 바와 같은 서양 문학작품의 영향이 작용했음은 물론이다. 실제로 이 작품은 남녀 주인공이 사랑에 빠져들면서 변화하는 내면심리와 심리변화로 말미암아 드러나는 행동을 묘사하고 서술하는 데 공들이고 있다. 시구(詩句), 편지, 일기를 그대로 보여주기도 함으로써 인간의 내면심리에 파고드는 데도 일정한 성공을 거두었고, 그 점은 이전 시기의 소설에 비해서 진일보한 성과였다.[177)

자연배경 묘사에 힘을 기울여 개성적인 작품공간을 만들어낸 것도 이 작품의 성과로 평가된다.[178) 담 투이가 또 뗌의 가족과 함께 놀러 간 도 선 해변의 배경묘사가 특히 뛰어나다.[179) 작품 구성 또한 새롭다. 장회소설에서처럼 시간 변화에 따른 구성을 한 것이 아니라 심리변화에 따라 작품을 전개했다. 결말 또한 전통적인 행복한 결말에서 벗어나 여성 주인공은 죽고 남성 주인공은 괴로워하는 데서 끝맺고 있다.

작가가 서구의 문학작품에서 영향을 받아 당대 베트남의 사회현실에서 빚어지는 이야기를 창조했다는 점은 그것대로 평가해주어야 한다. 작품에서 또 뗌과 담 투이가 사회현실로부터 거리를 둔 고독한 존재로 그려지는 것은 정치현실과 어느정도 거리를 두고 사랑에서 탈출구를 찾으려는 1920년대 초반 베트남 젊은이의 심리를 반영한 것으로 볼 수 있다. 정치적 자유가 제약되어 있던 시대에 연애의 자유를 통해 개인의 자유를 신장시키고자 했다.[180) 하지만 사랑이라는 탈출구에 중세 예교라는 장애가 가로놓인 것 또한 베트남의 현실이었다.[181)

177) Vũ Tiến Quỳnh 편 『Phê Bình Bình Luận Văn Học(문학평론비평)』 60면.
178) 이 점에서도 프랑스문학의 영향이 감지된다(Vũ Tiến Quỳnh 편 『Phê Bình Bình Luận Văn Học(문학평론비평)』 62면).
179) 加藤榮 『ベトナム文學を味わう(베트남문학을 맛본다)』 67면.
180) 加藤榮 『ベトナム文學を味わう(베트남문학을 맛본다)』 71면.

앞서 말한 바 있듯이 『또 떰』은 간혹 『취교전』의 구절을 끌어들이기도 했다. 담 투이가 또 떰에게 보낸 편지에서 인용하고 있는 구절이 포함된 『취교전』의 한 대목(599~604행)을 보면 다음과 같다.

어떻게든 골육(骨肉)을 살려야 하기에,
우변종권(遇變從權)[182]해야지 어쩔 수 없겠지?
회우(會遇)의 인연과 구로(劬勞)의 덕(德),[183]
정(情)과 효(孝), 어느 쪽이 더 중한가?
해서산맹(海誓山盟)의 말은 제쳐두고,
자식으로서 먼저 생육(生育)의 은혜를 갚아야만 하겠지.[184]

또 떰과 취교는 '정(情)'과 '효(孝)' 사이에서 갈등하다가 '효'를 선택한 것이 일치한다. 외부세계의 압력에 맞서 내면의 진실한 사랑을 지킨 점도 일치한다. 하지만 취교는 병든 사회의 악한 인간들에 의해 유린됨으로써 사회에 악이 횡행하고 있음을 드러냈다면 또 떰은 자기자신을 사랑하는 선한 사람들과의 갈등을 통해 지금까지는 선으로만 생각되었던 유교이념이 개인을 억압해서 죽음으로까지 몰고 갈 수 있다는 것을 드러냈다.

취교는 효를 다하고자 해서 맞이해야 했던 온갖 수난을 운명론에 기댄 체념으로 견뎌냈다면 또 떰은 효를 다하고자 하면서도 자신이 선택한 사랑을 포기할 수 없다는 강렬한 자아의식을 가진 결과 죽음에 이르렀다. 유교이념을 명시적으로 거부하지는 않지만 강렬한 자아의식을 가진 인물이라는 점에서 또 떰은 취교와는 다른 시대에 속한 인물이라고 할 수 있다.

---

181) Vũ Tiến Quỳnh 편 『Phê Bình Bình Luận Văn Học(문학평론비평)』 58면.
182) 변고(變故)를 당해 권도(權道)를 따름. '종권(從權)', 곧 권도를 따른다는 말은 그때그때의 형편에 따라 적당히 변통한다는 뜻.
183) '구로의 덕'은 부모의 은혜. '구로'는 자식을 낳아 기르는 수고.
184) 최귀묵 옮김 『취교전』 69~70면.

하지만 『또 뗌』을 명실상부한 근대소설이라고 말하기에는 주저되는 점이 있다. 그것은 바로 작가의 창작의도가 근대적 의식의 성장이나 사회변화를 경계하려는 데 있었다는 점이다. 그와 같은 작가의 의도는 1922년에 쓴 「작가의 말(Mấy Lời Của Người Chép Chuyện)」에서 명시적으로 드러난다. 당시 신학문을 익힌 신진(新進) 청년들이 그들의 정신과 문학능력을 그릇되게도 사랑에 쏟아부어서 여성을 괴롭히고 가정과 사회를 혼란스럽게 하는 '비극적 드라마(tấn bi kịch)'를 연출하곤 한다고 했다.185) 따라서 작가는 애정비극소설 『또 뗌』을 써서 젊은이들에게 경고의 메시지를 전하고 세간에 유행하는 풍조를 경계하고자 했다고 할 수 있다.

이러한 작가의도는 작품의 결말에서 큰형이 등장해 담 투이로 하여금 부질없는 사랑의 기억을 지우고, 사랑 때문에 죽는 어리석은 짓을 하지 말며 사랑이니 문학이니 하는 것은 잊고, 면학의 길로 되돌아가라고 설득하는 데서 노골화된다. 자아의식의 성장, 전통적인 규범에 구애되지 않고 자유를 누리려는 욕구의 분출을 가능하게 하는 근대적인 변화를 정신과 문학능력을 남용(lạm dụng)하는 짓이라고 보는 퇴행적인 작가의식으로 포장했다. 독자들은 그러한 포장을 벗겨내고 근대적인 변화에 열광했지만, 그렇게 포장되어 있다는 사실은 이 작품이 아직 근대소설의 입구에서 서성이고 있다는 평가를 내리게 한다.186)

---

185) 이렇게 요약할 수 있는 '작가의 말' 첫 문단을 옮기면 다음과 같다. "Nhiều khi anh em ngồi đàm luận về tân học ngày nay, ký giả thường nghe nói đến một bậc thanh niên tân tiến có tính tình, văn chương, tư tưởng thường hay lạm dụng những tài liệu đó đem ra làm việc cho ái tình, ghẹo lòng người nhi nữ, vội thi hành những ý tưởng trong sách hay những cảnh mình tưởng tượng ra. Có lúc cố ý mà làm, cũng nhiều khi làm mà không tự biết, miễn là tìm được nơi thí nghiệm ý tưởng của mình và lấy được lòng yêu của người mà thôi, nên xẩy ra lắm lần tấn bi kịch, thiệt cho mình mà khổ cho người, quấy rầy đến gia đình, xã hội" (Hoàng Ngọc Phách 『Tố Tâmt(또 뗌)』 (10쇄) ix면).

186) 작가의 창작의도에 대한 이해는 加藤榮 『ベトナム文學を味わう(베트남문학을 맛본다)』

## 2) 낭만주의 계열의 소설

1930~1940년대 전반기에 식민당국이 작품 발표를 용인한 이른바 '합법적인 문학(văn học hợp pháp)'으로는 낭만주의 계열, 현실비판 계열의 문학이 있다. 낭만주의 계열은 자력문단 그룹과 신시운동 그룹을 포함한다. 이들과 달리 프랑스 식민당국의 탄압을 피해 지하에서 활동한 베트남공산당 주도의 '비합법적인' 혁명문학(văn học cách mạng)이 있다.[187] 베트남공산당에 의해 작품 창작의 노선이 공식화된 것은 '베트남 문화강령(文化綱領)'이 발표된 1943년의 일이었다.[188]

소설 갈래에서 낭만주의 계열의 작품이라고 하면 자력문단 계열의 소설을 가리킨다고 이해해도 큰 무리가 없다. 자력문단(自力文壇, tự lực văn đoàn)은 1933년에 녓 린(Nhất Linh)이 주동하고, 호앙 다오(Hoàng Đạo), 타익 람(Thạch Lam), 카이 흥(Khái Hưng), 테 르(Thế Lữ), 뚜 머(Tú Mỡ) 등이 창립 멤버가 되어 결성한 그룹이다.[189] 구성원 중 녓 린, 호앙 다오, 타익 람, 이 세 사람은 형제지간이다. 이들은 녓 린이 1932년부터 주필로 있었던 「풍화」, 그리고 「풍화」가 폐간된 1936년부터는 「오늘날」에 작품을 발표했다. 자력문단은 문필활동을 통해 서구화를 추구한 집단이라 평가할 수 있다.

문학 갈래에 국한해보자면 자력문단 참여자들은 소설(녓 린, 타익 람, 카이 흥, 테 르), 시(뚜 머, 테 르), 희곡(카이 흥, 테 르)에 걸쳐서 작품활동을 했다. 구성원이 다양하고 시기별로 작품경향이 변화를 보이지만 처음 출발할 당시

---

70~71면을 따랐다. 그 책에서는 『또 뗌』을 '신구교대기(新舊交代期)'에 나온 '베트남 근대문학의 맹아(萌芽)'가 되는 작품이라고 평가했다.

187) 대표작은 또 흐우의 『그후로』, 호지명의 『옥중일기』가 꼽힌다.

188) 이때까지 공산혁명 계열의 소설은 부진한 편이어서 따로 거론할 만한 작품이 보이지 않는다.

189) 열거한 것은 모두 필명이다. 이들의 본명, 생몰연대는 다음과 같다. 녓 린(Nguyễn Tường Tam, 1905~1963), 호앙 다오(Nguyễn Tường Long, 1906~1948), 타익 람(Nguyễn Tường Lân, 1910~1942), 카이 흥(Trần Khánh Giư, 1896~1947), 테 르(Nguyễn Thứ Lễ, 1907~1989), 뚜 머(Hồ Trọng Hiếu, 1900~1976).

구성원들이 공유했던 생각과 초기 작품들을 근거로 해서 개략적으로 말한다면, 자력문단은 개량주의적 색채를 띤 계몽지식인 집단으로서 서구화의 길을 택해 앞 시대의 문학과는 다른 신문학을 창조하고자 하는 낭만주의적 색채를 지닌 문인 그룹이라고 할 수 있다.[190]

자력문단이 구체적으로 무엇을 지향하는지는 1934년 「풍화」 101호에 게재한 열 개 조항의 종지(宗旨), 곧 강령(綱領)을 보면 알 수 있다. 강령을 요약해서 제시하면 다음과 같다.

(1) 문학적인 가치가 있는 책을 자기 힘으로(Tự sức mình) 창작한다.
(2) 사회사상을 담은 책을 편찬하고 번역한다.
(3) 평민주의(chủ nghĩa bình dân)에 따라서 평민적 성격을 가진 책을 편찬하고 평민주의를 널리 알린다.
(4) 간이(簡易)하고 이해하기 쉬운 문체를 사용하고 한자는 적게 쓴다.
(5) 언제나 새롭고 젊고자 하며 인생을 사랑하고 진보를 믿는다.
(6) 우리나라의 평민적 성격을 칭송한다.
(7) 개인의 자유를 중시한다.
(8) 공자의 도(đạo Khổng)가 더 이상 시대에 맞지 않는다는 점을 알도록 사람들을 일깨운다.
(9) 유럽의 과학적 방법을 베트남문학에 응용한다.
(10) 다른 조항에 반대하지 않는다면 아홉 개 조항 가운데 하나만 찬성한다고 해도 좋다.[191]

이와 같은 강령을 발표함으로써 자력문단은 문학작품 창작에 임하는 자세, 문체, 내용, 창작방법 등에서 철저한 혁신을 선언하고 있다. (1)은 예컨대

190) Phan Cự Đệ 『Văn Học Lãng Mạn Việt Nam(1930~1945)(베트남 낭만주의문학, 1930~1945)』 241면.
191) Phạm Thế Ngũ 『Việt Nam Văn Học Sử Giản Ước Tân Biên(베트남문학사 簡約新編)』 III, Sài Gòn: Quốc Học Tùng Thư Xuất Bản 1967, 437면.

쯔놈문학처럼 중국문학의 원천에 의존하는 번안에 만족함으로써 독창성을 떨어뜨리는 일은 하지 않겠다는 뜻을 밝힌 말이다.192) 자력문단이라는 명칭은 이 (1)에서 온 것이다. 강령의 다른 조항들도 보면 이들이 말하는 독창성은 주제의 독창성과 문체의 독창성, 그리고 창작방법의 과학성을 포괄한다. 유교도덕의 굴레를 벗어던지고 개인이 사회의 기초로서 성장하는 모습을 그려냄으로써,193) 한자어를 되도록 적게 쓰고 베트남 고유어를 문학어로 채용하여 씀으로써, 서양 문학의 창작방법을 수용하여 응용함으로써 독창성이 보장된다고 생각했다.

(5)·(7)·(8)에서 분명하게 선언하고 있듯이 자력문단은 베트남의 구습을 개혁하고자 했다. 전통적인 윤리와 기성의 제도를 비판하고 개인의 자유, 여성의 지위, 농민의 처지를 향상시키고자 했으며 새로운 사회 이상을 제시하고자 했다. 그 때문에 자력문단의 글은 비판적이고 논쟁적인 성격을 띠었다.194)

자력문단이 활발하게 활동한 기간은 10년 남짓이다. 이를 다시 세 시기로 나누어볼 수 있다.195) 제1기(1932~1934)에는 전통적 대가족제도의 모순을 비판하고, 개인(특히 여성)의 의식이 성장하는 모습을 그려낸 작품들이 대표작으로 꼽힌다. 전통(인습)의 굴레에서 해방된 개인이 자유를 얻고 사랑과 행복을 추구하는 것을 이상화하고 있는데, 그것은 바로 전통에 대한 낭만주의

192) 하지만 이런 선언을 자신들이 창작한 문학에 적용할 경우에는 서양 문학을 모방하지 않고 진정으로 '베트남적인 것'을 창출해야 한다는 요구가 되는데, (9)를 보면 그런 면에 대한 명확한 자각은 없었던 것으로 보인다.
193) Phan Cự Đệ 『Văn Học Lãng Mạn Việt Nam(1930~1945)(베트남 낭만주의문학, 1930~1945)』242면.
194) 물론 자력문단이 실질적인 사회개조 프로그램을 내놓고 실행에 옮길 수 있는 것은 아니었다. 식민지 상황이라는 사회·정치적인 한계가 분명했다(Maurice M. Durand·Nguyen Tran Huan, *An Introduction to Vietnamese Literature*, 164면).
195) Phan Cự Đệ 『Văn Học Lãng Mạn Việt Nam(1930~1945)(베트남 낭만주의문학, 1930~1945)』242~244면.

적 반항이라고 할 수 있다. 『신선을 꿈꾸는 나비의 혼(Hồn bướm mơ tiên)』(카이 홍), 『청춘의 한가운데(Nửa chừng xuân)』(카이 홍),196) 『단절(斷絶, Đoạn tuyệt)』(녓 린)197) 같은 작품이 있다. 실로 자력문단의 대표작은 이 시기에 나온 녓 린과 카이 홍의 작품들이다.198)

제2기(1935~1939)에도 가족제도의 모순을 그려낸 작품들이 이어졌다. 『냉담(冷淡, Lạnh lùng』(녓 린), 『이탈(離脱, Thoát ly)』(카이 홍), 『상속(相續, Thừa tự)』(카이 홍) 같은 작품이 이 범주에 든다. 한편 이 시기에는 민중의 생활을 제재로 한 작품, 농촌개혁운동에 호응한 작품, 그리고 가정과 고향을 떠나서 이상을 실현하기 위해서 애쓰는 인물들의 삶을 형상화한 작품이 새로이 추가되었다. 『계절풍(季節風, Gió đầu mùa)』(타익 람)과 『물소(Con trâu)』(전 띠어우), 『즐거운 나날들(Những ngày vui)』(카이 홍)과 『가정(家庭, Gia đình)』(카이 홍),199) 그리고 『반려(伴侶, Đôi bạn)』(녓 린)200) 같은 작품을 각각의 예로 들 수 있다.

제3기(1939년 말~대불항전이 시작된 시기)는 자력문단의 활동이 전반적으로 퇴조한 시기이다. 『흰 나비(Bướm trắng)』(녓 린), 『청덕(淸德, Thanh Đức)』(카이 홍)이 이 시기에 나온 작품이다. 1939년에서 1940년까지 「오늘날」에 연재된 『흰 나비』에서 녓 린은 무의식의 세계를 탐구하는 방향으로 전환을 시도했고, 1943년 발표한 자신의 마지막 소설작품 『청덕』에서 카이 홍은 고

---

196) 윤석두 『牛青春』(극동출판사 1969)으로 번역본이 나왔다.
197) 「풍화」에 1934년부터 연재된 작품이다.
198) 카이 홍이나 녓 린은 특히 앙드레 지드(André Gide)의 영향을 받았다고 한다 (Phan Cự Đệ 외『Văn Học Việt Nam(1900~1945)(1900~1945 시기의 베트남문학)』527~528면).
199) 카이 홍의 이 작품은 "농민문제를 해결함에 있어서 부르주아적 환상이 분명하게 드러나는 한계가 있는데, 즉 농민들로 하여금 지주계급에 저항하는 투쟁정신을 불러일으키는 것이 아니라, 서구 학문을 접한 지주(자본가) 계층 인물을 가난한 농민을 구제하는 구세주의 모습으로 그려놓았다는 점이다" (강하나 「1930~1945년간 베트남문학의 현대화 과정」 369면).
200) 이 작품은 『단절』의 속편이라고 할 수 있다.

립된 개인주의에 빠진 부유한 젊은이들의 삶을 그렸다. 1940년대에 들어서서 넛 린, 카이 홍, 호앙 다오같이 주축이 되었던 인물이 친일(親日) 정치활동에 적극 나서면서 자력문단은 차차 활동을 멈추게 되었다.

이렇듯 자력문단의 작품은 신구의 갈등, 민중의 현실, 개인의 무의식으로 관심이 옮겨가면서 테마 소설, 낭만주의 소설, 리얼리즘 소설이라고 할 수 있는 특성을 다 가지고 있기 때문에 작품 창작경향을 한마디로 요약하기는 힘들다. 하지만 문학사의 흐름을 바꿔놓고 사회적 영향력도 심대했던 작품은 제1기의 작품들이고, 그중에서도 넛 린과 카이 홍의 작품이라는 점은 재론의 여지가 없을 듯하다. 따라서 이곳에서는 두 사람의 작품을 조명해보기로 한다.

넛 린은 자력문단의 리더였다. 1927년에 프랑스로 유학 가서 과학을 전공하고 1930년에 귀국한다. 서구문화와 문학의 영향을 깊이 받고 베트남 사회와 문학을 서구식으로 바꿔놓고자 했다. 그런 뜻을 품고 1932년에는 「풍화」의 주필이 되었고 곧이어 자력문단을 창립하기에 이FMS다.

넛 린의 소설 『단절』은 1934년에서 1935년까지 「풍화」에 연재된 장편소설이다. 제목에서 이미 강하게 암시하듯이 전통과의 단절을 소리 높이 외친 작품으로, 자력문단의 창작경향을 대변하는 자리에 놓인 작품이다. 줄거리는 대략 다음과 같다.

로안(Loan)은 서양식 교육을 받고 새로운 사고방식을 가진 젊은 여성이다. 남몰래 중(Dũng)을 사랑하고 있었지만 이미 어린 시절 학교 친구이자 부유한 집안 자제인 턴(Thân)과 정혼한 사이였다. 로안은 턴에게 친구 이상의 감정을 갖고 있지 않았지만 어쩔 수 없이 결혼해야 했다.

결혼한 이후로 단 하루도 행복한 날이 없었다. 턴은 로안을 자기 어머니를 섬길 여자로 생각해서 결혼했다고 한다. 턴의 어머니, 곧 로안의 시어머니는 젊은 시절 자신이 겪었던 것과 같은 고생을 며느리도 해야 한다면서 로안에게 고된 일을 시킨다. 뿐만 아니라 턴은 첩을 들이기까지 한다.

로안은 아이를 낳았지만 얼마 되지 않아 병이 난다. 시어머니는 의사의 치료를 거부하고 미신에 따라 치료하려 한다. 결국 아이는 낡은 미신에 희생되어 죽고 만다. 이런 일이 있은 후 남편을 비롯한 시집식구와 다툼이 더욱 격렬해진다. 어느 날 로안은 턴과 다투던 중 턴이 던진 꽃병을 피하다 넘어져서 공교롭게도 옆에 떨어져 있던 칼을 손에 쥐게 되는데, 그 순간 턴이 로안 위로 넘어지면서 칼에 가슴이 찔려 죽고 만다. 전혀 고의가 아니었지만 로안은 살인자가 되어 법정에 서게 된다. 법정에 선 로안은 변호사의 적극적인 도움을 받아 무죄로 석방된다.

시집살이의 굴레에서 해방된 로안은 어느 날 전부터 알고 지내던 타오(Thảo) 집을 방문했다가, 중(Dũng)이 타오에게 보내온 편지를 보게 된다. 그 편지에서 중은 로안을 깊이 사랑한다고 고백한다. 작품은 두 사람의 행복한 장래를 암시하면서 끝을 맺는다.

작품의 주제를 직설적으로 말하는 부분은 변호사의 변론부분이라고 할 수 있다. 작품에서 변호사는 '로안의 시어머니와 낡은 윤리'에 잘못을 물어야 한다고 하고, 더 넓게 생각한다면 일련의 일들이 신구(新舊)의 격렬한 충돌로 빚어졌다고 했다.[201] 그리고 이런 말도 하고 있다.

가정(家庭)을 유지해야 한다! 그렇지만 가정을 유지하는 것과 노예를 유지하는 것을 혼동하지 말아주십시오. 노예제도는 오래전에 폐지되었지만 우리가 매번 (노예제도를) 생각할 때면 두려워 떨지 않을 수 없습니다! 하지만 그러한 비참한 제도가 안남(安南)의 가정 가운데 여전히 남아 있다는 것은 누구도 생

---

201) "Người có tội chính là bà mẹ chồng Thị Loan và cái luân lý cổ hủ kia. Nhưng nếu vượt lên trên, và nghĩ rộng ra không kể đến cá nhân nữa, thì bao nhiêu những việc xảy ra không phải lỗi ở người nào cả, mà là lỗi ở sự xung đột hiện thời đương khốc liệt của hai cái mới, cũ" (Nguyễn Hoành Khung 외 『Văn xuôi lãng mạn Việt Nam (1930~1945)(베트남 낭만주의 산문 선집)』 I, Hà Nội: Nxb Khoa Học Xã Hội 1998, 706면).

각지 못합니다. (…) 로안의 시어머니는 전해내려오는 악습에 따라서 무의식적으로 안남 사회의 수많은 시어머니들처럼 그런 권리를 행사한 것입니다. 새로운 문화를 흡수하고, 인도(人道)나 개인의 자유에 대한 사상에 물든 사람들은 그런 제도를 벗어날 방도를 찾는 것이 당연합니다. 그런 소망은 참으로 정당한 것입니다.202)

당대의 법감정이나 시대 분위기가 용납하기 힘들었을 일련의 말들을 변호사가 하도록 설정했다. 시대를 앞서가는 사고방식을 지닌 변호사를 등장시켜 작가가 하고 싶은 말을 하고 있다. 그 때문에 교술적 성격이 지나친 감도 있지만 독자들에게 강력한 메시지를 직설적으로 전달하는 효과를 거둘 수 있었다. 실제로 이 작품은 발표 당시 대단한 인기를 얻었다.

『단절』의 주인공 로안은 취교나 또 몀과 닮아 있다. '효'와 '정' 사이에서 고민하지만 내심으로 사랑하는 사람과 헤어지고 '효'를 택함으로써 고난에 빠진 점에서 로안, 취교, 또 몀이 일치한다. 고난을 겪지만 마침내 사랑하는 사람과 해후한다는 점에서는 취교와 더욱 닮아 있다. 이러한 사실은 넛 린이 앞 시대 문학과의 '단절'을 주장했어도 실제 작품 창작에서는 베트남문학 전통 위에 서 있을 수밖에 없다는 점을 잘 보여준다.

한편 로안은 취교나 또 몀과 다르기도 하다. 로안은 취교처럼 체념에 빠진 것도 아니고, 또 몀처럼 혼자서 절망에 빠져 헤어나지 못한 것도 아니다. 로안이 시어머니 앞에서 "누구도 나를 욕할 권리가 없고, 누구도 나를 때릴 권리가 없다"203) 하고, "어머니도 사람이고 나도 사람이니 누가 낫고 누가 못하다고 할 수 없다"204)고 말하는 장면에서 보듯이 로안은 자기주장을 분

---

202) Nguyễn Hoành Khung 외『Văn xuôi lãng mạn Việt Nam(1930~1945)(베트남 낭만주의 산문 선집)』I, 706면.

203) "Không ai có quyền chửi tôi, không ai có quyền đánh tôi" (Nguyễn Hoành Khung 외『Văn xuôi lãng mạn Việt Nam(1930~1945)(베트남 낭만주의 산문 선집)』I, 693면).

204) "Bà cũng là người, tôi cũng là người, không ai hơn kém ai" (Nguyễn Hoành

명히 내세우는 적극적인 여성이었다. 전통적 가족제도의 억압에서 해방되어 개인의 자유와 권리를 찾고자 하는 깨인 의식을 가진 여성 주인공을 형상화했다는 점에 이 작품의 시대적 의의가 자못 크다 하겠다.

카이 홍은 하노이에서 교편을 잡고 있던 중 녓 린을 알게 되어 함께 자력문단을 결성하기에 이르렀다. 그는 자력문단이 활동한 10여년 동안 정열적으로 작품을 양산했다. 많은 작품 가운데 카이 홍의 대표작을 꼽는다면 처녀작인 장편소설 『신선을 꿈꾸는 나비의 혼』과 『청춘의 한가운데』를 꼽을 수 있다.

자력문단이 발표한 최초의 소설이기도 한 『신선을 꿈꾸는 나비의 혼』은 불교의 그림자가 드리워진 무대 위에서 전개되는 몽환적이면서 낭만적인 사랑이야기이다.[205] 하노이 경농학교(耕農學校)에 다니는 응옥(Ngọc)은 여름방학을 맞이해 백부가 있는 절(龍降寺)을 찾아 한 달 동안 머무르게 된다. 거기에서 절에 들어온 지 2년이 조금 더 된 란(Lan)이라는 젊은 승려를 만나 친구로 사귀는데, 응옥은 아무래도 란이 여자가 아닌가 하는 생각을 한다. 얼마 후 두 사람이 다른 절에 갔다가 하룻밤을 함께 지내게 되었는데, 응옥이 함께 자자며 세게 잡아끄는 바람에 란의 단추가 떨어져 갈색 천으로 감싼 젖가슴이 드러나게 되었다.[206] 란은 부모님을 여의고 숙부와 살게 되었는데, 숙부가 부잣집에 억지로 시집보내려 하자 몸을 피해서 절에 의탁하고 있었던 것이다.

란이 여자라는 사실을 확인한 응옥은 하노이로 돌아오기 전날 밤 란에게 사랑을 고백한다. 란은 '종교'와 '애정' 사이에서 고민하다가 불교수행에 더

---

Khung 외 『Văn xuôi lãng mạn Việt Nam(1930~1945)(베트남 낭만주의 산문 선집)』 I, 693면).

205) Maurice M. Durand · Nguyen Tran Huan, *An Introduction to Vietnamese Literature*, 184면.
206) 이러한 설정은 『관음씨경』을 떠올리게 한다. 여러 사람 『Văn Học Việt Nam(1900~1945)(1900~1945 시기의 베트남문학)』 528면. 물론 작품 제목은 『장자』의 '호접몽(胡蝶夢)'에서 착안한 것이겠다.

욱 정진하기로 마음을 정한다. 겨울이 되어 다시 돌아온 응옥은 란의 마음을
돌릴 수 없음을 확인하고, 란의 영혼을 평생 흠모하며 누구와도 결혼하지 않
고 란과 '불멸의 사랑' '이상적인 사랑'을 나누겠다고 맹세한다.

작품 결말부의 한 대목을 보기로 한다.


응옥은 불안한 표정을 지으며 급히 말을 막았다.

"그래서는[207] 안돼요. 란이 만약 떠나버리면 응옥은 바짝 말라 죽을 겁니
다. 응옥은 달리 기대하는 것이 없고, 그저 가끔 절에 와서 란의 얼굴을 보는
것으로 충분합니다. 그러니 란은 이곳에 살면서 수행을 계속하세요. 응옥은 쉬
는 날이면 절로 자전거를 쏜살같이 달려와서 란을 만나고자 하니 허락해주세
요, 란 그래도 되겠지요?"

란이 미소를 지었다.

"만일 계속 그럴 수 있다면이야."

"란에게 맹세하건대 줄곧 그럴 수 있어요. 부처를 걸고 란에게 맹세하건대
내 일생동안 마음으로부터 진실로, 란의 고귀한 영혼을 흠모할 겁니다."

"그게 무슨 뜻이지요?"

"내 일생동안 나는 누구와도 결혼하지 않고, 이상적인 애정을 나누고 불망
불멸(不亡不滅)하는 애정을 나누는 몽환(夢幻)의 세계에서나 살겠다는 뜻입니
다."

란은 두 줄기 눈물을 적시며 온화하게 말했다.

"그럴 수는 없지요. 그대의 가정은 어쩌고요?"

응옥은 냉담하게 말했다.

"가정! 난 더 이상 가정이 없어요. 나의 대가정은 인류요, 우주이고 나의 소
가정은…… 우리의 두 영혼은 부처님의 자비로운 가호 속에 함께 있을 거예
요."

란은 생긋 웃으며 부드럽게 말했다.

"불교가 당신을 그토록 깊이 감화(感化)시키리라고는 생각지 못했어요. 만

207) 다른 절로 떠나버려서는.

일 우리 두 사람의 마음도 그렇게 감화될 수 있다면요?"

응옥이 기뻐서 말했다.

"사랑은 만물의 공통원리이고, 불교의 본성입니다. 우리는 서로 사랑하되, 영혼 속에서 이상 속에서 사랑하고 있습니다. 불교도 우리가 이렇게 서로 사랑하는 것을 금하지는 않을 겁니다."[208]

작품은 이렇게 종교와 애정의 충돌을 정신적인 사랑으로 넘어선다는 결말에 이르렀다. 이런 결말은 종교비판이나 포교와는 거리가 멀다. 초점은 사랑은 육체적 욕망을 넘어설 뿐만 아니라 종교가 지향하는 최고의 이상과 합치하는 지고의 가치라고 찬미하는 데 두어졌다. 두 사람이 서로 사랑하는 감정이 싹트고, 절 안팎에 있는 남녀이기에 고민하는 모습을 섬세하게 묘사하며, 사랑을 이상화하는 결론을 제시한 것은 새로운 독서물을 바라던 독자들의 흥미를 끌기에 충분했다.

카이 홍의 또 다른 대표작 『청춘의 한가운데』는 녓 린의 『단절』과 더불어 신구갈등이라는 문제를 제기하고 있다. 여성 주인공 마이(Mai)는 아버지가 돌아가시자 동생 휘(Huy)를 돌보아야 했다. 록(Lộc)을 사랑해서 아이까지 낳았지만 시어머니 안(An)의 흉계로 말미암아 헤어져야 했다. 훗날 록에게 자식이 없자 시어머니는 마이를 찾아와 아이를 데려가려 하고, 마이에게는 록의 첩이 되도록 회유한다. 마이는 이를 거절하고, 함께 가주기를 간청하는 록의 청도 뿌리치고 정신적인 사랑을 나누자고 한다.

시어머니 안은 구시대적인 인물로서, "난 시대에 뒤떨어진 사람이라서 우리에게 가장 중요한 것은 여성의 예의(禮義)이고 오륜(五倫) 오상(五常)이며 사덕(四德) 삼종(三從)이라고 생각한다"[209]고 말하는 사람이다. 마이의 남편

---

208) Nguyễn Hoành Khung 외 『Văn xuôi lãng mạn Việt Nam(1930~1945)(베트남 낭만주의 산문 선집)』I, 106~107면.

209) "Tôi đây hủ lậu, vẫn tưởng sự quy nhất của ta là lễ nghi, là ngũ luân ngũ thường, là tứ đức tam tòng của đàn bà."

록(Lộc)은 신식교육을 받은 신세대였으나 여전히 유교적인 사고의 굴레에서 벗어나지 못한 인물이다. 마이의 남동생 휘는 누나의 도움을 절대적으로 필요로 했다. 작품은 이런 인물들 속에서 살아가면서 어쩔 수 없이 희생을 감내해야 하는 여성 주인공 마이의 고난에 찬 삶을 보여준다. 마이의 고난은 여성의 희생이 당연시되고, 삼종지도(三從之道)로 표현되는 유교적인 예교(禮敎)가 여전히 강요되며, 사랑에 의한 결혼이 용납되지 않을뿐더러 일부다처제가 보편화된 베트남 사회의 전근대적 현실이 강요한 것이다.210)

자력문단은 베트남 사회와 문학의 서구화를 지향하면서 전통의 굴레에서 해방된 개인이 새로운 사회의 기초가 돼야 한다는 이념을 문필활동을 통해서 널리 전파했다. 개인이 자유와 행복을 추구할 권리를 가졌다는 근대적 각성을, 전통과 싸우고 이상적인 사랑을 꿈꾸는 인물을 통해 표현했다. 민중의 고단한 삶을 그려내는 데도 참여해서 당시 사회의 다양한 인물군상을 작품 속에 끌어들였다. 이런 점은 자력문단의 커다란 공적이라고 하겠다. 뿐만 아니라 정제된 국어로 작품을 창작해서 사회적인 파급력이 큰 대중매체에 실음으로써 국어문체의 정립과 전파에 결정적인 기여를 했다는 점도 빼놓을 수 없다.

반면 전통을 일방적으로 매도하는 독선에 흘렀고, 서양 학문의 세례를 받은 부르주아 계층의 인물을 내세움으로써 시대와 민중의 삶에 대한 고민이 피상적인 일면이 있으며, 후반기로 갈수록 현실에서 도피해 협애한 개인주의로 빠져들고 말았다는 한계도 지적하지 않을 수 없다. 또한 문체가 깔끔하고 간결하며 한자를 적게 사용한 장점은 있지만 식자층의 문체이므로 생명력이 부족하고 대중의 언어와 적잖이 동떨어져 있다는 한계도 있다.211)

---

210) 이 작품에 대한 이해는 전혜경 「베트남의 근대문학─동아시아문학사의 비교적 관점에서」, 『동남아연구』 11(한국외국어대학교 동남아연구소 2002) 130~133면 참조.
211) 자력문단 소설의 인물과 문체에 대한 평가는 강하나 「1930~1945년간 베트남문학의 현대화 과정」 367~368면 참조.

## 3) 현실비판 계열의 소설

1930년대 중반 이후 식민지 사회의 현실, 노동자·농민을 위시한 당대인의 삶의 모습을 사실적으로 그려낸 일군의 작가가 등장했다. 이들을 통칭 현실비판 계열, 혹은 리얼리즘 계열이라고 부른다. 이들이 등장한 데는 맑시즘과 사회주의의 영향, 프랑스 자연주의 문학의 영향[212]이 적지 않게 작용했다. 리얼리즘 계열을 대표하는 작가로는 소설의 응우옌 꽁 호안, 응오 땃 또, 부 쫑 풍, 남 까오, 시의 뚜 머가 특히 손꼽힌다.

문학사적으로 보아서 리얼리즘 계열은 수창, 완권, 팜 주이 똔, 호 비에우 짜인과 같은 앞 시대 작가들의 현실비판 문학을 계승하는 자리에 있다. 하지만 앞 시대 작가들과는 달리 중세적 이념의 굴레를 벗어버리고 현실을 그 자체로 그려내고자 했다. 또한 운명론의 그림자를 걷어내고, 행복한 결말로 몰아가는 창작관행에서도 탈피했으며 일상어를 문학어로 다듬어 쓰는 데서도 진일보했다는 평가를 받는다.[213]

현실비판 소설의 등장을 알린 작가가 응우옌 꽁 호안(Nguyễn Công Hoan, 1903~1977)이다. 실세(失勢)한 유학자 관료 집안에서 태어난 그는 1926년에 사범학교를 졸업하고 소학교에서 교편을 잡았다. 1920년부터 산문작품 창작을 시작했는데 베트남 근대작가 가운데 손꼽히는 다작 작가이다. 1929년부터 1935년에 걸쳐 창작한 단편 열다섯 편을 묶어 출간한 산문집 『배우 뜨 벤(Kép Tư Bền)』(1935)은 사회현실을 사실적으로 그린 작품집이라는 평가를 받았으며[214] '예술을 위한 예술(nghệ thuật vị nghệ thuật)'

---

212) 부 쫑 풍이 전형적인 경우이다.

213) Phan Cự Đệ 외 『Văn Học Việt Nam(1900~1945)(1900~1945 시기의 베트남문학)』 346~347면.

214) Phan Cự Đệ 외 『Văn Học Việt Nam(1900~1945)(1900~1945 시기의 베트남문학)』 361~362면. 『배우 뜨 벤』은 희극배우 뜨 벤의 이야기이다. 뜨 벤은 아버지 약값을 벌기 위해 무대 위에서 눈물을 참고 억지로 웃으며 공연을 한다. 관중의 환호 속에 막이 내렸는데, 그에게 아버지의 죽음을 알리는 비보가 전해진다. 하층민의 비참한 처지를 아이로니컬

과 '인생을 위한 예술(nghệ thuật vị nhân sinh)'을 주장하는 양대 진영의 논쟁을 촉발시켰다.

응우옌 꽁 호안이 득의한 영역은 풍자적 단편소설이다. 그가 쓴 풍자적 성격의 작품들은 민간의 소화(笑話)에 근접해 있으며 오랜 이야기 전통의 계승이라는 평가를 받는다.215) 작품의 언어 또한 당대 사회계층에 따라 달라지는 일상어의 세계를 포괄했다고 한다.216) 응우옌 꽁 호안의 장편소설, 특히 1935~1939년에 쓴 작품들은 현실비판적 성격을 뚜렷이 보여주고 있다. 대표작으로 꼽히는 『막다른 골목(Bước đường cùng)』(1938)에서는 당시 베트남 북부의 농민이 지주와 관료 양쪽으로부터 착취당하는 현실을 보여주고자 했다. 고통 속에서 신음하는 농민들은 빠져나갈 방도가 없는 막다른 골목에 몰려 있다고 했다. 그런데 이 작품은 높은 현실성에도 불구하고 인물성격이 평면적이고 전형화에도 성공하지 못해서 단편에 비해 예술성이 떨어진다는 지적도 있다.217)

응오 떳 또(Ngô Tất Tố, 1892~1954)는 가난한 유학자의 집에서 태어나 20대 중반까지는 과거시험을 준비했다. 1930년대 초중반에는 언론계에 투신해서 두각을 나타냈다. 1930년대 중반에는 역사소설을 썼는가 하면 1930년대 후반부터는 농촌·농민문제에 깊은 관심을 가지고 르포르타주와 소설을 썼다. 농촌 일가의 비참한 삶을 그린 장편소설 『불이 꺼질 때(Tắt đèn)』(1939), 농촌의 낡은 풍습을 비판적인 관점에서 묘사한 르포르타주 「마을의

---

한 상황을 설정해서 그려냈다고 할 수 있다(강하나 「응웬 꽁 호안(Nguyen Cong Hoan)의 단편소설 연구-1945년 8월 혁명 이전의 단편소설을 중심으로」, 『베트남 연구』 제5권, 한국 베트남학회 2004, 77면).

215) Phan Cự Đệ 외 『Văn Học Việt Nam(1900~1945)(1900~1945 시기의 베트남문학)』 375면.

216) 강하나 「응웬 꽁 호안(Nguyen Cong Hoan)의 단편소설 연구-1945년 8월 혁명 이전의 단편소설을 중심으로」 81면.

217) Phan Cự Đệ 외 『Văn Học Việt Nam(1900~1945)(1900~1945 시기의 베트남문학)』 386면.

일(Việc làng)」(1940, 「하노이 신문(Hà Nội tân văn)」)이 있다.

응오 떳 또의『불이 꺼질 때』는 응우옌 꽁 호안의『막다른 골목』과 함께 1930년대 베트남의 농촌·농민문제를 다룬 대표작이다.『막다른 골목』이 농촌문제를 전반적으로 다루었다면『불이 꺼질 때』는 세금문제에 집중한 점이 다르다. 작품의 내용은 이렇다. 세금을 못 냈다는 이유로 저우 부인(chị Dậu)의 남편(Nguyễn Văn Dậu, 26세)이 관가에 끌려가 심한 매질을 당한다. 저우 부인은 남편을 구해내기 위해 일곱 살 난 딸과 키우던 개를 의원 꾸에 (Quế)의 집에 판다. 이렇게 해서 남편의 세금을 냈지만 8개월 전에 죽은 시동생의 세금도 내야 한다는 말을 듣는다. 더 이상 팔 것이 없기에 저우 부인은 아직 젖을 떼지 못한 두 살짜리 아이를 이웃집에 맡기고 자기는 순무(巡撫) 집의 유모가 된다. 하지만 순무가 욕보이려 하자 저항하고 달아난다.

작품의 한 대목을 보자.

저우 부인은 말을 하면서 입술을 깨물었다.

"됐어, 엄마는 안 먹어. 엄마 것도 네가 먹으렴. 이번만 집에서 먹는 거고 다음부터는 안된단다. 엄마는 너와 먹는 것 가지고 다투고 싶지 않구나. 실컷 배부르게 먹으렴, 엄마 거는 안 남겨도 된단다."

따(Tý)는 엄마가 한 말뜻을 다 알아듣지는 못했지만 얼굴이 창백해지며 떨리는 목소리로 물었다.

"그럼 다음번에 난 어디서 먹어?"

한순간 다시 흐느껴 울면서 저우 부인은 미어지는 가슴으로 아이를 바라보았다.

"아가는 도아이(Đoài) 마을의 의원 댁에서 먹게 된단다."

따는 청천벽력 같은 소리에 놀라서 펄쩍 뛰면서 먹던 감자를 바구니에 던지고는 울음을 터뜨렸다.

"엄마 진짜 날 판 거야? 엄마 부탁이야, 엄마 제발, 난 아직 어리잖아, 엄마 날 팔지 말아, 불쌍하잖아. 집에서 동생과 놀게 해줘, 엄마."

전(Dần)[218]도 소리 높여 울기 시작했다. 감자 바구니를 던져버리고 일어서서, 머리며 엉덩이를 흔들며 아침에 했던 말을 되풀이했다.

"난 싫어! 안돼! 난 띠 누나 파는 거 싫단 말이야! 안돼! 안돼! 팔려면 이 띠우(Tiu)[219]를 팔아!

저우 부인은 가슴이 메어져 더 이상 말을 할 수가 없었다. 슬픈 얼굴로 고개를 숙이고 젖을 빨고 있는 아이를 줄곧 바라다보았다.

구부러진 눈썹은 젖어 있고, 몇 가닥 머리카락은 축 늘어진 것이 마치 담배 연기가 거울 앞에서 날아오르는 것 같았다. 그리고 붉어진 광대뼈 위로 몇줄기 눈물이 줄줄 흘러내리는 것이 갓 피어난 장미꽃 가지에 아침 이슬방울이 맺혀 있는 것 같았다.[220]

이런 장면을 통해서 농민의 비참한 현실을 보고하는 한편 농민을 더더욱 비참하게 만드는 식민지 관료의 악행을 비판했다. 위의 장면에서도 그렇지만 실로 작품 전편에 걸쳐서 모든 부담과 고통을 지고 감내해야 하는 것은 여성인 저우 부인의 몫이었다. 저우 부인은 고단한 현실을 헤쳐나가는 강인한 여성이며 중세시기에 보았던 적극적 여성형상의 계승이라고 할 만하다.[221]

부 쫑 풍(Vũ Trọng Phụng, 1912~1939)은 르포르타주[222]와 소설로 이름을 얻었다. 1936년에 「하노이 신문」에 연재한 두 편의 장편소설 『폭풍우

---

218) 둘째아이다.
219) 막내아이다.
220) Ngô Tất Tố 『Tắt Đèn(불이 꺼질 때)』, Hà Nội: Nxb Văn Hóa-Thông Tin 2008, 69~70면. Nguyễn Khắc Viện・Hữu Ngọc, *Vietnamese Literature*, 516~517면에 영역되어 있다.
221) 저우 부인은 『송진국화(宋珍菊花)』의 국화, 『육운선(陸雲仙)』의 교월아(僑月娥)와 많이 닮아 있다(Phan Cự Đệ 외 『Văn Học Việt Nam(1900~1945)(1900~1945 시기의 베트남 문학)』 405면).
222) 부 쫑 풍은 '북부 르포르타주 문학의 왕'으로 일컬어진다(강하나 「1930~1945년간 베트남문학의 현대화 과정」 366면).

(Giông tố)』와『행운(Số đỏ)』이 특히 큰 반향을 불러일으켰다.『폭풍우』는 1937년에,『행운』은 1938년에 책으로 출간되었다.『폭풍우』는 악독한 지주이자 식민자본과 결탁한 부도덕한 의원의 행태를 묘파한 작품이고,『행운』은 행실이 나쁜 부랑자가 온갖 거짓과 속임수를 써서 출세가도를 달려 상류사회의 명사가 되는 과정을 풍자적으로 그려낸 작품이다.

이곳에서는『폭풍우』를 살펴보기로 한다. 작품의 내용은 이렇다. 농촌마을 처녀 믹(Mịch)은 어느 날 밤에 볏짚을 지고 오다가 늙은 의원 따 딩 하익 (Tạ Đình Hách)에게 겁탈당한다. 하익은 대부호인데 음란하고 악한 자였다. 믹의 아버지는 모욕감을 참지 못하고 지현(知縣) 앞으로 소장(訴狀)을 제출한다. 지현은 프랑스 파리로 유학 가서 법학박사 학위를 받은 젊은 관원이었다. 믹의 억울함을 알고 도와주려 했지만 총독의 비호를 받으면서 음흉한 수단을 쓴 하익에 의해 제지당하고 만다. 젊은 지현은 사직해야 했다. 뒤를 이어 새로 온 늙은 지현은 공공연히 하익을 옹호했다.

하익의 장남 뚜 아인(Tú Anh)은 하노이에 있는 사립학교 교장이었는데, 그가 나서서 일을 수습했다. 그는 믹을 하익의 열두번째 첩이 되도록 했다. 또한 믹과 결혼하기로 되어 있었던 사람이면서 뚜 아인의 비서이기도 한 롱 (Long)을 뚜옛(Tuyết)과 맺어주었다. 뚜옛은 뚜 아인의 여동생, 곧 하익의 딸이었다.

하익은 식민자본 회사의 지원을 받고 있었다. 그 회사는 느억 맘(nước mắm)[223] 전매권을 노리고 있어 하익과 결탁한 것이다. 하익은 의원 경선에 나섰고 의장자리까지 노리고 있었다.

이때 비밀을 간직한 한 사람이 출현한다. 그는 풍수와 점술에 밝아서 하익에게 상객(上客) 대우를 받는다. 이 사람은 하이 번(Hải Vân)으로, 원래 하익의 친구였지만 하익에게 모해를 입어 감옥에 갇히고 아내마저 하익에게

---

223) 소금에 절인 생선 액젓.

빼앗겨버렸다. 지금은 '국제(공산)혁명가'가 되어 외국에서 활동하다가 당 (黨)의 업무로 귀국한 것이다. 하익에게 나타난 것은 전날의 원수를 갚기 위 해서가 아니라 그를 도움으로써 당에 돈을 송금하기 위함이었다.

하이 번의 도움으로 하익은 아내가 바람피우는 것을 목격한다. 이때 하이 번은 간직해온 비밀을 털어놓는데, 롱이 실은 하익의 아들이며 뚜 아인은 하이 번 자신의 아들이라는 것이다. 그렇다면 롱과 뚜엣은 남매지간인데 결 혼한 게 되고, 하익은 아들의 연인을 겁탈해 첩으로 삼은 것이다.

비록 정신이 혼란스러웠지만 하익은 여전히 경선에 힘을 다했다. 인민전 선(人民戰線)이 세를 얻던 시기인만큼 인민을 위하는 마음이 있다는 말을 듣기 위해서 빈민구휼활동을 하고 훈장을 받는다. 그는 '죽을 때까지 인민에 게 충성을 다할 것'이라고 하고, 또 자기 딸을 '고아로 버려진' '인민의 대 표'인 롱에게 시집보내기로 했다고 말한다.

어느 '폭풍우' 몰아치는 밤 바닷가에서 하이 번은 아들 뚜 아인과 작별한다. 하이 번은 아들에게 법의 테두리 안에서 유익한 일을 열심히 하고, 좋은 날이 오기를 기다리도록 권한다. 한편 롱은 어느 날 밤 혈관을 끊고 자살한다. 비록 백만장자의 아들이자 사위로서 돈을 물쓰듯하더라도 스스로 극도로 혐오스럽 고 진저리가 나며, 세상 살아갈 의미를 찾을 수 없었던 것이다.

하익은 대지주, 매판자본가, 친불(親佛) 어용정치인이자 탐욕스럽고 음탕 한 성격의 인물로서 식민지 시대 악인의 한 전형이다. 이런 인물을 중심에 두고 식민지 시대의 사회상을 드러낸 이 작품은 리얼리즘의 비판정신을 성 공적으로 구현한 작품이라고 할 수 있다. 하익의 아들이자 사위인 롱의 죽음 은 그 자신의 선악과 무관하게 타락한 시대가 개인에게 가하는 폭력이 어떤 것인지를 잘 보여준다.

작품의 한 장면을 보기로 한다.

몇분 후에 서양사람이 비서의 안내를 받으며 들어왔다. 이 사람은 나이가 지긋하고 베트남어를 아주 능숙하게 구사하는 것으로 보아서 이곳 식민지 땅에서 20~30년은 산 것 같았다.

"의원께서 이번 경선에 나오실지를 좀 제게 말씀해주시기를 바라는데……."

하익 의원은 한동안 생각하고서 답했다.

"그 문제는 나도 아직 결정을 못했습니다."

"만약 의원께서 경선에 나선다면 빨리 결정하셔야 할 텐데요. 두 달밖에 남지 않았으니까요."

"네. 하지만 요즘 사업이 너무 바빠서, 아마도 이번에는 그만둬야 할 듯합니다."

서양사람은 눈이 휘둥그레졌다.

"의원께서 그만두신다구요? 그런 말씀이신가요?"

"그래요. 아마도 포기해야 할 듯합니다."

"의원께서는 사업이 잘되고 있어서 포기하시는 건가요?"

"예."

서양사람은 한 번 비웃고는 가볍게 말했다.

"주머니가 두둑해져서라고 하시는 게 낫지요."

하익은 위엄 있게 일어나서는 말했다.

"내 맹세코 말하리다. 비록 정부가 내게 200무(畝)의 개간지를 준 건 사실이지만, 내가 거기에 이제껏 6만금을 쏟아 부었어도 아직 한푼도 거둬들이지 못했단 말이오."

"그 때문이 아니라면 의원께서는 더 이상 민중의 대표를 맡지 않겠다는 거군요."

"더군다나 나는 민중에게 아무런 이익도 줄 수 없게 되었소."

서양사람은 다시 한 번 길게 비웃고는 하익의 귀에 가까이 대고 말했다.

"의원 노릇을 할 때 사람들은 자기에게 이익이 될 방도를 가장 먼저 생각하지요."

하익 또한 대답 대신 웃음을 짓고는 손을 내밀어 서양사람의 손을 잡고서 몇번 교활한 눈짓을 건넨 다음에 말을 이었다.

"솔직히 한 번 물어봅시다. 만일 내가 다시 경선에 나가면 당신께 뭔가 손익(損益)이 있는 거요?"

"저도 솔직하게 말씀드리자면 만일 의원께서 다시 경선에 나서면 우리 둘 다 이익이 있을 겁니다."

"좀 더 자세히 말한다면……."

"무엇보다도 저는 지금으로부터 수년 전에 제가 관료의 한 사람이었다는 것을 말씀드리고 싶은데……."

"예."

"저는 북두성훈장도 받았고 (말을 마치고 그 사람은 옷깃을 가리켰다.)

"그렇군요. 잘 알았소……."

"그래서 전 큰 권력을 가진 사람들을 많이 알고 있다는 말씀이죠. 제가 관료 노릇을 하는 동안에 저는 사업에 대해서도 신경을 썼습니다. 지금 전 막 프랑스 쪽에 설립한 재무회사(hội lý tài)의 대표를 맡고 있는데, 자본금은 20조 프랑입니다. 회사에 의해서 위촉되어 이익을 낼 만한 일을 찾고 있습니다. 전 전매권을 알아두었는데, 느억 맘 전매권입니다. 이 목적을 이루려면 동지가 필요해서 제가 의원님을 뵙고자 한 것입니다."

"그래요."

"의원께서 한번 생각해보시겠습니까? 북부와 중부의 느억 맘 전매권은 이익이 큰 사업이 아니겠습니까?"

"그래요, 그래."

"그렇게 되면 지분의 50퍼센트를 의원님 몫으로 떼어놓지요, 만일 의원께서 일이 되도록 도와주신다면 말입니다."

"내가 어떻게 행동해야 합니까?"

"의원께서는 의원 경선에 나가신 다음에, 경제대회의에 나가시기 위해서 의장자리에 당선되시는 겁니다."[224]

지주이자 정치가인 하익이 프랑스 자본과 결탁해 이권을 독차지하려는 모

224) Vũ Trọng Phụng 『Giông Tố(폭풍우)』, Hà Nội: Nxb Đại Học Sư Phạm 2007, 173~175면.

의가 이뤄지는 장면이다. 이 모의과정에서 하익의 이중적 면모와 탐욕스러운 성격이 풍자되는 것은 두말할 필요도 없으며 식민지 사회에서 매판자본이 어떻게 형성되고 증식되는가도 잘 보여준다.

남 까오(Nam Cao, 1917~1951)[225]가 해방 전에 쓴 작품으로는 『찌 페오(Chí Phèo)』(1941)가 대표작이다. 장편소설 『닳아버린 삶(Sống mòn)』(1944)도 있지만 발표된 것은 1956년에 가서의 일이다. 『찌 페오』는 원제를 '잘 어울리는 한 쌍(Đôi lứa xứng đôi)'으로 했다가 개제한 것이다. 작자의 고향에서 실제로 있었던 일을 토대로 창작한 단편소설이다.

작품 내용을 간추리면 다음과 같다. 부 다이(Vũ Đại) 마을의 찌 페오는 아주 어려서 버려져서 부모가 누구인지, 원래 어디 사람인지 알지 못한다. 스무 살 때는 이장(里長), 지금은 백호(百戶, ông bá) 벼슬을 하고 있는 끼엔(Kiến) 밑에서 농사일을 했다. 찌 페오는 선량하고 성실한 사람이었다. 그러던 그가 7~8년 동안 보이지 않았다가 다시 나타났다. 세번째 부인이 찌 페오를 마음에 들어해서 자기 방으로 끌어들인다는 것을 알게 된 끼엔이 질투심에서 찌 페오를 감옥에 집어넣은 것이다. 마을에 다시 돌아온 찌 페오는 완전히 불한당 같은 자로 변해 있었다. 마을로 되돌아온 바로 그날부터 늘 술에 취해서 욕을 해댔다.[226]

---

225) 본명은 쩐 흐우 찌(Trần Hữu Trí)이다. 르엉 응우엔 타잉 짱 'Nam Cao(남 까오)와 현진건 사실주의 단편소설 비교연구」(부산대학교 석사학위논문 2007) 82~84면에 남 까오의 생애와 작품 창작활동에 대해서 소개하고 있다.

226) "지금 그는 나이가 없는 사람이 되어버렸다. 서른여덟, 아니면 서른아홉? 마흔, 아니면 마흔이 넘었는가? 그의 얼굴은 젊지도 늙지도 않았지만 그건 사람의 얼굴이 아니었다. 그건 이상한 짐승의 얼굴이었다. 짐승은 얼굴을 보아도 나이를 알 수 없는 것이 아니던가. (…) 수많은 흉터가 있었다. 그냥 이유 없이 욕을 해대고 무엇이라도 욕을 해대고 술을 마시고 욕을 해댔다. 그는 마치 술 취한 사람이 노래를 부르는 것처럼 욕을 해댔다. 만일 그가 노래를 부를 줄 알았다면 욕을 하지는 않았을 것이다. 그와 사람들을 힘들게 하는 것은 그가 노래를 모른다는 사실이었다. 그는 오후 내내 욕을 했고, 하늘과 땅에 대고 욕을 해댔다. 그는 부 다이 마을에 대고 욕을 했다. 그는 그에게 욕하지 않는 모든 사람에게 욕을 해댔다"

끼엔은 온정을 베푸는 척하면서 그를 꾀어 이용해 먹었다. 찌 페오는 자기 삶을 망가뜨린 원수의 충복이 되어 도리어 이용당한 것이다. 찌 페오는 '사나운 마귀(con quỷ dữ)'가 되어 온갖 악행을 저질렀지만 정작 본인은 늘 취해 있었기에 자신이 어떤 나쁜 짓을 하는지에 대한 자각도 전혀 없었다. 그러던 중 그는 몹시 못생기고 가난하며 지력이 떨어지는 여성 티 너(thị Nở)와 알게 되었다. 그녀는 나이 서른이 넘었지만 아직 남편이 없었고 고모와 살고 있었다. 자기를 동정하며 보살펴주는 티 너에게서 찌 페오는 태어나 처음으로 따스함을 느낀다. 찌 페오는 티 너를 사랑하는 마음이 생겨서 마음을 고쳐먹고 정상적인 가정을 이루고 농사를 지으며 행복하게 살고 싶다는 소망을 품는다.

티 너가 고모의 의중을 묻자 고모는 찌 페오와의 결합을 반대한다는 대답을 한다. 그러자 티 너는 격노해서 화를 풀 대상을 찾아서 찌 페오를 찾아간다. 때마침 티 너가 오지 않는다며 화가 나서 술을 마시던 찌 페오와 격렬하게 다투던 중 티 너는 고모에게 들은 말을 내뱉으며 악담을 하고 가버린다. 찌 페오는 분노가 치밀어 그녀와 고모를 찔러 죽이겠다고 결심한다. 술을 취하도록 마신 그는 허리춤에 칼을 차고 나섰지만 길을 잘못 들어 끼엔의 집에 들어가 끼엔을 죽여버리고 자기도 목을 찔러 자살하고 만다.

찌 페오가 길을 잘못 들어 끼엔을 찾아갔을 때 두 사람이 나눈 마지막 대화는 다음과 같다.

"이거 찌 페오 아닌가? 횡설수설 작작 좀 해라. 난 창고가 아니야."
닷 푼 동전을 땅에다 툭 던지고는 그에게 말했다.
"그것 가지고 내 앞에서 꺼져라. 그렇게 먹고 살면서 우리에게 고맙다는 말은 하지 않을 거냐?"

(르엉 응우엔 티잉 짱 「Nam Cao(남 까오)와 현진건 사실주의 단편소설 비교연구」 63면. 문장을 다듬어서 재인용한다).

618

그는 눈을 크게 뜨고서 백호의 얼굴을 쳐다보았다.

"동전 닷 푼 얻자고 내가 여기 온 게 아니다."

그가 난폭한 짓을 할 것 같아 보이자, 백호는 곧 부드러운 목소리로 말했다.

"그래, 그거나 가져가거라. 난 더 이상은 없다."

그는 참으로 거만한 표정을 지으며 얼굴을 쳐들었다.

"돈 달라고 온 게 아니라고 내가 말했잖아."

"그래! 네가 돈을 달라지 않는 건 오늘 처음 보는군. 그럼 넌 뭐가 필요한 거지?"

그가 당당하게 말했다.

"난 선량한 사람으로 살고 싶다."

끼엔은 껄껄 웃었다.

"오, 난 또 뭐라고! 나도 그저 네가 선량하게 세상 살기를 바랄 뿐이지."

그는 머리를 흔들었다.

"안돼! 누가 나를 선량하게 해? 어떻게 이 얼굴에 있는 흉터를 없앨 수 있겠어? 난 더 이상 선량한 사람이 될 수 없어. 알아! 한 가지 수밖에 없어……. 알아……! 한 가지 수밖에 없다고……. 이거! 알아……!

그는 칼을 꺼내서 달려들었다.227)

찌 페오는 가난하지만 선량한 농민이었는데 지주의 횡포로 말미암아 감옥에 끌려갔다가 성품은 물론 삶까지도 망쳐서 악한으로 전락한 인물이다. 위에 인용한 대목에서도 보이듯이 그는 더 이상 살아갈 길이 없어서 불행한 최후를 맞이하고 만다. 작가는 유맹(流氓, 유랑민) 찌 페오의 비참한 처지를 보여줌으로써 농촌에서 벌어지는 계급간의 갈등을 부각시킨다고 할 수 있다.228) 남 까오는 하층민의 '굶주림'과 '죽음'을 베트남 사회를 들여다보는 거울로 삼고자 했다.229)

---

227) Nam Cao 『Chí Phèo(찌 페오)』, Biên Hòa: Nxb Tổng Hợp Đồng Nai 2006, 44~45면.
228) Bích Thu 편 『Nam Cao, về tác gia và tác phẩm(남 까오, 작자와 작품)』, Hà Nội: Nxb Giáo Dục 1998, 207면.

나아가 찌 페오는 베트남사람의 자화상이기도 하다. 작품에서 찌 페오는 늘 술에 취해 있다. 원수에게 도리어 이용당할 정도로 분별력도 없는 인물이다. 악행을 저지르면서도 자신이 무슨 짓을 하는지 전혀 자각이 없다. 찌 페오의 짝 티 너는 지력이 떨어지는 여자다. 그런 두 사람은 작품의 원제가 말해주듯이 '잘 어울리는 한 쌍'이다. 작가는 이들 작중인물을 통해서 베트남 민중이 처한 상황을 비판적으로 그려내고자 했다고 볼 수 있다. 이런 점에서 이 작품은 베트남의 『아Q정전』이라는 평을 받는다.[230]

응우옌 홍(Nguyên Hồng, 1918~1982)[231]은 원래 집이 가난한데다가 어렸을 때 아버지가 세상을 떠나서 극히 궁핍한 생활을 해야 했다. 자라서는 사회참여에도 적극적이어서 민주전선 시기에 인도차이나공산당이 이끄는 민주청년단에 가입해서 활동했다. 1939년에는 식민당국에 의해 체포되어 1942년까지 수감생활을 한다. 1943년부터는 월맹활동에 참여한다.

응우옌 홍은 사회의 밑바닥 삶을 스스로 체험하고 관찰한 것을 작품 창작의 원천으로 삼았다. 가난한 도시 노동자, 그 가운데서도 특히 날품팔이, 도시빈민의 삶을 작품화했다. 도시빈민 가운데서도 여성 노동자의 삶에 주목해서 여성의 고난, 숭고한 모성, 투쟁의식을 형상화한 작품이 적지 않다.[232]

장편소설 『여자 도둑(Bỉ vỏ)』(1938)이 대표작으로 꼽히는데, 이 작품으로 자력문단이 주는 상을 받기도 했다. 이 작품은 선량한 시골 처녀 땀 빈(Tám

---

229) 선한 인물의 '죽음'이나 '굶주림'은 베트남 사회의 폭력성, 인물의 정신적 파멸과 곧바로 연결되어 있어서, 베트남 사회의 비극을 형상화하는 도구로 쓰일 수 있었다. '굶주림'과 정신적 파멸의 결합은 남 까오 작품의 특징적인 면모이다(르엉 응우옌 타잉 짱 「Nam Cao(남 까오)와 현진건 사실주의 단편소설 비교연구」 65~66면).

230) Bích Thu 편 『Nam Cao, về tác gia và tác phẩm(남 까오, 작자와 작품)』 184~185면 등. 그런데 남 까오가 『찌 페오』를 창작하기 전에 『아Q정전』을 읽지 못했기 때문에 직접적인 영향관계는 말할 수 없다고 한다(Bích Thu 편 『Nam Cao, về tác gia và tác phẩm(남 까오, 작자와 작품)』 184면).

231) 본명은 응우옌 응우옌 홍(Nguyễn Nguyên Hồng).

232) 于在照 『越南文學史』 238면 이하.

Bính)이 사회의 악으로 말미암아 미혼모로, 창녀로, 도둑으로 전락해가는 과정을 보여준다. 땀 빈은 식민지 시대 수난을 겪어야 했던 베트남 여성의 전형으로 기억될 만하다.[233]

## 4. 근대연극

근대에도 전통극 째오와 뚜옹은 여전히 전승되고 있었다. 하지만 전통극은 근대관객의 취향에는 맞지 않았다. 째오는 도시적 감수성과 거리가 있는 농촌 연극이라고 생각되었고 뚜옹의 맹목적인 충군의식은 낡은 것으로 받아들여졌다. 째오와 뚜옹이 근대관객의 눈에 들기 위해서는 변화를 꾀해야 했다. '문명(文明) 째오(chèo văn minh)'가 그런 시도였다. 문명 째오는 1907년에 출현했는데 말 그대로 째오를 '문명화'하자는 것이었다. 하지만 말과는 달리 의상만 새롭게 바꾸었다는 인상을 불식하기 어려웠다.[234]

따라서 근대연극은 새롭게 마련되어야 했다. 새롭게 탄생한 근대연극으로는 개량극(改良劇, cải lương)과 대화극(對話劇, kịch nói)이 있다. 개량극은

---

233) Phan Cự Đệ 외 『Văn Học Việt Nam(1900~1945)(1900~1945 시기의 베트남문학)』 456면. 한편 강하나 '20C 초 한국과 베트남의 사실주의 작가 비교연구」, 『베트남 연구』 제1호(한국베트남학회 2000)에서 베트남 작가인 응우옌 꽁 호안, 응우옌 홍, 남 까오와 한국 작가인 현진건의 작품세계를 비교했다. 응우옌 꽁 호안의 풍자소설은 "대개가 짧고, 줄거리가 단순하며, 일상생활 속의 희극적인 혹은 웃음과 울음을 함께 끌어내는 아이러니컬한 상황을 주로 다루었다"(212면). 응우옌 홍은 "도시 하층민을 향한 인도주의적 사상이 넘쳐나는 작가"였는데, 작품 속 주인공은 "대개가 각종 불행을 짊어지고" 있지만 "어떤 힘든 상황에 부딪혀도 결코 정신적으로 굴복하지 않는" 그런 인물이었다(208면). 남 까오는 "주로 가난한 지식인과 가난한 농민"에 관심을 가지고 있었는데, "인물의 내면세계를 포착하여, 복잡하게 변화해가는 과정을 자세히 묘사한 대표적인 사실주의 작가"였다(209면).
234) Wynn Wilcox, "Women, Westernization and the Origins of Modern Vietnamese Theatre," *The Journal of Asian Studies* Vol. 65 No.2, Cambridge: Cambridge University Press 2006, 211면.

남부에서 탄생해서 북쪽으로 전파되었고, 대화극은 북부에서 탄생해서 남쪽으로 전파되었다.

## 1) 개량극

개량극(까이 르엉)은 20세기 초에 베트남 남부에서 탄생한 대중 가극(歌劇, kịc hát)이다. 까 끽 까이 르엉(ca kịch cải lương), 곧 개량가극(改良歌劇)이라고도 부른다.[235] 개량극은 가악(歌樂)의 '개량'과 더불어 탄생했다. 20세기 초 남부지방에는 후에(Huế)의 전통가악, 베트남 중남부지방의 전통민요, 남부지방의 새로운 가악이라는 세 종류의 가악이 주류를 이루었다.[236] 이들 가악을 남부지방 관객의 기호에 맞춰가면서 변개하고 배합해서 새로운 곡조가 개발되면서 새로운 가극 탄생의 토대가 마련되었다. 요컨대 전통적인 공연예술에 수반되던 음악이 새로운 음악으로 '개량'된 것이다. 개량극은 남부의 독특한 토속음인 가벼운 음의 장점에 기초했기 때문에 가사와 음조가 청중을 매료시킬 수 있었다.[237]

원래 남부지방에는 떠돌이배우에 의해 시장처럼 사람이 많이 모인 곳이나 부잣집에서 행해지던 가악공연이 있었다. 공연에 쓰인 가악은 위에서 말한 것처럼 민요에서 가져온 것도 있고 궁중아악에서 차용한 것도 있었다. 공연은 배우 한 사람이 앉아서 말과 노래를 엮어 진행하는 방식으로 이루어졌다.

처음에는 배우 혼자서 노래하던 간단한 공연이 배우 여러 명이 각각의 배역을 맡아 무대 위에서 대사·노래·동작을 보여주는 형식인 까 자 보(ca ra bộ)로 점차 진화한다. 1916년에 빈 롱(Vĩnh Long)에서 결성된 연극단에 의

---

235) 개량극에 대한 논의는 Đình Quang 외, *Vietnamese Theater*, 69~92면의 서술을 우선 참고했다. 까이 르엉을 '핫 까이 르엉(hát cải lương)'이라고도 한다.

236) 이들 세 가악의 곡조를 각각 '박(Bắc, 北)' '남(Nam, 南)' '오안(Oán, 怨, 슬픈 곡조)'이라고 분류한다 Đình Quang 외, *Vietnamese Theater*, 70면.

237) 부 썬 투이 『베트남, 베트남사람들』 41면.

622

해서 『배검(裴儉)의 낙방(Bùi Kiệm thi rớt)』과 『배검이 월아(月娥)에게 반하다(Bùi Kiệm mê sắc Nguyệt Nga)』가 무대에서 상연되었는데, 배우는 고전소설 『육운선(陸雲仙)』의 등장인물 배검, 월아 역을 맡아 연기했다. 또한 1918년에 남 뚜(Năm Tú)가 이끄는 극단이 공연했는데, 사이공 대극장(Saigon Grand Theater)의 무대장식을 모방한 무대에 무대의상을 입은 남녀 배우가 작가가 쓴 극본에 따라 공연했다.

까 자 보가 긴 공연종목으로 개편되면서 장편가극인 개량극이 탄생하게 되었다. 1922년에는 최초의 개량극 작품이라고 알려진 『김운교(金雲翹, Kim Vân Kiều)』와 『장주몽호접(莊周夢胡蝶, Trang Chu mộng hồ điệp)』이 미 토(Mỹ Tho)와 사이공에서 공연되기에 이르렀다. 이렇게 탄생을 알린 개량극은 점차 베트남 전역으로 퍼져 인기를 얻었다. 1932~1945년에 남부지방에는 67개에 이르는 개량극 극단이 있었으며 많은 뚜옹 극단도 개량극 쪽으로 넘어왔다. 거의 대부분의 극단은 매년 북부지방으로 순회공연을 다녔다. 북부[238]의 개량극 극단도 적지 않았는데, 1931~1941년에는 7개, 1942~1945년에는 23개가 있었다. 이런 사실은 개량극이 도시공간에서 대중들이 즐기는 상업적 공연물로서 꽤 성공적이었다는 것을 말해준다.[239]

개량극 극본의 제재는 쯔놈문학 작품에서 취한 것이 가장 많았고, 중국고전에서 취한 것도 상당수 있었다. 서양 작품에서 차용한 것이나 민간신앙을 다룬 작품도 있었다. 적은 수이기는 하지만 사회현실을 다루는 작품도 있었다. 예를 들어 쩐 흐우 짱(Trần Hữu Trang) 창작의 『르우의 삶(Đời cô Lựu)』(1937년 상연)은 지주의 모략 때문에 가족이 붕괴하고 삶이 파탄나는 비극적

---

238) 하노이, 하이 퐁(Hải Phòng), 남 딘(Nam Định) 등지.

239) 개량극의 상업적 성공은 꼬르네유나 몰리에르의 작품과 같이 세련된 고급문학이 아니라 생선가게 여주인 같은 평범한 대중들도 이해할 수 있는 연극을 만들어야 한다는 초기 개척자의 구상이 실현된 것이라고 하겠다. 개량극이 만들어져 가는 단계인 1917년 4월에 밝힌 르엉 칵 닌(Lương Khắc Ninh)의 구상을, Đình Quang 외, *Vietnamese Theater*, 89~92면을 통해서 알 수 있다.

인 여성 르우의 삶을 보여준다. 뜨 짱(Tử Trang)・남 쩌우(Năm Châu)[240]
・남 너(Năm Nở)[241]의 『질풍 같은 말발굽(Vó ngựa truy phong)』(1942년
상연)은 알코올중독자, 아편중독자인 형제에게 속아 모녀가 자살하고, 두 형
제 또한 서로 죽이는 결말에 이른다. 이런 작품들은 돈의 힘에 의해, 지주나
식민주의자의 횡포로 인해, 구제불능의 악한에 의해 가족이 붕괴되고 삶이
망가지는 사회현실을 보여준다.[242]

선택한 제재를 작품화하는 스타일이 극작가에 따라 달랐다. 전통적인 뚜
옹의 스타일을 고수하는 경우도 있었고, 서양 대화극이나 소설 또는 오페라
의 극적 전개방식을 모방하는 등 다양했다. 공연방식이나 스타일이 통일되
지는 못했고 여럿이 혼합된 상태였다고 말할 수 있다.

개량극 대사에서는 전통극의 노이 로이에서 산문대사로 바뀌어갔다. 개량
극의 음악도 지속적으로 개량되었다. 개량극 공연에서는 보통 현악기를 사
용하고 타악기는 거의 사용하지 않는다. 이 점은 뚜옹과 다르다. 월금(月琴)
같은 전통악기, 바이올린이나 기타 같은 서양악기가 사용된다. 공연의 여러
면에서 전통극(뚜옹)의 특성이 계승되기도 했지만 서양음악, 서양식 무대장
치, 서양식 무대의상 등의 영향 또한 크게 받았다.[243] 이런 혼종상태에서 자
기 정체성을 확립해온 개량극은 오늘날에 이르러서는 동서 문화교류의 성공
작이라는 평가를 받는다.[244]

---

240) 본명은 응우옌 타인 쩌우(Nguyễn Thành Châu, 1906~1978)이다.
241) 본명은 레 호아이 너(Lê Hoài Nở)이다.
242) 작품의 줄거리는 Đinh Quang 외, *Vietnamese Theater*, 81~84면에 있다.
243) 여기까지는 『베트남문학사전』 51~52면; 여러 사람 『Văn Học Việt Nam(1900~1945)
    (1900~1945 시기의 베트남문학)』 230면; Đinh Quang 외, *Vietnamese Theater*, 69~75면의
    요약이다. 사회현실을 반영하고 있는 창작품으로는 『또 아인 응웻(Tô Ánh Nguyệt)』(작품
    명은 여성 주인공의 이름), 『나의 시누이(Chị chồng tôi)』 같은 작품도 있다(Đinh Quang
    외, *Vietnamese Theater*, 73면).
244) 부 썬 투이 『베트남, 베트남사람들』 41면.

## 2) 대화극

대화극(끽 노이)은 서양연극을 수용해 탄생한 새로운 연극이다. 식민지화와 도시화가 진전됨에 따라서 서구식 교육을 받은 사람들과 도시민이 공연예술의 소비자로 등장함에 따라서 자신들의 관심을 반영한 새로운 연극을 요구했다. 한때 뚜옹과 째오가 변화의 움직임을 보였지만 쉽사리 근대연극으로 탈바꿈하기 어려웠고, 남부에서 새롭게 등장한 개량극이 있었지만 그것 역시 가극이어서 대화극에 대한 요구에 부응할 수는 없었다.

대화극의 탄생에는 프랑스 연극이 지대한 영향을 끼쳤다. 프랑스 극단이 순회공연을 오고 프랑스 식민당국에 의해 하노이와 사이공에 근대식 오페라하우스가 세워졌다. 아마추어지만 프랑스사람들이 공연을 했고 가톨릭 교회에서는 종교연극이 공연되었다. 1913년부터는 프랑스 희곡작품이 번역되어 「동양잡지」 「남풍」 등에 소개되었다. 응우엔 반 빈은 몰리에르의 희곡작품 『상상병 환자(Le Malade imaginaire)』 『수전노(L'Avare)』 『평민귀족(Le Bourgeois Gentilhomme)』 『따르뛰프(Tartuffe)』, 그리고 르사쥬(Lesage)의 『뛰르까레(Turcaret)』를 번역했다. 또한 팜 뀐은 꼬르네유의 희곡 『르 시드』와 『오라스』를 번역해서 「남풍」에 게재했다.[245] 식민지 교육이 진행됨에 따라서 번역에 의지하지 않고 프랑스 작품을 읽고 이해할 수 있는 사람들이 늘어갔다. 이런 일련의 일들이 진행되면서 시민들은 점차 새로운 형태의 연극에 친숙해져 갔다.

1920년 4월 25일에 베트남 배우들에 의해 최초의 대화극 공연이 이루어졌다. 무대에 오른 작품은 몰리에르의 『상상병 환자』로, 극본은 응우엔 반 빈이 번역해 소개한 것이다.[246] 그 뒤로 1921년 10월 22일에는 창작극 『한

---

245) 응우엔 반 빈과 팜 뀐의 번역작품 목록은 Dương Quảng Hàm 『Việt Nam Văn Học Sử Yếu(越南文學史要)』(Nxb Tổng Hợp Đồng Tháp 1993) 430면·432면에 있다.

246) 開智進德會(Hội Khai Trí Tiến Đức)가 공연을 했는데, 대화극을 공연한 최초의 극단이다(Viện Sân Khấu 『Ảnh Hưởng Của Sân Khấu Pháp Với Sân Khấu Việt Nam(베트남

잔의 독약(Chén thuốc độc)』이 하노이 대극장 무대에 올려졌다. 그전까지 하노이 대극장은 프랑스 배우가 프랑스 연극을 공연하는 곳이었다. 『한잔의 독약』 극본은 부 딩 롱(Vũ Đình Long, 1896~1960)이 썼다. 공연은 모두 3막으로 이루어졌으며 베트남 배우가 베트남 관객에게 베트남어로 말했다. 따라서 이 공연은 베트남에서 대화극 탄생을 공식적으로 알린 이정표가 되었다.[247]

다른 문학 갈래의 경우와 마찬가지로 대화극의 성장과정도 1920년대, 1930~1945년까지로 나누어 살펴볼 수 있다. 먼저 1920년대는 대화극이 베트남에 뿌리를 내리는 데 필요한 시기였다. 『한잔의 독약』의 성공은 대화극에 활기를 불어넣었다. 극작가의 수도 늘었고 극본과 공연은 산문이나 신시와 견주는 비평 대상이 되었다. 프랑스 극단의 공연도 계속되었고, 몰리에르뿐만 아니라 라진(Racine), 꼬르네유의 고전주의 작품이 상연되었다. 주목할 만한 작품들도 속속 창작되었다. 부 딩 롱의 『양심의 법정(Toà án lương tâm)』(1923), 응우옌 흐우 낌(Nguyễn Hữu Kim)의 『친구와 아내(Bạn và Vợ)』(1927), 『잉여인간(剩餘人間, Một người thừa)』(1927), 비 휘언 닥(Vi Huyền Đắc)의 『원앙(鴛鴦, Uyên Ương)』(1927), 그리고 남 쓰엉(Nam Xương)의 『안남(安南) 출신 서양인(Ông Tây An nam)』(1930)이 그런 작품들이다.

1920년대의 대화극의 주된 레퍼토리는 전통윤리와 근대 물질문명 사이의 충돌을 다루는 것이었다. 충돌의 해결을 위해서는 근대도시의 타락에 맞서 전통적인 가족을 지켜야 한다고 보았다. 『한잔의 독약』은 가장 투(Thu)의 도덕적 타락으로 말미암아 가족 모두가 타락의 길로 들어서게 되고, 투는 독

---

연극에 끼친 프랑스 연극의 영향』, Hà Nội: Nxb Thế Giới 1999, 354면).

247) 1920년 4월에 또 지앙(Tô Giang)의 『누가 살인자인가(Ai giết người)』, 그리고 같은 해 6월에 팜 응옥 코이(Phạm Ngọc Khôi)의 『장고(長考) 끝에 악수(惡手)(Già kén kẹn hom)』 가 상연되었지만 베트남 연구자들은 이 두 작품이 여전히 불완전하고 다듬어지지 않았다고 보고 『한잔의 독약』에 가서야 대화극이 처음 탄생한 것으로 인정한다.

약을 마시고 자살하려는 지경에 이르지만 결국은 잘못을 뉘우치고 도덕적인 삶을 살기로 함으로써 가족 모두를 구원한다는 내용이다. 가장의 도덕성과 책임의식이 가족 유지를 위해 중요하다고 말하는 이면에는 강고한 가부장적 의식이 보인다.

『한잔의 독약』뿐만 아니라 『양심의 법정』『원앙』『친구와 아내』 같은 작품도 과거의 이상적인 유교윤리를 회복할 것을 주장하고 있다. 이 점을 보면 동시대성과 복고주의가 공존한다고 말할 수 있다. 프랑스 문학작품을 모델로 삼아 깊은 영향을 받으면서 작품의 주제의식은 복고적인 것이었다.[248]

1920년대에 대화극은 여전히 확고하게 자리 잡지 못했다. 대화극은 하노이를 중심으로 한 북부에서만 활력을 보였다. 남부에는 개량극이 있었고 일부 작품은 대화극과 마찬가지로 사회의 현실을 제재로 삼았기 때문에 대화극이 전파되기가 쉽지 않았다. 공연 또한 독립적으로 이루어지기보다는 뚜옹이나 째오 공연에 곁들여지는 경우가 많았고, 대화극을 감상하기 위해 표를 사서 입장하는 관객층은 형성되지 못했다. 전문배우와 극단, 전용극장을 갖추기는 더더욱 어려웠다.

1930년대에 들어서면서 발전에 가속도가 붙었다. 예술대학, 음악학교가 생겨났다. 인접 갈래의 성장이 대화극 발전에 긍정적인 자극을 주었다. 낭만주의문학작품이 널리 읽혔고 신시와 자력문단의 소설이 높은 문학성을 획득하고 있었다. 영화가 곳곳에서 상연되고 개량극 극단이 북부지방 순회공연에 나섰다. 이제 대화극이 튼실하게 자리 잡기 위해서는 작품 수준을 높이고 공연의 전문성이 확보되어야 했다.

대화극의 예술 수준을 높여야 한다는 인식을 공유하면서 적극적으로 활동한 전문극단이 여럿 탄생했다. 정화(精華)극단(Ban kịch Tinh Hoa, 1936)과 테 르 극단(Đoàn kịch Thế Lữ, 1937)이 대표적이다. 정화극단은 도안 푸 뜨

---

248) Wynn Wilcox, "Women, Westernization and the Origins of Modern Vietnamese Theatre," 212~214면.

(Đoàn Phú Tứ, 1910~1989)를 비롯한 여러 사람이 결성했다.[249] 대화극 전업배우들로 구성되었으며 프랑스 연극의 영향을 받아서 낭만적인 심리극을 주로 공연했다.

테 르 극단을 주도한 테 르는 앞서 보았듯이 낭만주의 경향의 신시를 쓴 시인이기도 하다. 자기 자신이 연극을 사랑해서 뛰어난 배우들, 뚜옹이나 째오에 발을 걸치지 않는 대화극 전업배우들로 구성된 새로운 극단을 결성했다. 연출가로서 테 르는 대화극 수준을 높이고 배우들을 훈련시킨 공이 있다. 테 르의 극단은 완성도 높은 공연을 지향하면서 사회현실을 비판적으로 다루되 문학성도 높은 극본을 선호했다.

1938년에 북부 출신 지식인들이 사이공에 동경(東京)극단(Đoàn kịch Đông Kinh)을 창립하면서 대화극이 남쪽에도 자리 잡았다. 연출가는 프랑스 사람 끌로드 부랭(Claude Bourrin)이며 공연 레퍼토리는 북부에서 가져왔다. 이렇듯 1930년대 말에는 대화극이 베트남 전역에 전파되기에 이르렀다.

대화극의 정착과 더불어 수준 높은 극본이 잇달아 나왔다. 비 휘언 닥은 『여교장 민(Cô đốc Minh)』『금전(金錢, Kim tiền)』(1937)『장한(長恨, Trường hận)』『구두쇠(Ông ký Cóp)』(1938)를 썼다. 『금전』은 「오늘날」에 실렸고 자력문단이 시상하는 상을 받은 작품이기도 하다. 『금전』은 돈을 벌기 위해서 수단과 방법을 가리지 않는 매판자본의 비인간성을 폭로한 작품이며『구두쇠』는 시대에 뒤떨어진 중세 예교를 풍자한 희극작품이다.

테 르의 『무도회가 끝난 후(Sau cuộc khiêu)』(1936), 도안 푸 뜨의 『연애편지들(Những bức thư tình)』(1937), 『독신녀(Gái không chồng)』(1938), 『꽃 같은 꿈(Mơ hoa)』(1941), 『질투(Ghen)』(1942), 카이 홍의 『모자를 비뚜름히 쓰고(Đội mũ lệch)』『속루(俗累, Tục lụy)』『동병(同病, Đồng bệnh)』, 응우옌 휘 뜨엉(Nguyễn Huy Tưởng, 1912~1960)의 『부 니으 또(Vũ Như Tô)』,[250] 『마

---

249) 테 르, 도안 푸 뜨(Đoàn Phú Tứ), 응우옌 르엉 응옥(Nguyễn Lương Ngọc), 응우옌 도 꿍(Nguyễn Đỗ Cung) 등이 참여했다.

원(馬援)의 동주(銅柱)(Cột đồng Mã Viện)』,251) 부 쫑 깐(Vũ Trọng Can, 1915~1943)의 『찬장(Cái tủ chè)』이 있다.

작품의 경향도 다양화되었다. 중세적 사고방식을 질곡이라고 여기고 여기에서 벗어나야 한다고 생각하면서 자유연애 쪽으로 방향을 돌리는 작가들이 나타났다. 당대의 사회현실을 다루는 극작가들이 있었다. 이들의 작품에서는 삶의 곤경, 물질세계에서 타락한 인간들의 형상이 그려졌다. 그런가 하면 민족의식과 애국심을 고취하기 위해 역사 제재를 다루는 작가들도 있었다. 한편 공산주의 혁명을 꿈꾸는 작가들은 반봉건, 반제국주의를 기치로 내세웠고, 조국의 독립과 혁명, 무산자계급의 국제주의를 외쳤다. 하지만 작품이 주로 감옥 안에 머물렀기 때문에 널리 영향을 끼치지는 못했다.

대화극은 몇가지 점에서 동서 문화교류의 성격을 가지고 있다.252) 우선 대화극은 프랑스 고전주의의 '이성(Reason)'과 유교사회의 가족질서 사이의 조화를 모색했다. 서양연극을 수용해 '문이재도(文以載道)'라는 전통적 문학관을 실현하는 장으로 삼은 측면도 있다. 인물묘사에서 보자면 서양 고전주의의 전형적 인물묘사와 베트남 전통극의 인물묘사를 조화시키고자 했다.

베트남 대화극이 서양연극과 다른 점도 적지 않다. 베트남 극작가들은 처음부터 '삼일치의 법칙'253)을 따르지 않았고, 비극과 희극 사이의 구분도 엄격히 하지 않았다. 인물의 심리분석이 부족하고 연극적인 동작의 발달 또한 더딘 약점도 보였다. 하지만 그러한 약점을 극복하고 발전을 거듭했다.

---

250) 제목은 주인공의 이름이다. Nguyễn Huy Tưởng 『Vũ Như Tô』(TP Hồ Chí Minh: Nxb Văn Nghệ TP Hồ Chí Minh 1998)로 나와 있다.

251) '동주'는 구리기둥. 쯩씨 자매의 반란을 진압하기 위해 파견된 장군이 마원이다. 마원은 구리를 녹여 말뚝을 만들어 땅에 박아 베트남이 중국의 영토임을 분명히 했다고 한다(최병욱 『동남아시아사』 75면).

252) 이 부분 서술은 특히 Đinh Quang 외, *Vietnamese Theater*, 117면을 따랐다.

253) 연극은 하나의 사건이, 24시간 안에, 한 장소에서 전개되어야 한다는 이론. 곧 때·장소·줄거리의 일치.

## 베트남사 연표

| 연대 | 베트남 | 중국과 한국 |
|---|---|---|
| ?~B.C.258? | 문랑국(文郞國) | |
| B.C.257?~B.C.208 | 구락국(甌貉國) | |
| B.C.221~B.C.206 | | 진(秦) |
| B.C.207 | 조타(趙佗)의 남월(南越) 건국 | |
| B.C.207~B.C.111 | 남월 | |
| B.C.202~A.D.8 | | 전한(前漢) |
| B.C.108 | | 한사군(漢四郡) 설치 |
| B.C.111 | 한(漢) 무제(武帝)의 남월 정복 | |
| B.C.57?~A.D.676 | | 한국, 삼국시대 |
| A.D.25~A.D.220 | | 후한(東漢) |
| 40~43 | 징씨(徵氏) 자매의 저항 운동 | |
| 43 | 마원(馬援)의 원정과 중국 지배권의 재확립 | |
| 187~226 | 사섭(士燮) 정권 | |
| 220~280 | | 중국, 삼국시대 |
| 265~420 | | 진(晉) |
| 420~589 | | 남북조(南北朝) 시대 |
| 541~547 | 이분(李賁)의 저항과 만춘국(萬春國) 건국 | |
| 550 | 조광복(趙光復)의 용편(龍編) 재점령 | |
| 571~602 | 이불자(李佛子)의 지배 | |
| 581~618 | | 수(隋) |
| 587 | | 중국, 최초의 과거(科擧) 실시 |
| 618~907 | | 당(唐) |
| 676~935 | | 통일신라 |
| 679 | 안남도호부(安南都護府)의 설치 | |
| 698~926 | | 발해 |
| 782~791 | 포개대왕(布蓋大王) 풍흥(馮興)의 반란 | |
| 907~979 | | 오대십국(五代十國) 시대 |
| 918~1392 | | 고려 |
| 938 | 오권(吳權), 남한(南漢) 군대 격퇴 | |
| 939~944 | 오조(吳朝) | |
| 945~966 | 십이사군시대(十二使君時代) | |
| 958 | | 고려, 과거 실시 |
| 960~1127 | | 북송(北宋) |
| 966 | 정부령(丁部領)의 베트남 통일 | |
| 968~980 | 정씨(丁氏)의 대구월(大瞿越) | |
| 972 | 중국, 베트남의 독립을 인정 | |
| 980~1009 | 전려(前黎朝) | |
| 981 | 여환(黎桓)의 송군(宋軍) 격퇴 | |
| 1010~1225 | 이조(李朝) | |
| 1054 | 이(李) 성종(聖宗) 국호를 대월(大越)로 함 | |

630

| 연대 | 베트남 | 중국과 한국 |
|---|---|---|
| 1069 | | 왕안석(王安石), 신법(新法) 추진 |
| 1075 | 최초의 과거 실시 | |
| 1075~1077 | 이상걸(李常傑)의 송군(宋軍) 격파 | |
| 1127~1279 | | 남송(南宋) |
| 1170 | | 고려, 무신란 |
| 1206~1368 | | 몽고(蒙古), 원(元, 1271~) |
| 1225~1400 | 진조(陳朝) | |
| 1231 | | 몽고의 고려 침입 시작 |
| 1231~1273 | | 고려, 대몽항쟁 |
| 1257 | 몽고의 제1차 침입 | |
| 1272 | 여문휴(黎文休), 『대월사기(大越史記)』 완성 | |
| 1284~1285 | 몽고의 제2차 침입 | |
| 1287~1288 | 몽고의 제3차 침입 | |
| 1368~1644 | | 명(明) |
| 1392~1910 | | 조선 |
| 1400~1407 | 호씨(胡氏) 정권 | |
| 1407~1427 | 명(明)의 지배기 | |
| 1428~1788 | 여조(黎朝) | |
| 1442 | 베트남 최초의 진사제명비 (進士題名碑) 건립 | |
| 1446 | | 훈민정음 반포 |
| 1460~1497 | 여(黎) 성종(聖宗)의 치세 | |
| 1479 | 오사련(吳士連), 『대월사기전서(大越史記全書)』 편찬 | |
| 1527~1592 | 막씨(莫氏) 정권 | |
| 1532 | 완김(阮淦)의 여씨(黎氏) 복위운동 시작 | |
| 1558 | 완황(阮潢)의 순화(順化) 진수(鎭守) 부임 | |
| 1592 | 여조(黎朝)의 승룡(昇龍) 회복 | |
| 1592~1598 | | 임진왜란, 정유재란(1597~) |
| 1599 | 정씨(鄭氏) 왕을 칭함 | |
| 1616~1911 | | 후금(後金), 청(淸, 1636~) |
| 1627 | 예수회 선교사 로드의 포교 활동 시작 | |
| 1627 | | 정묘호란 |
| 1636 | | 병자호란 |
| 1627~1672 | 정씨(鄭氏)·완씨(阮氏)의 무력 충돌 | |
| 1708 | 막구(鄚久), 완씨(阮氏)에 귀의 | |
| 1738~1770 | 여유밀(黎維密)의 반란 | |
| 1771 | 서산(西山)운동의 시작 | |
| 1786 | 완문혜(阮文惠), 승룡(昇龍) 입성 | |
| 1788 | 완문혜, 광중(光中)황제를 칭함 | |
| 1788~1789 | 청(淸)과의 전쟁 | |
| 1792 | 광중황제의 사망 | |

| 연대 | 베트남 | 중국과 한국 |
|---|---|---|
| 1802 | 완복영(阮福映), 승룡 점령 | |
| 1802~1945 | 완조(阮朝) | |
| 1804 | 완조, 국호를 월남(越南)으로 정함 | |
| 1820~1840 | 명명(明命)황제의 치세 | |
| 1840~1842 | | 청, 아편전쟁 |
| 1848~1883 | 사덕(嗣德)황제의 치세 | |
| 1850~1864 | | 청, 태평천국의 난 |
| 1854 | 고백괄(高伯适)의 반란 | |
| 1858 | 프랑스·스페인 연합군의 다낭항 점령 | |
| 1859 | 프랑스·스페인 연합군의 사이공 점령 | |
| 1860 | | 청, 영·불과 베이징 조약 체결 |
| 1862 | 제1차 사이공 조약(=壬戌條約) 체결 | |
| 1866 | | 병인양요 |
| 1867 | 프랑스, 코친차이나의 서부 3성 병합 | |
| 1871 | | 신미양요 |
| 1873 | 프랑시스 가르니에의 하노이 공격 | |
| 1874 | 제2차 사이공 조약(=甲戌條約) 체결 | |
| 1876 | | 강화도 조약 |
| 1882 | 앙리 리비에르의 하노이 공격 | 임오군란 |
| 1883 | 아르망 조약(=제1차 후에 조약,<br>　癸未條約) 체결 | |
| 1884 | 파트노르트 조약(=제2차 후에 조약,<br>　甲申條約) 체결 | 갑신정변 |
| 1885~1888 | 근왕운동(勤王運動) | |
| 1885~1895 | 반정봉(潘廷逢)의 저항운동 | |
| 1887 | 프랑스령 인도차이나의 성립 | |
| 1894 | | 청·일전쟁, 갑오농민전쟁 |
| 1897 | | 대한제국 수립 |
| 1898 | | 청, 무술정변 |
| 1900 | | 청, 의화단사건 |
| 1904 | 반패주(潘佩珠)의 유신회(維新會) 조직 | |
| 1905 | | 을사조약 |
| 1905~1908 | 동유운동(東遊運動) | |
| 1907 | 동경의숙(東京義塾) | |
| 1910 | | 한일합방 |
| 1911 | | 중국, 신해혁명(辛亥革命) |
| 1912 | 베트남광복회 조직 | 중화민국(中華民國) 수립 |
| 1919 | | 3·1운동<br>중국, 5·4운동 |
| 1921 | | 중국공산당 창당 |
| 1925 | 베트남청년혁명동지회 성립<br>반패주 체포 | |
| 1926 | 반주정(潘周楨)의 사망 | |

632

| 연대 | 베트남 | 중국과 한국 |
|------|--------|-------------|
| 1927 | 베트남국민당의 창당 | |
| 1930 | 인도차이나공산당의 성립 | |
| 1937 | | 중·일전쟁 |
| 1939 | | 제2차 세계대전 발발 |
| 1940 | 일본군의 베트남 진주 | |
| 1941.5 | 베트남독립동맹(=베트민, 越盟)의 성립 | |
| 1945.3 | 일본군의 무력쿠데타 | |
| 1945.8 | 8월 혁명과 독립선언 | 해방과 남북분단 |
| 1945.9 | 베트남민주공화국의 성립 | |

【참고문헌】

□ 한국

강동엽『조선시대 동아시아 문화와 문학』, 북스힐 2006.

강하나「1930~1945년간 베트남문학의 현대화 과정」,『베트남 연구』제3권, 한국
　　베트남학회 2002.

강하나「20C 초 한국과 베트남의 사실주의 작가 비교연구」,『베트남 연구』제1호,
　　한국베트남학회 2000.

강하나「웅웬 꽁 호안(Nguyen Cong Hoan)의 단편 소설 연구─1945년 8월 혁명
　　이전의 단편소설을 중심으로」,『베트남 연구』제5권, 한국베트남학회 2004.

곽정식「베트남(Viet-Nam)의 전문학에 관한 연구─'전기만록' 소재 작품의 우의
　　성을 중심으로」,『한국문학논총』12, 한국문학회 1991.

곽정식「19世紀 베트남의 '大南行義列女傳' 연구」,『인문과학논총』제5집, 경성
　　대학교 인문과학연구소 2002.

김기태 편역『(베트남 민화집) 쩌우 까우 이야기』, 창작과비평사 1984.

김기태『전환기의 베트남』, 조명문화사 2002.

김상일 옮김『옥중에 자유인 머물다』, 사람생각 2000.

김선자『중국신화 이야기』, 아카넷 2004.

김영애「한국설화 '콩쥐팥쥐'와 태국설화 '쁠라 부텅' 비교연구」,『동남아연구』

제17권 2호, 한국외국어대학교 동남아연구소 2007.

김헌선 『한국의 창세신화』, 길벗 1994.

김환희 「비교문학적인 시각에서 본 '콩쥐팥쥐'의 기원과 특성」, 『비평과 전망』 8, 새움 2004 상반기.

다니엘 네틀・수잔 로메인, 김정화 옮김 『사라져 가는 목소리들』, 이제이북스 2003.

도 풍 뚜이 「째어와 탈춤에 나타난 익살의 비교: 베트남과 한국의 민속전통의 이해를 위해」, 『학생학술연구 논문집』 제13집, 계명대학교출판부 2007.

도안 티엔 투엇 외, 김기태 옮김 『간추린 베트남어 문법』, 삼지사 2002.

량 치챠오 편저, 안명철・송엽휘 역주 『역주 월남망국사(越南亡國史)』, 태학사 2007.

르엉 응우엔 타잉 짱 「Nam Cao(남 까오)와 현진건 사실주의 단편소설 비교연구」, 부산대학교 석사학위논문 2007.

모리스 그라몽, 민희식 옮김 『프랑스詩法槪論』, 탐구당 1984.

박연관 「'콩쥐팥쥐'와 'Tam Cam' 비교연구」, 『베트남 연구』 제3권, 한국베트남학회 2002.

박연관 「베트남의 설화연구 一考察」, 『동남아연구』 제13권, 한국외국어대학교 동남아연구소 2004.

박재연 校注 『型世言』, 강원대학교출판부 1993.

박재연 校注 『형셰언』, 학고방 1995.

박재연 「朝鮮時代 中國 通俗小說 飜譯本의 硏究」, 한국외국어대학교 박사학위논문 1993.

박희병 옮김 『베트남의 기이한 옛이야기』, 돌베개 2000.

박희병 옮김 『베트남의 신화와 전설』, 돌베개 2000.

배양수 옮김 『정부음곡』, 부산외국어대학교출판부 2003.

배양수 「베트남 唐律쯔놈詩 考察」, 『外大語文論集』 제12집, 부산외국어대학교 어문학연구소 1996.

배양수 「판 보이 쩌우와 동유운동의 역사적 의미」, 『外大論叢』 제24집, 부산외국어대학교 2002.

배양수 「6ㆍ8구체와 쯔놈소설에 관한 小考」, 『外大論叢』 제15집, 부산외국어대
    학교 1996.

변광수 『세계 주요 언어』(개정증보판), 역락 2003.

보 람 수언 「한국과 베트남의 창세서사시 비교연구」, 부산대학교 석사학위논문
    2004.

보 람 수언 「Đào Duy Từ(도유자)의 'Ngọa Long Cương văn(와룡강만)' 연구」,
    『문창어문논집』 제45집, 문창어문학회 2008.

부이 주이 떤(Bùi Duy Tân), 박연관 옮김 「베트남의 쯔놈과 베트남에서의 쯔놈
    연구」, 口訣學會編, 『아시아 諸民族의 文字』, 태학사 1997.

부 썬 투이, 배양수 옮김 『베트남, 베트남사람들』, 대원사 2002.

서경호 『중국소설사』, 서울대학교출판부 2004.

송정남 『베트남의 역사』, 부산대학교출판부 2000.

송정남 『베트남의 토지제도』, 부산대학교출판부 2001.

안경환 번역 『쭈엔 끼에우』, 문화저널 2004.

안동준 「동아시아 초기소설의 성격」, 『배달말』 28, 배달말학회 2001.

위엔커, 전인초ㆍ김선자 옮김 『중국신화전설』 1, 민음사 1999.

유인선 「前近代 베트남사회의 兩系的 性格과 女性의 地位」, 『역사학보』 제150
    집, 역사학회 1996.

유인선 『(새로 쓴) 베트남의 역사』, 이산 2002.

윤석두 『半靑春』, 극동출판사 1969.

윤주필 「동아시아 고소설의 우언 활용의 비교 고찰」, 한국우언문학회 편 『동아시
    아 우언문학 비교론』, 집문당 2005.

윤주필 「베트남 '성종유초(聖宗遺草)'의 우언문학적 성격에 대하여」, 고려대 민족
    문화연구원 편, 『東아시아文學 속에서의 韓國漢文小說 硏究』, 월인 2002.

윤주필 「베트남의 '鼠精傳'과 한국의 '壅固執傳'의 비교—眞假爭主 설화의 수용
    미학적 관점」, 『고소설연구』 제21집, 한국고소설학회 2006.

윤채근 「중세 동아시아 소설에 나타나는 방황과 미로의 유형과 그 의미—『金鰲新
    話』『剪燈新話』『傳奇漫錄』『企齋記異』를 중심으로」, 『漢文學論集』 제21집,
    槿域漢文學會 2003.

이와모또 유따까 외, 홍사성 옮김『동남아 불교사』, 반야샘 1987.

이학주「동아시아 전기 소설의 예술적 특성 연구」, 성균관대학교 박사학위논문 2002.

장덕순・조동일・서대석・조희웅『구비문학개설』, 일조각 1971.

전혜경「베트남문학 작품에 나타난 베트남 여성상―20세기 전반기를 중심으로」, 『아시아 문화』제9호, 翰林大學校 아시아文化硏究所 1993.

전혜경「베트남의 근대문학―동아시아문학사의 비교적 관점에서」, 『동남아연구』 11, 한국외국어대학교 동남아연구소 2002.

전혜경「베트남의 쯔으놈 문학―18~19세기를 중심으로」, 『崇實語文』제14집, 숭실어문학회 1998.

전혜경「韓・中・越 傳奇小說의 比較 硏究」, 숭실대학교대학원 박사학위논문 1994.

정민『한시 미학 산책』, 솔 1996.

정범진 편역『(당대소설선집) 앵앵전』, 성균관대학교출판부 1995.

정유진「한국・중국・베트남 애정전기의 여성과 애정」, 『여성문학연구』8, 한국 여성문학회 2002.

정천구 옮김『베트남 선사들의 이야기』, 민족사 2001.

조동일 외『한국문학 강의』, 길벗 1994.

조동일 해설, 지준모 옮김『베트남 최고시인 阮廌』, 지식산업사 1992.

조동일『동아시아문학사 비교론』, 서울대학교출판부 1993.

조동일『하나이면서 여럿인 동아시아문학』, 지식산업사 1999.

조동일『한국문학과 세계문학』(제2판), 지식산업사 1992.

조동일『한국문학통사』1~5(제4판), 지식산업사 2005.

조재현『베트남 近代詩論』, 영동문화사 1976.

조재현・송정남『베트남 들여다보기』, 한국외국어대학교출판부 2004.

조희웅『고전소설이본목록』, 집문당 1999.

최귀묵 옮김『취교전』, 소명출판 2004.

최귀묵「월남 므엉족의 창세서사시 '땅과 물의 기원'」, 『구비문학연구』제11집,

한국구비문학회 2000.

최귀묵 역저 『김시습 '조동오위요해'의 역주 연구』, 소명출판 2006.

최귀묵 『김시습의 사상과 글쓰기』, 소명출판 2001.

최병욱 「까오 바 꽛의 반란(1854) 원인에 대한 일 고찰」, 『동남아시아연구』14권 2호, 한국동남아학회 2004.

최병욱 『동남아시아사』, 대한교과서주식회사 2006.

최병욱 『베트남 근현대사』, 창비 2008.

최상수 『韓國과 越南과의 關係』, 韓越協會 1966.

최용철 「金雲翹傳'의 東아시아 傳播와 影響 연구」, 『중국학논총』12, 고려대학교 중국학연구소 1999.

최용철 「王翠翹故事의 변천과 '金雲翹傳'의 작품 분석」, 『중국어문논총』16, 중국어문연구회 1999.

최원식 「아시아의 連帶―越南亡國史' 小考」, 백낙청・염무웅 편 『한국문학의 현단계 II』, 창작과비평사 1983.

최진아 「중심서사를 구성하는 주변서사의 힘―배형(裴鉶)의 '전기(傳奇)' '최위(崔 煒)'와 베트남의 설화 '월정전(越井傳)' 비교」, 『고소설연구』제21집, 한국고소설학회 2006.

황귀연・안희완・하순・배양수『베트남의 이해』, 부산외국어대학교출판부 1999.

## □ 베트남

### <자료>

『상경기사(上京記事)』

『역조헌장유지(歷朝憲章類誌)』

『월사략(越史略)』

『황월시선(皇越詩選)』


陳荊和 編校 『校合本 大越史記全書』(上・中・下), 東京: 東京大學東洋文化硏 究所 附屬東洋學文獻センター 1984.

陳慶浩・王三慶 주편 『越南漢文小說叢刊』제1집 제2책, 臺北: 臺灣學生書局

1987.

陳慶浩・王三慶 주편『越南漢文小說叢刊』제1집 제6책, 臺北: 臺灣學生書局 1987.

陳慶浩・鄭阿財・陳義 주편『越南漢文小說叢刊』제2집 제1책, 臺北: 臺灣學生 書局 1992.

陳慶浩・鄭阿財・陳義 주편『越南漢文小說叢刊』제2집 제5책, 臺北: 臺灣學生 書局 1992.

陳荊和 編校『(校合本) 大越史略』, 創価大學アジア研究所 1987.

瞻雲氏 註訂『翠翹傳詳註』, Hà Nội: Bộ Văn Hóa Giáo Dục Và Thanh Niên 1973.


Bùi Văn Nguyên 주해『Thơ Quốc Âm Nguyễn Trãi(완채의 국음시)』, Hà Nội: Nxb Giáo Dục 1994.

Ca Văn Thỉnh 외『Nguyễn Đình Chiểu Toàn tập(완정소 전집)』1, Hà Nội: Nxb Văn Học 1997.

Cao Xuân Huy・Thạch Can 주편『Tuyển Tập Thơ Văn Ngô Thì Nhậm(오시임 시문선집)』I・II, Hà Nội: Nxb Khoa Học Xã Hội 1978.

Cao Xuân Mỹ 편『Truyện dài đầu tiên và Tuyển tập các truyện ngắn Nam Bộ Cuối thế kỷ XIX-đầu thế kỷ XX(19세기 말~20세기 초 남부 최초의 장편소설과 단편소설 선집)』, Thành Phố Hồ Chí Minh: Nxb Văn Nghệ Thành Phố Hồ Chí Minh 1998.

Chu Xuân Diên・Lê Chí Quế『Tuyển tập truyện cổ tích Việt Nam(베트남 고적 전 선집)』, Hà Nội: Nxb Đại học và Trung học chuyên nghiệp 1987.

Chương Thâu 편『Thơ・Phú・Câu Đối Chữ Hán Phan Bội Châu(반패주 한시 문집)』, Hà Nội: Nxb Hà Nội 1975.

Dương Quảng Hàm『Văn Học Việt Nam(베트남문학)』, Bộ Giáo Dục, Trung Tâm Học Liệu xuất bản 1939.

Dương Quảng Hàm『Việt Nam thi văn hợp tuyển(베트남 시문합선)』, Hà Nội: Nxb Hội Nhà Văn 1998. 초판은 1943.

Duy Phi 외 편『Thơ Văn Đời Lý(李代詩文)』, Hà Nội: Nxb Văn Hóa Thông Tin 1998.

Đàm Duy Tạo 옮김『Kiến Văn Tiểu Lục(견문소록)』2, Bộ Quốc Gia Giáo Dục Xuất Bản 1964.

Đặng Xuân Bảng, Hoàng Văn Lâu 옮김『Việt Sử Cương Mục Tiết Yếu(越史綱目節要)』, Hà Nội: Nxb Khoa Học Xã Hội 2000.

Đinh Gia Khánh 주편『Thơ Văn Nguyễn Bỉnh Khiêm(완병겸의 시문)』, Hà Nội: Nxb Văn Học 1997.

Đinh Gia Khánh 총주편『Tổng Tập Văn Học Việt Nam(베트남문학전집)』1~, Hà Nội: Nxb Khoa Học Xã Hội 1980~.

Đỗ Mộng Khương·Nguyễn Ngọc Tỉnh 옮김『Gia Định Thành Thông Chí(嘉定城通志)』, Hà Nội: Nxb Giáo Dục 1998.

Hà Văn Cầu『Hề Chèo(째오의 익살꾼 대목 선집)』, Hà Nội: Nxb Văn Hóa 1973.

Hà Văn Cầu『Tuyển Tập Chèo Cổ(古典 째오 選集)』, Hà Nội: Nxb Văn Hóa 1976.

Hà Xuân Liêm, Thơ Việt Nam, Thơ Nôm Đường Luật (Từ Thế Kỷ XV Đến Thế Kỷ XIX)(베트남 시, 당률놈쯔시, 15세기에서 19세기까지)』, Huế: Nxb Thuận Hóa 1996.

Hoài Thanh·Hoài Chân『Thị Nhân Việt Nam, 1932~1941(베트남 시인, 1932~1941)』, Hà Nội: Nxb Văn Học 1999.

Hoàng Châu Ký『Tuồng Cổ(고전 뚜옹)』, Hà Nội: Nxb Văn Hóa 1976.

Hoàng Hữu Yên 주석『Sơ Kính Tân Trang(소경신장)』, Hà Nội: Nxb Giáo Dục 1994.

Hoàng Khôi 옮김『Ức Trai Tập(억재집)』상(1, 2, 3권). Sài Gòn: Phủ Quốc Vụ Khanh Đặc Trách Văn Hóa Xuất Bản 1971.

Hoàng Khôi 옮김『Ức Trai Tập(억재집)』하(4, 5, 6권), Sài Gòn: Phủ Quốc Vụ Khanh Đặc Trách Văn Hóa Xuất Bản 1972.

Hoàng Ngọc Phách『Tố Tâmt(또 땜)』(10쇄), Thanh Xuân Xuất Bản 1963.

Hoàng Văn Hòe 주해 『Sơn Hậu Diễn Truyện, Tuồng Hát Bội(山后演傳)』, Sài
 Gòn: Phủ Quốc Vụ Khanh Đặc Trách Văn Hóa 1971.

Jae Hyun Cho(조재현) 「Khảo luận về 'Đoạn Tuyệt' và Nhất Linh('단절'과 녓
 린에 대한 論考)」, 『한국외국어대학교 논문집』 제9집, 한국외국어대학교 1976.

Kiều Hữu Hỷ 외 『Thơ Văn Nguyễn Quang Bích(완광벽의 시문)』, Hà Nội:
 Nxb Văn Học 1973.

Lã Nhâm Thìn 『Thơ Nôm Đường Luật(당률쯔놈시)』, Hà Nội: Nxb Giáo Dục
 1997.

Lê Thước 외 『Hoàng Việt Thi Văn Tuyển(皇越詩文選)』 I~III, Hà Nội: Nxb
 Văn Hóa 1957 · 1958.

Lê Thước 외 『Thơ Chữ Hán Nguyễn Du(완유의 한시)』, Hà Nội: Nxb Văn
 Học 1978.

Lê Thước 외 『Thơ Văn Nguyễn Công Trứ(완공저의 시문)』, Hà Nội: Nxb Văn
 Hóa 1958.

Lê Thước 외 『Thơ Văn Nguyễn Thượng Hiền(완상현의 시문)』, Hà Nội Nxb
 Văn Hóa 1959.

Lê Trí Viễn 외 『Nghĩ về thơ Hồ Xuân Hương(호춘향의 시 검토)』, Hà Nội:
 Nxb Giáo Dục 1996.

Lữ Huy Nguyên 편 『Hồ Xuân Hương, Thơ và Đời(호춘향, 시와 삶)』, Hà Nội:
 Nxb Văn Học 2006.

Mai Quốc Liên 주편 『Nguyễn Trãi Toàn Tập Tân Biên(신편 완채전집)』 1 · 2,
 Hà Nội: Nxb Văn Học 2001.

Nguyễn Cẩm Thúy · Nguyễn Phạm Hùng 『Văn thơ Nôm thời Tây Sơn(서산시
 대 쯔놈 시문)』, Hà Nội: Nxb Khoa Học Xã Hội 1997.

Nguyễn Đăng Na 편 『Văn Xuôi Tự Sự Việt Nam Thời Trung Đại, Truyện
 ngắn(베트남 중세 서사산문, 단편)』 I, Hà Nội: Nxb Giáo Dục 2001.

Nguyễn Đình Chú 편 『thơ văn Tản Đà(딴 다 시문)』, Hà Nội: Nxb Giáo Dục
 1993.

Nguyễn Hoành Khung 외 『Văn xuôi lãng mạn Việt Nam(1930~1945)(베트남

낭만주의 산문 선집)』I, Hà Nội: Nxb Khoa Học Xã Hội 1998.

Nguyễn Hữu Sơn 편 『Cung Oán Thi(궁원시)』, Hà Nội: Nxb Văn Hóa Thông Tin.

Nguyễn Hữu Sơn 편 『Nguyễn Trãi, Về Tác Gia Và Tác Phẩm(완채, 작자와 작품)』, Hà Nội: Nxb Giáo Dục 1999.

Nguyễn Huy Tưởng 『Vũ Như Tô』, TP Hồ Chí Minh: Nxb Văn Nghệ TP Hồ Chí Minh 1998.

Nguyễn Minh Tấn 주편 『tư trong di sản(문학론 선집)』, Hồ Chí Minh: Tác Phẩm Mới 1988.

Nguyễn Sĩ Giác 옮김 『Lê Triều Chiếu Lịnh Thiện Chính(黎朝詔令善政)』, Sài Gòn: Nhà in Bình Minh 1961.

Nguyễn Thị Lâm 주해 『Thiên Nam Ngữ Lục(천남어록)』, Hà Nội: Nxb Văn Học 2000.

Nguyễn Văn Huyền 『Thơ Văn Phạm Văn Nghị(범문의의 시문)』, Hà Nội: Nxb Khoa Học Xã Hội 1979.

Phan Đăng 『Thơ Văn Tự Đức(사덕황제 시문)』I~III, Huế: Nxb Thuận Hóa 1996.

Tạ Quang Phát 옮김 『Vân Đài Loại Ngữ(운대유어)』I, Sài Gòn: Phủ Quốc Vụ Khanh Đặc Trách Văn Hóa Xuất Bản 1972.

Tôn Thất Lương 『Chinh Phụ Ngâm Khúc(정부음곡)』, Sài Gòn: Nxb Tân Việt 1950.

Trần Lê Sáng・Phạm Kỳ Nam 편 『Hợp Tuyển Ngâm Khúc Việt Nam(베트남 음곡 합선)』, Hà Nội: Nxb Văn Học 2005.

Trần Nghĩa 옮김 『Việt Lam Xuân Thu(베트남춘추)』, Hà Nội: Nxb Thế Giới 1999.

Trần Nghĩa 주편 『Tổng Tập Tiểu Thuyết Chữ Hán Việt Nam(베트남 한문소설 총서)』I~IV, Hà Nội: Nxb Thế Giới 1997.

Trần Văn Nhĩ 『Tuyển tập thơ chữ Hán Nguyễn Khuyến(완권 한시선집)』, TP Hồ Chí Minh: Nxb Văn Nghệ 2005.

642

Trần Văn Quyền 옮김 『Quần Thư Khảo Biện(군서고변)』, Hà Nội: Nxb Khoa
　　Học Xã Hội 1995.

Viện Văn học 『Thơ Văn Lý Trần(李陳詩文)』 I~III, Hà Nội: Nxb Khoa Học
　　Xã Hội 1977~1988.

Vũ Đình Liên · Nguyễn Sỹ Lâm 편 『Lục Vân Tiên(육운선)』, Hà Nội: Nxb
　　Văn Học 1997.

Vũ Khiêu 외 『Thơ Chữ Hán Cao Bá Quát(고백괄의 한시)』, Hà Nội: Nxb Văn
　　Học 1970.

Vũ Ngọc Khánh 편 『Thơ Văn Trào Phúng Việt Nam, Từ Thế Kỷ 13 Đến
　　1945(베트남 풍자시문, 13세기에서 1945년까지)』, Hà Nội: Nxb Văn Học
　　1974.

Vũ Ngọc Phan 『Tục Ngữ Ca Dao Dân Ca Việt Nam(베트남 속담 가요 민가)』,
　　Hà Nội: Nxb Văn Học 2003.

Vũ Trọng Phụng 『Giông Tố(폭풍우)』, Hà Nội: Nxb Đại Học Sư Phạm, 2007.

Vũ Văn Sạch 외 『Văn Thơ Đông Kinh Nghĩa Thục(동경의숙시문)』, Hà Nội:
　　Nxb Văn Hóa.

Xuân Diệu 외 『Thơ Văn Nguyễn Khuyến(완권의 시문)』, Hà Nội: Nxb Văn
　　Học 1971.

완정소 작품 산정(刪定)위원회 『Lục Vân Tiên(육운선)』, Sài Gòn: Phủ Quốc Vụ
　　Khanh Đặc Trách Văn Hóa Xuất Bản 1973.


＜연구 논저＞

Bae, Yang Soo(배양수) 「Nguồn gốc đề tài cốt truyện, thể loại và phương thức
　　phản ánh cuộc sống của 'Truyện Kiều' và 'Truyện Xuân Hương'('취교전'과
　　'춘향전'의 소재, 갈래, 삶의 반영방식)」, 『外大論叢』 제25집, 부산외국어대학
　　교 2002.

Bằng Giang 『Từ Thơ Mới Đến Thơ Tự Do(신시에서 자유시까지)』, Sài Gòn:
　　Phù Sa 1969.

Bích Thu 편 『Nam Cao, về tác gia và tác phẩm(남 까오, 작자와 작품)』, Hà

Nội: Nxb Giáo Dục 1998.

Bùi Duy Tân 「"Tứ hải giai huynh đệ": Những cuộc tao ngộ sứ giả-nhà thơ-Việt Triều trên đất nước Trung hoa thời trung đại(四海皆兄弟: 중세시기 중국에서의 越・朝 사신, 시인의 만남)」, 『Tạp chí Văn học(문학잡지)』 số10(284), Hà Nội: Viện văn học 1995.

Diên Hương 『Phép Làm Thơ(작시법)』(제2판), Sài Gòn: Nhà Sách Khai Trí 1961.

Dương Quảng Hàm 『Việt Nam Văn Học Sử Yếu(越南文學史要)』, Nxb Tổng Hợp Đồng Tháp 1993.

Đinh Gia Khánh 주편 『Văn Học Dân Gian Việt Nam(베트남 민간문학)』, Hà Nội: Nxb Giáo Dục 1998.

Đinh Gia Khánh 주편 『Văn Học Việt Nam (thế kỷ X-nửa đầu thế kỷ XVIII)(10~18세기 전반까지의 베트남문학)』(제3판), Hà Nội: Nxb Giáo Dục 1998.

Đinh Thị Minh Hằng 『Lê Quý Đôn trên tiến trình ý thức văn học dân tộc(민족문학의식의 발전과정에서의 여귀돈)』, Hà Nội: Nxb Khoa Học Xã Hội 1996.

Đinh Xuân Lâm 주편 『Tân Thư Và Xã Hội Việt Nam Cuối Thế Kỷ XIX Đầu Thế Kỷ XX(신서와 19세기 말에서 20세기 초까지의 베트남 사회)』, Hà Nội: Nxb Chính Trị Quốc Gia 1997.

Hoàng Bích Ngọc 『Hồ Xuân Hường, con người・tư tưởng・tác phẩm(호춘향, 생애・사상・작품)』, Hà Nội: Nxb Văn Hóa-Thông Tin 2003.

Hoàng Châu Ký 『Sơ Khảo Lịch Sử Nghệ Thuật Tuồng(뚜옹 藝術의 歷史初考)』, Hà Nội: Nxb Văn Hóa 1973.

Hoàng Kiều 『Sử Dụng Làn Điệu Chèo(째오의 곡조 사용법)』, Hà Nội: Nxb Văn Hóa 1974.

Hoàng Ngọc Phách・Huỳnh Lý 『Chèo và Tuồng(째오와 뚜옹)』, Nxb Giáo Dục 1958.

Hữu Ngọc・Nguyễn Đức Hiền 편 『(La Sơn Yên Hồ) Hoàng Xuân Hãn(호앙

쑤언 한 저작집)』 II(역사편), Hà Nội: Nxb Giáo Dục 1998.

Hữu Ngọc · Nguyễn Đức Hiền 편 『(La Sơn Yên Hồ) Hoàng Xuân Hãn(호앙 쑤언 한 저작집)』 III(문학편), Hà Nội: Nxb Giáo Dục 1998.

Lã Nhâm Thìn 『Thơ Nôm Đường Luật(당률쯔놈시)』, Hà Nội: Nxb Giáo Dục 1997.

Lê Thu Yến 주편 『Văn Học Việt Nam, Văn Học Trung Đại, Những Công Trình Nghiên Cứu(베트남 중세문학 연구논문선)』, Hà Nội: Nxb Giáo Dục 2003.

Lê Trí Viễn 주편 『Cơ Sở Ngữ Văn Hán Nôm(한놈어문 기초)』 III, Nxb Giáo Dục 1986.

Mã Giang Lân 『Văn Học Viêt Nam(1945~1954)(베트남문학, 1945~1954)』, Hà Nội: Nxb Giáo Dục 1998.

Nguyễn Đăng Thục 『Lịch Sử Tư Tưởng Việt Nam(베트남 思想史)』 1 · 2, Sài Gòn, Phủ Quốc Vụ Khanh Đặc Trách Văn Hóa 1969.

Nguyễn Đăng Thục 『Thiền Học Trần Thái Tông(陳 太宗의 禪學)』, Hà Nội: Nxb Văn Hóa Thông Tin 1996.

Nguyễn Đăng Thục 『Thiền Học Việt Nam(베트남 禪學)』, Huế, Nxb Thuận Hóa 1997.

Nguyễn Đình Chú 주편 『Văn 11(문학 11)』, Hà Nội: Nxb Giáo Dục 1999.

Nguyễn Đổng Chi 『Lược Khảo Về Thần Thoại Việt Nam(베트남 神話略考)』, Hà Nội: Nxb Văn Sử Địa 1956.

Nguyễn Huệ Chi 「Một vài vấn đề phân kỳ lịch sử văn học nhìn từ điểm đầu thế kỷ XXI(21세기 초의 시점에서 보는 문학사 시대구분의 몇가지 문제)」, 『Tạp chí Thông tin Khoa học xã hội(사회과학 소식 잡지)』, Hà Nội: Viện Thông tin Khoa học xã hội 2002년 2호.

Nguyễn Hữu Sơn 편 『Nguyễn Trãi, Về Tác Gia Và Tác Phẩm(완채, 작가와 작품)』, Hà Nội: Nxb Giáo Dục 1999.

Nguyễn Huy Hồng 『Nghệ Thuật Múa Rối Việt Nam(베트남 인형극 예술)』, Hà Nội: Nxb Văn Hóa 1974.

Nguyễn Lang 『Việt Nam Phật Giáo Sử Luận(베트남 佛敎史論)』 1・2, Hà Nội, Nxb Văn Học 1992.

Nguyễn Lộc 『Văn Học Việt Nam (nửa cuối thế kỷ XVIII-hết thế kỷ XIX)(18세기 후반~19세기까지의 베트남문학)』(제2판), Hà Nội: Nxb Giáo Dục 1997.

Nguyễn Minh Tấn 주편 『Từ Trong Di Sản(문학론선집)』, Hà Nội: Nxb Tác Phẩm Mới 1988.

Nguyễn Phạm Hùng 『Thơ Thiền Việt Nam(베트남 선시)』, Hà Nội: Nxb Đại Học Quốc Gia 1998.

Nguyễn Văn Ngọc 『Đào Nương Ca(陶娘歌=핫 노이)』, Hà Nội: Vĩnh Hưng Long Thư Quán 1932.

Park yeon kwan(박연관) 「Một số công thức nghệ thuật truyền thống của truyện cổ tích thần kỳ người Việt(베트남 신기고적전의 전통적 예술형식)」, Hà Nội: Đại học quốc gia Hà Nội luận văn thạc sĩ khoa học ngữ văn 1996.

Park yeon kwan(박연관) 「nghiên cứu so sánh một số típ truyện cổ tích Việt Nam và Hàn Quốc(한국과 베트남 민담의 일부유형 비교연구)」, Hà Nội: Đại học quốc gia Hà Nội luận án tiến sĩ ngữ văn 2002.

Phạm Thế Ngũ 『Việt Nam Văn Học Sử Giản Ước Tân Biên(베트남문학사 簡約新編), III(Sài Gòn: Quốc Học Tùng Thư Xuất Bản 1967.

Phạm Văn Diêu 『Việt Nam Văn Học Giảng Bình(베트남문학 講評)』, Sài Gòn: Nxb Tân Việt 1961.

Phan Cự Đệ 『Văn Học Lãng Mạn Việt Nam(1930~1945)(베트남 낭만주의문학, 1930~1945)』, Hà Nội: Nxb Giáo Dục 1997.

Phan Ngọc Liên 외 『Giáo dục và thi cử Việt Nam, Trước Cách Mạng Tháng Tám 1945(베트남의 교육과 시험, 1945년 8월혁명 이전)』, Hà Nội: Nxb Từ Điển Bách Khoa 2006.

Phong Lan・Mai Hương 편 『Tố Hữu(또 흐우)』, Hà Nội: Nxb Giáo Dục 1999.

Thông Tấn Xã Việt Nam 『Việt Nam Hình Ảnh Cộng Đồng 54 Dân Tộc(Vietnam-Image of the community of 54 ethnic groups)』, Hà Nội: Nxb Văn Hóa Dân Tộc 1998.

646

Trần Đức Cường 「Phần Tiếp Theo Trọn Bộ Của Đại Nam Thực Lục Chính Biên(새로 발견된 대남식록정편의 뒷부분)」, 『Tạp chí Nghiên cứu Lịch sử』 T. 3 2004.

Trần Nghĩa · François Gros 『Di Sản Hán Nôm Việt Nam: thư mục đề yếu(越南의 漢喃 遺産: 書目提要)』 1, Hà Nội: Nxb Khoa Học Xã Hội 1993.

Trần Thị Băng Thanh · Vũ Thanh 편 『Nguyễn Bỉnh Khiêm về tác gia và tác phẩm(완병겸, 작자와 작품)』, Hà Nội: Nxb Giáo Dục 2001.

Trần Trọng Kim 『Việt Nam Sử Lược(越南史略)』, Hà Nội: Nxb Văn Hóa Thông Tin 1999.

Trần Văn Giáp 『Tìm Hiểu Kho Sách Hán Nôm(한놈 書庫에 대한 고찰)』 I, Hà Nội: Nxb Văn Hóa 1984.

Trần Văn Giàu 『Sự Phát Triển Của Tư Tưởng Ở Việt Nam(từ thế kỷ XIX đến cách mạng tháng tám)(베트남에서 사상의 발전, 19세기에서 8월혁명까지)』 1, Hà Nội, Nxb Khoa Học Xã Hội 1973.

Trịnh Bá Đĩnh · Nguyễn Hữu Sơn · Vũ Thanh 공편 『Nguyễn Du, về tác gia và tác phẩm(완유, 작가와 작품에 대하여)』, Hà Nội: Nxb Giáo Dục 1998.

Trường Chinh 『Chủ nghĩa Mác và văn hóa Việt Nam(맑스주의와 베트남문화)』, Hà Nội: Nxb Sự Thật 1974.

Tuấn Thành · Anh Vũ 편 『Thơ Trần Tế Xương, Tác Phẩm Và Dư Luận(진제창의 시, 작품과 여론)』, Hà Nội: Nxb Văn Học 2002.

Viện Sân Khấu 『Ảnh Hưởng Của Sân Khấu Pháp Với Sân Khấu Việt Nam(베트남 연극에 끼친 프랑스 연극의 영향)』, Hà Nội: Nxb Thế Giới 1999.

Viện Sân Khấu 『Mối Quan Hệ Sân Khấu Việt Nam-Trung Quốc(중국연극과 베트남연극의 관계)』, Hà Nội: Viện Sân Khấu 1995.

Viện Triết Học 『Lịch Sử Tư Tưởng Việt Nam(베트남 思想史)』 1 · 2, Hà Nội, Nxb Khoa Học Xã Hội 1993 · 1997.

Vũ Thanh 편 『Nguyễn Khuyến, Về Tác Gia Và Tác Phẩm(완권, 작가와 작품에 대하여)』, Hà Nội: Nxb Giáo Dục 1998.

Vũ Tiến Quỳnh 편 『Nguyễn Khuyến(완권)』, TP Hồ Chí Minh: Nxb Văn Nghệ

1997.

Vũ Tiến Quỳnh 편『Phê Bình Bình Luận Văn Học(문학평론비평)』, TP Hồ Chí Minh: Nxb Văn Nghệ TP Hồ Chí Minh 1998.

국가인문사회과학센터 철학원『Nho Giáo Tại Việt Nam(베트남에서의 儒教)』, Hà Nội, Nxb Khoa Học Xã Hội 1994.

여러 사람『Giảng Văn Văn Học Việt Nam(베트남문학 강독)』, Hà Nội: Nxb Giáo Dục 1998.

여러 사람『Văn Học Việt Nam(1900~1945)(1900~1945 시기의 베트남문학)』, Hà Nội: Nxb Giáo Dục 1998.


<사전>

Lại Nguyên Ân 주편『Từ Điển Văn Học Việt Nam(từ nguồn gốc đến hết thế kỷ XIX)(베트남문학사전, 기원부터 19세기 말까지)』, Hà Nội: Nxb Giáo Dục 1997.

Lê Bá Hán・Trần Đình Sử・Nguyễn Khắc Phi 주편『Từ Điển Thuật Ngữ Văn Học(문학용어사전)』, Hà Nội: Nxb Đại Học Quốc Gia Hà Nội 1997.

Nguyễn Lộc 주편『Từ điển Nghệ thuật Hát Bội Việt Nam(베트남 핫 보이 예술 사전)』, Hà Nội: Nxb Khoa Học Xã Hội 1998.

Nguyễn Như Ý 주편『Đại từ điển Tiếng Việt(베트남어 대사전)』, TP Hồ Chí Minh: Nxb Văn Hóa-Thông Tin 1999.

Nguyễn Q. Thắng・Nguyễn Bá Thế『Từ Điển Nhân Vật Lịch Sử Việt Nam(베트남역사인물사전)』, Hà Nội: Nxb Văn Hóa 1997.

Vũ Văn Kính『Đại Tự Điển Chữ Nôm(쯔놈 大字典)』, TP Hồ Chí Minh: Nxb Văn Nghệ TP Hồ Chí Minh 1999.

편찬위원회『Từ Điển Văn Học(문학사전)』 I・II, Hà Nội: Nxb Khoa Học Xã Hội 1984.

竹內与之助『字喃字典』, 東京: 大學書林 1988.

648

□ 영어

Đình Quang 외. *Vietnamese Theater.* Hà Nội: Thế Giới Publishes 1999.

Huỳnh Sanh Thông. *An anthology of Vietnamese poems.* New Haven and London: Yale University Press 1996.

Hữu Ngọc. *Sketches For a Portrait of Vietnamese Culture.* Hà Nội: THE GIOI PUBLISHERS 1984.

John Balaban tr. *Ca Dao Việt Nam.* Washington: Copper Canyon Press 2003

John K. Whitmore. *Vietnam, Hồ Quý Ly, and the Ming(1371~1421).* New Haven: Yale Southeast Asia Studies 1985.

Karin Schmidt. "'Cinderella in Vietnam' 'At the Edge': Margins, Frontiers, Initiatives in Literature and Culture." Hong Kong: XVIIth Congress of the International Comparative Literature Association 2004. 8. 15.

Maurice M. Durand · Nguyen Tran Huan. *An Introduction to Vietnamese Literature*(D. M. Hawke trans.). New York: Columbia University Press 1985

Minh Quoc. *Tam and Cam(Tấm Cám): The Ancient Vietnamese Cinderella Story.* Gardena CA: East West Discovery Press 2006.

Nguyen Khac Vien. *Viet Nam, A Long History.* HANOI: The The Gioi Publishers 1993.

Nguyễn Khắc Viện · Hữu Ngọc. *Vietnamese Literature.* Hà Nội: Red River 1981.

Tran My Van(Trần Mỹ Vân). *A Vietnamese Scholar In Anguish-Nguyễn Khuyến and the decline of the confucian order, 1884~1909.* Singapore: The National University of Singapore 1992.

Wynn Wilcox. "Women, Westernization and the Origins of Modern Vietnamese Theatre." *The Journal of Asian Studies* Vol. 65 No.2. Cambridge: Cambridge University Press 2006.

Xuân Diệu. "Influence of French poetry on modern Vietnamese poetry, A poet's Account," *Vietnamese Studies* Vol. 124. Hanoi: Thế Giới Publisher 1997.

*Vietnamese Legends and Folk Tales.* HANOI: Thế Giới Publishers 1997.

*Vietnamese Studies 130.* Hà Nội: Thế Giới Publishes 1998.

□ 한문, 중국어

「金雲翹傳」, 『古本小說集成』 347, 上海: 上海古籍出版社.

『小倉山房文集』.

『越南神話民間故事選』, 河内: 世界出版社 1997.

古本小說集成編委會編 『金雲翹傳』, 上海: 上海古籍出版社.

中國社會科學院文學研究所 編 『中國 長篇小說辭典』, 甘肅省: 敦煌文藝出版社
　　1991.

于在照 『越南文學史』, 北京: 軍事誼文出版社 2001.

陳光輝 「越南喃傳與中國小說關係之研究」(上), 臺北: 國立臺灣大學中國文學研
　　究院博士論文 1973.

劉春銀・王小盾・陳義 主編 『越南漢喃文獻目錄提要』, 臺北: 中央研究院中國
　　文哲研究所 2002.

朱先樹 等 編著 『詩歌美學辭典』, 四川: 四川辭書出版社 1989.

陳竹灘 「胡春香漢喃詩及其女性意識研究」, 高雄: 國立中山大學中國文學研究所
　　碩士論文 2005.

한어대사전편집위원회 편 『漢語大詞典』 1, 上海: 漢語大詞典出版社 1990.

彭端智 主編 『東方文學鑑賞辭典』, 武昌: 華中師範大學出版社 1991.


□ 일본어

加藤榮 『ベトナム文學を味わう(베트남문학을 맛본다)』, 東京: 國際交流基金
　　アジアセンター 1998.

岩月 純一 「近代ベトナムにおける'國語'と'漢字'の關係」, 吾妻重二 주편 『(國際
　　シンポジウム) 東アジア世界と儒敎』, 東京: 東方書店 2005.

竹内与之助 역주 『陸雲仙』, 東京: 大學書林 1986.

川本邦衛 『ベトナムの詩と歷史』, 東京: 文藝春秋 1967.


□ 프랑스어

Maurice Durand. *L'UNIVERS DES TRUYỆN NÔM*. Hà Nội: Nxb Văn Hóa
　　1998.

Nguyen Khac Vien et Huu Ngoc. *Littérature Vietnamienne, historique et textes.* Hanoi: éditions en langues étrangères 1979.

*Nguyen Trai et son recueil de poemes en langue nationale.* Paris: Editions du C.N.R.S. 1987.

각해(覺海, Giác Hải)  332

경양왕(涇陽王, Kinh Dương Vương)  76, 186, 299

고백괄(高伯适, Cao Bá Quát)  24, 46, 217, 234~237, 323~327, 329, 376, 448, 497, 500, 503

고백아(高伯迓, Cao Bá Nhạ)  444, 448

공로(空路, Không Lộ)=양공로  139, 150, 332

광월(匡越, Khuông Việt)=오진류  138, 139

광중(光中)황제=북평왕, 완문혜  51, 80, 226, 229, 277, 306, 337~349, 364, 380, 441, 448, 493

교부(喬富, Kiều Phú)  331, 335

구지(究旨, Cứu Chỉ)=담구지  26

남 까오(Nam Cao)  609, 616~621

남 너(Năm Nở)  623

남 뚜(Năm Tú)  622

남 쓰엉(Nam Xương)  626

남 쩌우(Năm Châu)  623

녓 린(Nhất Linh)  531, 584, 598, 600~604

단문흠(段文欽, Đoàn Văn Khâm)  150

단씨점(段氏點, Đoàn Thị Điểm)  51, 208, 234, 345, 346, 373, 444~446

단완숙(段阮俶, Đoàn Nguyễn Thục)  187, 189, 190

단완준(段阮俊, Đoàn Nguyễn Tuấn)  218, 228

담구지(譚究旨, Đàm Cứu Chỉ)=구지  26

담문례(覃文禮, Đàm Văn Lễ)  180

도 폰(Đỗ Phồn)  562, 581

도거(陶擧, Đào Cử)  175, 176, 180

도공정(陶公正, Đào Công Chính)  187

도안 푸 뜨(Đoàn Phú Tứ)  575, 627, 628

도엄(陶儼, Đào Nghiễm)  187

도유자(陶維慈, Đào Duy Từ) 369, 443, 516

도진(陶進, Đào Tấn) 24, 244, 247, 506, 517

도행(道行, Đạo Hạnh)=서도행 332

동 호(Đông Hồ, 東湖) 540

동견강(同堅剛, Đồng Kiên Cường)=법라 148, 155, 230

동천왕(董天王, Đồng Thiên Vương)=부동천왕 80~82

두공선(陶公僎, Đào Công Soạn) 166

두법순(杜法順, Đỗ Pháp Thuận)=법순 29, 138, 139

두윤(杜潤, Đỗ Nhuận) 175, 180, 197

등명겸(鄧鳴謙, Đặng Minh Khiêm) 182, 186, 304

등박붕(鄧搏鵬, Đặng Đoàn Bằng) 309

등용(鄧容, Đặng Dung) 153, 154, 182

등정상(鄧廷相, Đặng Đình Tướng) 187, 189

등진곤(鄧陳琨, Đặng Trần Côn) 51, 203, 233, 234, 444

등춘방(鄧春榜, Đặng Xuân Bảng) 183, 307

딴 다(Tản Đà)=응우옌 칵 히에우 38, 502, 541~548, 568

또 지앙(Tô Giang) 625

또 흐우(Tố Hữu) 52, 562, 581~585, 598

뚜 머(Tú Mỡ) 562, 577~581, 598, 609

뚜 쓰엉(Tú Xương)=수창, 진제창 24, 37, 434~440, 500, 539, 580, 609

뚱 타인(Tùng Thành) 551

뜨 짱(Tư Trang) 623

뜨엉 포(Tương Phố) 540

란 선(Lan Sơn) 562

레 다이(Lê Đại, 黎玳) 537

레 득 토(Lê Đức Thọ) 581

르엉 반 깐(Lương Văn Can, 梁文干) 536

르엉 칵 닌(Lương Khắc Ninh) 623

르우 쫑 르(Lưu Trọng Lư) 562, 566, 582

막정지(莫挺之, Mạc Đĩnh Chi) 29, 32, 157, 380, 387

막천사(鄭天賜, Mạc Thiên Tứ)=막천석 200~203

막천석(鄭天錫, Mạc Thiên Tích)=막천사 200~203

만각(滿覺, Mãn Giác)=이장 139~142, 150

만랑(蠻娘, Man Nương) 80, 173

만행(萬行, Vạn Hạnh)=완만행 139, 150

매직(梅直, Mai Trực)=원조 139~141

명공(明空, Minh Không)=완명공 332

명종(明宗, Minh Tông) (진조) 152~154, 158, 159, 339

몽 뛰엣(Mộng Tuyết) 576

무경(武瓊, Vũ Quỳnh) 82, 304, 331, 335

무국진(武國珍, Vũ Quốc Trân) 456

무근(武瑾, Vũ Cận) 187

무면(武棉, Vũ Miên) 304

무몽원(武夢原, Vũ Mộng Nguyên) 166

무방제(武芳提, Vũ Phương Đề) 55, 351

무서(武序, Vũ Tự) 244, 247

무춘매(武春梅, Vũ Xuân Mai) 350

반부선(潘孚先, Phan Phu Tiên) 166, 183, 298, 300

반정봉(潘廷逢, Phan Đình Phùng) 244, 247, 249

반주정(潘周楨, Phan Chu Trinh) 251, 252, 313, 537, 539

반청간(潘淸簡, Phan Thanh Giản) 306

반패주(潘佩珠, Phan Bội Châu) 249, 250, 252~256, 307, 309, 350, 351, 539

반휘익(潘輝益, Phan Huy Ích) 226, 230, 232~234, 295, 298, 444~446, 448

반휘주(潘輝注, Phan Huy Chú) 32, 157, 200, 210, 238, 346

방 바 런(Bàng Bá Lân) 562, 575, 577

배금호(裴扲虎, Bùi Cầm Hổ) 166

배문사(裴文禩, Bùi Văn Dị) 244

배영(裴永, Bùi Vịnh) 440

배유의(裴有義, Bùi Hữu Nghĩa) 59, 244

배휘벽(裴輝璧, Bùi Huy Bích) 30, 208, 211~213, 293

번 다이(Vân Đại) 576

범겸익(范謙益, Phạm Khiêm Ích) 187

범경(范瓊, Phạm Quỳnh)=팜 뀐 36, 495, 528~530, 625

범공저(范公著, Phạm Công Trứ) 303, 304

범귀적(范貴適, Phạm Quý Thích) 208, 213, 472

범문의(范文誼, Phạm Văn Nghị) 244, 245

범사맹(范師孟, Phạm Sư Mạnh) 154, 157, 161, 162, 308

범완유(范阮攸, Phạm Nguyễn Du) 186, 208, 210, 216, 442

범정쇄(范廷焠, Phạm Đình Toái) 450

범정호(范廷琥, Phạm Đình Hổ) 42, 44, 45, 47, 216, 217, 260, 321, 351, 419

범채(范彩, Phạm Thái) 440, 441, 443, 456, 458, 460, 461

법라(法螺, Pháp Loa)=동견강 148, 155, 230

법보(法寶, Pháp Bảo) 261

법순(法順, Pháp Thuận)=두법순 29, 138, 139

법현(法賢, Pháp Hiền) 283

부동천왕(扶董天王, Phù Đổng Thiên Vương)=동천왕 80~82

부 딩 롱(Vũ Đình Long) 625, 626

부 쫑 깐(Vũ Trọng Can) 628

부 쫑 풍(Vũ Trọng Phụng) 608, 609, 612

북평왕(北平王)=광중황제, 완문혜 51, 80, 226, 229, 277, 306, 337~349, 364, 380, 441, 448, 493

비 휘언 닥(Vi Huyền Đắc) 626, 628

빅 케(Bích Khê) 562, 575

사덕(嗣德, Tự Đức)황제 54, 186, 278, 306, 495, 517

654

사섭(士燮, Sĩ Nhiếp)  330

산남숙(山南叔, Sơn Nam Thúc)  327, 328, 346

서도행(徐道行, Từ Đạo Hạnh)=도행332

선회(善會, Thiện Hội)  280~282

성종(聖宗, Thánh Tông) (여조)  33, 101, 175~180, 299, 384, 397, 399, 441

수창(秀昌, Tú Xương)=뚜 쓰엉, 진제창  24, 37, 434~440, 500, 539, 580, 609

신인충(申仁忠, Thân Nhân Trung)  42, 175, 177, 180

쏭 홍(Sóng Hồng)  581

쑤언 지에우(Xuân Diệu)  242, 432, 558, 559, 562, 568~571, 573, 582

쑤언 투이(Xuân Thủy)  582, 586

아인 터(Anh Thơ)  562, 576, 577

안양왕(安陽王, An Dương Vương)  80, 82~84, 299, 332

양공로(楊空路, Dương Không Lộ)=공로  139, 150, 332

양규(楊珪, Dương Khuê)  500, 503

양덕안(楊德顏, Dương Đức Nhan)  183

양세영(梁世榮, Lương Thế Vinh)  180

양여곡(梁如鵠, Lương Như Hộc)  397

여괄(黎括, Lê Quát)  32, 161, 288, 310, 312, 313

여귀돈(黎貴惇, Lê Quý Đôn)  33, 42, 100, 149, 161, 172, 190, 191, 211, 291~293, 295~297, 304, 318~321, 329, 352, 353, 365

여득모(黎得毛, Lê Đức Mao)  369, 370, 373

여리(黎利, Lê Lợi)=태조(여조)  80, 128, 129, 168, 173, 227, 272, 274, 277, 350, 351

여문휴(黎文休, Lê Văn Hưu)  298, 300, 301~303

여백사(汝伯仕, Nhữ Bá Sĩ)  186

여소영(黎少穎, Lê Thiếu Dĩnh)  166, 173

여숭(黎嵩, Lê Tung)  304

여씨의란(黎氏倚蘭, Lê Thị Ỷ Lan)=의란 원비  91, 142

여언준(黎彥俊)  180

여영준(黎英俊, Lê Anh Tuấn)  187

여오길(黎吳吉, Lê Ngô Cát)  450

여옥흔(黎玉欣, Lê Ngọc Hân)  51, 441, 444, 448

여유교(黎有喬, Lê Hữu Kiều)  187

여유탁(黎有卓, Lê Hữu Trác)  353

여징(黎澄, Lê Trừng)=호원징  42, 317, 318

여환(黎驩, Lê Hoan)  350

여희(黎僖, Lê Hi)  303

영손(寧遜, Ninh Tốn)  216, 228, 419

오륜(吳綸, Ngô Luân)  175, 180

오사련(吳士連, Ngô Sĩ Liên)  298~303, 310

오세린(吳世璘, Ngô Thế Lân)  208~210, 226

오시사(吳時仕, Ngô Thì Sĩ)  214~216,

231, 232, 304, 305, 343

오시억(吳時億, Ngô Thì Ức) 198, 199, 231, 232

오시유(吳時悠, Ngô Thì Du) 347

오시임(吳時任, Ngô Thì Nhậm)=해량대
선사 226, 228~232, 294~298, 304

오시전(吳時佺, Ngô Thì Điển) 232

오시지(吳時偫 Ngô Thì Chí) 347

오시해(吳時偕, Ngô Thì Giai) 232

오인(悟印, Ngộ Ấn) 150

오진류(吳眞流, Ngô Chân Lưu)=광월
138, 139

완가소(阮嘉韶, Nguyễn Gia Thiều) 325, 444, 446

완간청(阮簡淸, Nguyễn Giản Thanh) 440

완거정(阮居貞, Nguyễn Cư Trinh) 504

완공기(阮公基, Nguyễn Công Cơ) 187

완공저(阮公著, Nguyễn Công Trứ)
428~431, 440, 496, 500~503

완공필(阮公弼, Nguyễn Công Bật) 121, 261

완공항(阮公沆, Nguyễn Công Hãng)
187~189

완과첨(阮科瞻, Nguyễn Khoa Chiêm)=완
방중 346

완광벽(阮光碧, Nguyễn Quang Bích)
244, 247~249

완교(阮翹, Nguyễn Kiều) 187

완권(阮勸, Nguyễn Khuyến)=완안도 24,
37, 46, 240~244, 367, 431~434, 438,

439, 500, 503, 537, 539, 580, 609

완귀덕(阮貴德, Nguyễn Quý Đức) 187

완덕달(阮德達, Nguyễn Đức Đạt) 42, 329

완등도(阮登道, Nguyễn Đăng Đạo) 187

완만행(阮萬行, Nguyễn Vạn Hạnh)=만
행 139, 150

완면심(阮櫩審, Nguyễn Miên Thẩm) 24,
42, 244, 246, 323, 326, 327, 329, 413,
441

완면정(阮櫩寊, Nguyễn Miên Trinh) 327

완명공(阮明空, Nguyễn Minh Không)=
명공 332

완몽순(阮夢荀, Nguyễn Mộng Tuân)
166, 173, 197, 277

완문영(阮文永, Nguyễn Văn Vĩnh)=응우
옌 반 빈 36, 528, 529, 533, 625

완문초(阮文超, Nguyễn Văn Siêu) 234,
323, 327, 348

완문혜(阮文惠, Nguyễn Văn Huệ)=광중
황제, 북평왕 51, 80, 226, 229, 277,
306, 337~349, 364, 380, 441, 448, 493

완방중(阮榜中, Nguyễn Bảng Trung)=완
과첨 346

완백린(阮伯麟, Nguyễn Bá Lân) 440

완병겸(阮秉謙, Nguyễn Bỉnh Khiêm) 24,
33, 46, 191~199, 227, 288~291, 297,
336, 388, 398, 405~411

완보(阮保, Nguyễn Bảo) 180

완부선(阮浮先, Nguyễn Phu Tiên) 166

완비경(阮飛卿, Nguyễn Phi Khanh)

163~166

완사고(阮士固, Nguyễn Sĩ Cố) 29, 32, 164, 379

완상현(阮尙賢, Nguyễn Thượng Hiền) 244, 249~252, 255

완서(阮嶼, Nguyễn Dữ) 52, 191, 196~198, 291, 336, 339~341

완선술(阮善述, Nguyễn Thiện Thuật) 247

완세의(阮世義, Nguyễn Thế Nghi) 52

완시중(阮時中, Nguyễn Thì Trung) 166

완씨형(阮氏馨)=청관현부인 51, 425~428,

완안(阮案, Nguyễn Án) 351

완안도(阮安堵)=완권 24, 37, 46, 240~244, 367, 431~434, 438, 439, 500, 503, 537, 539, 580, 609

완억(阮億, Nguyễn Ức) 155~157, 163

완엄(阮儼, Nguyễn Nghiễm) 217, 305

완욱(阮旭, Nguyễn Húc) 166

완원억(阮元億, Nguễn Nguyên Ức)=원통 264, 265

완유(阮攸, Nguyễn Du) 21, 24, 46, 60, 216~225, 234, 236, 238, 411, 412, 423, 456, 470, 472, 484, 487, 489, 491~496, 499

완유(阮維, Nguyễn Duy) 247

완유정(阮有整, Nguyễn Hữu Chỉnh) 216, 325, 347, 389, 440~442

완유호(阮有豪, Nguyễn Hữu Hào) 456

완전(阮詮, Nguyễn Thuyên)=한전 29, 32, 325, 361, 379

완정소(阮廷炤, Nguyễn Đình Chiểu) 245, 441, 456, 461, 462, 466, 467

완종규(阮宗奎, Nguyễn Tông Khuê) 187~189

완지방(阮知方, Nguyễn Tri Phương) 247, 452

완직(阮直, Nguyễn Trực) 179, 197

완창(阮昶, Nguyễn Sưởng) 155

완채(阮廌, Nguyễn Trãi) 21, 23, 33, 40, 46, 153, 162~164, 166~172, 173, 175, 192, 197, 236, 267, 272, 277, 365, 379, 380, 387~397, 402, 408, 540

완천석(阮天錫, Nguyễn Thiên Tích) 166, 174

완춘온(阮春溫, Nguyễn Xuân Ôn) 244, 247

완충언(阮忠彦, Nguyễn Trung Ngạn) 155, 157, 158, 161

완통(阮通, Nguyễn Thông) 244, 247

완표(阮表, Nguyễn Biểu) 387

완함녕(阮咸寧, Nguyễn Hàm Ninh) 234

완항(阮沆, Nguyễn Hāng) 198, 199, 440

완협(阮浹, Nguyễn Thiếp) 208, 226~228, 348

완형(阮衡, Nguyễn Hành) 234

완휘량(阮輝亮, Nguyễn Huy Lượng) 440, 448

완휘사(阮輝似, Nguyễn Huy Tự) 456,

494

완흔(阮㑖, Nguyễn Hoản)  304

운봉(雲峯, Vân Phong)  280~282

원조(圓照, Viên Chiếu)=매직  139~141

원통(圓通, Viên Thông)=완원억  264, 265

윤온(尹蘊, Doãn Uẩn)  213, 234

응오 떳 또(Ngô Tất Tố)  609~612

응우옌 꽁 호안(Nguyễn Công Hoan)  609, 610, 620

응우옌 도 묵(Nguyễn Đỗ Mục)  531

응우옌 바 혹(Nguyễn Bá Học, 阮伯學)  532

응우옌 반 빈(Nguyễn Văn Vĩnh)=완문영  36, 528, 529, 533, 625

응우옌 빈(Nguyễn Bính)  562, 573, 577

응우옌 응억 팝(Nguyễn Nhược Pháp)  575

응우옌 쫑 꾸언(Nguyễn Trọng Quản)  527

응우옌 칵 히에우(Nguyễn Khắc Hiếu, 阮克孝)=딴 다  38, 502, 541~548, 568

응우옌 홍(Nguyên Hồng)  620, 621

응우옌 휘 뜨엉(Nguyễn Huy Tưởng)  628

응우옌 흐우 낌(Nguyễn Hữu Kim)  626

응우옌 흐우 띠엔(Nguyễn Hữu Tiến, 阮有進)  531

의란원비(倚蘭元妃, Ỷ Lan Nguyên phi)=어씨의란  91, 142

이공온(李公蘊, Lý Công Uẩn)=태조(이조)  258, 259, 260, 301

이도재(李道載, Lý Đạo Tái)=현광  29,

31, 32, 142, 148, 149, 155, 230, 284, 380, 384, 386

이문복(李文馥, Lý Văn Phức)  213, 216, 234, 238, 239, 444, 449, 456

이상걸(李常傑, Lý Thường Kiệt)  151, 261, 266, 269, 273, 330, 331

이옥교(李玉嬌, Lý Ngọc Kiều)  142

이옹중(李翁仲, Lý Ông Trọng)  330

이자구(李子構, Lý Tử Cấu)  166

이자진(李子晋, Lý Tử Tấn)  154, 166, 172, 183, 196, 277

이장(李長, Lý Trường)=만각  139~142, 150

이제천(李濟川, Lý Tế Xuyên)  330

이징부인(二徵夫人, Hai Bà Trưng)=징씨 자매  80, 247, 277, 330, 331, 540

인종(仁宗, Nhân Tông) (진조)  29, 31, 32, 142, 142, 145, 146, 148, 150, 154, 155, 172, 230, 284, 317, 380, 381, 383, 386

장국용(張國用, Trương Quốc Dụng)  351

장영기(張永記, Trương Vĩnh Ký)=쯔엉 빈 끼  36, 523, 525, 527

장한초(張漢超, Trương Hán Siêu)  40, 152, 267, 270, 272, 288, 310, 311, 313

정부령(丁部領, Đinh Bộ Lĩnh)=정선황  80, 138

정선황(丁先皇, Đinh Tiên Hoàng)=정부령  80, 138

정일신(丁日愼, Đinh Nhật Thận)  443

정작(鄭柞, Trịnh Tạc) 34, 469

정청(程淸, Trình Thành) 166

주당영(朱唐英, Chu Đường Anh) 163

주문상(朱文常, Chu Văn Thường) 260, 261

주문안(朱文安, Chu Văn An)=주안 32, 159~161, 166, 192, 236, 288, 310, 379, 388

주안(朱安)=주문안 32, 159~161, 166, 192, 236, 288, 310, 379, 388

주차(朱車, Chu Xa) 183

진계합(陳季哈, Trần Quý Cáp) 251, 252, 313

진계확(陳季擴, Trần Quý Khoách) 350, 387

진광계(陳光啓, Trần Quang Khải) 151, 152, 162

진광조(陳光朝, Trần Quang Triều) 155, 156

진국준(陳國峻, Trần Quốc Tuấn)=진흥도 152, 155, 267, 271

진귀아(陳貴衙, Trần Quý Nha) 352

진루(陳婁, Trần Lâu) 153

진벽산(陳碧珊, Trần Bích San) 244

진선정(陳善政, Trần Thiện Chánh) 244

진세법(陳世法, Trần Thế Pháp) 331

진순유(陳舜兪, Trần Thuấn Du) 166

진숭(陳嵩, Trần Tung)=혜충 31, 141, 142, 144~146, 284

진원단(陳元旦, Trần Nguyên Đán)
162~164, 168, 317, 318

진제창(陳濟昌, Trần Tế Xương)=뚜 쓰엉, 수창 24, 37, 434~440, 500, 539, 580, 609

진중금(陳仲金, Trần Trọng Kim)

진흥도(陳興道, Trần Hưng Đạo)=진국준 152, 155, 267, 271

징씨(徵氏)자매=이징부인 80, 247, 277, 330, 331, 540

쩐 뚜언 카이(Trần Tuấn Khải) 540

쩐 휘 리에우(Trần Huy Liệu) 581, 587

쩐 휘언 쩐(Trần Huyền Trân) 575

쩐 흐우 짱(Trần Hữu Trang) 623,

쩨 란 비엔(Chế Lan Viên) 562, 572, 573, 582

쯔엉 빈 끼(Trương Vĩnh Ký)=장영기 36, 523, 525, 527


채순(蔡順, Thái Thuận) 180~182, 196, 197

청관현부인(Bà Huyện Thanh Quan)=완 씨형 51, 425~428

카이 흥(Khái Hưng) 584, 598, 600~602, 604, 605, 607, 628

타익 람(Thạch Lam) 598, 601

태조(太祖, Thái Tổ) (여조)=여리 80, 128, 129, 168, 173, 227, 272, 274, 277, 350, 351

태조(太祖, Thái Tổ) (이조)=이공온 258, 259, 260, 301

태종(太宗, Thái Tông) (이조)  142, 150, 182, 183

태종(太宗, Thái Tông) (진조)  31, 122, 141, 142, 144, 284~287

텀 떰(Thâm Tâm)  575

테 르(Thế Lữ)  550, 562, 566, 582, 598, 627, 628

통변(通辨, Thông Biện)  282, 283

판 께 빈(Phan Kế Bính, 潘繼炳)  529, 531

판 코이(Phan Khôi)  533, 548, 550, 552~556

팜 꾄(Phạm Quỳnh, 范瓊)=범경  36, 495, 528~530, 625

팜 응옥 코이(Phạm Ngọc Khôi)  625

팜 주이 똔(Phạm Duy Tốn, 范維遜)  532, 609

풍극콴(馮克寬, Phùng Khắc Khoan)  187, 189, 191, 196~198, 291, 336, 369

풍흥(馮興, Phùng Hưng)  330

하임대(何任大, Hà Nhậm Đại)  186

하종권(何宗權, Hà Tông Quyền)  238

한 막 뜨(Hàn Mặc Tử)  562, 567

한전(韓詮, Hàn Thuyên)=완전  29, 32, 325, 361, 379

항 프엉(Hằng Phương)  576

해구화상(海鷗和尚, Hòa thượng Hải Âu)  294, 296

해량대선사(海量大禪師, Hải Lượng đại thiền sư)=오시임  226, 228~232, 294~298, 304

해전(海顛, Hải Điền)  294

해현(Hải Huyền, 海玄?)  294

해화승(海和僧, Tăng Hải Hòa)  294

향해(香海, Hương Hải)  149, 293

현광(玄光, Huyền Quang)=이도재  29, 31, 32, 142, 148, 149, 155, 230, 284, 380, 384, 386

혜충(慧忠, Tuệ Trung)=진숭  31, 141, 142, 144~146, 284

호 비에우 짜인(Hồ Biểu Chánh)  528, 532, 533, 609

호찌민(Hồ Chí Minh)=호지명  256, 258, 262, 581, 587, 598

호계리(胡季犛, Hồ Quý Ly)  31, 162, 164, 166, 340, 350, 364, 380, 387, 388

호사동(胡士棟, Hồ Sĩ Đồng)  187, 189

호앙 다오(Hoàng Đạo)  598, 601

호앙 응옥 파익(Hoàng Ngọc Phách)  532, 587, 588

호원징(胡元澄, Hồ Nguyên Trừng)=여징  42, 317, 318

호종작(胡宗鷟, Hồ Tông Thốc)  300

호지명(胡志明, Hồ Chí Minh)=호찌민  256, 258, 262, 581, 587, 598

호춘향(胡春香, Hồ Xuân Hương)  21, 46, 51, 87, 217, 411~425, 494, 496, 580

호훈업(胡勳業, Hồ Huân Nghiệp)  246

홍열백(洪烈伯, Hồng Liệt Bá)  208

황덕량(黃德良, Hoàng Đức Lương)  183

황사개(黃士愷, Hoàng Sĩ Khải)  187, 373,
    440, 443
황숙항(黃叔抗, Hoàng Thúc Kháng)  251,
    252, 313, 539

황화탐(黃花探,  Hoàng  Hoa  Thám)   80
후인 띤 꾸어(Huỳnh Tịnh Của)  523, 525
휘 껀(Huy Cận)  562, 571~573, 582휘
    통(Huy Thông)  562

【찾아보기 · 작품】

「가경흥정부(佳景興情賦)」 440

「가기(歌妓)와의 재회(Gặp cô đầu cũ)」 503

『가난한 사람들(Con nhà nghèo)』 532

「가림사(嘉林寺)」 156

「가엾은 아내(Thương Vợ)」 436

「가원락(家園樂)」 165

「가을 눈물(Giọt lệt thu)」 540

「가을 소리(Tiếng Thu)」 566

『가정(家庭, Gia đình)』 601

「가족의 정(Câu chuyện gia tình)」 532

「가훈가(家訓歌)」 449

「간조선국사유집일이세근(簡朝鮮國使兪集一李世瑾)」 188

「감구겸정근정학사완후(感舊兼呈勤政學士阮侯)」 414, 415

「감민거산락(感民居散落)」 210

『감응편연국음(感應篇演國音)』 55

「감작(感作)」 247

「감촉(感觸, Cảm xúc)」 568

「감회(感懷)」 153

「감흥시(感興詩)」 194

「강가에서 손님을 보내며(Bên sông đưa khách)」 563

『강좌구혼(江左求婚)』 59, 518

「강호자적(江湖自適)」 145

「개(Con chó)」 581

「개량부(改良賦, Phú cải lương)」 250

「개엄사비기(開嚴寺碑記)」 310

「거진낙도부(居塵樂道賦)」 32, 146, 147, 380, 440

「격장사문(檄將士文)」 267

『견문소록(見聞小錄)』 149, 352, 353

「견흥(遣興)」 377, 503

『경본산후(京本山后)』 507

「경원구가(瓊苑九歌)」 175, 176

『경원구가(瓊苑九歌)』 175, 398

「경원구가시집종서(瓊苑九歌詩集終序)」 176

『경장원사적(瓊狀元事迹)』 21

『경재사집(敬齋使集)』 187

『경해속음(鏡海續吟)』 239

『계당시집(桂堂詩集)』 190

「계여암주(契如庵主)」 282

『계절풍(季節風, Gió đầu mùa)』 601

『고백괄시집(高伯适詩集)』 235

「고주(孤舟)」 231

『고주신시집(高周臣詩集)』 235

『고주신유고(高周臣遺稿)』 235

「고질시중(告疾示衆)」 141

「곡시녀이하(哭侍女李霞)」 215

「곤산가(崑山歌)」 162

『공여첩기(公餘捷記)』 55, 351

「과거 길에 노래한다(Đi Thi Tự Vịnh)」 429

「과남산배제여태조유묘(過藍山拜題黎太祖遺廟)」 247

「과동정호(過洞庭湖)」 190

「과신부해구(過神符海口)」 168

「과함자관(過鹹子關)」 153

『과허록(課虛錄)』＝『태종황제어제과허』 141~143, 284, 287

「곽자의부(郭子儀賦)」 440

「관료 봉급이 인상되다(Các quan được tăng lương)」 577

「관북(關北)」 162

『관음신전(觀音新傳)』⇒『관음씨경』 457

『관음씨경(觀音氏敬)』⇒『관음신전』 457

「광랑도중(桄榔道中)」 162

「교자부(敎子賦)」 32, 380, 387, 440

「교화조례령(敎化條例令)」 34, 51, 469

「구가희(舊歌姬)」 217

『구두쇠(Ông ký Cóp)』 628

「구장을 권함(Mời trầu)」 87, 423

『국당시초(菊堂詩草)』 235

『국문습독(國文習讀)』 37, 537, 538, 548

『국민독본(國民讀本)』 537

『국사속편(國史續編)』 304

『국사유편(國史遺編)』 412

『국사편록(國史編錄)』 299

「국어 배우기를 권하는 노래」 537

『국음시집(國音詩集)』 20, 33, 365, 379, 380, 388, 391, 397

「국조(國祚)」 29, 138

『국조열전초집(國朝列傳初集)』 306

『국추백영(菊秋百詠)』 232

『국풍시집합채(國風詩集合採)』 93

「국화(菊花)」 148

『국화시진(菊花詩陣)』 232

「군도(君道)」 176

「군량결핍(軍糧缺乏)」 248

「군명신량(君明臣良)」 176

『군서고변(群書考辨)』 190

「군중색미(軍中索米)」 249

「궁사(宮詞)」 173

『궁원시(宮怨詩)』 448

『궁원음곡(宮怨音曲)』 373, 444, 446, 448, 494

『귀거래사연가(歸去來辭演歌)』 56

「귀흥(歸興)」 155, 159

『규애록(閨哀錄)』 215, 216

『그후로(Từ ấy)』 582, 586, 598

「근왕조(勤王詔)」 277

「금강삼매경서(金剛三昧經序)」 284

「금구전(金龜傳)」 82, 332

『금석기연(金石奇緣)』 59

『금전(金錢, Kim tiền)』 628

「금화시화기(金華詩話記)」 196

「기가제(寄家弟)」 212

「기기(奇氣)」 176

「기법운고불사적(記法雲古佛事跡)」 173

「기서(饑鼠)」 241

「기우(奇友)」 168

「기청풍암승덕산(寄淸風庵僧德山)」 144

『김운교(金雲翹)』=『김운교전(金雲翹傳)』 =『김운교신전(金雲翹新傳)』 61, 323, 324, 325, 470~472, 484, 486, 487, 492, 493, 500, 622

「까마귀 털이 검은 까닭(Vì sao quạ lông đen)」 69

『꽃 같은 꿈(Mơ hoa)』 628

「꾀 많은 토끼(Con thỏ tinh khôn)」 69

「나라라는 두 글자(Hai chữ nước nhà)」 540

「나산초대록(邪山樵對錄)」 340

『나의 영혼(Tâm hồn tôi)』 573

『낙봉파전(落鳳坡傳)』 518

「난후도곤산감작(亂後到崑山感作)」 170

「남관만도(南關晚渡)」 190

「남국산하(南國山河)」 151, 273

『남국진이집(南國珍異集)』 352

「남산가기부(藍山佳氣賦)」 277

『남산실록(藍山實錄)』 332

『남산총화(南山叢話)』 329

『남옹몽록(南翁夢錄)』 317, 332

「남중잡음(南中雜吟)」 219, 220

「남창여자록(南昌女子錄)」 344, 345

『남풍시집(南風詩集)』 93

『남풍해조(南風解嘲)』 93

「남해포신가(南海逋臣歌)」 37, 537

『남행기득집(南行記得集)』 210

『내각수책(內閣守冊)』 517

『냉담(冷淡, Lạnh lùng)』 601

「너희야 살건 죽건(Sống Chết Mặc Bay)」 532

「노계만(鱸溪輓)」 200

「노계한조(鱸溪閒釣)」 202

「노용(老榕)」 392

『논어석의가(論語釋義歌)』 53

『논어절요(論語節要)』 212, 293

「농부(農夫)」 214

『누가 살인자인가(Ai giết người)』 625

『누가 할 수 있는가(Ai làm được)』 532

「늙은 부부 바위(Đá Ông Chồng Bà

Chồng)」 420, 422

「다시 취하다(Lại say)」 544, 545

『단장록(斷腸錄)』 216, 442

『단장신성(斷腸新聲)』 472

『단절(斷絶, Đoạn tuyệt)』 601~605

『단황갑봉사집(段黃甲奉使集)』 187

『닳아버린 삶(Sống mòn)』 617

「답석동공(答石洞公)」 226

「답조선국사이수광(答朝鮮國使李睟光)」 187

『당시국음(唐詩國音)』 56

『당시칠절연가부잡문(唐詩七絶演歌附雜文)』 56

『당양장판(當陽長阪)』 59

『당정서연전(唐征西演傳)』 59, 518

『당정서제십칠회(唐征西第十七回)』 518

「대기(對機)」 141

『대남국사연가(大南國史演歌)』 449, 450, 525

『대남국음자휘(大南國音字彙)』 525

『대남식록(大南寔錄)』 305, 306

『대남열전(大南列傳)』 306

『대남열전전편(大南列傳前編)』 306

『대남정편열전이집(大南正編列傳二集)』 306

『대남정편열전초집(大南正編列傳初集)』 306

『대남행의열녀전(大南行義列女傳)』 306

「대동풍경부(大同風景賦)」 199, 440

「대월국당가제사제숭선연령탑비(大越國當家第四帝崇善延齡塔碑)」=「숭선연령탑비」 122, 261

『대월사기(大越史記)』 298, 299

『대월사기속편(大越史記續編)』 299, 304

「대월사기외기전서서(大越史記外紀全書序)」 299

『대월사기전서(大越史記全書)』 29, 76, 100, 121, 139, 298~300, 303, 304, 306, 310, 312, 335, 361, 379

『대월사기전편(大越史記前編)』 304

『대월사략(大越史略)』 298

『대월통감(大越通鑑)』 304

『대월통감통고(大越通鑑通考)』 304

『대월통감통고총론(大越通鑑通考總論)』 304

『대월통사(大越通史)』 304

「대한(大旱)」 437

「도걸행(悼行乞)」 210

「도견(悼鵑)」 242

「도락승(悼落蠅)」 242

「도봉아부(道逢餓夫)」 236

「도씨업원기(陶氏業冤記)」 196, 340

「도우(禱雨)」 241

「독백집오십사운(讀白集五十四韻)」 214

『독사치상(讀史癡想)』 186

「독성리사서대전(讀性理四書大全)」 226

「독소청기(讀小靑記)」 224

『독신녀(Gái không chồng)』 628

「독야(獨夜)」 237

「독완정소조의민사진국어문(讀阮廷炤弔

義民死陣國語文)」 246, 441

『돈(Tiền bạc bạc tiền)』 532

「돌아가는 길 위에서(Trên đường về)」 573

『동경의숙시문(東京義塾詩文)』 37, 536, 537

『동병(同病, Đồng bệnh)』 628

「동순과안로(東巡過安老)」 179

「동천왕전(董天王傳)」 79, 81, 82

『동행시집(東行詩集)』 239

「두 마음(Hai lòng)」 574

「득취임천성도가(得趣林泉成道歌)」 32, 380, 381, 383, 387

「등보대산(登寶臺山)」 147

「등황학루주필시원인(登黃鶴樓走筆示元人)」 161

「땅과 물의 기원(Đẻ đất đẻ nước)」 75, 79

「떡(Bánh trôi)」 422

「떰과 깜(Tấm Cám)」 88~92

『또 떰(Tố Tâm, 素心)』 38, 62, 588, 593~595, 597

「라자로 피엔 이야기(Chuyện thầy Lazaro Phiền)」 527

『르우의 삶(Đời cô Lựu)』 623

「마상미인(馬上美人)」 216, 419

『마원(馬援)의 동주(銅柱)(Cột đồng Mã Viện)』 628

「마을의 일(Việc làng)」 610

『막다른 골목(Bước đường cùng)』 610

「만광지선사(挽廣智禪師)」 150

「만랑전(蠻娘傳)」 173

「만사도공(輓司徒公)」 156

「만시삼절(輓詩三絶)」 216

「만완공유정변찬리(挽阮公惟定邊贊理)」 247

「만일 내일 낙방한다면(Hễ Mai Tớ Hỏng)」 435

「만흥(漫興)」 173

「말해야 합니다(Phải nói)」 570

『매령사화시집(梅嶺使華詩集)』 187

「매미와 개미(Con ve và con kiến)」 533, 534

「매주요녀전(枚州妖女傳)」 328

「매지의(賣紙衣)」 246

「매화(梅花)」 176

「머릿속까지 감금할 수는 없다(Không giam được trí óc)」 586

『메기와 두꺼비(Trê Cóc)』 69

「면학자(勉學者)」 198

『명발유어(明渤遺漁)』 200, 202

「모교귀녀(暮橋歸女)」 236

『모자를 비뚜름히 쓰고(Đội mũ lệch)』 628

「모춘연주작(暮春演州作)」 174

「목 어미(Mẹ Mốc)」 503

「목정전(木精傳)」 82, 332

「몽기(夢記)」 328

「몽산중(夢山中)」 171

『몽양집(夢洋集)』 238

666

『무경연의가(武經演義歌)』 55

『무도회가 끝난 후(Sau cuộc khiêu)』 628

「무래오(蕪萊塢)」 210

「무제(無題)」 213

「문(蚊)」 242

「문궁민모자상식유감(聞窮民母子相食有
感)」 210, 211

「문서록(蚊書錄)」 328

「문인(文人)」 176

「문장(文章)」 329

「문적지(文籍誌)」 32, 147, 158, 159,
161~163, 172, 173, 181~183, 189,
190, 193, 198~200, 202, 204, 210,
227, 330, 345, 346, 379

『물소(Con trâu)』 601

「미혜(媚醯)」 182

「민강(悶江)」 181

『민행잡영초(閩行雜詠草)』 239

『민헌설류(敏軒說類)』 235

『민헌시집(敏軒詩集)』 235

「밋(Quả Mít)」 415

『바람에 향기를 날리고(Gửi hương cho
gió)』 568

『반려(伴侶, Đôi bạn)』 601

『반진(潘陳)』 36, 525

「반초혼(反招魂)」 224, 225

「방광음(放狂吟)」 145

『방본산후(坊本山后)』 507

「방합사(蚌蛤沙)」 212

『방화(芳花)』 467~469

『배겸(裴儉)의 낙방(Bùi Kiệm thi rớt)』
622

『배겸이 월아(月娥)에게 반하다(Bùi Kiệm
mê sắc Nguyệt Nga)』 622

『배우 뜨 벤(Kép Tư Bền)』 609

「백곡풍등협우가영(百穀豊登協于歌詠)」
176

「백등강(白藤江)」 153, 158, 404

「백등강부(白藤江賦)」 40, 152, 267, 270

「백등강회고(白藤江懷古)」 247

「백등해구(白藤海口)」 153

「백운국어시(白雲國語詩)」 33, 405

『백운암시집(白雲庵詩集)』 198

『백원손각(白猿孫恪)』 453

『백원신전(白猿新傳)』 37

「벌송노포문(伐宋露布文)」 266

『범공국화(范公菊花)』=『범공신전(范公
新傳)』 457

「범자허유천조록(范子虛遊天曹錄)」 338,
339

『범재옥화(范載玉花)』 55, 467, 469

「범주(泛舟)」 148, 149

「법진선사(法眞禪師)」 282

『베트남어 프랑스어 대사전(Grand Diction
naire Annamite Français)』 525

「벽거영체부(僻居寧體賦)」 440

「벽구기우(碧溝奇遇)」 345

「변이(辨夷)」 239

「별지(鼈池)」 160

「병서요략(兵書要略)」 267, 269

「보경경계(寶鏡警戒)」 388, 391

「보뢰사(普賴寺)」 181

「복림로(福林老)」 236

『본국이문록(本國異聞錄)』 352

『본기속편(本紀續編)』 303, 304

『본기실록(本紀實錄)』 303

『봄 향기(Hương xuân)』 576

「봄날 오후(Chiều xuân)」 576

「봄날의 호수와 소녀(Hồ xuân và thiếu
nữ)」 563

「봄을 즐기라, 그렇지 않으면 봄이 가 버리
리니(Chơi xuân kẻo hết xuân đi)」 503

「봉성춘색부(鳳城春色賦)」 440

『봉역지(封域志)』 172

「봉정조선국진하사서판서(奉呈朝鮮國進
賀使徐判書)」 232

「봉화(奉和)」 177

『부 니으 또(Vũ Như Tô)』 628

「부경북(赴京北)」 213

「부상자(負箱子)」 236

「부석봉노어(浮石逢老漁)」 227, 228

『부용신전(芙蓉新傳)』 456

『부자의 중한 의리(Cha con nghĩa nặng)』
532

「북사과소상(北使過瀟湘)」 161

『북사시집(北使詩集)』 187

「북사초도노강(北使初渡瀘江)」 158

『북사효빈시(北使效嚬詩)』 187

『북행잡록(北行雜錄)』 219, 223, 238

『불설목련구모경연음(佛說目連救母經演

音)』 55

『불설십육관경연음(佛說十六觀經演音)』
55

「불심가(佛心歌)」 145

『불이 꺼질 때(Tắt đèn)』 610

『비바람 몰아치는 삶(Đời mưa gió)』 584

『비파행연음가(琵琶行演音歌)』 56, 444

『빈녀탄(貧女嘆)』 374

『빈랑전(檳榔傳)』 85

「사기가(邪氣歌)」 537

『사기국어가(史記國語歌)』 450

『사기속편(史記續編)』 299

『사덕성제자학해의가(嗣德聖製字學解義
歌)』 54

「사도승룡조(徙都昇龍詔)」 259

「사랑(Yêu)」 558

「사시곡(四時曲)」 373, 443, 444

「사용만(思容挽)」 369, 443

「사우음(思友吟)」 255, 256

『사이 바이(Sãi Vãi)』=『승니』 504

『사정곡(使程曲)』 187

『사화집(使華集)』 187

『사화총영(使華叢詠)』 187

『사화필수택시(使華筆手澤詩)』 187

「산거작(山居作)」 226

「산거즉사(山居卽事)」 210

「산과 강의 맹세(Thề non nước)」 545

「산로행자위(山路行自慰)」 248

「산무(山岙)」 162

「산방만흥(山房漫興)」 317

668

「산사(山寺)」 173

「산원사판사록(傘圓祠判事錄)」 341

「산원산전(傘圓山傳)」 79

『산후(山后)』 129, 505

『삼고초려(三顧草廬)』 59, 518

『삼녀도왕(三女圖王)』 515

『삼조실록(三祖實錄)』 332

『삼지월집초(三之粤集草)』 239

『상경기사(上京記事)』 353

『상사어록(上士語錄)』 141, 145, 287

『상속(相續, Thừa tự)』 601

『상유훈조해음부연가(上諭訓條解音附演
歌)』 56

『상창우록(桑滄偶錄)』 351, 352

「색공(色空)」 142

「생로병사(生老病死)」 142

「서(序)」(『영남척괴열전(嶺南摭怪列傳)』,
무경(武瓊)의 「서(序)」) 82, 335

「서둘러(Vội vàng)」 569, 570

『서서적록(書序摘錄)』 44

「서식선혼록(徐式仙婚錄)」 196, 341,
343, 344

「서왕모헌반도(西方王母獻蟠桃)」 100

「서원기우기(西垣奇遇記)」 341, 344

『서유기연전(西遊記演傳)』 59

『서유전(西遊傳)』 59

『서정곡(叙情曲)』 375, 444, 448

「서정전(鼠精傳)」 346

「서초희성(書草戲成)」 176

『서행시기(西行詩紀)』 238, 239

「서호에서 친구를 그리며(Chơi Hồ Tây
nhớ bạn)」 414

「서회봉정국당주인(書懷奉呈菊堂主人)」
156

「석동탄운(石洞呑雲)」 201

「석생(石生)」 467~469

「석서(碩鼠)」 194

「선거(Bầu cử)」 579, 580

『선원집영(禪苑集英)』 30, 139, 140, 142,
264, 280, 282, 283, 287, 332, 345

『선종본행(禪宗本行)』 380

『선종지남(禪宗指南)』 284, 285

「선종지남서(禪宗指南序)」 284

「섭세음(涉世吟)」 209

『성사기행(星槎紀行)』 232

『성사시집(星槎詩集)』 187

『성종유초(聖宗遺草)』 327~329, 346

『성초기행(星軺紀行)』 187

「세병마(洗兵馬)」 153

「소(con bò)」 581

「소견행(所見行)」 222~224

『소경신장(梳鏡新妝)』 455, 457, 458,
460, 461

『소공봉사(蘇公奉使)』 453

「소군출새(昭君出塞)」 182

「소독락부(小獨樂賦)」 440

「소복사비기(紹福寺碑記)」 310, 312

「소상만조(瀟湘晩眺)」 188

『소영시집(嘯詠詩集)』 186

「소요음(逍遙吟)」 199

「소인(小引)」 228

『속루(俗累, Tục lụy)』 628

『속전기(續傳奇)』 345

「송고(頌古)」 144

「송국당주인정자나(送菊堂主人征刺那)」
　　156

「송별(送別, Tống biệt)」 542

「송별행(送別行, Tống biệt hành)」 576

「송북사마합교원랑(送北使廂合喬元朗)」
　　154

「송서호부(頌西湖賦)」 440, 441

「송완죽계출리상신겸치려희영로계(送阮
　　竹溪出莅常信兼致黎希永老契)」 236

『송진국화(宋珍菊花)』 467, 468, 612

『송진신전(宋珍新傳)』 37

「수탉에게 볏이 있는 까닭(Vì sao gà trống
　　ó mào)」 69

「숙차지봉사공운(肅次芝峯使公韻)」 188

「순사(巡查)나리(Ông Cò)」 438

「술로 시름을 달래며(Uống rượu tiêu sầu)」
　　376, 503

「술지(述志)」 167

「술회(述懷)」 184

「숭선연령탑비(崇善延齡塔碑)」=「대월국
　　당가제사제숭선연령탑비」 261, 263~
　　266

「숭엄연성사비명(崇嚴延聖寺碑銘)」 261

「숲을 그리며(Nhớ rừng)」 563, 564

『승니(僧尼, Sãi Vãi)』=『사이 바이』 504

「승룡성회고(昇龍城懷古)」 426, 427

『시(詩) 시(詩)(Thơ Thơ)』 568

『시경서경국음가(詩經書經國音歌)』 54

『시경연음(詩經演音)』 54

『시경해음(詩經解音)』 226

「시들어가는 밤(Đêm tàn)」 573

「시적게(示寂偈)」 142

「신부산(神符山)」 402

「신선을 꿈꾸는 나비의 혼(Hồn bướm mơ
　　tiên)」 600, 605

『신성한 불(Lửa thiêng)』 571

「신연정부음곡성우작(新演征婦吟曲成偶
　　作)」 233

「신절(臣節)」 176

『신정윤리교과(新訂倫理教科)』 37, 537

『신편전기만록증보해음집주(新編傳奇漫
　　錄增補解音集註)』 52, 55, 345

「십계고혼국어문(十誡孤魂國語文)」 441

「십오일대풍(十五日大風)」 236

『쌍성불야(雙星不夜)』=『쌍성전』 456

『쌍성전(雙星傳)』=『쌍성불야』 24

『쑤언 투 냐 떱(Xuân Thu Nhã Tập)』
　　575

「씨모가 절에 가다(Thị Mầu lên chùa)」
　　111, 116, 130

「아베마리아(Ave Maria)」 568

「아세아가(亞細亞歌, Bài ca Á tế Á)」
　　449

「악몽(惡夢, Ác mộng)」 563

『안남(安南) 출신 서양인(Ông Tây An
　　Nam)』 626

670

『안남어 뽀르뚜갈어 라틴어 사전(Diction-
arium Annamiticum, Lusitanum et
Latinum)』 524

『안남일통지(安南一統志)』 601

「안방풍토(安邦風土)」 177, 178

「안양왕(安陽王)」 68

「안읍열녀(安邑烈女)」 345, 346

「안획산보은사비기(安獲山報恩寺碑記)」
260

「앙산영칭사비명(仰山靈稱寺碑銘)」 261

「애국 노래(Bài hát yêu nước)」 537

「애국가(愛國歌)」 255

「애사만(哀思挽)」 51, 444, 448

「야관청인연극장(夜觀淸人演劇場)」 236

「야귀주중작(夜歸舟中作)」 163

「야독평오대고감작(夜讀平吳大誥感作)」
247

「야좌청두견(夜坐聽杜鵑)」 212

「약사십이원문(藥師十二願文)」 140

「양부전(羊夫傳)」 328

「양부행(洋婦行)」 217

「양산도중(諒山道中)」 162

『양심의 법정(Toà án lương tâm)』 626

「양옥명산부(良玉名山賦)」 251, 313

「어록문답문하(語錄問答門下)」 141, 284

「어정전(魚精傳)」 78

「어제경원구가시집서(御製瓊苑九歌詩集
序)」 176

『억재유집(抑齋遺集)』 164, 388

「언지시(言志詩)」 395

『언지시집(言志詩集)』 198

『여교장 민(Cô đốc Minh)』 628

「여랑전(麗娘傳)」 341

「여러 갈래 심회(Những sợi tơ lòng)」 572

「여름밤(Đêm Hè)」 436

『여수재신전(女秀才新傳)』 456

『여자 도둑(Bỉ vỏ)』 620

『여조소영시집(黎朝嘯詠詩集)』 186

『여조조령선정(黎朝詔令善政)』 34

『여조통사(黎朝通史)』 33, 304, 353

『역경국음가(易經國音歌)』 53

『역류(逆流, Dòng nước ngược)』 577

『역조헌장유지(歷朝憲章類誌)』 157, 161,
180, 181, 183, 190, 200, 204, 346, 379

『연애편지들(Những bức thư tình)』 628

「연하시맹설(蓮夏詩盟說)」 229

「열두 여신(mười hai bà mụ)」 73

「염송게(拈頌偈)」 143, 144, 284

『영남척괴(嶺南摭怪)』=『영남척괴열전』
78, 79, 81, 82, 85, 87, 229, 300, 331,
345

『영남척괴열전(嶺南摭怪列傳)』=『영남
척괴』 76, 331

「영남척괴열전서(嶺南摭怪列傳序)」 335

「영매(詠梅)」 317

『영물시선(詠物詩選)』 486

「영운연사부(詠雲煙寺賦)」 32, 380, 384,
386, 387, 446

「영웅의 지기(志氣)(Chí khí anh hùng)」
502

「영채자술(營寨自述)」 227

「영현(英賢)」 176

「영회(詠懷)」 210

「예문지(藝文志)」 33

「예제산사(禮悌山寺)」 173

『옛날(Xưa)』 577

「옛사랑(Tình già)」 38, 533

『오가문파(吳家文派)』 232, 347

「오경(五更)」 401

『오경절요(五經節要)』 211, 293

『오관참장(五關斬將)』 59

『옥교리신전(玉嬌梨新傳)』 56

『옥중일기(獄中日記)』 256, 587, 598

『옥편집(玉鞭集)』 148

『옹녕고전(翁寧古傳)』 457

「와고(蛙鼓)」 242

「와룡강만(臥龍崗挽)」 369, 443

「와병(臥病)」 219, 220

「완유선생전(阮攸先生傳)」 218, 219

「완이음(莞爾吟)」 228

『완장원봉사집(阮狀元奉使集)』 187

「왕랑귀(王郎歸)」 139

『왕장(王嬙)』 399, 453

『요운선(蓼雲仙)』=『육운선』 456

「욕취산영제탑기(浴翠山靈濟塔記)」 310

「용성금자가(龍城琴者歌)」 224

「우(雨)」 194

「우성(偶成)」(완권) 241

「우성(偶成)」(완채) 168

「우의(寓意)」 193, 193

「우제(偶題)」 220

「우주대기수(宇宙大機數)」 249

『우중수필(雨中隨筆)』 42, 44, 195, 260, 321, 322, 351, 352

「운갈신녀(雲葛神女)」 345

『운대유어(芸臺類語)』 42, 291, 318, 352, 353

「운둔(雲屯)」 171

「운어(韻語)와 시(Vận ngữ và thơ)」 552

『원앙(鴛鴦, Uyên Ương)』 626

「원일상빙호상공(元日上冰壺相公)」 163

「월(月)」 147

『월감영사시집(越鑑詠史詩集)』 182, 186, 304

『월감통고(越鑑通考)』 304

『월감통고총론(越鑑通考總論)』 304

『월남개국지연음(越南開國志演音)』 347

『월남개국지전(越南開國志傳)』 346, 347

「월남망국노부(越南亡國奴賦)」 37, 537

『월남망국사(越南亡國史)』 152, 307

『월남사략(越南史略)』 309

『월남의열사(越南義烈史)』 309

『월람소사(越藍小史)』 350

『월람춘추(越藍春秋)』 350

「월령국음가(月令國音歌)」 55

『월사강목(越史綱目)』 300

『월사강목절요(越史綱目節要)』 183, 307

『월사략(越史略)』 99, 298

『월사비람(越史備覽)』 305

『월사삼백영(越史三百詠)』 186

『월사연음(越史演音)』 449

『월사총영(越史總詠)』 186

『월사표안(越史標按)』 305

『월음시집(越音詩集)』 183

『월전유령(越甸幽靈)』 183, 300, 330, 345

「월정전(越井傳)」 82, 331

『월행속음(粤行續吟)』 239

『월행음초(粤行吟草)』 239

「유구무구(有句無句)」 383

「유법경강제류혈지사동상유감구점(留法京講諸流血志士銅像有感口占)」 252

「유소감(有所感)」 217, 419

『유암음록(裕庵吟錄)』 232

「유제비장격문(諭諸裨將檄文)」 40

『유평(劉平, Lưu Bình)』=『유평양례(劉平楊禮)』=『유평양례신전(劉平楊禮新傳)』 37, 117, 120, 457

『유향기(琉香記)』 412~414

『육운선(陸雲仙)』=『요운선』 36, 455, 456, 461, 465~467, 525, 622

『육축쟁공(六畜爭功)』 69

「은기뢰(殷其靁)」 295

「은성(殷聲)」 294

『음즐문해음(陰騭文解音)』 55

「음탕한 중(Sư Hổ Mang)」 425

「응아 바 학(Ngã Ba Hạc)」 440

『의가신방팔진집험양방연음(醫家新方八陣集驗良方演音)』 55

『의석엄안전(義釋嚴顔傳)』 518

「의진대월사기전서표(擬進大越史記全書表)」 299

『의천관광집(義川觀光集)』 187

『이공(李公)』 457, 468

「이기어(理氣語)」 291

『이도매연가(二度梅演歌)』 37, 56

「이신녀전(二神女傳)」 328, 329

『이십사효연음(二十四孝演音)』 444

「이장군전(李將軍傳)」 339, 340

『이탈(離脫, Thoát ly)』 601

「임술원일융장야숙기사(壬戌元日戎場夜宿紀事)」 233

「임인년유월작(壬寅年六月作)」 163

「임종게(臨終偈)」 140

「임종시작(臨終時作)」 249

『임천기우(林泉奇遇)』 453, 454

「임천만(林泉挽)」 369

「임형시작(臨刑時作)」 246

『잉여인간(剩餘人間, Một người thừa)』 626

「자계(自戒)」 394, 395

「자술(自述)」 399, 401

「자술(自述)」(2) 192, 390

「자술(自述)」(1) 197

「자어(自語)」 253

「자조(自嘲)」 433

「자탄(自嘆)」 388, 414

「작가의 말(Mấy Lời Của Người Chép Chuyện)」 596

「잠에서 깨어(Thức giấc)」 563

「잡흥(雜興)」 173, 238

「장강(長江, Tràng giang)」 572

『장고(長考)끝에 악수(惡手)(Già kén kẹn hom)』 625

『장원(張園)』 105

「장유후부(張留侯賦)」 440

『장주몽호접(莊周夢胡蝶, Trang Chu mộng hồ điệp)』 623

『장한(長恨, Trường hận)』 628

『장한가연음신전(長恨歌演音新傳)』 56

『재생연전(再生緣傳)』 37

「재자다궁부(才子多窮賦)」 325

『재회(Lại gặp người quen)』 503

「저물녘 집을 그리며(Chiều hôm nhớ nhà)」 426

『저장원사적(豬狀元事迹)』 21

「저조제(豬鳥啼)」 209

「적벽회고(赤壁懷古)」 190

『적염시집(摘艷詩集)』 183

「전(錢)」 213

『전공여첩기(傳公餘捷記)』 55

『전기만록(傳奇漫錄)』 23, 52, 196, 336, 337, 341, 342, 344~346

『전기신보(傳奇新譜)』 345

「전송서호부(戰頌西湖賦)」 440, 441

「전수(田叟)」 241

『전월시록(全越詩錄)』 161, 190

「전조선국사윤동승이치중(餞朝鮮國使尹東昇李致中)」 190

『전조통사(前朝通史)』 304

『절강전(截江傳)』 518

「젊은이들에게 권하는 노래(Bài hát khuyên người tuổi trẻ)」 537

『정국공참기(程國公讖記)』 288

「정부음(征婦吟)」 51, 56, 182, 203, 204, 208, 233, 234

「정부음(征夫吟)」 208

『정부음곡(征婦吟曲)』 24, 56, 60, 208, 373, 374, 444, 446, 448, 494

「정부음연음(征婦吟演音)」 444

『정서(貞鼠, Trinh thử)』 69

『정선생국어(程先生國語)』 288

『정선제가시집(精選諸家詩集)』 183

「제광중제문(祭光中祭文)」 441

「제근작사민진망문(祭芹灼士民陣亡文)」 246, 441

「제당명황욕마도(題唐明皇浴馬圖)」 163

「제대월사기전서(題大越史記全書)」 247

「제도형승부(帝都形勝賦)」 440

「제반아산(題盤阿山)」 177

「제서식산(題徐式山)」 343

「제안자산화연사(題安子山花煙寺)」 168, 171

「제자문(祭姊文)」 216, 441

「제진흥도왕사(題陳興道王祠)」 247

『제팔재자화전연음(第八才子花箋演音)』 494

「제현천관(題玄天觀)」 163, 317

「제황하(濟黃河)」 189, 190

『조개, 굴, 우렁, 홍합(nghêu, sò, ốc, hến)』 507

「조나성가자(弔羅城歌者)」 217

「조아사(弔餓死)」 210

「조완지방사절(弔阮知方死節)」 247

「종가환경사(從駕還京師)」 151

「종이로 만든 진사(進士) 인형(Tiến sĩ giấy)」 433

「주(酒)」 241

『주례절요(周禮節要)』 211, 293

『주원잡영초(周原雜詠草)』 239

「주중독작(舟中獨酌)」 156

「주중우성(舟中偶成)」(3) 169

「주회안방회음후조대(駐淮安訪淮陰侯釣臺)」 190

「죽노명(竹奴銘)」 383

「죽림대진원각성(竹林大眞圓覺聲)」 230, 294, 295

『죽림종지원성(竹林宗旨元聲)』 294, 296, 298

『중광심사(重光心史)』 346, 350

『중상신록(重湘新錄)』 59

「중양전일일도국당구거유감(重陽前一日到菊堂舊居有感)」 156

『중용연가(中庸演歌)』 55

「중진관비명(中津舘碑銘)」 193

「중진관비명병서(中津舘碑銘幷序)」 288, 289

「중진관우흥(中津舘寓興)」 193, 195

『즈엉 쩐 뜨(Dương Chấn Tử)』 515

「즉사(卽事)」 158

「즉흥(卽興)」 171

『즐거운 나날들(Những ngày vui)』 601

「증병전(蒸餠傳)」 87, 88

「증북사이사연(贈北使李思衍)」 154

「증서(憎鼠)」 194

「증조선국사이광정우순윤방회국(贈朝鮮國使李珖鄭宇淳尹坊回國)」 189

「지령산부(至靈山賦)」 277

「지릉동(支稜洞)」 162

「지성통성(至誠通聖)」 251, 252

「진정(陳情)」 394

『질투(Ghen)』 628

『질풍 같은 말발굽(Vó ngựa truy phong)』 623

「징매촌춘만(澄邁村春晚)」 180

「징씨(徵氏) 자매」 68

『찌 페오(Chí Phèo)』 617, 620

『찢긴 북(Trống thủng)』 416, 418~420

『찬장(Cái tủ chè)』 628

「찬혜충상사(贊慧忠上士)」 383

「참도현결(參徒顯決)」 139, 140

「창강부(昌江賦)」 277

「창산공시집후서(倉山公詩集後序)」 323, 326

『창산시화(倉山詩話)』 329

『천남시집(天南詩集)』 186

『천남어록(天南語錄)』 23, 369, 449

『천남여하집(天南餘暇集)』 42

『천남운록(天南雲籙)』 23, 199

「천도조(遷都詔)」 259, 260

「천장만망(天長晚望)」 147, 148, 155

「천장부(天長府)」 147

『천주성교계몽(天主聖敎啓蒙)』 57

「천주신(天柱神, Thần trụ trời)」 71~73

『천태(天台, Thiên Thai)』 541

「천태(天台)의 피리 소리(Tiếng sáo Thiên Thai)」 563

「천하흥망치란지원론(天下興亡治亂之原論)」 264, 265

「첩이 되다(Làm lẽ)」 425

「청년절(靑年節)을 축하하는 노래(Bài ca chúc tết thanh niên)」 539

『청덕(淸德, Thanh Đức)』 601

「청량강(淸凉江)」 159

「청명우흥(淸明偶興)」 224, 489

「청지범주남하(淸池泛舟南下)」 235, 237

「청천(晴天)」 257

『청춘의 한가운데(Nửa chừng xuân)』 600, 605, 607

『청헌시집(淸軒詩集)』 219

「초도노수(初渡瀘水)」 158

「촌가취(村家趣)」 165

「촌거(村居)」 155

「촌거십이영(邨居十二詠)」 236

「추사(秋思)」 192

「추성(楸聲)」 294

「추순음(抽脣吟)」 145

「추야여회음(秋夜旅懷吟)」 443

「추영(秋詠)」 431

「추음(秋飮)」 431

「추일견흥(秋日遣興)」 166

「추일우성(秋日偶成)」 170

「추일효기유감(秋日曉起有感)」 165

「추조(秋釣)」 367, 431

『축옹봉사집(祝翁奉使集)』 187

「춘일시제아(春日示諸兒)」(2) 243

「춘일연아(春日憐蛾)」 242

「춘일우성(春日偶成)」 210

「춘일즉사(春日卽事)」 180

「춘일촌거(春日村居)」 156, 163

「춘한(春寒)」 165

「춘효(春曉)」 155

「출도문(出都門)」 252

『취교전(翠翹傳)』 36, 55, 56, 60~62, 369, 372, 454, 457, 461, 470, 472, 484~489, 492~500, 518, 525, 529, 530, 591, 595

『취교전상주(翠翹傳詳註)』 60, 61, 470, 485~488, 491~493

「취소전(翠綃傳)」 340, 341

「취음(醉吟)」 241

「친구가 찾아오다(Bạn Đến Chơi Nhà)」 432

『친구와 아내(Bạn và Vợ)』 626

「칠십자수(七十自壽)」 429

「칠참소(七斬疏)」 159, 310

「쾌주의부전(快州義婦傳)」 341, 344

「타강야음기(沱江夜飮記)」 340

『탈헌영사시집(脫軒詠史詩集)』=『탈헌선생영사시집(脫軒先生詠史詩集)』 182

『탕구(蕩寇)』=『탕구지(蕩寇志)』　517,
518

『태종황제어제과허(太宗皇帝御製課虛)』
=『과허록』　143

「태평매가자(太平賣歌者)」　223, 224

『퇴식기문(退食記文)』　351, 352

「퇴식기문목인(退食記聞目引)」　352

「편집국당유고감작(編集菊堂遺稿感作)」
156

『평산냉연연음(平山冷燕演音)』　56, 456

「평오대고(平吳大誥)」　40, 247, 267, 272,
276, 351

『평적(平敵)』　517

『폐허(Điêu tàn)』　572

『폭풍우(Giông tố)』　612

「프랑스혁명 기념일(Hội Tây)」　433

『프랑스어 베트남어 소사전(Petit Diction-
naire Français Annamite)』　525

「피 흘리며(Rướm Máu)」　568

『피사집(披砂集)』　379

「하경(夏景)」　155, 158

「하선국음십경음곡(河仙國音十景吟曲)」
200

「하선국음십영(河仙國音十詠)」　200

『하선십영(河仙十詠)』　200

『하선영물시선(河仙詠物詩選)』　200

「하성실수가(河城失守歌)」　451, 452

「하성정기가(河城正氣歌)」　451

「하오뢰전(何烏雷傳)」　332, 334~336

「하일신청(夏日新晴)」　241

「하첩(賀捷)」　171

「한가로움(Vịnh nhàn)」　502

「한유풍미부(寒儒風味賦)」　440

「한음(閑吟, Nhàn ngâm)」　551

『한잔의 독약(Chén thuốc độc)』　625, 626

「합군영생설(合群營生說, Hợp quần
doanh sinh thuyết)」　250

「해관(海關)」　169

「해구야박유감(海口夜泊有感)」　168, 169

「해구영사(海口靈祠)」　345

『해상나옹의종심령(海上懶翁醫宗心領)』
353

「해의 여신과 달의 여신(Nữ thần mặt trời
và mặt trăng)」　74

「행안방부(幸安邦府)」　158

『행운(Số đỏ)』　612

「향강(香江)의 노랫소리(Tiếng hát sông
Hương)」　584

『형주부회전(荊州赴會傳)』　518

「혜교감론(慧教鑑論)」　285, 287

『호구신전연음(好逑新傳演音)』　56, 456

「호정전(狐精傳)」　78, 82

『호종세보(胡宗世譜)』　411

『홍덕국음시집(洪德國音詩集)』　20, 33,
365, 380, 397~399, 401, 402, 404,
405, 414

「홍모화선가(紅毛火船歌)」　236

「홍방씨전(鴻厖氏傳)」　76

「화국기연(花國奇緣)」　328

「화대명사여귀(和大明使余貴)」　154

「화대명사제이하역(和大明使題珥河驛)」 161, 235

『화용소로(華容小路)』 59, 518

『화용전(華容傳)』 518

『화전(花箋)』 323, 454, 494

「화전전서(花箋傳序)」 323

『화정견흥(華程遣興)』 187

『화정시집(華程詩集)』 187

『화초음록(華軺吟錄)』 238

「확어(攫魚)」 242

『황려일통지(皇黎一統志)』 346, 347, 350

『황수신전(黃秀新傳)』 457

『황월문선(皇越文選)』 211

『황월시선(皇越詩選)』 30, 211

『황월춘추(皇越春秋)』 346

『황저(皇儲)』 457

『황화도보(皇華圖譜)』 228

『황화잡영(皇華雜詠)』 238, 239

『후진일사(後陳逸史)』 350

「흉년(凶年)」 241

「흠봉지허회공직술회(欽奉旨許回供職述懷)」 244

『흠정월사통감강목(欽定越史通鑑綱目)』 306

『흰 나비(Bướm trắng)』 601

【찾아보기·용어】

가(歌)  32, 54

가기(歌妓)  217, 344, 375

가요(歌謠)  68

가정보(嘉定報, Gia Định Báo)=쟈 딘 바
  오(Gia Định Báo)  36, 525

가주(歌籌, ca trù)=핫 아 다오, 한 꼬 더우
  375, 425, 503

가행(歌行), 가행체(歌行體)  237, 319

각운(脚韻, vần chân)  94, 379

감옥문학(văn học nhà tù)  586, 587

개량가극(改良歌劇)=까 끽 까이 르엉  621

개량극(改良劇)=까이 르엉  621~624,
  627

건국신화  76~79

게송(偈頌)  30, 142

경본(京本)  507

경의(經義)  365

경천주(擎天柱)  72

고(誥)  272

고(古)비엣족  58, 75, 92

고문(古文)  44, 485

고적전(古蹟傳)  68, 84

고전 뚜옹  58, 62, 507, 513

고전주의  626, 629

고전희(古傳戲)  100

고풍(古風)  212, 365

골계 뚜옹  68

공로산(空路山)  72

과거(科擧), 과거제  44, 264, 494, 631

관각문학(館閣文學)  30, 41, 174, 178

관료유사(官僚儒士, nho sĩ quan liêu)  33,
  41, 185, 186, 198

교운(交韻, rimes croisées)  556

교육개혁령=학정총규  37, 38, 539

찾아보기·용어  679

구비서사시 58, 64, 71, 75

구시(舊詩) 534, 536

구장(蒟醬) 85, 96

국어(國語) 20, 34, 279, 361, 523

국어문학 20, 24, 35, 38, 249, 326, 523

국어시부(國語詩賦) 32, 379

국어전파위원회(國語傳播委員會) 587

국음(國音) 20

국음시(國音詩) 365

궁정문학 24, 180, 345, 400

근왕운동(勤王運動) 248, 633

근체시(近體詩) 314, 366

기록문학 19, 20, 28, 47~53, 63, 67, 70, 186, 368, 535

기일원론(氣一元論) 292

기전체(紀傳體) 304

기학(氣學) 292

까 끽 까이 르엉(ca kịch cải lương)=개량가극 621

까 자 보(ca ra bộ) 622

까이 르엉(cải lương)=개량극 621, 622

꼬 더우(cô đầu) 375

끼어드는 무리(dàn đế) 106

끽 노이(kịch nói)=대화극 98

끽 핫(kịch hát) 98

낀족(dân tộc Kinh) 17, 123

남 퐁(Nam Phong, 南風)=남풍 36, 495, 528

남풍(南風)=남 퐁 36, 495, 528

낭만주의 25, 237, 529, 559, 562

낭만주의 소설 593, 601

낭만주의 시인 561

노이 로이(nói lối) 504, 505, 624

노이 트엉(nói thường) 505

농 꼬 민 담(Nông cổ mín đàm, 農賈茗談)=농고명담 527

농고명담(農賈茗談)=농 꼬 민 담 527

다이 남 동 반 녓 바오(Đại Nam Đồng Văn Nhật Báo, 大南同文日報)=대남동문일보 527

다이 비엣 떤 바오(Đại Việt tân báo, 大越新報)=대월신보 527

당 꼬 뚱 바오(Đăng Cổ Tùng Báo, 登鼓叢報)=등고총보 527

당 응와이(đàng ngoài) 184

당 쫑(đàng trong) 184

당률(唐律)쯔놈시(thơ Nôm Đường luật) 24, 366

당송풍(唐宋風) 44

당풍(唐風) 195

대기(對機) 282

대남동문일보(大南同文日報)=다이 남 동 반 녓 바오 527

대련(對聯) 365

대월신보(大越新報)=다이 비엣 떤 바오 527

대화극(對話劇)=끽 노이 621, 624

동 즈엉 땁 찌(Đông Dương Tạp Chí, 東洋雜誌)=동양잡지 36, 528

동경(東京)극단(Đoàn kịch Đông Kinh)

680

628

동경의숙(東京義塾, Đông Kinh Nghĩa Thục) 25, 536

동고산신(銅鼓山神) 330

동물고적전(動物古蹟傳) 69

동물우언 69, 70

동양잡지(東洋雜誌)=동 즈엉 땁 찌 36, 528

동유운동(東遊運動, phong trào Đông du) 250

등고총보(登鼓叢報)=당 꼬 뚱 바오 527, 529

딩[亭] 101

따이(Tày)족 18, 131

떼우(Tễu) 125

뚜옹 도(tuồng đồ)=골계 뚜옹 68, 70, 506

뚜옹 찐(tuồng chính)=정통 뚜옹 70, 506

뚜옹(tuồng) 24, 58, 97, 504

로마자 20, 50, 279, 524

르포르타주 610, 612

리얼리즘 계열 608, 609

리얼리즘 소설 601

만(挽, vãn) 24

만요가나(萬葉假名) 49

맑시즘 582, 608

몬-크메르(Mon-Khmer) 360

무대인형극 121

무어 조이(múa rối)=인형극 97

무언통파(無言通派) 140, 280

문명(文明) 째오(chèo văn minh) 621

문학 갈래 58

문학담당층 27, 28, 30, 33, 150, 166, 185

문학비평 42, 43, 323

므엉(Mường)족 29, 75

민가(民歌, dân ca) 68, 92

민족구어시가 26

민족문학 40, 41, 473, 496, 545

민족의식 31, 40, 150, 155, 186, 629

바인 쯩(bánh chưng) 84, 87, 88

박학시전(博學詩傳, truyện Nôm bác học) 454~458, 461

반 혹 쭈옌 미엥(văn học truyền miệng)= 구비문학 67

반 혹 타인 반(văn học thành văn)=기록문학 67

방본(坊本, phường bản) 507

백화문학(白話文學) 551

백화시(白話詩) 258

번역 36, 55

변음(飜音, phiên âm)=음역 36

베(vè) 37, 68, 70

베트남 문화강령 598

벽동시사(碧洞詩社) 155, 156

변려문(騈儷文) 30, 260

변문 441

변법자강사상(變法自彊思想) 36

변새시(邊塞詩) 162

병사잡지(兵事雜誌) 350

병졸 익살꾼(hề mồi) 116

부(賦, phú) 32, 305, 440, 541

부녀신문(婦女新聞, Phụ Nữ Tân Văn)
533

부동토지신(扶董土地神) 330

북창(北唱) 100, 336

불가(佛家)문학, 불교문학, 불교한문학 26,
30, 31, 149

비 훙 끽 꼬 허우(bi hùng kịch có hậu)
514

비극영웅가(悲劇英雄歌, bi kịch anh hùng
ca) 62, 514

비니다류지파(比尼多流支派) 138, 142,
189

비문(碑文) 30, 121, 260

비엣-므엉(Việt-Mường) 18

비엣족(dân tộc Việt)=낀족 17, 359

비웅(悲雄, bi hùng) 63

비장(悲壯) 62, 63, 514

빈랑(檳榔) 84, 423

사곡(詞曲) 365

사대부 30, 183

사이공 조약 35, 524

사절(四絕) 46, 158, 367

사행시(使行詩) 33, 186

산수시 30, 33, 145, 155

산원산신(傘圓山神) 330

삼교일치론 298

삼일치의 법칙 629

삼조(三祖) 155, 230

상징주의 25, 559, 562, 573, 575

생활고적전(生活古蹟傳, truyện cổ tích
sinh hoạt) 68, 69

서막=자오 더우 102, 126, 191

서사(序詞, lời giáo trò) 126

서사시 369, 452

서산운동(西山運動) 41, 184

선구(禪句) 30, 139

선서류(善書類) 55

선승(禪僧) 29, 30, 138, 280, 441

설화 330

성당(盛唐) 158, 250

성령설(性靈說) 44, 323

성조(聲調) 50, 359, 360, 366

소단(騷壇, Hội Tao Đàn) 33, 45, 175

소단도원수(騷壇都元帥) 175, 397

소단이십팔수(騷壇二十八宿) 175, 398

소상팔경(瀟湘八景) 189, 427

소설 336, 452, 453

소수민족(少數民族, dân tộc thiểu số) 17

소화(笑話) 21, 68, 69, 610

속담(tục ngữ) 71

송시학(宋詩學) 44

송풍(宋風) 45, 195

수괴뢰(水傀儡) 122

수상인형극(múa rối nước) 121, 123

수수께끼(câu đố) 71

숭고(崇高) 62, 514

시민문학(市民文學) 27

시승(詩僧) 31, 148

시전(詩傳)=쭈옌 터 34, 37, 55, 452

시화(詩話) 196, 317, 355

신구시(新舊詩) 논쟁38, 533

신기고적전(神奇古蹟傳, truyện cổ tích thần kỳ) 68, 69, 468

신서(新書) 35, 249

신시(新詩)=터 머이 25, 378, 533

신유학 26, 31, 32, 288, 289

신화 71

쌍칠육팔체(雙七六八體, thể song thất lục bát) 373

아 다오(ả đào) 375

악부(樂府), 악부체(樂府體) 237, 319

애정전기(愛情傳奇) 341

양무사상(洋務思想) 36

언문일치(言文一致, như lời nói thường) 24

여성 24

역사연가(歷史演歌, diễn ca lịch sử) 23, 449

연가(演歌, diễn ca) 56, 449, 531

연속운(rimes suivies) 556

연음(演音, diễn âm) 56

열전(列傳) 304, 306

영사시(詠史詩) 33, 186

영웅서사시 58, 64

예술을 위한 예술(nghệ thuật vị nghệ thuật) 564, 609

예회(禮會, lễ hội) 99

오늘날(Ngày nay) 531, 581

오스트로-아시아(Austro-Asiatic) 359

온유돈후(溫柔敦厚) 320, 321

완주(阮主) 35, 184, 191, 200, 305, 306, 346

요운(腰韻, vần lưng) 71, 94, 370

우언(寓言) 346

운문소설 37, 55, 62, 472

웅왕(雄王, Hùng Vương) 77

유신(維新)운동 250

6・7체(thể 6・7) 389, 390, 399, 405

6・8체(thể 6・8) 368

육상인형극(陸上人形劇, múa rối cạn) 121, 130

육언체(六言體, lục ngôn thể, thể thơ Nôm lục ngôn) 389

윤리연가(倫理演歌, diễn ca luân lí) 449

은일유사(隱逸儒士, nho sĩ ẩn dật) 33, 185, 336

음(吟, ngâm) 24, 60

음곡(吟曲) 443

음역(音譯)=번음 36

익살꾼(hề) 107

인생을 위한 예술(nghệ thuật vị nhân sinh) 609

인형극(múa rối) 58, 121

일삼오불론(一三五不論) 370

자력문단(自力文壇, Tự lực văn đoàn) 25, 598

자력문단의 공식화 38

자연주의 608

자오 더우(giáo đầu)=서막 102, 126

자유시(自由詩) 551

자장가 94

잡기 351

장회체(章回體) 347

재자가인(才子佳人), 재자가인소설 324,
   454

저널리즘 32, 35, 525, 526, 528

전기(傳奇) 331, 346, 453

전등록(傳燈錄) 139, 280

전설 68, 80

전희(傳戱) 100

점성(占城), 점파(占婆) 182, 200, 264,
   301, 573

정격의 운(vần chính) 372

정주(鄭主) 35, 184, 191, 213, 353, 446,
   469

정통 뚜옹 70, 506

정화(精華)극단(Ban kịch Tinh Hoa) 627

정화본(正和本) 303

제문(祭文) 215, 365, 373, 441

종운시사(從雲詩社) 323

죽림파(竹林派) 146, 380

쩨오(chèo) 58, 68, 97, 504

쩌우 까우(trầu cau) 84

쭈옌 터(truyện thơ, 詩傳) 452

쭈옌 터 놈(truyện thơ Nôm) 452

쯔놈(chữ Nôm) 19, 20, 361

쯔놈시(thơ chữ nôm) 365, 366

쯔놈시의 여왕(Bà chúa thơ Nôm)=호춘
   향 411

차자표기 19, 49, 63, 364, 365

창세서사시 29, 58, 64, 75, 76, 79, 80

창세신화 71~75

책문(策文) 314, 321, 365

천기(天機) 320

철학 글쓰기 279

철학사 43, 293, 297

초당파(草堂派) 280

초영각시사(招英閣詩社) 200

초현실주의 25, 562

7·7·6·8체 365, 369, 373

7언에 6언이 섞여 있는 형식(thất ngôn pha
   lục ngôn) 23, 389

터 꾸(thơ cũ)=구시 534

터 꾸옥 엄(thơ quốc âm)=국음시 365

터 놈(thơ chữ nôm)=쯔놈시 365, 366

터 머이(thơ mới)=신시 534

터 쯔 한(thơ chữ Hán) 366

터 쯔놈(thơ chữ nôm) 365

테 르 극단(Đoàn kịch Thế Lữ) 627

테마 소설 601

통용되는 운(vần thông) 94, 372

8월혁명 568, 582, 585

팔고문(八股文) 314

팔구(八句) 46, 367

편년체(編年體) 298, 349

평민시전(平民詩傳, truyện Nôm bình
   dân) 55, 450, 454

평민유사(平民儒士, nho sĩ bình dân) 33,
   185, 455

포옹운(rimes embrassées) 556

풍화(風化, Phong Hóa)=퐁 화(Phong Hóa) 38, 531, 534
피카로(piro)형 인물(nhân vật picarô) 22
필전(筆戰) 440
하노이 신문(Hà Nội báo) 582, 610, 612
하인 익살꾼(hề gậy) 116
학정총규(學政總規, Règlement général de l'Instruction publique)=교육개혁령
한고시(漢古詩) 37
한놈(Hán Nôm, 漢喃) 20
한문산문 258, 266
합법적인 문학(văn học hợp pháp) 597
핫 까이 르엉(hát cải lương)=개량극 622
핫 꼬 더우(hát cô đầu)=가주 375
핫 노이(hát nói) 375, 500
핫 아 다오(hát ả đào)=가주 375
핫(hát) 505

향찰 49
헤(hề)=익살꾼 107, 116
혁명 시인 561, 562
혁명문학 586, 597
혁명사상연가(革命思想演歌, diễn ca các tư tưởng cách mạng) 449
혁명적 낭만주의 585
현실비판 계열 577, 608
현실비판 시인 561, 562
현실주의 25, 237
현실풍자문학 24
호동(好童)과 낙랑공주 84
혼합운(rimes mêlées) 556
홍덕소단(洪德騷壇) 175, 397
환상적인 서사산문(truyện văn xuôi kỳ ảo) 24

# 베트남 지도

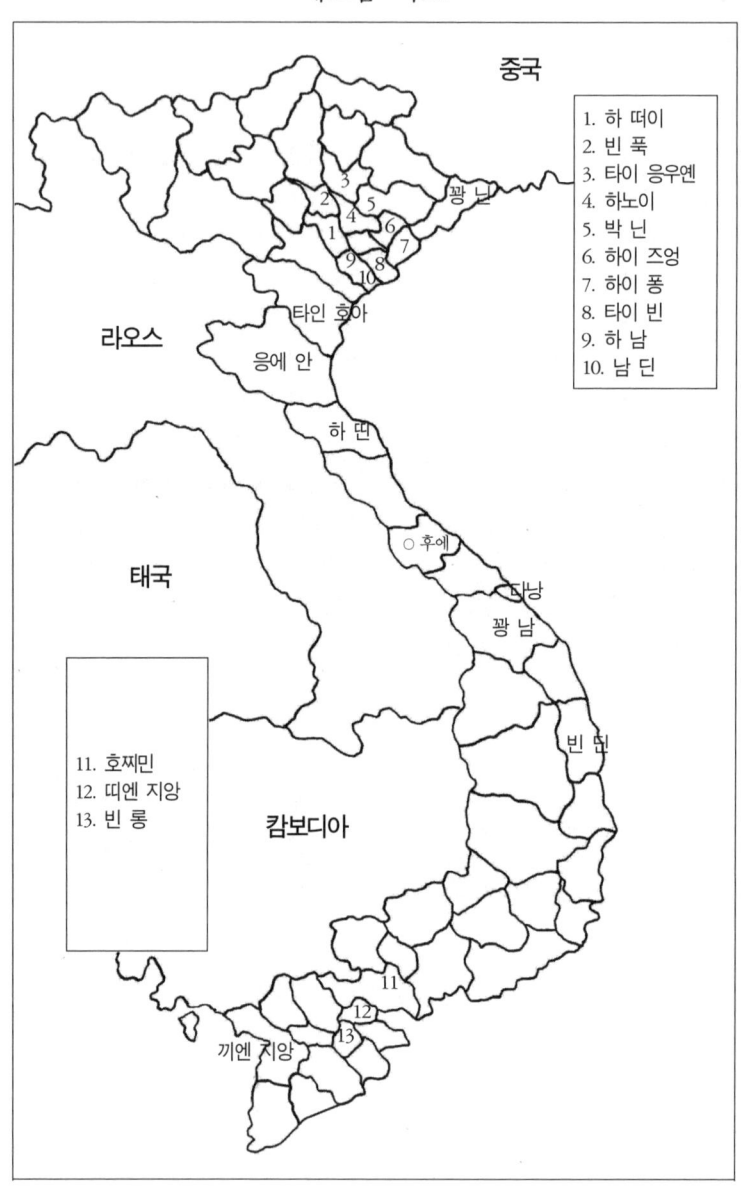

중국

라오스

태국

캄보디아

1. 하 떠이
2. 빈 푹
3. 타이 응우옌
4. 하노이
5. 박 닌
6. 하이 즈엉
7. 하이 퐁
8. 타이 빈
9. 하 남
10. 남 딘

11. 호찌민
12. 띠엔 지앙
13. 빈 롱

꽝 닌
타인 호아
응에 안
하 띤
○ 후에
다낭
꽝 남
빈 딘
끼엔 지앙

서남동양학술총서
베트남문학의 이해

초판 1쇄 발행/2010년 2월 16일
초판 2쇄 발행/2016년 12월 27일

지은이/최귀묵
펴낸이/강일우
책임편집/김춘길 고경화
펴낸곳/(주)창비
등록/1986년 8월 5일 제85호
주소/10881 경기도 파주시 회동길 184
전화/031-955-3333
팩시밀리/영업 031-955-3399 · 편집 031-955-3400
홈페이지/www.changbi.com
전자우편/human@changbi.com

ⓒ 최귀묵 2010
ISBN 978-89-364-1318-7  93800